中國近代文學叢書

張謇 著
徐乃爲 校點

張謇詩集

上海古籍出版社

圖書在版編目(CIP)數據

張謇詩集 / 張謇著;徐乃爲校點. —上海: 上海古籍出版社, 2014.12(2023.4 重印)
(中國近代文學叢書)
ISBN 978-7-5325-7357-8

Ⅰ.①張… Ⅱ.①張… ②徐… Ⅲ.①詩集—中國—現代 Ⅳ.①I226

中國版本圖書館 CIP 數據核字(2014)第 165751 號

中國近代文學叢書

張 謇 詩 集

張謇 著

徐乃爲 校點

上海古籍出版社出版發行

(上海市閔行區號景路 159 弄 1-5 號 A 座 5F 郵政編碼 201101)

(1) 網址: www.guji.com.cn

(2) E-mail: guji1@guji.com.cn

(3) 易文網網址: www.ewen.co

上海新藝印刷有限公司印刷

開本 850×1168 1/32 印張 27.625 插頁 7 字數 580,000

2014 年 12 月第 1 版 2023 年 4 月第 2 次印刷

ISBN 978-7-5325-7357-8

I·2840 精裝定價: 168.00 元

張謇像

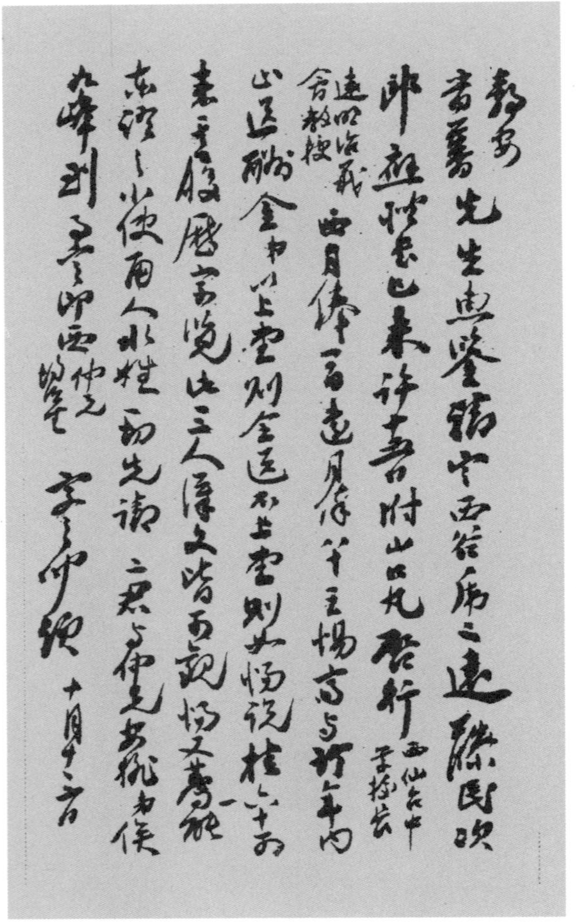

張謇手迹

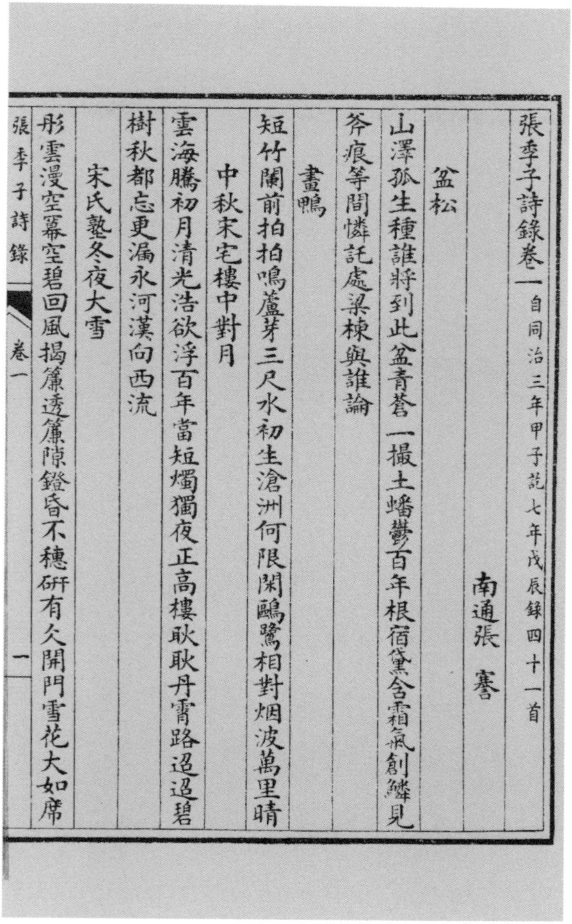
張季子詩錄卷一　自同治三年甲子訖七年戊辰錄四十一首

南通張謇

盆松

山澤孤生種，誰將到此盆青蒼一撮土蟠鬱百年根宿黛含霜氣創鱗見斧痕等閒憐託處梁棟與誰論

畫鴨

短竹闌前拍拍鳴蘆芽三尺水初生滄洲何限閑鷗鷺相對烟波萬里晴

中秋宋宅樓中對月

雲海騰初月清光浩欲浮百年富短燭獨夜正高樓耿耿丹霄路迢迢碧樹秋都忘更漏永河漢向西流

宋氏塾冬夜大雪

彤雲漫空幕空碧回風揭簾透簾隙鐙昏不穗研有仌開門雪花大如席

張季子詩錄　卷一　一

民國十八年版《張季子詩録》書影

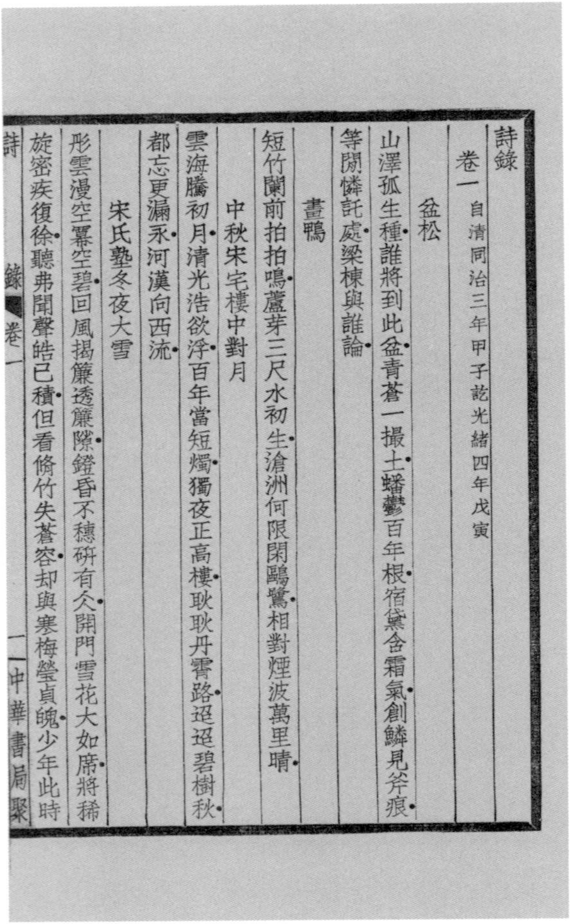

詩錄

卷一　自清同治三年甲子訖光緒四年戊寅

盆松

山澤孤生種誰將到此盆青蒼一撮土蟠鬱百年根宿黛含霜氣創鱗見斧痕
等閑憐託處梁棟與誰論

畫鴨

短竹闌前拍拍鳴蘆芽三尺水初生滄洲何限閑鷗鷺相對煙波萬里晴

中秋宋宅樓中對月

雲海騰初月清光浩欲浮百年當短燭獨夜正高樓耿耿丹霄路迢迢碧樹秋
都忘更漏永河漢向西流

宋氏塾冬夜大雪

彤雲漫空冪空碧回風揭簾透簾隙鐙昏不穩硯有仌開門雪花大如席將稀
旋密疾復徐聽弗聞聲皓已積但看脩竹失蒼容却與寒梅瑩貞魄少年此時

民國二十年刊《張季子九録·詩録》書影

序言

叢書是一種彙集各種同類性質或不同類性質以及多種性質的重要著作而輯印聚集在一編的大部頭書。正式啓用「叢書」這一名稱，盛於明清兩代。在此以前，雖有叢書性質而並不稱爲叢書的，如宋人所輯的《百川學海》等，還不算在内。叢書從正式啓用此名到發展，越來越多，有以時代爲範圍的，如《漢魏叢書》、《唐宋叢書》；有以輯佚書爲範圍的，如《漢學堂叢書》；有以史學方志考訂研究爲專題的，如《廣雅書局叢書》、《史學叢書》之類；有仿刻或翻刻以至影印宋元古籍版本爲宗旨的，如《士禮居叢書》、《古逸叢書》、《續古逸叢書》之類；有以校勘古籍爲宗旨的，如《抱經堂叢書》、《經訓堂叢書》、《岱南閣叢書》之類，這都是彙輯多家著作於一編者。此外，又有刊一人獨撰著作的，如清王初桐《古香堂叢書》、張雲璈《雲影閣叢書》、焦循《焦氏叢書》、朱駿聲《朱氏叢書》、丁晏《頤志齋叢書》、胡薇元《玉津閣叢書甲集》、況周儀《蕙風叢書》、易順鼎《琴志樓叢書》、吴之英《壽櫟廬叢書》、曹元忠《箋經室叢書》、章炳麟《章氏叢書》等，僂指不可盡。現在上海古籍出版社在負責編輯的《中國近代文學叢書》，便是屬於《漢魏叢書》、《唐宋叢書》等以時代爲範疇的一種大型叢書。

　叢書而以「近代文學」爲幟，從名稱上看便知爲近代，而現代、當代不在內。近代的範圍，現在學術界公認爲始於一八四〇年鴉片戰爭以後，迄於「五四」新文學改革運動以前。但這一階段的文學家，有生略早於一八四〇年，死或更在「五四」以後較長一段時間，而其人主要的文學成就或成名，則在此時期内的，一般也認爲應包括在內，當然也包括了「同光體」、彊邨詞派、「南社」等流派。它不是簡單地類同於《近代文學大系》那類「大系」式的分類選本（當然，可以包括有價值的選本在内），而是近代各種舊體文學專著的精華，或已刊而流傳不廣，現多已絶版者，或至今未刊者，或所刊不全者（如近代著名文學家黄人的《石陶梨煙室詩詞》，聞近有人從全國的期刊、各地的圖書館、藏書室等處，收集不少已刊的黄人集子以外的東西），一種一種地校刊或影印問世。近代文學介於古代文學和現代文學之間，其在文學史上承上啓下、繼往開來的地位和作用，自是無須贅言，至於近代舊體文學的樣式，到今天還有不少愛好而能寫作很高明的人，便可證明它的生命力依然存在，如新文學的巨擘俞平伯、沈尹默諸先生晚年都不寫新體白話詩而改寫古體詩詞便可爲證，駢文、散曲等，專門名家也很多。這裏，不是在討論新舊文學高低的較量，所以不多饒舌，衹是闡説一下「叢書」而名「近代文學」的簡略内涵。由於編者的學力視野有限制，這部叢書，無疑會存在取捨、標點等方面的不足，統待讀者指正。

二〇〇二年三月三日九五叟錢仲聯書於蘇州大學

前言

一、張謇其人

張謇（一八五三—一九二六），字季直，行四，因亦稱張季子，晚號嗇庵。江蘇海門人。同治七年，借籍如皋取附學生員；光緒十一年，以優貢北應順天鄉試，中南元（第一名北元例須順天本籍）；光緒二十年（一八九四）恩科殿試狀元，授翰林院修撰。

張謇既入冠，在江寧等地且幕且讀且考，名聲漸著。張裕釗有「吾得通州三生，身後有託付焉」之説（另二爲范當世與朱銘盤）；江蘇學政林天齡、夏同善均將張謇攬入門下，惜二人不待謇中舉而先後逝；兩江總督沈葆楨臨終前，命幕友陳幼蓮傳語張謇在其死後作文紀念（見張謇光緒六年正月十九日《日記》），時謇僅一介秀才。光緒八年，任淮軍吳長慶軍首幕，入朝平「壬午之亂」，立首功。吳軍此役之勝，「時詫爲奇勳」。（《清史稿·盛昱傳》）吳長慶致函國内指揮張樹聲（時李鴻章丁憂）論及致勝之因稱：「賴張季直赴機敏決、運籌帷幄、折衝樽俎，其功在野戰攻城之上。」[一]朝人爲吴長慶立靖武祠，屬下首列張謇，第十名朱銘盤，第二十一名方是袁世凱。[二]期間爲吴長慶撰《陳中日戰局疏》、《朝鮮善後六策》，爲盛昱撰《條陳朝鮮事宜疏》等，遂名震朝野。吴汝綸因致信張謇，稱「執事聲實久已傾動一時」；朝方首席代表，後任軍務大臣的金允植致信張謇則謂：「當今用人之際，如吾先生之才，誰不欲以禮致之。」（張謇《自訂年譜》）郭則澐因云：「張季直未第時即負盛名，朝貴爭欲羅致之。」[三]

光緒十年自朝鮮歸，李鴻章與張之洞、張樹聲競相延攬，張謇則欲以科舉正途出身而婉拒，士林因傳「南不拜張，北不拜李」。張謇在此後參加的禮部會試中，光緒十五年孫叔和、十六年陶世鳳、十八年劉可毅均在試卷中隱冒入朝經歷，遂被誤認張謇而中進士，（《自訂年譜》）可謂我國科舉史奇聞。時人將張謇與王闓運、繆荃孫、趙爾巽並稱清末民初「四大才子」；袁世凱稱帝時，稱徐世昌、趙爾巽、李經羲、張謇爲「嵩山四友」。

張謇大魁之年父死丁憂守制，始轉向實業。但仍參加强學會、推動東南互保、倡導立憲等，參與一系列有重大影響的活動。清末辭端方所薦溥儀帝師之職（宣統三年五月十五日《日記》）；武昌首義既起，清廷欲藉張謇在南方的威望而任其爲農工商大臣兼東南宣慰使，以平息燎原之火，被張謇峻拒；并通電清王室，請溥儀遜位而擁護共和。民初，在孫中山南京政府任實業總長；辭袁世凱組閣之邀，而任農商總長、水利局總裁、全國教育會長等職。

張謇對中國近代社會發展的影響至爲重大。

胡適説：「近一點如孫文、張之洞、張謇、嚴復、袁世凱、盛宣懷、康有爲、梁啓超——這些人關係一國的生命……張季直先生在中國近代史上是一個很偉大的失敗的英雄，他獨立開闢了很多新路，做了三十年的開路先鋒。」〔四〕毛澤東提及民族工業時謂有四個人不能忘記：「講重工業不能忘記張之洞，講輕工業不能忘記張謇……」〔五〕改革開放以來，學者從社會模式演進、生産方式發展等角度尋繹中國近現代化的源頭時，都不約而同地把目光聚焦到張謇身上，於是諸如「中國近代社會開拓者」、「中國近代實業的先驅者」、「中國現代農業之父」等桂冠紛至沓來。

張謇研究已成爲近代史研究中的熱點之一，張謇研究國際學術會議已開五屆。張謇哲嗣張孝若編《張季子九録》、江蘇古籍出版社出版的《張謇全集》是研究張謇著述的基本資料；張謇《日記》、《自訂年譜》，張孝若《南通張季直先生傳》、劉厚生《張謇傳記》、章開沅《張謇傳》、莊安正《張謇年譜》是研究張謇生平的重要著述；王敦琴主編的《張謇研究百年回眸》是瞭解張謇研究各領域的歷史、現狀的門徑。

二、前人評述與一個重大誤會

近代學者的「排座次點將」法，是認知其詩壇地位的很好參照。汪國垣《光宣詩壇點將録》初稿，點張謇爲第五十五號「地魔星雲裏金剛宋萬」，定稿則定爲第六十二號「地惡星没面目焦挺」朱銘盤之副，評價不高。〔六〕原因下有詳辨。

錢仲聯《近百年詩壇點將録》點張謇爲第八號「天富星撲天雕李應」。〔七〕

胡先驌讀陳衍《近代詩鈔》後，對「近世大詩人」作《論詩絶句四十首》，張謇列第十五名。〔八〕

林庚白《麗白樓詩話》總論同光詩人時僅提及八人，依次三個層次，張謇屬第一層次，與張之洞「并列第一」：

> 同光詩人什九無真感，惟二張能自道其艱苦與懷抱。二張者，之洞與謇也。……同光詩人，如鄭珍、江湜、范當世、鄭孝胥、陳三立，皆不盡彫琢，能屹然自成其一家，固矣。然珍、湜實當咸同之世，不得列爲同光人。當世、孝胥、三立，則詩才與氣力故自不凡。而孝胥詩情感多虚僞，一以矜才使氣震驚人；三立則方面太狹；當世則外似博大，而内猶局於繩尺，不能自開户牖。……後人喜爲漢、魏、六朝之詩，有辭無意，觸目皆是。……王闓運五言律學杜陵，古體詩學魏晉六朝，亦坐此病。故同一學杜，而梅村之五言律，迥非湘綺樓所及。〔九〕

第一層面即「二張」；第二層面屏除鄭珍、江湜，將同光代表人物范當世、鄭孝胥、陳三立半褒半貶；第三層面對被汪國垣評爲第一人的王闓運幾乎全貶。這也是一種對張謇詩壇地位的排序。

傳統諸如「李杜」、「元白」、「韓柳」、「蘇黄」的并舉式評論，亦可幫助我們認知張詩的地位。與張謇并舉的有「鄭（鄭孝胥）張」、「二張（張之洞）」、「張范（范當世）」等。

一、鄭張并提兩條

湖南人某君題詩壁間，有「鄭張」之目，「張」爲季直。（陳衍《石遺室詩話》卷一三〔十〕）

湖海何人識鄭張？肯投簪紱事農桑。（胡先驌《論詩絶句四十首》）

二、二張并提兩條

同光詩人什九無真感，惟二張能自道其艱苦與懷抱。二張者，之洞與謇也。林庚白《麗白樓詩話》

木庵深刻伯潛精，季子（謇）南皮（之洞）各有成。（汪國垣《論詩絶句十首》之七〔十二〕）

三、范張并提五條

南通詩人張季直、范肯堂父子以外……（陳衍《石遺室詩話》卷三一）

張廉卿先生贈朱曼君詩内有云：「龍虎忽騰上，雄出爲干將。希寶寧復有？欲持貢玉堂。」又，「英英范與張，騄駬騄騏騮」。范即肯堂，張即季直也。其推崇如此。（趙元禮《藏齋詩話》卷下）

通州張季直謇、范肯堂當世、朱曼君銘盤，均以樸學齊名。卬駏相依，藝林爭羨。有《哀雙鳳》

五言排律，流傳一時，亦一段佳話也。……哀感頑艷，盪氣迴腸，亦可想見三君少年時才藻之盛矣。（王逸塘《今傳是樓詩話》）

同光以還，通州詩人張季直、范肯堂、泰興朱曼君名最著。（沈其光《瓶粟齋詩話》）

通州彈丸耳，名以張范輩。（陳三立《哭范肯堂》第二）

鄭孝胥、范當世、陳三立是公認的同光詩派代表；張之洞則林庚白排第一，陳衍亦排第一（見錢仲聯點將録「李慈銘條」）。張謇與鄭、范、張三人同列，詩壇地位可知。

張謇亦有夫子自道，其詩《江都王君索題同光諸賢手札》「不惟詩派有同光」下自注「往與子培（沈曾植）、蘇戡（鄭孝胥）諸君唱酬都下，時有『同光詩體』之目」。《贈陳伯嚴吏部三立》中云：「西江健者陳公子，流輩論才未或先。」這是其自許與沈曾植、鄭孝胥、陳三立爲一流的「歸屬感」與「品秩感」。

關於張謇詩歌地位的評價，我們還必須揭示一宗學界影響評價張詩公正度、準確度、美譽度的極重大誤會，即陳衍、汪國垣、錢仲聯等對張謇詩評價的依據均是僅佔張謇全部詩作三分之一的早期出版的《張季子詩録》，而非全部詩作的《張季子九録》中的《詩録》。

張詩出版的本子主要有二：一是張謇門人東曰琯、李禎整理的《張季子詩録》，民國三年出版。其詩止於清末辛亥年，凡四百三十七題，僅佔其全部詩作的三分之一。該本於民國十三年（一九二四）文藝雜誌社以原名重印；民國二十五（一九三六）年易名爲《張季直詩集》，由上海文業書局印行。由於「張季子詩録」與「張季直詩集」之書名，頗似全集書名，特别是《張季直詩集》印行於張謇既逝其哲嗣張孝若編輯的總集《張季子九録》出版之後，特别具有欺騙性，因被學界誤認爲張詩的全集，其實衹是全部詩作的三分之一。二是張謇詩歌的全集，即《張季子九録》之一的《詩録》，《九録》於民國二十年（一九三一）在上海中華書局出版。《九録》中的「詩録」始將張謇民國以後的詩歌收集整理，合此前之《張季子詩録》，計一千三百三十餘首，數量是《張季子詩録》的三倍，詩藝亦更自如精湛。因《詩録》存於總集《九録》中，從未單獨版行，故學者多誤以爲《張季子詩録》即《張季子九録》中《詩録》、《張季直詩集》即張詩總集，造成評鑒的重大偏頗。

何以知曉前輩學者評價的依憑必是早期的僅三分之一的《張季子詩録》呢？

一、陳衍所編《近代詩選》出版於民國十二年，早《張季子九録》中《詩録》八年，所取衹能是《張季子詩録》，故陳編《近代詩鈔》選張詩六十三首，均係早期本子《張季子詩録》中詩，即辛亥年前清季詩。

二、汪辟疆《光宣詩壇點將録》撰自民國十四年，早《張季子九録》中《詩録》六年。

三、錢仲聯新編《近代詩鈔》於一九九三年出版，録張謇詩四十七首，亦均選自早期本子《張季子詩録》； 撰張謇小傳時徑直説，「有《張季子詩録》十卷行世」，〔十二〕並無《張季子九録》中「九録」的概念。（按，《張季子詩録》分十卷，後《張季子九録》中《詩録》亦十卷，而年次與數量完全不同。）

四、趙元禮《藏齋詩話》引張謇《千齡觀自壽詞》，評曰「予喜其詞翰之美」。其後注曰「《張季子詩録》不載此詩」。「自壽詞」撰于民國十一年，《張季子詩録》祇收辛亥年前詩，自然無此詩。此正説明，時人所見祇是《張季子詩録》。

儻汪、錢等看到張詩全部，點將排序必是另一副面目。

由以上述論可知，張謇够得上一流詩人，其地位是足可參伍於陳三立、鄭孝胥、范當世、沈曾植、陳衍、陳寶琛、張之洞一輩的。

兹再説學者對其詩風的評鑒。諸家評説可謂仁智各異。今將總評性質的歸納爲以下幾類。一、陳衍一處説張詩「時喜作詰屈語」，一處説他「生澀」，其義相近，這是宋詩派的特徵之一。二、林庚白推崇他能「獨抒懷抱」； 章士釗詩論「平生豪氣壓江東，一洗詩人放廢風」； 狄葆賢《平等閣詩話》「詩亦雄放峭峻，肖其爲人」； 錢仲聯《近代詩評》：「張嗇庵謇如瓊琚玉珮，大放厥詞。」均説張詩有真摯曠放的特色。三、汪國垣在《近代詩派與地域》亦有總評，將張謇歸入「江左」一派，説是「德清俞樾、上元金和、會稽李慈銘、金壇馮煦爲領袖，而翁同龢、陳豪、顧雲、段朝端、朱銘盤、周家禄、方爾咸、屠寄、張謇、曹元忠、汪榮寶、吴用威羽翼之」。具體説張謇時，則謂「詩非專至，要無俗韻。則與當代詩人，聯吟接席。習染既深，終謝浮響」。四、章太炎則謂張謇詩「得濂亭（張裕釗）薪火之傳，以文章掄科第者也，詩文别成一家，旨在經世致用」。

評論張謇具體詩作的有：沈其光《瓶粟齋詩話》説「嗇老詩有似宛陵體者。……禪語、理語，往往使讀者不怡。禪語以不窮葛藤爲勝，香山、東坡詩是也；理語以不入理窟爲勝，如嗇老此詩是也」；趙元禮《藏齋詩話》謂其擅「詞翰之美」；王揖唐（逸塘）《今傳是樓詩話》謂張謇、范當世、朱銘盤所聯《哀雙鳳》「哀感頑艷，盪氣迴腸，亦可想見三君少年時才藻之盛矣」。

錢仲聯主編《近代詩鈔》，張謇小傳中，曾述及以上部分論評，不同意汪國垣的説法，然後評斷：「在通州『三怪』中，范當世宗宋，朱銘盤宗唐，而張謇唐宋並蓄。」〔十三〕是謂確論。

三、張謇詩學觀

深厚的學養、豐富的閲歷、勤勉的創作，催生其詩學識見。這些詩學觀既集中於對故舊詩集的序跋，亦散見於談詩信札。信札雖祇片段，亦有精到深切處：

> 僕於詩，特性好之。讀古人詩，必反復諷誦，使窺識其意之所在、趣之所至而止。……步韻之

難，在其意有後先、主客之不同。……詩可拙而不可俚，可樸而不可鄙，可翦裁而不可堆砌。（致沈其光信，見《瓶粟齋詩話》）

昔人言詩文之要，曰一經一緯、一宫一商；經緯以絲織言，宫商以樂律言。經緯主色、主意，宫商主音。若更加之以一出一入、一彼一此，則文章之道與文章之妙盡矣。兒且留意於經緯二字，即以意組織。若能明白色相音節，則已進矣。所謂宫商者，質言之，同一字也，有時宜用陰平，有時宜用陽平；同一意也，有時宜用此字，有時宜用彼字耳！（致張孝若信，見《張謇全集》第四卷）

兒詩句有瑕有瑜。腹儉之病，在以多讀書治之；心粗之病，在養氣使静。推而至一言也須顧首尾，一事也須兼常變、度正負。（致張孝若信，見《張謇全集》第四卷）

但音律仍未入細，氣格尚未堅卓。（致張孝若信，見《張謇全集》第四卷）

而序跋則多理論體系色彩，今亦略擷若干如左。

（二）有事可記，有感而發

其《程一夔君游隴集序》云：

人有恒言曰「詩言志」。謇則謂「詩言事」，無事則詩幾乎熄矣。……蓋其於山川險阻，人物風俗，悉紀之於詩；詩之不足，則援據圖史。博考旁稽，原原本本。筆之於注，必有事在焉，無空作。與謇所抱「詩言事」宗旨合。

「詩言事」的正確理解是：詩當有事可記，有物可依，有感而發。在稍後作《徐徵君並子元尹孝廉遺著序》稱讚元尹的詩時説，「詩不多作，作亦有淵源，無畦町，旨遠而義達，氣雋而聲永」，與上文的「必有事在焉，無空作」大致相同。

(二) 有文有質，宗風宗雅

張謇爲其年輕時期的老師王菘畦作《藤華館遺詩序》，在評價中表達了自己的詩學見解：

先生生平貞不絶物，夷不隨俗，沖襟定宇，天與道合。其發爲詩，乃逸而不僻，邃而不鉥，雋巧而不藻飾，亦可謂有文有質，風雅之宗矣。

此段重點在「有文有質，風雅之宗」。「文」是外在形式，「質」是内在實質。「風雅之宗」指的是我國從《詩經》以來的内容形式兩全其美的優良傳統。

(三)隨時空異,因人文承

張謇在《金松岑詩序》中説道:

昔人有言,文章風氣隨時代而異,固也。吾以爲隨時代而異者,風耳。若氣則隨山川而異。前例不勝舉。論吾蘇之詩格……而地處温帶,氣候又適中,故士習好文。而發爲詩歌,無華無樸,無晰無奥,無夷無峻,玩其氣,殆莫不清深而和雅。吴江金君松岑好爲詩,斐然有以自見。……若計、若潘、若吴,其與當時諸先輩,鴻聲茂譽,猶驂之靳焉。金君生計、潘、吴三先生後,翹才露穎,極於學以爲工,亦可謂卓犖不群者矣。

此段固然講了「山川」地理對人、對詩風的影響,其實不儘然。細味下文,説金松岑受吴江上輩詩人「計、潘、吴」三先生及宋代詩人范石湖的影響,是「襲」中出新。因此,張謇此序的意思是,詩的風格受時代的影響,受地域的影響,也受先賢的影響,在承襲中發展。

（四）别人賢愚，觀世盛衰

張謇多次引用班固的話，申述自己對詩的功能的看法。《朝鮮金滄江雲山韶護堂集序》開頭説道：「班孟堅之言曰：詩『蓋以别賢不肖而觀盛衰』」。在《藤華館遺詩序》中又説到「夫古今人固無世無時而皆有賢不肖……」。在序金滄江詩集中，稱揚了金滄江等詩人在「厭薄儒術」、世風日下之時能「不驟遷於異説」，而從詩中顯出其賢與不肖之别，復能看出世之「盛衰」之變。張謇的這些觀點，是符合「知人論世」、「知人論詩（文）」、「由文（詩）知人」、「由文（詩）知世」的認知規律的。

（五）述苦人苦，救窮人窮

吴嘉紀是親自煮海燒鹽的「煎丁」，其詩反映出煎丁之苦。作爲出生江濱海邊，少小參加過田間勞作並熟稔煎丁生活的張謇，對吴嘉紀的詩有切身的感受，因此在《吴陋軒遺像跋》中説道：「要之，士大夫有口當述苦人之苦，有手當救窮人之窮，若陋軒述煎丁苦狀，乃無一字不有淚痕者，可云詩不徒作矣！」

（六）宣鬱必噫，吐懷必鳴

張謇在《朝鮮金滄江刊申紫霞詩集序》中寫道：

夫詩固養生之術也。人之生宣鬱必噫，吐懷必鳴。詩以美其噫與鳴云爾，人情寧有不願聞噫與鳴之美而喜其惡者？

這些觀念與中國詩學中「心之憂矣，我歌且謡」（《詩經·魏風·園有桃》）、「君子作歌，維以告哀」（《詩經·小雅·四月》）以及「不平則鳴」是相通的。

此外，張謇在《壽愷堂集序》中主張詩歌應當竭力創設「春條楊花，谷泉送響，風日會美，而林壑俱深，有會於絲竹之音」的優美意境；在《梅歐閣詩録序》中關於「人有靈蠢，斯有文野；文則必繁，野則必簡；繁而溺必縟，簡而任必俚；溺於繁則淫哇作，任於俚則鄙倍作」的品讀評斷，都精審而有見地。

綜合起來看張謇的詩學觀，還是有一條明晰的主綫的，那就是現實主義的基本精神，主要體現在關注社會，關注百姓，關注人生；以及關於詩歌可以知人明世的觀點，是與中國傳統的詩學一脈相承的，亦與其詩作相合。

四、張謇詩的内容

（一）史詩品格

所謂「史詩品格」，係指詩人能以客觀平實的心態，敏鋭勁健的筆力，縱可涵蓋、横能深入地記録社會事實，能較本質地反映社會的歷史的真實的詩篇。關心底層百姓的生活，是「史詩」的基本特徵。當他年未弱冠，尚未廣泛接觸社會的時候，就有了這樣一首詩：

朝朝復莫莫，風炎日蒸土。誰云江南好，但覺農婦苦。頭蓬脛赬足藉苴，少者露臂長者乳。亂後田荒莽且廡，瘠人腴田田有主。君不見閶門女兒年十五，玉貌如花艷歌舞。倚門日博千黄金，衹費朝來一眉嫵。（《農婦歎》）

此詩既述農婦之苦，又對比閶門女兒博錢之易，深刻地反映了當時的畸形社會。在稍後的《雨歎》中，詩人對久雨不晴給農民造成的災害給予了深切的同情：「貧賤性命溝壑輕，沮洳泥淖寧敢憎？東皋老農輟耒耕，可憐八口愁吞聲。……君不見貴官堂上臂燭明，主稱百歲賓千齡。前席互進玻璃觥，醉裏歌呼頌太平！」詩人在考中狀元以後，犀利的筆觸並未離開對底層人民的關注，他在光緒二十五年年近歲逼之時，所寫的《州城書所聞四首》的第四首寫道：「例規未與額兵裁，攤扣差錢按日開。沙布蕩柴剛納罷，石油蒲醬又輸來。」

光緒二十九年，張謇去日本考察回家，船過狼山突遇驟雨，寫下這樣的詩句：「時爲近鄉詢旱潦，不堪聽客數科名。年來寇盜真充斥，此日江干甫角聲！」又如《過頤和園》：

圓明灰燼尚餘温，土木巍峨復此園。赤舌燒城民與劫，黄金齊閣佛何尊！新蒲細柳千門鑠，石獸銅獅一代存。流水豈知興廢感，朝朝濺雪出牆根。（原注：清光緒朝，慈禧太后建佛香閣，費一百數十萬。）

作爲清末狀元，曾被薦作溥儀老師的張謇，能有這樣的認知，殊爲可貴。張謇在他逝世的那年（民國十五年）二月有首長詩：《有人歸自京師述所見聞慨世亂之未已悲民生之益窮成詩一篇寄此孤憤》，題旨風格猶杜甫《詠懷五百字》，有强烈的史詩感，能撼人心魄。

（二）仕進心聲

張謇曾經概括他的仕進生涯，以十二歲自己家延請宋蓬山開帳始而到戊戌年（時四十六歲）散館試終，首尾三十五年（《張季子九録·外録》之自序）。漫長的仕進道路與强烈的仕進意識，決定了他的詩作存有一大批反映仕進的心聲。

詩集中第三首《中秋宋宅樓中對月》，是少年時作：「百年當短燭，獨夜正高樓。耿耿丹霄路，迢迢碧樹秋。」入幕前留别諸友詩：「龍虎有時吟寶劍，斗牛何處繫靈查？」又如：

未便新詩干物妬，魚龍跋扈看中流。（《詰明風雨詩以自解》）

誰言據地龍方卧，鱗甲掀張欲並飛。（《松影》）

試到淮陰問年少，帶刀可有舊時雄？（《送履平之淮安》）

天壤馮夷宕，山川自古今。迴帆聽撾鼓，吾意却沉吟。（《海嶽歸來圖爲某作》）

這些詩篇，用直捷或隱微的方式，表達詩人對仕進和功名的渴望。

（三）報國素志

保國安民是張謇素志，亦是他用一生來實踐的夢想，自然是詩歌的主題。他寄學西亭宋宅的時候，有《答宋養田祚鑣》：

衆中自昔失馮驩，海上誰能識幼安？自許清狂論醉醒，不妨好句塞悲酸。百年盡作留皮想，三日應須刮目看。乍夜君書剛讀罷，小窗風雨作深寒。

即使在國家兵戈靜息闔家守歲的時刻，猶説出「猶是南陔依父母，還因北斗看君王」（《除夕與叔兄守歲》），當交遊的朋友説及邊塞風光時，就忍不住想獻身爲國而躍躍欲試：「風旋雕影大，雪照馬頭明。出塞男兒事，飛騰欲請纓！」（《聽人説秦中風景二首》之二）

左宗棠收復新疆，張謇激奮異常，連寫兩首七律，表達他的報國壯志。

要識狼槃猶郡縣，正須驪犖費金錢。至尊宵旰求方略，早晚應屯塞上田。（《西征官軍收復新疆》之一）

兵間自覺儒冠賤，國事寧容我輩憂！慚愧故人相問訊，勞勞終歲稻粱謀。（《西征官軍收復新疆》之二）

張謇與人的贈答之中，藉稱頌對方，亦澆心中塊壘。如《送梁編修鼎芬歸番禺二首》之一：「聖代能容直，封書未是狂。九關騰猛虎，一角弄神羊。山木知應壽，函刀故有鉎。沈冥看六合，吾意爲蒼茫。」《題梁節盦青天倚劍圖》：「男兒要識君恩重，留斬名王席上頭。」

當他決定斬斷仕進，投身實業之時，報國之素志亦未嘗稍減。張謇去日本考察實業，發出「山經地志祖禹貢，當年疏奠誰之功？推書撲筆仰天歎，冥想著我陶輪中」（《松永道中》）的慨歎。當他經過當年李鴻章簽訂《馬關條約》的春帆樓前時，寫下了這樣沉痛的詩篇：「是誰亟續貴和篇，遺恨長留乙未年。第一遊人須記取，春帆樓上馬關前。」（《東遊紀行二十六首》之六）在《國粹保存會第三年祝典徵詩》中說：「世變九州三古絶，國魂千劫一絲輕。維持自繫吾曹事，辛苦叢殘已得名。」其維繫國魂的心志始終不移。

張謇是一個與時俱進的人，在民國二年應教育部而作的《擬國歌》中公然唱出「貴胄兮君位，揖讓兮民從……天下爲公兮……貴民兮輕君，世進兮民主」的强音，委實的難能可貴！

(四)風物勝景

張謇每能抓住風物景致的特點,道人所未道,推陳出新,别有勝意:

亂鴉爭落日,古木向棲煙。風側帆三面,沙平轍一弦。(《南村》)

雲從半空起,風竟六時囂。魚蛤供餐賤,蒲鹽奉税饒。(《觀海》)

雲薄難成葉,星摇欲有花。魚罾潮漉月。蛤路雨明沙。(《江晴遠眺》)

酒旆霜中低落月,漁燈風外亂疏星。(《青龍港》)

殘花緣路漬,好鳥避人鳴。樹密炊煙合,江空落照明。(《晚晴》)

潮痕江岸白,雲氣海門黄。(《滸通港》)

潛鱗因曝聳,乳燕學飛低。(《小鷗波館再題》)

水氣蒸殘月,沙痕露退潮。(《作客》)

過烏雲嫌白,浮花水與紅。(《壺外亭小坐》)

這些都具有鮮明的江海鄉野的特色,摹景中還每富理趣。諸如:「濕煙低户影,疏雨過桐聲」

（《叔兄徐沛之輔清偕宿州城東延壽庵》）；「地荒秋到易，客券鳥歸先」（《城南晚步》）；「老屋芭蕉雨，孤鐙蟋蟀秋」（《晚霽》）；「聽風階走葉，愛月幔藏鐙」（《夜坐》）；「潮平兼岸廣，人遠倚天長」（《曉起海上行堤》）；「野螢穿樹入，水鳥隔牆呼」（《小築南榮夜坐》）；「蟬因山靜噪，魚對客觀忙」（《林溪所感》）。此等景物，雖亦古今詩詞中常有，而張謇能出新意。

（五）情韻遺響

張謇早年詩作中愛情詩極少。新婚第一年出幕《代賦閨思》一首，具有古題新翻意味。最早可以確定爲張謇的愛情詩的當是他考取狀元以後的一首追思之詩《經通州西亭雜感四首》之三：「橋南大宅舊名莊，廿五年前杜牧狂。客自不來人不待，碧桃花底幾殘陽？」此懷念早年業師宋璞齋擬將女兒許予他而其父未應之事。宋女逝，後有「悼亡」：「往事蜉蝣耳，人間五十年。……平時滋間闊，況乃隔重泉！」

但是，張謇的晚年，戀上有「繡聖」之稱的沈壽，深陷情感的泥潭，爲其寫下衆多的情詩。

張謇延沈壽作南通女師繡工教習在辛亥年，民國五年夏开始有涉沈詩：「月明爲我送人行，人去樓頭月自明。從古離人託明月，何應月不管離情。」（《月明》）以後連續有類似詩篇。民國六年正月一日起，張謇思懷沈壽的詩篇首先出現，題目爲《以詩侑梅贈雪君（沈壽名雪宧）慰其新愈》。以後直至民國十年沈壽逝世，六年間張謇思戀沈壽詩計近二十首，沈壽死後又有多首「悼亡」詩，而在民國十年冬至民國十一年春之間，張謇以《惜憶》爲題一下子寫下懷念沈壽的詩歌四十八首截句，以切沈壽活了四十八歲。兹舉數首，以見一斑：

所見似愁還似病，自言非困更非慵。……多少情懷緘芍藥，柰何連到玉芙蓉！（《記夢》）

楊枝絲短柳絲長，旋合旋開亦可傷。要合一池煙水氣，長長短短護鴛鴦。（《謙亭楊柳》）

一句小别寧爲遠，但覺君西我已東。留得閒花朝夕伴，緑梅開了碧桃紅。（《寄雪君》）

因君强飯我加餐，尺簡能令寸抱寬。鏡裏玉釵應尚怯，窗前繡稿未容看。（《聞雪君病小愈寄二截句當簡》）

忽等桃花付水流，奈無人替此花愁。自開自落清波上，不惜春風不恨秋。（《雨後見鳳仙漂雪宧庭後池中》）

鏡中證覺三生夢，紙上招回九逝魂。咫尺新墳來往便，樓頭煙月候黄昏。（《題遺像詩》）

召亡曾試鴻都客，召得翁嬟百種哀。漢武歌詞君最熟，他時帳裏倘能來！（《惜憶》）

從暗相知已到明相愛戀，從小别的思念到生病的關切，從睹物思人到遺像悼亡，表現了張謇對沈壽真摯的情感。詩歌含蓄藴藉，頗可玩味。

屬於情詩範疇的還有對元配徐夫人的悼亡，多達二十餘首，亦能真摯感人。

（六）唱酬妙品

張謇的青年才俊、幕府中堅、殿試狀元、翰林修撰、政府要員、實業巨擘、學界耆宿的特殊身份，使他唱酬不暇應付。張謇的唱酬詩亦可謂無所不爲，題畫、鑒書、識文、侑酒、贈别、紀遊、寄簡、賀壽、傷逝、慰疾、消寒等，均所常作。

五、張謇詩特色

張謇詩的藝術風格，錢仲聯謂之「唐宋并蓄」，十分精當。以唐代而言，其詩所涉風物勝景，極似韋應物的簡淡清新；所涉民生疾苦，頗如白居易的樸實峻切；所涉君國大事，能步杜子美的沉鬱頓挫，所涉離情别意，略似李商隱的纏綿朦朧。以宋代而言，蘇東坡之理趣，江西派之生澀，陸務觀之放逸，梅堯臣之散易，在張詩中都能見到影子。

可以這麽説，中國古典詩學中，賦、比、興，意、境、象，情、理、趣；曠、婉、幽，疏、密、暢，雅、艷、拙等等，都能從張謇詩集中找到相應例證。而且不僅佳勝，間有創新。上文所舉有限之例，足資證明。因此，屬於以上美學範疇的藝術特色姑且不論。若用一定之視域審視，張謇詩是極有特色的。這裏祇説他人罕至的兩個方面：一是詩形式之集大成；二是詩功用之達極致。

（一）形式之集大成

其具體所指，就近體詩而言——五言絶句，五言律詩，五言應制詩，五言排律，五言律絶拗體；七言絶句，七言律詩，七言排律，七言律絶拗體。就古體詩而言，五古、七古、雜言，騷體詩、歌行體、樂府體，還有六言詩、四言詩。就別體詩而言，曲子詞、兒歌、歌謠、現代歌詞等凡張謇之前曾有之詩體，甚至當時萌生的新詩體，在其詩集中竟然莫不賅備。

此前詩人很少能達到如此「境界」。從這裏看出的信息是，一方面，張謇有意把中國曾經出現過的詩體，全部實踐一遍。標示他什麼都能寫，什麼都能寫好。另一方面，我們又可看出，張謇的詩備衆體，是豐富多樣的生活決定的，是其表述的内容與傳達的對象決定的。

四言詩是《詩經》基本形式，古樸莊嚴，遂用於題佛像等莊重場合，如《孫瓊華畫觀音像》：「山空海空，雲流水流。是般若地，即華嚴樓。以無住住，觀真修修。善哉慧業，現此靈區。佛隨以覺，禪相畫求。寂照雙遣，無人一漚。」題梅蘭芳觀音像、貫詢畫佛像等亦如此。在辭謝北洋政府頒授其勛章時，亦以四言作「評詩九章」，以示莊重。

六言詩是詩歌史所罕見者，其集中亦有多首，如《雨霽》、《新成鶴亭六言》等。

歌行體可長篇叙事，他以「行」命名的詩歌就達十來篇，如《守歲行》、《移松行》、《白鳳行》、《懲蛇行》等。表明他「詩言事」的旨趣。

張謇曾寫過《通海勸防歌》，長達八十句，作爲近乎文盲的團丁的教材，用的全是方言土語，這在别人的集子中是看不到的。

張謇寫過多首「現代」歌詞，如《通州師範學校校歌》等近十首校歌、《墾牧鄉歌》等。張謇曾經分别爲清朝和民國寫過國歌，清朝國歌爲《華族祖國歌》，寫於清光緒三十年；民國時《擬國歌》，寫於民國二年，所用即是騷體歌詩，中間有「兮」，如開首即是「仰配天之高高兮，首昆侖祖峰；俯江河以經緯地輿兮，環四海而會同」。

兒歌多短句，多疊詞重言，句中句尾加語氣詞，如《金魚歌》與《風車歌》。

此外，轆轤體詩、頂針格詩等亦能看見。

張謇之欲窮盡詩形式的心態，試舉一個例子。光緒六年春，「通州三怪」張謇、范當世、朱銘盤由通州同行去江寧，路上便聯句消遣。第一題「倒押五物韻」，其韻極生僻，故一人每一輪次可在二、三、四句幅度中任選，總五十聯，將冷僻的「五物韻」韻字幾乎用完；第二題《諸葛忠武畫像聯句》，稍易，則限句句换人的單句聯；第三題《哀雙鳳》排律，則按常規，每人對前一人的上聯，再給後一人出上聯；第四題是七律五首組詩，循環聯對。總之，把聯句的所有形式，都實踐了一遍。「通州三怪」的美名，正是這次得以傳揚的。

張謇詩集，可謂中國詩歌體式的標本庫，對各體的使用，具有一定的範式意義。

（二）功用之達極致

詩歌功用與上文的詩歌内容之間有交叉，但各有側重。我國詩學中，關於詩歌功用，多精闢論述：詩言志，詩緣情，詩述懷；詩興、觀、群、怨，詩之叙事、寫景、懷古、詠物，詩之祝壽、賀喜、慶生、悼亡、贈别、賡和。這些，張謇的詩集中同樣可以找到大量例證，且多有佳例。亦可謂集大成，兹不具體申述。

許多生活瑣事，張謇均可入詩。貓逸，則「悼以詩」；貓回，「復志喜慰」。鶴亡，乃有《吊鶴》長詩；且有《悼鶴咎司鶴者》、《鬻字買鶴》、《買鶴得鶴》、《林溪鶴逸其一詩以送之》等詩。有人贈以白燕，爲鄰貓所噬，要「欷悼繫之」；羅生再贈雙燕，則「爲記長句」；及至其中雌燕墜隕，遂「賦一截句慰其雄」；而「越日雄亦死」，再以詩哀之。至此，詠燕已有四首！留鬍子，寫《蓄鬚》記之；牙疼，則《病齒示家人》；友人納妾，有《嘲吴彦復》；車中打盹，也有《車中假寐三十里》。這些足以表明對傳統詩歌功用的擴張。張謇對詩功用的創新，是基於他的詩歌理念的。「人有恒言曰：詩言志。謇則謂詩言事，無事則詩幾乎熄矣。」這是他針對詩學的基石「詩言志」説的，説得斬釘截鐵，這句話是綱領性的。這句話的核心是詩要「言事」，詩要「爲事」，詩要「成事」。張謇有一首詩涉及重要的功用觀。鄭孝胥題詩於張孝若扇面，他復題一首於另一面：「鄭君……有子四五人，燦燦成雁行。令各習一藝，勿爲詩所傷。詩好漫無用，不好徒啾嗆……世亂要材用，材必棟與梁。」意思是説，假如專意於詩，將妨礙「習一藝（謀生技能）」；詩固好亦散漫無用，詩若差似鳥叫更不行，社會需要真才實學。寫詩僅是人們真才實學之緒餘，爲人成才服務，爲人成事服務。

張謇雖然不把屈原、李白、杜甫等一流「詩人」作爲自己的終極目標，但同時他也以爲，他這個時代的人，寫詩也是十分重要的。從張謇詩歌實踐的考察分析中看出，他除了認爲詩可言志、述懷、抒情、記事之外，還把詩歌看成是交際的工具、成事的手段，是才學的展示，是知識的表述，是事物的説明，是生活的一部分。

光緒十八年，張謇第四次會試被黜，心情甚是低落。五月初回家，初一、初二、初三接連給三人寫詩十四首。給翁同龢四首，每首十六句；給黄體芳四首，每首八句；給盛昱六首，每首八句。翁同龢的身份地位是無需説的，他還是這一年會試的主考。黄體芳時任左都御史，是很有影響的清流高官；盛昱則是國子監祭酒，在清王室極有影響。張謇所寫可不是一首律絶而已，而是多首長詩，目的何在？在給翁詩的第一句是「東坡初出門，獨嚮歐陽子」，自比舉子蘇軾，把翁氏比作考官歐陽修；在給黄詩中一句爲「將夢扶頽翼，增酸撫困鱗」；給盛昱的詩題即謂「僕與君交大似……泰不華之于煮石山農（即王冕）」，泰不華是推薦王冕任職翰林院者。其目的就顯而易見，希望對方在下一次會試中繼續伸以援手。果然，第五次會試中，翁同龢千方百計，不惜「舞弊」，奉張謇以狀元的桂冠。

再舉一例，民國十二年，張謇父子幾經努力，使孝若獲得北洋政府「歐美實業考察專使」的職銜。張謇爲擴大此行影響，籠絡地方政要，早早策劃此事，擬於七月七夕宴請賓客，並賦詩賡和。張謇七月初一的《日記》：「擬七夕以『蘇來舫』宴客。有詩，囑人和之。」這裏要説的是，張謇的預作籌劃的細心，七日前就「有詩，囑人和之」，唯恐冷落場面；而初七日宴飲那夜的詩有一句竟然是「七夕詩成七日前」。可見，張謇是把寫詩作爲成事的方法、手段的。

從這一意義説，章太炎謂張詩「别成一家，旨在經世致用」，是極爲剴切的。

張謇把詩歌看作自我「呈現」的載體，是才學的展示，是知識的展示。張謇有多首關於文物考訂的長篇七古，如對「禮器碑」拓本、「蜀石經」拓本、「唐昭陵六駿圖拓本」、「唐天后鳳閣之寶（武則天玉璽）」的吟詠，對其源流、本事、學術史地位，詳加考訂評析，亦史亦典，令人眩目。而對通州端午節的鍾馗圖展，則又把鍾馗故事的本事、流變及民俗詳加區分闡述。

他有兩首題畫詩分别是集唐詩、集杜詩做成的，可不是一首絶句打發敷衍的。《分題仇十洲士女圖戲集唐人句》三絶十二句，集自十二位詩人，前十一人註明作者，最後一句注「前人」誤以爲是杜荀鶴，今用電腦搜索知是曹唐。可見詩人集詩，絶不翻書查找，全憑記憶。而《集杜題仕隱圖應范月查觀察》是兩首五言律詩。稱絶的是，集成之律詩，對仗工穩，詩意熨貼，起承轉合，巧奪天工。由此可知，張謇之於《全唐詩》，是非常熟悉的。其知識之豐贍，記憶之驚人，技巧之純熟，令人瞠目結舌——這也是炫示自己才學的一個方面。

説明文完全是現代概念，但張謇已經用詩歌來代説明了，如《水碓》、《鳳眼蓮（水葫蘆）》。這完全陌生的事物，讓人看了詩後，還真明白了。

張謇把詩歌作爲教育兒子的重要「載體」，張謇詩集中專寫與張孝若的有數十首，其中大部分是教育兒子修身，指示兒子做事，告誡兒子慎行的。如《怡兒二十生日示訓》、《怡兒遊學美洲將行詩以策之》、《怡兒數應人講説之請因示》。有趣的是，一次張謇要怡兒到老家移栽梅樹，竟然亦是以詩歌的方式傳達的——《令怡兒選記後園欲移之梅》。

詩學史上有以詩論詩的，如杜甫有「六絶句」，元好問有「三十絶句」。張謇則用以評劇，民國八年，梅蘭芳、歐陽予倩來南通演戲，梅、歐每演一劇，則以一詩評贊，以《傳奇樂府》排列，十天十題，每題二三首，達數十首。

張詩還有這樣的功用，天久旱，作《訟雨》，要「請治雨師罪」；天久雨，則作《歎雨》，怨恨「癡龍弄狡」……

張謇用詩題畫，題集之外，還用詩鑒定文物、銘刻器物……

這些都是别的詩集難得見到的，或者是難達「極致」的。實際上，他把詩的功用「功能」大大提升了一個層次。

僅就張謇詩形式之集大成、詩功用之達極致兩特色而言，就在中國詩歌史上有不可忽視的地位。

張謇雖「餘事作詩人」，却是有特色的詩人、高産的詩人。今集得一千四百餘題，在他同時代、同地位的一流詩人中是居甚前的。由於他生前出版的第一本詩集《張季子詩録》恰佔總數的三分之一，又是以清代爲結束，顯示相對的獨立性，於是我們可以把他清以後的詩亦一分爲二，使之成爲相對均勻的三編。即張謇前三分之一的詩作於五十八歲前，中三分之一的詩是其後十二年所作，而後三分之一的詩則是生命最後的三年寫就！假如他一生中都以生命最後三年寫詩的「速度」來寫詩，其數量若何？藝術又將若何？

這次整理以民國二十年刊《張季子九録》中的《詩録》爲底本，主要參校的有張謇生前出版的

《張季子詩録》，上文提及的張謇《日記》、《張季直詩集》、《張南通詩文鈔》等。亦參南通圖書館、張謇研究中心編輯，由江蘇古籍出版社一九九四年出版的《張謇全集》中的第五卷（下）藝文編中的詩（詞）部分。《張謇全集》詩歌卷從張謇《日記》的手稿中獲取底本漏編的三十九題，并據《日記》而繫詩達六百餘題，亦偶有訂誤，其功不容無視。惟因全集詩歌卷是簡化字版，在繁簡字、古今字、異體字的處理中不盡規範，因存瑕疵。這次又從《張季子九録》、《張謇全集》的其他卷帙、他人研究文章中又發現十六題，又移來原在外録中的十六首試帖詩，加上底本一千三百三十餘題，總得一千四百餘題，二千餘首詩（張詩常一題多首，如「東遊紀行」即一題二十六首，「惜憶」則一題四十八首）。

校勘自當重視「復原」與「列異」，而訂正初版的源頭訛誤至爲重要。張謇門生束曰琯、李禎，哲嗣張孝若在認讀張謇的手寫體時仍有不少訛誤，今據語意邏輯、詩律音韻一一作出辨析訂正。

又據本叢書體例，編成相關傳記資料、諸家序跋、諸家評論、詩人簡譜等，作爲附録。

本書校點得到上海古籍出版社聶世美先生的熱情指導與真誠幫助，在此深表謝忱。本書一定存有不少訛誤，懇請方家批評指正。

註釋：

[一]張謇研究中心編《張謇全集》，江蘇古籍出版社一九九四年版，第一卷第一一頁附録。

[二]張孝若著《南通張季直先生傳》第四四頁。

[三]張寅彭編《民國詩話叢編》上海書店出版社二〇〇二年版第四册第七七一頁。

[四]張孝若《南通張季直先生傳》之胡適序言，第三頁。

[五]張敬禮《回憶毛澤東、周恩來論張謇》，海門縣文史資料第八輯。

[六]《三百年來詩壇人物評·小傳彙録》第一三七頁、第一〇四頁。

[七]《三百年來詩壇人物評·小傳彙録》第一五三頁。

[八]《學衡》第三三期。

[九]張寅彭編《民國詩話叢編》第六册第一三四頁。

[十]張寅彭編《民國詩話叢編》第一册第一九三頁。

[十一]《汪辟疆説近代詩》上海古籍出版社二〇〇一年版第二九〇頁。

[十二]錢仲聯編《近代詩鈔》第八五七頁。

[十三]錢仲聯主編《近代詩鈔》第八五八頁。

目録

目録

卷四 自清光緒二十八年壬寅訖宣統三年辛亥

卷五 自民國元年壬子訖四年乙卯

卷七 自民國八年己未訖十年辛酉

卷八 自民國十一年壬戌訖十二年癸亥

卷九 民國十三年甲子

卷十 自民國十四年乙丑訖十五年丙寅

【附録一】集外詩輯補……六五三

卷一　自清同治三年甲子訖光緒四年戊寅

盆松

山澤孤生種，誰將到此盆？青蒼一撮土，蟠鬱百年根。宿黛含霜氣，創鱗見斧痕。等閑憐託處，梁棟與誰論！

【編年】此詩在《張季子九録·詩録》（以下稱底本）、《張季子詩録》（以下稱《詩録》）列第一首。《張謇全集》（以下稱《全集》）之詩詞編，則據《日記》繫年於光緒二年。按，光緒二年正月二十四日《日記》云：「録詩，改少作《盆松》一首。」

畫鴨

短竹闌前拍拍鳴，蘆芽三尺水初生。滄洲何限閑鷗鷺，相對煙波萬里晴。

中秋宋宅樓中對月

雲海騰初月，清光浩欲浮。百年當短燭，獨夜正高樓。耿耿丹霄路，迢迢碧樹秋。都忘更漏永，河漢向西流。

宋氏塾冬夜大雪

彤雲漫空冪空碧，回風揭簾透簾隙。鐙昏不穗研有冰，開門雪花大如席。將稀旋密疾復徐，聽弗聞聲皓已積。但看脩竹失蒼容，却與寒梅瑩貞魄。少年此時肝膽清，俛印歌商真氣逖。浩然欲控雙白龍，去訪神人藐姑射。

過排河觀

滄海成田後，巍然一寺開。鐘聲隨鳥遠，河勢趁林回。佛圮塵龕在，僧貧土挫頹。興衰何處問？夕曖上經臺。

叔兄徐沛之輔清偕宿州城東延壽庵

謂逐賓王隊，言隨長者車。陰霖棲佛座，長晝聽齋魚。我法曾無用，依人百不如。深宵看宿火，家家遠公廬。

倦夢渾無賴，悶愁滅更生。濕煙低户影，疏雨過桐聲。饑鼠窺鐙出，驚蚊墮枕鳴。便謀成一飽，已足愧生平。

西亭詩社分賦杏林春燕

細雨廉纖畫閣東，紫襟飄瞥試春風。競銜朱蕊來鄰社，細帶香泥出舊宫。幾翦霜環成碎錦，半簾梭角破欹紅。乳鶯舌巧應相笑，却落梨花冷院中。

千佛寺

複沚回汀水一涯，招提是處並行查。煙寒篠簜縈茅屋，風靜楸榆點暮鴉。衰草城邊游客渡，夕陽野外病僧家。年年來去孤篷裏，卧聽鐘聲間晚笳。

題山水

一夜雨聲寒，飛泉響千尺。山人初起時，嵐光染衣碧。
危松踞顛厓，孤艇衡幽壑。不見秋風生，秋心自寥廓。

早梅

無限含春意，朔風吹未開。不知殘雪裏，已有暗香來。

南村

卅里南村路，人家半水邊。亂鴉爭落日，古木向棲煙。風側帆三面，沙平轍一弦。誰將人外意，相與媚幽妍？

山寺遇雪

風雲一夜黯空山，稷雪聲中旭影寒。隔斷紅梅三百樹，獨看飛鵲上江干。

習靜

習靜翻成懶，尋春更苦詩。草薰人煦煦，雲影水漪漪。社燕營泥疾，村蠶浴種遲。肯令輒物候，徒與玩芳時。

雨霽

漁磯水漲欲没，燕巢泥新未乾。日薄高柳壓影，風來落花送寒。

西亭詩社分賦閨怨

鬢花蕉萃鏡中枝，梁燕飄零足上絲。燕子不歸花不語，闌干又過一春期。

苦樵行爲徐翔林石麟作

層巖落葉風蕭蕭，樵斧入林驚猿號。林陰虎氣逼人冷，揹斧房皇走歧徑。樵采終日不得薪，日暮畏虎常閉門。有時得薪一肩足，市之不能果枵腹。樵客廢樵一再歎，側身天地良獨難。

會當摧眉折腰求大官。我酌樵客酺，樵客聽我語。山中之樵未足苦，世上紛紛冠者虎。

遊珠媚園 園故前明顧大司馬别業後歸王氏

太守歸田日，微聞父老言。樓臺平地起，裙屐一時尊。珠去川難媚，碑殘字僅存。奉輿堂舊事，愴絶不堪論。興廢由來事，游觀尚此園。橋傾人碌礤，花雜鳥啾喧。金谷誰賓主，烏衣尚子孫。徒看荒沼水，一碧帶城根。

【校記】

〔人碌礤〕疑當作「石碌礤」。按，碌礤，爲石貌，沙石貌。《玉篇·石部》：「碌，碌礤，多沙石。」《廣韻·屋韻》：「礤，碌礤，石地不平也。」《集韻·覺韻》：「碌，礤，石也」。園中「（石）橋傾」因成「石碌礤」。「人碌礤」則文意不通。致誤之因在書寫：「石」之第一筆「横」短且與第二筆「撇」相連；「口」連筆漫漶，則與「人」相似。

立秋日送人還蜀

歸路迢遙直上天，當筵苦與説程籤。江同漢沔雙流逆，山向夔巫萬點尖。亂後友朋難作別，尊前風雨已銷炎。扁舟計爾還家日，千樹江洲橘正甜。

作客

作客驚秋早，還家覺路遥。詩愁憑遠柝，鄉夢轉輕橈。水氣蒸殘月，沙痕露退潮。思親應不寐，白髮坐涼宵。

施伯厚祖望歸自山西見訪

三歲兵間客，驅車往復回。艱難多苦語，質素見清才。衣食終須計，烽煙尚可哀。勞勞廉吏子，爲爾重低徊。

檢衣

北風動庭樹，落葉浩如雪。遊子身覺單，檢衣輒嗚咽。遊子還家時，襦袴垢且裂。垢者忽以澣，裂者忽以綴。澣斯復綴斯，不聞慈母説。遊子計出門，終歲十常七。還家慈母劬，出門慈母惙。念此心孔傷，淚下不可掇。遊子眼中淚，慈母心上血。

晚霽

霽色上層樓，輕煙散未收。薄寒凌客坐，衆緑到漁舟。老屋芭蕉雨，孤鐙蟋蟀秋。誰人吹玉笛？唤起百年愁。

答宋養田祚鏕

衆中自昔失馮驩，海上誰能識幼安？自許清狂論醉醒，不妨好句塞悲酸。百年盡作留皮想，三日應須刮目看。乍夜君書剛讀罷，小窗風雨作深寒。

宋先生宅舊有海棠一株歲直花時輒有佳會三數年來故老零落盡矣因時感觸愴然賦之

蒼靈爛漫真無度，盡散燕支化芳樹。鶯嬌蝶怨不勝情，韶光瞚息已朝暮。婆娑諸老當時賢，酒龍詩虎相聯翩。因花歲歲發新唱，剛日柔日觴酌連。我昔追隨尚黄口，蛇蚓蟠箋見者走。旗鼓時復當中軍，壇坫爭呼作小友。日月逝矣曾幾時，人事變遷空花枝。稚川丹砂竭仙井，子京紅杏凋春辭。主人愛客孟公亞，筮豫盍朋好以暇。人惟求舊不惟新，臣卜其晝兼卜夜。酒闌燭灺來東風，露華皚皚月轉空。千絲萬絲劇相同，垂垂無力嚨妝紅。嚨紅寧復關愁思，倚遍闌干逞妍媚。草木無情人有心，對花三嘆不能置。

送徐翔林歸丹徒

春雲薄薄草萋萋，送客今朝趁馬蹄。一路東風楊柳岸，鷓鴣啼盡子規啼。
狼山西去水黏天，一垞南徐對面圓。料有紅鱗三十六，東來傳汝北歸篇。

觀海

近海地常濕，無山天更遥。雲從半空起，風竟六時嚻。魚蛤供餐賤，蒲鹽奉税饒。誰憐瀕斥鹵，生計日蕭條。

野渡

野靜河流闊，蘆梢一向風。船趨繩力健，水齧岸根空。村栅牛羊熟，灘菰雁鶩豐。但無滄海警，安樂是吾通。

消夏有懷同學

遠山青向夕，移榻近煙林。澹月入花影，涼風來夜琴。故人不可見，芳草幾回深。無限瀟湘意，因之結珮吟。

夜坐

蕭然百不能，危坐欲無憑。望入秋空杳，懷隨夜氣澂。聽風階走葉，愛月幔藏鐙。聞彼毗盧藏，南宗有上乘。

登城東樓有感

黄葉尊前落，青山水外呈。危樓來遠意，暮雨報秋聲。談笑真無賴，江湖尚有兵。寥寥滄海上，聊自慰承平。

城南晚步

野色鎮蒼然，疏林上晚煙。地荒秋到易，客券鳥歸先。殘日催譙角，寒流委堞甎。横江今不戍，疲馬任蹊田。

懷施伯厚河南

一官入洛歲鬖鬖，千里西風故國心。家累常年珠易米，官才無計印縣金。監門人去仍秋草，望母樓荒易夕陰。遠欲緘書慰淪落，黄河水急鯉魚沉。

青龍港

自昔傳聞海角經，東方七宿地通靈。滄桑百折開形勝，竹樹千家接杳冥。酒旆霜中低落月，漁鐙風外亂疏星。祇今村落荒寒甚，絃誦宵來尚可聽。

雪美人

璚樹瑶林次第開，無端七寶湧樓臺。揑沙不肖嵇康懶，詠絮應知道韞才。醉倒玉山猶有態，藏嬌金屋恐無媒。璇宫昨夜新承敕，看取横鞭白鳳來。

却卷晶簾皓質呈，穠纖修短儘分明。九霄風露酣姑射，一片煙雲護上清。月鏡爲憐三寸小，天衣尚厭六銖輕。誰能更著冰綃帳，盡和靈璈弄玉笙。

娥媌靡曼迴無鄰，帷席便娟合有因。賦色未妨阿連俊，無言始信息嬀真。折將萱草難蠲恨，瘦比梅精只苦顰。永夜單寒倚修竹，素蛾青女爾何人？

遲暮誰禁晚歲深，蹇修寂寞九華簪。因時自佩温涼玉，不嫁寧知陌路金？誤我熱腸謀熨體，向人冷面是冰心。等閑敢怨陽春景，一曲陽春與嗣音。

【校記】

［昨］，《詩録》作「乍」。

田家

春風吹水漲，漲渌到田家。一徑入叢竹，連村深落花。相逢寬禮數，率意校桑麻。真覺羲皇上，桃源未便賒。

甆盎蘭花盛開芬郁蒨茂以詩寵之

浥露珠泠泠，籠煙碧楚楚。宛轉媚清風，如聞香口語。

春思

春草年年緑，春風著有根。小刀春水上，搖斷女兒魂。

試時城東樓對月

一片城頭月，三更客裏情。露華如此白，歸雁有餘聲。身世含幽憤，文章悔近名。成然萬家夢，未覺曉鐘鳴。

琅山

春盡催遊興，城南薄笨勞。山人爭强坐，香客各聯曹。山以僧迦得靈，入山禮佛者俗稱香客，四時絡繹，而二三月尤不可數計。狼去巖花冷，山之名狼以形似，宋淳化中改狼爲琅。鷹摩塔日高。笠雲亭畔石，久坐聽松濤。

馬鞍山

地脉分琅石，峎嵬峙馬鞍。談棋仙子石，垂釣客星竿。山有棋石、釣竿石。世異瀕江遠，山荒到屐難。蒙茸深磵裏，草木帶餘寒。

【校記】

［世異］從《詩録》；底本原作「世界」，形似致誤。　［峎嵬］，聯綿詞，底本「嵬」之下偏旁作「魁」。

軍山

嶄絶真成削，禪關兀翠微。路蟠危壁上，石礙斷雲飛。林麓頑民燹，髮匪陷江南時，寺爲會匪所窟。官吏以兵襲剿，因燼於火。莓苔羽客扉。山東南有明陳若虚鍊丹處。四賢祠僅在，勺水薦芳菲。水雲窩有祠，祀范文正、岳忠武、胡文定、文忠烈。

劍山

劍石今何在，裨官附會窮。志謂秦始皇渡越，駐軍于此，有磨劍石長丈餘云。有僧依佛病，無樹見山童。土價栽花貴，香煙隔嶺通。摩崖尋舊刻，古蘚著衣紅。

【校記】

［裨官］諸本同；或「稗官」之形近致誤。稗官，小説家、野史家；裨官，輔佐之小官。詩意更切「稗官」。

黄泥山

幽壑窮餘賞，林陰趁夕曛。寺從山側見，水向路邊分。軒檻詩龕敞，山有新緑軒，州人多讀書于此。蔬臺廟祝耘。便期肩一钁，種藥與鉏雲。

晚晴

四野忽軒露，餘春媚晚晴。殘花緣路漬，好鳥避人鳴。樹密炊煙合，江空落照明。誰能嗣幽賞？長憶謝宣城。

江都道中

芒稻河干一市長，茱萸灣畔簇千檣。却看夜半炎風裏，流水滔滔月似霜。

不妨風訊石尤偏，旗尾舒舒下水船。行近平山山下路，一叢樓閣滿西邊。

【編年】張謇首次赴江寧入孫雲錦幕在同治十三年二月，此途中所作。

揚州

江淮鏁鑰一城遮，鹽鐵東南控引賒。夾道但傳隋帝柳，侑觴何止魏公花？嵯峨節戍官仍好，憔悴烽煙俗更華。却爲時平增太息，旁人祇道玉鈎斜。

燕子磯懷古

淮海飛來蔽壯流，金陵王氣此間收。青山鐵甕連高旻，碧樹譙樓據上游。何事烏衣開野墅，空令白舫下神州。滄江風雨蕭蕭下，京口煙波又曙秋。

【編年】同治十三年三月二十三日《日記》有「小課劉夢得賦金陵懷古詩」，詩意用韻均合，可繫作時。

青溪雜詠

瓊樹摧薪璧月陳，樓臺金粉劫灰塵。更無長板橋頭柳，曾見笙歌舊玉人。

兩堤新柳碧鬖鬖，四望山頭樹似篸。直願相公期百歲，甘棠親見滿江南。清涼、雞鳴、覆舟諸山松柏，秦淮楊柳，皆曾湘鄉補植。

丁字簾前畫舫增，槳邊花氣酒邊鐙。伶人莫唱安公子，風月江山已中興。

古意仿庾子山體

有女字羅敷，天然絶代姝。機文工織錦，鏡澤不承朱。佩身徑尺璧，耀首一雙珠。願言托嘉耦，六禮府中趨。理瑟自陳奏，繁絃已滿堂。修眉拙妍嫵，嫮睞怯迴光。千絲同命縷，七寶合歡牀。粥粥信有命，含啼惜故妝。

乾鵲

乾鵲喜人歸，庭烏啞復呷。歡訢自遊子，憨躍尚兒嬉。諦須先詢病，無錢不令知。我生相彼鳥，何以答親慈。

除夕與叔兄守歲

篘酒燔雞膾鯉魴，貧家聊復一稱觴。歌豐更覬明年好，辟責偏知此夜長。猶是南陔依父母，遠因北斗看君王。怡怡一室差堪樂，況爾兵戈肅萬方。

元日

東風騫旭采，藹藹復堂堂。江水當門緑，梅花隔歲香。禮權村叟儉，酒鼓市兒狂。百事看今日，從教愛景光。

占籍被訟將之如皋

絲麻經綜更誰尤，大錯從來鑄六州。白日驚看魑魅走，靈氛不告蕙蓀愁。高堂華髮摧明鏡，暑路凋顏送客舟。惆悵隨身三尺劍，男兒今日有恩讎。

【編年】據張謇《歸籍記》（張謇《日記》始於同治十二年），張謇於同治十年五月初四日從家中赴如皋應訟「冒籍案」，以下四篇均同時作。

班子行 苦如皋學官與諸傖也

山叢林莽道路窄，洞穴巉巖班子宅。當晝化人攫行客，行客何知，彼簪而幘。一解 鈎爪鋸牙，啖人如麻。軒髯努目，摧人膽落。人走且稀班子饑，得人不擇瘠與肥。二解 瘥瘥封狐，獰獰倀鬼。鬼則有手狐有尾。三解 班子不得人，狐鬼啼且嗔。班子得人狐鬼馴。狐鬼蠢爾敢如此，班子之所使。四解 前者喂以肉，後者貿然遞相續。天地蒼茫聞野哭。吁嗟自不慎非班子酷。五解 偪偪仄仄，欲辟不得。既履其尾，何有于咥？君不見，洞穴巉巖班子宅，山叢林莽道路窄。六解

生日被留如皋寄叔兄

蓂蓏未歇艾敷榮，開卷離騷感降生。敢以數錢憎姹女，尚防擊鼓怒丞卿。刀從屈後銷英氣，桐到焦時有烈聲。苦憶去年當此日，薰風披拂彩衣輕。

【編年】

張謇生日是農曆五月二十五日，故此詩可繫同治十年五月二十五日。

蒭尼篇 并序

學宫銀杏高四五丈，鵲巢夜半爲他鳥所毁，群雛墮地，其聲凄然。攬衣而起，作《蒭尼篇》。

崇臺起喬木，美蔭敷旁枝。翹翹托其上，有鳥曰蒭尼。蒭尼自靈鵲，云昔昭王時。厥來自塗修，一雄復一雌。繁引訖炎漢，鼓翼鳴昌期。一鳴致太平，再鳴服四夷。家寞向千載，翛翛無人知。翩然奮雙翮，却下天河湄。于焉一枝藉，拮据良云疲。嘗以衆芳葉，厚以香澗泥。豈不耻幕燕，庶免諷梁鵜。他族信非類，欻然乘我危。群焉覆我巢，顛我方彀兒。中夜繞明月，啃啃鳴且悲。蒭尼慎勿悲，破巢寧當稽。天壤極八表，意于東于西。君看在筊鳳，何如舞鏡鷄。

【校記】

「家」，同「寂」，原作「家」，誤，據《詩録》改。

寄懷吴琬卿大球陝西

銅馬窺江日，桃源闢海隅。衂聯名士隊，梟綰辟兵符。一賦高軒過，時從陋巷俱。似聞才奕奕，端不忝諸吴。

太華尋山去，長安作客初。關河尋夢路，鴻雁隔年書。楚璞方遭刖，昆刀豈有譽。愧君遠遊壯，萬里逐輶車。

贈東織雲錦並示其弟畏皇綸次雲經

君方投老我勝衣，肝膽論交正復奇。嚴遂千金曾結客，高生五十益工詩。湘中自昔珍瓊佩，鄴下何人舞蔗枝？意氣縱横凌百代，季江仲海況同時。

奉送知州孫觀察公三十韻

漢法崇州牧，吴都翼海疆。一城恢典午，重鎮率開皇。郊甸承青嶂，風雲潤紫琅。居官詢父老，今代幾循良。夫子初膺辟，中原正痛創。六師朱鳥啓，群寇赤眉張。開府來桑落，前軍壁盛唐。因循材館禮，不覺罪言長。記室才寧展，兵符奕有光。先鋒摧別部，上將識文昌。賊踞安慶，倚陳方忠爲將。陳故驍傑，公説而降之，保以百口，因薦於曾忠襄公。既，曾文正公以屬今大學士李鴻章。蘇州之克，陳功爲諸軍冠。皖國論功地，通侯入薦章。君恩觀察使，公望大夫行。疇昔聞江左，凋夷甚建康。市綏民不擾，桴警盜俱亡。遂假監司節，來搴刺史裳。稱平權遇物，得理綱隨綱。愛煦三冬日，寃銷六月霜。虚堂冰皓皓，横舍瑟鏘鏘。自幸帡幪托，如何寢饋忘？禄窮原姓范，修論迺徵揚。幽珮衡湘水，儒冠逯櫟陽。已成掎檻鹿，誰解觸藩羊。陳涉徒鴻鵠，嬴秦實虎狼。居然歸士會，況爾客賓王。清晝衙齋雨，寒宵燕寢香。貧憐原憲病，醒戒次公狂。落落看長劍，匆匆與別觴。迴帆仍白下，領郡説丹楊。輿論公誰嗣？私恩我自傷。飛飛旟上隼，鎩翮不能鴹。

池上

憚暑思微涼，幽懷忽向莫。池影帶流煙，草光泫零露。月高雙樹轉，風横一螢遇。雖復喧群蛙，子我亦何惡。

滸通港

襟帶通常熟，風煙接太倉。潮痕江岸白，雲氣海門黃。辟網鷗飛急，憐巢燕語長。亂流明日渡，宵夢已蒼茫。

農婦歎

朝朝復莫莫，風炎日蒸土。誰云江南好，但覺農婦苦。頭蓬脛赬足藉苴，少者露臂長者乳。亂後田荒莽且廡，瘠人腴田田有主。君不見閶門女兒年十五，玉鬚如花艷歌舞。倚門日博千黃金，祇費朝來一眉憮。

海門小鷗波館

吾聞舟是屋，今看屋如舟。煙水涵明鏡，風雲入小樓。月常三面曙，窗有四時秋。坐覺宫牆近，悠悠萬古愁。

小鷗波館再題

一水溶溶積，垂楊紼紼齊。潛鱗因曝聳，乳燕學飛低。春事餘芳草，遥晴屬素霓。塌來橋上望，斜日赤闌西。

江晴遠眺

江風吹不定，夜色四圍賒。雲薄難成葉，星摇欲有花。魚罾潮漉月，蛤路雨明沙。野店蒼煙裏，微茫一兩家。

渡江

掛席若爲情？年年江上行。一舟兼雨渡，四月聽秋聲。向夕層緜薄，愁人遠火明。獨憐沙鳥怯，往復繞檣鳴。

網船曲

吴娘生小木蘭舠，嫁與吴兒慣弄潮。同住太湖湖水上，兒家衹隔一涇遥。

黄花即黄魚。汎裹有風颱，海上亦呼颶風曰颱，字書無颱字。爲趁黄花賽會開。未必黄花能似鯉，齊聲都咒鯉魚來。

種麻結網麻勝絲，千周萬複密成圍。不愁魚多沉破網，衹愁無魚空網歸。

查山山外浪花麤，衹到查山便有魚。新作布帆真利市，秋風販米又巢廬。

題元人塞外校獵圖

蒼莽愁金氣，風煙拂玉題。誰曾過蒲類，疑與接撐犂。沈紫材官弩，塗紅貴種鞮。氈廬山遠近，錦旆樹高低。範犬周罿罼，宣螺節鼓鼙。礮創犛逸突，箭落雉驚啼。消渴憑獐血，歸功有鹿鸉。就絛鷹尚怒，盤埒馬還嘶。此日防甌脱，連兵戰谷蠡。直須規故事，勤獮木蘭西。

【校記】

［鼓鼙］，原作「鼓鼙」，據《詩録》改。

送施伯厚迎叔柩山西

陰陰風雪臘初殘，泯泯蒼江白日寒。芳草未蘇晴後凍，好春應在道中看。淒涼臣叔三年夢，老大佳人一命官。爲爾西行重惆悵，太行山在莫雲端。

贈沈曉芙煊

孟家彦重舊知名，又見羊車市上行。誰似吴興兄弟好，一雙白璧照人明。

翩翩一過坐餘香，相見時時愧姓張。期汝讀書三萬卷，更令人識瘦腰郎。

代賦閨思

七子匳開鬟掃鵶，九張機斷字横斜。明明對鏡天邊月，緩緩歸車陌上花。豈便將離愁勺藥，況能無匹怨匏瓜。旁人苦説長安道，日夕笙歌趙李家。

【編年】

同治十三年冬，徐夫人來歸。光緒元年二月六日《日記》：「午刻辭親，臨行皆戚戚有恨色，内子有贈别句。」此代妻徐夫人口吻所作，可繫作時。

李曉村之香輓詞

風漢無科第，悲君忽古人。文章成力造，孝義出天真。糞壤寧當化，薰膏詎有因。淒涼蓋棺日，七十白頭親。

秋風篇 答孫東甫孟平

白日忽去不可贖，凋霜鏡裏夫容落。三旬卧病滄江濱，坐聽秋風鎮蕭索。男兒不獲趨承明，揖讓卿雲勤著作。便當躍馬出天山，戰取名王手親縛。歸來告功拜鬯卣，爲君禮士開東閣。不然遠求不死藥，左右仙人弄笙鶴。不然時續南皮遊，奏箏彈棋閒六博。不然黄金買高爵，不然高吟卧雲壑。區區文字干有司，莫邪補履珠彈鵲。權其得失已邱羽，仍還我初豈云惡。唐衢痛哭真非夫，東野傷情何自薄。故人勸我釋幽憂，毋乃牡鍵投牝鑰。請君爲陳觀察公，讀書尚不甘盧駱。賦成慷慨看青天，正見晴空鵝一鶚。

【編年】

光緒元年七月一日《日記》：「瘀愈」；二日，「膚多汗，殆有如張火傘者」；四日「寫孫東甫信……病稍愈矣」，切詩中「卧病」，因可繫時。

病起題畫梅寄人

何遜從來愛綺筵，東坡何事學談禪。蕭疏側影憐人瘦，寂寞寒香對病眠。江上吟懷詩百一，隴頭春訊路三千。計從別後相思意，籬落芳菲又幾年。

奉題趙訓導師鞠隱圖

師道最敬曾南豐，魯直亦託眉山翁。古人心骨重邱嶽，自以聲氣孚雲龍。梁溪奕奕趙夫子，力學孤貧挺楩梓。能將高節紹東林，況復明經掩中壘。當時中丞林侯官，獎掖士類窮孤寒。賦成輒奪五花箽，貴重何翅雙玉盤。同輩知名王與李，與公如龍頭腹尾。錫山有錫天下爭，絃誦聲中兵忽起。中丞此時戍邊城，王李先後完忠貞。王謚武愍諱恩綬，李謚剛烈諱福培。絳紗自老馬長史，黄巾却拜鄭康成。嗟嗟功名有天命，垂莫滄江一官冷。湖州弟子本秀出，魯國諸生更造請。侗子有命師哉師，負笈三載期朱絲。豈獨爲文得修拙，不嫌竟學無酬資。梁溪溪上足秔稻，夫子有田不能飽。云將歸及懸車年，種菊撫松三徑好。閒來更躡九龍巔，招呼明月芳尊前。老子於此興不淺，能從我游其汝賢。江流浩浩山亘亘，百年此志此圖證。或者廟堂求伏生，未必山林容魏應。

【編年】

光緒三年十一月二十六日《日記》「爲菊師題人小照」，當即此詩。

柬施敬軒陳脩病中兼懷石一泉

江水初飛雁，霜林有改柯。故人成久别，一病竟如何。白社琴尊寂，青雲日月過。空令慚石叟，稱藥伴維摩。

應孫觀察公書記之召將之江寧答周彥升家禄三首

震湍無愉鱗，疾風無綏枝。促柱無理奏，貧家無賢兒。我生廿有二，短褐滄江湄。上塵天子聖，無繇臯與夔。下爲一身計，臣朔常苦饑。親壽逾五十，昆弟相怡怡。欲聚不自保，況乃他人依。槖筆出門去，惘惘何所之。

伯樂本天人，世云善相馬。褭驂方作駒，局促鹽車下。庸奴鞭箠之，朝朝血霑髁。相逢虞阪間，一顧淚噴灑。黄金飾連錢，青絲轡婀娜。餉以甘露芻，招以渠渠厗。騰厲敢自矜，繩尺期貼妥。豈不爲人用？要是知己者。

裔裔山中雲，散之隨天風。潬潬蜀岷水，出峽不能同。與子三載交，匏蕢儷笙鏞。雖云才不敵，玉石資錯攻。今我忽不樂，汎汎南浮江。感子臨別言，念子能固窮。讀書上義命，豈不安蒿蓬。願言礪明德，相厚無始終。

【編年】

同治十三年二月六日《日記》：「作答謝彥升詩。」因可繫焉。

藥王廟題壁

換骨無方藥可知，十龕猶奉漢唐醫。廟爲州人陳若虛建，祀神農、倉公、扁鵲及張、華、陶、孫、李、朱、王等十人。丹爐欲叩長生訣，煙水微茫月落時。

題文姬歸漢圖

漢月何曾老，紅妝款塞來。相看蘇武節，但覺魏王才。故國千金重，聞笳二子哀。獨憐青冢草，終古向龍堆。

留别諸友用彦升元夜贈行韻

一夕鄉心自戀家，曉來微雨亂嘑鴉。愁人建業城邊水，送客清明路上花。龍虎有時吟寶劍，斗牛何處繫靈查。即看汎汎江鷗白，惆悵吾生未有涯。

思故鄉行

大隄二月楊柳黄，游子牽衣辭高堂。御夫在門車在路，欲行不行且盡觴。高堂半百髮漸蒼，吞聲欲語情慘傷。薄田二頃不足食，使兒年少凌風霜。讀書愛身有大義，千金尺璧青春光。兒但矢此永勿忘，旦暮猶是爺孃旁。嗟哉兒有爺，嗟哉兒有孃。含酸忍淚不敢落，游子行矣思故鄉。

風吹百草迴青黄，游子攬轡臨康莊。弟兄相送遠于野，行行且止心房皇。阿兄嗟曰季，行役休悲傷，家貧猶足具稻粱，爺孃雖老身其康。鍼芥磁珀視所引，結交毋結聲氣場。憂患古來重骨肉，季汝甘苦將誰商？題彼鶺鴒鳴將將，嗟哉有兄隻身翔，游子行矣思故鄉。

石梁坦坦官道長，春波瀰瀰歸大荒。男兒何事出門去，登車四顧真蒼茫。故人束晳與劉梁，秦家太虚丈人行。謂束織雲、劉馥疇、秦煙鋤。爲余千里籌貲糧，期余努力志四方。鳳皇所貴履忠義，莫邪挫折虞鋒鋩。貧賤那足短人氣，知己況得孫伯揚。暫時離别勿耿耿，黄鵠有翼終須翔。嗟哉故人實余將，游子行矣思故鄉。

【編年】
全集繫此詩於同治十三年二月十二日，可從。

與徐沛之翔林話别

蒼狗浮雲事變更，不應書劍遂無成。三年塵夢楊經閏，二月春愁草共生。終耻田文修怨牒，始從汲鄭見交情。故人相厚寧今日，悵絶江湖獨客行。

謁明史閣部墓

攀號已失鼎湖弓，天意江河日向東。四鎮從容看跋扈，尺書憔悴見孤忠。冬青麥飰人誰託，燕子春鐙曲自工。涙血年年消不盡，春來猶化落梅紅。

【編年】於同治十三年二月二十六日《日記》記作此詩。

聽人説秦中風景二首

不信秦中路，崎嶇蜀道長。閘深愁小鬼，關險讐閻王。入秦所經地名。天漏衣思瓦，谿窮樹代梁。當杯時一起，行李若爲强。

歸猶須易歲，去直並邊城。野日寒無色，河冰裂有聲。風旋雕影大，雪照馬頭明。出塞男兒事，飛騰欲請纓。

龍山出險歌

焉逢之歲月在卯，一舟江上驚春早。旅懷作惡百不堪，造物欺人況爾狡。初猶疾雨試廉纖，埃皆無光日不杲。江聲漸急雨聲纛，獨鹿黑風走雲表。奔鮮拜浪但見鬣，神黿翻瀾時露爪。青山碧岸出復没，起落不能間分秒。帆樁篙槳盡失勢，捩舵中流忽摧撓。瞥如箕轂如盤珠，輾轉弛張隨僄儴。此時幸霽飛廉威，呼救逢舟得休兆。方其性命呼吸間，神情但覺旁人愀。敢云忠信涉大川，自以生死付有昊。人生何處無風波，驚定回思心轉掉。婁生相貴未可恃，伊川坐莊殊有道。作詩聊以諗所知，一身出險輕鷗矯。

【編年】同治十三年二月二十六日《日記》：「……片刻掛席至黄天蕩（鎮江江面），風甚勁，波浪轟然而舵擯中折，舟如旋蓬，方惶遽，來草舟附之而渡，得免事。」龍山出口即黄天蕩，因可繫作時。

送孫次明犖赴書記之聘

扁舟君自去，我亦九秋蓬。生計才無用，文章賤不工。紛紜疑鼠朴，契合自魚桐。好句誰能惜，相思嚼豆紅。次明有詩：「不敢細拈紅豆嚼，恐教滿腹種相思。」

【編年】同治十三年三月三日《日記》：「晚，次明還書稿，并持伊稿來，有『詠紅豆』一絶……」。因可繫時。

江寧懷古二十四首

花雨落諸天，講臺經未畢。如何大神通，不具臺城蜜。雨花臺

湖以莫愁名，莫愁在何處。秋水澹無情，脈脈遶山去。莫愁湖

斜日小姑祠，秋草凝煙緑。水響不見人，誰弄青溪曲。青溪曲

人面艷桃花，飄蘦直一葉。何事悵横波，自歌薄命妾。桃葉渡

水面啄魚龍，江頭刷蒼蒻。不向巢壘間，飛來復飛去。燕子磯

素心託冥鴻，志與煙霞近。獨憐折屐翁，超然亦充隱。謝公墩

多少吹簫人，不見鳳皇影。鳳皇幾時來，元嘉不可省。鳳皇臺

雙闕闢天門，白雲任來往。最憐雪霽時，月到梅梢上。牛首山

西邸盛儒官，新聲雜梵偈。當時自賢王，能識皇覽例。雞鳴寺

神器歸司馬，天亦聽其數。官私兩部蛙，奪聰以示惡。華林園

美人但歌舞，君王自情死。石上臙脂痕，臙脂不汙水。臙脂井

何事此間來，低頭省諸己。却憐月與風，亦復勞勞爾。勞勞亭

一死能千秋，生也不若死。爲語褚彦回，餘年去如駛。石頭城

幕府聚清流，蒼生命所寄。倒版汗霑衣，長策新亭淚。幕府山

練索罥危廛，山陰滴翠雨。爲憶張于湖，空作東道主。宏濟寺

干莫久成龍，誰復待淵藪。無怪舊冶鑪，竟同莫須有。朝天宮

漢武昆明池，伐鼓常坎坎。君看麟鳳洲，碧藕花如毯。玄武湖

畫槳蕩輕煙，簫管聲瀏亮。翠袖不可呼，影隔琉璃障。丁字簾

漠漠走黃沙，牛羊臥宮闕。業業九龍橋，四百年前月。舊内

古寺已千年，猶見青瑶瓦。不識佛光明，曾照螭頭下。鷲峰寺

曉漏聲中侍至尊，鸞車日日出宮門。不應羽衛三更後，玉鏡金花怨子孫。景陽樓

鼓鐘聲歇見松杉，蕭字千年記瓦函。佛果有靈全末路，臺城應是捨身巖。瓦棺寺

鶴唳機雲去不回，祇今周處有荒臺。梁王穎冏癡愚甚，迴別青藍却可哀。周處臺

玉牀鴛枕鑠冰紗，細雨輕風有落花。愁絶野棠村婦鬢，風光猶是内人家。含章殿

【編年】

此詩作於同治十三年春，詩人于是年二月二十七日抵寧，二十四首似非一日所作。

登北極閣

元武雞鳴安在哉，殘花連蔓上荒臺。北湖一鏡寒潮落，南閣三山野寺開。識佛應憐梁

帝老，明神猶畏蔣王來。衹今祠宇昭忠在，歷劫休尋十廟灰。

【校記】

全集繫此詩於同治十三年四月十五日，可從。

從孫觀察公奉差淮安紀行十六首

朱雀航邊起客愁，盧龍城下水悠悠。誰能更憶前朝事，山色青葱滿柁樓。

帆檣影裏落晨星，曉色翻空見一亭。我亦年來同燕子，不堪江上問山靈。

一鞭斜日亂山蒼，華表空陵事渺茫。銷盡六朝天子氣，看摹碑版出蕭梁。

鍾山如黛水如螺，青骨封神事若何？畢竟蔣王能好色，浣紗兒女廟傍多。

一寺棲霞月色明，藥苗是處説長生。誰知竟夕江頭水，盡作還家夢裏聲。

建炎時事重江淮，故壘蕭蕭説將才。欲問中興宣撫使，愁雲無際海潮來。

浮玉山高夜雨縣，瓜州星火隔江天。坡公玉帶分明在，鐘鼓淮南已可憐。

南風簫鼓畫船新，無數紅妝照水濱。自是揚州風物侈，不因佚女吊靈均。

蒼生安石與同憂，茇憩甘棠一埭留。何事南齊王仲寶，斜簪散髻説風流。

孟城城外水連雲，卅里湖隄傍露筋。愁絶花蚊如鴨大，諺云：高郵蚊子大如鴨。如何鴨轂賤於蚊！高郵産鴨蛋最盛。

湖田處處鴨闌遮，一片菱花間藕花。養得鴨肥菱藕足，一年生計抵桑麻。

樂府江南字字新，嫣朱膩粉采蓮辰。可知憔悴貧家女，不似嬋娟曲裏人。

宣房歲歲志河渠，順水應知一事無。識得禹功兼賈策，船山不是一經儒。時方讀王船山遺書。

王高郵劉寶應名學照邦間，誰似潛邱老著書。便欲近從潘四農魯通父孔宥函，同時已復恨相如。

一城煙雨足蒲荷，臺榭臨流結構多。最愛蒹葭秋水館，丁儉卿别業。晚風月上聽漁歌。

何因漢獻誤山陽，府有山陽公祠。枚里同看蔓草荒。衹是感人淒斷處，南昌亭在釣臺旁。

【編年】全集繫此詩於同治十三年七月二十八日。按該《日記》：「録定白下之淮安紀行絶句二十首。」今存十六首，未詳其故。

湖上曲

湖水似妾心，湖光照郎面。郎但知湖光，妾心何自見。

湖上蓮著花，花好蓮心苦。心苦亦誰尤，花好愁風雨。

寄周彦升病中

未覺依人策便長，飄蕭玉劍黯文章。篋中詩稿留君定，江上秋風到客涼。已識祥金憑造化，何緣災木尚青黄。相思欲祓栴檀病，莫更窮愁鏤腎腸。

【編年】

同治十三年八月二十日《日記》記作此詩。

施敬軒輓詞

如子真奇崛，蒼茫不可知。方干蘄一第，李燮本孤兒。本陳姓，遭亂子于施。乍耗存疑信，今傷永别離。三年同學處，鐙火鎮堪思。

勵志詩猶在，延生術未精。偏辭妻視藥，苦戒子求名。白馬江干影，青蠅海上聲。彌留虚一訣，含慟愧生平。

【校記】

光緒元年正月十三日《日記》：「作敬軒哀辭五首」。今底本存二首。

謝時大令乃功贈畫梅

别後家林樹樹新，草堂人日每懷人。多君一縣栽花手，却寫江南最好春。

華光未礙老頭陀，杜撰談禪酒面酡。若準一花酬一字，燕支原比墨痕多。

謝時大令餞别即所見調之

敲碎明璫兩耳存，東風燕子易銷魂。無端海上隨青鳥，又累春衫著酒痕。

額願爲黄黛願眉，何人卅六廣春詞。江南桃葉桃根曲，輸與多情大令知。

奉呈慶軍統領廬江吴提督

隱然江表繫長城，復見中興漢廣平。喑咤但聞威百戰，鬚眉未覺異諸生。縱横羽檄春移帳，卓犖圖書夜啓楹。盡使風雲求猛士，眼中袞袞是英彭。

峨峨高節擁轅門，拂拂朱旗絳陣雲。難得名公趨趙壹，況容揖客重將軍。明珠却聘寧無意，寶劍銜知昔所聞。駿骨從來能得馬，好收騏驥共殊勛。

【編年】

同治十三年七月二十二日作。按該日《日記》：「……成二律，寓吳軍門。」

讀史四首

嵯峨百越柱標銅，珍賮何時入漢宮。酋長萬人看賜邸，大夫五利慶和戎。西羌應復思充國，南士誰能繼杜翁。惆悵留犁撓酒日，邊兒方弄柘枝弓。

搢紳介胄復何如，西北東南候尉殊。未覺長城堅故碣，祇聞蒼海足明珠。張氈出使中行説，列障封侯趙破奴。坐使司農勞國計，借商有令贍軍須。

三年牛馬向西遷，萬里蜻蜓島外潮。帝子從無隨日出，匈奴敢復倚天驕。須防蹊鶩常因瘴，豈有樗蒲盡得梟。橫海樓船今不遠，靈旗指顧畫招摇。

漢文有道邁成周，繒絮何妨被十洲。要藉汾陽定回紇，可曾梅録拜豐州。虺蛇寖大三郎祀，猿鶴蒼茫九世讎。節度微聞承盛寵，籌邊仡仡自高樓。

【編年】同治十三年七月十二日《日記》：「有詠史四首。」

壽沈義民明府偉田二十二韻

青犢滔天起，蒼鵝突地驚。山河殘兩戒，關隘失千城。建業朝傳箭，毘陵夜斫營。武臣多惜死，畺吏不知兵。慘澹鶯湖火，倉皇鶴市聲。當時官令長，公實號神明。校吏千夫集，登壇五日盟。羽書江上斷，鼓角地中鳴。獨矢王臣蹇，寧貪烈士名。淚飄何艦節，血濺孔臺纓。叢莽卷葹活，霜筠竹箭貞。事聞天子喜，詔付太常旌。官自耒陽詘，功羞賈督爭。使君真不俗，識我蓋初傾。往事尊前説，創斑坐上呈。薑辛無壯老，劍氣尚崢嶸。有母常扶杖，承歡迺請羹。諸兒成杞梓，群季況瑶瑛。曼祉方延甲，餘年始洊庚。明府事在咸豐十年。居然萊子少，耻列彦回生。聖代求忠孝，賢人有性情。直堪風有位，誰與薦黄瓊。

【編年】光緒元年四月二日《日記》：「……作壽沈明府偉田三十韻。」今存二十二韻，或有删改。

燕燕篇 憐某生困於讒也

燕燕復燕燕，毛羽何娟便。年年二三月，來承主人眷。主人居高官，家有宜春院。曾曾鬱金堂，葉葉鴛鴦薦。雲屏間珠簾，一一銀絲穿。孔雀在東頭，鸜鵒在西面。中間玳瑁梁，一巢任婉孌。鸜鵒自聰明，孔雀自華絢。小心媚主人，學舞日千徧。信知不能工，要是情所見。一朝拂東風，銜泥墮花片。却被孔雀嗔，未妨鸜鵒眄。今年依主人，主人心忽變。雲屏亦不開，珠簾亦不卷。曾曾鬱金堂，葉葉鴛鴦薦。孔雀在東頭，鸜鵒在西面。褭褭不得入，自理紅絲綫。紅絲誰所繫，主人實繾綣。繾綣復如何，褭褭自留戀。故國有烏衣，豈云心不轉。燕燕兮燕燕，主人寧女賤。孔雀在東頭，鸜鵒在西面。

答人

貪如狼，狠如羊，强不可使西楚王。三狗崖柴不可當，一狗憑猒作疽囊，彼何人斯謚晏颸。望塵下拜粲諸獠，但知媚竈那知奥，乞得祭餘腹已飽。腹已飽，事愈非；白鷗泛滄渚，鳳皇終日饑。客來相告吁且嘻，兩姑之間婦難爲。我初聞之曰否否，太阿倒持古所有。

君不見，嗣宗臧否不挂口，是中惟可飲醇酒。

江寧送周彦升歸里

春江毛雨河豚足，片帆話别泗山麓。白門楊柳看欲飛，相逢共剥湖菱肥。湖上盈盈莫愁女，石城艇子載將去。蓮花自是美人魂，當花曾與傾一尊。往時歡笑那可得，君苦窮愁我旅食。燕臺高高今匪今，云求奇駿千黄金。眼中蹀躞萬馬比，于此不凡能有幾？君是幽燕老將才，筆陣蕩決排風雷。似我樗散不中用，故應常受黿蜓諷。烏帽九月霜風涼，君不能留歸故鄉，離恨遠與江天長。乘車儻復過臣里，爲言我亦欲東耳，安能鬱鬱久居此！

鷹 次彦升韻

絶塞長風動，高秋萬里霜。張眸終日飽，韝臂少年狂。失勢寧能俊，孥空亦自傷。搶榆耀文彩，雉爾好飛鶵。

【編年】光緒二年四月十九日《日記》：「……和彦升賦鷹詩。」

草堂偶成

萬柳參差拂曉天，東風吹雨草堂前。辭家有日翻如客，却病無方强學禪。人事但成眉際繭，佛香初覺鼻端煙。不須更苦旁人問，家家司空拜衮年。

元夜吟

初春見盈月，拍手叫欲狂。家家綴竿鐙，繁星引千光。我家有新婦，歸及歲再陽。一室頗無間，頎頎如我長。歡喜治酒食，奉之上高堂。長跽頌大人，百歲恒樂康。大人向六十，鬢髮玄且蒼。期兒得一第，期兒生男祥。一第差救貧，生男尉榆桑。新婦蘄吉語，釵帕迎三娘。俗于是夕迎田溝三娘、灰堆三娘以卜衆事，如《異苑》所載紫姑神。卜云具如願，大人進一觴。我懷路脩遠，天津騎鳳皇。讀書不盈尺，何以貢玉堂？長年感明鏡，萱草何由芳？仰睋姮娥宮，輝輝森藥王。

【編年】

據《日記》此詩作於光緒二年正月十五日。

通州别叔兄

却聽更鼓見朝晴，風雨終宵有淚聲。一語遣愁惟暫别，三春扶病獨長征。文章已識能憂患，貧賤誰云有弟兄。海上桑麻應自好，荷鉏何日與歸耕。

【編年】

據《日記》此詩作於光緒二年正月二十四日。

雨泊白塔河中夜有作

濕雲如墨壓篷背，千點萬點雨聲碎。枯鐙短短焰不青，淒然獨對影問形。披衾向鐙淚背熒，夢魂欲返愁泥濘。鄰船嗚嗚蕩婦泣，艫邊鬼語水禽立。聞之令人慘不歡，叩舷欲歌行路難。更憐白髮念游子，愁雨愁風中夜寒。

【編年】

據《日記》此詩作於光緒二年正月二十七日。

翔林屢約同遊金焦不果今以舊約期翔林復以事不余偕因來送別賦此示之

男兒雌伏不得志，破帽籠頭出鄉里。人生何事不勝愁，黯然魂消別而已。徐君生平爾女交，作詩論劍頗自豪。憤儒酸腐乃逐賈，鑽研寧復知錢刀。前年勸我晦文采，拂衣大笑走人海。金盡歸來芒屩穿，不用卿言頗追悔。去年書來風雪前，招要徧踏金焦巔。失期不赴詎當再，今猶如此來何焉。世間萬事動相左，細雨燈前話瑣瑣。君遭俗物敗清興，我亦依人徒坎坷。君歌休矣聽我歌，寸步有命將如何。行止若能用人力，富貴奚難唾手得。

六閘

遲迴都不達，牢落與之期。斷雁孤舟外，愁人獨坐時。市闐津吏鼓，鐙簇社公祠。閘上看今夕，無端醉一卮。

【編年】

據《日記》此詩作於光緒二年正月二十九日。

將之瓜洲

暝色無邊合，脩途尚此行。船摇星不定，江静水能明。列戍千營在，當關一権横。征繻何所用，慚愧是書生。

【編年】

據《日記》此詩作於光緒二年正月二十九日。

喜風

船頭日日砰西風，棘軸方穿豨膏裏。榜人傴僂牽長繩，寸前尺却憐鱉跛。五更舵背聞颼飀，解纜鳴金喜相賀。岸邊竹樹倒向後，去若强弓弦上笴。計程金陵十且八，餘此奇零直瑣瑣。滕王高會子安來，以時考之或者可。明當酹酒告江神，更借一帆風助我。

詰明風雨詩以自解

黑風鞭雨駕陽侯，飛輇誰能衹合休。造化小兒欺病客，乾坤逆旅付扁舟。箜篌有曲公無度，投箠何人我欲愁。未使新詩干物妬，魚龍跋扈看中流。

寄懷彦升用東坡陳州別文郎逸民韻

春波一片碧油油，日夕江干照遠愁。坐視群山迎舊客，空令短楫汰中流。酒錢憐女窮三百，豪氣誰能隘九州。北望長懷齊仲父，未經熏沐亦纍囚。

將歸海門留示王大令江寧

君還湖上我初來，我去滄州君未回。黄浦春潮千里濁，白門朝雨片帆開。江山坐上聽箏曲，風月花時覆酒杯。舊約應知期息壤，無緣張角兩相猜。

【編年】光緒二年二月十五日《日記》：「見慰師（惜陰書院山長薛時雨）道所以歸之故」，十七日「倉促登舟」。

春晚黄氏塾

歸後仍爲客，春殘事不同。落花承帽雨，簇絮旋衣風。得食慈烏瘁，知巢乳燕豐。自憐猶學究，不敢誚冬烘。

【編年】據光緒三月二十三日《日記》知該日申刻至黄氏私塾。

黄封翁松鶴圖

三晉休官鶴共還，百城坐擁老名山。楹書付託諸兒好，野服婆娑卅載閒。入畫真形含遠氣，祝公大藥駐韶顔。何當看撫靈巖樹，隨向東西兩鬢斑。

【編年】此詩作於光緒二年四月一日；該日《日記》：「爲莘田題《竹林七賢圖》，芍田太世丈《松鶴亭把卷圖》。」今前詩未見。

示别黄氏諸子

諸子吾當去，西齋一月師。因貧爲客早，多患讀書遲。有志才無小，同歸道不歧。懃懃期所殖，無忝好門基。

【編年】

光緒二年四月二十五日《日記》：「欲歸不果。」次日《日記》：「返。」因可繫焉。

浦口軍中答彥升用前韻

甲帳連雲擁碧油，琅玕終日美人愁。文殊自與前三住，長史誰能第一流。但覺吹竽充稷下，相高進酒博涼州。如今六載滄江上，坐據書城未是囚。

酬泰興朱曼君銘盤

三代重教士，務之有本根。要使識所分，自其方爲民。春秋逮戰國，大道日以屯。士散漫若水，橫決無隄垠。當時諸侯王，大夫私室臣。罔弗謀得士，金璧諧風雲。上者魯仲連，下者儀與秦。布衣人自雄，千載何紛緼。

漢世重名士，相高公府辟。唐宋藩鎮權，從事自除職。選舉雖云堙，士猶効寸尺。懿懿湘鄉侯，高勛照圖册。一時幨幕間，濟濟盛賓客。朝魚而暮龍，功名蜕侯伯。余生嗟已晚，僅求貿衣食。俯仰增憂慚，意氣徒感激。佼佼張建封，録録韓持國。

盤也弱而才，十倍於丕强。自其少日時，開口詠鳳皇。能爲六朝文，亦復資初唐。故鄉寂文雅，得子真非常。時時弄狡獪，斐尾五色章。却持一寸兵，而與矛戟當。角勝非吾事，吾意實所臧。花冶常不食，太璞無浮光。期與慎厥德，貧賤未可傷。

【校記】

［罓］，疑當爲「罔」。

夢中有詩醒忘其半因足成之

輕霜嫩日曉寒新，櫛髮攤書岸角巾。環卷白魚多脱蜕，巢檐黄雀漸親人。得閒始覺閒原好，方夢寧知夢是真。鎮日獨居觀物我，未妨神馬與尻輪。

浦子口中敵臺

八柱陵虚鬱鬱開，奇人奇事傳荒臺。俗稱韓信將臺。天資赤帝成王業，地近烏江説將才。落日旌旗猶在眼，高秋狐兔劇堪哀。深愁極目煙波外，異域風濤萬里來。

【編年】

此詩作於光緒二年十月十日。該日《日記》：「作登韓臺、登高望金陵七律各一首。」今望金陵未見。

酬含山嚴禮卿家讓

白髮青衫幕府前，深杯長對燭華圓。念君烽火移家日，先我江村上學年。蘇軾文章今老輩，魯公賓客幾清賢。短書雋永無人識，安穩歸尋舊釣船。

【編年】

光緒二年十月七日《日記》：「贈禮卿詩七律一首。」

送楊子承孝廉昌祐歸無錫用酬嚴禮卿韻

但覺浮雲滿眼前，久知鑿枘有方圓。桂親蘭怨渾憑化，蚿笑夔憐尚此年。萬事計惟歸隱好，一端我已遜君賢。何當九疊龍山麓，雪夜相尋自刺船。

【編年】

光緒二年十一月一日《日記》：「子承於是日去。」

海州邱生歌

郯子故都東門朐，磅礴員海泄不虚。田横去後二千載，乃有邱生之丈夫。生家故隸淮陰市，任俠初慕關東朱。壯年折節能讀書，頗自恭謹類老儒。既從張公名錫鑅，靈璧縣人，編脩。誓殺賊，布衣却佩將軍符。健兒帳下自一隊，將軍陣上無完膚。洞脛折臂喋馬血，轉戰齊晉關隴區。張公既死功不上，浩歌長鋏歸來乎。湘鄉相公真愛士，重以生屬延陵吴。鄭莊有聲自梁楚，孫策所部多龍舒。軍門獻策動緯繣，坐看賓劍生秋蕪。有時爲我脱鞘舞，驚電起落風吸嘘。斂使生氣運詩筆，精神乃復旁若無。當時軍中有大邱，善能使刀伯曹徐。以生英雄且文雅，畜之何翅嬰福徒。龍泉知己大可呼，況詩甚工足自虞。遭時通塞各有命，一心富貴寧非愚。吾方於生寄膽氣，請生説劍纓曼胡。猶當愈彼乞兒萬，張蓋作勢乘小車。

【編年】

據《日記》此詩作於光緒二年十月。

清明舟中

飛絮東風盡作團，扁舟竟日雪中看。滄波京口煙華隔，細雨清明燕雀寒。漸覺離家衣帶緩，祇應對客酒杯寬。墓門何處冬青樹，愁見幡幢出社壇。

【編年】

據《日記》此詩作於光緒三年四月一日，《日記》：「改清明日舟中詩。」

游攝山

鑾輅曾經處，風雲輦道通。人淩蒼翠上，江落混茫中。磵藥分泉碧，巖花趁佛紅。殘碑餘岣嶁，玉簡感何窮。

【編年】

據《日記》光緒三年三月二十二日，誤。三月二十日《日記》：「作攝山詩。」

松影

解帶曾經約十圍，陰陰一碧冷斜暉。半牀落子琴無語，滿院荒苔鶴未歸。濤響自從空際出，日光都覺漏時微。誰言據地龍方卧，鱗甲掀張欲並飛。

【編年】據《日記》此詩作於光緒三年三月十日，《日記》：「爲飴澍作《松影》、《竹影》、《梅影》七律三首。」

竹影

百尺琅玕刺碧霄，舒風鸞尾自翛翛。二妃幽恨隨雲化，六逸吟魂與月招。荇沼澂空三面映，茶煙收入一絲飄。何人乞得洋川筆，十丈鋪縑子細描。

梅影

竹外春寒靜閉門，幾枝忽與逗芳魂。酒杯清淺神相接，紙帳惺忪夢有痕。高下亦憑燈遠近，糢糊除是月濛昏。教人却憶尋詩日，風雪騎驢灞上村。

早螢

一雨空園暝，飛星照水來。未應芳草歇，却被野燐猜。暮夜存精氣，光芒耐死灰。無端深樹裏，蚊響翕春雷。

【編年】

據《日記》此詩作於光緒三年三月二十五日。

履平餉帶魚

腐腸早識肥醲毒，侯邸傳鯖毋乃俗。清齋一月不出門，風日蕭條冷甌粥。邱生餉我東海魚，纖如帶長白如玉。粒鹽糝花疑有霜，劑桂薰葱旨且馥。貴人下箸不須此，酸鹹應知雋能獨。更誰鱗脯羨方平，却使猪肝慚仲叔。茅柴濁酒老黄虀，貧家風味由來足。蒯緱一劍何足彈，蓴菜秋風歸思促。相期同掣珊瑚竿，坐釣滄溟巨鼇六。

【編年】

據《日記》此詩作於光緒三年五月二日。

雨歎

七旬苦旱不得雨，一雨十日不得晴。癡龍如羊怒目獰，萬鱗掀舞天瓢傾。雷公出裝西向行，水底殷殷時鏗訇。天低雲闕白日暝，山鬼夜哭鵂鶹嚶。屋茆朽腐莓苔青，漏穴拳大聯七星。積溜百道窪是程，況乃屹屹適相丁。初猶盤旋螭蛇京，漸漫且突與壁砰。忽不及瞚横流并。下者履屐上蓐衾，如澼如染如浮罌。隅奥牖户騰涎腥，瓜牛蚰蝘鼃蚓蟚。短足之榻折足鐺，寢斯饋斯囚拘囹。貧賤性命溝壑輕，沮洳泥淖寧敢憎。東皋老農輟耒耕，可憐八口愁吞聲。吞聲自爾天不聽，魃以止雨誰能令。君不見貴官堂上臂燭明，主稱百歲賓千齡。前席互進玻璃觥，醉裏歌呼頌太平。

奉送王子敷觀察治覃歸零陵

湘鄉不作更誰依，況復華簪素願違。出處未容疑博士，文章終自感元暉。海山樓在憐芳杜，鈷鉧潭荒有釣磯。誰識滄江虹月夜，米家書畫一船歸。

從子德祖殤哭之

不信蛟龍酷，騰波攫掌珠。含沙謠鬼使，鎮惡失靈符。騾冀傳聞誤，因疑得訊迂。天涯癡叔淚，爲女灑平蕪。

憶女方周晬，牙牙繡褓中。豐庭開兩額，秋水澈雙瞳。索食依王母，呼名辨保工。佩囊艱一物，愧説客游窮。

大父矜憐女，聰明出從舅。名題楊簿字，娛甚會稽孫。謂以承衰景，期之大我門。傷心長命縷，繫臂有餘痕。

索乳方旋踵，尋兒乃得尸。吞聲娘欲絶，攬頸姊何知。冢寂無鄰伴，詩成哭女遲。荒塍風雨夕，孤魄更依誰？

【編年】

此詩作於光緒四年十一月一日，該日《日記》：「作哭從子詩、哭女詩各四章。」

哭女淑

淑誕將三月，歸來亦慰情。入門看戲笑，縣帨弄孩嬰。得子期徵女，同庚況有兒。從子亮祖。當頭摩赤志，猶爲説前生。

阿母方彌月，秋深八月涼。繡綳時强病，撫簟重哀殤。祭醊終難及，銘辭豈暇詳。可憐魂入夢，未解喚爺娘。

附：叔兄讀季弟哭女淑詩書示

斷腸怕聽喪兒事，流涕看君哭女詩。佛説因緣真澈悟，花開頃刻那勝悲。相望小冢蘿秋草，垂莫高堂有鬢絲。天上石麟應有屬，青衫珍重淚痕滋。

【校記】

張謇《日記》謂哭女詩四章，今僅見兩章。

題澗蘋捉絮圖

江水連溝水，楊枝復柳枝。何心歌散雪，無力倚游絲。白日驚飄忽，青春易别離。酒邊金縷曲，珍惜少年時。

【編年】

光緒三年十一月二十八日。《日記》：「題澗蘋捉絮圖。」

【校記】

《詩録》題作《絮》。

阻雪龔氏題箕踞圖

征衣勞我雪生稜，箕踞看君學右丞。假問蒼松寒入夏，何如赤足踏曾冰。

溫酒消寒小火鑪，相將曹叟醉歌呼。誰能更乞吾宗筆，添畫黄州一客圖。

【編年】

據《日記》此詩作於光緒三年十二月四日。

卷二　自清光緒五年己卯訖十三年丁亥

女貞篇爲陳節母作

翹翹女貞木，鬱鬱石上根。青青歲寒姿，懿懿節母陳。節母方未婚，窈窕稱高門。所天忽以賈，譬輿焉脱輪。六禮未云備，寧有夫婦恩？哀哀詠黄鵠，毋乃自苦辛。懿懿節母陳，大義曰吾聞。士人在草莽，委贄斯爲臣。丈夫重一諾，况此千金身。遂去笄而髽，遂覲章與尊。夫死親無子，婦歸夫有親。丹心照鬼膽，磊落真天人。斑斑眼中淚，嘑血凋鵑魂。入土化爲木，交柯茂千春。女貞貞無比，節母誰與倫！

【編年】

據《日記》此詩作於光緒三年四月五日。

瘂鸚

玉帳朝還莫，金還兀自依。慧曾通佛性，警不露兵機。毛羽饑應瘦，關山夢欲飛。嘈嘈看燕雀，未覺寸心違。

仿院本貼絨帳銜

靈楓一夜偷天酒，僛僛醉舞西風涼。化身忽作萬紅蝶，翩躚下集偎寒香。蹋枝雙鳥好毛羽，顧影流盼鳴斜陽。誰將六尺雪樣絹，鈎勒渲染生秋光。如皋女兒清且揚，素帔羅裙明月璫。口脂噏霞爛五色，香絨唾出成文章。尋常指爪事縑素，叩以六法殊茫茫。原本南田崔濠梁，冒家校書初濫觴。當時水繪盛絲竹，小宛寔冠諸姬行。影梅庵圮土花碧，空餘雅製垂縹緗。美人迢迢不可接，令我懷古心房皇。手此一幀三太息，愁絶荔帶夫容裳。飾君梅花之紙帳，陳君幽邃之藥房。夢游儻到湘中閣，莫待秋林露葉黄。

【編年】

光緒三年二月三十日《日記》：「題貼絨秋景圖帳額七古一篇贈海丈（孫雲錦）」。

王欣父劉馥疇范肯堂黄君儉楊子欽同在海門作消寒會別後分寄諸君

皓雪晴冰照綺筵，纖歌妙舞雜繁絃。不須更説銷金帳，笑看吴鈎錦瑟邊。

瑯琊風調夐堂堂，顧曲徵歌雅擅場。却怪銀箏淒絶處，如何天壤怨王郎。
興盡悲來漫拍張，白狼小范銅士有此印。最能狂。酒酣一唱箜篌引，四坐無言各斷腸。
對酒談兵楊大眼，輪囷説膽氣如雲。幾時真裹天山甲，雪夜椎牛饗六軍。
黄雋劉真亦自豪，能將談笑鬥嗷嘈。五陵莫問諸年少，博帶相看大布袍。

【編年】

光緒四年十一月二十四日《日記》：「作絶句八首，分寄……」今僅見五首。

董伎

董家重見影梅葊，百首宮詞佐夜談。爲問當筵誰及汝，紅兒機警寶兒憨。

題丹徒趙嘉生瑞禾臨程松圓山水遺卷

江山忽然落几席，起而從之杳難即。蒼厓赤岸生風煙，遠水殘陽盪秋色。躊躇却顧是耶非，但見空濛含水墨。乍者船來京口東，寒潮如雪掀孤篷。滄洲有景寫不得，當時恨無營丘翁。趙生吴興之苗裔，六法精研出孤詣。世上於今重戰功，坐令主爵窮遭際。江湖浪迹年復年，賣畫幾何償酒錢。宫聲一去不復返，可憐縑素隨雲煙。吁嗟萬物本無主，一卷取足供流傳。卷中奕奕生氣王，趙生爾豈歸天上？欲唤精靈歸去來，江山如此曾無恙。

【編年】

據《日記》此詩作於光緒四年十二月十九日。

西征官軍收復新疆

戈壁連兵復幾年，捷書一夜奏甘泉。漢家自按榆谿地，驃騎初窮瀚海邊。要識狼槃猶郡縣，正須驪犛費金錢。至尊宵旰求方略，早晚應屯塞上田。

【編年】

作於光緒三年八月十日。《日記》：「得博孫信，適聞西征捷報，有七律一首寄博孫：西風吹幕夜蕭颼，露布傳聞瀚海收。絶域葡萄應入貢，連江鼓角尚防秋。兵間自覺儒冠賤，國事寧容我輩憂？慚愧故人相問訊，勞勞終歲稻粱謀。」《日記》中此詩爲張謇作，無可懷疑。故全集中兩首詩都收，並繫同日作。本詩或是博孫信中詩，《日記》中寄博孫詩方是詩人唱和之作，《詩録》編者反録博孫詩而遺漏此詩，全集編者未細審，兩詩均録。（博孫，李氏，鍾山書院山長李聯琇公子。）

答養田見示感懷之作

高冠長劍浪談兵，歲晏歸來雨雪零。詩好更憐羅鄴老，酒狂未礙次公醒。悲秋氣激真無那，變徵歌哀不可聽。試與飛騰騎鸑鷟，横矑高覽出蒼冥。

【校記】

光緒三年十一月二十五日《日記》中詩句、題目均有異，爲《答培根見示感懷之作》：談兵握槊浪詩上，歲晏歸來雨雪零。詩好更憐東野老，酒狂未解次公醒。悲秋氣激誰能下，變徵歌哀不可聽。試與蜚騰騎白鳳，横矑高覽出蒼冥。

瞽卜圖

參軍險語不堪思，夜半池邊瞎馬騎。鑽盡神龜七十二，人間何處眼如規。

【編年】

此詩作於光緒三年十一月二十六日，該日《日記》：「爲菊師題人小照《瞽者圖》二絶。」見後輯佚詩。

良吏篇爲故東臺令常公作

唐虞治中古，左右稷契臣。姬氏開明堂，周召共秉鈞。滂流浹元化，民物還樸純。治平有理道，要見儒者真。所以奉職吏，書不存其人。逮漢漸龐雜，取法兼韓申。當時二千石，獨重龔黄倫。吁嗟去古遠，壹切苟且因。賈者操利權，耕者羞賤貧。朝入司農粟，夕伺疆吏門。苞苴佐竿牘，不待莫夜昏。庶幾印入手，一旦償苦辛。官好但獲上，衆怨寧足論？斤斤常明府，欒社東海濱。考其所稱最，僉曰撫字仁。百年賴水利，不獨聽獄神。國家上寬大，璽書時勖勤。中原薦水旱，萬里橋不春。草間竄疲甿，轉死相吟呻。願言牧與宰，毛羽少自珍。勿令鄉校中，感慨思先民。

【編年】

此詩作於光緒三年十一月二十八日。

桃葉山

桃葉復桃葉，春來但有花。生愁花易落，何處是郎家？

桃葉復桃葉，桃花比葉紅。願持波作鏡，常與照江東。
桃葉復桃葉，桃根亦自傷。淩波襯羅襪，空有十三行。

【校記】

全集繫此詩作於光緒四年二月十九日。

舟行聯句倒押五物韻

晨曦逋滯霖，遼原痻蒙蔚。朱曼君俶簡 離尊祖膺太，朋簪盍孫尉。悲風激颭颵，謇 晴漪散潬汳。枕聲三老歡，扇勍五兩倔。馴禽尾沿緣，范銅士當世 湛鱗震談嗽。披髮陵酆琅，眯眼悁垢坲。征役阻況脩，偃仰蹉以咈。謇 顧念詘腹腸，寧畏走崋岪。飲口檗疑餅，敂膺槁想菀。曼君 褐珠養不腓，弁玉凄忽黦。蹓踧肩辭鑱，窸窣脛撿裾。銅士 跚跚屨屩穿，望望岵屺岉。賈芘粲泣蔞，痛哀杖耘芴。謇 昔窆吾悲防，今棬靈臭肸。眂霄崩雲騫，泫條宰樹屹。盤也感斯摯，鑄乎游可不。曼君 仲米趣煎憂，歐鐔奮剌荆。疲瓴支遠勞，赦嬉制怒艴。身西心固東，朝娱旰乃怫。銅士 伏聞皇帝聖，下閔泉府汔。盂盤乍毛釁，騫賈輩瞋迄。曼君 詔邊謹土斷，飾棄減玉鈙。鷄鹿築塞牢，虒虎屯士仡。謇 縣節新窮巖，規饟竟理沕。宛馬萬諜馳，鬼刀四盤剮。隱中抗辛有，慈患浮突厥。銅士 劫棋局孔午，熛炭熾矧欸。大車毳如茨，炎勢手可熨。瀕諜劇笑當，衡行噲語刎。曼君 薪火燬懰慓，蓬累窘魁崛。寡喙孤莫張，術道邈而詘。伊和罹武刖，懷仲受威祓。謇 蹇脩焉可徠，珍髭自加髴。欽丕貌長離，留𡰥婢荒茀。銅士 覽代騷衷紓，怨賦瘳痗茀。誓將買地肺，那更艷天綍。若龜甘行淖，詎牛一蔽韍。曼君 入潁把許瓢，封留棄炎黻。亮哉十年書，愈彼三百紱。迹與招隱往，口嗤草太吃。謇 饜粟長艙消，煮雨破缸訖。怪思摹鼎劓，椎險勇埋掘。腦鹽晉楚搏，馥餕愈郊乞。銅士 晚犬投唬嘑，老烏墮陰鬱。箸閣半睡飴，板低群頭屈。曼君 生拙僕疑語，志違夢嬰拂。啁弄桃土偶，尉風紙泥佛。謇 没燭禪大月，軒篷照塊物。銅士

【編年】

光緒六年三月二十日《日記》：「有舟行聯句，倒押五物全韻。」

【校記】

「懰慓」諸本同，當是「懰慄」之誤。其意爲憂傷，悲愴。《楚辭·王褒〈九懷·昭世〉》：「志懷逝兮心懰慄，紆餘轡兮躊躇。」

諸葛忠武畫像聯句

陳生嬉歡羅壘罇，曼君 縑緗如雲開軒論。謇 中間規摹天人尊，銅士 峨冠脩裳微須髯。曼君 長吟觀時神龍潛，謇 南岡滋蟄民攸瞻。銅士 無錞千鍪旗韜旌，曼君 風飛雲鶩參炎精。謇 攀吴連川基襄荆，銅士 天乎亡劉侯忠殫。曼君 侯精銷亡侯靈歎，謇 侯容惸哉吾摧肝。銅士 吁今穹蒼昏鈎陳，曼君 安能英高如侯臣，謇 躬姬膺衡權吾真。銅士

【編年】

此詩作於光緒六年三月二十一日。

哀雙鳳聯句三十二韻 并叙

雙鳳某縣人，少孤露，鬻爲如皋倡女，與許生識，遂訂婚娶。許既貧，不能如鴇欲，往來稍稍間。而鳳終不妄接人，鴇患苦之。以憂死，瀕危曰：「收我者許也。」吾儕哀其志，爲作此詩。

二月江南柳，曼君 風條踠緑蕪。枇杷門巷在，謇 裙屐酒尊逋。無意逢花落，銅士 何緣救草蘇。爲君數前事，曼君 愴我鬱嘻吁。碧玉家原小，謇 紅兒貌不殊。鳳饑梧粒瘦，銅士 蟲蝕

蕙根枯。絳樹雕闌出，曼君 青螺寶鏡摹。彈箏愁浪子，謇 扶酒倚香奴。鬼卦金錢卜，銅士 歡情斗帳腴。纈雲方空曉，曼君 瑠月莫難敷。含睇羞團扇，謇 緘盟結繡襦。郎來嬰武覺，銅士 夢淺碧鸞扶。半臂宵寧冷，曼君 雙飛願忽孤。繒綈窮瞶蔡，謇 玳瑁獨棲盧。豈悔偷靈藥，銅士 終難並鄂柎。隔簾牛女怨，曼君 遞箇角張迂。强笑成歌舞，謇 華妝泣粉朱。縱摇瑀玉佩，銅士 未剖黑心符。宓枕惟遺植，曼君 蘇臺誓託吴。露蓮秋後苦，謇 霜菊影邊臞。一病秦醫拙，銅士 千行楚淚俱。名駒猶惜骨，曼君 靈鳥竟辭筊。宛轉卷葹袚，謇 淒涼杜宇呼。命殘留鈿合，銅士 肌暖待襜褕。誰道城南艷，曼君 能從陌上夫。百金豪客賵，謇 九鼎美人軀。往者曾平視，銅士 今來失彼姝。夫容慳晚墮，曼君 蘅芷際春徂。錦瑟鴛絃盡，謇 香泥燕壘無。欲銘羅襪冢，銅士 更涕博山罏。滄海填精衛，曼君 窮陰種槖吾。天涯感淪落，謇 回首共踟躕。銅士

【編年】

此詩作於光緒六年三月二十二日。

儀徵道中聯句

破曉南風出廣陵，曼君 過江山色露微稜。西征詞賦悲潘岳，謇 東漢衣冠愧李膺。魚美

海鄉辭作客，銅士 花醲野館漫呼朋。劇憐骨肉山中夢，曼君 長路春寒思不勝。謇

新息從來憶少游，謇 高平無那客荆州。田間已識羊牛好，銅士 江上仍爲雁鶩謀。臣朔侏儒有飢飽，曼君 中郎都尉各兜鍪。吾儕三十年方壯，謇 裸壤龍章儻可休。銅士

舳艫千里控隄防，銅士 三楚遺營迹未荒。屢見番船通海國，曼君 愁聞歲幣出雲陽。將軍隴右方屯甲，謇 都督江東漫舉觴。我欲絶裾悵風雨，銅士 起看太白正横芒。曼君

父老猶聞説沈公，曼君 桑麻遺愛滿吴中。桐鄉有廟禱朱邑，謇 魯國何人薦孔融。白日神鯨窺駭浪，銅士 青天大鳥咽悲風。東南民力凋殘甚，曼君 繼政因循望小馮。謇

身世蒼茫泣五噫，謇 同舟爾我況將離。大河落日重沽酒，銅士 席帽談兵更賭詩。墓訪屯田春寂寞，曼君 煙開棠邑樹參差。往來歲歲江干路，謇 愁絶風雲黑鬢絲。銅士

【編年】

此詩作於光緒六年三月二十五日。

【校記】

［高平］，《日記》作「仲宣」。　［雁鶩］《日記》作「鴻雁」。　［愁聞］句，《日記》作「愁聞歲幣撫蠻方」。

爲黄仲弢題龍女圖

浪費真皇一丈文，諸天雷雨事紛紛。人間何限癡龍睡，未覺雲中別有君。
尺簡音書渺洞庭，不曾珍髦怨芳馨。金堂玉室群仙事，自辔蒼龍看八溟。

【編年】

據《日記》，此詩作於九月二十二日。

【校記】

《詩録》詩題「仲弢」下有「編修紹箕」四字。

揚州雜詠四首

玉鈎斜

故國青山不解愁，美人黄土已同休。衹憐一席雷塘地，並與耕農入廢邱。

九曲池

新詞競唱安公子，淒絶知音王令言。縱有丹陽江可渡，也應不似舊家園。

二十四橋

花花月月艷成煙，廿四橋頭月更妍。勝事祇今題不得，吹簫況在碧雲邊。

隋隄

九華九里連歸雁，隋堤、歸雁、臨江、松林、楓林、九華、九里、大雷、小雷、楊子，皆隋宮名。宮圮隄平樹亦荒。誰識楊家天子事，路傍人自説垂楊。

衆興旅舍書楊子承題名後

淪落相看幾歲年，白頭何事更幽燕。傷心多少麻衣淚，泥壁逢君倍惘然。

【編年】

此詩作於光緒六年四月八日。

曉發

急柝回殘夢，荒郵犯曉寒。漸聞人語亢，敢畏客途難。白草張門席，黄沙賣餅槃。劇憐諸父老，猶自羡征鞍。

【編年】光緒六年四月九日《日記》：「……中分曉發。」

沂水

沂水看歸雁，悠悠自北征。馬頭初日大，車脚四山平。邏卒空荒堠，將軍説故營。干戈易絃誦，慨想魯諸生。

【編年】光緒六年四月十二日《日記》記作此詩。

【校記】《日記》題作《郯城道中》。［看歸雁］，《日記》作「日南下」。［悠悠］，《日記》作「翔鴻」。

沂州

檀梨蒨蒨黍油油，山氣凝陰欲變秋。擁鼻微吟三十里，炎風催雨過沂州。

【編年】光緒六年四月十四日《日記》記作此詩。

【校記】

《日記》末句作「大風飛雨過沂州」。

長清曉發

晝行病蒸曦，迺越曶爽先。著衣辨顛倒，炧燭蒙庭煙。析箸羅饔砌，沙礫糅魚鱻。强飽固勝餓，俛仰淒不宣。出門見西月，涼暉帶曾巔。烏嚇何哀哀，上下回且旋。月落不可輓，嚇烏何知焉？ 跼跼念骨肉，淚塞聲梗咽。旁人那能亮？ 亮亦非心肝。惻惻復惻惻，浮雲東南天。

掘礨越岡巘，驚轂轟春雷。馳軀下平陸，颰颾飄黄埃。我僕既云痡，我馬良虺隤。男兒志萬里，晏佚隳精骸。蓼蟲自習苦，寧爲將軍來？ 將軍自英邁，遠略高世儕。藹藹穆生醴，峨峨燕昭臺。舉世重金玉，婉孌期龍駷。束縛報知己，吾生焉可哀。

昀昀夏禹甸，弈弈青齊疆。職貢重筐篚，大利在農桑。管子天下才，謀國富以强。如何千載還，迺令行役傷。圮穢莽塗畛，輸溉湮陂塘。村女抱長瑟，班白無褌裳。天子有命吏，催科亦何良？ 大官事軍國，牙纛殊煌煌。嗟哉一生拙，隱憂動無方。凴軾寄短夢，熙熙游陶唐。

【編年】此詩作於光緒六年四月十七日。

【校記】［蒙庭煙］《日記》作「籠清煙」。［沙礫］句《日記》作「塵沙粿肥𩽾」。［見西月］《日記》作「望西月」。［淚塞］句《日記》作「淚悲塞梗咽」。

病馬

黄沙赤日路迢遥，青絡朱鞍帶佩刀。自分死生醻奉料，空憐奔走誤皮毛。天閑十二從容飽，邊陣三千蹀躞豪。何事權奇獨凋喪，哀鳴噴血滿蓬蒿。

【編年】此詩作於光緒六年四月二十日。

哀杭州汪子樵於宣南観音院

聞道芙蓉玉露單，誰令西笑向長安。兩家憑客曾通驛，一弟看人到蓋棺。以放榜日死。

慧業自應依古佛，憐才空復憶天官。故夏少宰幕客。白頭望子真何益，却爲冰天注素冠。

【編年】

此詩作於光緒六年五月二日。

駐軍蓬萊閣呈節使

天子防邊賜節旄，將軍橫海肅銅刁。樓臺蛟蜃含秋氣，宮闕金銀向碧霄。此地舊鄰周肅慎，當時誰數霍嫖姚？微聞玉帛方修好，却倚危闌日聽潮。

【編年】

光緒八年十月二十四日《日記》：「泰安（輪船）不待而行，因與石卿、恕堂宿蓬萊閣。」次日即「乘馬行至辛店」，故知即寫於此日。

分題仇十洲士女圖戲集唐人句

妝發秋霞戰翠翹，李洞　月窗風簟夜迢迢。許渾　不勝惆悵還惆悵，釋貫休　願作輕羅著細腰。劉希夷

一度相思一度吟，戎昱落花流水怨離琴。李群玉 向人雖道渾無語，秦韜玉 碧海青天夜夜心。李商隱

夜半月高絃索鳴，元稹 垂肩嚲褎太憨生。虞世南 此時若有人來聽，杜荀鶴 更請霓裳一兩聲。前人

【編年】

光緒八年十月十四日《日記》：「得仇實父畫四幅。」

【校記】

［前人］應是晚唐詩人曹唐，非杜荀鶴。作者偶誤記。此句見曹《小遊仙》組詩之七十四：「武皇含笑把金觥，更請霓裳一兩聲。護帳宫人最年少，舞腰時挈繡裙輕。」

爲林怡蒓葵題宫人飼鶴圖

一侍瓊宫宴，金經讀幾年。相偎憐縞袂，不去惜青田。識字儕胥史，吹笙引上仙。未應同薄命，紈素早秋天。

荷臿圖爲劉生桂馨作

伯倫生以酒爲名，一石沈酣五斗醒。我所不能猶玉局，可無與飲是公榮。文章河朔憐書記，羹鱠江東憶步兵。挂席何因從女去，木瓢真率是長生。

有感

蛟宫一夜黯風雲，絳節朱符下六軍。横海徒贏增竈策，回天誰續卷堂文？乾坤冰雪三靈閟，鱗介冠裳百怪紛。便欲申椒陳宛轉，微波何處是湘君？

【編年】

此詩作於光緒八年九月五日。該日《日記》：「憶蓬萊閣與浣西談，浣西堅索詩，且謂詩猶説話，無妨徑寫。感其意，有二律示之，所以感事也。」

【校記】

《日記》題作《感事》。另一首即後輯佚詩《蓬萊閣感事》。［横海］一聯《日記》作「問鬼劇勤宣室話，回天難續卷堂文」。［便欲］一句《日記》作「便欲紉蘭繼瓊佩」。

重有感

愁聞跋浪伺鯤鯨，一片扶餘海上城。杞子何堪司北管，屈罷要賴簡東兵。錦衣仗節空都護，墨經臨邊有上卿。坐使積薪仍厝火，犧牲玉帛任尋盟。

【編年】

此詩題與内容均承前上一首，應作於同時。

題王西室畫本事詩後

芳草無因妒蒖蕡，春愁著力綰楊絲。分明萬載華嚴劫，證取黄羅扇底詞。
飛燕傳聞出畫梁，鬢蟬何事怨宫妝。也知孤負藍橋别，擣碎朝來玉杵霜。
霧閣雲窗玉鏡開，迷離往事泥人猜。記從七尺玻璃外，端著春衫試影來。
雲籤寶籙乞聰明，一夕菩提證上清。應悔夢中傳小字，人間唤作許飛瓊。

【編年】

光緒九年四月九日《日記》：「爲静亭題《仕女圖》四絶。」

少年 贈南海徐生

少年海外劇相逢，瑙勒珊鞭意氣雄。不信文開生仲祖，但聞鄒忌慕徐公。微詞賦色鄰廧上，顧影憐花寶鏡中。却憶初明論七貴，幾回怊悵道邊翁。

【編年】

此詩作於光緒九年六月十日。

卞玉京小像

却將萬恨付靈飛，故國烽煙事事非。愁絶聽琴吴祭酒，黄冠無地乞身歸。

【編年】

此詩作於光緒九年六月十八日。

【校記】

《日記》中録詩文字頗異：「霓裳却與誦靈飛，故國烽煙事可知。愁絶聽琴吴祭酒，黄冠應悔乞身遲。」

爲曼君題梅因事嘲之

香海無端見折枝，一花一萼總相思。不知月落參横後，縞素何人瘦似詩？

【編年】

此詩作於光緒九年六月二十三日。

【校記】

《日記》首聯作「香海無端剪一枝，一花一萼費相思。」

朝鮮金石菱參判昌熙命其子教獻既冠來見與詩勖之

憶昔初行冠，明庭舉茂才。淹遲雄劍合，牢落爨琴灰。幕府因征伐，尊公與往來。風雲激深感，期子鳳翎開。

【編年】

此詩作於光緒九年六月二十五日。

【校記】

詩題中人名「教獻」，《日記》作「敬獻」，兩字草書極似，不知孰是。首聯《日記》作「憶昔初冠日，公庭舉茂才」。　頷聯下句，《日記》作「淪落爨琴灰」。

書朝鮮趙玉垂參判冕鎬異荅同岑詩卷後

八十吟詩尚自豪，唱醻衰衰盡中朝。誰憐老屋寒梅下，羊酒官家久寂寥。
笠杖婆娑興尚狂，朝朝白髮對紅妝。不知耘老雙荷葉，能寫新詞日幾章？

歷下亭

工部傳詩後，斯亭萬古新。東方今作客，北海舊鄉人。一謌才無敵，群歡德有鄰。題楹崇老輩，但覺道州親。

歷山

昨日明湖縱櫂回，今晨歷下看山來。自憐皂帽秋風客，那得黃花瀉酒杯。
買醉何人愁白酒，停輿明日説黃花。眼前海岱猶難見，不恨雲山隔我家。

題邱履平扇贈行

黄花時節雨蕭蕭，江上行人送晚潮。惜别悲秋禁不得，中流延竚木蘭橈。

【編年】

此詩作於光緒四年八月十六日。

【校記】

［行人］，《日記》作「芙蓉」。

題山水

迴溪疊嶂畫圖開，中有仙家客漫猜。自愛武陵山色好，旁人都説避秦來。

調玉垂逸妾

誰憑骰子易通犀，開閣原應放柳枝。從此安心參佛祖，愛河清淨見摩尼。

書朝鮮近事

春秋義與孝經符，太息龍鍾宰相疏。爲問一時徽號啓，何如封禪茂陵書！諸生漫切賈生憂，絳灌勛高自運籌。蕉萃漢陽江上路，幾人敝盡黑貂裘。

送黄李二生歸江原道

時事江河下，紛紜口舌爭。上書空涕淚，當路有公卿。白璧珍緘鐍，青山遲耦耕。即看齊二隱，愁甚魯諸生。

招隱三首 贈金石菱

石菱築三思亭，期十載後歸隱，索詩爲券，感而賦之。

大道日榛蕪，仁義委芻狗。混茫睇八極，隆閉沍陰黝。海水薄天飛，澒洞震地紐。紛緼上邊功，龍魚乃雜蹂。當其時會乘，嫫嫱均好醜。得喪儵然事，素履儻无咎。曳尾泥塗中，我懷漆園叟。

似聞北山士，隴笑騰千春。亦越崔伯淵，飾競灰其身。古來聰知彥，動與尤悔因。功利豈云惡，所貴乎我真。山澤有坦途，結蘭欽幽人。扃巖築軒宇，高桂籠青雲。願言繼瓊佩，著書尊逸民。

魯公營菟裘，亦云吾將老。表聖識三休，知幾殊自好。百歲俟河清，禍已集炎槁。云何期十霜，人事誰能保？浮湛恃周才，爵服慮緇皂。苾苾西山薇，菁菁南澗藻。洵飴逍遥遊，卜居亮及早。

奉和叔兄詠梅

看日東瀛近，相思動窈冥。春偏十月早，樹見小梅青。寒燠纖條共，冰霜夙夢醒。多應隔芳訊，慚愧草堂靈。

附：叔兄詠梅

昨歲草堂下，方春梅已花。側枝因水見，高影不籬遮。霜月驚塵夢，江湖感物華。欲將故園思，汎汎寄靈查。

鎮海楊生示春燕詩即贈

杖策歸來日，周旋見此生。姓名隨市隱，神采與詩清。風雪鍵門迥，江湖入夢驚。試吟春社燕，羈屑感滄瀛。

【編年】此詩作於光緒十年正月十七日。

【校記】［杖策］，《日記》作「長鋏」。《日記》題作《楊西山善琭以春燕詩見示賦此爲贈》。

海嶽歸來圖爲某作

道路繇來險，滄波況爾深。乍看行篋畫，謂是券游心。天壤馮夷宕，山川自古今。迴帆聽撾鼓，吾意却沈吟。

【編年】此詩作於光緒十年五月二十九日。

【校記】

《日記》題爲《題許某海嶽歸來圖》；《日記》前四句作「行路谿來險，滄溟況爾深。即看行篋畫，因識券游心」。

新晴遊吴山

兩日蜷小舟，三日棲小樓。風雨薄窗户，陰閉如置幽。五更警檐溜，淅瀝疑未休。偃卧亦苦人，起看吴山陬。晨曦上木末，豁然蘇我眸。强語同舍客，出門聊遢遊。拾級自平坦，得趣非窮搜。眼中江與湖，形勝猶名州。叢祠有興廢，草木知春秋。成名盛世易，時會天運遒。新晴已難得，日暮寧當愁。

【編年】

據光緒十年四月二十日至五月初《日記》，知詩作於其時。

金州述别聯句

西風吹送幕庭寒，曼君 萬里驚秋客袂單。遼海無因悲遠戍，謇 燕雲有夢促征鞍。清笳一迸州門淚，邱履平心坦 苦酒難平壯士肝。出塞王師近乘勝，曼君 一時諸將自登壇。謇平津賓客幾人存？謇 往事低徊僕射恩。豈謂生平托簪履，履平 更煩洟泗到荃蓀。淒涼丹旐横秋色，曼君 零落青袍惜故痕。杖策何如歸隱好，謇 迪維皇甫各山村。履平

【編年】

此詩作於光緒十年七月十日。

贈金州同知陳鶴洲士芸聯句

平生回首信陵門，曼君 于我渠渠夏屋存。刀璧似聞求故器，謇 風雲徒悔信招魂。金州司馬賢無對，曼君 盛府賓僚事莫論。天壤皋牢成棄物，謇 炊粱剪韭意何温。曼君

【編年】

此詩作於光緒十年七月十四日。

蔣研香女士畫蘭

十載山公坐上深，九霞仙佩聽姚音。却從蘅芷荃蓀列，敬識蘋蘩薀藻心。曾煩玉魫寫妍姿，遠侑江南寄婦詩。福慧何緣雙乞與，蘭芽駢茁稱家兒。

襲佩芬芳雅自宜，徵蘭誰與夢燕姬。不須更織迴文錦，費盡冰綃百丈絲。

班閣傳經自昔賢，擬騷況有小山篇。應知未忘留名好，苦買西州十樣箋。

【編年】

光緒十年九月二十二日《日記》記作此詩。

【校記】

其二《日記》作：「上黄曾與頌宜男，一握魚魫粉墨兼。福慧何緣雙乞與，波羅靈諦證華嚴」。其三「襲佩芬芳」《日記》作「析佩瓊枝」。其四後三句《日記》作「先前況爾托靈荃。毫端何限千秋想，愁誦離騷四十篇」。

爲欣父題梅花士女圖帳額

欣父方四十生日且有謂其將納姬者

王郎四十宰官身，玉女璿宫證夙因。博得投壺裁一粲，人間香海幾回春？

別夢羅浮未便真，青鸞傳語誤紛紛。神仙何處雙條脱，一例荒唐楚雨雲。

冰雪相期十載緣，自將芳樹惜嬋娟。安心學取維摩法，丈室同參自在禪。

【編年】

據《日記》此詩作於光緒十年九月二十三日。

【校記】
全集繫此詩作於《詩録》題爲《羅浮仙子圖爲訢父作》。其三末句《日記》作「丈室參經自在眠」。

爲欣父第四子周題扇

昔我故人范无錯，作詩譽周非常兒。累棋蠟鳳虎子跳，會當覘汝作兒嬉。

【編年】
此詩與後一首均作於光緒十七年三月二十九日。

又題其第五子髯扇 髯以欣父蓄須之歲生故云

瑶環瑜珥並秀絶，逸群絶倫今見髯。及汝讀書成進士，乃翁應未雪鬑鬑。

爲欣父作富安串場河竣工喜示諸紳

青蒲角頭春水生，青龍閘外遠潮平。中間横絶三十里，空聽萬番龍骨聲。
鼛鼓千村荷臿勞，添波幾尺送鹽艘。農間二月連三月，麥穎初齊桑未高。

縣官亦是耕田夫，入耗官倉出命輿。尚恐涓埃了無補，不煩人號某公渠。
因人成事政初舉，貪天之功時久晴。正使諸君當漢代，縱碑衡碣盡題名。

【編年】
此詩作於光緒十七年三月二十三日。

書乍所感明月

洪淵挾泥淖，衆影亂草木。中有明月珠，瑩瑩疑可掬。含靈太虛表，庸知水清濁。以是鏡所非，乃與萬物角。淵哉至人心，冥冥致其獨。

【編年】
此詩作於光緒十年十月八日。

【校記】
此詩録于《日記》。詩題中「乍」即「昨」，詩題意爲「書寫昨晚感懷《明月》之詩」，「明月」才是詩題。今之詩題是次日日記中叙述語，叙説昨夜月下枕上成詩，今日補記于日記。此是整理者不解致誤。

淮水

淮水日南瀉，征人與未休。停橈詢舊泊，對此燭深秋。人事成今昔，關河況阻修。坐聽霜際雁，一下汀洲。

【編年】

此詩作於光緒十年十月七日。

【校記】

「對此燭」，諸本同，唯《日記》作「對燭此」，是。

鄰船母答兒

遠聞韓伯俞，笞膚不楚傷親衰。近者李廷尉，擁節感慟誰家兒。親衰猶見霜雪姿，擁節萬一疇親慈。我生三十貧賤耳，母乎安在，有兒奚以爲？急復急，蕩船檝；嗚復嗚，兒夜泣。兒兮勿泣恫母心，兒有母笞我衣濕。

【編年】

此詩作於光緒十年十月二十一日。

【校記】

［親衰］句，《日記》作「親衰猶被霜雪姿」。［急復急］兩句《日記》作「鄰船蕩何急，嗚嗚兒夜泣」。

還家

關河苦説太匆匆，蕭颯江淮尚轉蓬。但使有田供抱犢，誰能計歲蹋飛鴻。六年冰雪還家夢，千里帆幢落木風。丹嶂黃泥前約在，分明慚愧此山中。自己卯江寧還，道此已六載矣。年來期讀書黃泥山，復不果也。

【編年】

此詩作於光緒十年十月二十二日。

贈趙參將

虎落巡邊接豆盧，鯨濤動地戰蒼梧。未聞宿將讎千户，坐聽辭官汎五湖。塞上何人歡得馬，山中無事看驚鼯。要知陸賈歸裝富，意氣還愁白屋儒。

【編年】

此詩作於光緒十年十一月二日。

【校記】

［要知］句《日記》作「即憑偃仰青松下」。

讀史雜感 金州歸後作

章武開基絶可憐，坐看談笑蜀宮絃。生平不侮南陽老，尚覺生兒是象賢。蜀漢後主
到口笙篪雅自精，青驢白馬任微行。宫中不少穿鍼女，看挾千錢向輦營。宋後廢帝
曾敕皇孫愛手書，東宫哭拜與親扶。何堪正寫中央喜，猶聽牀前喚阿奴。齊廢帝
淒涼玉樹後庭辭，叔寶心肝大可知。狎客不須誅孔範，都官猶解五言詩。陳後主

自題畫象寄畏皇廣州

虎頭食肉更何因？歷落嵚奇可笑人。不分遊仙期郭璞，敢將達旨儗崔駰。歸來萬里風雲氣，苦憶三年嶺嶠春。寄與戎旃相對坐，江梅著蕊正霜晨。

送梁編修鼎芬歸番禺一首

聖代能容直，封書未是狂。九關騰猛虎，一角弄神羊。山木知應壽，函刀故有鉎。沈冥看六合，吾意爲蒼茫。

去國猶常度，無家苦説歸。扁舟窮瘴海，九月惜芳菲。古意論交在，良才與世違。天寒煙水闊，慎重雁南飛。

【編年】

此詩作於光緒十一年八月二十八日。

題王君泰山感舊圖

庚辰，吴武壯公長慶被詔入都，道經泰安，因與幕客楊安震、彭汝欞及謇同遊泰山，題名快活嶺。後八年，王君過而作圖。

豫生抵死爲知己，孟德欺人殊不才。十載報恩猶有字，千金延士更無臺。愁中落葉秋千片，紙上招魂泣幾回！太息王生懷舊處，雲根題字黯蒼苔。

【編年】

此詩作於光緒七年。光緒十一年八月二十九日《日記》：「憶録爲履平題王君《太山感舊圖》。」序中「後八年」有誤字，與吴長慶登泰山爲光緒六年，寫此詩在光緒十一年，隔五年，「八年」或當爲「一年」，「一」之手寫起筆重、落筆重，中運筆輕，則似「八」之草書。故王君作圖爲登山後一年，即光緒七年，此詩亦作於是年，「憶録」而題贈履平則爲光緒十一年。

題梁節盦青天倚劍圖

長鋏無端掩陸離，中椒菌桂鎮相思。未應晞髪陽阿日，浩蕩靈脩不汝知。
一劍防身任蒯緱，連天海水正殷秋。男兒要識君恩重，留斬名王席上頭。

【編年】
此詩作於光緒十一年九月九日。

李大令索贈

李侯始爲政，昔在楚棠間。中格三年考，移官兩鬢斑。地偏行法易，兒好讀書嫻。却憶同游處，風泉滿定山。

【編年】
此詩作於光緒十二年七月二十六日。

題翁鐵梅長森詒研圖

去年落木江城夕，顧五清尊餞歸客。坐中翁子五尺長，玉貌皓然瑩冰雪。重來江上春正寒，示我研圖先世澤。面背兩側字十行，紙墨相妍潤寒璧。考其失得幾滄桑，甲辛乙丁漫成昔。晨窗坐對長嗟咨，我未見研研有辭。萬世子孫永寶用，比于夏鼎商周彝。世間珍物豈不貴？以人壽物賢者知。翁子温文衆所羨，況有真質相磨治。爲誦杜陵石研詩，無負起草明光姿。

【編年】

此詩作於光緒十三年三月二日。

集杜題仕隱圖應范月查觀察

大雅何寥廓？先生藝絶倫。詞林有根柢，文雅見天真。浩蕩長安醉，行歌泗水春。生平江海興，寂寞向時人。

矯然江海思，進退固其宜。金璞無留礦，騏驎帶好兒。群公紛戮力，此道未磷緇。鑒澈勞懸鏡，風雲若有期。

【編年】

此詩作於光緒十三年三月三日。

昔悔

少壯事行役，悠悠十餘載。患難亮非一，奔走亦云殆。北尋微閭山，東汎渠弭海。之罘碣石間，風濤去來每。陳軍箕子國，玉劍戛犀鎧。當其壯往時，盛氣輒百倍。束縛報恩私，功名置有待。風雲一朝變，苦心聽功罪。浩然歸滄洲，徘徊惜文彩。皓鶴乘戎軒，置身已凡猥。况與雞鶩爭，但見鷗鳧餒。往計真自疏，來轍庶幾改。有宅一區存，有田一廛在。農桑世所業，荼薺吾可采。撫今睠疇昔，慷慨有餘悔。

【編年】

此詩作於光緒十三年七月二十九日。

種樹

不爲江海人，當勤稼圃計。圃逸而稼勞，擇焉力其易。朝翻種樹書，夕即老農弊。商量百畮間，隴甽有餘地。暄之欲通陽，溉之欲瀕澨。荷鋤請自今，永言敦樹藝。

種樹不種籬，樹成無隄防。一舉兩善兼，分畦樹榆桑。桑葉供飼蠶，榆根供作香。移栽二千本，疏密各相當。愛之如嬰兒，護之如恐傷。期之十載後，桑好榆如牆。岡桐實可油，厥産盛於蜀。女貞若烏桕，元明始著録。本大云及拱，實石利三斛。緣渠帶脩陂，割地妥諸竹。棗柹桃李梅，枇杷數株足。生用求實際，不取但充腹。嘉木既蕃殖，欣欣有餘歡。衡塘及從渠，井井不相干。呼傭種菱藕，風葉媚幽瀾。婦孺識兹趣，大人時開顔。懇懇與僮約，勿厭督教煩。信能灌園老，何知行路難。

【編年】

此詩作於光緒十三年七月二十九日。

開封寄懷鄭太夷江寧二十韻

三月丹陽郡，兼旬太守衙。相過交宿轍，一別汎歸查。到海春波壯，連江夜雨賒。贈詩真可味，相厚欲無涯。自以孫嵩弟，還隨鄭相車。通津時易檝，暑路正嘗瓜。入洛庸堪喻，遊梁自昔誇。吹臺看崱嵂，壽嶽失谽谺。塹陸衢成澮，郊荒海是沙。塔窣嬉魍魎，河險走龍蛇。幾易隋隄柳，都無定邸花。灰塵魏公子，禾黍趙官家。代圮城頻累，時艱吏尚奢。千錢徵膾鯉，五命盛驂騧。文物懷司隸，風流蕩永嘉。侯生從寂寞，鄭驛暫要遮。憶子騫雲鶴，憐余失侶蝦。嶔奇天所賦，軒輊世何加？魯國諸生賤，陳留父老嗟。獨能無意嚮，常此負桑麻。

【編年】

此詩作於光緒十三年八月二日。

送徐大歸淮安

八月河南決，排空萬派渾。魚龍驕白日，鴻雁滿中原。送子歸淮浦，秋風下海門。獨憐千里外，東望有驚魂。

【編年】

此詩作於光緒十三年八月二十四日。

【校記】

《日記》詩題中「徐大」作「徐敬亭」。

題歸舟載石圖卷子

圖爲杭州吴鐵琴刺史道光中葉歸自鬱林所作，卷首五字阮文達公元題。刺史，文達公甥也。

鬱林山水控蠻天，刺史風流到眼前。但識畫圖珍拱璧，都愁巨石化雲煙。外家況溯儀徵舊，後嗣能爲甫里賢。今日牧民須美政，幾人清德與俱傳。

【編年】

此詩作於光緒十三年八月二十四日。

書懷示同里生

千里仍爲客，三秋未到書。親庭應念子，稼事定何如？夢去黄流斷，愁來黑髮疏。愛君爲同里，强得話鄉閭。

【編年】

此詩作於光緒十三年八月二十五日。

桃源旅舍有感吴武壯公

一年再過歲庚辰，素韠燕齊萬里塵。横海況隨天仗遠，度遼重見使符新。煙雲蕭索籌邊府，詞賦蒼涼給札人。縱使頻來雙鬢好，獨能無恨向關津？

【編年】

此詩作於光緒十三年十一月二十四日。

徐州道上

芒碭山荒大澤空，驅車馮吊太匆匆。等閒戲馬呼鷹事，付與西風落照中。

王尼露處愁方始，枚叔歸來鬢有塵。今日中原須將帥，吹簫屠狗更何人？

【編年】

此詩作於光緒十三年十一月二十一日。

雙溝

人人愛說江南好，才入徐州便不同。風土不妨仍廣漠，山川自合産英雄。時因水木來清氣，難得盤飧有古風。昨日黄鷄兼白釀，歡然酬直醉城東。

【編年】

此詩作於光緒十三年十一月二十二日。

卷三　自清光緒十四年戊子訖光緒二十七年辛丑

爲曹大令懋功題其祖曹孝子閩歸集

閩海波潮迴，江天日月高。斯人傳孝義，遺詠見風騷。明德開孫子，交歡託掾曹。獨應慚蓺黍，猶與誦伊蒿。

【編年】

此詩作於光緒十四年正月二十二日。該日《日記》：「爲縵卿祖仙槎先生題《閩歸集》五律一首。」

清河至贛榆道中十首

三載三經公浦路，東西南北鎮勞人。無端磊落嶔崎客，又向荒涼寂寞濱。

舟車再易太匆匆，中運河干載短篷。儘有春愁消不盡，船頭聽雨又聽風。

聞道河流足運鹽，春來浮送不須錢。何當一片西來水，流到梁園舊客前。

高岸平陵接下陂，春陰滿路釀黏泥。烏犍逐草都閒放，小麥抽苗已斬齊。
盡日迂迴苦計程，山川風物證圖經。唯聞板浦供酸酢，安得雲台斸茯苓。
上市葫苗正及鮮，販魚車子更田田。今年海上真豐稔，日日微陰小雨天。
甃池漉井疲村户，覆盞蘊墟祀社公。直是民貧祈報儉，不如小鬼在秦中。
不蠶不織不晨梳，村婦村娃日坐娱。誰復長官林大埔，前海州知州林達泉。木棉種絶女桑枯。
防倭自昔海東頭，列戍連烽亦大州。容易麻姑見塵起，峨檣今不度鷹游。
江南三月亂鶯飛，故國風光客所知。愁絶滄波千里外，東風裁到野棠梨。

【編年】
此詩作於光緒十四年三月二十一日。

太倉知州莫君善徵祥芝輓詞三首

上相專征日，群公際盛來。十年參幕府，百折試雲雷。洵美邦之直，當官衆所推。開明兼理幹，吏事有天才。

治亦循貞定，名還偶部亭。君兄子偲先生友芝。父兄今絶學，儒吏古通經。一謁文翁舍，重陪單父庭。即談農圃計，都見老成型。

卜宅終何許？歸田事更虚。空悲田豫志，未報秣陵書。京國炎風苦，婁江夜雨疏。淒酸懷舊德，經過益躊躇。

【編年】

此詩作於光緒十五年五月二十九日。

【校記】

其二「名還偶部亭」，從上海文業書局民國二十五年版《張季直詩集》；底本、《詩録》均作「名還偶邵亭」，誤。又，原小註「子偲」亦從《張季直詩集》，諸本作「子傀」，亦誤。

檢書看劍圖題辭

兔園挾册擁清班，馬廄摇鞭亦大官。寥落西川杜工部，真將窮餓怨儒冠。

學書我亦鈍如椎，仗劍誰能氣似霓？即事語君成一笑，人間得失萬蟲鷄。

【編年】

此詩作於光緒十五年十月十四日，該日《日記》：「題許鴻祝《檢書看劍圖》。」

【校記】

其二「一笑」，《日記》作「一歎」。

歸田圖題辭

田野由來好，園林況爾新。人情愛芳草，天氣惜餘春。絲竹中年感，兒童退處親。看君圖畫意，吾亦倦風塵。

【編年】

《日記》光緒十五年十月二十五日：「題某圖，（以下即此詩）」。

寄叔兄江西四首　時將至梁口釐差

往君初出門，秋原帶殘暑。一會涉冬春，宣南三日佇。苒苒冰霜枯，假歸再相聚。首尾三載中，遭迴幾笑語。緊余兄弟間，離合動乖午。江淮與遼海，蹤跡紛可數。況乃杖孤策，囏難客都護。辰商而晉參，彼此各易處。安得少小時，歡然相翕煦。

宦海灝無際，因風湊群漚。偶焉寄其間，寧當計湛浮。豈無非常士，束縛不自由。豈無學道人，湛冥終白頭。君初仕爲令，俯仰滋慚羞。苦心耐煩辱，以赴繩墨求。決獄亦細事，安貧性所柔。何當百僚底，歲月聲名收。豈不賴抽激，長官要相優。人貴强自植，公道無時休。

天下苦兵爭，乃假車船算。朝廷有本意，何云較均幹。游民與冗吏，緣名利壟斷。下各飽所私，上猶中課勸。嗟哉道路盹，步步澀憂患。我家世力農，辛苦自習慣。君讀從政書，一編曾繾綣。民隱當蘇存，官用有程憲。平亭斟酌之，兩全豈無間。幸可爲孔戕，尚應耻劉晏。

常熟翁尚書同龢昔謂君，理幹過于季。謂君甚謹質，吳縣潘文勤公祖蔭所爲地。子培當代賢，獨許悃愊吏。長官最君能，而復兩其意。體用略在兹，充盛固匪易。世當多難初，生居衆人裏。虚名爲實囚，横福來鬼忌。儉德以自臧，令聞保終始。載詠小雅篇，深維脊令義。軥軥遠相勖，秋江永千里。

【編年】

此詩作於光緒十六年七月十三日。

奉和袁爽秋侍御都門贈行即用其韻

云胡昔不樂？拄劍客江介。顧聞桐廬袁，乃適以兹會。無端京師遊，素冠逐飛蓋。旅居隔衡街，叩門得所屆。寫誠款通襟，高言破纖壒。當時宣武南，風節盛冠帶。名競氣以囂，道長理或泰。自此六年別，人事日徽纆。君方仕爲郎，默守柱史戒。下走遼海歸，氣與風濤汰。所更寧一端？坐覺胸次隘。退求農家言，遠希笠澤瀨。開門偶應舉，小禄庶以賴。不爲大敵勇，敢同衆人敗。君方備臺諫，智略洞中外。峨峨神羊冠，耿耿朝鳳噦。上以啓堯舜，下亦厲曹鄶。何當羨歸耕，邈焉寄深喟。

【編年】

此詩作於光緒十六年七月十八日。

出都酬沈子培

被放歸時，子培方病。臨發之晨，柬詩一章，蓋中夜而作者。車中往復，凄動心脾。寧惟離别之傷，抑亦風義之感。因酬二詩。

六載經三別，連歡得幾朝？有時偕近局，相過必中宵。孤憤融朱穆，虛懷禮鄭僑。由來隔衢巷，尚覺路迢迢。

祗我成樗櫟，虛君卜茹茅。高深文字寄，堅苦雪霜交。斯世當相惜，旁人或見嘲。秋來寥闊意，斗北向珠巢。子培所居之街。

附：子培贈詩

荒塍重爲别，意氣不能驕。病假衰顔示，情緣滅劫饒。定心知憺憺，削櫝想迢迢。有約張元伯，無令歲過交。

【編年】

此詩作於光緒十六年七月十九日。

聞下斜街舊寓因雨盡圮寄可莊勖臧昴季兼示蘇龕

但不求通百不窮，權之自人天無功。天巧有時偶相值，意存避就非英雄。都門二月上名牒，税駕初主含山翁。嚴編修家讓。糞除所舍使舍客，老屋揹鄣裁遮風。提書趁試客既去，一夕柱折頹垣從。巖牆知命古所訓，推宅相借君尤通。下斜街北街之東，廬舍古木疏篁中。晨興愛坐几席緑，夜歸遥識檐鐙紅。漫然從人考坊巷，查家舊址塵冥濛。況乃居此堇匝月，拂衣南下旋匆匆。文章猶自愧方叔，宿處誰復知林宗？成以何日敗有數，屋不負人天至公。生平耻説王夷甫，天下何來石世龍？

【編年】

此詩作於光緒十六年七月二十七日。

【校記】

［廬舍］，《日記》作「一廬」。

檢粤雅堂叢書寄王可莊修撰

楚庭耆舊舊吟廬，百八叢編易世儲。豪舉猶徵民氣樂，肇刊況直我生初。書凡百八十五種，咸豐三年伍崇曜始刊，自三編季滄葦書目後，光緒元年伍紹棠刊。故人拜賜珍千絹，使者歸朝載幾車。辛苦人間有林窟，肯令感激飽蟲魚。

【編年】

此詩作於光緒十六年七月二十八日。

題安吳包倦翁論書篇後用東坡醉墨堂韻索子培蘇龕和之

古今評書究筆法，如入市闤常不休。安吳晚出獨精絶，抉摘剗露神鬼愁。其言洞洞豁翳障，以方虔禮彼何瘳。校量南北別宗派，大都得力山東遊。軒劉墉輊翁方綱訂蘇董，妙解時足開煩憂。於石辨墨論尤創，但史非士誰當羞。自翁去後四十載，來者相踵如成邱。撥鐙聞之李大理聯琇，暮年悔者何道州紹基。間從濂亭武昌張裕釗叩要領，平腕轉筆資推求。雄强洞達始平實，遠効寧可旦夕收？沈侯於此信非祖，鄭君所得今已優。相期努力造通會，無嫌墨瀋烏菌稠。

【編年】

此詩作於光緒十六年七月二十九日。

初秋偶興寄蘇堪

秋至忽如客，遠歸差自賢。得侍老親疾，重翫閑居篇。支床就榮廕，薙草清垓埏。檀因辟惡爇，茗以益思煎。佳日輒有會，新涼時一延。薦新得明齊，分餕招華顛。桑紺夙醅釀，稻碧初餾饘。錯兼紫文蛤，鱠佐黄頭鰱。本非極飲饌，不取甚濃鮮。諧談落讖緯，既醉猶初筵。有時督園圃，任意從林泉。與桐釋縛蔓，爲芟彤叢蓮。辨榆郎姑種，展竹西南鞭。花幽桂樹短，林晶柿實圓。却病備杞鞠，含芬愛橙櫞。來鶯語已熟，孳雀巢所便。狀隨草木叩，經略禽魚詮。廣之通異域，證之實前箋。或讀道書罷，或諷仙詩焉。所規扶海垞，寧減桃源天。得地且種樹，買鄰安有錢。懷哉鄭夫子，京國方迍邅。嘗訂元白約，共追皮陸緣。此事竟何日，懸懃企歸田。晏歲當乞假，過江常有船。倘來菰蘆中，歡喜聊周旋。

【編年】

此詩作於光緒十六年八月五日。

【校記】

［讖緯］，諸本作「纖緯」，形誤，徑改。［辨榆］，殊費解，或「辨榆」。

題緩卿所藏徐高士枋畫山水

往歲深冬月在子，曹侯跫然款門至。手中一幨絹本畫，自云所得頗匪易。侯家家世本長洲，亂後還家認鄉里。湖田歷歷但荒虚，山市蕭蕭贏戰壘。罕從故閥論收藏，時見老兵賣縑紙。售金易餅都適然，寶鼎康瓠亦聊爾。眼明尺幅煙雲開，題名上方徐俟齋。旋驚又喜姑置哉，聽持之去與之偕，瞥若重遇臨衢街。招呼共入酒家飲，一斗竟博涼州回。裝池鄭重得完好，懸供高閣賓尊罍。徐曹先世故親舊，相對一日三徘徊。我聞高士暮年築，草堂恰枕天平麓。斷書甲子永初年，謝絶車徒子真谷。偶然作畫易所須，來往人間驢徑熟。畫本巨然參倪黄，此仿關仝信晚作。高裁二尺三寸强，應知略稱驢肩簏。其年干壬支曰申，去高士卒周兩春。當時所畫豈一二？散落所獲彌瑰珍。靈巖支硎高嶙嶙，山水如畫含清醇。祇今世習鮮卑語，不見長歌肥遯人。

【編年】

此詩作於光緒十七年二月三十日。

録甲申以前詩八十餘首寄石公附柬三首

昔我嘗爲盋山客，今年盡讀盋山詩。湖山到眼秋仍好，冰雪看君世未知。

滄海東頭鄭舍人，歸時時復壯君貧。祇今誰是談詩侶？拾橡山中正苦辛。

工詩何與窮愁事，藉遣窮愁亦未賢。我已安排扶海垞，不妨早晚寄吟箋。

【編年】

此詩作於光緒十七年十一月。

薛廬喜晤石公敬懷桑根先生

邂逅曾無約，羈棲尚此才。文章池館託，風日酒尊開。便使登三策，都應感八哀。永令堂下路，落葉浩成堆。

【編年】

此詩作於光緒十七年十一月。

河督奉新許公以哀逝百首見示奉寄

傳聞都水擁旌旄，大月東西囑伐高。一夕悲哀纏百詠，幾人銘誄秃千毫。愁中魯酒真嫌薄，塞後宣房正復勞。鈴閣宵長官燭冷，通禪參佛故應豪。

【編年】

此詩作於光緒十八年四月十七日。

爲王子翔庶常題其太夫人課孫圖

通德高門世所聞，蒙陽高節況嶙峋。貽孫至老傳經學，有子登朝侶近臣。差幸五花榮一命，故應寸草負三春。傷心獨對南風棘，四十平常下第人。

【編年】

此詩作於光緒十八年四月十六日。

奉呈常熟尚書四首

東坡初出門，獨嚮歐陽子。昌黎掖後進，拳拳在張李。古人慎所緣，身名託終始。攀躋猶及公，州郡忝鄉里。十年遼海軍，苦辛狎泥滓。公與幕府箋，問訊輒書尾。知公大雅人，等閒不足儗。憂患能知幾，恂慄斯有斐。

少小盛氣志，頗亦羞群狙。家世服農畝，不眩車輪朱。上稟二人訓，下規千載圖。江河絶東寫，日月駸西徂。中間氣振蕩，萬物飛蓬俱。常恐願力薄，墮此禮義軀。悠悠迫中歲，四顧增踟躕。踟躕思古人，遥遥唐與虞。

寸志不可遂，萬事皆塵埃。猶是中國民，帝京時一來。昔歲荷推舉，冥冥如天開。公今再薦士，隔絕中路霾。由來得喪際，出入材不材。公心照四海，涕泗生枯荄。不遇故細事，纏綿惻中懷。丈夫尚施報，所報安恃哉！

昏昏九衢塵，有官未云樂。騰騰萬人海，機利迸鋒鍔。獨念平生交，肺腑相煦燠。驅車出國門，連朝輒心惡。況與夫子親，眷睞重邱嶽。八年四回別，此別非疇若。才鈍語易枝，戚均慮無堮。江鄉有閒田，先歸料鉏钁。

【編年】

此詩作於光緒十八年五月一日。

瑞安黄先生以六十自壽詩見示報罷將歸賦詩爲獻

當代皇家瑞，昭昭獨有公。舊勛契彭左，清望歷咸同。報國成孤憤，容臣是兩宫。推排何所憾？痞俗況兼聾。

一被論兵罪，終遷執法官。人尊司馬節，朝重惠文冠。無補臣當去，廑憂帝未安。角巾棲輦下，炯炯此心丹。

却貴求貧樂，嫌醒被醉譏。就花親寺院，賒酒量朝衣。有子賢能孝，無田隱當歸。當筵誰奏笛？猶唱鶴南飛。

愧是年家子，叨逾不厭頻。分均諸弟列，愛識丈人真。將夢扶頹翼，增酸撫困鱗。唯餘一寸意，長願百齡春。

【編年】

此詩作於光緒十八年五月二日。

被放將歸意園祭酒貽書謂僕與君交大似余廷心之于戴九靈時人擬之泰不華之於煮石山農者妄也謇何足當斯語重悲盛怡奉詩呈別

有蠹無堅堂，有蟯無完胃。堂傾與衆罹，胃腐獨身祟。寢傾寢腐時，相忍用深諱。一蟯一世界，一蠹一智慧。奈何胃與堂，如聞結遥愾。

范武但祈死，正則能哀歌。其言至傷心，荒忽搜天魔。分止摧一身，報君理則那？高皇有成命，肺腑凝山河。性命有事在，憔悴將如何？

大構非一材，大樂非一器。材器無小大，欲儲辨真僞。千金買跛驢，良馬將不至。寸轡控飛龍，應者皆下駟。君子貴知言，與人見真意。長河有伏流，冥冥自王屋。及其出地時，所在怒漩復。操舟試中流，不到更無陸。國工臨劫棋，先幾料收局。假哉一子顛，奚翅衆人辱。少年攬八極，常懷無窮思。臨當軌轍阻，方悟輪轂非。不當改輪轂，將歸中薪炊。戢影事耕釣，四十更不遲。徐茅中路語，謇也聞知之。夫子枉相假，自來太學初。遭時一訴斥，所假彌有餘。深心出苦語，校量攀戴余。天命人事間，獨公費踟躕。流涕望千載，息壤猶區區。

【編年】

據《日記》此詩作於光緒十八年五月三日。

因勖臧舍人索諸果木於馮果卿同年汝桓

百年已決爲農計，四海常參種樹書。都道馮園名日下，千花萬藥衛精廬。江鄉翠栝不易得，文果哀梨得更佳。期與清温長孫子，不愁變枳橘逾淮。

馮君尚有河南樹，乞與更煩王舍人。引水開園寧小事，安心接待九州春。

【編年】

光緒十八年五月三日《日記》記作此詩。

爲祁君月師曾題張石公錢獻之石經題名册

乾嘉老輩都堅卓，便好虚名亦認真。韋氏一經家法在，期君不作等閒人。

【編年】

據《日記》此詩作於光緒十八年五月六日。

中秋日附舟省叔兄於江西

去年重九日，霧曉出江壖。歷閏裁周歲，辭家又趁船。秋隨佳節换，月向旅人圓。未甚悲離别，匡廬在眼前。

【編年】

據《日記》此詩作於光緒十八年八月十五日。

至貴溪喜晤叔兄

連山落水到灘分，枕水山城帶暮雲。入境但饒風俗簡，逢人已説長官勤。文書堆裹鴉翻樹，衙鼓聲中豕散群。難得阿兄真耐苦，歸能歡喜報嚴君。

【編年】據《日記》此詩作於光緒十八年九月一日。

別叔兄歸里

見惟旬日別經年，臨別朝來倍惘然。量帶略同三尺舊，檢梳時訝一絲宣。人間憂樂都無賴，海内文章亦浪傳。隨分終期早歸隱，草堂果木半齊肩。

【編年】據《日記》此詩作於光緒十八年九月二十三日。

古樟

翳翳陰崖日，沈沈絶壑飈。孫枝千象肘，別幹五牛腰。積葉從教腐，纏籐亦自翹。但無雷火及，山鬼儘招摇。

【編年】據《日記》此詩作於光緒十八年九月二十四日。

玉山女

迴溪繚層巘，一掩一重閒。過客時停矚，村姝有好顔。芙蓉當粉靚，茜草爲裙殷。不羨藍田璧，兒家住玉山。

【編年】據《日記》此詩作於光緒十八年九月二十八日。

明日

明日仍愁雨，來灘已恐人。歸心千里疊，殘夢一燈親。

【編年】據《日記》此詩作於光緒十八年九月二十七日。

雨中望上饒諸山雲氣

將雨山雲忽際天，有時山忽上雲顛。晚來更被横風擾，萬點青蒼盡化煙。
東崦纔晴西崦雨，南峰旋没北峰明。不知何處雲無事，坐聽灘頭新漲聲。

上灘二十二韻

歸路初桃迴，臨灘拾級同。水從玉山下，舟溯貴谿東。磊砢連層碎，陂陁會一洪。坻痕新漲到，磵道昨宵通。隒隘流逾激，巖回瀯復沖。射催千羽勁，輓失萬牛雄。大達翻平妥，將旋却渾融。自然成搏躍，一瞥遽投空。灑灑驚翻鶴，煇煇没飲虹。亂披瑂玉佩，纖次水晶葱。組練飛旍橈，琉璃覆盎盅。跳珠聽的歷，噴雪併玲瓏。正爾諧琴筑，時還中徵宫。蘇眠蠶簇葉，合陣鳥喧叢。洶洶晴都眴，囂囂語忽聾。藴修齊偃碧，楓落偶漂紅。響近兼知碓，停多欲下罛。丸支九折阪，弦彀六鈞弓。夜嘯愁山鬼，朝泅見裸蟲。更無巫峽夢，況滯石尤風。傍鷺頻炊飯，窺魚輒柱篷。未妨歸路緩，鎮日數南鴻。

【編年】

此詩作於光緒十八年九月二十七日，該日《日記》：「有《上灘二十二韻》。」十一月一日《日記》：「定『上灘』詩。」

水碓二十四韻

長猋忽盈耳，前灘已當目。坻碕燕尾分，磥砢魚鱗蹙。堨一弛一張，水一要一束。據險利相遮，吸遠勢逾蓄。急溜所推排，轓車至神速。層阪躡圜梯，飛輪斡長轂。飄沫細如霏，旋注驟疑漉。但覺軒輞中，未嫌機巧熟。咿嘎軋復鳴，訇磕響更續。一鳴已一周，一周知幾蹴。錧轄脂兩頭，牙業森四角。時後而時先，更起而更伏。或如鷄引吭，或如鶴俯啄。或如龍爪拏，或如象齒卓。騰中如投壺，迴空如噞鞠。吐吞利臼敧，牽引與礱觸。何分秔秫秈，以次糲粺鑿。得糠豕饕餮，爭粟雀吟踔。家家連平簃，處處蔭脩竹。稻擔時去來，篝火夜呼督。舟行豈不妨，民用庶以足。誰歟衛尉專，邈矣征南作。隴畝思故鄉，川澮在平陸。秋收及是時，曉舂正相屬。

【編年】據《日記》此詩作於光緒十八年九月二十六日。

嘲吴彦復

彦復藏昌化石甚富，曾爲題匣。時方納姬，詩以嘲之。

幾年京國吴公子，買石揮金肯就貧。亦幸尚饒花乳艷，不愁壁立對佳人。

才能摹印偏工懶，日日高春尚愛眠。祇恐他年韓約素，人間無限印文傳。

【編年】據《日記》此詩作於光緒二十年七月二十三日。

寄酬查翼甫同年

十年鎩羽向衡飈，垂去無端上碧霄。臣尚有親新受禄，世方多難却登朝。樓船横海消金帛，詞賦長楊狎翠苕。差有寸心堪報謝，由來生計是漁樵。

【編年】據《日記》此詩作於光緒二十年八月六日。

題松鶴圖

養鶴應增二頃田，種松繞屋長風煙。縱教此事都難得，畫裏婆娑也自賢。

崢嶸卷裏題詩客，寥落人間感舊銘。真覺臨川李廷尉，著書不負草堂靈。

【編年】據《日記》此詩作於光緒二十一年七月十三日。

裴敖宜人七十壽

清江百尺蜀江同，上有懷清列女風。無地可資臺榭壯，有天相報勅書崇。完存家室冰霜外，祝養兒孫涕淚中。長與宵來瞻象緯，煇煇婺宿傍璇宮。

奉題江寧顧氏忠貞録 從石公之請也

王師失律遼東日，吾友從征幕北時。軍府文書臣以告，儒門忠孝帝知之。九原白日昭昭在，一劫沈灰泯泯遺。猿鶴沙蟲紛滿眼，更無人覺可勝悲。

【編年】據《日記》此詩作於光緒二十一年七月二十二日。

太夷置酒吴園修禊

陰晴無定亦良辰，寂寞相娱祓禊人。野漲乍渾寧許盥？林花未盡不妨春。當杯儘聽前朝事，賣藥由來海上民。滿把芳蘭勞北望，招魂續魄自今頻。

【編年】據《日記》此詩作於光緒二十二年三月十六日。

禮卿約同小山石公太夷雨中看牡丹用石公韻

重陰漠漠亂城鴉，積水塘邊舊史家。雨自作泥寧失路，天能養葉當扶花。呼燈近壁開書幰，沽酒分錢數畫叉。儘有閒人消令節，不愁敗興到天涯。

唐夫人百花圖爲錕華太守作

冰綃三尺皎如雪，當花展之兩愁絶。千藪百鄂相撑拏，寒女機絲幾回結。太守夫人真爾閒，調鉛吮朱歛蠢間。不須白璧買奇嫭，坐憐灼灼金釵環。我家有屋滄州上，花藥臨窗高下向。欲憑長句换丹青，更乞餘芳作綾幰。

【編年】

據《日記》此詩作於光緒二十二年三月三十日。

同人集書院爲旬會石公示所作詩依韻答之呈諸君兼懷前院長武岡鄧彌之輔綸

延祖丹陽會，温公洛下英。際時皆浩蕩，有黨各聲名。未覺江山變，相憐意氣生。酒徒今正少，不醉若爲情？

雅復成歡笑，隨時得靜便。住仍詩老席，歸託釣人船。書院初成，山長爲武岡詩人鄧輔綸。春去清觴裏，山來短檻前。料能成勝事，有暇即周旋。

【編年】此詩作於光緒二十二年四月四日。

【校記】《日記》謂「作詩三首。」今存二首。其二中之夾注據《全集》補。

石公招集龍潭餞春和伯虞第一首韻

人間直把春償酒，吾輩何因醉問天？近水遠山看老大，落花飛絮故芳妍。詩成欄角聽鶯坐，客散城陰任馬旋。但苦茲遊未能數，等閒樂事要誰傳！

吴園看芍藥荼蘼次所語示太夷三首

取次園林只看花，荼蘼芍藥一春賒。主人早向神京去，我亦花時不在家。

垞中最念方橋好，非閣非船與夏宜。七尺釣竿三尺簟，夕陽裁去月來時。

海東尚有棲賢地，薄宦終應子不堪。安得剡溪錢百萬，更招沈四與丁三。

【編年】據《日記》此詩作於光緒二十二年四月八日。

題陳藍洲山水爲石公作

溪山成水墨，草樹入煙雲。劇愛陳明府，將酬顧廣文。幽深諧小築，寂寞慰孤醺。亦欲携家去，桃源我所聞。

【編年】據《日記》此詩作於光緒二十二年八月三十日。

題遯窟圖

滄海横流劇，林皋遯窟尊。安舒容草木，佚蕩到雞豚。即此尋虞夏，端應長子孫。伊川騰讖久，谷口與誰論？

【編年】據《日記》此詩作於光緒二十二年十月三十日。

有感五行家言

秀才席帽春秋試，五行家言貨奇祕。某干某支配衰王，一以天然位人事。賤子十六隸學官，千摧百挫生波瀾。桐城夫子慰顑頷，懸格比例顧與潘。亭林生月午年丑，其日干乙支在酉。潘年月丑繫己丁，日時己卯兩干偶。亭林絶學今先河，潘福庸庸古稀有。歆潘景顧任所擇，顧逸民耳潘貴壽。賤子生年潘顧間，四十過二窺朝班。抽身江海雜漁釣，甘自廢棄蒙群訕。五行鑄不到肝肺，天亦自拙人自頑。高歌赤足荷鋤去，一笑相惜州南山。

顧丈調令醴泉政聲益盛明年六十生日聘耆同年既令以小文爲壽鄉里官京曹者約更爲詩

喜聞茂宰是神君，不止儒林號丈人。遠韻高情隨地見，佳篇美政逐年新。歸懸十載期松菊，才到諸郎足鳳麟。早晚漢廷召黃霸，巨觥請酌醴泉春。

【編年】

據《日記》此詩作於光緒二十年七月二日。

題任朱胡合作棉花菊花老少年

遭時草亦榮花色，隱曜花宜溷草叢。不及終身棲隴畝，自將心力暖田翁。

【編年】據《日記》此詩作於光緒二十三年十月二十七日。

題雪中送炭圖

山陰任老自作畫，鄞縣楊翁强置題。冷暖自家不能顧，徒爾胸中留町畦。

【編年】據《日記》此詩作於光緒二十三年十月二十八日。

東城

闊絶東城路，分明七載前。西流春漲減，北轉午風偏。驟暖裘知重，仍晴草欲妍。故應鄉國好，行李尚年年。

【編年】據《日記》此詩作於光緒二十三年正月二十五日。

病齒示家人

上池輸潤遽失職，左輔煩煎殊苦人。欹枕拄頤成獨笑，丈夫底事效卿顰？
過剛必折相貽戒，倩君有焉卿庶幾。短什聱牙堪誦否？不然叩齒驗靈飛。

【編年】據《日記》此詩作於光緒二十三年正月。

【校記】《日記》詩題作：「病齒訊曼容（妾）所患」。詩末有注：「《靈飛經》，平旦東向坐，叩齒三十六通，導行家之言也。庚寅應禮部試，臨場齒大痛，有令趺坐叩三百六十通者，不效，倍而減，再倍而平，行之三日乃愈。」

東臺謁外祖父母塋志哀

曉出北關橋，萬塚荒纍纍。微雨勢初止，野風寒正吹。啓輿問遠近，約略四里差。回溝抱塍角，金氏塋在兹。塋凡十有三，圜列隃半規。我外王父母，居中獨崔巍。陳牲醴再拜，口默心致辭。孫年八九齡，聞母在室時。外王父先卒，門户王母支。道光中歲後，五歲三苦飢。亦有舅七人，各有婦嬰婗。棘棘不相保，角張自營爲。王母慟失明，與母窮相依。母以十指血，易稻供娘糜。自屑豆蔬覈，雜以微鹽虀。王母偶啜嘗，撫母淚交頤。謂兒十分苦，兒苦蒼天知。自母歸府君，歲月有遺貽。豈得甚甘好？故亦窘錢貲。自王母之卒，母心蓄沈悲。望孫早樹立，挈孫塋前來。嗚呼母不待，孫亦實不才。悠悠十六年，始得瞻天墀。又以府君恤，復爾三年遲。今日一尊奠，母也寧見之！母既不獲見，九鼎皆塵錙。飄飄紙錢燼，爛爛宮錦衣。紛紛路旁人，煢煢人間兒。

【編年】

據《日記》此詩作於光緒二十三年正月二十八日。

重過如臯學宮

泮林煙樹映池菭，衙舍陰陰樹底開。胥吏宅多三世易，校官碑又幾人來？蘇春庭草猶堪跡，認客巢禽本不猜。身世難忘桑下宿，恩讎何處溺餘灰！

【編年】

據《日記》此詩作於光緒二十三年二月一日。

江寧送内子歸海門

爲婦廿三載，今春始出門。釵裙謝時好，藥食爲醫論。住乃縈家政，歸歟警客魂。煙波江上路，風雨近黄昏。

寂寞雲姬病，吾寧不念之。夢蘭人有説，驗艾子當知。圖籍兼料理，園林必護持。還應共貧久，辛苦歲寒時。

【編年】

據《日記》此詩作於光緒二十三年四月九日。

【校記】

「雲姬」，《日記》作「陳姬」。

題太夷濠堂用原詩首句惜哉此江山爲韻

東風蕩殘春，白日笑羈客。亦有窅眇心，胡爲聊浪迹。惠施與蒙莊，由來視莫逆。招呼鍾山雲，出入長安陌。悠悠二十年，壯盛未容惜。

杖策昔從軍，東登箕子臺。君從若木下，弄摩日珠回。當時一張口，氣尚淩八垓。風輪倏旦暮，親見揚塵埃。蓬萊已陵陸，滄溟何有哉！

沈沈久雨雲，混混下江水。水去不復回，雲開故有俟。坐憐浩蕩中，萬億流離子。虚望將焉酬，空悲亦可耻。天地有端倪，俯仰究終始。及時且寧靜，丈夫要如此。進不苟懷禄，退亦非迷邦。看君百僚底，磊砢無等雙。一堂據濠上，不厭家鄰哤。鷄犬瞰其落，日月臨其窗。高枕睨萬里，白鳥横烟江。云有汲汲志，盡日常閉關。遂謂嶄嶄人，開門容荆菅。群詼理孤笑，時復相往還。臨流弄清泚，憂來替以歡。君其理漁具，我亦投朝冠。明年富春渚，一路尋黄山。與太夷故有此約。

【編年】

據《日記》此詩作於光緒二十三年四月十八日。

題揚州鄭苕仙女士畫卷

畫中前輩女中師，萬劫冰霜絶命詞。儘與流傳等閒事，不應短氣有男兒。

【編年】據《日記》此詩作於光緒二十三年四月二十日。

聚卿積餘苕生招同繆小山譚復生楊仁山鄭太夷鄧熙止顧石公觀水嬉秦淮熙之示詩和韵奉答并呈諸君

去年獨向潤州回，高會重逢此日開。羅袂隔簾涼看雨，畫船疊鼓晚轟雷。老兵記室誰當任，置散投閒亦要才。長笑新亭成底事，鎮須佳節且銜杯。

【編年】據《日記》此詩作於光緒二十三年五月五日。

題秦淮圖

汴京亦有上河圖，白下曾聞板橋記。從來士女管興亡，恰好笙歌緯燧燧。秦淮來潮兼去波，赤烏洪武皆蹉跎。河山風景等閒耳，子弟爭傳桃葉歌。

【編年】據《日記》此詩作於光緒二十三年五月七日。

經通州西亭雜感四首

荒林古刹傍城東，三宿倉皇記舊蹤。少便支離成懵懂，不曾解聽飯餘鐘。

東門門上有高樓，少日憑臨幾度留。老嫗老兵都不在，支柯絡蔓女牆頭。

橋南大宅舊名莊，廿五年前杜牧狂。客自不來人不待，碧桃花底幾殘陽。

市河小閣矮闌支，愁絶扶春照影時。衹是蒼波流不住，少年緑鬢照成絲。

【編年】據《日記》此詩作於光緒二十三年五月二十三日。

書陳節婦殉夫事

英君控八表，貴能得死士。士苟爲人用，其賢能義死。況於匹耦間，結褵具終始。天故不必仁，冰霜概蘭芷。一言既心許，丹青踐名理。古人豈不然？弱息事愈美。鼎鼎百年節，忘身識艮止。浩然同穴人，偉哉陳仲子。

【編年】

光緒二十三年九月三日《日記》：「録前作《書陳節婦殉夫事》。」

寄内子並示諸姬九首

四月江頭雨，黄昏送别歸。衹憐分寂寞，中夜一燈輝。

側荔纔傳訊，連聞唱惱公。商量歸慰汝，不惜太匆匆。

張角衰門甚，旋抛已壯丁。還勞張筋力，禮佛乞寧馨。

心囑能承月，分光共不疑。宵來聽經説，歡喜詠螽斯。

亦念離家久，秋餘接夏前。無多行篋物，來往著輕棉。

江潮自有期，江船在來處。吾自送將歸，若歸有儔侣。

向曉出重闉，旋輿已過辰。院花猶媚主，梁燕況辭人。

棄地無殘綫，臨窗有淨燈。空閨時獨檢，解事汝曹能。

明晦占風雨，波濤念起居。到家應早晚，直待到家書。

【編年】

據《日記》此詩作於光緒二十三年九月二十四日。

【校記】

《日記》:「有寄内子并示諸姬十首。」底本闕録第五首,見後輯佚詩。

題陳駿公太守峰泖官隱圖

偪仄難容隱,誰何尚愛官?止當人自力,差覺世猶寬。太守年時政,吾儕古處看。釣罋如斬竹,唳鶴更尋灘。

【編年】

據《日記》此詩作於光緒二十三年九月二十五日。

題徐積餘太守定林訪碑圖十二韻 丙申七月積餘與梁節庵鄭太夷劉聚山況葵生周儀同遊鍾山得陸放翁題名

南宋憑江險,鍾山略近邊。寇氛時可及,過客每潛焉。爲問開禧代,誰如務觀年。瀘梁老羈旅，河洛概腥羶。白髮來遊偶，蒼厓姓氏堅。夷吾今亦絶，陸詩：「不望夷吾出江左，新亭對泣更無人。」謝客故多賢。七序悲粱竦，三長愛鄭虔。徐劉才譽並，支許勝情聯。石墨猶堪壽，文章各自憐。追陪吾闕憾，圖畫世流傳。林壑看成史，江河莫問天。衹應開北户，終日對雲烟。

【編年】

據《日記》此詩作於光緒二十三年十月二日。

【校記】

陸詩注從《日記》，他本無。

贈陳諒三大令謨

侯官制府桐城守，吏事推君必絶倫。藻鑒風流今已寂，高塗捷騁豈無人？九徵未失賢明度，一笑相看淡蕩身。便願爲農棲海上，好官誰復使君真。

【編年】

光緒二十三年十月二日《日記》記作此詩。

積餘屬題王惕甫曹墨琴合書前後赤壁賦卷

楞伽晚師劉石庵，婦曹亦學文衡山。盛時韻事易美滿，往往墨妙流人間。東坡赤壁賦前後，分寫合作雙玉環。甲寅到今百餘歲，世事萬變風中瀾。徐君嗜學有好婦，寶重此卷琪玗玕。徵題絡繹盡時儁，范姚著意窮追攀。詞草傳否亦有命，煙雲一笑烏絲欄。

積餘屬題顔平原麻姑仙壇記吴珊珊夫人故物 末有題云乙亥春日賜次子雙蟾次媳若君珍藏

消災經與仙壇記，楷法精能拓亦嘉。檢點百年雙押印，丈夫得婦是徐家。

積餘屬題狼山訪碑圖

楊吴天祚題名日，鯷壑中央見此山。不待千齡變滄海，竟成一掌控江關。沙人香火祈田處，太守林巒剔蘚還。見説魚龍方曼衍，何當猿鶴共消閑。

【編年】

光緒二十四年十月九日《日記》：「積餘來」；次日，「積餘贈狼山石刻搨本」，因可繫焉。

戊戌正月十八日兒子怡祖生志喜

生平萬事居人後，開歲初春舉一雄。大父命名行卷上，乙酉順天鄉舉履歷，先子豫命今名。家人趁喜踏歌中。亦求有福堪經亂，不定能奇望作公。及汝成丁我周甲，摩挲雙鬢照青銅。

【編年】

此詩作於光緒二十四年正月。正月十八日《日記》：「酉時怡兒生，吴姬所出。」

奉送松禪老人歸虞山

蘭陵舊望漢廷尊，保傅艱危海内論。潛絶孤懷成衆謗，去將微罪報殊恩。青山居士初裁服，白髮中書未有園。烟水江南好相見，七年前約故應温。

【編年】

據《日記》此詩作於光緒二十四年四月三十日。

題華亭耿伯齊海山靈夢圖

三泖五茸旁，機雲有草堂。風流未容歇，門轡遠相當。生死通靈款，神仙不渺茫。寧無悲馬磨？豈解愧參商。

【編年】

據《日記》此詩作於光緒二十四年四月三十日。

夢中登陶然亭

往來京國十年勞，坐覺江亭爾自高。檻底殘陽山歷亂，檐端驚雨樹刁騷。津梁歌哭終憑寄，裙屐嬉娛儘有曹。欲去蒼涼重回首，東邊壇宇倚天牢。

【編年】

據《日記》此詩作於光緒二十四年五月十九日。

贈宗室伯茀庶常壽富

才難未覺古人同，天意寧教四海窮？坐閱飛沈吾已倦，禁當非笑子能雄。商量舊學成新語，感慨君恩有父風。但使騫騰猶等輩，要回魯日更朝東。

【編年】光緒二十四年五月十九日《日記》記作此詩。

留別仲弢

拂衣去國亦堪哀，辛苦男兒草莽來。直分儒冠稱溝壑，何知人海戰風雷。嵚崎似我歸猶得，禄養憐君氣益摧。閩縣已亡丁沈散，更誰相煦脱嫌猜。

【編年】光緒二十四年五月二十三日《日記》記作此詩。

【校記】《日記》對「閩縣、丁、沈」三人有自註「謂可莊、叔衡、子培」。

都門别李磐碩

少年角逐共文場，京邸重逢各老蒼。亦以生涯憐顧范，顧延卿錫爵、范肯堂當世。每因才調感朱王。朱曼君銘盤、王雲悔尤。家貧庢隱都難好，世亂温恭要有常。早晚儻尋鄉里約，荷鋤同看海東桑。

【編年】

光緒二十四年五月二十六日《日記》記作此詩。

姚太夫人壽詞

同歲徵才子，江南得二姚。皇衢駸騕褭，絶域詗天驕。義訓嚴君懍，虚聲策士消。白華馨爾膳，真覺養堂超。

【編年】

光緒二十四年五月二十七日《日記》記作此詩。

奉和瑞安先生二木歎

作噩之歲膠澳陲，盲風忽卓單鷹旗。碧瞳睒睒群麢麃，毁摧聖像成雜嬉。此語一日聞京師，諸儒訟請責問辭。内木曰咄外木哈，盜鐘掩耳謄其欺。憨山老人奮直筆，家父凡伯攀周詩。傳聞歐美尚教化，畢斯麥亦酋之耆。此舉乃類盜賊爲，治兵無律猶吾崔。固知天心未厭亂，群教混混陽陰疑。終有一是定百非，六經大道天綱維。仲尼日月何傷夷，尊奉原不到狗雞。吾將刺彼畢斯麥，彼二木者惡當之。

【編年】

光緒二十四年五月三十日《日記》記作此詩。

【校記】

《日記》對「内木」、「外木」有自註：「謂都御史徐樹銘、山東巡撫張汝梅。」

呈松禪老人

樓臺無地相公歸，借住三峰接翠微。濟勝客輸腰脚健，憂時僧識鬢毛非。尚湖魚鳥堪尋侶，大澤龍蛇未息機。正可齋心觀物變，蒲團飽喫北山薇。

【編年】

光緒二十四年七月四日《日記》記作此詩。

題陳氏焦桐滌硯圖

錢陳舊閥乾嘉代，遺卷風流儵百年。一束苞稂時變亟，幾家喬木世臣賢。小儒遭際真須命，故事流聞亦自妍。二老東南頻寄問，巍巍純廟是堯天。

【編年】光緒二十四年十月二十九日《日記》記作此詩。

過太平橋

舊場廟外太平橋，疏柳叢蘆漸向凋。林月濛濛天影壓，岸風颯颯漲痕消。乘除世變疑千劫，游釣童時亦兩朝。感逝吊亡成底事？漁燈蟹火儘無憀。

【編年】光緒二十五年九月七日《日記》記作此詩。

曉出江寧

曉色啓重闉，寒光動路塵。雪消山判脊，冰坼澗張鱗。竭蹶淮南振，流離道左民。出城時一慨，等是未閒身。

【編年】
光緒二十五年十二月八日《日記》記作此詩。

州城書所聞四首

近郭曾聞逐馬嘶，馬餐豆麥不能肥。年來比户差安穩，號馬三營日漸稀。

總兵高興治園亭，卒走官馳未許停。皮骨縱能要樹石，朕鋪端合帶罌瓶。

笳鼓喧呶列仗寒，新郎騎出萬人看。莫嗤圉隸霜衢蹶，軍令朝廚禁賞餐。

例規未與額兵裁，攤扣差錢按日開。沙布蕩柴剛納罷，石油蒲醬又輸來。

【編年】
光緒二十五年十二月二十五日作。

【校記】
《日記》謂「至州城……有詩」。四首詩録於該年《日記》之末，即十二月三十日《日記》後空白處。並有自註：「總兵衙門自頭目至散兵，無日不攤扣差使錢。雖總兵拜客，轎資皆出自兵。海門千總例解沙布，吕四外委例解蕩草，石港、掘港解蝦油，白蒲解醬油。」

蓄鬚

齊齊髮覆額，昜丱曾幾時？但憑鏡中顔，坐驚日月馳。阿兄三十八，作令便有髭。弟也四十二，才脱衆試羈。前年一至京，解官休蓬茨。翰林要美好，田父寧有媸？艱難望嗣息，前年已生兒。要作阿翁樣，鑷鬢羞自欺。屠維大除夕，祓舊梳與鎞。歲在子正月，元日春所祺。以兹吉祥願，自媚新荄兹。壯語謝姬侍，男兒重鬚眉。鬚成當畫像，寄與薌溪涯。

【編年】

光緒二十六年正月初六日《日記》記作此詩，在詩末有以下自註：「前一年叔兄權令貴溪。薌溪，貴溪舊名。」

方墨合

成範不能員，扃情故自堅。有因昵文字，將晦致纏綿。懔懔朱丹地，錚錚燥濕天。精金期汝壽，相伴老書田。

【編年】

光緒二十五年三月十四日《日記》記作此詩，詩末有自註「爲孔馴作」。

奉送新寧督部入朝

戊己堂堂兩奏傳，戊戌八月二十七日，公奏有「伏乞皇太后皇上慈孝相孚，以慰天下臣民尊親共戴之忱」語；己亥十二月公奏有「以君臣之禮來，以進退之義止」語，海内傳誦。勛名況自中興年。主恩新賜黄銀美，時論終歸赤舄賢。豈有夔皋容老退，應無牛李到公前。鋒車江上來還日，堯日輝輝定滿天。

【編年】

光緒二十六年二月十三日《日記》記作此詩。

二月十五日雪

百蟄已萌動，天地胡積陰？夾鐘應葭管，横被大吕侵。同雲昏六合，盡日飄旋霙。頗亦華草木，覆没松杉青。饑烏啅檐瓦，萬雀僵空林。老農測分寸，懼與牛目平。云防麥根腐，濈濈螯首森。海上老農言：臘雪味苦，春雪味甘。田蟲遇臘雪則頭俛，遇春雪則頭仰。又云：臘雪長麥根，春雪爛麥根。兹晨艷陽節，晛晷須臾臨。默坐待消化，助我春江深。

【編年】
光緒二十六年二月十五日《日記》記作此詩。

次日仍雪

三月雨雪書失時，傳有其説人知之。二月方半豈足異，適有事會森憂危。昨夜没屋瓦，今晨堆階墀。新竹已摧折，杉松亦離披。連晝徹夜苟不止，得毋百物皆殘麋？漢儒春秋有家法，盛陰剥陽誰之爲？吾君好仁協青帝，志登民物春臺熙。以閒養病亦大孝，眷佑定荷皇天慈。去冬仲季跨月雨，且陰且雪連春凄。臘月有詔建儲貳，正旦復詔開秋闈。吾君景福無不宜，書春大雪臣哉思。

【編年】
光緒二十六年二月十六日《日記》記作此詩。

【校記】
［殘麋］，底本、《詩録》同，似當爲「殘糜」之形誤，百物摧殘狀，亦當是「殘糜」。韓愈《寄崔二十六立之》有「桁掛新衣裳，盎棄食殘糜」；南宋吳惟信《詠貓》有「弄花撲蝶悔當年，吃到殘糜味却鮮」。

垞興十首

桐樹三年長，新看出屋梢。賴能支夕照，不跂鳳來巢。
爛漫海棠嬌，一月見首尾。栽汝試花時，草堂猶障葦。
紅藥竹闌扶，薪芭暗自舒。辛勤耐風雨，衹是殿春餘。
種藤祓柳枯，理籐解柳縛。調停復調停，柳在籐有託。
廢宅離離柹，疑年衆樹尊。不同榿木長，容易露虬根。
群鳥日夕至，新篁更鬭園。由來非寂處，不厭四時喧。
向晚觀魚會，澠橋唾不聲。沈沈人影定，細細水紋生。
雉起忽驚人，由東入西薄。水邊一鷺鷥，忘機自拳脚。
惡獺苦相逼，年來闌鴨稀。獵人張網祝，射得獺應肥。
携稚日林下，看花與果嬉。無訛詩所惜，更待幾年知？

【編年】

光緒二十六年四月二日《日記》記作此詩。

贈日本西村子雋時彦

舊知進一與岡千，竹添進一、岡千仞皆日本漢學家。子復新詩手自編。游學遠徵唐史傳，觀風來識禹山川。輔車終古存虞鑒，縞紵從今愛札賢。倚劍中宵同不寐，長安三輔正烽煙。

【編年】

光緒二十六年五月二十六日《日記》記作此詩。

贈陳伯嚴吏部三立

西江健者陳公子，流輩論才未或先。人海無端千劫過，京塵相惜十年前。崎嶇吳楚頻移舍，唐突燕雲正控弦。長歎新亭都寂寞，强開淚眼對山川。

【編年】

光緒二十六年五月二十六日《日記》記作此詩。

江生謙重摹其族祖慎修先生弄丸圖遺象請題因爲生勖

聖清聖祖真聖人，囊括六藝恢天鈞。廟堂大官半儒者，絶域異教來稱臣。黄山白嶽會雲雨，中有真儒起巖户。仰闚漢宋抉障翳，俛挈戴金張知亮切旗鼓。康乾鴻博屢徵賢，獨抱遺經謝珪組。同時不見晝盌傭，身後寧知秦文恭。日日弄丸深山中，亞細亞洲蟣蠓雄。先生自題詩：亞細亞洲一蟣蠓。胡牀野服白羽扇，七十猶是鄉里翁。作圖偶然付畫手，即非架足亦不工。況經流傳蜕兵燹，重摹緲面觀河同。裔孫曰謙重祖德，奉圖示我三歎息。要知生世際休明，便以腐儒終亦得。我今散髮棲蓬蒿，期於謙也心忉忉。但通家學亦英絶，先生遺書連屋高。

【編年】光緒二十六年六月十九日《日記》記作此詩，此詩謄於六月二十日《日記》。

歸安金鞏伯城印譜辭

嬴秦變古文，八體有摹印。漢律試學僮，令史以最進。新莽頗改作，繆篆用實近。其時丞相侯，將軍亭縣郡。下及私家章，一一出工刃。鍾傅自鐫碑，要不試方寸。元始茁新法，吾邱列舉論。文何樹兩幟，蒼堅儷秀雋。海陽矯流失，一意騖端峻。爭長自薛滕，代興迭齊晉。俗工詡妃合，驂御並駑駿。或乃湊蛇足，而與截鶴脛。破碎固不堪，楂枒尤可恨。

平情去愛憎，一節校疵病。小者儻容媚，大者寧取鈍。邇來趙撝叔，樸茂見高韻。斯人慟不作，徒使金石釁。戔戔藝事微，生才天豈靳。駢明枝於仁，膠擾翕世運。金生清妙才，篆刻蓄天分。辨體向平直，運鋒量遲迅。窺覤古人處，不許俗情趁。爲我治五石，兼示嘗所應。漢白與元朱，佼佼各自勝。騁足得夷途，安心究歸命。博弈未云賢，鼎鐘且當奮。稽留與龍泓，漫然足茅勁。

【編年】

光緒二十六年六月二十日《日記》記作此詩。

鳩巢詩

鵲巢高柳巔，鳩巢梅中間。鳩巢似帽仰而塌，鵲巢團團門户完。開門向西北，今年南風朝復朝，夕復夕。養子四五毛未燥，不能自覓食，雌呼其雄鼓兩翼。一鳩無偶毛悦澤，飽便歸坐飢一出。飢亦幾何，所需無多。拙者安拙，巧者愛自磨。不見鳩鵲相代移其家。

【編年】

光緒二十六年六月二十三日《日記》記作此詩。

啄木 憂妖亂將作也

種柳四十霜，高及八九丈。圍可抱兩人，蔭周一畝廣。露餘足晨清，風始延夕爽。擇枝任巢鵲，欲下下上上。未堪股被夷，元氣受夭枉。何物啄木鳥，利觜翾魄黨。雄者黝碧襟，雌者且赤顙。恃能畫符籙，呪蠹出就吭。朝朝復暮暮，洞穴至三兩。嚴然據窟宅，歲月子孫長。咋咋屢探頭，拏拏欲試掌。似爾孳育繁，肘腋奸彌養。僮奴奮猱升，捉禁不剸剟。縣籠厲群翔，罰焉云示榜。罰薄詎足懲，枝條悴搶攘。

【編年】光緒二十六年六月二十三日《日記》記作此詩。

憎烏 刺時相也

昔汝來巢以爲祥，東南西北巢相望。主人鹿鳴歌於鄉，遂不汝厭任群翔。攫雛竊肉，朝夕啞啞囂且狂。主人垞中樹成行，鵲鳩鸜鴿百舌燕雀咸鶬鶬，與汝上下搶榆枋。就中鳩也尤馴良，卑枝託巢深蔽藏。巡邏時立高枝旁，何嫌何怨丁汝殃，鼓翅撲樹風雨磅。巢不待覆已蹎踬，卵已噏目猶怒張。鳩自引避寧敢當，由來弱肉命縣强。世上亦無真鳳皇，汝族自大連太陽。鳩上訴帝迷天閶，主人睍側滋旁徨。便須操弓挾彈誅强梁，鵲鳩鸜鵒百舌燕雀安知不被飛彈傷？烏可憎，非尋常。

【編年】

光緒二十六年七月四日《日記》記作此詩。

右臂患風微攣讀蘇堪寄丁恒齋詩意甚解脱因和其韻寄恒齋

莊周昔論道，特重支離疏。其於形德間，往往解天拘。丁生求名實，用意介墨儒。鄭生摇精而勞思，一病歸江湖。右體痹不舉，左與持而扶。勞生以養生，未脱文字笯。鄭生妙語言，神識超頑軀。謂生有不病，病乃生所逋。其旨一萬物，其言不枝梧。別來僅一歲，生病忽到予。漸能掣擎物，差未妨作書。舉室物醫藥，慮臂成枯株。而我一笑示，用右恒左舒。勞逸代進退，寧當秦越殊。不揖蜕冠帶，不札辭人奴。儘有尊者存，遺土真區區。讆言中風濕，試問鰌然乎？雞彈委造物，首脊安生無。儻能即相視，鑑井招犁輿。

【編年】

光緒二十六年七月六日《日記》記作此詩。

【校記】

題中「孿」，底本、《詩録》、《張季直詩集》均作「攣」，形似致誤，徑改。

聞李磬碩挈家自京師至濟南感賦十六韻

念子丁時難，書來五月中。其初見妖眚，猶未逞剽攻。北極雲頽墨，南城𤇾掣虹。四旬音不嗣，百險道難通。一穴全隄腐，連兵列國雄。坐挑秦使釁，誰殛舜廷凶？塗炭胥三輔，冰霜迫兩宮。和爭紛傕濟，乞免屢温嵩。剪卓今無允，論袁昔有融。徙家闐九陌，走壁窘諸公。豆粥俱奇貴，柴車憫獨窮。何緣辭闕下，遂許達山東。沸沸漕河浪，炎炎暑路風。妻孥同命鳥，身世可憐蟲。得訊愁成誑，求徵悟匪聾。祇虞荆棘裏，駝色已銷銅。

【編年】

光緒二十六年七月七日《日記》記作此詩。

【校記】

「今無允」，《日記》作「都無允」。　「昔有融」，《日記》作「豈有融」。

恒齋寄所畫扇題曰山水虛深茲境足吾兩人徜徉否詩以答之

恒公畫意如冰雪，寄我霜紈秋尚熱。對之獨坐迥生涼，山水虛深存此説。滄江日夜流潺潺，君山狼山疑可攀。中間或有避秦處，曷棹孤篷相往還。

【編年】光緒二十六年七月二十五日《日記》記作此詩。

王五丈自合肥寄詩見懷依韻奉答

淝上巍然老輩存，書來舊夢一重温。儘收海氣歸詩卷，遥想霜髯照酒尊。原信何人猶好客，應劉無地爲招魂。謂吴武壯、朱曼君。蒼涼久已抛簪紱，落日風煙況爾昏。

【編年】光緒二十六年十一月十八日《日記》記作此詩。

題縮景碧玉十三行

二十四五年前，在江寧見曾惠敏用西法攝影，臨川李氏静娱室藏本，有翁覃溪小字題記甚精，即此本也。今又縮十之八。松禪老人詩云：「芙蓉閣上珠光艶，機密房中酒興長。今日山河已殘破，有人鐫刻十三行。」寄慨不少，因和其韻。

蘇齋舊跋靜娱藏，惠敏江南影本良。幾許乾坤收縮了，等閒過眼十三行。

【編年】

光緒二十七年三月十日《日記》記作此詩。

【校記】

小序中「臨川」，底本、《詩録》均作「臨州」，誤，徑改。

萱闈課讀圖 爲薛四署正葆槤作

燈影機聲外，人間復此圖。劬勞企賢母，悲感到吾徒。禄養曾虛仕，門基轉累儒。寸心顛頷甚，世路況崎嶇。

【編年】

光緒二十七年三月十七日《日記》記作此詩。

薛烈婦哀詞

烈婦彭氏，全椒薛飴澍大令第二子宸彬之妻，桑根先生之孫婦。婚半載而宸彬病，又十餘月而卒。殮之夕，烈婦殉焉。年二十。

同命迦陵鳥，傷根獨活花。殘鐺容合酖，棄櫛未遑髽。吾友哀佳婦，貞儀重世家。天應鑒荀采，人更及秦嘉。

【編年】

光緒二十七年三月十七日《日記》記作此詩。

書堂

書堂昨與刜蒿萊，短榻低檠獨自陪。櫓靜月窺雙燕宿，牆高風墮一螢來。誰家簫鼓能爲樂？見説鑾輿尚未回。我亦棲遲空向老，六年塵跡在莓苔。

【編年】

光緒二十七年五月十二日《日記》記作此詩。

金魚歌

風吹池面開，一群金魚排。小魚擺擺尾，大魚喁喁腮。白魚白玉琢，紅魚紅錦裁。我投好食不須猜，和和睦睦來來來。

【編年】光緒三十年一月三十日《日記》記作此詩。

風車歌

風車兮風車，圓轉兮不差。風之亟亟兮，車之捷捷兮。人心不息兮，風車不息兮。

【編年】光緒三十年一月三十日《日記》記作此詩。

【校記】「風之亟亟兮」，原無；《日記》置「車之捷捷兮」句前，顯爲編刻者所漏，因補。

竹孫爲畫枯樹荒塍一牯牛一吴羊於扇戲題

黄牛走散牯牛在，吴羊得群山羊飛。社櫟凋盡蔽不得，海上荒塍秋草肥。

【編年】光緒二十七年五月二十二日《日記》記作此詩。

東隄

西北天都曠，東南地更悠。映空蒿若樹，竦遠屋如舟。導舌憑黄壤，看潮但白頭。明年年五十，晚矣事農謀。

【編年】

光緒二十七年十一月十三日《日記》記作此詩。

蒿枝港

我皇御極初，海東連苦潦。方里五六百，沙田萬家繞。溝澮不相貫，阻絶尾閭道。夏秋三日雨，濁浪起豆秒。三年兩不登，饑饉憂父老。權輿戊寅歲，循灘測渼渺。委宛趁窪流，譬若卜巫珓。萬舌從之施，豁然寫霪滈。遂與滄海通，儼若衆流表。萬事自人力，何者關有昊？有司但儌賦，餘瀝恣醉飽。我來營墾牧，百喙迭震撓。膏煎正自取，於人亦何惱？青青蒿叢根，潮汐記昏曉。坐覽海東雲，萬里冥白鳥。

【編年】光緒二十七年十月上旬，張謇抵吕四，擬開工築堤，圍灘造田，籌墾牧公司。十月十三日《日記》「有詩稿」，當指此詩及下一首詩。

海神廟

黄海河營汛，丹宫廖角沙。廟東南即廖角觜沙，舊有大河營汛。乘除百年局，新故萬農家。轉漕雲帆改，彰靈藻牓華。乾隆間，漕督尤世拔奏請純廟賜額。經營各有意，神教衆無譁。辛丑墾牧公司初設，謇與李審之先事修葺。

卷四　自清光緒二十八年壬寅訖宣統三年辛亥

初春海蕩見蘆花

海東無柳應無絮，驀見蘆花作絮飛。寒盡點空疑賸雪，風低弄影試晴暉。陳根腐葉潛相惜，秋燕春鴻勢已違。藉汝略酬花事願，黏泥拂水亦芳菲。

【編年】

光緒二十八年正月二十七日《日記》記作此詩。

春愁

春風先到海東頭，蘆筍茅鍼次第抽。不見垂楊管離別，人間何處有春愁？

【編年】

光緒二十八年二月十日《日記》記作此詩。

野色

野色乍陰晴，荒寒四面生。月光因霧濕，海氣忽山横。祇覺諧孤興，誰來託耦耕？棲棲猶未已，俯仰愧逢萌。

【編年】光緒二十八年二月十七日《日記》記作此詩。

益原來訊論學事喜寄以詩

我方相待子書來，學説分明有取裁。最慰别離能見道，寧隨噂嗒共論才。青天白日斯文在，絶壑沈陰夜氣回。儻助釣鼇東海上，漸江早晚一帆開。

【編年】光緒二十八年三月三十日《日記》記作此詩。

喜雨

十雨七逢夜，朝陰午輒晴。節宣勞者意，張弛老夫情。日漏雲光駮，風回海氣平。即看尺澤下，隄土亦充盈。

【編年】

光緒二十八年四月七日《日記》記作此詩。

屢出

屢出真成慣，孤懷亦自遥。小車猶擇路，獨木已當橋。鸛影中霄月，蛙聲半夜潮。無人能共語，默默斗旋杓。

【編年】

光緒二十八年四月八日《日記》記作此詩。

【校記】

［中霄］，《日記》作「中宵」。

山陰婁壽之道服小象

少年慕道如支許，中歲談玄輩謝王。晝裏歸心向巖壑，洛陽何似會稽鄉？

巾拂翛然一道民，乞書錯認右將軍。不知曇䃴村池裏，能换經鵝有幾群？

【編年】光緒二十八年四月二十一日《日記》記作此詩。

爲顧石公題松華江踏雪尋詩圖

王氣何曾滅？江山表極東。詩人睠陳跡，畫筆起悲風。狼虎天難厭，狐貂地漸窮。祇應留此本，長對酒杯雄。

【編年】光緒二十八年十月十六日《日記》記作此詩。

明楊龍友秦淮雪後泛舟圖

圖有程松圓詩，茅止生篆首。詩後記，萬曆四十七年臘月二十五日秦淮暴溢。案史萬曆朝，災異最夥。而此事不載，不知志乘有無？自頃庚子二月十六日大雪，直客授江寧，今二月初六七日亦大雪，繼以陰雨，浹旬不輟，復以事至江寧，奮筆題此，不自知百感之横集也。

地震山崩河水竭，廟焚陵汩都門災。神宗卌八年頻見，異事尋常冬溢淮。榛蕪已變赤磯路，絃管那識青溪隈。無限興亡畫圖裏，花朝風雪送愁來。

【編年】

光緒二十九年二月十八日《日記》記作此詩。

王司直屬壽其季父旭莊太守仁東

旭莊時知通州，逾其五十初度已二年矣。成詩六韻。

京國交游轍，江湖浩蕩塵。相從再三歎，幾閱八千春。何世容棲遁，成翁亦苦辛。詎論鳳池奪，差喜虎符新。感慨能求治，聰明道愛人。願言君子壽，我亦是州民。

【編年】

光緒二十九年三月十日《日記》記作此詩。

東遊紀行二十六首

海上神山不渺茫，麻姑親自見滄桑。船過弱水頻前望，五島林間麥正黃。

巖壑都疑斲削成，園亭臺沼位滄瀛。直將院本傳唐宋，鈎染重重界畫明。

朱明隆武紀弘光，絶域求援事可傷。破缺金甌誰挈汝，更堪乞佛拜東方。長崎東明寺佛殿有明隆武元年大師招討使黄斌卿題榜。

長崎群島碧巉巉，最好中穹角力岩。斷靄流雲封不住，夕陽透影上漁帆。

平户村燈列萬星，碧波中有戰場燐。後人未可輕蒙古，印度曾窮拏破侖。

是誰亟續貴和篇？遺恨長留乙未年。第一游人須記取，春帆樓上馬關前。乙未定約在馬關春帆樓旅館。

紀功礟彈卓碑題，月歲征清字可稽。底事不隨風雨去？化爲圓屋遍巴黎。

愛國先教稚子歌，畫沙亦解認山河。生憎卅載中朝使，浪費揮金鐵甲多。

疏鑿琵琶自北垣，農工賴澤萬人喧。當時謡諑知何限，石剥泉飛更不言。

百年善政俗方純，速化難期哲學神。廛市檐崇大黑守，町村社饗稻荷神。「大黑守」猶華俗「財神」，有「大槌大黑」、「得鯉大黑」等十餘名稱；「稻荷」神即狐。

始慕孫吴後李唐，中於趙宋亦回翔。祇今事事摹歐美，摹到翹髭兩角張。

昨日麥黄今日青，菜花濃處稻齊鍼。農時五月兼三月，天氣南陰接北陰。

煙囪隨處見工場，雪覆寒天軌道藏。解識衛文興國意，未容靈雨止零桑。

呂呂四東海氣曾山峙，越後山光忽海鋪。未必噓寒能變燠，已知看碧亦成朱。

臥牛釜谷臥牛：函館市大山；釜谷：其內口之岬也。旋蠡口，平館翁山建蟹螯。若論兵家犄角勢，真宜陸奧著軍艘。

津輕東接太平洋，中帶江流豆滿長。不惜西風催去緊，曉星睒睒有光芒。

伐木通山日撫夷，國人漸北土人稀。黛脣黑齒休相笑，烏鵲於今有是非。蝦夷女子既嫁則以針刺脣四周，略似菱角而黛塗之；日本女子嫁則染黑其齒。

松陰籐角一茅宇，萬藥千蒲相向開。野老應無錦步障，都疑石衛尉家來。

日本海中風色愁，鯨濤日夜上眉頭。誰捐庫頁珍千島，同抱珠崖萬古羞。

山迎西北雪餘顛，冬不來航夏不田。聞道年來漁業富，家家都有鰊魚船。

曉來惡浪過江差，夜出津輕月似磨。眼底平陂真一瞬，行人不敢畏風波。

布帆如雪水如藍，樹裏人家水氣含。儻得年年魚稻美，濱名湖住勝江南。

亦覺陂陀喘汗勞，回看衆壑已蓬蒿。如何路轉峰逾邃，尚有雲中富士高。

手枕靈松但見圖，一鱗一爪有雲扶。海州千載蒼龍劫，成敗憑誰論智愚！海州雲臺山龍松，蓋千年物。野人以爲神而祀之爇香樹腹，遂焚死。

百釜熬波積暑霜，漉沙成滷石成塘。淮南馬鮑今何在？儘有豪情追暇堂。味埜村鹺商野崎武吉郎，愛客好文，有追暇堂，其廣百席。

鄭四太夷曾談有馬郡，旁人復侈日光山。何當一策飛雲鞚，十日松篁水石間。

【編年】

光緒二十九年六月四日《日記》：「編《紀行》二十六首。」張謇東遊從四月二十五日登船，中間有閏五月，六月四日猶在長崎，六月初六日五時抵上海。

贈日本籐澤南岳翁

翁名恒，字君成，晚號南岳，父亦漢文名家。翁著《日本通史》、《探奇小録》，文筆脩雋。子元造亦重漢學。日人謂翁三世儒家。

海色西來滿眼前，神山樓閣瞰吴船。誰知白髮松窗下，猶抱遺經説孔傳。

【編年】

光緒二十九年五月十三日《日記》記作此詩。

村山隆平上野理一西村時彦三君招飲網島金波樓席罷賦詩呈同坐諸君

金波樓在淀川曲處，隔岸即造幣局，土人稱爲鮒宇。主人澤姓，自其先之營此業，至今十七世，閲三百年矣，未嘗遷徙。唯前爲平屋，明治初變法後，始改爲樓。庭前老梅，幹大幾及尺而中空，束以鐵帶，横斜矯健，饒有古趣。檐角一小松，秀出天然，百年後異材也。宴客之堂廣十八席，陳設精雅，不似酒肆。坐上小山、健山諸君，皆長者也。

淀川川上畫樓多，樓外嵐光映叵羅。接席相忘天詄蕩，岸巾强復醉嵬峨。北聽絶徼悲濤涌，西望滄溟落日過。星月漸明燈漸上，從容良會記金波。

【編年】光緒二十九年五月十三日《日記》記作此詩。

喜見西村君於大阪

握手重言笑，霜華鬢已催。艱難五年别，辛苦百憂來。古義尋僑札，當筵識馬枚。謂内籐虎次郎。莫談王霸略，且覆掌中杯。

【編年】光緒二十九年五月十三日《日記》記作此詩。

札幌

四遠山圍札幌皋，荒荒草木萬重毛。軒眉未覺東鄰富，舉首還看北斗高。通州海門當緯度三十二，札幌當緯度四十三。鄭罕榱崩終懼厭，幼安廬在未容逃。生平倒海傾河意，説向中原換結髦。

【編年】光緒二十九年閏五月十四日《日記》記作此詩。

一人

一人有一心，一家有一主。東家暴富貴，西家舊門户。東家負債廣田原，西家傾家壽歌舞。一家嗃嗃一嘻嘻，一龍而魚一鼠虎。空中但見白日俄，海水掀天作風雨。

【編年】張謇《癸卯東游日記》光緒二十九年閏五月十日作有此詩。

題青森中島旅館

青森旅館推中島，最好房櫳十五番。牆外群峰隨海現，庭陰一沼覆花繁。喜隨客燕尋巢至，愁聽飢烏索食喧。鴻爪匆匆泥壁上，他年留證再來痕。

【編年】光緒二十九年閏五月十八日《日記》記作此詩。

華曆閏五月二十三日日本伊籐博文復代桂太郎入内閣紀事

鳥獸亦有群，朋黨性情事。與盜掩耳鐘，寧各表其幟？日風故任俠，黨多自明治。道同旅進退，明白不曾祕。揭來輿論囂，紛紜在國計。增税與募債，並策强鄰備。忽傳伊侯相，號外日本人賣特别新聞謂號外。播郵置。民附國益險，正須洽撫字。鄭僑昔爲政，本心主恭惠。毋使觀樂賓，旁慮不堪細。

大久保村

徑石都齮屐，林風屢灑襟。乏餘知惜馬，譯苦愛聽禽。殊域寧辭僻，斜陽易起陰。富山如謝客，障隔萬重深。

【編年】光緒二十九年閏五月二十五日《日記》記作此詩。

松永道中

山水孕自造物雄，蜻洲見者疑人工。巖琱谷漱出風雨，海色八面磨青銅。有時映帶列遠近，有時獨秀洪濤中。有時危綴樹一粒，有時密密樅杉籠。乃至梯田與柴落，谿橋神社無名瀧。一一摹寫有陳本，界畫鈎勒殊不同。我來未暇事幽討，遍尋勝地支吟筇。但從舟車目所到，欣賞已足酬塵雺。神州大陸廿二省，各有山水名其封。經營位置盡如此，圖册寧許更僕窮。故知侏儒表一節，景物端與政事通。山經地志祖禹貢，當年疏奠誰之功？推書撲筆仰天歎，冥想著我陶輪中。

【校記】

［雺］，同「霿」，亦同「霚」，此處據韻同「霿」。

東遊初歸過狼山灣遇雨

萬里歸來旅思輕，八旬涼燠數歸程。洪濤軒湧岸都失，驟雨飛過山忽明。時爲近鄉詢旱潦，不堪聽客數科名。年來寇盜真充斥，此日江干甫角聲。

【編年】

光緒二十九年六月十日《日記》記作此詩。

寄贈日本小山春卿大阪

衛國多君子，懷哉伯玉賢。神明融出處，豈弟見周旋。獨倚空同劍，如浮大海船。嚶鳴求助意，寧爲友生偏。

【編年】

光緒二十九年六月十八日《日記》記作此詩。

悼老黄 并序

舊蓄犬也，中毒死。或言病死之前一日，余陪客廳事，黄跛一足而前，旋轉而卧。是日由外至書房後北首而卧，余見之，爲檢方書市藥。藥至而傭工移黄于園林，隨斃。以一詩悼之。

吾家四犬兩黄黑，幼時一犬名老黑，後一黄犬名大獅子，又後一犬名小黑，此名老黄。汝最威風過大獅。闖户常驚生脚客，近牀不嚇弄頭兒。黄不可狎，唯怡兒學走時撫弄其頭，黄輒俯首貼耳。老隨僕媪移新宅，死傍園林識故籬。十四年來尤可憶，迎門長及夜歸時。

【編年】光緒三十年二月五日《日記》記作此詩。

題揚州趙叟詩稿

由來聞趙叟，安雅不嶔巇。身世長鑱柄，乾坤短褐衣。吟詩聊送日，買醉亦充饑。感舊應同慨，虞陽墓草菲。

【編年】光緒三十年十一月三十日《日記》記作此詩。

井龍頭

沂水分流北六塘，頗黎始構《玄中記》：大秦有五色頗黎。頗黎，國名。時方勘頗黎工廠地於此。在平岡。誰知千載輪蹄脚，盡碾琉璃寸寸光。井龍頭以北大道之下皆頗黎砂，甚富。

【編年】時張謇一行人往徐州附近考察興辦實業事宜，光緒三十一年三月十七日《日記》：「井龍頭乃一小村落，當京鎮鐵路之衝，去廠半里許，可謂適宜。」因可繫焉。

微山湖

微山山外盡湖波，淺漲年年有坦坡。農願得田漁願水，平章匀得幾分多。

【編年】光緒三十一年三月二十四日《日記》記載張謇一行行經「微山湖」、「利國驛」，因可繫焉。

利國驛

自昔徐州有鐵官，東坡書在幾人看？空餘磁石攤來賣，濯濯童山落照寒。

【編年】作時同前一首。

房山

行盡房山接虎山，紅泥白石隔林斑。地有水晶草。雨餘更覺分明好，竟日征輪向雨間。

【編年】光緒三十一年四月一日《日記》記及「至房山」，因可繫焉。

五十三歲歲朝寄懷退翁唐閘

屠蘇契闊阿兄談，忽憶東坡五十三。唱和友于聯禁省，清平軍職戀朝參。蟲蛙不分知冰海，蓮薏誰能共苦甘？髮白顏蒼江海上，唯應退齋兩頭庵。

【編年】光緒三十一年正月初一《日記》記作此詩。

乙巳三月雲臺山吊龍丈人歌

昔我嘗覿龍松圖，千年神物尊東朐。蜿蜒膠戾蟄復起，孫枝騰逸風雲扶。土人向人詫奇異，儷彼狡獪精蜘蛛。徂來皇祖自正直，造化孕育焉可誣？雲臺嵬峨鬱洲墟，群山所宮海所都。逍遥廣漠遂老壽，呼龍等之牛馬呼。當時阻絶出世外，好事忽來陶大夫。尊以丈人肅再拜，劖雲刻石大字書。盛名四海日月翥，奔走瞻敬來群愚。山亦一旦上平陸，拱衛屏却蛟鼉魚。狎而求者不可詰，焚香乃薦青石爐。猶嫌不足盡親愛，投其空腹燔其膚。庸奴俗物亦叵耐，丈人況是天之徒。乘風駕煙倏化去，盛怒若奮蒼髯胡。我履其地窾其故，循崖歷澗長嘻吁。大不中繩小不矩，匠石所棄村社樗。託體爲松有龍號，千網會拽沈珊瑚。所恨徒爲螻蟻死，致緣文繡犧牲軀。記其妄福及妄禍，六十周甲龍兒符。兩江總督陶澍題龍丈人碑在道光壬辰，樹爲火焚在光緒壬辰。丈人丈人那何許？陰巖獵獵萬松雛。

【編年】光緒三十一年四月五日《日記》記作此詩。

【校記】

［千網會拽沈珊瑚］，《家書》函内録此句作「千網會與擎珊瑚」。

與勖臧久香敬銘登狼山望海樓追悼肯堂梅孫

故人陳約在黄泥，觀燒猶傳隔歲詩。肯堂有狼山觀燒詩。姓氏劇成耆舊傳，歡嬉追溯少年時。苦求耕釣誰能偶？便數滄桑我亦衰。望海樓邊尋石刻，傷心梅老共煙霏。

【編年】光緒三十一年正月十五日《日記》記作此詩。

惜李鎮

三十年來數總兵，煙銷雲過不知名。能令士飽民安卧，獨有長沙李定明。

【編年】光緒三十一年正月三十日《日記》記作此詩。

病起

園林頻厭雨，軒檻又東風。病起看新緑，春微愛落紅。偶歸家似客，憶舊稚成翁。祇有山妻解，矜勞惜瘁同。

【編年】

光緒三十一年三月六日《日記》記作此詩。

【校記】

《日記》詩題爲「病健」，頷聯首起亦作「病健」。

常熟相國闈中墨桂

短箋瀋墨著秋飈，想見風簾拂燭時。幾許桑田都變海，不堪重説郄詵枝。

師範學校祝先師歌

天佑下民，作之君師。黄帝堯舜，道實兼之。自家天下，德與位離。天生孔子，以師嬗姬。金聲玉振，集成於時。時義大哉，上陶炎羲。下憲文武，旁綜百支。大宏教育，爲民塤篪。孔子之任，素王之事。孔子之教，忠信孝弟。其所著見，詩書六藝。牖民知覺，俾民不眯。民有知覺，乃有生理。賤貴智愚，廣以無類。先師先師，惟我孔子。猗歟孔子，猗歟先師！

【編年】

光緒三十年十二月二十九日《日記》記作此詩。

國歌 爲通州師範作

仰配天之高高兮，我昆侖祖峰；俯表地維而建極兮，黄河大江。前萬國而開化兮，帝庖羲與神農。懷先民以策後來之人兮，萬歲萬歲，華種華種。

勿徒耻，或掣我西兮或犄我東；或齕我北與南兮，或腐蝕我中。昊天不常夜，四時不常冬。越鳥懷南枝，胡馬依北風。我自愛我之昆侖峰，我自愛我之黄河大江。我自愛我之帝庖帝羲與神農。

通州小學校歌之一

朝暾兮熊熊，照吾州兮海之東。猶日初兮兒童，勤學兮開智，昭昧兮發蒙。光吾州兮日華再中。

通州小學校歌之二

淮南止有狼山高，興學止有通州早，市市村村小學校。山之高兮積石成，成國民兮小學生。學生愛國須聰明。

長樂鎮初等小學校歌

大江東下海潮上，潮潮都進青龍港。港中有三鎮，長樂居中央。二十八圩同社倉，小學校開兼教養。父老勿愁荒，兒童勿愁傖。大家愛國先愛鄉，長樂之校真堂堂。

【編年】

光緒三十年十二月二十九日《日記》記作此詩。

題趙忠節公臨危墨跡

慷慨當年節，流傳絶命詞。氣真能任酒，才不盡工詩。世難仍薪火，邊聲恤鼓鼙。雲霄空悵望，縑墨黯淋漓。

【編年】
光緒三十二年二月二十七日《日記》記作此詩。

題禹鴻臚之鼎所繪漁洋山人灞橋風雪圖

揚州官好傳司理，菰野遺民亦有人。謂吴野人。跌宕勝流煙月在，蕭閒餘思畫圖新。滄桑有語頻聞蔡，雞犬何方託避秦。正恐灞橋風雪裏，相公策蹇尚逡巡。

【編年】
光緒三十二年二月二十七日《日記》記作此詩。

陪陳子礪提學游狼山示詩奉和兼懷梅孫肯堂

淮南江北海東頭，撮此青蒼顧衆流。脚底滄桑千劫换，眼中薪火萬方憂。故人榻在渾殊世，使者車來已過秋。山睡待蘇民待牖，企公辛苦念吾州。

【編年】光緒三十三年十月二十四日《日記》記作此詩。

夜坐壽松堂樓上北望城壕慨然有作

城南壕水界重隄，隄内高樓拂素霓。老子歸來憑徙倚，兒曹笑語共提携。條條煙漏燈芒直，粒粒霜澄樹影齊。一歲馳驅閒一夕，頽懷愁送月輪西。

【編年】光緒三十三年十月三十日《日記》：「録近作詩（十月廿二）《夜坐壽松堂樓上北望城壕慨然有作》」。

題闞絅之直刺小象

海上蜩螗警，囂然乙巳秋。怪卿饒膽志，名父禪箕裘。老去張平子，新迎郭細侯。飛騰覘骨相，龍氣帶吴鈎。

【編年】

光緒三十四年正月二十一日《日記》記作此詩。

【校記】

題中「直刺」，諸本同，當是「直刑」之誤。「直刑」，謂刑罰之公正清明。《國語晉語三》：「上有直刑，君之明也。」韋昭注：「直刑，言刑殺得正。」關氏曾任上海租界會審公廨大法官，在首聯標出之「乙巳（一九〇五）」年，曾主審「黎黃氏案」，對壘以陪審團中的英國副領事德爲門爲代表的殖民勢力，不畏强權，維持公正，此事轟動全國（詩中謂「囂然」），贏得全國民衆喝彩。辛亥革命後主審「宋教仁案」和「五卅慘案」亦堅持正義。）是個公正清明的「直刑」法官。

國粹保存會第三年祝典徵詩

秦火光中有伏生，遺經收拾漢承明。誰能戰栗綿周社，尚藉哀絃慰魯城。世變九州三古絶，國魂千劫一絲輕。維持自繫吾曹事，辛苦叢殘已得名。

【編年】

光緒三十四年正月二十三日《日記》記作此詩。

吴穎之前輩屬題其先兩代孝子畫像册

高風吴季札，閲世累千年。故國聲名獨，餘慶孝義延。江河看轉石，星日自輝天。瞻敬含生輩，寧惟後嗣賢。

【編年】光緒三十四年五月十九日《日記》記作此詩。

德宗景皇帝輓詞

釋褐趨朝會，臨軒識帝儀。甫傳蟲鶴刉，旋聽鹿鯤遺。鹿耳、鯤身，臺灣二島。率土憂違樂，深宫孝易慈。昊天號且泣，誰覺舜心悲！

縱賜和戎樂，寧忘在莒年。經筵朝納誨，宣室夜求賢。善下谿成谷，更張瑟改絃。庸知元祐政，翻覆祇蹄筌？

移柄封儲兆，盈廷張脈興。朝衣卿受刃，斗米盜傳燈。西狩居岐僅，東回奠雒應。夔夔天未格，積憾過崤澠。

八載瀛台住，含辛爲國屯。何知天子貴，猶藉庶民伸？疑病頒方劇，遺書作憲真。瞻天更無語，先盡侍宣仁。

【編年】光緒三十四年十月二十二日《日記》載「見報載，皇上二十一日酉刻大行」，此詩當作於此日或稍後。

劉雪湖畫梅

明劉世儒字繼相，《無聲詩史》謂嘗寫《鐵幹回春圖》贄胡元瑞，胡賦詩比之爲花光長老及王元章者也。光緒甲辰得此畫，適與客論畫梅，遂題一詩，證三百年翰墨緣。更三百年，不知此畫此詩復在何許？

未能免俗彭剛直，三十年來人道奇。寥寂山陰雪湖叟，千花萬蕊出天姿。霜皮溜雨差堪擬，鐵幹回春只自知。粉壁雲窗晴晝裏，倦睛軒豁最高枝。

己酉元夜坐華竹平安館蒨影室悼懷徐夫人二律

從來此夜儘平常，燈火相依共一堂。興至坨橋同步月，閒從書室爲添香。森森令節談先緒，每每明朝治客裝。牽兔擎獅看走馬，十年喜更爲兒忙。

汔休養病輒無閒，拚得閒時病已孱。倉卒行窩成小屋，淒涼大藥渺神山。花中路改悲遺躅，月下魂歸識舊顔。愁對一年能幾夕？不堪霜鬢日斑斑。

【編年】宣統元年正月十五日《日記》記作此詩。

怡兒生日晨起在徐夫人影前焚香供麵默對許時有詩

往歲兒生日，有時余在家。夫人供麵饌，督婢簡芹芽。禮先祀必祝，喜色顔有加。晚燈爲兒張，年鼓令兒撾。以此慰余懷，余懷亦良嘉。今晨花竹館，風雪交檐牙。苑竹偃凍葉，庭梅吐新葩。獨坐對蒨影，有若明鏡花。早知真亦妄，況乃生有涯。世上兒子輩，倏忽成龍蛇。老夫心冥冥，微旨參釋迦。爐中一縷香，氤氳橫紫霞。

【編年】宣統二年正月十八日《日記》記作此詩。

十六日賦得月詩

人間三五望舒尊，二八原宜降等論。已有支機傳幻語，更堪竊藥效私奔。死從今日真羞魄，招向中天此斷魂。莫怨吴剛能縱斧，清虚桂樹自無根。

【編年】宣統二年二月十六日《日記》記作此詩。

沈梅孫方執經侍坐圖

竹箭東南秀，吴興舊有聞。公卿不慚長，子弟總能文。通德應成里，傳經當策勳。尋常三世宦，龍蚧大紛紛。

【編年】宣統元年閏二月三日《日記》記作此詩。

蘇堪以詩扇獎怡兒因書其背

鄭君余老友，結交卅年强。其詩妙天下，鏗若聽鸞皇。有子四五人，燦燦成雁行。令各習一藝，勿爲詩所傷。詩好漫無用，不好徒啾嗆。今見吾兒作，歡喜騰篇章。無乃譽人子，與其直意妨。世亂要材用，材必棟與梁。區區琢宋桷，得失皆尋常。君意甚深遠，兒輩安能詳？譬之事博弈，聊以酬嬉荒。一笑語兒子，老夫詩滿囊。

【編年】

宣統元年三月五日《日記》記作此詩，謄於三月六日《日記》。

三月四日花竹平安館

三月三日上巳辰，踰辰一日猶晚春。祓除不祥蠲穢塵，貳蘭倅藥彌可珍。花竹之館臨水濱，歸來佳氣生坐茵。博山爐上香如雲，香中縹緲莊靚人。使我靜對釋怨瞋，回心息慮盟諸神，此日此日佳哉晨。

【編年】

宣統元年三月四日《日記》記作此詩。

花竹平安館臨行感賦

十日平安館，春鶯苦向啼。圓壇花欲黯，小樹葉方齊。來月窗多隙，生苔砌有泥。祇傷人去後，萬事付淒迷。夜壘寧皈燕，朝簾放螯蜂。蛛餘三角網，鶴替五更鐘。往事成今日，孤懷欲萬重。眼前徵物理，一枕自惺忪。好義憐兒直，思閒厭客頻。閉門談古事，留燭惜餘春。霄漢無窮矚，江湖欲倦身。幾時能息轍，明日又風塵。

【編年】

宣統元年三月十四日《日記》記作此詩。

離合篇

會合常苦淺，别離常苦深。淺深迭相代，日月馳駸駸。償深以淺日，其級千萬尋。若爲析分寸，細碎如棘針。遂覺會合晷，價逾雙南金。合時既如此，可知别難任？良宵覩皓月，便思照汝簪。清晝遇好風，便思灑汝襟。臨觴得美酒，便思同酌斟。悦目得佳卉，便思同謡吟。棲棲行旅夕，孤懷纏枕衾。鍾期山水曲，千載獨牙琴。嗚呼往哲論，人貴相知心。

【編年】宣統元年三月二十六日《日記》之眉録此詩。

無題

百果千因未足奇，空山生木木生枝。觀空施報何恩怨？聚有摧傷況別離。填海鳥銜無語石，同宮蠶抱互維絲。可憐苑左關心處，已在堤西盡目時。

【編年】宣統元年三月二十六日《日記》之眉録此詩。

落花二十二韻

花早隨春去，園林兀自傷。苔深迷屐印，枝冷拂琴牀。溯種丹山後，牽條雪苑傍。流傳雲月影，薰染綺羅香。嫁出安豐樹，移來宋玉牆。差看吟裂素，不事織流黃。小劫飄風雨，高天護景光。惟應憐荏弱，乃復假文章。詎倚温檐日，都輕糾屨霜。有聲巢管蜾，自孽食苗蝱。鈴索違傳警，欄干失禁防。鳥喧偏反舌，蚓叫直無腸。不穫田中麥，愁聽陌上桑。

柱絃拼斷絶，溝水付分張。墮溷原無限，成泥儻較祥。信非菅蒯棄，或訝李桃僵。夢蝶淆恩怨，聽鶯任短長。三心空照宿，半面怯窺妝。芍藥離難好，蘼蕪采亦荒。返魂寧有術，落實竟無望。幻甚瓊瑰泣，詞誰錦瑟詳。琉璃觀世界，淨域在東方。

【校記】

［二十二韻］，原作「三十二韻」，誤，實際是二十二韻。

四月初六日夜國秀亭望新月

八角虛亭石抱圓，初更風嫩露涼天。不嫌泥看生明月，月到生明已可憐。

此君亭上三年事，伉儷清談坐月時。丁未元夜，與徐夫人坐此君亭焚香玩月。舊影新痕愁絶處，世間惟有月能知。

【編年】

宣統元年四月五日《日記》：「夜坐國秀亭，有詩。」眉錄即《四月初六日夜國秀亭望新月》。

祥祭徐夫人後傷感而作

四序有代謝，荏苒忽改歲。去年三月中，往復走江滋。延醫與之歸，藥力終不濟。坐聽死別言，一抱訣淚眥。自以忠恕心，收攬舉家涕。送子歸新阡，近與翁姑麗。淒淒風露宵，松柏未能蔽。悲來塞肝腸，戚戚況臨祭。

自昔慈母喪，内政惟子賴。前年府君殁，綢繆及闖外。僮量約米鹽，傭畦課菘薤。平亭戚里爭，時雨豁雰壒。嗟余役津梁，三十有五載。還家若旅居，出入冬春代。嗟子不讀書，意量高百輩。細與道家常，大與説世界。微言恒啓予，天懷翕沆瀣。

三年積木石，西垞營新居。首尾十閱月，朝夕監視劬。成我尊素堂，展我扶海輿。繞垞樹佳蔭，行行列桑榆。前庭雜花藥，中廡羅圖書。後堂機與杼，旁舍雞羊猪。一一副余命，子才亮有餘。今余緬所歷，一物一唏嘘。一事一忡惕，余貌安得腴！

【編年】

作於宣統元年三月二十六日。

【校記】

《日記》：「祥祭徐夫人，傷感而作五言古詩四首。」今存三。

四思篇

思江東，江東采芙蓉。芙蓉須待秋來紅，病條悴葉難爲容。願得一心人，白首能追從。

思江西，江西采卷葹。卷葹之心赤如脂，拔心不死誰使之？願得一心人，白首不相離。

思江南，江南采茜藍。茜藍洗多顔色慚，青青紅紅生二三。願得一心人，白首同苦甘。

思江北，江北采蓮菂。蓮菂落時鳥來食，菂心之苦誰與惜？願得一心人，白首任危急。

【編年】宣統元年四月八日《日記》記作此詩。

【校記】《日記》詩題作《願得一心人》。　其一之「追從」《日記》作「想從」。　其三之「顔色慚」，《日記》作「顔色暗」，「同苦甘」，《日記》作「無猜嫌」。　其四之「任危急」《日記》作「同危急」。

夜至天生港

孤月隨人別路明，驚回別夢是江聲。千愁萬恨憑誰説？化作空煙一片横。

【編年】宣統元年四月十日《日記》記作此詩。

歸常樂口占

日薄雲稀雨漸晴，扁舟解纜欲東行。懸知汽笛三聲咽，中有人人送客情。

【編年】宣統元年五月八日《日記》記作此詩。

【校記】「人人」，日記作「離人」。

嗇庵

七日黃梅雨，時時愛嗇庵。藩花頻去穢，園果尚留甘。詩筆因人發，爐香與佛參。乘除無限感，方寸付誰諳？

【編年】宣統元年五月十四日《日記》記作此詩。

【校記】

頸聯中「因人發」《日記》作「因人動」。

平安館寄衣至滬

孤樓燈火夜蕭蕭，千里書來道路遥。知我無窮相感意，一回好語一魂銷。

孤樓獨坐夜寒天，檢點冬裘付使傳。若把心腸較寒暖，心腸暖過百重棉。

【編年】

宣統元年十一月六日《日記》之眉録此詩。

感事

世上風雲若可驚，人心矛戟幾時平？老夫一笑渾閒事，夜半霜天看月明。

【編年】

宣統元年十二月六日《日記》眉録「有感事詩，二首録一」。

夢中有曉行詩足成

獨客西風裏，單車趁早曦。雁馱殘雪臥，鴉啅斷冰飢。二句夢中詩。地僻邨無警，年豐户盡炊。元黄天地事，野老不曾知。

【編年】

宣統元年十二月八日《日記》記作此詩。

海上雜感

雲頭萬雨絲，隨風任飄灑。一絲首無尾，忽落隄内或隄外。内與渠水相瀠洄，外逐潮流東入海。風也誰爲之？雲無憎與愛。

蔦蘿附松柏，本來不同根。不如桑寄生，根與桑爲因。得桑之氣與桑存，綢繆堅苦冰霜魂。

【編年】

宣統元年十二月八日《日記》眉録此詩。

逢官便勸休四首

逢官便勸休，言下一刀斷。若還須轉語，溺鬼不上岸。

説著官已怕，逢官便勸休。但愁休了後，學得老農不？
若逢禹稷契，薰沐進之位。逢官便勸休，正爲悠悠輩。
前車覆不已，後軫來方遒。安得恒沙舌，逢官便勸休。

【編年】
民國二年六月二十九日《日記》：「補録庚戌（即宣統二年）舊稿，從書篋中得者。」

廬山雲氣石畫

曾從雲外識匡廬，山出層雲切太虛。上盡金光下純黛，料應變换大雷書。

與金滄江同在退翁榭食魚七絶三首

昨日刀魚入市鮮，匆匆先上長官筵。如何頓得非常價，江上春寒過往年。
王字河心水不波，霜頭雪尾網來多。漁人不惜終宵苦，卧醒時聞打槳歌。
新城城外港通潮，蚌味清腴晚更饒。一勺加薑如乳汁，胃寒應爲退翁消。

【編年】

宣統二年正月二十九日《日記》記作此詩。

【校記】

《日記》依次將「刀魚」、「銀魚」、「蚌」繫於每首詩後。

題許生扇

荆楚有良玉，沈冥山之阿。其下伍衆石，其上蔽榛蘿。甘心已自棄，一朝逢卞和。鄭重抱之歸，災阸來天魔。毁玉詆及卞，衆口揚飛波。人情不忠厚，三刖周網羅。三刖不足惜，惜玉成幽疴。要以死相保，且剖且礱磨。嗟世豈無玉，其如無卞何！玉當爲卞重，勿爲神所訶！

【編年】

宣統元年三月六日《日記》記作此詩。

【校記】

《日記》詩題作「卞玉」。

許村

山氣空濛墅色昏，橫林北望最消魂。寒煙落照渾無際，人道中間有許村。

【編年】宣統元年三月六日《日記》之眉載「補録《許村》詩」。

二月十二日賦得月

去歲今宵月，分明尚在天。看從殘柝裏，照入落梅邊。隱魄難瞞死，呈光且向圓。欲將雲蔽汝，風力滿空堅。

【編年】宣統二年二月十二日《日記》記作此詩。

慕疇堂下梅華柏秀喜而有作

一年幾度來看汝，梅也芳妍柏也高。或者婆娑娱我老，大都期許等兒曹。冰霜已脱毋忘戒，斥鹵能春足自豪。更與商量憐護法，培泥襯石不辭勞。

【編年】宣統二年二月十四日《日記》記作此詩。

慕疇堂雨中看梅

江南梅落盡，海上忽驚奇。已近清明節，爭開爛熳枝。地偏標勝瘁，天厚得春遲。一笑成今昔，茅黃葦白時。

【編年】宣統二年二月十五日《日記》記作此詩。

柳母輓詞 爲柳生翼謀作

白門英彦共論才，柳子清通衆所推。母教劬從寬杖受，父書苦爲鬻盈開。客游頓斷身衣綫，孺泣長擎口澤桮。一貢成均成底事？當年我亦不勝哀。

【編年】宣統二年二月十六日《日記》記作此詩。

此君亭小坐

僻地常留凍，虚亭易受陰。溪風寒瑟瑟，林月皓森森。傾否無寧世，恒勞有蟄心。斯須珍一憩，不及在巢禽。

【編年】宣統二年十一月十六日《日記》記作此詩。

【校記】［斯須］句《日記》作「曾無一旬住」。

營博物苑

濠南苑囿鬱璘彬，風物駢駢與歲新。證史匪今三代古，尊華是主五洲賓。能容草木差池味，亦注蟲魚磊落人。但得諸生勤討論，徵收莫惜老夫頻。

【編年】宣統二年十二月二十五日《日記》記作此詩。

女師範學校歌

人生必有家，家政賴女治。女知向學明義禮，相夫教子可與古之賢母令妻比。養成賢令材，道從師範始，師有範兮範女子。

通州女師範，乃在城之東。名園襲珠媚，講席開春風。春風駘蕩百蟄融，園中卉木新葱蘢。女子有學兮欣欣棣通，女子有學兮邦家之隆。

【編年】宣統二年十二月二十六日《日記》記作此詩。

辛亥人日立春

去年人日有來人，今日人歸但見春。臘盡苑梅含小凍，晴初陌草殢微塵。銀幡綵勝誰家事，茗碗香爐獨坐晨。容得老夫閒幾日，又添霜鬢幾絲新。

【編年】宣統三年正月七日《日記》記作此詩。

爲劉葱石參議題翁覃溪書金剛經塔

藏海紛綸徵妙義，闡者大半南朝人。當時易代若兒戲，兵革烽火連江津。盜賊自作富貴孽，溝壑塗炭何辜民。祈福來世作妄想，蓼蟲自慰生不辰。佛言我亦歷億劫，方其劫時無怨嗔。不然種種極樂事，享受何必金剛身。國初自經文字獄，刀筆毒螯縉與紳。學風一變事考據，或逃於佛皈世尊。寫經釋典博雅譽，覃溪學士尤殊倫。今觀此書證葉刻，巧慧頗亦勞精神。寰海清夷日月曙，官家自數乾嘉春。藝事璅細即勿道，士有餘暇寧不真？吁嗟小雅詩人生世早，不知有佛乞命歸陶輪。

【編年】宣統三年三月五日《日記》之眉録此詩。

清明舟中

海上客盡去，清明我亦歸。乘潮浮艓子，犯雨糾簑衣。累病衰方覺，長征願豈違？行遲三十里，桃李已芳菲。

【編年】宣統三年三月十日《日記》謂補録此詩，此年清明在三月八日，詩人乘船由墾牧公司歸。

途中憶三十九年前至如皋時途中詩

偃樹臨流緑蔭張，梢蓬暫繫儼雲鄉。此生合受炎天暍，未覺斯須是我涼。

【編年】宣統元年五月十五日《日記》記作此詩。

横林觀漲

路没官塘水上橋，漲痕連日未全消。關心最是横林北，能露青青幾寸苗。

【編年】宣統元年五月二十八日《日記》之眉録此詩。

久不作詩因病留校書示怡兒

三五身材二七更，父衣八九訝堪勝。猪龍喜懼提韓愈，豚犬譏嘲到景升。取友親師今有藉，矯輕儆惰汝其膺。古來多少男兒格，幾見英奇不學能？

一病逾知父子親，病餘朝夕見兒真。能知朝夕翻因病，便勝扶持慰苦辛。

讀書要見古人心，鹵莽村兒未許尋。聽得老成經驗語，須知一字一黄金。

兒亦能羞不讀書，讀書何必盡爲儒。老夫最愛劉玄德，師友成才始鄭盧。

【編年】

民國元年四月八日《日記》記作此詩。

壽劉太翁

勃海觥觥甲族尊，扶風家學武兼文。知公飽看山中奕，有子方張浦上軍。儉養豐施蒸後福，意新齒宿證前聞。從容開閣稱觴日，鐃吹笙歌合澈雲。

【編年】

民國二年五月十四日《日記》記作此詩。

藤東水榭落成集飲示校中諸子二首

突兀眼前屋，千年慰杜陵。夷墟存老樹，覆徑有新藤。夾岸層樓接，澄瀾一席憑。興來桐帽側，點筆石欄能。

山林異何氏？賓客謝平津。博物諸生待，憂時漫叟頻。夷花行列絢，候鳥浴餘馴。一笑誰應客，乾坤是主人。

【編年】民國二年五月二十二日《日記》記作此詩。

題農場核桃樹

核桃樹，顛而㕟。夷墟剬莽樹獨留，農場昀昀西南陬。

【編年】宣統三年三月十二日《日記》記作此詩。

【校記】［昀昀］，《日記》作「紀念」。

庭前繡毬盛開海棠餘紅三五而已徘徊其下感而賦之

一春花事爲誰忙？歸向花前始自傷。能爲白頭娛晚景，亦憐紅粉洗華妝。層層團雪融新月，縷縷禁風媚夕陽。同是八年親手植，扶疏看已出檐强。

【編年】宣統三年四月十四日《日記》記作此詩。

題尊素堂後石

曾向山中守白雲，江湖日夕靜相聞。移來尊素堂陰下，分付梅花伴石君。

【編年】宣統三年四月十五日《日記》記作此詩。

爲朱桂卿同年弟七子題郵午飯香圖

復翁桂卿晚年號。七十謝明光，重見都門各老蒼。但與丘山數朋輩，不禁人世貿滄桑。大兒能潔官錢養，季子還知郵飯香。大好門才娱晚景，開圖歡笑説高陽。

【編年】宣統三年六月三十日《日記》記作此詩。

單太夫人桂陰課讀圖爲東笙主事作

丹桂庭前有碧陰，一花一葉向冬深。應教題作慈恩樹，留與兒孫識此心。

【編年】

宣統三年六月三十日《日記》記作此詩。

都門二條胡同翁相故宅後歸袁太常太常死庚子之禍展轉爲城東電局辛亥五月入都友人邀住愴懷有作

烏衣不復謝家堂，馬糞還傳舊日王。八表風塵催日月，十年師友入滄桑。祇應元亮當疏傅，安問尚書況太常。説與危巢新燕子，落花啣罷已斜陽。

【編年】

宣統三年五月十二日《日記》：「至京。……寓東單牌樓二條衚衕蒙古實業公司，松禪老人之故居也，庭中木石皆足生凄愴之懷。」與詩題、詩均相合，因可定此詩作於此時。

【校記】

題中「辛亥五月」，底本原作「辛亥二月」，誤。據《日記》改。

吊鶴

海東有雙鶴，翯翯青田姿。韓猶備藩日，軒然來皇畿。鶴産朝鮮。飲清而鳴高，曾伴松禪棲。人事一朝變，遂與劉相依。鶴故畜於虞山相國京邸，戊戌夏相國罷官，以贈貴池劉聚卿觀察。余營博物苑，物色羽族儀。劉君爲擇地，筠籠隔江貽。鄭重復鄭重，感繫友與師。花竹爲汝媚，魚稻爲汝糜。霜晨月夕候，長唳相參差。盤旋作小舞，雪翮相高低。自題蒨影室，苑中花竹平安館爲徐夫人養病而築，館甫成而夫人歿。因夫人字題館之室曰「蒨影」。臨汝獨懷凄。爲汝建新築，廣以疏梅籬。謂可適汝偶，不苦常攣羈。豈意忽僮約，餌石傷不知。丹揚上皇側，分張殞其雌。主者不知鶴病奚致死，剖視之，胃中有石屑撮許，蓋新築石工所遺之屑誤雜食料中不能化也。兒書遠來告，中有傷心詞。不鳴不嗜食，言汝逾旬期。歸來重臨視，隻影窺清池。有語不能致，汝臆余知之。汝其養千歲，相慰歸休時。

【編年】

宣統三年八月十二日《日記》記作此詩。

送許生歸横林

念子離家後，於今五度梅。但馳親舍札，未奉歲朝杯。舊假依旬給，新機應曆推。商量人日至，相對撥寒灰。

【編年】

宣統元年十二月二十三日《日記》記作此詩。

過施伯厚仲厚兄弟墓側

故人長往有遺阡，回首交初四十年。頻數過從傳里弄，歲時唱和送詩篇。離懷老大江河隔，旅魄歸來雨雪連。悵絶小車經過處，丸丸新柏漸蹄顛。

【編年】

宣統元年十二月十七日《日記》記作此詩。

張徐私立女校歌

海門溯女校，常樂爲之始。校以私財成，張徐夫人終命志。夫人亦是女子身，惟明大義能如此。重義輕財，天不限女子。常樂女校自有堂堂史，後生後生可興起。

【編年】

《大公報》發表此詩時間爲民國十三年十一月二十二日。

卷五　自民國元年壬子訖四年乙卯

怡兒生日詩書寄怡兒青島

聽過江潮聽海潮，記兒生日是明朝。老夫對燭頻看鏡，白髮因兒又幾條。

兒身作客比爺長，客遠如何夢見孃。上麵落燈通俗以陰曆正月十三日上燈，十八日落燈。上燈食米圓，落燈食麵。諺云：上燈圓子落燈麵。湯餅會，舊詩猶在柳西堂。

【編年】民國二年正月十七日《日記》記作此詩。

得怡兒病瘉近像賦寄

自兒告偶病，宵旦常不懌。見兒後書來，題封灑濃墨。開緘目頓明，歡欣覩顏色。黑映巾領齊，白處見肌澤。訊云兒已瘉，飯量復平昔。寒止藥亦停，寄像緩父臆。又云一日假，六日課未息。念兒遠羈旅，喜兒曉自克。父年十四時，旅學去親側。既傷貧賤軀，行脚荷天職。棲棲四十年，在家祇如客。每懷庭幃間，常痛屺岵陟。兒今遠求學，義亦留不得。世亂況未瘥，非學何所殖？將成禮義軀，須鍊智勇魄。擲兒人海中，兹去戰冰蘖。待兒學成歸，爲父語所歷。置像在行笥，願見輒搜覿。海島多鹹風，兒面得無黑。

【編年】

民國二年二月十一日《日記》之眉録此詩。

梁祕書長尊人七十生日

炎海英奇盛，清名獨茂儒。龍門高識鑒，鹿洞舊生徒。梁翁，朱九江弟子。亂日期平世，堯言必舜趨。漢廷尊宿者，早晚御輪蒲。有子才横逸，勳名盛府僚。歸衣故鄉錦，不插侍中貂。獻壽欽扶杖，觀型義在橋。願歌安世曲，并入介觴謡。

【編年】

民國二年正月十四日《日記》之眉録此詩。

吴彦復哀詞

十年寥落吴公子，家國艱辛不自由。世論推歸南部黨，詩才寄與北山樓。金銀散客貧能壯，鶯燕離巢説尚愁。萬事分明一杯水，逍遥今看海鯤游。

【編年】

民國二年二月四日《日記》記作此詩。

壽程梅溪八十

直生八十亦非倖，世變萬千方自多。昔與别時俱未老，今看老友幾人過。翁號梅溪梅幾樹？西林我已種千株。待君九十一百歲，歲歲來共花間壺。

夢中聞女子誦詩詞至清婉應口答之旋醒惜不得此女子者聽之也

竟使千林盡作花，花中難卜可兒家。商量更欲煩青鳥，滿樹流鶯滿樹鴉。

附女子詩：不到橋邊不見花，因花爲屋是兒家。君如着意來尋訪，新柳門前有乳鴉。

【編年】民國八年六月十六日《日記》記作此詩。

得湯雨生畫因題 有序

雨生自題詩曰：「幾度行吟向水濱，西風回首總無因。年來筆墨皆拘束，只畫溪山懶畫人。」時事所觸，有感此意。

湯生畫趣故清高，畫到無人懶亦豪。安得溪山如此畫，冥心却向畫中逃。

何嘗鳥獸可同群，空谷猶稀見似人。學佛還應無我相，卷齊世界入陶輪。

【編年】民國二年三月二十六日《日記》記作此詩。

題陸雲峰碑

橋梓南山在，雲間積慶餘。十年憂國淚，萬里勖兒書。覯行陳先籍，趨庭憶舊廬。丁蘭思不匱，刻木恨何如？

寄酒與王栩緣索畫

山水江南證夙聞，王家絶席世誰分？元亭問字開通例，乞换穹窿幾段雲。清班供奉畫書兼，頭白南齋領俸錢。今日翰林真束閣，要君江海儘流傳。

【編年】

民國二年五月五日《日記》記作此詩。

日夜苦熱重聞亂耗用杜少陵毒熱寄簡崔評事韻

炎運入大暑，晨宵尚如秋。謂非時所宜，於古五行憂。旭杲忽焉盛，迫炙檐四周。掩疏避日向，空氣時一流。汗多吻易渴，小飲汗弗休。閉目造異境，清蔭林塘幽。或在陰洞底，神與冰雪酬。盼盼夕陽下，皓月升東樓。四天無纖雲，樹葉矗不柔。倦來强即寢，簟蒸轉浮浮。昨日已秋節，狂燥勢尚遒。雨師匿何許？惰龍潛靈湫。以此閉關坐，終朝科白頭。如聞有癡兒，弄兵連大州。血肉饗飛彈，撩焱群蛾投。何幸逃徙民，充衢塞行舟。返觀心體平，駕言曠蕩游。陰陽有代謝，絶炕寧淹留？邨農自嗟歎，苗槁東西疇。

【編年】民國二年七月十八日《日記》記作此詩，録七月二十一日《日記》中。

【校記】「逃徙民」，原作「逃從民」，今從《日記》改。

狼山三元宫近斥僧輓詞

山寺禪房列，三元長老尊。遺徒通世學，護佛廣宗門。焚象衰時及，數月前被盜。齋魚儉德存。空堂照遺拂，江月白翻翻。

【編年】民國二年八月十二日《日記》記作此詩。

【校記】《日記》首聯下有注「近斥，三元宫住持」。

除夕宿靜宜園韻琴軒

池泉冰一尺，繞砌失琴聲。夜永山逾寂，星寒牖自明。燭邊殘臘駛，松下旅魂清。一覺增遥憶，兒曹説上京。

【編年】民國三年正月初二《日記》記作此詩。

歲朝偕馬相伯張蔚西管許一生遍游香山寺靜宜園諸勝

元日誰知客在山？五朝勝處共躋攀。霜晴邃谷餘寒減，風定奔泉激響還。宫觀盡隨坡鹿化，烽煙無礙石蟾頑。回看十丈京塵裏，一日從容亦自閒。

【編年】民國三年正月初二《日記》記作此詩。

題莊思緘濠上觀魚圖

莊生生衰周，世變劇戰鬭。盜跖襲堯舜，機心穅稗糅。此豈口舌事，乃用文字救。所言浩河漢，肯綮不易究。聽者眯其旨，執枝謂之拇。即其濠梁游，觀魚亦邂逅。以儵視鯤鵬，小大同一構。尺水與溟渤，但問從容否？誠適物所適，魚我何待叩？惠施等多言，徒博箭鋒湊。今君作此圖，意殆躡其後。古今不相知，推排續成宙。蘭荃自信芳，即且不忘臭。當其各適時，世界萬泡漚。試借佛眼觀，何者不在宥？魚固不勝知，知魚義仍漏。何處得了義，面爲觀河縐。

【編年】民國二年正月十九日《日記》記作此詩。

題莊思緘扶桑濯足圖

須彌芥子不荒唐，齊物莊生有等量。世界公園今兩説，西方瑞士日東方。

等閒濯足一堂坳，對客無須署釣鰲。弄罷日珠閒興在，寥天跕躧訪盧敖。

【編年】民國三年六月九日《日記》記作此詩。

西樓小病

月到西樓是否寒？小爐宿火未應殘。今宵門外霜濃甚，枯坐如僧獨閉關。

【編年】民國四年十二月十三日《日記》記作此詩。

【校記】《日記》詩題作「西樓」。

德州道中

燕齊草木換春容，路漸趍南緑漸濃。十日行程裁半日，料應鴻燕未能逢。陸有奔車海巨艘，輪喧日夜聽風濤。若將勞逸均夷險，何處能夷又不勞？

【編年】民國三年三月九日《日記》記作此詩。

酬金香嚴

光緒潛郎舊有名，三湘典郡亦能清。九州易幟幾先出，單舸浮家劫後生。逃佛未除豪士氣，畏官今識野人情。莫辭苦語陳民隱，元結舂陵要繼聲。

【編年】民國三年閏五月二十八日《日記》記作此詩。

溪樓聽瀑圖

山川如畫拘成竹，東岸風林西雪瀑。中間流水日潺潺，上有畸人架茅屋。風林雪瀑不得閒，喧豗習聽耳亦頑。但看水痕齧舊岸，層層蝍殼僵沙灣。

【編年】民國三年閏五月三十日《日記》記作此詩。

過頤和園

圓明灰燼尚餘温，土木巍峨復此園。赤舌燒城民與劫，黄金齊閣佛何尊？清光緒朝，慈禧太后建佛香閣，費一百數十萬。新蒲細柳千門鏁，石獸銅獅一代存。流水豈知興廢感，朝朝濺雪出牆根。

【編年】民國三年六月二十一日《日記》記作此詩。

周氏篝燈課讀圖

廿載圖中影，篝燈炯炯明。孤兒賴賢母，苦節易修名。野飯甘荼味，林禽識杼聲。慈恩傳不盡，哀悃此時情。

【編年】民國三年六月二十九日《日記》記作此詩。

嘉興張生遘難死逾年矣見其小象悼之以詩

亦是人間美少年，猰貐滿地一身捐。飛揚跋扈知何限，如子家門亦可憐。

【編年】民國三年八月六日《日記》記作此詩。

【校記】詩題中「張生」《日記》作「張幼溪」。

金冬心畫梅 爲袁海觀題

畫苑尊梅史，湖鄉近若耶。圍苔三尺樹，綴玉幾重花。妙契楞嚴偈，清修處士家。獨將松雪意，高冷白煙霞。

【編年】民國三年八月十九日《日記》記作此詩。

沈友卿湖山介壽圖

幽勝逢人輒道仙，或將詩酒媚山川。笋輿桂楫能供孝，皀藻鶯花亦覺賢。扶杖寧須萊子服，聽笙不假幔亭筵。洪家課讀名園後，要與常州邑里傳。

【編年】民國三年十月三十日《日記》記作此詩。

丁衡甫以所藏曲江樓遺札見示書其後

吳文舊愛薛方山，格勝荊川與鶴灘。淮海維揚徵作者，白民牛耳是齊桓。

科舉消沈制藝灰，歐西科學戰風雷。國文誰復明明愼？日出卮言要別裁。

當年宏達半於兹，一册觀摩論學時。留與後生知老輩，不容輕薄到群兒。

【編年】

民國三年十月三十日《日記》記作此詩。

都門冬盡口占三絶句書寄怡兒

今年若雪閉成冬，北地凝寒氣更濃。扶海垞中梅破臘，有無新蕾兩三重。

兒歸今始勤家事，祀有雞豚足餕餘。米貴須知凶歲穫，鄰窮尚有隔年儲。

父學書楹年十三，賣錢買吃擔頭柑。兒今字解摩山谷，父已官慵似劍南。

【編年】

民國三年十二月二十五日《日記》記作此詩。

【校記】

《日記》題作「作詩寄怡兒代家書」。

守歲行

少陵度歲咸陽居，呼盧喝梟博塞娱。今來山中歲亦徂，堂空夜冷偎火爐。張秦許薛與老夫，相對寂寞語欲無。牙牌卅二行篋儲，用代卜珓非摴蒱。檢出幸有好事奴，分之五人六各殊。君子綏二三置隅，制自宣和或有圖。久佚不傳焉可誣，見首見尾龍伸舒。同數相應缺則逋，嬉戲習自兒時俱。心計亦到王相虛，薛生黠捷鋭兩矑。張叟答颯拈白鬚，老夫秦許季孟趍。不名一錢何贏輸，絜量劉毅抑已愚。淫淫蠟淚没燭趺，推牌起看霜華敷。寒星在空牌聯珠，一笑高枕遊華胥。

【編年】

民國三年十二月三十日（甲寅除夕）《日記》載「與張蔚西、秦晉華、許澤初、薛秉初以十時往香山靜宜園度歲」，與詩題合，與詩中第五句所從人物合，因知此詩是該日所作；《日記》又云「有五古一首」，則是另詩，即下一首。

陰曆歲除休假續西山之游

京塵厭囂惡，歲除逃入山。去年有成例，襆被趍巑岏。馬良翁江海人，張相文孟能文翰。管國柱許振二生健，但覺從游懽。盍戠有賢主英華，布榻恣盤桓。元辰陟衆巘，仰睇雲物斑。俯聽松壑泉，策杖窮林巒。坐笑人世忙，己亦殊未閒。今年得秦仲瑞玠，願與同躋攀。薛敳生興尤逸，夙戒親治餐。游侶益至七，數足成一班。長者命籃輿，少者聯轡鞍。

榼餉既頗富，罌酒亦不單。談諧此守歲，何必辛具盤。谷鳥好毛羽，流音勝歌鬟。勝地得容樂，宇宙寧不寬。一年衹一游，糧盡方當還。

【編年】

民國三年十二月三十日《日記》記作此詩。

【校記】

［盍戠］，底本誤作「盍戢」，徑改。［巘］，底本作「瓛」，徑改。

三至香山靜宜園

名山五月別，邈然思故人。夢寐亦一晤，近即彌可親。入園叩山扉，迎客犬意馴。何況北道主，款款愜飲醇。壁張巖壑圖，口數遼金春。導以昔游處，舊書如再温。磴道揖喬松，蒼髯儼天神。玉乳與雙井，窈窕素女親。擇地卜棲止，信美得所仁。出山但一步，浩蕩污人塵。安得冰雪窟，素交來結鄰。

【編年】

此詩亦作於此春節香山休假中。民國四年正月初一《日記》中「飲雙井玉乳之水，蔭香山磴道之松」與該詩語言情景合，當即此時作。

宿梯雲山館

夜來高處氣逾凝，窗隔頗黎望遠能。松際微風頻作籟，草根殘雪尚成冰。絢空白認盈城火，延燒紅疑列寺燈。要使下方傳覯記，故留餘燭炯崚嶒。

【編年】

民國四年正月初三《日記》「……二時後復起，作山中詩一首」，當即指此首。

元日望秦許薛三子登後山

嶄絶上三里，峰乃鬼見愁。樵行自有路，奚必與鬼謀。盤空見蛇徑，不辨尾與頭。猶賴帝王力，尚煩來者憂。秦仲與許薛，年壯興實遒。淩晨奮健足，矯若鷹脱鞲。既降緬所述，俯視桑乾流。遥睇山外山，嵐靄天空浮。何有棲息處，藐藐三成邱。人生貴知止，奔逸安得休。老夫量劣薄，壯語一切收。微尚企莊惠，踵息從天游。

【編年】民國四年正月初一《日記》「晨餐後，晉華與澤、秉三人登鬼見愁峰」，即詩題中秦、許、薛三人。因可繫焉。

和蔚西元日山中

朱顔白髮青藤杖，張子登臨興自豪。有客雲龍隨孟尉，何人地虎羨敖曹。江河禹貢尋源迥，冰雪秦城問牧勞。縱與赤松堅後約，封留辟穀已愁高。

【編年】民國四年正月初二《日記》「晨餐後，晉華與澤、秉三人登鬼見愁峰，余與蔚西力乏不能從……」因知二老山中探勝唱酬，因可繫焉。

劉命侯梅山歸隱圖

世人有母皆毛義，官以娱親亦可哀。若爲但求升斗計，西山東海尚污萊。
京華冠蓋黯雲煙，士説歸歟便覺賢。不用更嗤充隱客，幾人真讀白華篇。

【編年】民國四年正月四日《日記》記作此詩。

與韓周管許薛同遊泰山

路轉峰迴眼忽明，月牙亭下舊題名。將軍鶴化遼東語，故友鷗寒海上盟。陵谷不辭人閲世，雲泉如厭客忘情。重來駐策還珍惜，他日摩挲有後生。

【編年】民國四年正月二十五日《日記》記作此詩。

寄任公天津

筆破乾坤舌雷雨，别十四年不得語。將舒將慘戰陰陽，子歸三年同聽睹。人生離合那可期？功名有命無是非。雲昏遼左鶴正苦，春冷江南鶯懶飛。

【編年】民國四年三月六日《日記》記作此詩。

管姬得心疾後忽自投大悲庵祝髮許之旋又請歸義所不可因感先室徐夫人

一夢欷歔廿四秋，誰云無愛即無憂？采蕪何事山猶下，虆葛徒傷木有樛。花去亦令春靜悄，水枯寧有月沈浮？洗心參祖渾常事，祇是無人證夙由。

【編年】

民國四年六月三日《日記》記作此詩。

江干隄下柳高過丈大亦欲拱詢之居人云落絮所生已五六年矣賦一絶

何年落絮此生根？未中梁材已中薪。當日若隨流水去，更無人識化萍身。

樹到成材幾暑寒，生涯原比化萍難。年年三月東風晚，鷗唼魚吞緑滿灘。

【編年】

民國四年六月五日《日記》記作此詩。

平湖葛翁遺像

貢舉重提卯酉年，翁清光緒己卯舉人，子乙酉舉人。前塵棖觸許譚篇。許譚二君作翁墓表。未能拜紀交群事，已見貽孫翼子賢。家世自涵句漏井，宗親俱食范莊田。義聲在世千人俊，遺像應令百本鐫。

【編年】民國四年六月十六日《日記》記作此詩。

觀梅郎劇因贈

京師樂籍噪青衫，家世同光溯至咸。梅之祖巧林有聲於清咸豐朝。歌徹碧簫鶯欲啞，舞回紅綬鳳教銜。千人得笑都成趣，一藝傳名信不凡。已幸品題歸士類，姓名應付五雲函。

【編年】民國四年六月十七日《日記》記作此詩。

譚許夫人七十生日

嶺南文學盛陳朱，譚子譚經企兩儒。校士著聲懸藻鑑，宜家終吉洽威孚。一門瑜珥瑤環彦，再綴天吴紫鳳圖。畢竟禮門鍾郝貴，養堂高處白雲扶。

【編年】

民國四年六月十七日《日記》記作此詩。

重贈梅郎五絶句

細數生年屬馬兒，香綳繡綵菊花圍。不堪重憶科名事，宫錦還家變雪衣。

世間衹有美男子，雌蝶雄蜂强較量。若使詞人逢宋玉，不應神女賦高唐。

珠樣玲瓏玉樣温，性情儀態邈無倫。最憐一段幽嫺意，似不能親却是親。

爲愛春華不愛閒，千金尺璧好時間。登場乍試南腔曲，洗研旋臨北院山。

唐突微聞謝楚傖，鏤冰琢雪稱聰明。願將香海雲千斛，常護摩登戒體清。

【編年】民國四年六月十八日《日記》記作此詩。

粵李雲谷殘研圖六言三首

曠代炎洲高士，深衣皂帽終身。山澤自有光氣，不必白沙門人。
對人都宜拱手，對官豈可開口。相依鍵户著書，殘研乃非賸友。
傳研何必子孫，祭社聽之鄉里。世間萬物芻狗，玉帶等閒一紙。

【編年】民國四年六月三十日《日記》記作此詩。

題諸城四言聯寄梅郎

絲且不如竹，蕙如何勝蘭？非關强分别，要與萬人看。
蘭自生空谷，蕙自生下濕。涪翁嘗第之，蘭一而蕙十。

【編年】民國四年七月十八日《日記》記作此詩。

【校記】《日記》題爲「擬以石庵（劉墉）四言聯寄梅郎，因題聯上」。

九月以湯樂民畫紅梅寄畹華

爲憶梅郎對畫梅，翩躚縞素出瑶臺。美人若化身千億，應有亭亭月下來。
小湯仕女美無倫，畫作梅花亦可人。寄與玉郎時顧影，一叢絳雪媚初春。
畫到京師日，猶丁誕日前。人應一笑粲，花與四時妍。以此爲郎壽，寧當與世顛？丹砂如可餌，飛鞚躡梅仙。

【編年】民國四年八月十日《日記》記作此詩，梅蘭芳「九月」生，此預作之賀詩。

重陽日置酒與退翁合飲並令諸子侍

年來慣見海成桑，秋至難禁露欲霜。不雨不風能幾日？老兄老弟説重陽。坪花爛漫鮮無賴，鏡髮蕭騷懶似狂。愁絶怕聽江上雁，波濤滿地覓遺糧。

人言秋氣令人悲，摇落山川信有之。宋玉偏傷梧欲刈，陶潛亦愛菊無知。百年此日看金注，四海何人對酒卮。爲語兒曹須學稼，南山豆落是農期。

【編年】

民國四年九月九日《日記》記作此詩。

八月二十九日厚生渡江來訪次日冒雨偕游狼山歷觀音院準提庵休憩天晴而返

南山亦有事，故人忽遠來。傾談一踰宿，詰朝巾車偕。山雨朝霏霏，稍濕路不埃。路新輒欹陿，業業惡石乖。意向既有適，徒行良坦懷。山僧慣應客，勸酌陳罍醅。客自不能飲，談玄雜莊諧。極目浩無際，坐待江天開。

山下有小築，期以一年後。欲攬朝氣多，度阯東巖肘。植竹翦叢穢，磊岸夾回漊。經營不辭勞，略可當一畝。但恨山不深，安得成澤藪。差幸與佛近，一席倘離垢。異時興適至，蜷歸有所受。安排小磐陀，穩著煙霞叟。

【編年】

民國四年八月二十九日《日記》記作此詩；惟此詩題中爲「八月二十九日」，誤；二十七日《日記》祇三字「厚生來」；故詩題中是叙述厚生渡江來訪的日期，是「二十七日」，而不是作詩的日期。

檢視別業積材得榆根一長五尺許槎枒鶻突色黝似鐵側而視之豐上銳下類太湖石之有逸致者復獲一柏根中孔若半璧有心若杵當璧口之缺略刓而廣納榆根之銳而植焉以儷梅壇之石作此詩當偈解脫一切

木石不同天，因何具石質？謂爲歲久化，石無變木日。物理別種類，天演有界率。嗟此枯榆根，僵卧骨盡出。殆受土氣深，又直地之瘠。筋骸盡塊磊，包孕雜瓦礫。支離復支離，老壽出貞疾。何年身受戕，遺根獨若黜。身或已成器，不器幸而佚。嗇翁器視之，提携與石一。同佚復得偶，牝牡天使匹。世間萬生死，齊物孰得失？欲究種種因，造物語亦塞。假使生石林，當入誰何室？人棄我取焉，是爲嗇翁嗇。

【編年】

民國四年九月十日《日記》補録此詩，張謇九月四日《日記》謂「回別業」，詩作於此期間。

壺外亭壺池腹周十七丈有奇傍池北爲亭作半扇形向之課傭之暇於是休息

脱落瓠蘆界，孤危此出塵。當池三十度，與竹二分鄰。扇避花籠月，簾遮水縐春。欲邀吹笛客，可有采珠人？

種完名果種常蔬，更築閒亭領一區。爲鄣西風留摺疊，不從東壁問胡盧。開花落葉巡欄記，去馬來牛聽野呼。却笑坡公猶好事，尋春頻掛杖頭沽。

【編年】

民國四年九月十五日《日記》記作此詩。

月明

月明爲我送人行，人去樓頭月自明。從古離人託明月，何應月不管離情。

【編年】民國五年七月十三日《日記》記作此詩。

濠東南隅銀杏十餘株大者圍二丈七尺小者亦丈餘岳廟東偏一株圍一丈七尺道士聞余將規其地隸農校乃貨其樹於木工行伐矣校聞以銀圓七十買之位樹於食堂寢樓之間落成紀之以詩

舉類論年輩，差當子弟林。買從道士手，中有老夫心。或説康乾代，端然八九尋。諸生勤愛護，食息在喬陰。

【編年】民國元年六月三十日《日記》記作此詩。

庭中核桃蠟梅積雨漬傷而萎悼賦

生平手植衆草木，一華一謝皆關心。一樹當年本移置，數尺列我堂之陰。堂成三千六百日，歲歲度高三兩尋。一樹纍纍甫結實，喜笑待薦祖考歆。一樹繁花媚殘臘，照窗萬點堆黄金。方期嘉樹爲娱老，婆娑其間歗且吟。黄梅三日天大雨，潦積未退杲日臨。葉色頓變漸飄隕，槁形相形僮爲喑。歸來撫之重歎息，時變危苦非汝任。寄語世上兒子輩，須以貞幹當邪侵。

【編年】民國元年七月二日、三日《日記》記作此詩，録此詩。

懶散

懶散朝來髮不梳，閉門白髮戀江湖。看松漸熟成嘉友，種菜能真是老夫。錯認漫嘲揚子宅，卧遊還許少文圖。即今已勝東曹掾，不用扁舟逐鱠鱸。

【編年】民國四年九月十六日《日記》記作此詩。

治壺外亭掘地得井甎腦鑿枘頗見舊製

壺外倏有亭，下見古井水。井鑿自何年？更不識某氏。由宅犁而田，而路而園涘。遥遥幾世過，沈沈九幽底。亭不爲援井，井亦不亭企。主人意媾之，會合偶然耳。甎形見良工，抱合有密理。無禽不足憂，得鮒不足喜。何從起波瀾，且當去泥滓。

【編年】民國四年十月四日《日記》記作此詩。

凍蚊

夜寒牆角凍蚊癡，人倦燈前假寐時。旋得容身旋肆膽，自家孱弱不曾知。

【編年】民國四年十月三日《日記》記作此詩。

濟寧潘翁七十

測濟河源繫，瞻雲岱嶽鄰。膺兹悠久氣，宜有老成人。閲世如松柏，生兒況鳳麟。似聞東歲稔，秫酒易爲春。

【編年】民國四年十月十八日《日記》記作此詩。

病中感雪

病過光陰四九中，北風驅雪作嚴冬。晴餘四野農相慶，寒甚重衾睡未慵。不死誰知張單失，尊生應策尚禽蹤。關心昨夜東巖畔，新種沿溪半畝松。

【編年】民國四年十二月二十二日《日記》記作此詩。

移松行

嗇庵老人性愛樹，生平所種累萬數。濠南突兀別業成，有人傳說大松處。大松生自軍山東，太原廢祠之故宮。龍文張筋赤匼匝，雀舌攢頂青蒙茸。度圍七尺有二寸，高三丈弱端章縫。厥初束縛在盆盎，如指而臂當乾隆。或云胡公未貴日，解䟺委地乃一雙。其時嘉慶歲甲子，稽坊諏表疑可從。世間萬物惡盡取，老人求一諾於主。命工相度歷四三，奔走百夫起邪許。伸鈎絶垣架大木，方丈三之本根土。丘山鄭重盱俗驚，寸移尺轉規繩行。支橋劃阻茀道路，推輓扶持誰得輕？日行三五十丈，觀者塞途空巷向。月經兩望爲計里，日遣一使走問狀。安車既莅就壇位，微雨輕陰足滋養。老人歡喜不敢狂，瞻對如尊大父行。左左右右更置輔，若呼孫子扶諸牀。野性不慣鸞鳳集，遠害亦脱蟲蟻傷。園中草木秀而孺，頭角忻忻各梁柱。老人意倦且歸來，日聽濤聲弄風雨。

【編年】

民國四年五月二十五日《復莊藴寬函》中有「謹并移松行奉乞教正」語，則此詩當成於民國三年冬。函中奉呈，爲得意之作，故成時不遠。

瓔珞松歌

南通樹木譜年輩，尊宿無過瓔珞松。殖根傳自趙宋代，北山山西朝日宫。蒼兕踞地腹腰壯，青鸞拂雲毛羽豐。纖條曼縷那可計，上雀下蟻靡弗容。廣博自澤原野氣，偃仰不受江海風。世以賊害致瞻敬，年年三月祠神同。折枝插帽佩襟領，利市走祝販與傭。禁防重煩長官力，餘惠亦到杉桂叢。兹廟久圮院本隘，展之葺之前年冬。時招游客坐松下，但恨君不見雲臺嵯峨鬱洲島，一炬野火燔髯龍。舟檝多匆匆。松兮自不適宗桷，得全或藉埋蒿蓬。朅來一酌爲松壽，期自今始與君從。

吴縣楊生以辛亥爲雲陽中丞擬疏稿草裝卷見示惝怳愴惻不翅隔世矣賦詩四章題其後歸之亦以告後之論世者

天純絃不能調，死灰不能爇。聾蟲不能聰，狂夫不能智。昔在光宣間，政墮乖所寄。大軍國事，飄瓦供兒戲。酸聲仰天叫，天也奈何醉。臨危瞑眩藥，狼藉與覆地。爐燭累千言，滴滴銅人淚。

絶天天絶之，生民不隨盡。黄農信久没，萬一冀望尹。風煙起江漢，反掌出怒吻。群兒蹙踏間，綱維落齏粉。桀跖亦可哀，飄風過朝菌。但得假須臾，民屯不遽殞。雖無箕山逃，尚索漢陰隱。

蜣螂轉丸嬉，飛蛾附火熱。後人留後哀，相視一塗轍。蟚蜞與蝤蛑，等蟹體略別。酒歟不解酒，楔也乃出楔。陽春忽云逝，風雨暗鶗鴂。蘭杜寂不芳，衆草生亦歇。可憐望帝魂，猶灑枝頭血。

平子鬱四愁，所思遥且艱。伯鸞五噫畢，拂衣東出關。逢人不一語，老子非癡頑。希夷廿年夢，迭變如迴環。察淵云不祥，説怪亦不歡。巢許不知足，猶厭風瓢讙。吾生將安歸？昔嚙真腐菅。

【編年】

民國四年十二月七日《日記》記作此詩，二十九日録此詩。

除夕日宴坐嗇庵有懷西山靜宜園寄英斂之並令兒子和

生平不識作官好，京師兩年歷寅卯。歲闌農閒官亦嬉，老夫輒走西山道。連山古寺盡有名，靜宜一園山更窈。中掩列壑肺腑完，上拂層雲眉黛姣。前年四客同入山，韻琴荒澗凍不孱，踏冰斲雪鏗松關。今年入山仍四客，再宿梯雲擁寒碧。夜來暖酒朝携屐，高高下下各一時，一曠一奥窮探躋。憑林依泉得勝處，香山寺東海棠院上關帝廟址，距雙井玉乳泉半里許。時欲卜築諧幽棲。年年北來一逭暑，秋隨南鴻留爪泥。捨旃亦與成招提，顧不獲遂魂繫之。雲中君兮長相思，英生英生勤護持。容有仙客來安期，躡我經過青雲梯。爲我乞取赤藤杖，盡鐫元日山中詩。

【編年】民國四年十二月二十九日《日記》記作此詩。

【校記】

［肺腑完］有自註「肺陰腑陽，完字乃兼之」。

乙卯十二月十五日夜月下徘徊有作

明月今宵更可憐，再圓已不是今年。老夫著眼踟躕甚，霜滿闌邊又水邊。

【編年】民國四年十二月十五日《日記》記作此詩。

卷六 自民國五年丙辰訖七年戊午

憶扶海垞後園梅花

此君亭邊林合圍，自悼山荆來坐稀。若爲近日東風惡，吹散梅花何處飛。

【編年】民國五年二月九日《日記》記作此詩。

令怡兒選記後園欲移之梅

二尺餘圍垞後梅，去年惜費未移來。商量欲更思其次，好選朱英絳雪堆。

【編年】民國五年二月九日《日記》記作此詩。

家書述二事綴爲小詩寄怡兒

昨宵家垞有書來，報道新蘭並蒂開。新婦與兒晨課罷，同移花盎上妝臺。

年來江北見鴛鴦，時到吾家竹外塘。煙水平安繁育易，已看八翼舞春陽。

【編年】

民國五年二月三十日《日記》記作此詩。

江寧陳雨翁八十生日

李薛門牆問字辰，望公已似老成人。江山憂患疲龍虎，行輩推排足鳳麟。羊酒寧煩官長敬，鶯花猶爲宿儒春。滄桑何預陶貞白？方眼觀時自養真。

【編年】

民國五年三月二十九日《日記》記作此詩。

有事往江南十日耳中間風雨連作歸苑牡丹垂盡矣愴然有作

層壇新蕊乍參差，小別歸來花已非。三月光陰隨雨過，一春期望與人違。入門猶覓殘苞數，命酒空思步障圍。芍藥正胎蘭尚半，慰情强與對斜暉。

【編年】民國五年三月二十七日作此詩，三月二十九日《日記》後補録此詩。

晨起喜雨止

雨已郊原足，天猶霎靆陰。殢花憐客眼，養麥慰農心。山氣梢雲靚，林煙覆水深。忘機相對處，只有旁檐禽。

【編年】張謇五年三月二十八日作此詩，三月二十九日《日記》後補録此詩。

散步至先室徐夫人墓

愴楚常孤往，乖離對九原。露瑩玫瑰泣，墓下隙地植玫瑰。風抑鶻鳩喧。愛樹藏碑字，延山款墓門。石臺憑默語，兒已望生孫。

【編年】民國五年四月四日《日記》記作此詩。

早起望南山

南山若親知，當窗日常面。有時霧雨作，避匿忽不見。離合人事然，更不關喜厭。林壑吾所知，風雲聽其變。每當一睽隔，乍覩一峭蒨。寺宇炳丹粉，纂入蒼翠絢。策杖會追尋，就汝慰勞倦。

【編年】民國五年四月十二日《日記》記作此詩。

遲虛亭落成

曾閱千帆過，重看六角新。樓臺仍後進，鶯燕已殘春。坐適支離叟，閒邀磊落人。何年聽擊壤？無處説耕莘。

【編年】民國五年四月十八日《日記》記作此詩。

春暮獨登遲虚亭

乾坤黲黷戰玄黄，江海蕭然漫叟藏。賣字買山新作計，留春去老舊無方。欲愁聽鳥歌千囀，不飲逢花醉一觴。獨柰遲虚亭上立，臨風負手看斜陽。

【編年】民國五年四月十七日《日記》記作此詩。

盧子衡知事爲其父母六十徵詩

儒行家風溯范陽，長君陳述不矜張。陶潛任達猶兒責，顔測能文得父長。芻狗世人憑造物，田蠶鄉里愛年光。稱觥繞膝諸孫子，春酒新篘定可嘗。

【編年】民國九年正月十四日《日記》記作此詩。

連雨十四日尚不止懷憂京京賦此寄喟

去年大水史曾書，秋潦因之病海隅。野困欲甦鳴雁轂，天災仍及見龍雩。黮雲没烏朝還溼，驟漲喧蛙夜更囂。一向清明愛山色，黯然臨檻得看無？

【編年】

民國五年六月三日《日記》記作此詩。

長生光明室前高柳五十餘年物也淩霄附之初以葳蕤爲凋疏之飾柳今槁矣淩霄本漸大如盂盎顧亦慮其終不能自立也徘徊其下慨然而作

倪老種時余尚稚，李君歎賞語徒存。余十歲時田傭倪老所植。昔李君磐碩見訪，撫樹歎曰：「此樹卓特，吾一里外見之矣。」曾毆啄木塞空穴，却聽淩霄纏本根。主觀客觀各勝負，盛日衰日人寒溫。一藤便足致千歲，何處清虛招汝魂。

【編年】

民國五年六月十三日《日記》記作此詩。

連雨不止河水大漲田稼淹没殆半憫我農人有作

豆萎禾傷草怒生，悠悠天意未分明。世間寧有天驕種？隴上耰耡待放晴。

淮北江西望雨愁，如何横潦海東頭？蛟龍未必真神俊，箕畢何須解應酬。

【編年】民國五年六月二十四日《日記》記作此詩。

軍山氣象臺視工

高出狼山塔，平闚象緯天。風雲殊正變，江海極周旋。重譯來新法，孤懷企後賢。有爲端始作，所慎在幾先。

【編年】民國五年六月三十日《日記》記作此詩。

嘉定張氏子千金圖

少日清狂署步兵，晚來益悔誤時名。誰知畫裏煙波艇，亦有先幾語顧榮。當日已無顔平原，昇天況失元真子。喜聞後輩敬前賢，容易千金脱秋水。

【編年】民國五年六月三十日《日記》記作此詩。

壽王拾珊八十 拾珊前内閣中書

甲第清門最老成，當年公子有聲名。江淮黎獻歸前史，歲月公車耗上京。城郭相忘丁令鶴，風塵自遠子喬笙。即論詩格猶蒼秀，老壽應須待伏生。

壽前知州趙楚香七十

姓與朝俱易，名隨齒共尊。義熙晉徵士，泊宅趙王孫。説尹謳思繫，長生報語存。如川方日至，江上溯荆門。趙，荆州人，駐防漢軍。

柬浣華

憶遠裁箋寫所懷，去書不必有書來。老夫青眼横南北，可憶佳人祗姓梅。

林溪精舍詩五首

滄海流無極，青山買已遲。千岩吾曷羨？一壑自專之。杜宅白鹽礁，韓莊黄子陂。老來足幽興，非與古人期。

厭俗求鄰佛，于林遂得溪。引潮三港會，比樹四山齊。繡壁方當補，丹崖若可梯。夜分看夜氣，月轉鶻巢西。

臨流若倚空，群峭畫屏同。細細新松籟，瀟瀟短綺櫳。映橋魚動浪，開箔燕斂風。獨念重栽竹，明春發幾叢？

香爐峰下地，連著幾盤陀。朝夕陰陽半，謡吟坐卧多。敷茵花不拂，題字石頻磨。好事人應笑，其如老子何？

醉亦邀山簡，吟唯許子猷。花時應貰酒，雪夜或迴舟。庋窟容鳶伍，磯亭爲鶴謀。入林殊有事，鬻字未宜休。

【編年】

民國五年七月二十日《日記》記作此詩。

三月三日東西林溪成置酒勞與事諸人於天祚山房

過江春暖徧聞鶯，求友林間和鳥聲。舉錨十旬看雨決，得泥幾斗與潮評。土籠秩秩齊三老，臺笠招招魯兩生。聊以佳時供小醉，連觥須賭百壺傾。

【編年】民國六年三月三日《日記》記作此詩。

景雲復作棲韻詩見示次答

大山小山隱君宅，東林西林方外棲。往代流傳有遺響，衰翁真妄成殊蹊。巖巒與爲栩栩蝶，風雨亦察嘐嘐鷄。築廬會買小羔犢，飲澗那得癡虹霓。

因視林溪工約丁禾生沙健菴金滄江潘葆之張景雲同遊遂憩精舍

二首

兩載南山役未終，更營西崦與東峰。周防闢地教通港，火急擔泥事種松。蓮社已諧元亮約，輞川疑待右丞逢。水雲佳處吾堪共，高興還來策短筇。

破費工夫未是癡，得勞猶勝在官時。書生能買山原小，褊壤思逃世可知。螺蚌頻看麻谷變，鶴猿應免草堂疑。祇憐朋輩皆蒼老，正要春風勸酒卮。

【編年】

民國六年正月二十六日《日記》記作此詩。

許孫諸子游琅山示詩因和其韻

爲林環水水環隄，魚有潛流鳥有棲。盡借山川開畫幛，不容榛莽亂新蹊。尋春游侶諮農圃，驚客鄰邨到犬鷄。却喜巾車二三子，裁篇鬭韻糾雌霓。

祓林謠

山無林童童，有林章而縫。紀山之壽萬歲翁，紀林之齒民國辰年冬。

賊稼獾穴山，賊林人刈草。人獾等不祥，去害必盡了，山可不殘林不擾。

林有先後，若兄弟然，十年五年。林來自遠，若朋友然，有越有燕。齊梁贛皖，吴與會焉。駢駢秩秩，開吾林之天。

材木百年利，十年不足計。花實之木利萬千，十千殊細細。吾子吾孫，吾山之人，與林其世世。

【編年】

第一節詩中「民國辰年」爲民國五年，可繫時焉。

裁廢樹根爲翠微亭坐具貪者不欲竊者不便毀者不易得三善焉與亭共守百年之器也記以二絶

柏桑斬後僅殘根，天賦槎枒有用存。教伴茅亭巖石案，不然樵舍野薪燔。

假使爲薪得幾何？偷兒惡客漫相過。但無人禍天應赦，日月滄江與汝磨。

【編年】

民國六年三月二日《日記》記作此詩。

新成鶴亭六言

突兀水亭六尺，提挈煙磯一雙。旦暮楊吳天祚，眼中何處鷺瀧？

鶴相寧殊凡鶴，人間正有閒人。爲汝供張水石，但須聞唳宵晨。

【編年】民國六年三月二日《日記》記作此詩。

答人郵片

海外詩來不署名，心知烏有是先生。中華豈少清涼境，祇要心源與證明。

船到神山合有思，神山樓閣使人迷。不應多少童男女，盡餌丹砂盡化泥。

【編年】民國五年七月七日《日記》記作此詩。

浣華寄影片詩以答之

六幀嬋娟狀洛神，就中天女最傳真。正愁結習除難盡，或有天花著我身。

不論知音即論容，誰能歌舞古人同？癡兒那怪淆鷄鶩，要與郎談正始風。

【編年】民國八年七月十一日《日記》「與梅浣華訊，有詩」，今無所繫，或此詩。

潘葆之七十生日

輕舠短策過濠南，華髮蒼髯主客參。袖裏新詩傳老筆，尊前舊事付餘談。斧柯人世觀棋質，蓬累鄉閭守室聃。甚欲去從稱壽列，醉公家釀喫螳蛆。

【編年】民國五年七月十一日《日記》記作此詩。

向晚

向晚平臺好，梳風髮易乾。欄邊涼氣足，波面夕陽寬。有客停游屐，看人列釣竿。老夫魚不羨，鷗與汝盤桓。

【編年】民國五年七月十二日《日記》記作此詩。

破睡

破睡林鴉忽亂驚，著衣起看月三更。不如掩户仍尋夢，鴉自驚啼月自明。

【編年】民國五年七月十三日《日記》記作此詩。

兒時

兒時曾有詩，月圓逢月半。大都爲牛女，分照銀河岸。

【編年】民國五年七月十四日《日記》記作此詩。

月對

月對離人分外圓，圓經十二便周年。却於今夜愁明夜，明夜清光減一弦。

【編年】民國五年七月十四日《日記》記作此詩。

城西南築岸種樹感懷先叔

藥王廟外當年柳，與岸頽殘世亦移。鄰舍老翁道臣叔，叔能種柳不爲癡。

叔曾篤信徐玄扈，力稼糜金氣不窮。今日回思前日事，前人猶有古人風。

【編年】民國五年八月十一日《日記》記作此詩。

重題藥王廟壁 有序

廟爲清乾隆朝處士陳若虛實功建（舊州志失載），陳善醫。廟與家隔一牆耳，祀神農，秦越人扁鵲盧醫，及漢張機，晉王叔和，梁陶貞白，唐孫思邈、劉元素，宋繆仲淳，元朱丹溪、李東垣、汪石山，明薛立齋十人。

舊聞醫士構，曾與叔家鄰。清咸豐朝，叔茂華買陳宅居之。本草尊炎帝，香花主越人。欲恢孤瑟奏，誰袚十龕塵。愛甚鶏棲樹，荒庭意自春。

【編年】

民國五年八月十四日《日記》記作此詩。

自唐閘歸別業馬驚覆車知好慰問賦此報謝兼抒近懷

破轅不怒犢，乏駕不怒駒。御物貴能識物性，功過有在誰司歟？今年買一車，適行安穩謂勝徒。今晨易一馬，謂可赴事利走趍。試之大塗落溝渠，蝦跳蛭駭行人吁。生平習坎一常變，斯須不足驚老夫。驟以老成望年少，自矜老至少不如。衡量内外失輕重，默然自訟寧不愚。一跌無損真區區，寄語良御慎閑輿。寄語紛紛少年輩，無形坎窞無時無。

【編年】

民國五年八月十六日《日記》記作此詩。

秋感四首

浩然秋已來，秋速萬物老。夜聽鳴樹風，晨檐葉如掃。翹柯綴晚緑，瑟縮漸向槁。候蟲非故物，年年唱一調。蘅杜雖有根，代謝同百草。人與寒暑磨，安能髮不皓？

運至忽有會，悠悠思故人。禹稷畢生苦，所事非一身。職志固有在，亦達中心仁。孔孟欲繼之，乙乙終不伸。退爲民物計，反覆大道陳。並無百歲壽，委化萬古塵。所以栗里翁，陶然惟飲醇。

逸少亦遺民，頗痛死生大。去者若電奔，留者乃蒂芥。坐是篤忠厚，亦緣長癡愛。朝菌與大椿，秉氣各世界。修短不必謀，相視了無礙。多事慧眼人，達觀一丘岱。齊物物未齊，多言蒙叟隘。

盜跖壽而凶，顏子夭而吉。各注所取觀，彼此諒非一。志士有坦途，良心炳白日。麟洲在眼前，安有神仙術。神明苟不死，逆旅寄形質。詠言晉瞿休，載諷秦逝耋。好樂趁及時，古人正不悖。潛氣返本根，草木有知識。

【編年】

民國五年八月二十日《日記》記作此詩。

【校記】

其一中之「漸」，從《日記》，底本作「慚」。

慕疇堂西院龍爪盛開

密箐繁蔫雁齒駢，紅如猩血緑如煙。三年秋色坪前色，遜汝牆陰八月天。

遥映紅薇接紫薇，花前延立惜芳暉。明年得似今年否？留記苔痕緩緩歸。

【編年】

民國五年八月二十五日《日記》謂「有詩三首」，本月底即二十九日空頁謄有此二首及下一首。當時張謇行蹤正在海邊的墾牧公司（慕疇堂在墾牧公司），因可繫焉。

曉起海上行隄

旭采軒蒙昧，秋空極混茫。潮平兼岸廣，人遠倚天長。決起沙驚鳥，逃虚草趁麞。此間猶寂靜，逸盗爾無張。

重九日信宿林溪精舍有事西山

晴秋有意欲逃閒，却借登高又入山。未覩黄花堪照鬢，生憎白酒不韶顔。助尋燕蝶僧探徑，望海樓後有異蝶，白翅朱綬，昔城中珠娟園有之，名燕尾蝶，蝶譜所無。分餉鴳鷄客款關。舊州志名椒鷄，言來自海外，産呂四，亦云茭鷄；言産自江南赤山湖茭草中，西南風即來。二説皆不實。鳥似鳧而脚長，鴳鶺類也；多棲柏林，食柏子，故腦有柏子香似椒。規竹量松畦菜罷，馬鞍更與度碕灣。

【編年】

民國五年九月九日《日記》記作此詩。

【校記】

［堪照鬢］，《日記》作「堪壓帽」。

劉亭

軍山山路故岐分，山後梯雲百級新。前度劉郎應一笑，後來仍屬姓劉人。

【編年】

民國五年九月十八日《日記》記作此詩。

劉亭後詩

滿山靈藥似天台，桃擬玄都觀裏栽。若爲三生成故實，劉郎尚待一回來。

青山終古閲人多，客屐朝朝幾兩過。前度今番人換了，山雲山月意如何？

【編年】民國五年九月十八日《日記》之眉録此二詩。

上海晤梅郎

吾衰霜雪半髯鬚，喜見梅郎頬稍腴。坐上清斟聞落葉，江南秋色與搴芙。閒情愛近初春氣，説部頻傳絶代姝。有約聽歌拋美睡，明朝萬紙落江湖。

【編年】民國五年十月十二日《日記》記作此詩。

管仲謙輓詞

百輩老人肥，三年院長羸。病淹兒孝友，喪出衆嗟咨。斜日林環屋，涼風菜滿陂。典型存庶物，惆望替人悲。

【編年】民國五年十月九日《日記》記作此詩。

海神廟

海神廟前新月明，秦團圞外海潮生。當年約與聽潮者，塵土牆頭有姓名。

倒岸

地隨天宇下，橋得海潮平。霽雨新隄碧，殘陽倒岸赬。漁家鰡網比，鹽路犢車鳴。故事誰能記？前年有李生。

虛榭

虛榭無人至，開門獨坐時。水晴魚聚糝，風顫鵲拳枝。但覺孤懷迴，空饒逸興滋。柳藤都老大，霜鬢不驚絲。

【編年】民國五年十二月一日《日記》記作此詩。

【校記】

［顫］從《日記》，底本作「鸇」，誤。

連番

連番江上雪，一去漢皋人。遠道迷荆樹，寒潮濕渚輪。病餘裘尚薄，憂至酒寧嗔？待有書來日，應知月色新。

【編年】民國五年十二月九日《日記》記作此詩。

精舍獨宿

冷逼空齋夜早眠，壁光閃動火爐邊。擁衾憶遠堪誰語？滿耳山風瀉暴泉。

【編年】民國五年十二月十日《日記》記作此詩。

字學權曰希可以二首寄之

南山林雪散鬅鬙，煮藥鍵門玉貌僧。一卷楞嚴看未了，松邊留照一窗燈。

一行本是曲江兒，唐一行僧爲張九齡子。大顛乃與昌黎故。不爲有爲是慧定，無可不可且當住。

【編年】民國五年十二月二十二日《日記》記作此詩。

【校記】《日記》：「有寄希可詩二絶。」眉録詩題爲「夢詣學權久談因字之曰希可寤後成二詩亦作偈觀書寄之」。今之詩題當由編者抽取《日記》之小序類叙述語而成。

錢翁

貴重最農夫，錢翁識字殊。歲功排菽麥，家世長枌榆。訓子出求學，言商仍嚮儒。田間無暇日，七十衹須臾。

【編年】民國五年十二月二十七日《日記》記作此詩。

【校記】《日記》題作「壽錢翁七十」。

以詩侑梅贈雪君慰其新愈

春如有訊渡江來，病起停鍼對鏡臺。弱質已知愁踐藥，新機急與致盆梅。欄前月且哉生見，砌下花須特地栽。濠雪盡消波漸漲，翠眉應爲好山開。

【編年】民國六年正月一日《日記》記作此詩。

正月十五日農學校棉作展覽會成而雪

江城昔競元宵燈，大廟小廟各有稱。南通十餘年前元宵廟燈甚盛。火珠中瑩上下瑳，畫幛柱綺牆壁綾。下至坊鬼社公社，紙糊竹縛事若應。金閶鼓咽徹衢巷，攢頭萬點羶廚蠅。風俗幾年頓消熄，城人冰冷鄉人鐵。少年惟解博簺豪，僧徒支門游侶絶。城南農校出新意，勸農利用佳時節。陳棉一種畫一區，一莖一旗紅擎擎。最以畝穫兩石棉，蹋地作牛頭背雪。群農嬉嬉奔走來，側耳爭聽技師説。有鷄有兔猪與牛，亦有戲鉦助嘈聒。觀者云有四千人，人給一函函百粒。農歡且去天尚晴，農歸到家霰忽集。詩言先霰雨雪將，入夜雪盛淆月光。萬事稱意不須足，猶晴一日天之康。願農今年種棉滿田白，一畝所得過尋常。即不一牛亦二羊，明年吹豳來會場。

【編年】

民國六年正月十六日《日記》記作此詩。

【校記】

［紅擎擎］，諸本同。新版《張謇全集》中《日記》認作「紅擎擎」，遂與前後韻脚「鐵」、「絶」、「節」、「雪」同韻，是；擎，撇之異體字，通常作「拂拭，掠過」解，此處可引伸爲「莖、旗」矗立飄揚之有力。

怡兒二十生日示訓

昔父年二十，正殷憂患時。汝今當誕日，娶早已生兒。勵志宜防俗，誠身在不欺。十年能自立，未到學宣尼。吾衰猶未甚，汝學尚須求。先業農爲分，虚名士所羞。毋忘經訓熟，要共國人憂。弧矢寧論遠？遊乎念美洲。

【編年】民國六年正月十八日《日記》記作此詩。

澤初自海上以雁與尖沙魚見餉既飫其美適會所感

昔賢慕魚鳥，汝本適飛浮。絶遠人間世，何知几上羞！江湖歸鼎鑊，粱稻落罾罘。天地誰云大？微生苦未休。

【編年】民國六年正月二十九日《日記》記作此詩。

黄生示所作黄山詩有逸致賦此答之以爲生勖

昔讀黄山志，欲作黄山游。人事纏阻之，淹忽三十秋。黄生炎培昨游歸，示我一册紀。

與志小異同，緣想有餘喜。今問羅生家，百里去山咫。生平未見山，見者雲弄詭。我聞黄山雲，常作大海鋪。奇峰三十六，雲表惟天都。豈凡百里内，雲爲山奔驅。如生之所説，鱗爪裁一隅。又聞黄山松，奇秀出蒼古。要以絶俗生，不然喪樵斧。山事我略知，或尚培生覩。八表雲昏昏，生視勿莽鹵。

【編年】
黄炎培考察徽州教育時曾遊黄山，並有詩作，時在民國三年。

答金左臨 有序

寳山金左臨以同馮蒿庵、陳散原諸君宴集鍾山林場詩見示。當清光緒之季，余長文正書院，請於官胥江寧城内外諸山造林，不果。民國四年，美人裴義理力贊成之，躬自畚殖於鍾山之陰，余自京來預其役，殖之數累萬計。今林域殆加廣，昔所殖益蔚然可觀矣。和答左臨，亦以寓余無涯之感也。

六年曾溷蔣山傭，乘傳開林墅有烽。尚假楚材無論晉，儻承衛德此歌鄘。農郊靈雨愁禾黍，社樹芳春散柏松。欲語馮陳懷鄧顧，西南草木際天濃。

【編年】

民國九年四月二十九日《日記》記作此詩。

【校記】

《日記》尾聯首句「鄧顧」處有自註：「鄧熙之嘉緝、顧石公雲，皆昔同游者」。

訟愚

吾寧木石徒？決起負山趍。錢亦同茲癖，丘從買得愚。衡林春覓種，晝水夜更圖。尚欲山靈問，憎眉混沌無？

【編年】

民國六年二月二日《日記》記作此詩。

獨宿精舍

自愛山同寂，宵來慮更融。石虛風落響，巖陡月淩空。坐與爐香定，撾聽寺鼓終。明朝猶有事，記樹問奚童。

【編年】

民國六年二月十日《日記》記作此詩。

【校記】

「寺鼓」，原作「與鼓」，「與」字重出，且失對，故誤。今從新版《張謇全集》中《日記》之校。原下句「與」或爲「輿」字形誤，「輿鼓」即「車鼓」、「車聲」，與「爐香」可對，姑存之。

滄江示所和詩復有贈

愛客攻吾短，論詩數爾强。時時驚破的，炯炯達升堂。蠟屐吟山出，蝸廬借樹藏。滄江寓廬名「借樹」。衆人憐寓衛，後世有知揚。

【編年】

民國六年二月十一日《日記》記作此詩。

僧徒湛若爲闢溪種樹甚勤勉書二詩予之

若説真空已累身，既然著我合觀人。當家看爾承師祖，戰却修羅掃四塵。

成佛生天也要勤，三千種樹即名勳。雙林我亦稱居士，但不參禪不斷葷。近名軍山爲東林，黄馬二山爲西林。

【編年】民國六年二月二十日《日記》記作此詩。

無錫辛氏寒曫詩稿寒梅館遺稿題句

梁溪有二儒，辛氏之所祖。子孫抱遺書，有儼對尊簠。其書皆名寒，寒色入苦語。較然見章逢，真意揭肺腑。雖云窘邊幅，要爲困科舉。邇有吴野人，遠有歸熙甫。冬春各有詩，出位非吾與。

明無東林黨，其社亦必屋。瞀儒見眉睫，不寐怪衾褥。闇禍燎中原，士氣向蕭索。顧高振之起，白日是非燭。豈與豺虎輩，意氣競伸縮。二儒先後尊，一夔分一足。狂瀾日東傾，障柱賴講學。誰歟儒者徒，寒光炳空谷。

【編年】民國六年二月二十九日（本月最後一天）《日記》後，録有此詩，此詩當作於稍前；同時録下的有下一首詩。

味雪圖

雪如可味必化水，愛水人情不如雪。不因有色安能空？色亦可餐非有潔。鄭君作詩妙語言，莽蒼排奡睨老蝯。主人冷淡耐此味，不待積雪開瓊軒。

置梅郎小像于林溪精舍

閒中時復憶情親，天與聲名累俊人。檜密誰知常味苦，羅衫著意正嬌春。夔龍糞土猶消息，文繡犧牲孰主賓？坐汝山齋無是事，却將吾意視爲真。

【編年】民國六年閏二月二日《日記》記作此詩。

剡溪王芷香傳題句

剡溪郗氏地，摩詰輞川灣。佳傳徵吾友，聞聲若是班。蹠才龍尾研，潛曜鹿胎山。林杳猶能世，春風歲歲還。

【編年】
民國六年農曆閏二月初九日《日記》記作此詩。

上海王氏息廬以自憐圖徵題

世曷爲相憐？無人反諸自。寂然並無我，聞之大雄氏。何處風綯面，了悟月非指。君從塵土中，浩浩讀秋水。

【編年】
民國六年農曆閏二月初九日《日記》記作此詩。

壽熊太夫人

舊邦新命溯周京，驥子騫騰弟一卿。達識本膺羊琇母，同時媿齒鄭僑兄。喜聞白髮神彌王，慣受黄金拜不驚。家慶或先開國祚，稱觴一笑待昇平。

【編年】
民國六年三月十二日《日記》記作此詩。

林稚眉夫婦合壽百二十徵詩爲賦六韻

東林林季子，有弟昔同年。早作諸侯客，曾敷大邑權。卷懷明作哲，偕隱健如仙。上壽百二十，阿難萬五千。休徵融合傳，善契澈諸天。誰爲傳梁孟，新詩奏阿連。

【編年】民國六年三月十二日《日記》記作此詩。

記夢

珠簾錦幕繡屏風，衫影條苗鬢影鬆。所見似愁還似病，自言非困更非慵。燈花消息閑籠鵲，香霧温涼纏礎龍。多少情懷緘芍藥，柰何連到玉芙蓉？

【編年】民國六年三月十八日《日記》記作此詩。

傷所見

去水從來不返池，殘花墮溷過春時。傷心昔日吳公子，旖旎教吟七字詩。

天若無情物不生，顛蜂狂蝶那知情？從來糞壤無蘇合，色界高高在上清。

【編年】
民國六年六月二日《日記》之眉録此詩。

百甎研拓本爲崇明施氏作

昔者小蓬萊，嗜古意無厭。百研襲漢石，精絶梅溪鐫。後來摹甎文，亦有婁東錢。時代第甲子，葉葉郵筒箋。婁水日東注，氣與滄海連。揖讓得同好，復聞施侯賢。施侯吏湘粵，蒐討彌歲年。有得即推拓，累帙蒼翠煙。世雖八九見，一二良破天。里人問侯富？金銀不滿肩。賴此百甎壯，重壓歸舟編。令子愛手澤，亦墮文字禪。徵詩説往事，在口殊拳拳。假爲世所熱，孰非偷兒氈。還問食故研，何如爭沙田？

怡兒遊學美洲將行詩以策之

大道炳六籍，散著區宇間。未嘗限中國，蛙井拘墟觀。道不在言語，知鮮行尤艱。履之必有始，豈不在憂患？兒生今二十，墮地覆載寬。恒虞紈袴氣，薰入毛髮端。便旋習應對，俛仰求爲官。兒志殊落落，耻爲時詬訕。知耻者生氣，遂若春萌菅。駕言適異域，求覽方員還。誰謂世味劣？正要行路難。

出門但一步，便不父母近。男子重自立，父母會有盡。即言行旅遭，豐悴無一準。古人苦求學，力傭不爲損。況乃貲屝足，蓋海浮送穩。父年二十時，低首被俗窘。兒今衆擡舉，邈絶華峰隼。擡舉夫何如？人己當兩省。蠻貊何足異？忠信植行本。世亂何足嗟？仁恕修塗軫。大智無小明，大勇無小忿。萬里兆舉足，尋丈由寸引。

少日苦貧賤，父不及兒福。兒所不及父，正坐苦不足。父當辛苦時，但覺分所屬。歸來父母憐，摩撫看垢服。伯父相慰藉，兒母共委曲。忘苦一家事，熙熙有和樂。今惟伯父存，白首誼彌篤。助父貲兒行，望兒養頭角。愛衆而親仁，語爲弟子録。欲得衆尊貴，行止勿自辱。毋徒效大言，高舉奮黄鵠。

【編年】

民國六年六月七日《日記》記作此詩。

雪宧主人以畫繡送怡兒書此詩於怡兒之扇

雪君割繡贐兒行，多少工夫繡始成。聞道三年如刻楮，世間那有浪收名！

【編年】民國六年六月十日《日記》記作此詩。

午睡起憶兒復成一詩寫寄

夢裹混茫矚海天，夢回驚蕩午窗蟬。老懷下瀨迴帆鼓，兒願乘風破浪船。絶域師資歸禮樂，中原根本有山川。事功要待身名用，珍重交遊與食眠。

【編年】民國六年六月十八日《日記》載張孝若午後登船離滬，詩當作於此日或前後。

雪君髮繡謙亭字爲借亭養疴之報賦長律酬之

枉道林塘適病身，累君仍費繡精神。别裁織錦旋圖字，不數迴心斷髮人。美意直應珠論值，餘光猶厭黛爲塵。當中記得連環樣，璧月亭前衹兩巡。

【編年】

民國六年六月三十日《日記》記作此詩。

謙亭楊柳

記取謙亭攝影時，柳枝宛轉綰楊枝。因風送入簾波影，爲鰈爲鶼那得知！

楊枝絲短柳絲長，旋合旋開亦可傷。要合一池煙水氣，長長短短護鴛鴦。

【編年】

民國六年七月二日《日記》記作此詩。

【校記】

［鰈］底本作「鶼」誤。今按，「鶼」爲比翼鳥，「鰈」爲比目魚。成語「鰈離鶼背」即爲戀人分離。「爲鰈爲鶼那得知」與全詩的意思合，與張謇沈壽的關係合。而「鶼」，猛禽，與全詩不相干，因改。

夕陽

愁余是夕陽，渺渺暮天長。應入園亭裏，窺人獨坐涼。

【編年】民國六年七月九日《日記》記作此詩。

船笛

船笛何知者？能傳惜别情。最憐南浦上，祇是兩三聲。

【編年】民國六年七月九日《日記》記作此詩。

謙亭

惆悵謙亭路，莓苔日漸深。閲探雙鶴去，坐聽一蛩吟。水漾晴簾影，風疏晚樹陰。忍令亭獨曠，無奈此時心。

【編年】民國六年七月二十九日《日記》記作此詩。

輓顧延卿錫爵

昔年鄉里推同輩，周顧朱張范五人。旗鼓顔行差少長，風雲旅食各冬春。君甘頽放成聱叟，世與遺忘作幸民。曙後一星餘我在，愴懷葭埭絶車輪。

【編年】民國六年八月二日《日記》記作此詩。

輓沈友卿同芳

同榜常州兩少年，君尤自喜以文傳。著書奮迅農時亟，閱世憂虞道力堅。天下有人推阿士，江南先輩望荆川。驚聞建業回車後，痛哭衰親淚到泉。

【編年】民國六年八月三日《日記》記作此詩。

濤園見過與游琅山直其六十生日

風雲激蕩戰春秋，六十飛騰到沈侯。歷劫未教巖電過，故人相惜鬢霜稠。求田問舍真吾事，對酒當歌待子謀。歲歲南山堪作壽，莫辭辛苦渡江舟。

【編年】民國六年九月八日《日記》記作此詩，謂「答濤園詩」。

重九日風雨

只應今日是重陽，風雨催寒未覺妨。縱罷登高猶有酒，況容强笑可無觴？蛇龍兵氣纏南服，鴻雁哀聲滿朔方。便算百年真易過，祇贏一萬二千場。

【編年】民國六年九月九日《日記》記作此詩。

夜半聞鷄

喔喔荒鷄夜半號，夢醒孤館客魂消。人離一日如三日，霜重今宵過昨宵。冷被昏燈俱可味，老懷壯志百無聊。屋梁斜月分明見，餘睡猶思到綺寮。

【編年】民國六年十月二十日《日記》記作此詩。

怡兒在紐約中秋重陽皆有詩來寄此慰之

摶摶大陸東西極，父子中間情咫尺。日珠月鏡蕩且摩，萬里晨昏見顔色。中秋幾日即重陽，憐兒視聽非故鄉。有詩豈足語彼族，彼於佳節猶尋常。兒有女小不識月，有弟纔知糕可嘗。父讀兒詩與母聽，如兒宛轉爺孃旁。我今種桂高可隱，種菊明年須萬本。待兒成學歸來時，年年扶我醉卧西山陲。

【編年】民國六年十月二十五日《日記》記作此詩。

東易園

信佛即尊者，歸家娱老人。懷將三藐意，釀化一家春。海有難窮願，天還所近親。喜聞諸病去，却勝綵衣新。

【編年】民國九年五月十八日《日記》記作此詩。

壽吴江李知事母

忠壯長沙傑，勳名建業存。有光嬪孝婦，閱世啓文孫。禮法家猶秉，慈悲佛是尊。吴江輿誦起，知愛北堂萱。

【編年】民國六年十一月十四日《日記》記作此詩。

壺外亭小坐

亭在壺盧外，人潛詄蕩中。叩門時畏客，鬻字或題翁。過鳥雲嫌白，浮花水與紅。亦知衢巷迫，車馬隔牆風。

【編年】民國六年十二月十八日《日記》記作此詩。

除日憶怡兒

一冬三月略無雨，臘去春來漸積陰。丹橘黄橙供節物，新梅老竹慰寒吟。殊邦寧忘家人趣，隔歲先驚此夕心。珍重過兒還强學，東坡白髮未盈簪。

【編年】

民國六年十二月二十八日《日記》記作此詩。

【校記】

「無雨」：底本作「無語」，不通；惟「無雨」方應下句「漸積陰」。又《日記》「微雨，陰」，因改。

西樓

西南軒一角，視聽有餘清。溝水浮簾活，檐霜出樹明。圖書供永晝，吟嘯得平生。滿耳勞人感，車輪陌上聲。

【編年】

民國七年正月初二日《日記》作此詩。

施監督輓詞 有序

光緒庚子拳匪之亂，東南互保議倡於江南，兩湖應焉。歐人稱劉總督臨大事有斷，如鐵塔然，雖不可登眺，而巍巍屹立，不容褻視，亦人物也。施君佐劉幕久，是役助余爲劉決策，尤有功，亦爲兩湖總督張公所重。

一生望重諸侯客，投老尊推榷酤官。昔掖新寧成鐵塔，亦資廣雅對珠槃。功名過續餘鷄肋，身世消磨到鼠肝。愴絶十年聯襼處，白門門巷劫灰寒。

【編年】民國七年二月二十九日（月底）《日記》後録此詩。

謝王六十生日

名族烏衣舊，親姻馬糞連。寒來庭外雪，春轉甬東天。義教葵分扇，前光玉得田。奉觴今日慶，萊綵有餘妍。

【編年】民國七年三月二十七日《日記》記作此詩。

先室十周忌日爲禮佛於文峰塔院成七言八韻

人事倉黄老亦催，不鰥辛苦眼猶開。十年犖犖當家感，一别沈沈拱木哀。兒已生兒君可慰，我寧作我世何猜？營齋差幸非官俸，薦福惟應到佛臺。石闕雲籠初地接，塔鈴風雨殯宫來。城東山水陰晴秀，天上尊章饗祀陪。傳信空留荒碣字，塞悲無奈紙錢灰。經壇禮罷餘淒愴，過墓端須月幾回。

【編年】

民國七年三月二十九日（本月月底）《日記》後録此詩，張謇夫人徐氏的忌日是三月二十五日。

村廬晨起

林疏山淺路非賒，方便閒來小結跏。草際新流牛赴飲，花陰微雨燕歸家。約僮愛物常詢鹿，謝客論時並厭蛙。乘興未妨還獨適，水牽幔艓陸巾車。

【編年】

民國七年四月三十日《日記》記作此詩。

劉宋輓詞

往事蜉蝣耳，人間五十年。母家寧可説，兒赴一淒然。瞑淚慈烏戀，羈魂客燕憐。平時滋間闊，况乃隔重泉！

【編年】民國七年五月十六日《日記》記作此詩。

喜怡兒歸抵日本

望子經年眼，歸哉路瀰漫。樂羊機好易，趙氏璧完難。周難愴兄弟，彭仇恥膽肝。家門差解慰，學士有新冠。

【編年】民國七年五月十七日《日記》記作此詩。

藥王廟

臣叔家何許？遺賢跡欲迷。城存期鶴返，樹古愛鷄棲。礎蘚疑新繡，牆圬失舊題。童時曾寫四大字於牆，閱卅年，今失。正宗得諍友，易代揖洄溪。徐靈胎糾正陳實功《外科正宗》極精善，徐號洄溪道人。

【編年】民國七年五月二十九日《日記》記作此詩。

【校記】自註中「卅年」，有誤。據宣統元年三月二十五日《日記》：「童時至州三叔父家，側有藥王廟，庭有古皂莢樹。余時年十二，時用泥水匠堊帚大書『指上生春』四字於扁鵲神龜之後背。字大一尺七八寸。時廟中有硯工朱先生大稱善，逢人便告張氏第四子能書。」民國七年張謇六十七虛歲，則「閱五十年餘」。並可參閱本書《藥王廟題壁》與《重題藥王廟壁》。

沈堤

沈公堤接范公堤，説范人人説沈迷。堤下潮痕堤上草，未妨早晚有高低。

【編年】民國七年七月二十四日《日記》記作此詩。

吴船謡四首 有序

公園買船蘇州，既來，名之曰「蘇來舫」。謡以記之，爲可以徒而歌也。

浮送吴船到早潮，開筵燈火與波揺。榜人已受園人約，不過公園第二橋。

雙橈穩健底平方，里老村童乍見狂。爭上弟三橋上看，華鐙四照水中央。

弟一橋邊草色新，萬流亭子亦船津。沈沈怪物燈光下，不是温犀不用憎。

風多濠闊浪横斜，弟四橋南種藕花。待到花時花作壁，夜闌燈炧儘浮家。

【編年】民國七年五月十四日《日記》記作此詩。

西林千五百梅花館擬而未建夢中若已成而休休而有詩醒記其二語因足成之

入畫山疑假，棲山畫欲真。澗鱗趍隊敏，柴鹿養茸馴。佛感團雲塔，農歌隔岸鄰。端宜成竹隱，兼謝訪梅人。

【編年】民國八年五月十三日《日記》記作此詩。

九月十九日觀音院陳列畫繡諸像禮佛歌

南無觀世音菩薩摩訶薩。住相不礙空，大會無遮闊。千百億身兮千百億相，光明大照僧伽塔。妙吉祥雲香海發，天樂和鳴簫鼓鈸。有無量數善男子兮善女人，來隨八部天龍合掌皈蓮鉢。南無觀世音菩薩摩訶薩。南無觀世音菩薩摩訶薩。

【編年】

民國七年九月八日《日記》記作此詩。

南通公園歌

南通勝哉江淮皋，公園秩秩城之濠。自北自東自南自西中央包。北河有球場，槍垛可以豪。東河有女子小兒可以嬉且遨。南可棋飲西可池泳舟可漕。樓臺亭樹中央高，林陰水色上下交。魚游兮縰縰，鳥鳴兮調調。我父我兄與我子弟，於此之逸，於此其猶思而勞。南通勝哉超乎超。

【編年】

民國六年七月八日《日記》記作此詩。

【校記】

［東河有］句欠通，與上下文相比較「東河有」下應有脱字，如「舟艇」之類。［槍垛］《日記》作「槍埻」。

歸扶海垞冬祭夜行

及歸無近遠，識路不傾斜。黑墅燈昭市，清霜草滑車。自疑終歲客，端惜少時家。惻惻尊祠祭，年年候管葭。

【編年】民國八年十月二十八日《日記》云：「回常樂冬祭。有夜行詩。」當合此詩情境，或可繫焉。

明氏昆季爲母八十稱壽詩以美之

白華奏雅侑稱觥，質行城東好弟兄。須識陳留茅季偉，後堂端不減三牲。

【編年】《南通報》民國九年二月二日（陰曆爲民國八年十二月十三日）刊載此詩。

卷七 自民國八年己未訖十年辛酉

元日此君亭追憶徐夫人

翁歸無恙仍元日，人去倏然只此君。乾葉委風鞣作響，露根裂凍蘚成文。昔年消夏青瑤簟，並坐焚香皂練裙。記得十年淒邑處，祇應蒼翠眼前雲。

【編年】民國七年正月初一日《日記》記作此詩。

海鹽徐君申如兄弟之母八十生朝以戚友所進爲壽者設游民工廠善事也爲賦一詩

老壽聰强世所譽，學仙度世道之餘。惟坤慈儉能兼嗇，似母貞明抱益虚。訓子秉心天在在，芘寒到眼屋渠渠。已知養志非潘岳，吾友賢哉大小徐。

【編年】民國八年二月三十日《日記》記作此詩。

小狼山

青龍一港流，縱卧沙田間。蜿蜒二十里，泥沙阜流灣。灣令阜小大，大者尊爲山。云何成此阜？畚臿間歲攢。誰歟施畚臿？通人任其艱。借道洩農潦，計畝千工攤。狼山通所祖，阜成亦巑岏。通人紀辛苦，不忘鄉土觀。嘉名奪俚語，音爲梁所干。梁亦非惡謚，要無義理闕。灌莽纏其趾，黍麥籠其顛。樵童與村媼，占利各自前。我昔登陟之，陸海感我天。爾來爲經畫，屏剔培圮殘。列次藝竹樹，要使邱壑完。行當築亭館，供奉大士壇。仰荷悲憫力，洗此娑婆酸。通人長老志，有託庶不刊。新樹方蓁蓁，新竹方欒欒。

【編年】民國八年六月二十七日《日記》記作此詩。

胡大德求詩

講學猶療病，惜字等瘞骨。於事非不佳，招摇未云得。昔有王心齋，今見胡大德。大德心所慕，劉叟以農赫。劉叟叟所能，不能逮士力。習從信佛徒，粗解功過格。乃肯輟耒耜，荷篚走鄉國。所至肩白旂，拍手里兒唶。所至更一旂，積布厚盈尺。其意良未饜，不審目窮的。聊亦憫其愚，要勝儈人跖。心齋輩諸儒，我詩詎足惜！

石壁仙人歌 有序

香爐峰側，石壁有古衣冠人像，長尺許，渲勒分明，距地十餘丈，仰望可見，左右視愈真。意者其化人之遺影歟。歌以記之，補山志，詔來者。

海山不到高官眼，石壁雖光不鏡面。是何怪物著丹青，直攝有形入無間？玄衣方幅縞領巾，尋冠俄俄裳色纁。排空前下勢逼真，疑是中古神之君。不然遯荒自有服，盍不緼袍而冕玉？方平赫奕大將儀，東海曾來看陵陸。達摩壁影十年功，未及觀棋一子促。神仙狡獪豈有心，傳諸塵俗始自今。上有雲霞晝陰陰，下有松杉蒼翠林。我來學道共冥寂，坐忘不覺溪潮音。

【編年】
民國五年七月二十日《日記》記作此詩。

濟寧李氏重得黄氏所藏唐搨本武梁祠畫像爲賦長句

乾端坤倪聖人揭，庖羲畫卦始工業。斵耜揉耒啓神農，農用匪工器弗給。漢武梁畫有深意，帝溯自羲本諸易。黄帝聰明改作多，堯舜咨禹識地脉。平地成天凡爲民，無民何君君亦蝨。序次十帝有功罪，九勸一懲殿以桀。匹夫匹婦有性情，孝義游俠畫羅列。恢張良貴在天民，出入龍門史遷筆。漢人要是去古近，流露文章著雕刻。後人得之供嗜奇，但考標題辨人物。一點一畫校差訛，遥遥李唐見起訖。勝清大獄文士最，士氣顛夷帝威烈。限制生人政事才，安分窮經逮金石。黄氏好古得此本，遠傲鄱陽嬉翠墨。朱查翁錢阮何張，先輩後輩傾倒一。濟寧李氏有淵源，重得外家珍祕册。樂觀猶似嘉道間，繪圖索詩高興發。如聞劫火落人間，帝像已先帝運熄。所嗟桀行塞區宇，堯堯舜舜口誦説。雍參豕苓帝有時，獨苦吾民未蘇息。生民豈不賴工農，老我滄江守白日。李君李君抱畫歸去勿復言，紫雲山中有石室。

【編年】民國七年二月二十六日《日記》記作此詩。

林檎三十二韻

靈運居山後，微之入曲中。林開連浦旭，芳遞過江風。魏郡前聞洽，肩吾謝啓工。根含南國秀，狀體北方崇。索字先徵帖，裁詩遠寄筒。致緣青鳥便，來引翠禽同。粉靨窺匳薄，丹膚映縠豐。木瓜投以衛，蘭佩采諸澧。有味資談笑，無因證色空。趾柎春盡萼，指葉露餘蔥。珍托芝房供，香教蕙帳籠。燈輝珠爍閃，盤抱玉玲瓏。撫撫雞頭輭，愔愔鳳味通。姑峰霞繾繾，巫峽雨濛濛。試爪愁仍破，嚙牙未忍終。洛妃裙脱錦，漢女漏聽銅。還憶之罘路，頻迴滬瀆篷。舌根留隱隱，心緒繞忡忡。動感三秋鳩，誰猜五采虹。傾筐憐散騎，求子避王戎。有偶芹俱碧，相思豆亦紅。羞隨櫻並薦，種欲桂成叢。問訊淆鴉鵲，邅時隔燕鴻。輕輿雲出岫，步幛月臨宮。宛轉邀青李，遮防護碧櫻。難禁黄口孺，肯餉白頭翁。綽約將離芍，差池合臭芎。深情纏逸少，永好答桓公。啼臉惟當積，分心不主馮。頗婆馨著枕，的敹苦憐蓬。續斷仙方藥，蹉跎入爨桐。天孫能爲主，玉井願無窮。

舟中有夾竹桃排律十韻和人

連理誰家瑞木栽，春餘夏始此低徊。相當相對真花葉，奇女奇男孰介媒？墨采風流愁與可，緋衣人影隔天台。字輪萬個還千個，郎問前回接後回。笛好何心伍椽桷，露零滿抱泣瓊瑰。逃虛或悟維摩色，結子應憐鬭穀才。吴下園亭嘗假顧，門前詩句已題崔。欲扶翠袖依香閣，憑染紅箋上玉臺。夢裹瀟湘疑有雨，落時菡萏願爲苔。猗猗灼灼經都貴，分付群蜂莫浪猜。

【編年】民國九年五月十六日《日記》記作此詩。

【校記】題中「夾竹桃」原作「夾紅桃」，今據《日記》改。「和人」作「和林風」。

耐園翁以其室人硯香君畫蘭册屬題

墨華含動別離愁，認取中間四十秋。題畫當年人亦老，老人何況在南樓。

蓀荃繞砌尚英英，莫更凋霜怨早莖。相慰白頭如畫好，嗇翁眼爲兩花明。

【編年】

民國九年四月二十日《日記》記作此詩。

坳池對月

臨水忽知夜，停燈坐近窗。老人安處獨，好月奇還雙。收並雲光入，涵滋露氣降。迢遥銀漢界，延竚木蘭艭。

坳池七尺水，容受一年月。水自有盈虛，月亦任員闕。情合勝女牛，地聚便吴越。不在鬬姝顔，亦自寶華髮。

【編年】

民國九年五月九日《日記》記作此詩。

慕疇堂西柏

一歲一相見，檆森映我眸。盈庭籠翠暖，近瓦拂蒼溝。寒燠常林共，風煙大墅收。棟檪期汝舍，端以紀春秋。

【編年】民國九年五月十八日《日記》記作此詩。

夢中有人命作風雪吟授簡者一女郎督促甚亟成五六七言五章以應醒後脱佚補綴録之

白雪不聞歌，迴風舞若何？有人應記得，月姊與星娥。

積雪耐人慣冷，薰風解愠偏柔。合置銀屏珠箔，人間七處瓊樓。

巽二自然妙女，滕六疑亦神妃。東皇笑占偶數，左鸞右鳳驂騑。

舞處風能主雪，凝時雪亦賓風。不我與乎雀燕，是有命也魚熊。

藐姑綽約雪冰姿，婉孌封家十八姨。下界妄生分別見，長旛温窖護花時。

【編年】民國九年五月十九日《日記》記作此詩。

易園自江灣寓書知源植林興學慨然有經營村落之舉寄貲爲助復成此詩

聞説山中業，艱辛吾道南。地良滕不小，天遠衍能談。詬耻書生洒，仁方佛典參。儘多商搉事，待子意潭潭。

【編年】民國九年五月二十日《日記》記作此詩。

感事

江南草長看鶯亂，海上濤翻突鸖軍。相彼鳥兮尚求友，涉吾地也不虞君。輔車焉用奇奚識，肝膽空令楚越分。無數雞蟲天未隘，可憐蠻觸日俱曛。

【編年】民國九年六月六日《日記》記作此詩。

林風以詩寄壽字錦被賦長句答之

昨者贈子雪色絺，報我錦段光陸離。絺薄段重比不得，況爾四角中央壽字織。感子祈年歌吉祥，護我魂夢錦繡香。字多二百九十九，一字一歲籌同長。字亦不多籌不長，十年世事磯磹光。足抵麻姑話滄桑，姑髮過腰鬢不霜，儻能時從方平王。

【編年】

民國九年七月八日《日記》有「林風寄段（緞）被至」，故此詩當作於七月八日或稍後。

中等以上學校聯合運動會歌

秋肅爽兮天泬寥，黃花燦爛城南郊；會場此地兮，重九今朝。七校莘莘千百曹，旂章五色鳶隼飄，左手執槍右秉刀。秋以講武左訓昭，士不可弱兮氣不囂。君不見西風送雁遥，聯翩有序兮天際行高。

師範附屬小學校校歌

城南空氣文明遠，奕奕圖書館，博物堂堂苑。美哉新校中間建，校宇周阿廣且衍。清明朝氣朝朝轉，舊校風光分一半。啓我弁，啓我丱，斯誦斯弦樂無畔。

【編年】民國八年新校始成，詩中「美哉新校中間建」，即謂此。因可繫焉。

七夕

秋夕無關嫁娶春，星橋不作女牛津。可憐側睇樓西月，祇照人間離别人。未必神仙歲月多，一年一度會銀河。人間七載田鼉偶，已勝蟠桃熟一過。

【編年】民國九年七月七日《日記》記作此詩。

雨後見鳳仙漂雪宧庭後池中

忽等桃花付水流，奈無人替此花愁。自開自落清波上，不藉春風不恨秋。

【編年】民國九年七月二十一日《日記》記作此詩。

欲寢

適罷馳驅轍，旋開窈窕窗。撫床温夙夢，驚笛咽離腔。欲寢頻看枕，無憀更掩釭。窺檐新月瘦，瘦影却能雙。

【編年】民國九年八月九日《日記》記作此詩。

國慶紀念日申報徵詩

俶擾神州又八年，一年一度一瞿然。文章未易論聲價，色味終須辨濁羶。衆鑠何緣歸大冶？百狂有力障東川。扶輿正要輿人誦，獲野應資野史編。

【編年】此爲民國八年的國慶節所寫。

聞故友山西王梧岡之卒

都門門巷逐年非，英古齋留舊日題。今世古人誰省識？山西王叟海王西。每因問訊知俱健，曠隔原無相見期。若尋説叟傷懷者，海内唯應鄭太夷。

滄江翁今年七十不以生日告人八月一日爲延客觴翁於觀萬流亭賦詩爲壽屬客與翁和之

六十七十翁髮皤，舊運新運天旋螺。春秋惟有亂可紀，指翁作《韓史》。憂樂合以詩相磨。看花老輩應逾共，載酒佳時莫厭多。檻外朝來雲物好，從容等視萬流過。東北浮雲屢變更，秋風落日漢陽城。南壇幕府縈吾夢，左列詞曹繫子情。一局爛柯嗤對弈，幾時得盡話長生？引年送日須歌舞，準備纏頭聽玉笙。

【編年】

金滄江誕生於一八五〇年，一九一九年（民國八年）七十虛歲，即此年八月一日作。

西寺種松

種松豈是十年事？閲世稀聞百歲人。夾道定教敷美蔭，再來果否記遺塵？題詩刊石諸天笑，獻佛供花十地春。看取當檐雙杏在，蒼然老輩鬱嶙峋。

【編年】

民國八年正月二十九日《日記》記作此詩。

【校記】

［果否］，《日記》作「能否」。［刊石］，《日記》作「刻石」。［當檐］，《日記》作「中庭」。

牯牛石歌

牯牛嶺路群魔巢，牯牛嶺石昆吾刀。凶德四會天爲牢，渠不可宥網莫逃，疑神疑鬼人讙號。匡廬自是仙靈窟，遠公東林有遺跡。入社猶嫌靈運汙，搜山那許孫恩賊。遥遥史事人所知，渺渺天心那可測。懲姦殛佞亦偶然，羅刹壓伏昔人傳，天寧有暇作法官！人所共快歸諸天，洗惡絶勝香爐泉。香爐飛泉白龍挂，泉自無聲石作怪。寄語蜣螂轉糞丸，勿攖潔淨山林界。

三月三日海上

水見蒲芽岸見芹，櫻桃紅白柳條新。人間海澨天荒處，亦有詩家上巳春。

百歲輕輕殼脱螺，海田無限去來波。麻姑不作荒唐語，老子其如白髮何！

蜃氣樓臺孰假真？蓬萊宫闕有金銀。等閒滿地珠如米，不待仙人待後人。

【編年】

民國八年三月三日《日記》記作此詩。

【校記】

其三之「蓬萊」，《日記》作「望中」。

應季中輓詞

學佛年來季益專，閉門趺坐佛香前。功名結束浮沈夢，恩怨消除戰鬭天。若爲憐蛇夔亦僅，終能逃虎豹猶賢。聰明苦惱今何有？淨土彌空十丈蓮。

遲虛亭見月

大月扶扶出，初疑曉日升。光真圓捧鏡，氣已冷含冰。風雁行無次，霜烏宿未曾。遲虛有亭在，慰爾一間登。

【編年】

民國六年十月十六日《日記》記作此詩。

世間

詩窮名艷起瀾波，史到嶔崎脱臼科。占盡世間文字色，奇才烈士美人多。

【校記】

此詩底本兩見，分别爲第三〇一九頁與第三二二四頁：一題爲「世間」，一題爲「占盡」，前一首第一句中「名艷」、「波瀾」，後一首則爲「哀艷」、「瀾波」。今合爲一。

七月中旬風雨潮災後住介山樓二首

暑雨接連秋，風潮與歲讎。吞聲寧墅老，高興尚陽侯。鳶鵲巖巢餓，魚蝦隴畂游。凭闌悵小築，徙倚介山樓。

瀹天毋乃虐，后土幾時乾。鼛鼓延隄急，金銀壯楗難。哀今胥及溺，何處不狂瀾。仙佛求都渺，儒生道未安。

【編年】

民國十年七月二十九日《日記》後録此詩，本月十七日《日記》記及有風雨。

擬古

味君如橄欖，大澀有餘甘。笑倩微渦入，機沈小瞋涵。

愛君如杏酪，濡膩久方知。一重一掩在肺腑，將恐將懼爲友師。

望君如玉環，因端性便還。雲蒸蒸其爲錦，水渙渙而秉蕑。

聞水鳥

墅黑夜當午，何來水鳥嗚？因之愁雨續，不爲避雷驚。芌隴潦餘漬，松巒雲壓平。澤鴻哀曷慰？未足念吾耕。

【編年】民國十年七月二十九日《日記》後録此詩。

己未中秋約滄江叟吕鹿笙張景雲羅生退翁與兒子泛舟用東坡八月十五日看潮五絶句韻

今年遇閏雙秋七，月到中秋氣已寒。天上霓裳元是穀，人間都著袷衣看。

一碧濠波淨醮桐，臨濠歌吹走兒童。年年待記公園會，天正高高月正中。

畫船觴客快清游，白髮當風映黑頭。酒畔不須驚世事，滄江東去漢西流。

今月分明古月圓，今人但覺古人賢。古人好處月都見，第一能詩又種田。

新教伶童舞柘枝，明年今日甲班齊。酡顔主客應俱健，看送山河月影低。

【編年】己未年爲民國八年，此年有閏七月，合首句。因可繫焉。

林溪鶴逸其一詩以送之

本不供人耳目娱，滄波偶爾落罝罦。時來任自還初性，飽後何須惜故簸。

【編年】民國七年十月十五日《日記》之眉録此詩。此詩與下一首合看。

悼鶴

昨逸一鶴忽得兩，笱籠貽自新州將。頗思聞唳霜磯邊，聯翼云胡復凋喪？林溪亦有鬱洲山，鶴，灌雲産。今年未必堯年寒。魚蝦稻粱非汝慳，瘞汝主人心作惡。主人無福汝無福，山空水流雲漠漠。

蒿

識土鹹輕重，冬春海畔蒿。低紅霜晚媚，濃緑露晨膏。竈嫗籠供爨，沙禽灑浴毛。蓬萊非異境，人外得名高。

【編年】民國八年十月十四日《日記》記作此詩。

候臺懷遠

落日千林隱，高臺萬里收。東南無地坼，西北有雲浮。渺渺仙靈瑟，峨峨別院樓。懷人無限感，風引白蘋秋。

【編年】

民國七年七月二十七日《日記》記作此詩。

【校記】

［別院］《日記》作「別苑」。

因古卓錫菴址爲虞樓南望虞山松禪師之墓在焉輒來登眺以致慕思

錫自何年卓？凌空錫不還。宏茲立錐地，常對隔江山。西崦林須轉，東峰石可攀。松風終日好，招我翠微間。

【編年】

民國十年四月五日《日記》記作此詩。

澳亭 有序

鑲山馬鞍山之間，舊名老虎口。於口之西，築一草亭，名之曰澳。澳，水厓也。

何曾虞虎口，梅畔一亭幽。溪渌若可飲，花晨時此遊。飛藤交斷峽，蹲石儼崇邱。即視盡爲悦，幾人同叟留？

【編年】

民國十年四月八日《日記》記作此詩。

可莊畫梅題册 爲王生世裕作

廿年簪筆侍金鑾，領郡江南卓異官。凄絶歸魂香雪海，漫堂亭圮樹荒寒。

阿弟當年我所兄，晚來不見老成型。君家子弟終堪愛，解護殘皃紙上靈。

題竹洲淚點圖旌人子之不忘寡母也

洲竹當家雪淚零，一林風雨戰秋聲。不辭木石同禽苦，望有笙簫作鳳鳴。

報母家兒總畫圖，竹洲孝感豈能無？慈恩儻在霜筠外，要聽林端夜夜烏。

【編年】民國七年十一月三十日《日記》録此詩。

題畫繡花鳥寄浣華

碧桃花艷畫眉嬌，領取憑人付畫綃。花自不言春自换，可憐宛轉一春韶。畫眉

天與聰明誰與惜？夢回碧樹簾陰立。白衣儻有度禽經，應參般若波羅密。鸜鵒

【編年】民國七年十二月十七日《日記》録此詩。

【校記】據張緒武、梅葆玖合撰《張謇與梅蘭芳》一書介紹，花與畫眉是沈壽之姐沈立所綉，鸜鵒爲沈壽姪女沈粹縝（鄒韜奮夫人）所綉。

庸生來晤示所作詩詩至沈惋因其重有哈爾濱之行賦此送之

詩思亦畏寒，去冬大凜栗。有若山蕨根，拳凍不得茁。孟生過江來，正當立春日。與

談哈濱事，語帶胡天雪。袖中出新詩，意境頗不窄。豈必有禁防？憤痛蓄喉臆。君習法家言，乃爾中繩律。阿兄好任氣，往往奮直筆。間作危苦語，幽轉愈剞刻。人間好兄弟，天賦各有特。夷路策驥足，神俊不在疾。君昔勇趍農，京師謝官職。遯荒泥水間，力田復屈詰。良惜志士勞，亦願盡始卒。今至四五年，道遠終有迄。君既愛吾土，吾正營林窟。僂指君歸時，吾事庶幾畢。輞川尚有邨，剡溪或置宅。和歌南山陲，可以共晨夕。吾詩當息壤，因君一啓發。

【編年】民國六年正月十七日《日記》記作此詩。

夜涼

雨餘中夜覺涼生，易被頻教好夢驚。縱使蟪蛄郊墅寂，不堪枕簟水紋清。

爲吉生詠紹熙甎

年少繇來輒好奇，寄將甎墨伴新詩。須知紹聖熙寧後，旋晦旋明是紹熙。

顧君仁卿以七十自遺詩見示因賦二律爲壽亦以追念延卿

葭埭當年二顧雄，君居顧家埭，延卿以切音爲名葭埭。移園健在説詩翁。君著《移園詩説》。共瞻鳩杖尊遺老，獨皓虬髯傲長公。延卿不蓄鬚，君髯甚豐。釀酒有田足秔秫，著書壽世到魚蟲。無多執友彌堪敬，庚戌吾家仲氏同。

名學殊科判質文，廢興禪代起風雲。海東一校先爲覺，門下諸郎總不群。問字得歡娛老子，蒔花延景擬封君。籃輿儻赴城南會，菊琖還陪兩叟醺。君與退翁同月生。

【編年】其一末句謂顧氏生於庚戌年，則是一八五〇年，七十歲則是民國八年，因可繫焉。

華亭雷生繼興奮昔諮議局之英也七八年來跧伏里門憂貧傷世卒不一出憔悴極可念赴至不能無哀成詩六韻

少我二十四，悲君四十三。上流才是辯，中壽折何堪？蛛隱逃絲苦，蟲寒蟄户甘。有聞終鶴唳，長斷痛雞談。早失驚鸞婦，旋凋戀鰈男。浮漚何事好？無路問瞿曇。

【編年】雷繼興死於民國八年，因可繫焉。

夢中作

一春苦雨黯啼鴉，九陌融泥踐落花。詞客興闌金縷曲，美人魂斷玉鈎斜。深深有意孤瑶瑟，緩緩何人貳錦車。欲談往事兼今事，儻在天涯或水涯。

盛竹書六十生日

君家有昆友，貢舉舊同年。習稔朋儕説，真知仲氏賢。招延逢漢上，款分入吴天。欲趁黄花壽，將詩當酒傳。

【編年】盛竹書生於一八六〇年，則民國八年是六十虛歲，因可繫焉。

第三紡織廠開工祀土禮成有作

薛滕鄒魯輔車鄉，況有先廬再世强。例以漁陶成聚邑，政須本末絹農商。十千吉貝資維耦，五萬飛轤跂報章。自省天人消息際，應恭富媪薦馨香。

【編年】

民國八年六月二十五日《日記》記作此詩。

喜沈叔英見過

能文早歲沈長子，里人以君頎長，有是稱。到老天慳一秀才。終年那得道陳事？斑白相看口笑開。

七十二翁説鰥苦，不鰥知能樂也無？憑空懸格中翁意，似此天公須是吾。

果然欲娶不妨真，第一先空種種因。黄花翠竹本非佛，神馬尻輪自在人。

【編年】

民國八年六月二十七日《日記》記作此詩。

此君亭晏坐

歸來怕到此君亭，坐受疏風四面檽。新筍漸隨孫嶷嶷，喬柯如惜叟惺惺。池魚趁浪參差白，桁燕同涼對偶青。閒詠易成無可語，衹應刻竹當題銘。

今朝

幾日河流漲，郵帆早到城。今朝有書寄，將事慰君情。窗定開三晝，鐘纔報五聲。所愁對檠坐，誰與話深更？

村犬

村犬生涯不出村，飛車自鼓御風輪。也應龍跳應狂吠，邈絕横空十丈塵。

【編年】民國八年五月十七日《日記》記作此詩。

夜坐精舍

月在上方明，鐘傳下谷聲。寧知形影孑，所得見聞清。

侯官沈濤園君輓詞

當年文肅重巖巖，疆吏威風不可鑱。繼武早推公子最，棄官未便使君凡。能詩對敵吾猶怯，醇酒餘生彼豈饞。曾約秋山同近局，自今望斷過江帆。

【編年】民國七年九月二十九日《日記》記作此詩。

西山閒行

行山回曲處，山外似山中。川勢紆徐合，林陰窈窕通。迎人驚石好，劚地愛僧窮。尚擬營梅塢，逍遥養浪翁。

【編年】民國七年十月十五日《日記》之眉録此詩。

題東奧山莊畫屏

鼠姑　鼠婦《群芳譜》：牡丹一名鼠姑；鼠婦，見《爾雅》。

姑不惡而艷，婦能負而蟠。人家吉祥事，傳作畫圖看。

牽牛　天牛《埤雅》：蠋化天牛。

旋旋七色花，湑湑七夕露。若云是天牛，黄姑在何處？

扁掌　黄蜂

扁掌能毒人，露蟬亦善螫。《韓詩·周頌》：自求辛螫。螫讀若赦。凶會亦爲終，清秋代承夏。

兔絲　蚱蜢

兔絲與於女蘿，蝗乃敖似蚱蜢。人言黎邱貌人，我亦憂來怲怲。

龍眼　龍爪　蜻蜓

久聞龍陣起炎天，野澤蜻蜓百輩旋。龍爪已收龍眼合，可憐薄翼尚風顛。

蛇牀　螳螂

蛇牀之辛，可以去風。螳臂之怒，當車便窮。是以能獨在天，本性徵長於劉勰；虚有其表，儀觀徒偉於蕭嵩。

馬纓花　蟬

萬生園在暢春空，消夏游車御路通。一路蟬聲迎送客，行行無奈馬纓紅。

羊躑躅　蜘蛛

蜘蛛張網，惟食是索。食亦幾何？不過滿腹。殺人自肥，天賦跖獨。世路嶮巇，躑躅躑躅。

彌猴棗《廣志》：彌猴棗，穀城産。　蜜蜂

人間已不封侯，山中大有猴子。那得見赤心郎，但聞求金翼使。

雞冠　絡緯

冷落朝朝庋載門，丹纓絳幘尚王孫。祇餘絡緯西風夕，與吊金天帝子魂。

狗尾草　社狗揚雄《輶軒絶代語》：南楚名螻蛄爲社狗。

賊根之蟊實繁，病社而謂之狗。嚴霜殺草有時，摇尾將乞誰某？

猪苓　蠓螉《本草》：楓根所生。《方言》：燕趙之間謂蜂爲蠓螉。

寒蜨蒼黄，不變於霜。丹楓有煒，霜熟苓香。此受成於清肅，彼惜抱於芬芳。是以自全其天，謝䴥參之爲帝；不阿所好，恥蠓螉之稱王。

【編年】

民國八年八月十六日《日記》記載東奧山莊落成，此詩當作於稍後的裝修之時。

景雲輓詞

右丞斷欲未康身，平子工愁不係貧。俛仰憂時絃古瑟，歌謡送日岸儒巾。聽經顧佛天俱澈，啜藥支床氣不春。夏啓商均寧足較？爲君行卜好山鄰。

【編年】

於民國八年十月五日《日記》記作此詩。

【校記】

［佛］，原作「拂」，誤。對句「啜藥支床」，故「拂」當爲名詞「佛」。

吴縣張仲仁雲摶昆季寄家天津爲其太夫人八十生日徵詩

大兒呼孔小兒楊，何似元方與季方。孝友承先周小雅，嚴明奉母蜀華陽。中原朝市紛棊局，北海賓僚酒滿觴。願祝老人過百歲，還吴擲米看滄桑。

【編年】民國五年九月十三日《日記》記作此詩。

寄答李生

少年盛氣激虹蜺，獻策都門半載稽。憶否江淮深樹裏，鷓鴣啼罷子規啼。

【編年】民國十二年八月二十二日《日記》記作此詩。

九月十八日觀音院落成新築延太虚講經二日

别院堂依洞，喬林紺雜青。山禽餘落汙，庭卉送微馨。愛俗應尊佛，皈僧爲講經。壇邊休聚石，我老尚能聽。

【編年】民國八年九月十八日《日記》記作此詩。

精舍晚憩

向夕閒猶好，行吟寂不凡。欄平潮汛上，壁近月光巉。憶鶴尋銘冢，窺仙惜隱巖。野懷知欲曠，林葉有風芟。

【編年】民國八年九月十九日《日記》記作此詩。

武進于瑾懷顗篤之士喪偶徵哀誄督余詩尤摯因以解之

人心哀與樂，毫髮不容强。哀樂理不祥，樂哀心以喪。至若伉儷情，淺深各有昉。他人爲之宣，殆如柷敔響。其於歌者思，寧能道彿彷？于君失嘉妃，覃悼若追放。嗟嘆怨不足，要人滿其量。余亦經過人，餘露味瀣沆。九天與九原，感至一詩餉。視古悼亡作，不涉己痛癢。翻覆愛河瀾，舟汎敚欃榜。時於空色中，希微覺所向。癡愛等貪嗔，孰非人我障。悲豈妄可塞，無已祇是想。浮生一泡電，何者辨真妄？人事知所止，了解即龍象。余今作此詩，説偈不假棒。傾河倒海腸，未便堙一掌。但不墮急淚，藉輟鄰春相。

【編年】

民國八年八月十一日《日記》記作此詩。

夏熱家居於所聽覩動有遐感次以爲篇

庭前有翠柏，高與窗眉齊。陰槮而帖妥，常有好鳥棲。悦澤足毛羽，況自勤味批。圓吭弄清影，流美天所齎。時顧窗中人，睍睆無睽離。日或一再見，不見心惻淒。有意無意間，人鳥相與迷。以是適主客，感至若應機。似汝諒可儕，何必談玄雞。

炎天有好花，乃在大道側。視若春有餘，娟娟弄顔色。蒙茸映蒿萊，盤桓綴蜂蝶。若生山澤間，靈氣資養息。雲霞被芳菲，姽嫿稱傾國。物生各有涯，不盡關人力。老夫欲移歸，自忖亦私臆。所慮倉卒間，傖楚踐蹙及。朝露夕陰時，徘徊對花立。

晨起

曉起忽聞聲，鐘罄出山寺。村人覺也未，巢鳶乍驚起。
出户眼頓開，天色東西映。斜月掛西峰，初陽透東嶺。
一曉起群動，方知夜亦佳。焚香且孤坐，清氣滿虚懷。

傷春惜别詞

姹紫嫣紅事漸非，看殘芍藥賞心違。花無可種無因種，春尚知歸尚不歸。
春殘人盡爲花悲，況值花前人不來。人待來時頭白了，正愁明歲又花開。

葉翁畜一獅貓豐茸肥碩異絶尋常而性特馴擾獘鼠往往不食喜近客余至慕疇堂愛焉從翁索歸寄者送濠南懼爲小兒侮弄移於濠陽付一娃司之卒驚竄而逸不知何往大索三日不得乃悼以詩

莊生齊大小，秋毫太山一。靈蠢與賢否，人物寧有别？葉翁所豢貓，豐碩異凡匹。面虎有餘善，膊獅蓄武德。修毫被脛尾，毰毸間白黑。蜷伏好近人，跳走不害物。魚舍宋嫂羹，鼠誂張湯磔。三日慕疇堂，常置嗇翁膝。一旦索之歸，筐檻憎網密。解網若脱韝，逃虚已深匿。何處惡狸奴，喑嗚反主客。避禍倏遠逃，闖户掠幽壁。去得其所無，否且餓連夕。或乃僵凍死，暫欣得永戚。嗇翁悔多事，非縈得與失。

謝生告歸賦贈

子來未覺久，人世已經年。不感非吾土，如乘大願船。髮梳留髡兩，心網結絲千。聞道欲歸去，江雲一黯然。

【編年】

民國十年十二月二十一日《日記》記作此詩。

詩成僮告得貓復志喜慰

死生指屈伸，亦聞喻來去。去不必是屈，來與伸何預？去因來始見，不來去何據？去尚復有來，惟其未死故。畢竟死生大，屈伸不足喻。但以達生觀，去來等朝暮。貓爾一去來，死生可頓悟。窗下一甌飯，山下一丘墓。

海棠深冬葉作淺絳色晨起見而有感

靡靡流蘇媚晚春，殷殷碎錦染霜勻。一身色相嫣紅裏，葉葉花花不負人。

【編年】

民國十年十二月六日《日記》記作此詩。

孟生哀詞

哀哉孟生折，乃在大連灣。舟車此須代，疾作倉卒間。如何化異物？鬼門款幽關。孟叔實國士，其器雙玉環。忠信見磨練，文采殊宛孌。相識十餘紀，相從三四年。進止中分寸，欣戚輸腸肝。始謂備華實，終見材楨榦。屈曲荒海濱，農商試艱難。援絶不弛戰，智盡猶自殫。勝狀忽披露，囊括松黑船。吾控卅年弩，子爲矢而弦。矢侯故非一，子舉爲之先。佳人信難得，況能徹貞堅。如何命窮薄，茹苦歸下泉？大連吾國土，喪入虎狼咽。子屢過其地，結愴遺物前。揪屣雖有人，山川資涕漣。如子事可屬，顧盼東北邊。一朝志士隕，慘淡飄風烟。如聞道術友，亦變生死觀。世衰不忠厚，其然其不然。懷此念吾子，益爲頽俗酸。阿兄尚强健，孤兒不愁孱。遺文庶可輯，阿兄爲存删。國步日局蹐，天命來憂患。無窮悼子意，不得一憑棺。招魂與翦紙，江滸炎風寒。

【編年】

民國七年十二月十二月二十六日《日記》：「聞庸生（孟昭常）病殤於大連。」詩當作於此時或稍後。

五月二十四日會飲公園與衆堂席罷有作示諸子

亦有城南尺五天，不堪畿輔尚烽煙。本初入塜苔生骨，正一求丹雪滿顛。老子都忘江海隱，諸君猶論菌椿年。聊歡暑飲誰賓主，差勝鶩觴十刹邊。

【編年】

民國六年五月二十四日《日記》記作此詩。

書樸巢詩集後

高張社幟命風騷，天假巢民一樸巢。盡讀當時同輩集，始知公子易爲豪。

興亡常繫綺羅叢，梅倩松妍水繪中。謂董小宛、蔡女蘿。三百年來談艷福，娟娟裙帶有回風。

【編年】

民國七年十一月三十日（月末）《日記》後録此詩。

小築蠟梅開花正中出門六日而返寒雨損浥頓謝矣對花撫樹悱然有懷

濠堂有梅樹，植之已五年。移時六七尺，高差主人肩。根本剥喪久，養以佳土泉。樹識主人意，歲歲花蟬嫣。枝條特秀拔，不花亦娟娟。相看日不厭，偶别都可憐。如何此度别，委落與棄捐。至美亮無足，芬惻花之天。開謝亦大運，椿菌何有焉？拼恨聽没地，卷愁入雲煙。無奈約來歲，吾髮霜增妍。

南濠

水碧新橋底，山青故郭前。販傭霑澤氣，魚鳥傍人煙。帶酒晨歸擔，鳴梆夜聽船。一亭風月貴，終古不論錢。

初聞百舌

濠風激雪宵寒峭，試弄朝犧百舌叫。傳春喜得鳥先知，幽夢不嫌驚早覺。夢中猶自愛溪山，老子百忙求者閒。閒味正如喫橄欖，年來服役幾孱顏。

【編年】民國六年正月十七日《日記》記作此詩。

梅歐閣一月一日招金呂方劉歐陽諸君暨怡兒就閣小飲即席各有詩

歐劍雄尤俊，梅花喜是神。合離兩賢姓，才美一時人。珠玉無南北，笙鏞有主賓。當年張子野，觴詠亦情親。

【編年】民國八年十一月十一日《日記》記作此詩，以下共二十餘首均梅蘭芳第一次率團來通演出時所作。

梅歐閣歸復有作

百年一瞬成茲閣，元日七人來賦詩。正使昔賢在今夕，也應異代願同時。聞韶事已石壁畫，絶世才猶冰繭絲。亦既覩之須共醉，頻揩老眼看瓊枝。

附怡祖詩：

二妙一臺收，陽春白雪流。移風望騶豹，曠世襲梅歐。箏笛迴凡耳，雲霞擁上頭。繞梁他日事，此閣在通州。

人有詢梅歐名閣意者賦長句答之

平生愛説後生長，況爾英蕤出輩行。玉樹謝庭佳子弟，衣香荀坐好兒郎。秋毫時帝忘嵩岱，雪鷺彌天足鳳皇。絶學正資恢舊舞，問君材藝更誰當？

喜梅郎至花竹平安館

朔雪零塗下漢皋，飛來江上彩雲遥。也應隔闊驚吾老，轉爲流年惜子韶。坐燭弮長詩思窈，檐梅香定酒魂消。玉璫儘有從前感，花竹團圞得此宵。

【編年】

民國八年十一月十七日《日記》記作此詩。

不見朱素雲三十餘年矣頃與梅郎來通感而有贈

宣南塵夢不堪思，客到江城鬢亦絲。三十年前相惜意，題名賣過酒家時。有兒不責養親錢，素雲子畢業美匯文大學，今任某職。袍笏登場倘自憐。賸有江南風景好，明年來趁落花前。

【編年】民國八年十一月十七日《日記》記作此詩。

梅郎到通示劇場

第一佳人第一朝，千車爭聽鬱輪袍。郊衢不礙西風惡，正要城南酒價高。盈車擲果亦須錢，一語猶聞值一縑。方便與人增眼福，黄金土價不妨廉。

【編年】張謇《日記》記梅蘭芳首場演出爲十一月二十三日。

贈姜妙香

姜郎能畫復能歌，秋菊春蘭未易多。欲付紅牙酬白石，老夫毫禿奈詞何？

贈姚玉芙

聞説姚郎襁褓時，乃翁曾乞小名題。料應不負夔公薦，忠義光明報所師。

涴華爲程郎艷秋索詩

程郎晚出動京都，小影傳來亦自姝。學得汝師須體認，所應有有所無無。

【校記】

今見有關記載，梅蘭芳字曾用「浣華」、「涴華」、「畹華」等，張詩中亦並不統一。

傳奇樂府一

惜春花冢事分明，直到焚詩意未寧。今惜惜春人自惜，低徊傳與曲中聽。涴華《葬花》

書生貞白侍兒欺，行露橫挑或有之。若爲癡人難説夢，何妨删却涉溱詩。予倩《送酒》

【編年】民國八年十一月二十三日《日記》記作此詩。

傳奇樂府二

絶世難雙杜麗娘，衹須天壤有梅郎。青琴素女無傳寫，冷落臨川玉茗堂。滈華《驚夢》

聽欲冥冥睇欲空，耀如霞綺旋如風。緣何一變矜莊態，神女高唐是夢中。其二

【編年】民國八年十一月二十四日《日記》記作此詩。

傳奇樂府三

人生到處難逢笑，笑值千金亦可顰。識得笑顰皆有爲，如郎可學畫蛾人。滈華《千金一笑》

發情止義本風詩，愛過騃騃便到癡。色究竟天無色相，箇兒女是箇男兒。予倩《愛情之犧牲》

傳奇樂府四

娑婆惡海天昏黝，佛憫衆生要人救。太虚方講維摩經，演法梅郎出身手。維摩室住毗耶離，與佛説法心慈悲。太虚講經就經釋，梅郎安得親見之？佛言一切起于想，梅郎無師意爲匠。以經爲曲紙爲花，經亦非真紙非妄。衆生那辨妄與真，開示當場妙色身。電光閃爍無盡燈，天女飛來香海雲。飄裾曳帶動朱唇，歌音舞節相逡巡。翩躚而前翼而進，竦仄如矜頓如慎。睇睨應管步應絃，迴轉神明中分寸。彌自趨數彌從容，帶欹掣劍規引弓。軒袖一落花隨風，曼陀摩訶曼殊從。散花云驗從來習，著身坐上誰迦葉？有歌有舞歡喜多，要思解脱維摩詰。萬千天女天帝傍，世可數者惟梅郎。若言菩薩是前世，應侍諸天妙吉祥。涴華《天女散花》

説夢書中猶有夢，比邱尼命浮雲送。靈鬼能參生死關，癡兒那得心肝動？乘風馭氣鬼自能，低昂飄忽墜復升。杳冥怳忽雲霧裏，心重語長悲不勝。歐陽生，擅悲劇，悲是菩薩般若心。此劇癡兒應更慄。紛紛世上癡兒多。但知觀舞與聽歌，悟之不悟生奈何！予倩《饅頭庵》

傳奇樂府五

牧民而冤民，一唱三歎息。不及梅家郎，養鴿不鴿食。涴華《女起解》

取興離魂始，先驅窈窕章。雪中梅不放，何物逗春香？涴華《鬧學》

傳奇樂府六

當户唧唧復唧唧，出門行行重行行。木蘭從軍昔奇事，梅郎貌得今有名。刀光釵影一出入，奇男奇女功告成。男盡兵，有周制。女事戎，秦風始。梅郎衹是一，木蘭須有二。梅郎疑是女兒魂，木蘭定饒男子氣。迷離撲朔何雌雄？才武忠孝天所同。家家堂上有阿翁，要知梅郎孝謹家有風。涴華《木蘭從軍》

附：怡祖詩

昔愛木蘭辭，今觀木蘭劇。女能當家亦能織，男能上馬能殺賊。聞其語矣見其人，木蘭梅郎二而一。拋梭脱釵擎利槍，鐵衣消盡芙蓉妝。功成不願陪明光，拂衣還家事爺娘。笑撫阿弟如姊長，鄰里聚飲供猪羊，如侍受詩爺之旁。

傳奇樂府七

后羿死無所，其妻乃升天。竊藥方寸匕，驚弓下上弦。山河納影大，風露濯魄鮮。清虛自有府，三五不曾瞑。何時悔天上，失足落人間？化爲梅家郎，一瞬廿六年。亦知天帝譴，奈何兒女憐。舞場詄蕩蕩，舞袖揚翩翩。乘風勿復去，牽裾歌留仙。涴華《嫦娥奔月》

傳奇樂府八

吁嗟離合販馬記，中寓悲酸鳴雁行。梅郎按歌入煩苦，號天雨泣天欲傾。一聲一折一吞咽，管爲之迸絲爲絶。聽罷出門霜皓皓，路人但道歌真好。涴華《奇雙會》

傳奇樂府九

即論風柳鬬腰支，亦稱清平絶妙詞。環自嫌肥梅自瘦，酬珠今日不須疑。涴華《醉酒》

緑綺琴邊現妙常，紅氍毹上隱梅郎。曲終三疊音三日，猶帶栴檀水殿香。涴華《琴挑》

魑魅何煩鑄象勞，當場刻畫到秋毫。寧知不若搜窮處，清晝横行笑帶刀。予倩《一念之差》

傳奇樂府十

京師近出宋人畫，丈室諸天納如芥。維摩舍利説法時，天女現身花旆旆。天求女相十二年，法無所住心無礙。畫裏猶聞功德香，曲中即有維摩在。天既能姝舍利容，惡乎不可梅郎代？一場如雨萬花飛，天女梅郎戲三昧。當世不見曹吴人，誰歟摹寫飛霞佩？浣華重演《散花》

婢眼論才士可傷，淄川寫恨付歐陽。人間快意男兒事，感遇酬知不故常。予倩《青梅》

與梅郎至林溪精舍觀所題前寄之小像

畫裏軒窗鏡裏人，認爲真事果爲真。從教隻影成雙影，或者前因接後因。歌舞欲期無量壽，溪山能冶有情春。君看水凍雲凝處，著蕾梅枝已斬新。

【編年】民國八年十二月一日《日記》記張謇與梅蘭芳一行游林溪精舍，當作於此日。

惜别

梅郎曠絶五年别，來晤嗇翁十日期。縣人傳説若異事，郎日一劇翁一詩。郎以慧爲命，翁以狂勝癡。亦幽亦憨亦警敏，能爲仙人能健兒。藝之精進有如此，色相變幻詩所資。百年三萬六千日，昨日黑髮今雪絲。少年朱顔不常駐，父老竹馬經過騎。世界亦何有？堯桀皆沙泥。國勢况乃如琉璃，砰脆擊薄群頑兒。舉子不定紛劫棋，蜀秦連湘鼎沸糜。扶海一州江淮陲，耕桑尚足長犬雞。翁心與世無町畦，高卧自夢黄炎羲。如郎聰明善智識，温潤近人淪骨肌。與郎揚搉復古舞，萬方儀態宜爲師。造物或不厭中國，行樂要假須臾時。千鍾百觚作壯語，翁眸爛照滄江湄。明年春好來勿遲，待郎來盡花前巵。

【編年】

民國八年十二月四日《日記》謂「浣華行，送至候亭，有詩」，則本詩與下一首詩均此日作。

候亭送梅郎二絶句

昨日來時江有風，今朝歸去日融融。天意爲郎除恐怖，明年歡喜到南通。

緣江大道接郊坰，碧瓦朱楣跨候亭。今日送人開紀念，平原草白麥苗青。

別後憶浣華道上

握别臨歧意未頹，明年鶯燕定能催。何因川路飈輪響，却到殘更枕上來。

【編年】民國八年十二月五日《日記》「訃浣華午後三時附津浦車矣」，合此詩。

劇場爲浣華製畫梅繡幔漫題其上

海陵東畔有梅家，移去南天北地賒。更發孫枝承祖幹，瓊霏玉照萬重花。

鄧尉山腰樹拂雲，羅浮洞口蝶如輪。始知夐極紅羅地，不著尋常縞袂人。

雪後健菴來因同唯一劭直諸君小飲適然亭訂梅歐閣詩録

望雪如望梅，愆期屢延佇。梅來旋云歸，雪意猶撑拒。未敢遂愬懷，方冬諺占霧。漭漭山墮江，浮浮村失樹。連宵月沈醉，風色忽拗怒。狼籍撒稷雪，瓦溝響可數。寒空淅響晨，清光滿堂廡。頓張老夫興，喜聽農人語。擁毳上濠亭，玉瑩起晴渚。清尊對山開，泥爐酒可煮。雖無龍門勝，客有梅歐侶。新詩細紬繹，心與檜梅吐。但得詩有味，白戰亦可許。正以南通樂，聊釋如皋苦。所惜江南枝，蘆園寄無與。浣華住京都蘆草園。

【編年】

民國八年十二月十三日《日記》記作此詩。

輓靈源僧

生死至有常，示寂刹那相。寂也誰示之，求實適得妄。譬以指詘伸，聊以證事狀。我識上人時，猶在苾蒭行。彈指四十年，鬢雪增年障。誦經略識義，未嘗作都講。但守不妄戒，亦未受佛棒。名山四道場，行脚盡參訪。歸來事拜經，欲明無上上。三載一小樓，門斷剥啄響。蒲團禪板間，一偈一稽顙。如何太嗜苦，鮨濕以自喪。聞病致俞拊，聞寂惜和尚。豈必覬成佛，要得僧之當。尸坐儼平時，他適定何向。風鈴落虚空，一塔還來傍。

唯一生日不告人自就西寺僧茗談半日事後見語云以是爲功德作詩嘲之亦即所以爲壽也

敏捷方夫子，哦詩應客忙。出城尋寺憩，煮茗與僧嘗。以此逃生日，云何答景光。得能閒半日，自勝醉千觴。

不至揚州十餘年矣來值積雨慨嘆成詩

春雨爛揚州，横看滿地流。沈陰俱入夜，下澤不通溝。來及官梅發，譚聽畫舫游。千年城郭在，付與緑楊愁。

【編年】民國九年二月十一日九日《日記》記作此詩。

汪陳諸君邀遊蜀岡

岡高處平山堂，蜿蜒帶阜，童童然，因勸植林。歸成長律。

今人猶説揚州好，大宅園亭取次過。黯淡官梅頻雨汙，更番朋酒與春磨。久憐隋苑迷殘礫，賸有歐詞托逝波。業業蜀岡銷不得，待看林木起重阿。

【編年】民國九年二月十五日《日記》記作此詩。

聞雪君病小愈寄二截句當柬

因君强飯我加餐，尺簡能令寸抱寬。鏡裏玉釵應尚怯，窗前繡稿未容看。

海上東風柳乍蘇，新晴蘸緑射陽湖。濠陽西閣南牆外，眉嫵腰支似也無？

【編年】民國九年正月二十四日《日記》記作此詩。

壽康翁百歲

突兀今年大水凶，諮諏海上得康翁。九如欲使川方至，百歲還看日正中。識分有田能自飽，攝生無藥可居功。惟聞晨掃昏猶浴，揸拄聰明一杖紅。

【編年】民國十年十一月二十日《日記》之眉録此詩。

灘行聞雁

下灘看水疾，回岸忽潮生。潦滯牛行蹇，風低雁唳清。披綿趨海暖，聚沓最冬晴。行住吾何倦？猶應媿庶氓。

【編年】民國十年十一月二十一日《日記》之眉録此詩。

庚申二月晦歸自阜寧海上游倦小息遂於上巳與退翁怡兒招要朋好小集觀萬流亭爲修禊之會非第老人宜有此娱耳目適意志之事亦藉以紓朋輩時事之慼傷而令鄉里後生子弟知令時之足珍景光之可玩酒罷泛舟亦進絲竹自今伊始歲且爲之先成二章用徵唱和

海日迴清新，今朝袚褉辰。十年三月朏，尺地萬流春。倘瀉天河水，胥湔世界塵。漫言張武霸，奉劍要金人。逸少蘭亭叙，胚胎自石崇。并時猶伯仲，千載乃雌雄。士合亭孤立，年隨水會空。有今何後昔，鷗畔一尊同。

【編年】民國九年三月三日《日記》記作此詩。

得閒

春永野方秀，山清趣有餘。花飛人定後，香燼夢回初。漫漫雲窺牖，零零雨溜渠。得閒曾幾日，勞者復何如？

雨後坐精舍

陰晴猜不得，澗壑滌殊勤。竹裏風兼雨，松梢屋帶雲。危碕隨處濺，落葉有時紛。鄰院疏鐘磬，澄懷偶亦聞。

【編年】民國十年六月十四日《日記》記作此詩。

東窗

晨旭瞰東窗，與竹俱闖入。映地不成方，衺斜裁數尺。疾徐竹動摇，感受風披拂。縱横逞天姿，變换與可筆。凝睇愜欣賞，欲摹勢又易。流光太草草，掃地儵無跡。亦知有明朝，斯須已今日。

【編年】民國十年七月十六日《日記》記作此詩。

自題三十九歲小像

今日笑渠真後輩，當時如僕是先生。眼中陵谷看都慣，胸次槎枒老漸平。四海周旋容我我，百年親愛泥卿卿。衹憐眉目空如畫，畫虎無成刻鵠成。

【編年】民國十年七月六日《日記》記作此詩。

介山樓月

昨夜愁雲奈月何？ 今來相照覺情多。 月中人更無來日，只道清光是素娥。

【編年】民國十年九月十七日《日記》記作此詩。

黄泥山溪上見桃花飄落有詩

幾曲山溪水，朝朝飛落紅。 也知流復定，無事怨東風。

【編年】民國十一年三月二十日《日記》記作此詩。

贈直隸高潛子

客篋新詩至，佳篇頗不群。 因知高顧問，增重李將軍。 遠致憐芳杜，清恩縷彩雲。 今人方尚武，寂寞自雄文。

贈吴湖帆萬萬友人訥士之子愙齋前輩之孫畫山水清遠有致朋好亟稱其賢適以所仿煙客摹大癡小卷見寄賦詩爲報且勉其進於是也

近日吴中數畫師，顧庭孫子有人知。如何讒影欺天下，似黠長康定是癡。
客來爲説佳公子，尺素新摹王太常。二百年來吴墨井，前賢要有後生當。
狂勿屠沽槁勿僧，畫中法派有傳燈。山川正待人開發，造化爲師倘汝能。

簡母輓詞

南海簡生製煙草，富以行仁孝乎孝。奉母德壽逮考終，大順一門兄弟好。吾有叔氏七十翁，白頭相將江海東。聞人喪母輒心惻，低徊遮逋侍母側。於何慰生思母心，林外斷腸烏夜吟。

【編年】詩中言簡生兄弟之簡照南逝世於一九二二年（民國十一年），則此時必作於前，詩中謂「吾有叔氏七十翁」，指三兄張𥫗七十歲，此年則民國九年，因可繫焉。

寶應盧母七十徵詩

太君二子皆名虎，不減宣城俊爽才。跳地氣仍食牛壯，開門名與怒彪來。四鄰魚稻熙春社，百醑鶯花捧壽盃。聞道徵詩作絃管，老夫薄劣謝鄒枚。

張生鳳年以劉南廬入山圖贈博物館因題卷尾

南廬非逸民，抗志慕夷逸。平生江海興，五山寄遊迹。山始明清間，奮脱鮫鼉室。軍山最東邊，峰嶺尤崱崒。游屦識險夷，攀蘿緣嶺陟。坡因礙石曲，徑借穿林直。題名劉郎路，鑿字記磴額。戊寅作圖年，意在入山日。畫憑南廬口，山出芡虚筆。瞢騰二百年，楚弓未嘗失。到今五山史，林壑小變易。慨彼柏下人，長卧翳寒碧。賴有吾家秀，室畫永精魄。月黑倘來游，認入劉亭息。亭新築。

松

鄒學軒前秀兩松，亭亭影到小池中。喜如兒子都成長，正要盤根受雨風。

【編年】民國八年三月六日《日記》記作此詩。

梅郎再至南通三日有迫即去伸意爲詩祝而送之

忽看清瘦減容光，名爲身魔亦可傷。北海鵬雲千里絶，南山豹霧幾時藏？愁花況奈春無主，泣玉寧知璞已創？我且欲謀岩壑遁，不辭翦紙與温湯。

【編年】民國九年四月九日《日記》，有「浣華來」；十二日《日記》有「浣華去蚌埠」，因可繫十二日。

適有感

望年漫祝一豚蹄，失計寧權五羖皮。風會八方微太叔，地償六里奈張儀？木桃瓊玖云胡好？瓦狗泥車世有之。日下滔滔江漢水，上游日晚可憐時。

柬林風

詠絮清才不道鹽，謝庭愛女正纖纖。王郎阿大應相較，新婦參軍未易兼。頗訝擣霜求玉杵，還疑却月下晶簾。騐它亦媿稱夫子，所願山樓共簡籤。

【編年】

民國九年五月九日《日記》説及「答林風訊并詩」，或即此詩。

長孫融武生

同輩屢見孫，遲遲我舉子。及我抱男孫，曾元數鄰里。草木翫四時，早晚有常理。人事自當修，夷情順天軌。昔我既授室，父母日孫跂。誕女脆不育，倏忽逾二紀。懃懃室人賢，樛木葛虆藟。兒生共歡戚，綳嬰謁考妣。謂待娶新婦，早稻抵晚米。事變那可料，兒娶乃弗俟。頃辰入五月，日時卯相趾。家僮闖户呼，疾報生孫喜。再拜先像前，三朝與薰洗。禄命星家言，視翁有裕祉。老牛未脱犁，覩犢先愛舐。祝孫任爲兄，拊弟習有姊。翁庭尚非隘，父竈且加壘。翁顛皓白時，雜戲諸生裏。

【編年】

民國九年五月十三日《日記》記作此詩。

千齡觀醻詞八章呈退翁與鄉友

南濠雲水映樓臺，碧瓦朱甍觀又開。不是私家新繕築，要容敬老萬人來。
近依先壠幾牛鳴，宰樹蕭森歲月更。若使老親猶健在，白頭扶上看江城。
生自田家共苦辛，百年兄弟老逾親。人間憂患知多少，涕笑云誰得似真。
投老方知四海空，天教兄弟著南通。山川草木都吾事，不覺年時已到翁。
太息徐陳與應劉，簪裾惆悵舊同遊。即今鄉樹還珍惜，何況鄰翁雪滿頭。
七十吾兄未耄年，鄉人先酌啓賓筵。香山畫裏添如滿，韓愈書中有大顛。
寒襦饑粟夜籌方，玉糝金虀晝進觴。樂不妨憂憂莫苦，阿兄百歲未爲長。
世界閻浮有定無，不逢堯舜説唐虞。倘然累進諸翁算，直友羲皇弟祿圖。

【編年】民國九年九月三十日詩張謇三兄張詧七十誕辰，七月起即作準備，此詩當生日前作。

贈太虛

此生不分脱娑婆，正要勝煩冶共和。過去聖賢空舍衛，相殘兄弟戰修羅。覺人誰洗心成鏡，觀世寧聞面縐河。師倘能爲龍象蹴，安排丈室聽維摩。

西山村廬

江北山無小，山西地易幽。崖鄰蕭寺近，名與永公謀。如帶江潮入，連秤野罫收。區區村落計，强復一年秋。

老竹都依水，新廬復在田。花增十畝額，堂企兩山肩。字鹿宏偏柴，撈蝦帶小船。村傭寧解事？老子自周旋。

棗栗枇杷柿，梨桃錯間之。回灣小丁字，仄隖後辛夷。但祝蟲無害，寧妨雀我欺。魚苗新滬育，與物共熙熙。

有時佳客至，亦許野僧來。袚地常齊草，鍵門爲養苔。風沉林外磬，雲護嶺邊臺。獨寤還高詠，微斟忽盡杯。

似客林空好，無人世或閒。淪胥天下淚，沈寂眼中山。貛獺紛今古，烏鳶任往還。百年非遠計，雙鬢若爲斑？

【編年】民國十年七月二十六日《日記》記作此詩。

【校記】此組詩爲工整五律，唯其三之「但祝蟲無害，寧妨雀我欺」中「無」與「我」不對仗，疑「我」爲「勿」，二字草書極似，或因致誤。

礎

買得包山礎，完成扶海廳。雨晴千燥濕，興廢幾門庭。螘子緣疑蛭，蚰蜒斷減腥。永資承柱力，鄭重合鐫銘。

【編年】民國八年三月六日《日記》記作此詩。

此君亭

此君亭畔水漪漪，鸂鶒鴛鴦作對飛。亭上有人鬚鬢白，獨扶新竹弄晴暉。

【編年】

民國八年三月六日《日記》記作此詩。

湯君輓詞五首

吴會齊名域，營邱旅食年。得修士見禮，因賦帝京篇。隼翼羈林共，龍文歷塊先。當時親並老，宦興各蕭然。

江邑喧初政，山城壓九華。歸休捐上考，文字拓生涯。潛隱更名記，君初名震。梁噫辟難加。罪言過十萬，按劍大官譁。

霤甚山通穴，車奔馭脱驂。不交何上下，所繫在東南。世隘身難晦，名高視共耽。看君爐火上，危坐作常談。

强笑疑當哭，佯狂便欲真。豕苓時亦帝，芻狗不相人。苦效東方譎，終還北郭貧。年來塵濁海，漫浪亦天民。

夙世自韜光，君誕之夕，太翁夢韜光寺僧祖左臂入室，臂粘膏藥。君生，臂亦有黑印。休師復姓湯。梁惠休上人，唐靈澈上人，並姓湯。歸真依母孝，説夢有爺傷。業行青雲器，聲名白日常。農工君所勸，能世蔚諸郎。

【編年】

民國六年六月四日《日記》記作此詩。

健菴得九九喜子圖欲作長歌意殊矜慎因先挑以發之

雪宧新作喜子圖，大小其數八十一。寄贈如皋沙翰林，云報頻年療沈疾。翰林狂喜將作歌，三日張之素齋壁。心絲欲與繡絲會，君尚兢兢我尤慄。雪宧未作喜子先，玩畫尋真視正側。且視且玩芒乎微，動辨其神靜辨色。大喜作壁鏡，護卵致藏密，鏡裏星星含疹粒。中喜學未工，薄薄緊蟬翼，新婦周章初作室。小喜但嬉群，緣絡不成列，或蠕蠕脱空房癟。釋蟲不入土草科，得蠅亦現搏吞力。鍼鋒飄忽跂脚紛，絲光旋變文章別。殊形異狀各以天，喜子不知人與揭。雪宧作繡毋乃勞？翰林作歌寧可逸！男兒才氣要斂收，敢對珠璣輕唾咳。

【編年】

民國八年二月十四日《日記》記作此詩。

【校記】

「芒」，原作「芑」，形似致誤。「芒」，「茫」之古字，迷茫，模糊狀。

贈歐陽生

文履輕裾桓叔夏，買舟便肯渡江來。料應淝水麾軍輩，遠謝清溪弄笛才。説夢紅樓猶出楔，聞歌白髮爲停杯。瀏陽名士吾差識，論子於詩當别裁。

【編年】

民國八年五月三日《日記》記作此詩。

小池

石坳横短杓，檐雨接長筒。覆樹瀲漪暗，漂花細溜通。任吹風不下，衹受月當中。鬚鬢歸來照，時時認鏡銅。

【編年】

民國八年六月二十四日《日記》記作此詩。

斑竹

契已青雲託，根緣白下來。新姿神女黛，老點壽人鮐。漬雨無愁淚，掀泥且養胎。娟娟都靜好，知爲慣驚雷。

【編年】

民國八年六月二十五日《日記》記作此詩。

自東奧經西山宿梅垞

今胡不樂思南山？駕車戾止蒼碧灣。巡行田隴課竹樹，一日分得田叟閒。夜深腹痛數暴下，呼人不應意自晦。委頓於樂未足妨，起玩流雲過窗罅。明日復止西山廬，兒來問疾翁作書。書罷還尋梅垞宿，千株隔水新條緑。溪鳥飛來呼且鳴，慇懃相慰忘幽獨。

【編年】

民國十一年八月十四日《日記》之眉録此詩。

梅垞種草

有草院成藪，無草塵上窗。塵不盡外襲，土乾拂若扛。風時輒灑掃，蹀躞僮僕雙。馬鞭生道左，短者寸不雙。移之十里遠，無遠牽釣艭。方尺而度之，罫間繩以杠。前宵雨渥土，得時生意厖。草人道其法，匪翦利磚椿。老夫願易足，何處求蘭茳。

【編年】民國十一年八月十四日《日記》之眉録此詩。

雁聲

蕭寥忽雁聲，羃䍦暮雲平。晴雨呼群進，荒郊瞥火驚。風疑從上落，江已近前横。淮海秋多稻，何因更遠征？

【編年】民國十一年九月二十五日《日記》記作此詩。

浣華以近所得清宣宗在潛邸時書扇見贈爲去年湘扇之報蓋清室物也作詩謝之

天子丘民説至常，生頭死壟士嫌狂。尚方散作閒酬應，平受懷中一段涼。

詠史六絶句

吉利矗疏學巨君，彌天典午欲傳薪。尚留餘地存孤寡，高鼻胡雛漫笑人。
百表三呼魏國前，功臣如火散如煙。後來歐趙蒐金石，勿賸匆匆改制錢。
西陵上食輟絃歌，漳水哀連鄴水波。付與豆棚談舜禹，五官賓從意如何？
胤嗣能豪廿五男，後園公子盛文翰。洛神賦罷陳思倦，復肯登場舞蔗干。
后服新成繡鳳皇，母家却勝卞家倡。況聞冰雪鈐山畔，長日齋廬有佛香。
倉舒死後已無童，傳後空教惱若翁。項羽何人舜何帝？相人讕語尚重瞳。

【編年】

民國八年六月十七日《日記》謂「録讀史小詠詩」，當指此詩，作時或稍前。

文文山馬墓碣

主人爲國能致身，馬報主人如主人。馬骨一寸千金銀，埋金有光墓上塵。過墓朝朝横目民。

壽趙母二十韻 有序

母武進人，氏徐，名小嫻。父故陽湖舉人，兄進士，而諸生趙壽仁之室。歸趙生一女，爲置簉生男，五歲而趙卒。趙之祖遺約園有名，清常州陷時，祖與園居家屬三十九人，悉投池以殉。亂平，母清理園産，極儉苦。次第規復廢園，就池築忠冢，並成其祠，以三十九人附祀焉，皆母手之所經營也。里人士重之，謂其幹才尤出文筆上。年八十，神明炯然。吾友竹君（趙鳳昌），母之族人也，徵詩爲壽甚摯。婦女真知文者僅矣，識大義，貞固而能幹事，則尤僅，不惟行義撫孤之足重也。故爲此詩。

宋室支條系，清朝忠孝門。餘慶延壽母，令聞式邦媛。甌北傳私第，州東有古邨。甲科唐衮冕，博學魯璵璠。名里喧吴會，遺書睨蔣袁。陔餘弘兔册，硯澤屬龍孫。弓治文爲業，林亭約號園。一時驚岸谷，萬户毁牆垣。城碎人俱殄，天臨沼不渾。客存宣子後，嬪得偃王昆。收拾當家事，湔除劫火痕。藁砧占集鵬，菱鏡失騑鴛。巢顧方雛孽，祠愴未妥魂。親營韓家地，更肅鄭堂尊。喬木曾無改，苞稂詎可論。伏符新國命，綽楔舊君恩。涉筆攀兄史，稱詩見婦笄。丹心垂絶壑，白髮照重坤。業業巴臺並，昭昭向傳存。千齡彤管媗，一奏羽觴温。

辛酉一月八日謁文恭師墓于虞山白鴿峰方還管國柱許振并周伯漁錢詞笙翁振甫三人偕振甫師之從孫也

雲雷黟黷幾乾坤，十七年來此墓門。有地尚容埋骨便，何天更帶易名恩。諸人寧共陶潛感，九辨惟招正則魂。拜罷石臺思侍簣，松風湖石故清温。

【編年】

民國十年正月八日《日記》記作此詩。

【校記】

《日記》中頷聯後有自註「某年，遜帝特謚文恭」。尾聯上句有自注「師歿前三日，余以問疾侍談竟日」。

虞山謁松禪師墓

淹迴積歲心，一決向虞麓。晨暾徹郭西，寒翠散岩壑。夾道墳幾何？鴿峰注吾矚。停輿入墓廬，空庭冷花竹。亟趨墓前拜，眥楚淚頻蓄。淒惶病榻語，萬古重邱岳。抵死保傅衷，都忘編管辱。尊驧貢大義，凝欷手牢握。寧知三日别，侍坐更不續。期許敢或忘？文字尚負託。平心感遇處，一一繚心曲。緬想立朝姿，松風凜猶謖。九原石臺前，隨武不可作。

【編年】

民國十年正月十九日《日記》記作此詩。

謝生三十初度

謝生故家歇浦東，幼躭文翰傳之翁。時妝新學不挂眼，散朗愛摹林下風。樊山老人重獎假，近取求益來南通。自言婚嫁逐鷄狗，不如不嫁忘豬龍。道韞徒恨訴安石，孟光天幸隨梁鴻。女慎適人若士仕，生語吾不能異同。雪宧女士立於繡，生奮學識期等雙。三十而立聖年譜，生即始志亦已雄。爲生初度策千里，左弧右帨庭當中。

嗇菴蠟梅 有序

嗇菴窗外蠟梅，爲所手植，十餘年矣。介竹石之間，又當西樓之側，無風雪之侵故易安，鮮日月之煦故不健，楚楚抑抑，如好女子可憐也。丁巳除夕，徊徘樹下，感而有作。

忍受冰霜只自憐，宫黄點額故娟娟。祇今掩抑樓陰下，不到人前到我前。

【編年】

小序中丁巳年爲民國六年，該年除夕小年夜。

當塗奚生侗贈露香園繡奎宿象侑詩索書因和

金高齊斗誰當攖？筆大如椽或可扛。科第司權神假託，星精入畫氣鳴厖。世人猶説少年賈，老我欲歸居士龐。莫詑坡公是奎宿，文章憂患古來雙。

【編年】

民國十年二月二十六日《日記》記作此詩。

春晴忽雪

沙暖雲晴柳漸摇，驚風一夜雪横飄。地慳草甲寧還凍，江縮魚時不止潮。城闕虚空峨羽葆，河山片段入瓊瑶。早知取次寒將盡，未礙瞢騰付酒消。

【編年】民國十年正月二十二日《日記》記作此詩。

隔江

隔江煙水有蘋花，碧藕青菱次第遮。我最欲聽歌采采，不知秋色屬誰家？

【編年】民國九年七月九日《日記》記作此詩，詩題爲《書見》。

曹公亭

人亦孰無死？男子要自見。曹生磊落人，無畏赴公戰。鯨牙白草纖，馬革黄金賤。

荒原三百年，突兀一亭建。田父何所知？亦説單家店。

【編年】

民國十年，南通各界集資重建曹公亭，此詩當作於此時。

香南雅集圖長卷卷浣華物圖浣華事作圖者四人作詩文詞者十八人題字者一人無所雷鳴矣别作此詩答浣華相屬之意

梅郎嗜書畫，老饕嗜酒肉。列鼎大饗餘，睥睨色不足。精以悦其心，多以碩其腹。裝成遠示我，大乃過筍束。漫云二者兼，不如并於獨。學書用金筆，居然勍入木。近來寫花鳥，取徑已不俗。今人習粗躁，無事不求速。控駒不施衡，摘果不待熟。豈惟藝凡劣，根器亦太薄。生其必不然，養温故字伏。氤氲氣機到，摩天輩群鵠。第一守法戒，要名媚流俗。

【編年】

民國九年三月，吴昌碩、何詩孫、汪鷗客、況夔笙在上海合作此畫，題跋者達二十餘人，張謇爲受邀最後總成者，此詩當作於民國九至十年間。

唁蒓生悼亡

喪偶十三年，到今悲蓄臆。覩子悼述文，聲吞痛如磔。惋憤無可歸，償以棄家直。謂子不早計，忽略久嬰疾。緊我亟醫藥，無救等一失。謂子委之勞，憂勞致短折。而我有室年，亦未任稍逸。春蠶縝同功，繭成半絲絶。秋燕共營巢，將雛翼頓隻。天故不相干，人生若路陌。合離與苦樂，相當孰能一？念此嘗自遣，非借佛知識。人固有常事，未盡且當力。願子齊死生，無過自傷仄。寸心不死死，同有穴與室。

山陽徐賓華詩存

並世詩人秀，知君獨後時。聲名歸冶鍊，風氣絶磷緇。潘魯前旌合，邱朱宿草滋。有與履平酬唱及贈曼君詩。猶同庚丙試，風雨若爲離。

【編年】民國九年六月二十五日《日記》記作此詩。

蒨蒨行 贈程郎

蒨蒨程郎裁十九，此來遠爲城南壽。城南老人鬚鬢蒼，耐夜聽歌酬意厚。鶯吭轉變澀欲圓，燕態輕盈嬌似轂。去年爲郎作一詩，今年見郎如本師。即無瘻公抱玉説，秀出寧有人瑕疵！汝師勝處俗情絶，天與聰明偶蘭雪。能書能畫尚其餘，男兒心肝女郎舌。伶史同與時代新，領袖正須英絶人。程郎程郎勉旃師後塵，吾方山隰思榛苓。

【編年】

民國九年十月一日《日記》載「程郎艷秋自京來，浣華（梅蘭芳，程師）屬之也」，詩中多涉其師事，可定此詩其時作。

贈靜圓

靜公上人本法官，家世石屏旅臨安。誦詩讀書偉儒冠，一旦逃作方外觀。九華九一峰屼巑，招之往叩甘露關。鬀髮受具緇衣間，嗪經究典日月嫺。金山長老主江天，延致其寺首其班。因與雲陽相往還，雲陽往往稱其賢。狼山有名江海灣，溟漭落伽潮音連。白衣仙人在巖巔，化身無數來煸爛。三成之樓睆層巒，左右上下室相軿。高齊李唐趙宋前，後元明清差以肩。繪繡金玉晶珉鐫，尋常殊異作栒檀。衛佛正須人羽翰，公來一洗僧臭酸。説佛頗足張波瀾，躭詩積習佛亦歡。嗤者謗者撼百端，公聽不聞冥蒲團。松陰閑門當夏寒，我與大士良有緣。藉公灑掃清淨壇，時來即公參坐蓮。見公虀鹽粥與饘，享客方見伊蒲餐。衆不堪苦謗之端，願宏心量容貪頑。舉世孽焰火宅燔，佛無一語奚眉攢。

題莊蘩詩書楚詞

不從趙董索玄珠，眄睞雲峰意態殊。要識雄强須洞達，中郎内史不殊塗。
近來書法常州系，家奉撝翁張一軍。欲爲神仙説平實，麻姑狡獪海東雲。

盧知事以調去通臨行惓然索詩爲别因賦

哲人匪不仕，審己各有宜。鑿枘異容接，章裸相笑嗤。志事既有屬，引繩良在兹。度轍不利駕，寧有路可歧？仕苟不爲民，一官皆駢枝。我生自隴畝，讀書粗有知。充衢侮堯舜，安心謝臯夔。吾自有吾事，安在生不時。

吾雖不愛官，却願官可愛。野花綴蘩棘，香色幽可采。群蛙噪汙瀆，木末一蟬噦。見似人而喜，所望本不大。盧生令海曲，革命世初蜕。力能了官事，氣不讋狙獪。常騎一馬出，僕從悉屏汰。語罷即徑去，心地豁障礙。與談農圃事，少習輒有會。豈不縻於官，皎皎出塵壒。

官本不可常，臨調過我別。爲言父在家，尚耕授讀舌。期更得千金，老人足餔歠。誓當脱敝屣，追從荷蓑襏。知生有本根，不專倚官活。我思栗里翁，天懷妙真脱。有酒便可歌，無食亦可乞。正賴婦子賢，協趣向蠲潔。我有東西林，待子煙巒嵲。

壽饒宓僧母

雲雷鬱律啓黄陂，書檄光芒武漢旗。有客盛名江表記，此邦流澤召南詩。許生徇禄猶京院，陵母知興是女師。風雨十年當百歲，方春勸進北堂卮。

退翁重新西寺爲次子薦福落成爲賦

悲如可塞妄非空，覺正因迷佛有功。凡聖同歸趨福利，人天究義會圓通。丹青大宇輝初地，鐘鼓疏林散遠風。爲有信心弘廢蹟，給孤今是退庵翁。

融孫周晬口號

戈晲不曾提，從容舞國旗。他年能愛國，是我好孫兒。

愛國須讀書，書能正人智。但爲敦敏人，不望露神異。

【編年】民國十年五月十一日是張謇長孫融武一週歲，當作於此時。

避暑林溪

結舍已五年，避暑今年始。我誠畏熱客，人自哀老子。日仄幛因山，夜涼窗近水。小極亦正佳，粗得理卧起。

【編年】民國十年六月二十九日《日記》：「移林溪，亦藉避暑。」因可繫焉。

池上垂柳擬古

曉風吹户送春色，垂柳千條萬條直。鏡中髮落常滿梳，自憐長不過三尺。垂柳生柔荑，高高復低低。本心自有主，不隨風東西。

【校記】民國十年六月三十日《日記》：「檢得雪宧謙亭養病時學詩稿，爲潤色者亦居半，而章法句意皆其自出也。」《日記》録三首，另爲《池上看鴛鴦》、《謙亭元日》。此雪宧（沈壽）原作，張謇所改。因《謙亭元日》全是沈壽口吻，故被張孝若删去。請見後《集外詩輯補》。

池上看鴛鴦

人言鴛鴦必雙宿，我視鴛鴦嘗立獨。鴛鴦未必一爺孃，一孃未必同一觳，同池未必有媒妁。拍拍波面迎，喈喈磯邊鳴。怡怡自有樂，涊涊自有情。東風吹浮萍，散散復聚聚。浮萍無本根，鴛鴦有處所。

六月十八日夜林溪精舍待月

月出東嶺額，側瑩溪水光。疏林掩之半，影翳緣溪廊。延佇光影間，簾角生微涼。鄰鐘數已過，稍聞風弄篁。白衣古仙人，默坐岩下堂。觀化有不盡，悲世爲之忙。學佛佛未樂，誰歟離塵鞅。徘徊一俄頃，看月升上方。

衰年

共道衰年百慮更，吾衰猶耻羨長生。料量草木才寧足？節度溪山事可名。波面樹隨魚跳動，雲根巖與鳥飛平。幽懷負手虛廊久，壁上仙人説與明。

張令頗八十生日

將軍今乃見今公，俠武儒文未得雄。竹帛大書心不繫，金銀何氣眼能空。茵花禮客投戈後，拄策看天閉閣中。四海幾人十年長？舉樽遥酹北飛鴻。

【編年】

民國十年十二月二十日《日記》記作此詩。

朝鮮金居士赴至年八十七矣哀而歌之

破曉飛來尺一紙，開緘歎嗟淚盈眥。朝鮮遺民老判書，生已無家國俱死。國何以死今匪今？主孱臣偷民怨深。强鄰涎攫庇無所，昔嘗語公公沈吟。自是別公四十載，癸未與公別。東海風雲變光怪。居州獨如宋王何？楚人甘受張儀紿。一竄投荒不復還，國社夷墟猶負罪。李家興廢殊等閒，河山辱没箕封賢。白髮殘生虜所假，赤心灰死天應憐。噫吁嚱！朝鮮國，平壤城；李完用不死，安重根不生，運命如此非人爭！居士低頭惟誦經。誦經之聲動鬼神，後生拔劍走如水。亡秦三户豈徒然？從會九京良有以。公胡遽化九京塵？淬患纏憂八十春。回憶南壇駐軍日，腸斷花開洞裏人。花開洞，居士昔居處。

【編年】

民國十一年正月二十六日《日記》記作此詩。

題遺像詩

室未他人入，牀仍昔日支。洋洋如在右，昧昧我思之。欲下應須遠，無言轉惜嫣。虛窗風亦啓，不是病中姿。小築

室在人斯在，寧須遠邇分？適然猶有我，是處更思君。沼淨花明水，山幽樹養雲。無生安有病？月夜珮應聞。倚錦樓

不論東奥與西村，病起何嘗一到門？從我已休言尚在，死君安忍貌猶温？鏡中證覺三生夢，紙上招回九逝魂。咫尺新墳來往便，樓頭煙月候黄昏。介山樓

生前曾爲説梅垞，千五百株花四圍。如子故鄉香雪海，花時來看是耶非？梅垞

【編年】民國十年六月三日《日記》：「題雪宧遺像詩。」七月四日《日記》：「作題雪宧像詩。」底本中以「題遺像詩」爲題四則；以「題像」爲題兩則，置於後。六月三日《日記》中《倚錦樓西室》爲底本所無，見後輯佚。

午夢

枕簟清平午夢回，嫩涼新趁雨餘來。奚童報導林塘外，剛有驚人過去雷。

題莊代使祖畫像

海外傳來祖德篇，畫中省識主人賢。沈濤已逝陳弢老，不説滄桑亦惘然。

【編年】

民國九年正月六日《日記》記作此詩。

【校記】

《日記》第三句後有注「畫中題詩有沈濤園、陳弢庵」。

陳生爲其尊人七十徵詩

三湘劫火動乾坤，雞犬無驚但有村。能慰親年安玉食，翻因子舍避金門。從心老識心無累，止足人知足可尊。況復黄花秋瀲灩，連觴緑酒好時温。

【編年】民國八年八月九日《日記》記作此詩。

書會真記後箴元微之六首

頗恨微之記會真，假名輕薄浪傳文。世間尤物干卿甚？補過云胡世盡聞？

謝絶詞連決絶詞，美人惋惋受人欺。聰明祇坐憐才誤，浴淚終身十七時。

信己妖身孰使之？張皇飾行有餘思。堂堂責數西廂語，直覺鶯鶯是可兒。

便容人奪己爭先，不奪能無美滿緣？崔氏自衰韋氏盛，夢游春後有詞傳。

性之辨證致分明，不義如何尚有情？觀過知仁寬弱質，可憐無地置張生。

大曆詩人李十郎，流風艷跡似西廂。元人未免阿名輩，不及陽秋玉茗堂。

【編年】民國八年六月二十九日《日記》記作此詩。

佳人

佳人遺我一端綺，分寸裁量合歡被。張之䵫䵫蒼蠅汙，棄置無何復棄置。

佳人遺我一寸珠，將以照乘輝瑶瑜。一旦變化出魚目，路鬼爲笑人歎吁。佳人遺我一翼鳥，春鷹化鳩不能肖。籠之不適縱之悲，毛羽他年誰得料？

自題四十四歲小像

白髮待年少，朱顔尋老翁。星雲無世界，魑魅盡英雄。自覺心非蛹，何妨臂化蟲。滔滔看逝水，二十五年中。

【編年】民國十年八月十四日《日記》記作此詩。

小雪

策策兼風響，陰陰接水低。灑林猶漏葉，拂路未封泥。墅鷺拳驚眙，家禽縮就棲。傳聞百里外，凍與麥梢齊。

【編年】民國十年十二月十七日《日記》記作此詩。

介山樓喜雪

旋盛空疑滿，横飛斷復連。雨先同化水，江外欲迷天。邃宇窗都濕，疏林樹漸圓。正憂晴日久，未覺爲農偏。

【編年】民國十年十二月十八日《日記》記作此詩。

懷人

懷人最是上燈餘，獨對爐香自讀書。睡燕無聲花有夢，任看新月過庭除。

【編年】民國十一年二月二十九日《日記》後録此詩。

題像

春早尋花自有人，好花無賴悴青春。老夫祇覺花應惜，特趁飄風薦錦茵。

猶是豐容副盛髯，匆匆電影十三年。當時何故不相識？識得而今倍惘然。

【編年】

民國十年七月四日《日記》記作此詩。

八月十一日雪君生忌設奠

去年壽酒灎晶杯，今日虛堂設饌來。淚眼猶看紅燭淚，灰心都付白錢灰。塵凝繡譜涵生氣，風動霜幃接夜臺。空盼珍存親手製，美名萬里海西回。

【編年】

民國十年八月十一日《日記》記作此詩。

【校記】

《日記》頷聯中上下句分別有自註「俗喪用素燭，生忌用紅燭」。「俗以紙錢爲白錢」。

淮東大水謡十首

東隄落深溪，西隄殘屋攲。積藁戀犢子，遺粒供雅雌。

北風駕白浪，浪高下檐咫。參差柳梢戰，如見拜復起。
長波欲竟天，不見一飛鳥。如云水陸殊，鳧鷖抑何少？
城浸更無郊，廬卑盡有巢。蟭螟愁處睫，魚虎待成鮫。
打魚嫌網窄，捕蟹覺籠小。辛苦何所施？漁舟與煙渺。
乾無幾尺土，尚完四分糧。還耻官賑粟，巍巍興化鄉。
東臺我母里，漫漫閭巷没。痛母昔災年，避母噍糠籺。
魚游不及釜，蛙坐不成堂。不見陋軒叟，誰能言此傷？
同險不同心，各有害切己。凶人利人菑，欲師智伯智。
誰言農盡惰，放口稼盈阡。水旱能爲慮，安危不在天。

【編年】

民國十年八月中旬蘇北水災，二十日《日記》記載從江蘇民政長韓子石八天查驗河隄、救災，詩則此時所作。

惜憶四十八截句

鳳臺空説鳳遊時，燕市津門復失期。不信朔南無一分，三年吹徹玉參差。

黄金誰返蔡姬身？常道曹瞞是可人。況是東南珠玉秀，忍聽蕉萃北方塵！
有斐館前春水生，唐家牐外暮潮平。登樓即席殊矜重，不似驚鴻始爲驚。
爲起東樓怯上樓，便教弟子住西頭。累君避漏中宵坐，取次移牀達旦休。
適寢如何白板牀？鮹然處濕亦郎當。若非問疾親知過，寧肯微詞有短長？
設矩陳繩自牧卑，先人後己謹銖錙。當時衹道閨房秀，百輩能容那得知！
漢儀新顢士昏箋，習禮全資儐相賢。但覩周旋登降節，如聞窈窕女師篇。
病見端倪薄眚侵，苦愁湯藥痛愁鍼。孤桐自識中郎意，一寸焦餘一寸心。
量移一垞傍南濠，不伐寧知漢幟高？便對好山眉樣黛，何曾描入筆尖毫？
買得新縑付玉奴，要題新語作佳書。商量衡籍吾家事，青玉明珠定不如。
公園上下界層層，特地籐輿謝不乘。十面聽完東老奏，雙簧還盡北傖能。
命友蘇來試畫艭，管絃燈火徹雕窗。長年爲送家山曲，第二橋東屢下椿。
江南愛説採蓮謡，蓮葉分明接畫橋。橋有東西人宛在，是誰將淚與波消？
亦從西北候東南，分寸窗虚晷影探。似達瑶池三鳥使，恰來栗里兩僮籃。
北户驕陽向晚炎，商量複障與重簾。燕兒語罷旋羅袂，蟢子飛來著鏡匳。

聽誦新詩辨問多，夢如何夢醒如何？夢疑神女難爲雨，醒笑仙人亦爛柯。
輕舠時掠畫樓西，燈影常隨槳挈提。最是中秋明月共，兩回看到玉繩低。
血濆肝傷絶可吁，寧辭夜半候俞柎。人猶去未人還到，輒警銅環問女嬃。
茹苦含辛不道酸，輕嗔薄怒絶無端。如何郝媛榮王湛，不見連波謝若蘭。
病如眠起柳孱孱，愁似蕉心旋旋攢。誰與金剛無量壽，可憐猶作健兒看。
致病非今見始今，一言頓使淚霑襟。終身自分無人覺，不道醫和是聖心。
不曾粗具厭凡庖，致餽頻將橘柚包。市上尋來趙岐餅，壺中分與長房肴。
歲除急足送新梅，等頌椒花禳晦災。三日入門先笑語，今晨忽見兩枝開。
閒房幽檻屬謙亭，更爲防風複紵欞。南撫鴛鴦刪岸草，東看魴鯉撥池萍。
巖壑佳人悟道堅，髑髏繡罷一凄然。贈兒敘别饒深意，苦道生平刻楮年。
感遇深情不可緘，自梳青髮手摻摻。繡成一對謙亭字，留證雌雄寶劍函。
碧紗廚外淡無風，燈影微微帳影籠。夢淺時驚雙唳鶴，簟涼獨怯五更鴻。
秋清冬凜接春温，弱不禁銷綺樣魂。霜露已更星月在，人天何處覓餘痕？
苑徑紆回草樹分，金絲小犬導人勤。足音尚遠知非遠，憑仗鈴聲報與聞。

割宅分牆自一家，乘春緩緩七香車。釵頭燕好新過雨，燭頂蟲祥已報花。

棐几當年緑褥隨，料量留贈有餘悲。誓將薄命爲蠶繭，始始終終裹雪宧。

愛看花影顫偎偎，愛聽花鈴細細諧。問影所來聲所自，幾回傾注溜雲釵。

何事商音愛楚些，學詩能自識詩微。沈吟樂府嬌嬈曲，滿把瓊瑰淚欲揮。

閨幃示誡苦丁寧，户屨衣椸意更深。吹棘未忘慈母訓，傳薪要作女兒箴。

繡餘壁鏡繡謳娥，六角方亭晏影過。報德方終還廣業，好名直以命相磨。

臧否無關似嗣宗，時言真有大家風。豈無適觸蒼茫感？却付低聲一喟中。

單衫複帔皂羅裙，湅雨簾前竚立頻。不是轟堂雷破柱，如何驚彀鳥投人！

脚疾從來一大事，按摩亦自千金方。可憐脛腫誰消得，籐倚南榮自納涼。

聽唱吴娘白紵歌，不分明隔一條河。兒時曾記親庭拍，説到親庭淚眼波。

中元風物易中秋，扶病看燈拜月休。太息明年知在否？兩行燭淚替人流。

爲勸衰年日進餐，朝朝親手檢廚單。寧抛蔬筍甘魚肉，總辨清濃別苦酸。

絳蠟紅毹映畫屏，年年紀壽禮玄亭。時殷夏仲連秋仲，齋稱前星報後星。

短詩漸漸欲成篇，小字朝朝試摺箋。不肯示人猶避我，男兒志氣女兒天。

繡譜編成稿四三，語言文字當行參。空前獨負千秋業，祇有青青那有藍？

角張賦命自傷占，饒藥饒醫病轉添。負氣一生拚茹蘗，酬恩兩月不嘗鹽。

亦製新衣愛舊縫，但非卧病不朝慵。便因好潔儲芳澤，猶有陳罌在笥封。

曾指西山有有亭，亭邊劃壤葬娉婷。那堪宿約成新讖，丹旐來時草尚青。

召亡曾試鴻都客，召得翁孃百種哀。漢武歌詞君最熟，他時帳裏倘能來？

【編年】

此詩作於民國十年冬至十一年春。

【校記】

此四十八首長組詩，當是陸續寫成，如民國十一年正月三十日《日記》：「續惜憶八絕句。」「四十八」，當切沈壽四十八歲終年。

曼壽堂

冬冷偏春暖，朝晴復晝陰。鳥驚風葉下，花隱石坳深。偶出容寬例，孤懷試淺斟。已無城郭感，寓想問雙林。

【編年】

民國十年十一月二十五日《日記》記作此詩。

卷八　自民國十一年壬戌訖十二年癸亥

十一年一月一日

一日不稱元，編年數兩番。人情有生熟，天命豈寒暄？但見旗徽美，曾無景物繁。村甿猶辮髮，寧爲宋徵存？

【編年】

民國十年農曆十二月初四日《日記》僅以下字：「陽十一年正月初一。」此正是詩題。詩歌的内容正表示陰陽曆混用的不習慣，因可繫焉。從底本體例，此詩當在卷七之中。

壬戌夏曆元日

一半仍殘臘，中分及歲朝。天淹除夜雨，江弱拜年潮。有客愁登麥，無人與頌椒。嗇翁今七十，得酒暫顔韶。

【編年】

民國十一年正月初二日《日記》之眉録此詩。

元夜對月意有萬感

見月聞燈夜，生離死別人。晴開三五候，光作十分春。獨坐愁金鏡，長謡送玉津。高天寧有別？牛女亦星辰。

【編年】

民國十一年正月十五日《日記》記作此詩。

墾牧鄉歌

海之門兮芒洋，受有百兮谷王；輔南通兮，江沄沄而淮湯湯。岸鬱起兮墾牧之鄉。我田我稼，我牛我羊。我有子弟，亦耒亦耜，而冠而裳。僮萬兮井里，百年兮洪荒，誰其闢者南通張。

【編年】

此詩與下一首同時作，據《日記》，三月十九日、二十日在墾牧公司。并「視高等小學校工，度第二小學校址」，當作於此時。

墾牧鄉高等小學校歌

噫艱哉，墾牧鄉。葦蒿螺蛤兮粢粱，沮洳斥鹵兮井疆。欣欣絃誦兮，今有此鄉，校之高堂。訢爭兮禮讓，椎魯兮文章。崛興兮千辛而萬苦，相勸兮日就而月將。耕田讀書兮百世良，海有旭兮校有光。

女師範校歌

江水沄沄海混混，五山崔崔淮南尊。中間卓一校，範女子範法乎坤。坤載山川，以亨以貞。女子以學，學慈儉而順承。女子有學家有政，江海有源山有根。校三遷，校訓存，能光能大人乎人。

食芹而美賦之

春半芹芽迸水新，擷來盤底意逡巡。詩人愛説青泥地，欲嚼還愁碧玉身。

【編年】

民國十一年二月十二日《日記》記作此詩。

曼壽堂前移松

小松移植自南山，高據池中叠石間。愛汝欣欣有生意，要將風雪保堅頑。

雪君百日

人命真草草，奄忽已百日。摇摇居者心，若望遠行客。客去若亂離，冥冥斷消息。帷中女兒哀，未知哭有卒。帷外汨涔涔，復見老姊泣。女兒何所哀？母慈不再得。彌月入母懷，千里隨母側。出入顧復間，愉呴未加叱。十二命之學，稍稍閒朝夕。及母再三病，未許或曠業。但從休假歸，斯須侍衾席。形聲懵視聽，微義未彷佛。覆載俄然傾，四顧天罔極。但呼母棄兒，煢煢中道撇。老姊何所哀？計歲長以十。阿娘生妹時，姊髮已覆額。娘躬井臼勞，保抱替娘力。嘔之學笑言，嗚之共寢息。時之食飽餓，體之絜乾溼。擘之頸與摩，導之步徐蹀。七歲教穿鍼，八歲教繡刺。乘間近文字，妹也特岐嶷。十六字於人，二十嬪於閤。有憂惟訴姊，爺孃那得悉？南居而北征，相從未離逷。八年來南通，積痗乃著疾。疾遂不可爲，致疾不勝説。同隊魚沫飄，同行雁羽折。但有涕淚雙，奈何形影隻。吾聆兩哀聲，酸割漫心臆。愛敬在生平，義任後死責。叙之以爲詩，付與輓歌唈。

【編年】

民國十年八月十三日《日記》：「雪宧百日，爲設奠治齋。」因可繫焉。

【校記】

［汨涔涔］，「汨」及近形字「泪」置詩中均難通，疑當作「泪」。［嗚之］，原誤作「嗚之」，徑改。

新墳

八尺峨峨新築墳，一亭左角易黄昏。生愁五日新魂怯，秋雨秋風滿闕門。

【編年】

民國十年九月十五日《日記》記作此詩。

【校記】

《日記》題作《過雪宧墓值雨》。［新築墳］，作「蓋代墳」；［左角］作「山角」。

歸垞看花雜興

廣院深苔稱護持，病餘著力鬭胭脂。主人負汝歸看汝，已過濃時到淡時。
海棠開後燕飛慵，泥掯餘花惜落紅。春幸未闌差汝慰，碧雲闌外繡毬叢。
鄒學軒前樹競高，辛夷企竦似兒曹。老夫欲酹一卮祝，研盡朱丹入綵毫。

【編年】

民國十年三月十八日《日記》記作此詩。

墅行

豌豆蠶豆花錯交，水墨分明朱碧嬌。村娃插髻采不到，何況城中珠翠翹？
江南菜花黃映天，江北菜花黃可憐。不知何處小蝴蜨，媚舞春陽到菜田。

【編年】

民國十年三月十八日《日記》記作此詩。

慕疇堂西院牡丹

不覺何年海？今年見牡丹。文章含隱秀，斥鹵洗酸寒。得芘春融易，逃虛客見難。但愁風雨晦，欲去屢迴看。

【編年】民國十年三月十八日《日記》記作此詩。

觀雨與衆堂

客散雨來粗，驚風雪滿湖。九天何玉女，萬顆撒豐珠。化水惟增漲，還空已到塗。輕雷剛與送，煙樹尚模糊。

【編年】民國十年五月二十六日《日記》記作此詩。

與健菴坐與衆堂觀雨健菴詩先成因和

一晴九雨雨師工，進止賓歸早暮中。漲滿遠浮燈過岸，波跳直引水連空。汀皐自暢蒲荷浴，桁燕微迎薜荔風。英絶故人還有幾？得偕清話莫匆匆。

【編年】

此詩與前後詩同時作。

與健菴烈卿泛舟濠上烈卿度曲並和觀雨詩因引李委與東坡事索詩爲酬

雨霽濠平日漸晡，扁舟邀笛聽吴歈。岸人要識匆匆客，能賦能銘舊大夫。不官何處不宜家？况肯新篇躡大沙。他日牽舟山下遡，更邀西崦看梅花。

【編年】

民國十年六月二日《日記》記作此詩。

今日

今日花不開，鳴鳥何爲來？鳥非愛花者，花自性姚冶。千聲萬色司三春，聲聲色色神乎人。有花有鳥一絢爛，無鳥無花一平淡。平淡絢爛都有情，自然適之天地寧，有有無無安足爭？

各校營教練運動歌

赤騮駕，朱明開，南郊蕩蕩薰風來。央央旂旐魚麗排，六校之士群其儕。於廣場兮大會，孳民兵之根荄。以齊止伐武而材，日長炎炎載輓推。進于瑞士何有哉，進于成周何有哉。

【編年】

民國十一年五月二十二日、二十三日《日記》記運動會事，應作於此時。

千齡觀自幬詞八首

花萼樓高澌李唐，紅牙玉笛按霓裳。何如西塞漁兄弟，不覺人間有帝王。

觀北風瀾夾小湖，觀南山靄落平蕪。行都不得無南北，坐倚危欄聽鷓鴣。

去年洚水欲稽天，無數飢愁到眼前。便對親朋傾薄酒，還虞農舍未炊烟。

有姊有兄開八十，龍鍾有嫂百齡幾。吾親儻在應歡笑，小子肥今亦古稀。

次第諸孫盡解行，今年早晚又添丁。扶翁他日頻來戲，下看群流上列星。

好山不見異僧廬，名輩多歸宿草墟。但願傳家猶出世，若尋良友讀忘書。
世間儘有百年身，不數彭殤過去人。欲種萬花當一局，四時無限爛柯晨。
市有魚蝦足饌賓，放教鷄鶩鬧比鄰。羊牛何擇翁其慍？一笑聞嘲未敢嗔。

【編年】本年張謇七十歲，生日是五月二十五。二十三日《日記》有「四十二時至天生果園，應鄉老四十五人之請，此四十五人凡三千一百餘歲」。按之常理，詩當成於生日前。

貫恂屬題所畫佛像會有所觸成四言詩一章

咄子畫佛，若一筆書。唯其爲一，不妨萬殊。亦唯其一，可萬其塗。是之謂性，存存不渝。
遺身於外，釋老之徒。竟謂之外，曷容吾軀？其釋其老，冥冥如如。何仁與義？一歸之無。
湛然成性，聖之云儒。亦既有身，身有事歟。塗人可禹，堯言舜趨。請揭面目，昭示大區。

施浣華畫觀音像於觀音院 有序

浣華近年殫精藝術，尤致力於書畫。其於前人用筆設色，頗有領悟。此幀爲余生日所贈，態莊麗而不纖，意曠逸而彌斂，可謂佳作。佳則當公諸人，獻諸佛，因以存南山觀音院繪繡樓上。繫詩當偈。

色必天下妙，即是生分別。若云色即空，何爲現妙色？以色屬女身，種種色之一。論色所究竟，主觀任舉列。世界人所成，事人與人接。尚美人之情，性則色與食。佛必先覺人，女子男子埒。求女十二世，聞之舍利弗。將啓善信心，寧可示醜劣。開諸方便門，性情楔所入。梅郎擅色藝，特具善知識。學畫窺畫禪，時時愛畫佛。去年畫彌陀，爲我祝七十。今年畫觀音，嬗師而弟及。五十三參中，乘蓮契有得。空於色爲天，色有空之日。泛海止所止，即是大解釋。元氣可爲舟，一瓣猶蜕跡。菩薩云何哉？傾瓶甘露瀝。

【編年】詩中「去年畫彌陀，爲我祝七十。今年畫觀音，嬗師而弟及」，可證作於七十一歲（民國十二年）生日時。而是年六月八日《日記》載譚鑫培之子小培挈子富英來通演出，譚富英是梅蘭芳兄弟輩，合「嬗師而弟及」因知詩作於其時。

題鐵厓女士畫册　有序

女士學畫有年，此其前作，近希宋元益進矣。然此册正復楚楚有致。壬戌六月過余徵題，女士友謝林風，我詩弟子也，爲之敦促。朝夕偶暇，遂爲成之，不復簡别，女士固欲多得我詩也。

昔年走馬海王村，猶見江香百本存。三十餘年前，於京都廠肆見馬江香畫牡丹八十幅，兩大册。肆主云，本百幅，並致而觀之。百幅之花，位置姿態無一同者，歎爲精絶。索值裁五百金，一人不能得，商諸可莊兄弟合致之，亦不能，遂罷。今不知流落何所矣。試與較量花葉處，黄金淒斷美人魂。牡丹

苦學甌香著意摹，妍脂妙粉會婀娜。生愁楚舞東風裏，一曲虞兮奈若何。虞美人

畦田種芍傍西山，西山村廬外種芍藥二畝。花爲妨根歲歲删。何似鉛華寄縑素，晴窗一對一開顔。芍藥

一坪秋色艷青藍，風露華滋曉正酣。愁絶有時逢七夕，天孫不見渡河驂。牽牛

越溪浣紗女去，漢臯解佩人歸。遺影殢情處處，霞裳翠袂雲衣。荷

園菊但供朝市，不若在野延齡。江上風波頭白，漁父鬢鬢餘青。野菊、荻花

陶家未荒三徑，彭澤何有一官？蓮社歸來大醉，先生顔如渥丹。紅菊

毒物來無已，人間作米囊。五陵輕薄子，多少魏收狂。鶯粟蝶

最愛閒庭院，紅妝曉露時。不隨梅並嫁，那識斷腸詞。秋海棠

翦盡秋羅薄，輕盈作舞衣。愛親君子澹，彌稱碩人頎。翦秋羅

直以水爲命，相看人似仙。晨嬌花拭爪，夕惰月憑肩。水仙

【編年】

小序「壬戌」爲民國十一年。按，小序透露畫者鐵崖（孫瓊華）乃林風友，《日記》記六月一日林風至通而四日回滬，即作時也。第一首尾注「牡丹」原無，循後例補。

陳生請爲詩壽其母五十

君之外祖父，是我舊時朋。愛女嫻家法，生兒得世稱。田居原趣翹，宅相必成能。今日諸郎慶，熊熊日乍升。

舞兩生篇 喜梅歐兩生能以意復古燕舞而賦

樂經云亡樂記隱，樂尚器傳舞則賸。佾列惟因廟祀存，伶工無復賓筵準。文武之道有

弛張，不能不爲兼榷商。春容和平自有地，人心厭淡趨豐昌。拂之則鬱任則落，每下愈況習粗俗。舞用干戚示意深，演爲擊刺弄兵劇。匪忘乃愆何有哉？歌蕩以俚舞轟豗。盡濡視聽入鹵莽，移易用漸升有階。崑曲得師世猶近，漢唐舞法昏煙埋。天荒孰破拙孰接？並代忽生歐與梅。梅生天女散花舞，勢本心裁意窺古。霓裳羽衣吾不知，激雪迴風佛得祖。歐生獻壽舞花神，又舞金盤學太真。研精有會出新意，薈唐賦詩鞞拂巾。頗怪唐人賦詩略，盛美舞容無譜作。香山居士偶及之，首尾弗完費冥索。吾意當以似逆真，人生祇此手與足。迴旋俯仰疾復徐，鳳兮不來可觀鶴。兩生開悟天倪新，輝輝林花撩風晨。蜿蜿彩虹拂天津，爐香綸綸篆申申。昔恨今人不見古時舞，今恨昔人不見如此兩生英妙人。

【編年】

民國十一年正月初五《日記》記作此詩。

爲高生壽父母

高生江海人，服賈致孝養。於其壽親日，力求文字享。沙文與孟詩，琅琅獨可賞。初不窘羈靮，亦不走漭泱。高生父儒者，與世殊直狂。母也持其家，苦以十指强。十指能幾何？事畜備俯仰。黽勉數十年，哺反親已杖。高生習所見，於母尤惘惘。兒侍母日多，非少父鞅掌。父母老復丁，坐撫子孫長。高生方盛年，才足了一廠。人生重執業，仕宦徒惝怳。文字亦泥滓，不足語標榜。芬馨禮義悦，甘旨道斯廣。舉爵爲生酬，吾言非俶儻。

蚊

積汙原所自，稍熱便能趨。潛伺纖兒捷，豪張暴客呼。逸還能避掌，聚落不驚膚。假爾時相用，秋風竟絶無。

【編年】

民國十一年四月十二日《日記》之眉録此詩。

惜梅垞

構此精廬不住人，辦錢無用愧嘉賓。偶來況被溪山笑，有底忙抛畫裏身？

【編年】

民國十一年閏五月二十八日《日記》：「至梅垞。怡儿去沪。有惜梅垞詩。」

【校記】

〔一〕「構此」《日記》作「郯上」。

書人悼亡吟後

人生誰不死？俱死萬緣沉。一握終天手，千年誓海心。玉簫難再世，錦瑟有孤吟。亦愴空亭處，花深易夕陰。

【編年】

民國十一年二月二十九日（本月月底）《日記》後録此詩。

日晚

日晚有人來説鬼，春寒欲雪復聞雷。莫嫌萬事都相左，光緒於今第二回。

【編年】

民國十一年正月二十九日《日記》記作此詩。

清道光癸卯金陵六叟合畫松石石作筍形湯貞愍筆也

金陵城下竄千狐，城上何來隔世烏。八十光陰看畫裏，不知人海幾回枯！

人間多難重耆英，蝯叟題詩百感傾。不待疑年諸老輩，湯將軍氣尚崢嶸。

送予倩率伶生之漢口

共君説樂夢鈞天，歲有新聲被管絃。一隊兒郎教得雋，也應騰踔李龜年。

暑江正漲君遊漢，君約東回定過秋。最惜洞庭張樂地，君山愁黛看橫流。

【編年】

民國十一年六月二日《日記》記作此詩。

題馮晏海紅雪詞

一州故物散如煙，便數馮家亦黯然。到眼妍詞留百闋，可堪猶記睿皇年。

【編年】

作於民國十一年。

【校記】

《張季子九録·文録》卷四《馮晏海〈紅雪詞〉題記》之結尾亦載此詩，末句「可堪」作「可能」。

重九集友與退翁會飲東奥山莊

塵鞅銷磨孰惯勞？强隨故事且登高。更無風雨殘佳節，況共溪山對勝曹。歲閏秋遲庭有菊，饑餘饉後市還糕。獨憐兄弟都頑健，華頫何嘗賴濁醪？

【編年】

民國十一年九月九日《日記》記作此詩。

落日　九月十五歸自吕四途中

落日如初日，東西照海圓。分光還助月，散彩欲彌天。野迥丹霞錯，山明翠靄偏。或云風雨候，不得畫詩傳。

【編年】民國十一年九月十五日《日記》記作此詩。

九月十六夜望月

大月如新瑳，群星盡斂芒。忽疑人在水，不覺夜還霜。欲睡迴身出，貪看仰面當。一年能得幾，永夜負清光。

【編年】民國十一年九月十六日《日記》記作此詩。

月華吟

皓皓白月青天開，銀雲委風西南來。不動亦動曳行四，夾月左右誰安排？月華無雲不得見，有雲流輝射八面。雲行中闕華中虛，射著雲邊淺深緣。深者五色琉璃張，淺者瀏璃壚珀光。縈進紆退旋其旁，時而璧琮圭琰璜。千琦百瑰弄華妙，爛若翩躚玉女團。鳳皇又若萬靈捧，寶趨天閶常儀端。靚居中央月與雲，委蛇雲爲月旖旎。雲月今宵有餘美，吾詩拙澀不足擬。世無善畫雲漢圖，又失雪宧沈女士。鍼絶姝。月妍雲媚徒須臾，嗚呼，月妍雲媚兹須臾！

【編年】

民國十一年九月十六日《日記》記作此詩。

辭晉授勳一位作諍詩九章

於惟成周，公侯命官。公以言通，侯以候言。佐正邦國，無僭無干。

尚功尊賢，嬴劉是嗣。禪代繩之，抽揚摩砥。曰有非人，亦曰有是。

是非既殽，貪夫囂囂。不至於極，惟有蹻蹻。予聖予武，靡惽不驕。

昔民欲貴，五等而止。今民哆兮，自五等始。夷而等之，云何國體？

人亦有言，位非公侯。形斯蜕矣，何似之求？空林索果，群喙啾啾。

昔公侯盛時，威威儀儀。咄嗟丁其阨，草間號啼。不信號與啼，曷詗京師？

市闤有猴，沐而冠帶。爾公爾侯，貴之斯貴。褫帶貨冠，不償飽醉。

猗嗟我人，天爵孔尊。忠信自植，亦躬亦桓。禮義自衛，猶屏猶藩。

謂以是餌士，其得魴鱮。謂以是擾虦，有狡狐鼠。尚慎思哉，敢告鈞宇。

【編年】
民國十一年九月二十七日《日記》記作此詩。

書中乾蝴蝶二首

天生負文采，婉孌芳樹緣。揚揚弄晴暉，顛蹶兒戲前。當時脱人彀，命亦狸奴懸。殉身書策中，誰能鳴其冤？患至不足道，一槁三十年。

掩書悄出户，階下兩蝶黄。傲睨策中蜕，自多生未央。嗟爾所不知，幾時貫緐霜。靡漫草間盡，何如埋縹緗？有文信天絢，久久未改常。小年與大年，笑問蘧蘧莊。

秋意

無邊秋意到中庭，出户看天照眼青。風細流雲頻媚月，露涼淺漢不涵星。凋傷落葉辭柯續，辛苦啼蛩隔院聽。昞燭讀書猶快事，便無人共一燈熒。

十月三日吴生眉孫至邀同滄江星南烈卿小集觀萬流亭烈卿先有長律因賦

北方有佳客，來與高秋俱。本是江海彦，沈溟賦京都。遠聞夙心許，兹晨叩吾廬。良會匪易得，況乃辛苦餘。折簡趁風日，展席依菰蒲。靄靄煙嶺送，濴濴霜流紆。各映山水色，緑鬢皓髮鬚。當杯雜問訊，所得惟歎吁。不如滄江叟，語噤默坐隅。颭颭檻前葉，墮浪不可扶。世事一鳥過，那辨雌雄烏。君子慎相勖，敗意且驅除。

題厲駭谷白華山人詩集

厲生抱遺集，來叩囁嚅翁。孫子不忘祖，今時成古風。煙雲駭谷墨，文采駕天虹。曠代何蝯叟，桓譚論至公。

去二十八牙本

與膚髮俱來，其第亦有次。計數齠齓年，上下三十二。愛齒自有法，少日那曉事？嗜甘嚼復嚼，飴錫饊餅餌。緣甘而生蠹，病我以爲利。舀舀臼我牙，業業鋸我齒。鍼孔旁穴穿，扎葉裂縫迆。齒入引爪搜，栖糝借舌舓。此猶常時然，病作横無理。或劇於賓筵，或嬲於省試。或跳若沸糜，或楚若被箠。搐筋或鶴啄，痏頂或鳥掎。熱或怯虛風，冷或妨漱水。頤腫或偎牀，頭沈或低几。撼摇愁或怪，掇弄疑或鬼。壞我截餅功，損我編貝美。遥遥五十年，朽缺連不已。與其養爲讎，盍若決去累！自一累至十，退舍列宿比。鹼齺雖似醜，寧豁尚可計。螟蛉當生兒，車輔遂假義。昌黎昔中壽，落賸廿有幾。其羡師服時，得半亦强寄。倔强傲虞翻，鯨鱠大言覘。今我年七十，杌䠜廑存四。奈何孑遺齗，猶作不若祟。我寧不能容，餘齡爲汝庇。奈何齟與齹，鈎連孽由自。周公斥管蔡，意不傷文季。孔門去非徒，小子鳴鼓示。便使少至兩，尚不太公媿。即去能無情，齺之洗以淚。

【編年】

詩中謂「今我年七十」，則此詩作於民國十一年。

應淮僧慧之續湖上留題録

湖心有寺傍淮壖，門外常停客子船。客自去來僧自住，盡空雲水是湖天。

澄觀泗上老禪師，淮海於今有慧之。朝士貞元都散盡，公才誰識識公詩。

折枝紅梅

九月梅枝漏小春，未寒庭院薄霜晨。更無私意猜天地，或有吟魂感笑顰。北客罷聽南客語，丹心如見素心人。折來一寸關全樹，珍重朱英取次新。

壽顧少川母

令子乘槎作議郎，會盟壇坫不尋常。心肝日月民爲重，口舌風霜敵未强。絶域使才歸簡策，入門壽母有輝光。懸知北斗天漿富，注與人間萬歲觴。

【編年】顧維鈞（少川）（一八八八——一九八五）回憶録稱出生時其母二十三歲，則其母六十大壽在民國十三四年。當徵詩於此時。

霜月

繁霜如雪夜欲曙，霜重寒嚴明月苦。更無人賞把金尊，或趁宵征愁葛屨。騰騰漸高一鏡圓，大星三五聊周旋。悄若無與無心然，炎涼不到嫦娥前。涼亦不爲凊，炎亦不爲熱。任是淒清任喜悦，人間愛趁芳菲節。

【編年】

民國十一年十二月十三日《日記》記作此詩。

沈四兄乙盦曾植輓詞四首 有序

與乙盦相聞，自光緒庚辰始。乙酉始見君於宣南珠巢街寓，適與君五弟曾桐同舉，朝夕過從者年餘。由是己丑、庚寅、壬辰，凡會試必見，見必就君論學講藝，交日益親。甲午旅京不及年。綜余前後都門舊遊，君昆弟外，所與朝夕談議者，盛意園昱、黄仲弢紹箕、王可莊仁堪、勖藏仁東、丁恒齋立鈞、鄭太夷孝胥、沈濤園瑜慶、袁爽秋昶、王芾卿頌蔚、濮止潛子潼數人而已。戊戌復一至京，不三月即歸。自兹以後，政變鋒起，余不復北，君與諸君相率外任，中經多故，蹤跡乖疏焉。國事既更，君在滬，余在江北，不能常見。戊午、己未間，事變益龐雜，不可究詰。聞君行止，跡危而心苦，往與湯君談，不得便愜。以是雖余晤君，亦不欲問往事若何——傷君意也。比歲君鬻字自給，躭禪悦，絶口不道時事，頽然僧矣。昔余嘗有詩寄太夷，欲仿郗超剡上造立屋宇事，約君與恒齋、太夷偕居於通，迄不如願。近檢恒齋畫，欲寄紙索君書儷之，方覓得紙，而兒子自滬報君下世之凶問至矣。歷溯前塵，可勝愴痛？輓詞鱗爪，不能盡欲言之百一也。

海上兒書至，驚傳沈丈凶。悲思卌年上，瘠積萬端中。舊轍珠巢隱，新支扇字充。閉門稱寐叟，人識是冥鴻。

突兀爲陵谷，噫嘻晰米矛。昭文琴復鼓，建武冕何旒晉中興書。望帝枯鵑血，隨人料虎頭。歸來棋藥好，表聖得休休。

睽疑湯鷙老，趣異沈濤園。舟覆終懷劍，樓居不駕轅。圖經維絶代，文獻底中原。説佛原無上，傳燈見本元。

鄭四俱頭白，丁三久骨寒。昔虛超築舍，今失瑒求翰。牀慟先亡弟，旌存舊史官。鴛湖波更遠，流恨瀉汍瀾。

【編年】

沈曾植逝世於民國十一年十月初三，詩當作於其稍後。

七道嶺哀朝陽高生也 有序

直隸法政學校政治經濟科生朝陽高其傑死。壬戌夏，某軍犯擾朝陽之戰，民團敗，生與其父及弟四人俱慘死。直者老與其同學生八十餘人，爲之徵詩。吾哀生，益哀世如生之不幸者，不知幾何人也！　生家七道嶺。

七道嶺盤盤，下瞰白狼水。白狼之水不能限馬足，夜半飛來白狼子。狼子何物平林下，江耳狼與虎。唯阿齟齬忽傷和，相搏相噬牙爪摩。東斫西斫棄甲那，奔突縱暴如民何？高生家，七道下。少入民國奮讀書，世習邊風能躍馬。聞警歸里省爺孃，慷慨執戈衛鄉社。兵也而賊則賊之，殺賊便當爲健兒。據隘絶援勢不敵，散地作戰危可知。麾之衆不從，鼓之聲不起。生爲賊縛如縛豕，父子兄弟同日死。生胸可洞舌自存，罵賊驚人作雄鬼。吁嗟秦蜀湘洛間，無處民命非霜菅？生死有人説姓氏，膏原萬嵛誰當酸？七道嶺盤盤，白狼河水千載悲風寒。

【編年】小序中壬戌(民國十一年)夏，即作時。

汽車陷

西歐乘車來向東，兩馬赭白一馬驄。御良輪輕氣軒虹，猶嫌不疾欲邁風。離陰坎陽資化工，摩蕩爲電蓄爲燧。用時引火使水沸，沸汽激輪如鼓鞴。周王八駿不足奇，一日千里極其至。區區百里殊等閒，何有歷塊艱人艱。連朝零雨送路寒，我攻我車走班班。百里九十數又過，路泥愈深没人踝，噏轗蹬轂焦及輠。簸顛雖惡乃不可，人爲之前人右左。始覺咫尺千里然，後車未必便勝前。君不見汽車陷時小車笑，赤脚盤盤出濡淖，鯤鵬蜩鳩勿相傲。

【編年】

民國十一年十二月二十九日《日記》記作此詩。

小除夕雷

天下皆宋聾，鄭昭無如何。沈沈一歲盡，瞶聳仍一科。離畢不見月，乘霧雨爲多。中夜孤枕上，隆隆聲有波。北東礴海澨，南西掀江沱。雷於古文字，回轉良不譌。衰翁未聾廢，聞之稍研磨。立春僅十日，節候毋乃傞。得勿慣連祲，甲坼鞭蹉跎。不然聚聾鼓，鼓破愁天河。丹心禱青帝，速播坱圠和。

【編年】

民國十一年十二月二十九日《日記》記作此詩。

題會稽何烈婦遺札

不死饒餘地，全生奈喪天。有終成白首，含笑識黄泉。狂狷空先聖，瑕瑜聽後賢。遺書等閒事，松柏本心堅。

【編年】民國十一年正月十六日《日記》記作此詩。

壽蔡生母七十

前年新築左山隈，令子江干乞樹栽。謁客如聞王粲少，議郎猶説蔡家才。蘇門長嘯懷人迥，洛汜行觴爲母開。更奉安輿過十載，會收霜實薦金罍。

【校記】［乞樹栽］，原作「乞樹裁」。於義難通，徑改。

癸亥歲朝

飛騰七十昨宵過，算亥剛周一笑蹉。隨學村師教偶句，避兵窮士識悲歌。親憐此日更新服，我老於今戀舊蓑。人道元從貞下起，貞哉將奈萬方何？

【編年】民國十二年正月初二《日記》記作此詩。

此君亭

此君亭好在，元日一來看。霜葉隨橋入，風篁擁坐寒。界魚添籪易，愛屋得烏難。欲去頻增戀，携孫數徑欄。

正月庭梅盛開以詩寄人

鄭重東皇報早春，絳英滿樹樹俱新。一花嫌少枝難寄，火急裁詩慰遠人。

書性命圭旨後

道釋二家藏，其書皆數千。無無與有有，歸海樊源泉。丹經出道家，意在求神仙。濁世日昏垢，脱羈良亦賢。假令率其道，人人逃虛玄。大地廓唐肆，萬靈塞諸天。誰與理人事，誰奠山與川？儒者始五帝，三代承聖傳。大道極位育，參贊惟人權。發揮務民義，經訓日月懸。禹稷自有事，奚暇儕偓佺。尼父演周易，消息天人間。欲人識天道，明其然不然。易義富含蘊，紬茁枝駢。謂孔我弟子，唐波宋漩淵。淄澠自異味，那得妄牽攣。道術諒非一，百家騰霧煙。唐虞慨不作，世亂趣救偏。禮教翳榛莽，名法俱蹄筌。能歆二氏利，茹蔬勝臊羶。君子或有取，匪混朱丹研。韓歐乃多事，滃晤加巾冠。

【編年】

民國十二年正月二十八日《日記》記作此詩。

絲魚港

分土自通如，連村接草廬。家家種桃樹，市市賣江魚。簡俗馴終易，安生智有餘。真慚田父愛，昔爲野謀疏。

【編年】

民國十二年二月二十二日《日記》載觀絲魚港、江隄十八里，故此詩、下一首詩即當日作。

江隄曲

江流一曲一層隄，隄下青沙間赤泥。野桃歷亂亦能好，趁著東風飛滿蹊。

南村樹多北村少，東家花白西家紅。桃年抵得麥禾貴，果熟花完只怕風。貴一作熟，熟一作實。

【編年】詩末「貴一作熟，熟一作實」，當是編者編校手記，非作者自註。

上巳日雨

一春風雨占，上巳出游虛。林葉看猶穉，園花過有餘。寒重田父褐，謝並故人車。不礙芳辰失，清吟慰獨居。

四月一日師範學校廿周紀念

平生愛材美，尤愛自藝林。入市買果啖，家果意彌歆。晨溉夕翦拂，望之始一鍼。待其分寸長，動嫌日月駸。牛山古所歎，哲士纏苦心。成材但十五，何必高百尋？果實足充饁，不羨銜仙禽。以是結微念，疏畦絶沈吟。

欲貽世嘉穀，所事乃苗隴。辛苦語農師，勤勤物良種。沃之欲其秀，時之欲其重。導善必防賊，去莠必簡冗。播穫廣菑畬，斟酌致培壅。黽勉二十年，所得幾筥稯。未怯一州危，常當天下詾。庶幾粒蒸民，不至茣稗啈。道遠責未已，起祝苗菶菶。

【編年】民國十二年四月一日《日記》：「師範開廿周紀念會」，則此詩其時作。

林風以影像見寄到時四月十六日也率紀以詩

思發春歸後，人來月滿餘。慰情孤坐裏，虧魄一絃初。寸步覘天命，三生怪子虛。料應飛不去，長伴滿牀書。

【編年】民國十二年十二月三十日（本年之年末）《日記》後録此詩。

不然

未面如前好，將親便怯離。需殷常失遇，愛起即連癡。各有人才思，都空色相疑。不然瓜久匹，況我雪吟髭。

【編年】民國十二年十二月三十日《日記》後録此詩。

手植木瓜乍盛有花

著葉都如縷，翹花不肯攢。嬌羞女兒好，薄隱秀才酸。浣粉憐晨露，添陰愛午闌。投人莫輕摘，且合閉門看。

葛君置酒城西招同退翁烈卿看牡丹

漠漠輕陰覆水涯，料量春事幾人家？應愁雨浥方齊麥，却借寒留欲放花。主客移尊當面對，弟兄脱帽滿頭華。百年舊宅都還在，何處城牆早暮鴉？

萬事都如水有涯，城西父老説方家。宅爲清乾隆朝南元方汝謙所居。一朝帝社今何樹？三月春陰尚此花。池上惟應醉山簡，洛中誰復遇張華？座人競艷杭州好，亦付朝鶯與暮鴉。

詠絮樓主以西青散記落花詩痛惜嬌紅未忍攀語成轆轤體詩見示以廣義推其終始爲進一解

痛惜嬌紅未忍攀，徘徊終日向花間。真疑天地無心慣，特縱華妍不肯慳。

一回腸熱一回寒，痛惜嬌紅未忍攀。無奈終隨流水去，不然亦化土斑斑。

晴防蜂蝶陰防雨，錦幛商量作賓主。痛惜嬌紅未忍攀，如何嫁與東風許？

金縷歌哀聽欲闌，花枝掩掩月彎彎。除非花有憐人意，痛惜嬌紅未忍攀！

【編年】

民國十二年十二月三十日《日記》後録此詩。

贈袁生

三吴多美才，氣秀具區澤。陽夏有兒郎，擅奇早慧質。不學鮮卑語，用心愛儒術。論語與毛詩，約取瞭所擇。十五學吟諷，好詞潤金碧。十七學畫成，便瞰宋人室。十九學度曲，曼喉赴聲律。三月鶯花天，過江岸巾幘。一篇芳草句，居然詠史客。翩翩到我前，霜姿鶴下立。中原未休兵，山阿畏人蟄。紛紛新少年，味差不易即。覩子雙眼明，老懷頓愉懌。意者吴公子湖萬，朱藍近可益。儻歸與磨礱，王惲千里業。古來英俊人，豈不在善植！正當多讀書，得助寫胸臆。山棲欲有圖，須時爲點筆。

【編年】

民國十二年三月十四日《日記》記作此詩。

柳絮

雪勢浩無已，東風晚更吹。暖人饒有意，滿道爾何爲？毓樹場師幸，流萍蕩子思。江干千本柳，一瞬即天涯。

庭中朱藤開幾匝月姚光冶色燦爛殆不可狀詩以張之

木難火齊珊瑚株，纍纍百琲赬虬珠。海南瓌琦石家儲，王家垣阤赤脂塗。紫絲步幛幛群姝，丹裳絳帔紅襜褕。豪華絶世今亦無，何緣到我中唐除。修藤移來七八載，芟駢理穎植架扶。三年蔓交葉覆蓋，高不過丈平屠廨。花時朝霞晚霞舒，百千韎鞨垂流蘇。繁纓星旄會與與，風不可撓乃可疏。日愁其午欲其晡，巡檐即暇煩老夫。便欲日日招吟徒，傾盡洞庭春百壺。西園尚有地一畝，廣爲罨畫當何如？

【編年】

民國十二年三月十五日《日記》記作此詩。

春江魚汛歌

刀魚性愛須，時魚性愛鱗。遇物觸所愛，飲忍忘其身。桃花上巳江流新，横江千舠會漁人。大網密梡闌渚津，將迎魚性使伏馴，得魚多少疑有神。昨日卜珓今日市，開艙各數幾何尾。换酒囊錢日有喜，安排更待河豚起。河豚善嗔嗔腹鼓，鼓乃浮波翻白雨。漁人布網如布陣，掩取一部復一部。河豚三頭爲一部。美能殺人人欲之，吴亡猶説西施乳。子魚最小最後生，朱門筵俎幾無名。荒江野店堆盤盎，下酒家家充午餉。

【編年】
民國十二年三月二十三日《日記》記作此詩。

兩翁行

金翁有口已語不得出，俞翁有耳人語不得入。金翁疑是啞，俞翁真是聾。兩人邈絶不相識，我居其間先後通。每見端須研筆紙，茗甌並進忙小史。匪我一人手代口，勞翁兩人目作耳。東坡先生善詼嘲，調停造化靜不囂，世變正當江上潮。不如竟學維摩詰，坐對無言方丈室。

【編年】
民國十二年三月二十四日《日記》記作此詩。

至墾牧鄉周視海上示與事諸子

雄節不忘田子泰，書生莫笑顧亭林。井田學校粗從試，天假無終與華陰。
二十三年與海爭，指麾千畝萬犁耕。葉翁髮白江生秃，多謝陽侯許受盟。

昔望撑空蒿似柏，今來夾道柏兼楊。祇憐三萬成林日，規計鄉樹二十萬株，今三萬五千餘，裁六之一。不見嘻吁李部郎。審之。

冀妻已逝海耕虛，易地南山亦未居。無限桑田吾老矣，横沙一抹看龍魚。

【編年】民國十二年三月二十八日《日記》記作此詩。

不寐

東風宵轉劇，庭樹爲低昂。急雨鳴滄海，輕雷入野堂。乾坤雙合眼，耕釣百迴腸。不寐胡爲者？成詩枕上忙。

【編年】此詩與後一首寫於張謇巡視墾牧公司的民國十二年三月二十七日至三十日四天中。

移種枸杞

瞭江石杞名天下，欲得涼州萬里遥。海上苦彌原不乏，明年待擷滿山苗。

有感

相親無介覓無蹤，誰使氤氲尺素封。苑雪成花宵暫好，峽雲不雨暮還濃。錦機錯誤絲千縷，玉佩淒迷網七重。笙鶴空山應寂寞，熊魚何分計從容。

【編年】民國十二年十二月三十日（本年之年末）《日記》後録此詩。

重有感

人間那得消魂事，想見裁書忍淚封。紅豆子嵌瓊叜細，紫霞香縮博山濃。春融涼漢無分數，情到離天第幾重？感極寧論真與否？朝朝鏡裹認真容。

【編年】民國十二年十二月三十日（本年之年末）《日記》後録此詩。

江都王君索題同光諸賢手札

料應嗜好殊流俗，愛惜雲箋字幾行。亦爲先朝增掌故，不惟詩派有同光。往與子培、蘇戡諸君唱酬都下，時有同光詩體之目。

小池

小池爲誰鑿？曩亦費經營。磊山摶木石，量水恣瓶罌。窺月曾留笑，投花總繫情。分寸量栽樹，年年獨向榮。

【編年】

民國十二年四月十三日《日記》記作此詩。

竹孫畫兒女團圞小幀意致絶佳竹孫與余游久身後又爲營南山之墓而藏其畫絶少乃以三銀幣得之題詩於上即名之曰兒女團圞圖

款門舊畫朝來貸，彩筆塵汙故人在。爲誰歡喜作此圖，小兒肥白長女姝。畫中兒女度歲月，女今阿婆兒丈夫。我常愛記兒時事，人生安得長如此！嬰兒姹女語荒唐，故人墓樹如翁蒼。

【編年】民國八年閏七月二十七日《日記》記作此詩。

無錫趙先生孫女歸俞氏有子名彬蔚學成任某職以母壽七十求詩爲賦一律

令祖吾師事，令垂五十年。夙叨慈母饌，知熟女師篇。訓子承曹叔，通家説惠連。謂令弟翼孫。北堂侑觴酒，述舊付詩傳。

【編年】民國八年十二月十五日《日記》記作此詩。

巴人張琴以清諸生遊學於通習紡織勤而善畫佳士也卒業歸數月瘵死聞而哀之

自古巴猿最苦啼，老猿啼斷又孀雌。行人更向前頭聽，尚有南通學子悲。

【編年】民國八年十二月十六日《日記》記作此詩。

【校記】題中「善畫」《日記》作「善思」。

題畫繡

曉來新漲滿前灘，嫋嫋隨身一釣竿。換酒祝魚何處便？出門擡起笠檐看。

【校記】民國八年十二月三十日（年末）《日記》後録此詩，此題下有另一首，見後輯佚詩。

龔伯子營堤北培原區築璧亭因事湓遊

破荒闢地三千畝，煙水占之十二强。欲將游衍敵辛苦，未嫌亭舍因池塘。種桃植柳尚待計，客詠賓留今已忙。寧容蛙黽助狼藉，正要魚鳥偕徜徉。臨深爲高三面隄，因下益下禾藕畦。間以蔬果錯行列，璧亭中央殊一蹊。杉石賞妍愜子美，池臺趣遠誇昌黎。南岡窅靄寺鐘磬，北隴遮隔鄰犬鷄。已得衆流成渼渼，迴思萬冢鋪叢叢。智愚姓名俱盡盡，人鬼日月毋同同。葬錢入市土斑碧，野花摇林波縠紅。海鷗飛來没殘照，燕麥無賴熙春風。龔生投戈把犁鋤，廿餘年來胸有町。兹地習其少所游，有責都未苟以幸。督功驅策水陸兼，守隘從容盜竊屏。桃源隱奥那得此？防有避秦人造請。

【編年】
民國十二年四月十三、十五日《日記》記作此組詩。

鴉鵲二首

夾坨林柯衆羽棲，鵲兒裁觳又鴉兒。不知啃啃啞啞裏，孰是今雄孰故雌？
路人仰面西南角，高下新巢三十六。鳳皇自爲聖人稀，不爲翁家不卵畜。

挈揚纘融三孫上冢過邱氏宅

東家忽富西家落，南埭憂耕北埭豐。説與諸孫知里事，數來兩世見鄰翁。新阡茂柏分行後，廢宅夭桃換主中。世態無常人有命，抱書當日一村童。

【編年】

民國十二年二月十二日《日記》：「回常樂家廟春祭。」與此詩合。

王君家襄先德百歲生忌徵詩昔顧亭林亦嘗爲丁貢士亡考衢州君生日作詩其叙有云生日設祭而謂之生忌禮乎於其既亡而事如生禮雖先王未之有可以義起也與僕說正合爲詩寄王

百年亦何有？鄭重作期頤。生忌亡於禮，追慶平義者宜。陰功酬令子，遠道乞新詩。前例亭林叟，將寬貢士悲。

觀汪氏所藏翁文恭與郎亭侍郎手札 有序

文恭公與侍郎皆制舉時座師，文字因緣，進於道義，期待之深，良非恒泛，海内多知之者。剛毅當光緒之季兩宮失歡時，以翁、汪爲帝黨，力主仇外，結連端、榮，假勢匪團，駢誅徐、聯、袁、許諸人，後又造爲翁門六子之謡，冀以盡除異己。六子以侍郎爲首，中有志鋭、文廷式、某某，余最後；

誣余雖不在京，而隱爲敵，且與康有爲、梁啓超有關也。自京而鄂而蘇，謡頗盛。會聯軍入，剛毅輩伏法而熄。今手札中似隱語者，亦見當時二公抑畏之甚也。

翁門六子郎亭首，傳者或云殿者走。流言洶洶朝野間，熒惑小兒萋菲口。兩部盡錮陳劉先，一網欲打袁許後。妖旗突起狐鳴豪，雷雨戰罷虎豹逃。天子西走咸陽皋，佞頭濺血遏必刀。皇天佑善不終醉，洪爐飛出騫鴻毛。當時緹騎動四海，逐臣竄伏鬼神駭。至今遺札落人間，淚語淋浪卷中灑。鴿峰雲，鮮溪水，朝看叆叇暮清泚，頭白空山哀老子。

新華車

熒惑入南斗，天子下殿走。天文今不言災咎，天子無何莽烏有。新華宫門晝不開，飢軍門外轟如雷。天綱馳絶地維盡，陰符有經將有令。文犧芻狗入廟初，剥牀及膚寧有幸？飢軍去後邏軍續，斷火絶流死相促。新華門開車忽來，車待久矣休徘徊。明日車中尚求印，車塵留與他人趁。

【編年】

民國十二年五月十九日《日記》記作此詩。

建福火

正陽門災德宗世，天壇災以壬辰年。沙中士夫究祥異，衮衮美奏宫闕前。遼金以來瞬千載，五朝文物風雨會。堪輿荒唐語欲顛，崑崙一龍出塞蜒。何時王氣頓消熄，龍不能靈僵蜴蜥？可憐中原帝王像，連屋都投一炬烈。君不見廣州益州湘西東，萬家劫火燒天紅。嘻嘻咄咄驅祝融，兒戲何有咸陽宫？咸陽宫，焦者土，長橈大斧救火歸，天子閉門閉如故。

【編年】

民國十二年五月十九日《日記》記作此詩。

【校記】

［可憐］原作「可燐」，形似而誤。

臨城票

山東連年苦盜賊，白晝正爾横縛人。臨城鐵道坦如水，要遮亦有網截津。盜惟愛錢好，人盡可爲票。青島曾探赤黑丸，洛陽下江新招安，龍蛇山澤風雲寬。豈無護路隊？戎服荷槍壯儀衛。豈無鎮使兵？金彈酬贈如弟兄。由來亦有治盜法，政事堂空虛令甲。橫行自合滿中原，行旅何因命如髮？命不足惜奈國何？中有殊族非一科。咄咄抱犢山之阿，政府盜渠方議和。

【編年】

《年譜》民國十二年五月：「作《臨城票》、《建福火》、《新華車》三詩，皆近事也。」

苦雨

梅熟寧堪爛？苗新正苦薅。雨聲鋪野闊，水氣霤空高。鳥斷兼晨食，魚浮四注濠。三年連兩潦，奈此下民勞！

潘汪八十壽

潘翁奮翅賢書日，賤子觀光逐隊初。投老各尋支許社，多君尚輓鮑桓車。比肩歡笑春涵海，椎髻虔恭雪滿梳。況有兒孫盡蘭玉，綵衣拂拂照鄉閭。

耐園雅集圖爲欣翁作

吁嗟掛冠客，今見耐園圖。茅舍成高築，桐溪當小湖。箏琶砭里耳，壇坫照霜鬚。亦抱憂時拙，由房道不孤。

【編年】民國九年四月二十日《日記》記作此詩。

鄒學軒前小池二首

埋盆嫌淺小，甃石得瀦渟。不倍十五月，纔容三兩星。霜繁惟聽葉，風劣不飄萍。亦有闌堪倚，歸來時一經。

雛孫愛指小魚看，三寸江湖易與寬。孫問幾時長似我，魚長或作應龍蟠。

【編年】民國十年十二月三十日《日記》記作此詩。

喜融孫

學語未能工，聽人語特聰。阿婆誇似父，差慰晚兒翁。
健走渾如犢子奔，拜年學得次諸昆。飛騰十歲翁八十，代杖扶翁是長孫。

【編年】民國十年十二月三十日《日記》記作此詩。

人日見月

沈陰一時豁，喜笑萬家同。地淨還疑雪，雲流若有風。漏聲纔度夕，樹影不當中。應憐牛女別，方春訊未通。

【編年】民國十一年正月初七《日記》記作此詩。

南樓聽百舌

大柳高梧緑漸齊，傍樓好鳥盡情啼。不知絃管誰高下，聽罷雕闌日已西。

漚波生行賦詩勖之

年少黄金廿，佳人碧玉岑。一尊臨水餞，三日繞梁音。不覺落花暮，但看芳草深。朱絃勤拂拭，尚待奏薰琴。

贈譚郎二首 有叙

清咸同間，京師擅聲劇藝者，前惟程長庚、余三勝，後爲梅巧玲、余紫雲、徐小湘、譚鑫培數人而已。光緒己卯，兩江總督沈文肅公卒官，城南士大夫至，爲語曰：今年中外失兩要人，一沈幼丹，一程長庚，其見重於時如此。譚學于程之高弟也。光緒中葉，惟譚獨存。辛亥後，巧玲孫蘭芳，殫精藝術，獨出冠時，名譽溢流海外，駸駸拂譚之馬首矣。譚年幾七十，猶時時出遊，袍笏登場，神采四映，每觀其演藝，嘆其壯，未嘗不憐其遇也。丁巳病卒，嗣響無人。其孫富英，頃來南中，仍世先業，評論者謂其奄有祖風。來通，觀之不謬。夫鼎門名閥，頹落不競者，不勝數矣，梅、譚顧皆有孫耶？昌黎所謂稱其家兒者，良不易也，爲與二絶以鼓舞之。人必能自樹立，乃能有其祖父，譚郎勖哉！

伶官長老數梅譚，梅有孫枝突過藍。難得譚郎初出手，一聲雛鳳滿江南。
長庚名與重臣傳，我到京師後一年。眼底譚家又三世，賸誰頭白話開天。

【編年】
民國十二年六月八日至十日《日記》記譚鑫培之子小培挈其子來演藝、索詩等事，下一首亦此時作。

屬富英復演空城計賦贈

未容勝負定安危，一局街亭黑白棋。付與譚家成絶唱，耳中有祖有孫兒。

壽王欣父夫婦　有叙

與王君交四十八年矣，君今年七十有九，室蔣夫人年八十。八月十八日，其子若孫爲之稱慶。平生昆弟之交存者堇矣，偕老大年之偶，尤世所稀。主本健歌，客多善和，飛觴激竹，陶淑湖山，寧唯王氏吉祥之善事，抑亦朋好聞見之𢦶譚也。賦寄長律，以合嘉會。

早親二老似家人，數徧諸郎半在門。退展龜堂容歲月，健抛鳩杖認乾坤。翁無得失都忘馬，客有消摇愛説鯤。門外驚濤門内曲，赭西應畫故侯村。

【編年】民國十二年六月二十日《日記》記作此詩。

重繕蘇來舫成七夕會客泛濠張樂賦二絶句

漩淵淮水日趨東，浮著孤州玉鏡中。應笑畫船新月底，貪看星漢白頭翁。

簫鼓中流泞桂橈，長空靈鵲自成橋。而今始信神仙拙，不借天船趁晚潮。

【編年】民國十二年七月一日《日記》記作此詩。

七夕濠遊後詩答坐客并示怡兒

三分月得一分弱，七夕詩成七日前。不礙旗亭無妙妓，主人投老客中年。

照席星河客送行，兒詩帶楚酒邊情。乘查亦是吾家事，莫使牽牛笑後生。

【編年】此民國十二年七月七日作。

答人七夕

黄姑期欲逼，青女冷誰知？彈雀珠無色，求鶯木有枝。待橋河暫隔，匪錦石空支。查客恩恩甚，人天那許窺。

【編年】民國十二年十二月三十日（本年之年末）《日記》後録此詩。

廣李生

求轉女身舍利弗，好如女子漢張良。敍將青玉明珠氣，付與施朱傅粉妝。似蝶栩蘧通主客，聽人瞻拜認奴郎。不須分别雌雄感，洛水猶持禮作防。

【編年】民國十二年八月二十二日《日記》記作此詩。

題周君月湖草堂圖集元次山句

東南三千里，騷騷十二年。江海有滄州，此州獨見全。形勝堪賞愛，主人既多閑。草堂背巖洞，似不知亂焉。平湖近階砌，引竿自刺船。水石更殊怪，俛視松竹間。娟娟如鏡明，明月正滿天。湖口更何好？但覺多洄淵。晨光靜水霧，幾星猶粲然。涵映滿軒户，更歌促繁絃。海内厭兵革，迫之如火煎。誰能守纓佩？誰肯愛林泉？顧吾漫浪久，將耕舊山田。出門上南山，白雲生座邊。尤愛一溪水，扁舟到門前。余於南通五山皆穿渠以通之，營別業其上。請君誦此意，耽愛各有偏。

僧伽像贊

僧伽唐聖僧，其歸在淮泗。萬回定僧聖，觀世音化身。觀音於東土，功德最廣大。聖蹟之所著，當不離海上。普陀落伽山，自昔有道場。狼山在唐代，亦是海中島。其去泗上山，不過數百里。若論海潮音，落伽亦無二。況依佛子性，本無人我相。若於此分別，即是有執著。譬如今日山，以爲在平陸。試問若在海，於山何分別？本體且無無，體外何有有？還問諸聖者，如何離名言？如何脱名相？或見正等覺。

【編年】

民國十三年正月十九日《日記》記作此詩。

小築南滎夜坐

東斗看能近，南滎坐每敷。野螢穿樹入，水鳥隔牆呼。畏客燈教暗，聞歌笛爲吁。三年溯陳跡，瞑息獨踟躕。

七月十五日夜月食後望月

初升即墮妖蟇吻，苦蝕旋回顧兔光。詩老廋辭窮黠猾，鄉人推愛到君王。少年涉世誰知勉？新學談天正未妨。看到終宵終是好，有何風浪攪銀潢？

【編年】民國十二年七月十五日《日記》記作此詩。

庭樹

春夏庭樹繁，風葉聽溼溼。纔覺秋意侵，聲乾漸屑屑。四序皆催人，秋不爲加疾。榮枯乍更代，令人感金石。眼中日月駛，志士獨竦惕。善身如善樹，斧斤懔自賊。鼎鼎後萬年，修名在强立。蜉蝣須臾間，草木不足惜。

吴昌碩八十生日徵詩

吴興逸民傳，滬瀆缶廬翁。身世因時左，聲名與海東。常將書作畫，自以笑爲聾。介酒饒賢子，深衣獨古風。

【編年】

吴昌碩（一八四四——一九二七），民國十二年（一九二三）八十歲（虚齡），生日爲八月一日，詩當作於稍前。

喜林風至

汝約重陽到，重陽爲汝晴。畫詩增篋重，風日快江行。菊對前人好，杯因別意傾。溪山終窈窕，魚鳥亦將迎。

【編年】

民國十一年九月七日《日記》記作此詩。

送怡兒歸重有感

寒暑一年計，風濤萬里開。送行勞客眷，惜别與孫來。觀海憑知學，乘風未信才。聊云慰弧矢，應更念棬桮。先室卒十六年。

諸夏豈無君？中原合有人。河山存外史，衣食重邱民。孑孑衣裳會，騰騰戰伐塵。騂征成底績？側望一酸辛。

【編年】民國十二年七月二十九日《日記》記作此詩。

壽許鑄江母

舊數京江客，今看許氏孫。朋簪三代盍，女史一家尊。華髮因兒早，青燈話績存。昭蘇冰蘖意，鄭重老夫論。

中秋輔之招飲蘇來舫無月

水落看林遠，潮回候月生。畫船不孤寂，朋酒復縱横。浴浪燈驕彩，吹雲笛厭鳴。便今天皎好，猶有别離情。

【編年】民國十二年八月十五日《日記》有題中「輔之約蘇來舫小飲」事，詩即此日作。

重九日與烈卿輔之保之同至如皋壽健菴六十生日

重九登高要著屐，今破常例同放舟。曉霜染樹絳兩岸，風葉隨客如皋游。如皋深衣考居士，星星髯雪繞頰周。孯經撢史及釋典，欲祓世界無量憂。兵氣未滌人未休，那得藕孔修羅囚？孔聖既無言，佛亦不能笑，安心靜觀萬物竅。人生六十七十衹須臾，過去野原幾燔燎。今年原草明年生，不勝燔燎治亂更。我輩且須清醆倒，人家自有黄花明。我欲擷黄花，遠爲居士壽。簪髮髮莖短，插帽帽檐瘦。仰觀白日猶團團，爾我反覆隨風瀾。人世已非一朝暮，鼠蟲無賴殊臂肝。但得萬方各安堵，父老堯禹俱常觀。居士一經看彌陀，問佛何自世有魔？魔降用杵杵維何？我語不誕或不呵。年來我眼閱世熟，人人如蠶絲自縛。果能成繭大如甕，衣被天下蠶亦足。不知君意復何如？快談請俟南山廬。

【編年】民國十二年九月十一日《日記》記作此詩。

喜健菴以素食餉客賦奉一詩

特殺士所戒，延生未可殘。曾尊五簋素，藉報衆賓安。得此同孤抱，欣然飽兩餐。聊將嗇翁嗇，與子健盤桓。

【編年】此詩与前一首詩同時作。

陳生招客爲北濠之游

尋秋最好北城根，來往船稀落葉繁。水闊依灘雜梟鴨，日斜覓路歸雞豚。風煙澮澮猶存堞，人鬼離離不當村。待與綢繆成勝地，開林架渡拓公園。

【編年】民國十三年三月十三日《通海新報》刊載此詩。

【校記】

《通海新報》題「陳生」下有「葆初」二字，詩末句附括弧，内有「生有此計畫」五字。頷聯「覓路」作「分路」。

袁生爲其母夫人繪夜課圖徵詩

袁生能讀書，是我故人子。依依念母慈，慺慺自爲紀。母嫠撫孤兒，瞬且卅年矣。日昃自塾歸，書熟母心喜。夜寒兒欲眠，假寐時隱几。短檠青熒熒，督課母呼起。咿唔復咿唔，平旦猶未已。識字始三齡，繪圖今壯齒。養志承母歡，循分子知禮。非冬曷有春？惟泰萌於否。吁嗟此賢母，吁嗟此佳士。百年一寸心，不盡畫圖裏！

【編年】

民國十二年九月十日《日記》謂「題畫詩」當即此首。

濠上對月

十三十九連明月，幾度濠濱會羽觴。談久坐深都不覺，回頭對面恰相當。浮雲有意有遲早，天漢無波無暖涼。且應醉舞兼吟詠，何事盈虧細較量。

【編年】民國十二年九月十五日《日記》記及招飲於蘇來舫，有詩，當即此詩。

梅郎三十

才人三十寧都達？今子佳名已十年。妙絶況能摩詰語，萬人爭矚萬花天。

書畫年來一輩過，黄金燕市近如何？菊英正與金同壽，要聽唐宗久視歌。

麻姑仙去顔方駐，若道支郎易老郎。三調縱還隨弄笛，千金也要慎垂堂。

【編年】梅蘭芳出生於一八九四年十月二十二日，民國十二年三十虚歲。當作於生日前若干天。下一首詩同時作。

浣華三十初度既寄三詩程艷秋徐碧雲又爲徵詩再賦寄之

甲午匆匆衹眼前，子方墮地我朝天。一枰看過爭棋戲，抵得神山五百年。

子言知己歸濠叟，我近觀人子最才。無數金鞭報恩子，不如一笑聽歌來。

衆譽程郎智過師，讓人頭地古賢之。世間萬事只如此，我欲看龍蜕角時。

後月華吟

月光不必華，雲來是其會。昔作鳳翼張，今覩魚鱗碎。漫漫胥以鋪，片片若有界。月生裁十三，未滿不能大。清輝正豁篏，餘魄側繯帶。騰騰到中天，青蒼氣如蓋。雲來亦自西，不厚漸靄靄。分光出其罅，重華乃成繪。燈焰九枝齊，衣斑百衲壞。熒煌瀲珠旒，熠燿曳羽旆。定或帛裂冰，動或金掣薤。睛眩有疾徐，蜕易有更代。月行亦不遲，風行亦不快。遂使今昔觀，頓破分别戒。自此雲月夜，瞻天四三再。造化故好奇，意外尚有態。

【校記】

民國十一年九月十六日已有《月華吟》一首，故此首曰《後月華吟》。

階下見寒蝶十百爲群賦之

涼飆横擊樹，散葉紛下地。颭颭緣階翔，群蝶忽與戲。葉黄欲亂蝶，蝶黦小自異。葉動又動疑，蝶止不止媚。媢媢揚短鬢，翕翕弄輕翅。若作萬方態，豈無一時意？不知所從來，究竟于何際？深愁霜更嚴，不得暖常賜。嬉娱門舞場，行人拾珠翠。

【編年】民國十二年十月二日《日記》記作此詩。

縣人圮城爲路

遠溯開皇代，千年海曲都。於今忘睥睨，使我範馳驅。歸誤重來鶴，啼空半夜烏。亂愁何小大，諺云：小亂避城，大亂避鄉。守得四郊無？

【編年】民國十二年十月一日《日記》記作此詩。

訟雨

癸亥月夏五，雨掀大海翻。溝渠日夜溢，混茫概平原。七月連八九，驕陽亢而乾。棉稻養不足，實穀癯及根。當其滂沛時，有若癡王孫。不惜祖宗藏，糞土雠金銀。及其慅涓滴，又若鄉老慳。一錢重嵩岱，半菽貴璵璠。哀哉野三歲，旱潦頻賊殘。前惟苦憂潦，今更旱是患。蓄宣策其制，疲甿力云殫。陰胡爲而盛？膏胡爲而屯？職司自有在，皇天匪不仁。云誰尸厥職，乖很類强藩。措施當爲貴，分過罪所源。殘民自逞毒，豈謂猶夫人。人尤不可效，奈何爲大神？我欲列彈章，攀天叩九閽。請治雨師罪，罪其曷昏昏！雨師張畢幟，西方自言尊。金虎假擁衛，冥冥抗頑嚚。上有三重風，中有三重雲。九閽不可叩，天亦漠不言。遥遥唐虞聖，沈沈下民冤。

【編年】首句「癸亥」知爲民國十二年，因可繫時焉。

白鳳行

白鳳一去梧桐僵，百歲蒼松失真侣。呼燈默坐轉向壁，夜黑空房鬼無語。洗手自爇旃檀香，止觀何觀冥心王。明河在天天雨霜，絃琴安歌君子堂。

釋愁

生已愁到死，既死愁不休。六合蕩蕩誰汝幽，千金之劍意氣酬。明明日與月，嶽嶽山與邱。

題明陸文裕公書山居漫興詩卷二首

明賢閣帖成風氣，陸叟於書取自然。説似鷗波渾不似，也饒側勢也清妍。

山居漫興何今古，亦有谿堂可納涼。過眼詩情誰會得，陰晴畎畝意尤長。「陰晴時切望，畎畝意尤長」，卷中句也。

嘉興郭生起庭以素盦印存見示因贈

寐翁咄咄老婆禪，苦語深衷愛少年。聞與吾兒文字友，要將古義共磨研。生與兒子稔，甚稱其書畫治印，故云。

凡手有作根諸心，側媚槎枒都不取。刀鋒慎斷野狐禪，平平大道吾邱舉。

小蟲

群醜真成猒，生微亦可憐。避寒牆得地，附燿夜能天。亦任盤空際，寧堪舞客前。溪僮麾撲倦，坐待雪霜湔。

【編年】

民國十二年十月五日《日記》記作此詩。

妝閣

玻璃妝閣向明開，畫影含光繞鏡臺。賸粉漫隨人去了，十分儘放午曦來。

貫恂約同烈卿楚秋饒生位思保之作消寒會

寺街南畔偃王孫，二百年來大宅存。細數過從纔兩世，梅柯笑客倚牆根。準備消寒適得寒，朔風深夜酒杯寬。縱饒海水杯中瀉，奈洗兵戈滿地難。

【編年】此後有很多次消寒會吟詠，張謇所叙次序無法分清。蓋當時城内有兩個或以上文人團體組織消寒會，張謇是名人又善詩，遂都被邀請，因此記述參差。

爲農

量水疏魚沼，均泥壅果林。巡田不嫌遠，徒步有時臨。岸聳寒潮弱，山藏細雨深。爲農亦誰阻？謝俗屢沈吟。

【編年】民國十三年十一月二十九日《日記》有「濬公園魚沼，筑藕堰」語，與詩中情事合，因可繫焉。

調陳翁

翁寒畏喘如蟄蟲，昨日坏户今啓户。朝路無風晚晴暖，賺翁放膽不車步。款門驚訝客俱來，入座談笑能銜杯，軒髯説佛礪髯陪。正愁霧雨欲釀雪，門前僮語巾車溼，明日招翁翁不出。

【編年】民國十二年十一月三日《日記》記作此詩。

和陳翁答詩次前韻

陽開陰闔天之經，春卯秋酉大門户。龍有潛見蠖詘伸，萬物何嘗顯故步？謂翁爲蟄翁忽來，小飲不是消寒杯，今雨舊雨相歡陪。詩來幸霽語如雪，倔强自豪猶惡淫，呼兒將車翁可出。

【編年】民國十二年十一月四日《日記》記作此詩。

中隱園消寒第二集

昨宵船尾窺新月，今子牀頭發舊醅。我輩自消忙裏暇，不須冬暖怯寒來。

少年曾此伴清尊，三易居停尚有園。獨愛無心閒草木，青松化去紫薇存。

【編年】

民國十二年十一月四日《日記》記作此詩。

千齡觀看雪

江干連曉雪紛紛，霽後來看日未曛。野色微青田罫出，人家半白瓦鱗分。風尖料峭猶衝路，山遠模糊欲化雲。檻外鷗鳧招便得，倘能相與亦吾群。

【校記】

［料峭］，原俱誤作「斜峭」，徑改。

南樓雪後王君消寒第二集

消寒寒以雪，昨今七日同。畏寒非所急，雪快明年豐。自連大祲後，得歲稔亦中。江淮亙千里，日月仍兵鋒。當者室家破，聽者愁輸供。吾儕假一席，託命菰蘆叢。遠未落世彀，僻得安吟笻。晴雨習里諺，憂樂隨田翁。去年臘無雲，戢戢孳百蟲。昨洹野集霰，今噎江霧濃。三白倏得二，天肯民欲從。天事亦偶值，穰饑周而通。方雪之始作，八表雲濛濛。太陽雖蔽虧，光攝群碎霎。入夜盛陰氣，浩浩戰北風。鄰有閉門叟，濠有垂釣蓬。頗喜月張縞，轉厭燈摇紅。晨窗噪飢鴉，啄木聲東東。款門聽速客，掃徑呼家童。輕車造園林，條溼已不封。主非王元寶，行廚過芳醲。客非歐與謝，詩怯龍門工。差幸避熱客，所恨失酒虹。一笑坐云滿，不釂尊不空。

嘉袁生 有序

袁生髫年嗜學，尤致力於詩書畫，儁才也。其家境可更力於用世之學，迫而鬻畫，亟求自立，非其志，益非余所望於生者，顧亦無以掖之。武進馮君，生所從學畫之師也，爲訂潤例示余，余至惜焉，期生終不止是耳。書三絶於其例後。

錦囊舊句髦年時，綵輦前身是畫師。便使不爲千里達，也超無數景升兒。

奇勝山川徧域中，前人足跡有時窮。漫因世變愁離析，放手丹青致大同。

人海伊誰識少年？筆端賣得幾多錢？擬丸看取蜣螂快，爭似枝頭飲露蟬。

客散

濠空燈歷歷，客散夜懸懸。院冷愁霜却，窗深負月眠。案齊書帙紙，壁數畫叉錢。自有明朝事，安慵未便賢。

寒月

霜氣籠天月更新，憑欄老子怯逡巡。分明愛月須年少，若爲看花不待春。

十一月十六日冬至適然亭消寒第三集

野盼深冬雪，江通既望潮。陽仍灰管動，寒向酒尊消。散策容吾屬，探梅始此朝。不聞人易世，但見斗傾杓。

萬事齊之適，吾何獨不然？亭更一鳥過，江盡五峰懸。世難無今昔，詩愁有海田。渚鷗閒勝客，霜重早群眠。

【編年】

民國十二年十一月十六日《日記》記作此詩。

續消寒第三集和烈卿韵

招客兩三中隱地，開尊二九小寒天。主人意美豐年至，近日詩才下水船。有檻藏春花解笑，噤籠入定鳥如禪。云何不飲都能樂，江上新聞罷控弦。

劉杏生爲其祖母求詩

海曲清門有女孫，解求文字報重親。青裙早悴貧家婦，白下頻來戰地人。避世隱居成本質，疑年大耋飫常珍。中郎靈表應無羨，致孝由來士庶真。

題吴保初先世潞河話别圖卷

早世朝官尚不耽，關心吴稻轉江南。北人水利明天啓中，左忠毅言北人不知水利。今猶昔，潞水何人繼客談？

京師畫手説咸同，高韻無如秦藝翁。傳得乞身山澤適，長河短艒不帆風。

池上老人詩卷

行楷文徵仲，詩歌范石湖。今看池上叟，適與古人俱。遺卷孫曾守，題篇歲月徂。百年嘉道近，麋鹿幾姑蘇。

卜雪

豈不貪冬暖？爲農卜雪頻。聽風回夢夜，驚旭懶興晨。擁被憐鳧毳，攲牀便鹿巾。家僮報庭院，潑水起冰鱗。

寄人大宛蒲萄哈蜜瓜新疆楊督所寄也

宛夏蒲萄哈蜜瓜，遠來萬里督軍衙。慇懃分與江南客，助爾辛盤筆上花。

【編年】

民國十二年十二月二十二日《日記》記作此詩。

【校記】

《日記》題作「以大宛天山蒲桃哈蜜瓜寄林風瓊華」。

古松 松貞庵所有數百年物也

松自何年植？庵從隔水尋。龍筋蟠蘚突，雀乳隱巢深。伏地穿牆界，妨檐側蓋陰。

由來無子結，寂寂證禪心。

【編年】

民國十二年十一月二十九日《日記》記作此詩。

【校記】

《日記》題後有小序爲：城東松貞庵所有，數百年物也。圓周九尺五寸，其庭方不足四丈。

李生將至京師學於綴玉軒主同人即中隱園設餞賦詩因以勖之

離筵進酒爲歌遲，送汝江寒欲雪時。四海求師今得主，歸來何以張吾詩？

故技休矜舞蔗竿，新知劍器有波瀾。從來萬物師無限，巾角書生妙五官。

梅花本是江南種，肯貫餘芳乞李花。説與退之如省録，縞裙不在玉皇家。

【編年】

民國十二年十一月二十三日《日記》：「爲詩送李生之行」，合此詩情境。

【校記】

《大公報》發表此詩詩題爲《贈李斐叔並示畹華》。「送汝江寒」，《大公報》爲「酒外將寒」。「江南種」、「肯賁」，《大公報》發表時爲「西鄰種」、「肯費」。

蠟梅著花甚繁小鳥十姊妹者日啅其蕾若以爲食者適見成二截句

花能飼汝吾無悋，那得千枝復萬枝。應爲主人留少許，尋常花下要吟詩。

誰是羅衣虢與秦？誰爲厭飫送廚珍？可憐祇似貧家女，姊妹朝朝拾橡榛。

烈卿得女孫湯餅會

朝來街卒叩門呼，報道劉家得鳳雛。閱世亦聞生女好，慰情寧與抱孫殊。才情王謝何諸弟，家學班曹此大姑。今日明年周晬會，翁翁五十未髭鬚。

【編年】

民國十二年十一年二十七日《日記》記作此詩。

題楊令茀董小宛病影圖

澄碧空留水繪園，影梅何處最銷魂？樸巢尚解憐愁病，湘管描來有淚痕。

題楊令茀山水

樹外青山水外雲，雲溶水靚着詩人。除非飛下驂鸞侶，誰溷蒼茫獨立身？

觀浣華洛神劇

破除良夜睡工夫，更看驚鴻洛水姝。莫論袁曹兒女事，問人比得宓妃無？

【編年】民國十二年十二月十日《日記》記作此詩。

滬上近所見聞

糠秕千場忽見珠，宣和遺事復黄初。欲尋負鼓盲翁説，莫漫雌黄要讀書。

【編年】此詩與前一首詩同時作。

適晤浣華旋別

別因南北久，世更昔今殊。老我霜髯促，逢君玉頰腴。曲新驚木石，歲晏惜江湖。猶有丹青信，將絲附近朱。

【編年】據《日記》知張謇自滬返通在民國十二年十二月十三日，當即作時。

【校記】《大公報》詩題爲《贈畹華》。［玉頰］從《大公報》發表稿，原爲「玉頳」。［猶有］《大公報》發表時爲「獨有」。

哀俞訓淵 有序

吏蘇能勝繁劇，治盜賊之才有績可説者，吴鵬、曹元鼎、俞訓淵數人，有學識局幹者不與焉。之數人者，頗耿介，不輕干人。當事有官人之責者，夙昔未嘗求知人，亦若無人之可知。而于于而進，儼然牧民者，大都儈販，或黠桀子荷槍兒耳。能識字，學畫諾，賢已。而三子者乃益落落。元鼎非素識，訓淵與鵬皆嘗官崇明而解職者，故稔其人。昨以雜差過通，意欲爲之延譽，余曰：「是吾意也。顧官人者未求賢，遽言子大或夜充而按劍，小亦齒子與闒茸冒進等，吾懼褻子也。曷徐言。」訓淵遂去如皋。不旬日，聞猝病於逆旅而死，爲歎悼累日。與退翁及夙與稔者醵金，遄丏周知事經紀其喪，毋草草，俾可歸於北，而哀以詩。烏乎！詎惟死者可哀也耶！

遺佚孰尸之，增君道死悲。若曹不勝責，寧悔薦賢遲！

【編年】據啓東設縣史料，民國十二年七月，俞訓淵接任行政委員職，不久解職離啓（即序中「官崇明而解職」），時啓東南部屬崇明），當此時暴病而死。因可繫時。

卷九　民國十三年甲子

民國十三年甲子丙寅一日立春甲子曆之始正月歲之始立春時之始言天者以爲有治平之望也誌而俟之

獻歲正開春，還丁甲子新。起元歆萬類，惟一統三辰。紓難慚無術，吟詩覺有神。農山回也遠，環堵憲能貧。

【編年】

民國十三年正月初一《日記》記作此詩與下一首詩。

元日兩得怡兒海外訊

三月忽逢甘澤雨，八方都愛歲朝春。青蘇麥甲高低沃，紅濺梅梢隱見勻。滿把棗梨饒弄稚，升堂履屐數來賓。晚來遊子如歸省，萬里天西密語親。

春意

扶海垞中風色寒，畲庵牕外有牆闌。不知春意誰多少？燃蘂扶條著眼看。

【校記】

［燃蘂］，疑「撚蕊」之誤。

熱水瓶 有序

歐洲名酒曰口列梭，其瓶圓長如筒，陶爲之。酒盡，歐人用以貯沸湯，塞而加囊，爲冬夜温衾之器，推轉便而值廉，勝我銅錫製也。

惡酒似探湯，挈瓶還守口。舍欲人有辭，取棄吾何負？合歡留所餘，暖人走彼婦。不參婆子禪，焉用別好醜？

至滬示袁生

不著囂塵垢，能知世界春。詳閒如子僅，去住老夫親。謝尚筵前舞，王濛鏡裏人。終期成美錦，何以副書紳？

繆生饋其家人所製野荸薺粉並種賦二截爲謝

調如酥酪看如銀，包裹來隨海上春。記得老夫閒口腹，比肩猶有却家人。
聞道鳧茈足療飢，兵荒應與蜀相宜。何因説向流離子？頫首西山舉耜時。

李濟生采芝小像

大郎英爽似昆刀，已見超宗有鳳毛。蘭玉階前定無數，一芝擎出儘能豪。

【編年】
民國十三年正月十九日《日記》謂「題滬人小像三絶句」，此首與另下兩首正合。

秦潤卿僧服小像

平等修完有等分，皈僧自合去冠巾。而今謝孟何區別？成佛生天一任人。

盛竹書影像

十四年來各老蒼，漢皋滬瀆總堪傷。莫輕儂我須髯雪，中有河山幾夕陽。

消寒第四集烈卿詩先成因和

積寒寒入夜，明日日逢人。雲隙月牙影，燈邊酒面春。聽琴陶瓊閣，移席庾樓親。爛漫各歸去，多君得句新。

【編年】

民國十三年正月初六《日記》記作此詩，此消寒會與下詩中消寒會爲同一次。

習生置酒適然亭續消寒第四集

入春已六日，霖雨灑林阿。愁乾亦云久，慰人匪必多。連霄間雪霰，作寒能幾何？澄濠解薄凍，澮澮漸欲波。山公就習飲，池上復來過。梟鷲駭橋響，弄影没渚沱。中有抱琴客，寫以雁落沙。人意與物會，亦得天之和。敷席論古刻，百紙翠墨羅。嬴劉虎龍代，略呈供摩挲。世亂寧足云，蔡城喧鴨鵝。坐待寒自盡，對酒聊當歌。

【編年】

民國十三年正月初六日《日記》記作此詩。

千齡觀消寒第五集聞粤事稍平

未嫌寒氣尚逡巡，泥飲連朝迭主賓。小醉大醒懸酒户，遲開緩落衍花辰。相隨少長蘭亭集，漸次龍蛇桂海馴。遠火春星看不厭，疏鐘人語況濠濱。

【校記】

民國十三年正月二十七日《日記》記載此次消寒會。

十二月十五日悉甫於適然亭續消寒第五集

使君豪飲復工吟，五十鬑鬑雪已侵。與世詘信龍有慧，趁時賞對鶴孚陰。恰乘破臘迎圓月，各量深杯别淺斟。苦道邊烽猶列堠，林梢何處識天心？

【編年】

據當時消寒會記載，此當是民國十二年事。

十二月十五日月

月數今年十二回，閏餘一月得賓陪。不因顯晦輪星日，未肯奔忙似電雷。下界誰窺寬袖舞，老仙儘斫桂輪開。耽詩江上朱顔叟，應許閒時睨鏡臺。

【編年】

民國十一年有閏五月（又，民國十四年閏四月），與首聯下句相合，因可繫焉。

楚秋於城東水石幽居爲消寒第六集

東風濠上走輕車，尚殢春陰水一涯。城墮馬思齕路草，泥寒燕睇出林花。能詩命酒追高適，懷舊比鄰説宋家。今夕成光蟾照座，孤亭送日不妨斜。

【編年】

民國十三年二月八日《日記》記作此詩。

碣髯翁來因爲味雪齋消寒第七集

冬寒無賴犯春來，嘉賓如春煩屢速。句芒玄冥帝所命，客自瀟然杖方竹。方竹産出天台崖，横連天姥向天開。勁箭戰風不擇地，巽萌破凍常挾雷。何年劚取入客手，客是詩豪碣髯叟。仙人九節此六節，數合雄雌有奇偶。青陽已動貴用和，老氏守雌純委蛇。叟拄此杖不拄老，松枝作麈寧殊科？風光澹沱湖欲波，林梅紅白花婆娑。當杯乍侑百舌哢，鬬詩共費一字哦。笑談直可斡造化。揮仗指辰何爲者？寒不須消春不假。尼叟明朝緩緩歸，溪山曳杖過梅垞。

【編年】民國十三年正月二十六日《日記》記及此次消寒會，因可繫焉。

南生適然亭續消寒第七集

城南況韋杜，樓榭接章希瑷袁南生。風物乘時引，朋儕借酒温。江暉魚損價，林淡鳥忘言。即事爲歡易，催春到五園。

翼然一亭在，作者七人間。把琖容談佛，安床別對山。寒如濠更淺，春與客俱還。何事紅梅蕚，猶輸醉叟顏。

【編年】

張詩消寒會詩祇在民國十二年冬至民國十三年春，其第七次消寒會，必在民國十三年早春。

饒生乍歸溯沂於適然亭又續消寒第七集

殺氣解嚴殘臘後，寒人奢望好春初。林亭聊爾頻呼酒，宦客歸哉未毀車。先酌坐中頑老覺，成詩枕上早眠虛。唐風勤儉何當復？良士空驚日近除。

謝習生貴刀魚

魚貴江寒斤十千，漁人易米笑回船。直須兩斗當兩尾，安得一家專一年。感君遺我意殊費，强飲下箸心茫然。不若舍之饜豪賈，時聞里有貧無饘。

【校記】

詩題中「貴」疑或爲「饋」。

社日鹿笙烈卿往掘港賦贈鹿笙示烈卿

北風濠上轉東風，社日鄉村禮社公。有客呼舟同探勝，何人送酒爲治聾？燕尋舊侶營新築，鷗引朝官狎海翁。儻到璧亭看水竹，林花應着兩三紅。

狼山大聖像

李唐中世貞元中，澄觀營建僧伽塔。饒舌曾聞老萬回，伽是觀音化身給。後來河淮爭交流，泗州横入蛟龍呷。塔成塔虧伽覺之，飛錫狼山分片衲。當時山在江海間，渡大須舸小須艓。忽淵忽陸三四朝，襲帝掀皇七八十。佛眼動未一刹那，山木冬春幾枝葉。邇來百越富商賈，脱罪滿船載圭璧。奔馳不與泗上異，祈佛佛誰曾不臆。不臆非智亦非愚，能脱身罪即是佛。身果何罪脱何時，烽火槍刀天地黑。狼山一塔出雲表，觀音僧伽二而一。自解自脱佛何云，大江水黄溪水碧。

中隱園消寒第八集

客健拏龍杖，吾衰戴鷂冠。屢遊親竹石，從儉簡盂盤。倚席梅成畫，窺籠鳥惜翰。朋簪貪筮盍，頻與借消寒。

【編年】民國十三年正月二十八日《日記》記作此詩。

續消寒第八集

催花那許管絃忙，火急消寒要召觴。斷飲已成無量量，沈吟還笑不狂狂。多應惠子能知子，却道孫郎作漫郎。强欲留過元夜去，又尋看燒陟南岡。

花朝日同諸君林溪精舍消寒第九集

驅車邁南郊，東風過人面。白日俄欲中，疾駛脱弦箭。去冬寒劣嚴，河冰分寸淺。留寒爲春苦，屢煩詩客遣。數寒云九九，徐子乘韋先。中間齊晉代，後甲今更殿。南郊咫連山，淑氣動芳甸。欲及良辰遊，飈輪激潛電。精舍久幽閟，户啓巖緑絢。鳶唳耳所熟，時鳥音以變。曳足潤州翁，意豁亦輕旋。上陟翠微亭，下弄修竹澗。我慚濟勝具，健者綽能辨。傾壺絳梅側，花明媚清醼。時時鐘磬聲，引興款禪院。雲敞繪繡樓，香散罘罳殿。拂拭天祚刻，五季落一片。扃崖古佛坐，陰嵐霤如甗。連袂躡丹梯，翁頓脚已顫。上座究吴筆，雙絲認唐絹。膜拜衆未動，愜賞獨得便。儼會千載英，秀出三吴媛。奇芬郁天際，精靈永星見。東南攬江靄，清虚互懸練。高處更不寒，野色來蒨蒨。

【編年】民國十三年二月十二日《日記》記作此詩。

章君於其五松别業續消寒第九集

寒不以今日終，春不以今日始。寒亦不之畏，春亦不之喜。冬春相乘除，喜畏相伏倚。天公弄人如弄丸，丸流區叟有時已。天且不作摶土人，人自任爲猶磨蟻。南郭老翁髮垂耳，仕宦崎嶇得失俺。煦春凜冬七十紀。無何日飲傲袁絲，不遇爲郎謝顔駟。有時亦餐八公藥，有時亦習五禽技。門對五山思五峰，作客還鄉兩如寄。君是消寒會中人，以酒驅寒别有恃。徙户況堪楚莊霜，聽歌奈假邯鄲睡。八十又一日寒終，三萬六千場若咫。必求得棗駭俗聞，何似披裘過春底。有田釀秫復種花，終歲婆娑足了矣。我不解飲爲若斟，却信濁醪有妙理。

【編年】民國十三年二月十三日《日記》記作此詩。

花朝前夕月

數九剛完小半春，夜寒檐月一梳銀。多情不惜纖纖影，暫偶攤書獨坐人。

【編年】花朝有二月初二、十二、十六諸説，張謇取二月十二日（見前），因可繫民國十三年二月十一日。

中隱園牡丹盛大勝前烈卿召客聽歌賦詩

隔屋聽歌湊管絃，開軒布席又今年。聊聞兵戢舒顔笑，不爲花肥盡意憐。異種迹湮清禁地，中人賦燼洛陽天。江干春色終成祕，爛漫新詞莫浪傳。

【編年】張謇《日記》記及劉烈卿在私家花園中隱園請人賞牡丹的有兩次，一是民國十三年三月二十二日，二是民國十五年三月十五日，而此詩中「開軒布席又今年」則表示爲第二次，故此詩民國十五年三月十五日。第一次賞花所吟之詩《中隱園看牡丹》在後編中。

山茶

蒨蒨山茶出畫欄，淺緋大赤耐人看。徘徊不肯輕藏屋，要就春暄要避寒。

對花適有感

朝來忽覺淡，昨看尚妍紅。應知花有命，錯怨曲闌風。

晨起行園

濠開宿雨晴，幔動一窗明。噤鳥回歌舌，甦蚊帶病聲。玉顏花露澤，藾角筍泥擎。不涉勞生感，何妨負手行。

伯英和余吴船謠特妍妙余昔稱其文耳不知其工詩也贈詩以堅其自信

海門亦吾土，風物只宜耕。自惜周徐逝，彦升、少石。吁嗟見此生。國中有顔子，堂上謝然明。華實時爲帝，寧論世重輕？

壽百歲陸翁於千齡觀

未信百年即云老，要知千歲亦方孩。神仙德業淮南在，婦女驚看海上來。閱世仍仍陵谷易，服田葉葉子孫才。何人誕謾矜瓜棗，化日舒長是草萊。

昔年爲兄慶，集叟邁千齡。流水觴今日，連天極一星。歌終花繞席，杖外燕來庭。敬老吾儕事，珍粻古禮經。

【編年】

民國十三年二月十五日《日記》記作此詩。

【校記】

底本載兩首，民國十三年三月十九日《通海新報》發表亦兩首。並附録張謇一首：春風娱壽客，心力百年强。能使浮榮淡，應知古意長。乾坤原不老，甲子不相忘。簫鼓餘情在，爲翁報一觴。

退翁贖先大父幼年家金沙時爲人剥蝕之田建先塋祠與塾計一百二十年矣落成率同謁告恭賦排律二十六韻

黄帝啓青陽，張星況著張。漢推金許並，吴與顧朱翔。始徙終元代，初分衍十房。二世十人，謂十張家園。三朝參夏狄，一水接虞狼。元季始遷祖自常熟至通。我族農相禪，支條遠莫詳。禮徵由禰上，親數服緦當。王父高無尚，慈孫典不忘。籍談聞故事，陸氏有荒莊。先祖嗟孤露，鄰姻正獨强。誘之科博負，逼甚納田償。已盡南東畝，旋抛六七堂。上留窮告訴，中路孑旁徨。天假齊髡贅，人休重耳亡。未嫌鄫襲莒，還序魏先唐。忠厚遷郊又，艱難啓楚方。再傳鴒翼翼，五世鳳鏘鏘。廟例遷宗紀，墳都合葬防。秦人慚詆璧，鄭伯肯歸祊。百變乾坤運，重輪甲子光。崇封規馬鬣，廣兆斥牛埸。陳蘖蘇條茂，新畦宰樹芳。棲靈求密邇，順俗却輝煌。啓宇龕當坫，依門塾在廂。恭惟昭德舊，亦以牖童狂。歲祀憑祖課，田歌當樂章。仍雲式勤儉，耕稼奉蒸嘗。

【編年】

民國十三年二月二十四日《日記》記作此詩。

馮生振之遣人送映山紅至寄謝以詩

富春船過映舡紅，江上棲霞遠望同。我有好山須點綴，勞君分遣過江風。昌黎躑躅少意思，軒輊無端語未公。火速明年開處處，定拌新詠慰新紅。

寄健庵訊病

思君久不至，聞病已連旬。脚疾亦大事，心知無幾人。嗜蔬端愛物，能杖必嬉春。便可藍輿出，郊原浩蕩新。

與鹿笙烈卿公園看花之次日復同至天生果園看桃花

昨日看花嫌不足，紅粉兩行僅充屋。我尚有樹三千株，曷爲棄置春江曲。朝來驅車江上行，吞江曉霧當前横。隔霧看花亦自好，夾隄況有花將迎。我園四阻竹成障，漸近花光出竹上。風吹霧散入園門，絳雲翻空雪作漲。間桃以李十未一，緋女媌娥素女逸。新妝端正冠帔同，妍影分明鏡奩澈。赤羽如火白羽荼，吴宫教戰列美姝。帝釋天女霞裳都，十二萬衆天庭趨。微風動動飄瓊珠，遺巾散帨紛紛俱。黏泥藉草敷氍毹，練揉錦濯水面紆。主人拄杖踟躕立，駭魄揺睛兼二客。冬春日月曾幾時，轉瞬繁華換蕭瑟。望桃望李與年好，樹身漸大花常姣。叩門幾許看花人，朱顔暗老誰還少。今年雨少江平平，寒長乍暖花冥冥。網魚入饌一尺雪，家醖挈來雙玉瓶。柳絲正碧蒲牙青，嬉春勸人鳥丁寧。如何却被古賢笑，主客不飲相對醒。

【編年】民國十四年三月二十二《日記》記作此詩。

歸扶海垞春祭嗇菴齋前梅樹落英無數懷人感物悵然於詩

中春已過我歸來，滿地繁英點碧苔。風雨昨宵猶有意，枝頭一半未全摧。

【編年】民國十三年二月二十六日《日記》「祠祭」合此詩。

感所見

好花易謝春如夢，明月又終人不來。丹穴鳳皇應有閣，黄金駿馬不歸臺。璧完掩璞誰能決，瑟破成箏亦可哀。休論小青身外感，且浮大白掌中杯。

清明梅垞諸女弟子來遊羅范二生有詩因示

清明連上巳，梅垞即蘭亭。涣涣花間水，徐徐竹外軿。尚之充耳素，展以掃眉青。因事能爲詠，傳詩在鄭庭。

【編年】

民國十三年三月二日《日記》記作此詩。

導諸君觀梅垞因爲修禊之飲同作

買山得幽寂，營垞姿藝梅。學農復學圃，遲也賢乎哉。感激桴海意，小人聖所咍。聖乃能爲大，士窮當蒿萊。運閉遯無所，或躍君子懷。吾自愛吾山，先吾生而來。抗之高太華，名相故非陪。垞負相山陽，仰視衆嶺臺。自踰北江北，出地霍以坯。豫章極千尺，苗始徑寸栽。衆嶺讓諸佛，取小專無猜。其高中屏障，其好不擠排。稍稍飾箭卉，鬌髦青磑硊。誰云聖小兒，領袖非天開。吾來終日對，北牖心爲齋。赤刀天球前，懔越僮不揩。環以萬華萼，護以重隩隈。杖履迪維即，薰沐牙吾諧。兹辰上斯巳，春氣暮轉佳。穿林欲爲吾山悦，折簡招吟儕。晚梅數十本，散雪仍皚皚。弱柳漸縈綫，短松新露釵。穿林辨曲徑，周旋兩橋回。臨流掇花片，席石評桐材。水度一高下，流觴無取裁。嘗笑香山宫，帝力移風雷。吾意會自然，澄漪足瀠洄。開我繡雪檻，滌我流霞杯。驚禽睨長笛，歌鳥勸餘醅。無方覓支許，有客攀鄒枚。蘭亭與金谷，篇章孰騏駘。正緣衛尉富，絶倒右軍才。

【編年】

民國十三年二月二十五日《日記》記作此詩。

馮振之哀詞

淮病不治治渺始，廬江馮生學有技。左之右之爲我以，更十八年未休止。與淮周旋究顛趾，闔茂洪流浸千里，兩馳星飯捍防址。我嗟其功功在史，如何不禄禄微爾。淮則有畔恨無涘，烏乎生乎淮之水！

彦殊歸自京師所爲詩孟晉惟其貧可念上巳邀飲以詩慰之詩顧何與於貧也

九代詩人八代窮，郎君十代衍家風。懶牛尚遜蝸牛貴，三范憑開一范雄。未肯臺中依使相，却來牀下拜村翁。杖藜劚藥終相待，勝日清尊且偶同。

【編年】

民國十三年上巳日《日記》張謇「約諸友十四人修禊於梅垞……有詩」，當即此首。

徐郝夫人七十

春色滿淞濱，春濤走析津。有聲徐建武，秉訓郝夫人。歐荻賢聞舊，綏桃候荐新。白華應可補，短什媿非倫。

題瓊華畫屏之一

畫梅六幅爲酬詩，畫到參横月落時。縞袂可憐冰雪意，一群啼鳥不曾知。

又題其一

璧月墮愁煙，鳥睡酣未醒。零丁縞素人，風露空山冷。何與趙師雄，低徊顧花影。

垞夜

山幽人不寂，江靜野偏明。任説星辰遠，真令齒髮清。讀書慚尚友，佚老庶逃名。一澈香初磬，都忘風際箏。

觀纜港坍江港淪于江久今特名存耳

五十年前訪郭家，共乘十里上山車。村墟早逐流離盡，白日荒荒浪捲沙。

不坍依田坍網魚，窮檐辛苦傍江居。陽侯直向狼山逼，早晚燒香尚比閭。

天如胥賴人焉用？佛果能靈世久平。神禹何神惟盡力，河門江峽八年成。

笑示客

胸中無量蓄詩意，傾寫不盡姑置之。却笑樊翁落京國，排遣過日日課詩。人生祇是耽結習，況有芳春與呼吸。風騷漢魏一時人，花上千聲聞百舌。那用安排身後名？日夜過耳江流聲。

山茶

春容三日別，花裏一身圓。絳雪團孤塔，朱露落九天。仙官金闕下，新婦綵堂前。若有青禽集，因知緑葉偏。

【校記】

［花裏］，原作「花裏」，形似致誤，徑改。

明周東村畫祝允明遺像

文章輕艷動當時，放誕真如指有枝。太息吴中才子號，荒唐供給鼓兒詞。五湖煙水接閶門，三月鶯花蕩子魂。大草差隨張長史，畫圖應數老東邨。

庭前山茶二紅者今年盛開多至百三十餘朵而猶未已淺緋者寥寥三數花耳而特大瞻玩其下詩以訊之

求多大謝勝初開，論貴矜希百一推。千葉深藏人乍見，兩花高並蝶猶猜。迴風濠外餘寒襲，長日欄邊薄暖催。繞樹幾番成獨賞，倘來佳客合呼杯。

烈卿贈白燕修善馴黠可喜頃晨爲鄰貓所噬歎悼繫之

燕燕白勝紫，微帶秋葵鮮。身輕羽毛潔，鳴尤動人憐。故主中隱隱，族養雕闌邊。花時輩五六，群哢珠溜圓。柔聲與冶色，欲鬬春工妍。我時過之聽，竚立足不前。量美欲使盡，驚人恐其然。負手輒久久，客主忘周旋。主以我愛甚，舉贈一雄先。謂雄單故鳴，雌雙即喑咽。乃知關雎詩，逑匹物之天。汝來若新婦，矜重嘿不言。晛晥南榮下，諒觀主否賢。戒僕擇福始，遠害避燥喧。精糜間良荏，分盂挹新泉。質明啓庭語，向夕藏室眠。時引隔籠友，嚶鳴樂蹮蹁。屋故有貓一，性劣毛虦玄。日常仇瓦雀，騰攫高樹巔。慮其爲汝逼，囊送郊外鄽。寧知比鄰惡，遺我料外患。伺我扃未固，聞汝鳴而涎。竊伏闖踰入，竦躍筊覆顛。羌無一人知，僕覺駭躄跧。走視粒滿地，篛血膏未湔。細毳亦零落，頓使心骨酸。託命器本脆，置器案易跰。我短周防智，喪我美少年。清曉或亭午，但聞凡吭喧。我欲置貓法，爲汝申讐冤。舉世弱强食，何者非鷹鸇。作詩第哀汝，呼空恨悁悁。

【編年】

此據後第二首「羅生贈雙白燕詩」作時，當繫爲民國十三年三月二十六日。

【校記】

［精糜］，諸本同作「精麋」，此指燕食，因徑改。

贈鹿笙

鹿翁老勤學，驥子共研磨。投客詩常改，離官笑易多。故山荒草木，滄海避蛟鼉。眄燭無嫌晚，鍵門得歗歌。

羅生以吾失白燕舉其素畜之雙燕爲贈謂以澹悽喪慰岑寂也爲記長句

昨日傷燕曾作詩，所失一個乃得兩。奴子入白色然喜，云是羅生之所餉。生誦我詩知我情，憐我惆悵春風鳴。不惜繡闥一雙好毛羽，鬖籠朱碧鄭重歸先生。云本一棲止，不語都平平。欲展其能盡其聲，離而二之使唱賡。我聞斯語初未許，我耳則悦鳥心楚。平亭離合久暫間，在天明明可牛女。亦有鴛鴦東西廂，節足相和胡不如鳳皇。猶勝一群百舌喑朱陽，晝懸我廊夕我房。傳生好意親我旁，憐新惜舊無嫌防。我方求才徧四方，落花飛絮天茫茫。

【編年】民國十三年三月二十七日《日記》記此事，因可繫焉。

中隱園看牡丹

主人高興敞園林，先遣笙歌小部臨。旖旎爲花當法曲，商量要客賦春心。紅妝艷候還殊命，白髮天宜不分簪。獨愛佳人違衆立，霞裳瓊珮倚庭陰。

【編年】民國十三年三月二十二日《日記》記作此詩。

邀客看國秀壇牡丹

早與蕙蘭標國秀，更先芍藥燦天葩。有風不害都圍竹，無鳥常鳴莫摘花。倚杖每愁雲錦脆，當杯看慣日輪斜。諸君要惜方春好，放過重尋一歲差。

【編年】民國十三年三月二十四日《日記》記及此事，因可繫焉。

芒種中濠南聞百舌

苑草蔓幽蹊，林陰緑漸齊。將愁終日嗄，不惜盡情啼。巇口憑勞鳩，巢身待聽鸝。先歸春共惜，無奈白頭低。

帕腹古齊襠也

指爪何纖纖，鍼綫何駢駢。函中雙齊襠，翼若蝶翅翩。綢繆蘭蕙帶，細輭霜雪縑。桂魄掩半仄，菱角鬬兩尖。卷舒適握滿，寬窄隨腰圓。環上拂玉樓，弧下齊丹田。誰將心貼腹，防此涼襲炎。用當我所乏，意將人到前。古人敬搔抑，弟子何疑嫌。姬侍散久矣，女孫稚可憐。

林羹卿索贈

著眼羹卿恰不羹，嫣然博得廣場春。倘歌三婦論誰艷，織出流黄儘贈人。

蠶豆

縠雨梅風地，櫻甘筍苦時。莢憐探貝舌，花憶學蛾眉。佐饋蠶姑適，分甌鹿女貽。温區貪賣早，食客競嘗遲。

豌豆

得種來回鶻，趨時趁晚鷽。花纏苗宛宛，衣綻粒瑩瑩。滑筯香霑竹，評珠色間櫻。曉園頻問摘，能否一筐盈？

題怡兒使歸詩稿後

東海海東游子歸，北江江北暮春時。一端開口令吾笑，不作人間語體詩。

【編年】

本詩發表於民國十三年三月十二日《通海新報》。

【校記】

《通海新報》題作《書怡詩録後》，三四句則爲「喜兒崛强作常語，不似無聊白話詩」。同時並附録張孝若詩《憶歸賦呈堂上》：「北江江北客，東海海東船。着矣終三島，歸哉未一年。小夫大陸上，孺子老親前。所得資群噱，惟詩剩百篇。」

題扇贈金壇王生

今代儒爲戲，斯文藝可游。需才當粉黛，視閣有梅歐。舞扇揎迴腕，哀絃赴曼喉。莫談駿公曲，家世近虚舟。

觀劇

隨人觀劇罷，問夜數鐘鳴。節佪寢難熟，魂清詩易成。負强頻訟過，息老悔徇名。若聽東瀛客，日本澀澤子爵年八十五，語兒子：尊公尚壯，正當努力國事。溪山奈笑聲。

【編年】民國十三年二月二十七日張孝若經日本，三月二十三回通。詩註中日本澀澤子爵語，是張孝若由日帶回，因可繫焉。

爲農戲效拗體

雨靈適霑麥，水澀艱通漕。春老野容壯，夕佳山氣高。蠶響箔上葉，雉雊林間皋。未杖亦無植，爲農焉不勞。

林風饋角黍清醬

口腹累人煩手製，裹蒸瓿醬似詩工。赤心戰栗何由答？泥泥江南豆影紅。

【編年】民國十三年四月七日《日記》記作此詩。

嘲兩侯

劉侯刻意工七言，六字易置一字艱。吕侯作詩心更苦，求工得拙短不護。於易得艱艱故安，以拙爲工工尤難。昌黎夢中砭神官，不官無恃量或寬。虚己而往抱實還，奈何怪人詰不歡。兩侯即今各投劾，買竿來作滄溟客。索句朝朝閉閤門，誦詩夜夜陳篇籍。低頭攢眉不自已，攀寸躋分若恐失。儻猶手版困簿書，得勿出入神之愚。官可腐人如是夫，上界下界同一趨。兩侯大智詩爲樂，送詩日藾平頭足。城南石鼎聯吟徒，我媿軒轅道士服。

怡兒數應人講説之請因示

能言須有禮，聞道始爲才。闞里人恂爾，農山士辯哉。質文分寸舌，戎好吉凶胎。阿敬辭惟寡，方令謝眼開。

坡橋偃石

離山不山遠，臨水與水靜。上流止鳥音，下過遊鱗影。無人知其年，生氣足巆溟。

狼山懶婦花白而繁鄉人云子可製粉

孰艷瑶姬粉，而栽懶婦花。根塵撩世語，風露向僧家。十地何蘭若？諸天有藥叉。山腰官閣望，爲爾鎮長嗟。

志趙太夫人七十

小儒四十點朝儀，舉主盤盂貴重時。七族朱輪門閥在，百年黄屋掖庭遺。有光鐵木奇男子，太夫人猶子文貞公，辛亥殉伊犁之難，謇甲午閲卷座師也。自出英皇好女兒。梧野桑田成悵往，北堂今日酒盈巵。

星南以長詩謝鰣魚之餉奉和

先生畏喘懶行走，謝却朋招十八九。銀鱗登俎一時雋，如何不入詩人口？漁僮送魚柳蓋筐，下茵青蘆尺五長。遮潮掛扈乍脱水，分半亟佐櫻廚嘗。來朝新詩忽已到，先生應是尊前笑。特徵雅注爲腴詩，更釋坡篇湔鯁誚。魚當貴時斤二金，不得衆人一字吟。倘因詩興動食指，三日更當輸一尾。

雨後小池側薔薇橙花零落滿地竚視喟然

紅薔冷落已空枝，似雪橙花灑到池。留得緑陰期結子，等閒蜂蝶莫侵窺。

松花粉

屑屑蒙鍼密，茸茸裹穗肥。似浮黏蝶帶，偶落點人衣。蘸露愁還泥，含風看漸稀。額黄今不用，莫傍鏡臺霏。

淮安錢子策安去年臨城道中爲盜所鹵知好營救歷五十日始出復大病頃來憂患之餘精采稍爍矣置酒相慶慰以長歌

大盜從不操矛戈，臨城醜類之幺麼。諸公勸盜盜相笑，禦人越貨寧足多？野廬聚檁虛語耳，盜來夜半驚潮水。劫質紛探赤白丸，斫人不問東西市。子適遇之横庚途，被驅如羊不諱儒。賴口能説筆能書，頗受賓敬得飽粗。性命禍福金錢奴，戴頭來去心自吁。一病累月兩頰癯。嗟子負才有美譽，曷不歸耕淮海隅。淮海盜多亦如鄭，國無太叔誰爲政？蒼生何託全其命？若將人士比山川，抱犢谷趾如何湔？有知無知皆可憐，一杯勸醉江風前。

與退翁約同吕劉諸君同遊鍾秀山寺爲瞿知事作生日

瞿侯美政及吾民，四十方來早有聞。江海如忘西向笑，英靈焉用北山文？一樓閱世成虧共，三塔當筵遠近分。大竹喬柯爲客壽，緑陰鎮日駐溪雲。

【編年】

民國十三年五月二日《日記》記作此詩。

黄張夫人六十

平生師友間，犖犖抗風義。瑞安名父子，可敬亦可契。鮮菴我同年，家學嬗不墜。沆瀣在昔歡，頭白今隔世。殷勤念故人，反覆綣寸臆。遠聞有佳兒，負米踏燕市。詔誥秉慈闈，奮勖稱門第。夫人出南皮，名盛叔舅弟。唯孝爲女時，療父乃刲臂。作嬪文獻家，往孅雅可紀。晨興奉盤匜，昞燭課兒字。俛畜慈以嚴，仰事順能媚。餘事作詩詞，隱秀抑其次。昔我北征年，旅壁句清麗。知是誰家媛，諦觀識所自。悠悠三十年，恍若眼前事。今兹遂六十，霜鏡閱時世。比並寫韻軒，曹墨琴。笙磬聽奚異？矧況體德安，蹈仁天所芘。北堂松欝盤，茂茂藹生氣。巾幗歌作程，賢哉鮮菴儷。

五日宴客汎舟至先室墓止客有以是日生者

汨水靈均死，王家鎮惡生。丈夫識輕重，佳節故崢嶸。酒畔盲風退，船頭戲蝶迎。閒閒過塔院，壟樹不勝情。

【編年】

民國十三年五月五日《日記》記作此詩。

四五月所見蝶

寒蝶約而黄，夏蝶舒而白。變化不故常，候殊無主客。初飛庭院間，茸茸襯草碧。兩兩自爲雙，三三亦匪隻。時時聚作陣，輝輝弄晴色。或然嬉其嬉，莫致佾復佾。暫出泛小舟，水面更相值。波摇趁躚躚，榜汏驚奕奕。憑颸軀愈輕，吸淥鬢儻濕。樹高怯不棲，草近倦偶息。好儷信天機，疑毾枉氣力。蝶亦一世界，非蝶誰可測？懸測會之意，性命爲得食。不然曷被謗，與蜂作花賊？此意問諸蜂，不語滿脾蜜。

【編年】

民國十三年五月六日《日記》記作此詩。

中隱園看五寶杜鵑

主人愛花兼愛客，花顔自紅客頭白。主人重客客重花，紅紅素素充一家。就中尤物最矜絕，緋裳練帔明朝霞。美人比花花不肯，花對美人厭脂粉。自緣身分足天才，陳庭照炬隨人領。花名五寶出如皋，主人曾作如皋令。買來不惜論黄金，更費清尊邀客詠。花好天涯春已歸，可憐花好能幾時？上燈待客花應笑，君聽林中叫子規。

【編年】

民國十三年五月三日《日記》記作此詩。

城南女師範校廿周紀念會感賦寫付羅范二主任存校亦他年之紀念也

鬱鬱三遷講肆開，媞媞十輩會堂來。江河任變朝家局，詩禮看陶女子才。白屋朱門同硯席，明璫翠羽却妝臺。當年脱釧人何在？結帳含辛日幾回！

【編年】民國十五年三月六日《日記》載「廿周紀念會」事，因可繫焉。

羅生爲其父母六十生日徵詩

及門最長弁之星，投老閨闈有典型。雙笑平反兒慎法，再傳婉孌女尊經。年時對飲敷行坐，友教潛居啓講庭。共信叢蘭與叢菊，羅家花繞綵衣馨。

楊圻誄妻記題後

圻也今元稹，韋裴並好逑。如何喪徐淑，無那澹高柔。旅夢寥黄鶴，愁吟赴白頭。懷哉百年意，江漢祇東流。

地道代無終，余懷黯入宫。廿年傷逝在，重感姓徐同。今日憐荀粲，何人憾敬通？已知憂爲愛，欲問色焉空。

【編年】

民國十四年十二月二十八日《日記》記作此詩。

小李港

野竹逢村密，新桃夾路攲。折梢侵屩筍，絡實礙冠枝。沙岸危潮坼，泥牆補雨虧。今年寒勝燠，漁汛爲留遲。

吕唐二君夜集濠上成六韻

近遊無事策，坐定看奔車。窗潤涵宵雨，濠空入晚霞。親人學舞蝶，覓樹倦飛鴉。即物都吾興，何聞動客嗟。説蚊還呪藥，愛燭不催花。客散何嘗醉？船頭新月斜。

款緩行

蝶物雜花飛款款，蟻馱殘粒行緩緩。花小蝶大香已晚，粒稀蟻繁穴況遠。色重食重無可云，連歲不登人滿眼。

鹿笙示所解烈卿嘲聾與鄉語之詩達識洞然和而博其趣

學詩必學杜陵翁，曷爲學渠左耳聾。心苟勿塞聽亦聰，左右皆我何渠儂。渠儂自是吳人語，君住九江古南楚。大同久已混車書，方言那得區風土。劉生作詩謔有餘，君才正如徐仲車。聲入不入語異出，强生分別耳有無。無耳可使雷不鼓，有耳可聽風吹過。老夫欲爲兩解之，聖人無可無不可。

蘇來舫

風急知將雨，瑩窗驗已來。水低涼欲裹，雲薄濕如頹。淡漠盈霄月，沉冥布澤雷。田間期望渴，莫任馬鬉回。

乍見螢

院草正青青，纔昏乍見螢。何來殊宛轉，不撲已零丁。晴照愁虚幌，卑棲認小星。尚無囊許貯，風露若爲經。

顧張夫人七十

騰踏京塵五度遊，偶曾粱孟廡中投。留賓餘屋傳查址，西牆根屋，相傳爲海寧查氏故宅。偕隱春江有鄂樓。聘者歸築衡鄂樓。君子風雲歸里鶴，兒曹金帛止牀鳩。祈年合與稱三爵，播問應知滿一州。

中國紅十字會二十年祝典徵詩因賦

墨家宗巨子，莊子以巨子爲聖人。王氏注：巨子，矩也。墨工製器，所至執矩以往，海外遂奉祀之。今耶穌天教所奉十字架也。其説殊有新義。仁術不尊名。聖賢群輔録不尊於名，此宋鈃尹文之墨。西海同心理，高山得景行。精神昭上帝，疾苦慰蚩氓。斯會應無極，初基廿載更。

【編年】

中國紅十字會一九零四年在上海創立，初名『萬國紅十字會上海支會』，成立二十年紀念當是一九二四（民國十三）年，徵詩之作當稍前於此。

展端陽會前一日鹿笙同觀所陳宋元明清人畫鍾馗像七十餘軸歸忽作欬聾患頓失次日見告笑語爲賀

詩翁那得耳有鬼？讀畫未許符同神。自道無心通一欬，始今養氣除三瞋。幺麽罷鬬牛螘失，大塊送噫風雷新。此功老馗居不得，直明真性了根塵。

中公園展端陽會集鍾馗畫像七十餘軸爲點綴物最古者止于南北宋元明亦有之清代最近故特多然畫人見著録者僅二十餘名固不妄傳傳名亦正不易也屬諸友爲詩紀之因亦同作

大儺桃葦驅厲鬼，周行於冬漢猶履。終葵之揮頌季長，鍾馗之畫數道子。藍袍角帶爲鬼雄，終南進士天中記。稽經諏史證誣妄，崑山顧寧人陽湖趙雲崧辨而理。習俗沿譌那足論？賜年賜午移星紀。南通俗儀大張惶，五日釃醁調雄黄。户懸蒲艾家燒香，鍾馗赫然居中堂。我思周人之難夏不攘，陽氣大盛鬼逃藏。本無所辟何不祥？鍾馗貪天神揚揚。于時會之嬉以翔，若招由敖招由房。一馗衣緋端拱旁，威儀疑與官相妨。縱鬼阿黨不磔鬼，縶蠖蛟足洞螟腸。一馗筵宴大張樂，主袍掖藍客袍緑。園林蕩蕩夜是卜，蓮花高高寶燈矗。群鬼憨跳態胥燭，鐃鼓鉦竽簫管角，上樹緣竿舞蹴踘。進酒亦用嬌嬈人，蔞女綵衣跪兩足。三魂五鬼宋東都，元符景定隨時録。元明猶沿除夕風，儕荼侶壘人姓鍾。牛車鬼推徙何所？梅花白暎襜褕紅。尋常縉笏或帶劍，或頷髯繞顛髮蓬。妹亦可嫁兒可負，人出一意無同同。晴江先生真解事，艮背不畫面相凶。推其嬗變到端午，明清之際然疑中。乾坤浩浩方塵霿，萬鬼獰嘯開幽酆。科舉已廢進士冷，鬼不受捉勢力窮。馗乎時不强，於法當用弱。南方神異人，纏蛇號尺郭。以鬼爲食霧爲漿，朝吞三千暮八百。曷不去作秦庭哭，掃除還我天地廓。果能還我天地廓，明年江海作端陽，徧酭一觴釃桑落。

五月十四夜月

敻敻天邊月，天邊未是遥。尚堪終夜對，況已十分嬌。獨處牽牛軛，雙聲引鳳簫。聊當共千里，慰此隔離宵。

【編年】民國十一年閏五月十四日《日記》：「有月詩，分寄林風、潔芬。」此首與下一首正均月詩，正分寄兩人，因可繫焉。

月

倦掩殘書欲欠伸，舉頭樓月正窺人。姮娥莫笑無聊甚，尋夢猶堪枕上頻。

鬻字告終以詩記之

大熱何當困老夫，七旬千紙落江湖。墨池徑寸蛟龍澤，滿眼良苗濟得無？

【編年】民國十三年九月一日《日記》說及「鬻字告終」事，因可繫焉。

白蘭花

爲誰珍養白蘭花？移就迴廊箔影遮。留待晚妝防早發，有人留滯未還家。

【編年】

宣統元年六月五日《日記》記作此詩。

六月四日大風雨一道折樹覆屋聞某家樹中一蛇震死長僅五尺許耳大噱成詩

風雷枉動四鄰家，祇擊斑斕小小蛇。差勝玉川空涕泗，龜龍退縮縱蝦蟆。

觀萬流亭夜泛

隔簾人影隔船歌，看不分明聽若何？月墮水涼賓且去，微雲依舊澹天河。

就燈爲繫舟連屋，避醉頻傾水和醪。萬事都容新勝舊，群兒唐突到風騷。

武昌客

丈夫不作韝上鷹，一飽即飛掣。亦不作梁間燕，銜泥附炎熱。傷時當日杜陵翁，今我見之武昌客。客事武昌以罵人，罵如中覆或損真。武昌拂鬚示有度，客鬚繞頤善作癡兒嗔。如此事人亦太苦，梁間燕不學人語。四座聽者都寂然，明日封章上薦賢。

【編年】

據民國十二年八月一日、二日、三日《日記》知武昌客是黎元洪，味此三日所記，知詩作於此時。

漢柏

明堂周制作，秩祀漢威儀。遺樹成神物，游人數臢枝。相憐孔明廟，曾偶建安碑。不必桃源客，何論魏晉期。

【編年】

據《自訂年譜》，光緒六年四月，遊岱廟，觀漢柏、唐槐，爲賦二詩。因《全集》將此二首繫於光緒六年四月。惟查《日記》知，登泰山在光緒六年四月十五日，有「但時吟拾遺望岱之詩而已」。返與芾亭、子欽遊岱廟觀漢柏。熱」，未及寫「吟漢柏、唐槐」事。蓋可斷定「漢柏、唐槐」二詩爲「自訂年譜」時補寫。因而張孝若編輯時，此二詩編在民國十三年夏天所寫的詩中，而其時，詩人正在「自訂年譜」。

唐槐

天地三唐始，風烟五代更。存亡殊衆獨，出入慣枯榮。幹洞應逃蟻，條舒偶借鶯。自非宮省地，無事著音聲。

雨過

高樓雨過澹無風，斜照人家屋脊紅。倏忽飛騰容易滅，東南江上駕天虹。

歌者馬雪芳求詩因作

喜奎嫁後雪芳鳴，一引歌喉徹上京。愛惜羽毛聞阿嬷，不將金帛换聲名。
奉誡家世遠休論，姊妹妝成較黛痕。莫苦暫愁寬理曲，路隅無限舊王孫。
殷勤唱罷索新詩，汝待詩傳海内知。云有梅郎先例在，巢笙更奏鳳凰雌。巢笙十九簧，雪芳年十九。

【編年】民國十三年五月二十二、二十六《日記》説及馬雪芳來通、索詩事，則此詩與下二首詩即其時作。

雪芳將返京師以詩贐之並懷浣華

三十梅郎計歇場，替人四顧總蒼茫。不逢虞褚逢歐陸，晉帖唐臨也未妨。

傳舞公孫弟子行，錦衣玉貌亦芬芳。盛顔易過須珍重，莫似夔州十二娘。

雪芳爲其妹秋芳求詩

華年如月正盈盈，郢調燕歌學早成。更費工夫教體段，馬家小妹要知名。

盆荷開輒成兩嘲之

對對當花鬭臉紅，齋翁樓下小庭中。魚兒燕子都排遣，野鴨鴛鴦各異同。啼粉飄零愁付水，舞衣單薄怯禁風。便生蓮子心仍苦，且待分房結翠蓬。

日本大倉八十八生日徵詩因賦

富民明治説天皇，菱井三菱、三井。雄才輩大倉。美俗金婚諧米壽，日人謂年八十八者爲米壽，婚滿五十年者爲金婚。通神西母𪁉東王。三山自給丹邱藥，萬頃應求碧海桑。食棗安期今在否？欲尋壺嶠問員方。

苦旱

三年連苦潦，今年大苦旱。方其苦潦時，風潮助夸誕。歸墟五百里，江海若爲滿？亦知川澤氣，盈虚迭往反。如何濡濡霆，遂變爍爍暵？上冬建子月，仍仍及未瑄。雨勢偶廉纖，路塵薄不澣。劣能泥孔滋，間節河流斷。棉僵豆葉黄，禾穎縮以短。驕陽赫蒸膚，密雲空慰眼。豈少斯須雷，似噎吐更緩。縣官七日禱，杯珓勞祝版。朝來數雨點，略當叩頭算。節且過立秋，便來亦覺晚。北方河正決，東南兵未偃。何人閔農艱？天意漠然遠。

壽徐陸夫人六十

徐家有母能爲善，天與佳兒若靳驂。介壽良辰前臘八，報暉寸草切春三。學承先德通書算，孝事威姑奉旨甘。鉉錯鋈涵好兄弟，未云江北遜江南。

【校記】

［涵］，似應爲「鋡」鋡，以金裝飾之，於詩中方通。

題某母圖

得藉永其母，斯人萬古心。吾詩非尺璧，求乃致兼金。待葺含尖塔，要鳴眠後琴。痛時非孝論，出以示群禽。

離人

初七明宵月，離人相對愁。爲誰圓滿好？留闕待中秋。盡此三時聚，還須一月來。江頭潮有信，莫待去詩催。

【編年】今據首句「初七明宵月」，可定爲初六；據「留闕待中秋」、「還須一月來」可定爲八月之前一月，故爲七月初六（民國十三年。詩以「七月七」特殊旨意生發離愁）。

壽許母九十

許生有母年九十，眼見六朝經過人。萬事尋常芻狗耳，一觴消納北堂春。

曼壽堂七夕

一夕如當一歲周，不須銀漢洗離愁。人間自有房中曲，於萬斯年頌女牛。

庭蓮

庭蓮艷似人，待人來比貌。道來不見來，花過蓮蓬老。

周子京清道光甲申畫山水

水墨林巒氣鬱蒼，畫師精意接微茫。百年一瞬人相對，贈我溪堂六月涼。

十六夜月

事常不如意，人有奈何天。月始今宵減，風從隔夜顛。竹陰扶欲墜，荷露蕩難圓。獨抱明明意，常看北斗懸。

【編年】民國十一年六月十六日《日記》記作此詩。

【校記】「今宵減」、「竹陰扶欲墜」、「獨抱明明意」、「常看北斗懸」，《日記》中分別爲「今宵損」、「竹煙扶亦散」、「獨抱從來意」、「明明如斗懸」。

孫瓊華畫觀音像

山空海空，雲流水流。是般若地，即華嚴樓。以無住住，觀真修修。善哉慧業，現此靈區。佛隨以覺，禪相畫求。寂照雙遣，天人一漚。

歎雨

人情易翻覆，天亦何不然。旱甚八九月，既雨乃無厭。朝霞艶未甚，夕月暈匪圓。東雲乍解駮，西雲又迴旋。忽焉北郵漏，忽焉南畝偏。癡龍弄狡獪，若受左右鞭。誰歟鼓雷車？馬鬉灑無前。河聞燕薊決，江掣瀟湘翻。災狀視我酷，嗟我且三年。今此腐田稼，胡不溽暑先。五風而十雨，疑在羲農年！大地鬱饙餾，燥濕就所宜。天心縱仁愛，時乖默無權。田父怨咨絶，坐聽暘雨愆。稼腐亦已矣，流澀才通船。

中秋無月江南戰事亦未止欲與鹿笙烈卿登南樓不果

雨雲漠漠戰雲昏，江北江南總斷魂。庾亮興隨風月淺，晏殊吟廢管絃温。鸛鵝突陣皆吾土，鷄犬偷安此有邨。聞道捉人無主客，石壕吏卒夜呼門。

【編年】民國十三年八月七日、十三日、二十五日、二十七日之《日記》均説及江南兵亂，故此詩可定爲民國十三年中秋節。

示二歌者

言語如歌順，腰支趁舞旋。減螺眉緌啓，斂粉鼻光圓。細説噙霜齒，生成彈袖肩。新妝要新學，鏡裏有人傳。

金小香索詩 有序

小香生長金陵，習北方大鼓書，兼學畫，著名滬上。來通演藝，不取值而索我詩，嘉其意與之。

春明舊夢散煙蕪，曾聽斜街大鼓書。人事變如南鄉雁，白門少女擅場初。
神仙愛説韓湘子，説到雲横雪擁時。鼓杖忽嚴絃板急，回身端正細腰肢。

【編年】
民國十三年七月七日《日記》記作此詩。

西林六詠

暫與群囂隔，應徵庶物安。去鷄因避獺，得狗不虞貛。魚小裁三寸，蝦饒足一柈。祇聞菱藕盛，向晚繞溪看。
未卜幾時休，還營我馬樓。隨方著摩詰，小憩亦菟裘。置研求花對，疏泉爲鉢謀。南風江更逼，臺上不勝愁。
獨愛梅垞僻，江風夏亦秋。旌山新勒記，狎水不拏舟。峽雨藤初引，庭煙草欲浮。白蓮花後葉，餘馥到茵幬。
　虞山欲常見，東嶺最相當。千古憑今日，孤樓拄夕陽。護桃溪更展，芟草徑旋荒。樸被何時住？憑欄樹共蒼。
　有有無無論，亭空借得名。山川曾不滅，釋老語無生。蔓磴迴人迹，松風咽鳥聲。沈墳芳樹好，被荔帶蘿榮。
　何與他人事，觀心佛自尊。僧窮安乞食，地勝儼開園。據榻覘雲氣，扶臺締石根。尚暫給孤獨，暇日偶相存。

【編年】
　民國十三年七月八日《日記》記及至西林寫碑事，十二日竟，詩當作於此時。

短柏

　短柏日逾翠，霜髯催老夫。饒當先輩處，且喜歲寒俱。地任岡巒假，天寧雨露殊？間藤莫纏繞，尺寸當其膚。

【編年】民國十一年八月四日《日記》記作此詩。

菊糕　名見乾淳歲時記戲以杭産茶菊令肆爲之頗堪餉客

不識秋滋味，都憐晚節香。稻新烝礰雪，粉膩出盤霜。餐或今懷屈，糅之遠自杭。糗餈誇夢得，隔代子京狂。

題徐印士剡溪別櫂圖

人間幾賸佳山水？剡曲於今倍可憐。萬壑千巖豺虎窟，緑林青犢水雲天。誰能耕釣還民樂？愁絶煙波入畫傳。別櫂從容非細事，士仁方洽大夫賢。

【編年】民國十三年八月二十日《日記》記作此詩。

鼓角

鼓角秋來緊，簾櫳雨後涼。陰垣迴濕漬，風葉碎晴光。海上憂租札，江頭避難航。無涯生亦觳，吾意爲蒼茫。

烈卿五十有詩示客因和

故人子弟數臨淮，出處聲名逸輩儕。度世未嫌投幘勇，讀書尚肯按籤排。中年庾信安流寓，佳日陶潛有好懷。纔罷登高來醵飲，歡然一破竹宫齋。

【編年】民國十三年九月十四日《日記》記作此詩。

初七月

初七寥天月，平分十五圓。蟾心容白黑，龍血戰黄玄。袁術終難濟，臧洪最可憐。秋風江上緩，猶到鬢絲前。

介山樓曉起

山氣還疑合，窗光不盡開。雞催江月落，雁帶塞霜來。怯冷增綿助，耽吟賸燭陪。如何僧晏覺，東嶺寺鐘纔。

終朝

終朝百般纏，夜蛩必排屏。觀書親古人，眼淨若對鏡。棲神向定宇，委息昵高枕。了無蝶可化，時或鷄爲警。夢醒詩忽來，塵空覺易穎。人事固未絶，稍稍事存省。方寸不泥滓，百年任鼎鼎。

落葉

落葉遠離樹，飄飄去無垠。委之路旁草，趦趄亦相親。草低有本根，葉高託肺腑。肺腑亦一身，有時不相顧。誰謂暫時親，堅于生平故。不聞空庭中，昨宵颯風雨。

我馬樓飲客作重陽

連天不風雨，江皋駐晴色。昨從公園遊，芙蓉蕾稍坼。黄菊無一花，矜重候霜嗇。蒙葺溝塍間，含蓄到葭菼。巡田一私喜，無物鬬髮白。開我西山樓，飛箋速嘉客。昔人偶落帽，今我且勿幘。尊有僕藏酒，鄰有僧借笛。寧不怵亂世，聊以慰佳節。傳聞軍中語，令民掇棉積。酬以一日飽，值待田主給。兹云果匪虚，庶幾師以律。長歎渭水南，葛生遺茂蹟。又悲漢宣代，屯邊一充國。老夫試爲農，奢願尼力絀。潛見時不當，宜受童蒙擊。跼蹐困東南，迂闊何西北。一醉無遠謀，旦晚望兵息。

【編年】

民國十三年九月九日《日記》記作此詩。

重九夜介山堂獨坐望月

高天露氣清，當户月逾明。悄悄吹燈出，離離辨斗横。何方歸馬静，不礙亂蛩鳴。人説前宵礟，叢棲雉盡驚。

【編年】

民國十四年九月八日《日記》記及孫傳芳駐軍事，正與「前宵炮」切合，故此時作於民國十四年重九夜。

移住梅垞

倦釋傭書筆，貪親對榻巒。車遲穿樹暗，衣薄逼江寒。野淨天疑展，垣明月受闌。便謀增種豆，柴鹿要加餐。

如夢令 有序

詩詞意境不同，構造亦别。以非所近，故亦不爲。九月十二日，竟夜月色大清，戲爲小令。

願對寧嫌宵永？久坐亦愁霜冷。徙倚没商量，簾内鴨爐香燼。孤另，孤另。兩地一人一影。

【編年】民國十四年九月十二日《日記》記作此詞。

雙十節梅垞

彌勒菴頭佛閣西，望姑峰下草萋萋。溪彎水足魚兒健，風露宵深鹿父啼。多難惟存雙十節，大經愁筮六三睽。何人汗馬收心地，空我林間獨杖藜。

【編年】

民國十三年九月十二《日記》：「陽十月十日，雙十節。内人約羅、范至西林（即梅垞）……」全合詩中情境，因可繫焉。

望姑峰

滄桑不到望姑峰，姑去何年渺鶴蹤。怊悵靈芬東嶺下，月明環珮儻相逢。

晚步

四鄰盡農舍，不夜寂人蹤。潭月還常影，江雲好異容。阿稽驅乏婢，便了約難傭。晚步依山脚，差强不藉筇。

滬瀆

已報盧循走，猶聞滬瀆驚。操刀終決臃，捧海待澆兵。災邑嗟牛失，降旛聽雁鳴。

是誰知得喪？莫更信縱横。

【編年】民國十三年九月十五日《日記》記作此詩。

催潔芬不至

君故久不來，我又無人説。朝看露畔花，暮看雲間月。

同縣中諸人合讌瞿盧二知事

過社歸群燕，離筵合二鴻。濠樓今昔日，海舶去來風。金革喧曆後，乾坤黯澹中。皇皇須茂宰，蘇俗起疲癃。

【編年】民國十三年九月二十三日《日記》記作此詩。

吴巽沂自藏所畫山深林密圖卷

辛亥中原是何世？高懷有客成此圖。武昌八月兵已動，十月烽火連三吴。幾年罷官去炎嶠，扁舟歸偶西塞漁。坐視白旗徧城邑，旋聞丹詔賡唐虞。國君自爲宗祀計，疆帥各拋印綬逋。山林縱好不歸去，海市跳匿壺公壺。客自滄江賸茅屋，秔秫何處秋田租？弄筆哦詩僕屢怪，出門覓食友可呼。行挾此圖日展笑，烟雲魚鳥來坐隅。卷尾題詠半遺老，此事後日愁榛蕪。我有南山竹樹鋪，曾爲傅戴營精廬。當時天地亦趨閉，招隱不來知何如。

【編年】民國十三年九月二十五日《日記》記作此詩。

羅癭公輓詩

粵士僑燕者，沈冥重我歎。療飢文字壯，起廢管鍼難。逆旅楹書瘁，名山墓石寒。平生知己淚，小友獨長安。

【編年】羅癭公逝世於民國十三年農曆八月二十五。下一首詩同時作。

癭公赴言程郎於其病至死任醫藥喪葬之費慷慨不少悋視世與人交而翻覆變易者何如寄詩美之

不肯生交死便捐，程郎感分淚如泉。何人更續明僮録，清咸同間，京都士大夫有《明僮合録》，專記當時鞠部名伶。香廠新坊好少年。

橙

一樹纍纍好，千條午午長。緑差朝夕日，黄入淺深霜。檐瓦疑關涉，窗燈乍露藏。每看巢姊妹，將子避人忙。

【校記】

此詩在《大公報》發表的時間是民國十三年十一年二十二日。

歸垞祀先檢校整理垞事

由來村徑逐田成，自鑿園池固圍横。帖石岸防先子樹，瀹蔬廚憶孺人羹。新霜鴨脚黄初染，淺水鷄頭碧盡擎。更數塵罌排宿醞，楊翁去後與誰傾？

不用憂天坐，聊當縮地歸。秋催風荻吐，塵擁電輪飛。野欲犁功畢，村纔樹影稀。到家須料檢，生事未容違。

怊悵園林趣，輕隨歲月抛。犬生疑主爲，鴉老助兒巢。隴亩新翻薯，籬籐健繫匏。瀼西原住久，岷下解無嘲。

餓客增餐粟，偷兒攫庾棉。已知樊可穴，翻愧篋無錢。白令長鬚倦，苛僮落涕連。元龍真鹵莽，容易薄求田。

報罷壬辰歲，規通癸巳門。直令江入竇，並映樹當軒。曲沿遊鴛集，晴灘浴鵲喧。豈徒魚族族，還數竹孫孫。

戒祀求家畜，因時薦物新。皇皇落成廟，惻惻偶歸人。貴老尊庭柏，孚先潔澗蘋。再經平亂世，敢忘昔時貧。

【編年】

民國十三年十一月二十五日《日記》：「冬至家祭，有詩五首。」今此題下有六首，且第一首爲七律，後五首爲五律，而第一首五律寫歸家途中事，可見五首五律爲一組；七律當同時而先後成也。

橙蟹

獨嫌秋味酢，恰趁酒杯香。剞實甘留白，通中美在黄。登盤妨並柹，納匕益和薑。盡斂横行氣，包苴所用良。

十月二日以家庖移南樓飲客席散有詩呈高師並要諸君同作

報答秋光欲似春，不堪秋去又經旬。看人著絮忘俱暮，勸客呼杯莫厭頻。四座無言觀酒德，千花如列袚車塵。不嫌橙蟹酥蒸菜，要换詩篇百琲珍。尊前白髮高夫子，醉裏丹顔章使君。禮洽坐深鄉里敬，談蒐世變古今聞。山東兵馬何時洗，天下車書未可分。説與南山諸佛聽，望中秋色定中雲。

【編年】

張謇民國十四年八月二十九日《日記》記有「藤縣高先生熙喆避張宗昌之禍來」事，（高熙喆是張謇考中進士那次會試的座師。）該年九月六日詩中又有招飲高師事，可見這次家庖掌勺招飲是又稍後事，則詩題中「十月二日」當繫年民國十四年。

【校記】

［袚］，袚禊，消除義，底本作［袯］，形似誤，徑改。

十月五日同人看菊花於公園遂集適然亭小飲

隔江烽火乍銷芒，前月登高興未償。幸且無兵歌萬歲，不妨有菊當重陽。花分秋色千家買，亭爲詩人一醉忙。獨倚荒洲聽落水，共愁烏鵲亂蒼茫。

【編年】

詩題中十月五日繫指民國十三年。本年九月十五《日記》：「聞青浦、松江已收復，盧、何遁往日本，江浙戰了。」正合首句「隔江烽火乍銷芒」，因繫此年。

羅生前既謝世復聞畏廬之赴感悼爲詞

悲風驚塞北，舊雨黯宣南。兀兀一遺老，悠悠七不堪。資生畫厨筆，譯史茗甌談。先後瘦公逝，星連謝戴參。

【編年】

林紓（畏廬）逝世於民國十三年十月九日（農曆九月十一），因可繫焉。

岑臺獨望

隱隱哀鴻不可聽，閒閒獨自款高冥。江浮荻渚潮頭白，霜入楓林石骨青。日晏燭龍窮北極，風低斥鷃笑南溟。紛紜人事難回首，不及瞢騰濁酒瓶。

岑臺

軒若雲排出，登之天際翔。江光摇顧盼，海氣混青蒼。榔栗人扶醉，罘罳鳥睨防。此山終古在，不識世滄桑。

斯人

壯語招深忌，斯人實可嗟。一舟皆敵國，四海欲無家。治易劉中壘，能軍李左車。盈謙有消息，尺蠖即龍蛇。

晨往金沙看滄園陳列張生所藝之菊午後觀七市鄉保衛團合操四十六韻

大運有舒慘，方冬百昌縮。榮悴不顛倒，四海黃華鞠。張生礌礌人，冷淡守邨落。作畫稱好手，畫菊掌堪覆。有時擊節歌，大漢鏗鐵綽。詎知讀書暇，埋頭治圃熟。春苗夏莖葉，雨晴費量度。云目花報秋，正笑重陽促。潛氣玄牝守，精英晚成蓄。一朝霜下傑，苔盎證縑幅。曄曄三百株，盤盂況未足。駢羅複層層，中央及兩角。晝列鏡爲屏，夜引電代燭。是聚冰玉光，盡洗煙火俗。葉背葉又轉，花面花相矚。珠履客充庭，繡帔人塞屋。蔓葑廊廡間，雲蔓散婢僕。丹如火齊吐，赤如珊枝卓。白如瓏鬆梅，青如娑羅竹。紫貝狎紺珠，縹碧隱素玉。繽紛數七色，墨闕好時漉。中央時左次，黃純裁百六。盛衰無古今，衆好湊繁縟。流蘇彯五組，錦綦綰兩錯。屏齊舒孔翠，翰逸振雲鶴。爪鋭麻姑伸，拳擊倢伃握。團團或刻削，歙歙或攢簇。或旁唐玢璘，或雜卣駮犖。或盱盱而曜，或蕤蕤而馥。比而或似擠，讓而或似睦。千萬出容態，一心致涵育。量金論貴賤，微尚不貨鬻。陳列具兵法，荼火望旗纛。茲市縣之犨，視聽衆所屬。江南正可哀，戎患莽猶伏。講武趁農隙，周禮軌其續。

簡徒如簡花，先事屏萎弱。居然習進退，頗亦明鼓鐸。陣合塵沙騫，槍震原野廓。下邑在天壤，藐諸海一粟。遐思兵農制，新民庶幾作。要當誨子弟，芃芃起棫樸。河漢徒有言，日月懸吾目。勖哉張生志，毋厭童蒙瀆。要使徑寸苗，爛漫滿囷穀。淵明慕田疇，此老不局促。

【編年】民國十三年十月二十一日《日記》記作此詩。

介山樓下芙蓉尚盛對之悵然

脂粉臨窗不受猜，朝朝辛苦對霜開。主人負汝成幽艷，一月曾能幾次來。

視渫洗缽泉工

泥亦不足汙，泉性自涵潔。在山猶有人，欲飲乃利渫。穹陰通側陽，翦樹防墮葉。不復憂無禽，王明我心惻。

夜聞示呂劉二君

夜聞爆竹驚山鬼，朝見新芙似影娥。江險若崩誰與惜？村閒得興自求多。蔬安糁菊愁非陸，宅欲栽蘭認是羅。塞北中行猶未靖，江南庾信意如何！

除圃

除圃寒飆裏，歸人夕靄前。善跳尨嗅路，無害雉馴田。潮弱常嚴閘，橋鄰易顧船。務閑猶作計，村叟未之先。

悼鶴咎司鶴者

病吾不聞日，化去乃誣仙。未察馬生死，寧爭龜壽年。舞空花拂地，唳斷月明天。留蜕徒爲爾，皮毛亦可憐。

營女校廊皁園亭成

張弛諸生業，優游暇日餘。林通三徑陟，山納一亭虚。感善薰琴笛，家常昵筍蔬。不愁耽逸甚，傳得大家書。

楚生以余昔與其尊人書札見示蓋三十五年前物也仰俛平生悦然在目惟劣札至令人慚而楚生以先世之遺故且存焉其無足存也感題二截還之

子當不嚇桓宣武，曷不題還王獻之。少作每愁燒不盡，前塵猶似過江時。

吏部論文與習之，道通書法不參差。取心注手何時適，筆墨山中待冢池。

視滄江病

聞病抛詩叟，來探借樹亭。填棲書臿被，燒匜柮連扃。扶掖憐參朮，荒寒滿户庭。餘年猶兀兀，史筆耿丹青。

【編年】《大公報》發表日爲民國十三年十二月二十二日。

赤蓮

曉庭忽見赤蓮華，更不成雙葉又遮。絶似看人新嫁後，晚妝收却茜裙霞。

題松鶴鳴琴圖

孤琴久不絃，二鶴適俱化。寂寥奥谿陰，行歌度松下。我懷古之徒，浩浩蒼濤瀉。誰識爾時心，能爲此圖者。

袁生娶于金氏求詩爲賦二十四韻

世累三公貴，門先四姓高。舊支輝氏譜，佳對弁人曹。之子來貽佩，前年憶汎舠。好當青玉案，秀出紫羅袍。問字班諸弟，言詩睨二豪。畫分孫篋稿，賦掣謝家毫。餘技小垂手，逢場左執翿。多能輕黻冕，勿賈陋錢刀。擺脱鮮卑語，芬香楚客騷。昌黎憐李賀，蜀郡得王褒。咄咄難兄紀，依依戀母皋。冠庭筵列篚，昏贄雁連羔。中雀嬪脩嫮，乘龍壻俊髦。一雙迎孔翠，十匹贈蒲萄。東閣雲韶部，西池琬琰膏。郎收鸜鵒舞，婦聽鳳凰槽。鸞鑑花齊拱，鳧弓錦暫弢。欲隮無度美，共服有終勞。筮利金其斷，成圍木不搔。餅休名士畫，井待令妻操。得配寧歆濟，觀游合相濤。德音荼薺味，新義鮒鮮牢。以語飛飛燕，如吟灼灼桃。微聞正月樂，都應八琅璈。

歸來篇四首

其一

歸來怳是客，入門不得主。客心悲未央，求主於室處。室有平生像，展如但不語。蟋蟀久在堂，飛蛛梁下舞。空牀錯遺物，檢料足道古。新柯與陳根，一半中庭樹。客自意知之，當前葉湑湑。

其二

棲棲不遑顧，奈此宅一區。如何林濠間，輒復營精廬。高談萬物表，焉用嗤貪夫。浮生落人境，蚊睫焦螟居。流轉六十後，構造千萬餘。自假天幸力，休此人奴軀。不能覺佛覺，衲衣桑根趺。

其三

勞人愛山水，棲山疑仙人。吾山非不小，褐珠私享珍。尺寸得佳處，規摹與爲鄰。慮墮俗子手，朱丹損天真。亦慮永榛莽，千載屈不伸。樓臺幸有地，不疑迭主賓。日月或一至，抗顔草上塵。髣髴百年駛，賢愚歸子孫。世乎彼自好，捨施吾弗嗔。

其四

握齱復握齱，常苦天地隘。欣戚在方寸，萬物各蘭艾。先入苟有辟，敖賤等敬愛。佛説金之剛，喻義取不壞。世界果空虛，金剛又安在？非有亦非無，乘除永相對。大哉聖人言，消息演義卦。鳳麟梟獍群，並育見靈怪。矧爾家成虧，區區無與大。遣意何必酒，取足悟時快。悄然聽霜葉，晚春緑陰内。

【編年】

此詩原分作四題，目録中亦本題後又分其二、其三、其四三題，是編者之誤，當爲一題四首。

中館

萬字華嚴塔，精書重大觀。兵戈僧付託，金石佛波瀾。有本增輪菌，因高易暑寒。雲窗何恍惚，花町儘遮闌。法物無新命，流風愜古歡。千年期與護，仙客儻棲鸞。

我馬樓絶句

淡似睡眉初二月，細如喘息五更風。一宵我馬樓頭住，消受惟應老禿翁。

地僻江晴山更暖，人言寒待過前年。眼邊世事猶難料，都付檐頭不語天。

【編年】民國十四年四月十二日《日記》記作此詩。

宛在堂西杉柏

歲寒亦有數，時命不關身。一不杉無説，孤榮柏喪鄰。棲禽疑削地，穴螘未愁薪。欲借淩霄勢，纍纍接好春。

鬻字買鶴

無人將鵝換黃庭，換羊供噉毋乃俗。主人愛鶴鶴偏化，發憤千金易得六。主人年來貧無錢，揮毫應客常自憐。吆呼牛馬那足計，快意揮霍聊當前。鶴來何方問無所，兼金重汝非貪泉。支分三棚各有偶，明歲生雛爲吾壽。退之不恨柳枝去，山谷自愛小德秀。汝爲吾舞吾爲歌，醉墨淋漓松下酎。

介山樓寒月

樓上霜棱不可親，天生青女祇工顰。素娥好意無冬夏，獨對虚窗也笑人。

獨游

便閒不得暇能抽，每入山時愛獨游。蓮影夾橋穿沈墓，松風一嶺上虞樓。煙雲起滅渾常態，魚鳥情親足勝流。暫得辟人猶辟世，下簾含笑對茶甌。

獨酌

怪變滄江入，天人急景遒。月明隨歲會，雪凍爲年留。隴麥含農笑，林梅澹客愁。宵來怯寒甚，獨酌思悠悠。

【編年】
民國十一年十二月十八日《日記》記作此詩。

壽趙貞女

當家尊處子，照史襲嬰兒。終侍共姜母，能傳伏勝師。青春過眼縝，白髮上頭羈。聞道賓觴舉，深堂尚蔽帷。

汭堂月下

趁月霜如曙，無人院更寬。影籠華髮暗，光逼醉眸寒。江上兵難偃，山中歲欲闌。伐薪看已盡，凍麥奈何乾？

宿倚錦樓夢中得句醒足成之

平子工愁青玉案，仲初愛擁碧紗廚。夢回賸得殘詩在，霜月山樓宿火爐。

哀黄生

司鐘一童子，成器廿年餘。適俗能安分，劬躬不改初。如何强致疾，爲我助終虚。手植無多好，凋傷希更疏。

蓮溪僧嬰戲圖

世無聖人民無孩，冥冥蹎蹎蝨然哉。運動受命知覺開，墮地不別智與騃。偎乳蜷緜衣食媒，耶耶孃孃各有懷，兄兄弟弟髫鬌儕。墟則有落市有街，觀人觀物習之階。一兒爲倡衆兒偕，不假面具師優俳。鼓笛綽板刀戟棓，臂竿旋弄逞身材。引弓射鳥胡兒猜，別部鐃吹喧咿哇。著棋打錢蹴踘陪，鬬草獵英舍其荄。鬬鶉畜鋭籠勿闖，機巧躍躍天倪乖。况乃蒲萄爭紫瑰，睒睗跳踉相推排。不如舞龍燭璀璀，陸地曳舟龍毰毸。不如竹馬青鬉騋，朱魚緑螟高舉擡。就中賓戲陳觴罍。讀書不用先生催，孝經論語連兩齋。見佛即拜如善財，劚冰琢雪裝如來。男好不賣逃學猷，女好不染啼妝頣。方今邨塾遊戲皆，夏楚束閣童稚咍。宜因其勢栽以培，養其善心春初梅。畫僧有意雜詼諧，摹寫直脱新羅胎。嬰兒參差八十枚，誰成學究誰秀才。丹青合問濠梁崔，笑看臘尾倒新醅。

【編年】

民國十三年十二月十五日《日記》記作此詩。

【校記】

［睗］，原作「睗」，誤。今按，睒（暫視）睗（疾視），跳、踉，均相對動作，而「睗」，作「美目」，與詩意不合。

芙蓉歎

芙蓉絢秋晚，託根糞壤間。濃露挾霜氣，辛苦丹其顏。自惜朝旭杲，叵耐西風頑。葳蕤挫復折，憔悴蒙榛菅。江干有漁父，見之心惻酸。濯葉反覆垢，衛花周遭闌。靈苗茁苕玉，貞語薰麝蘭。具是芝菌秀，足勝冰雪寒。漁父仰天笑，照眼青琅玕。水澨與木末，來日良獨難。置之遂没世，搴之寧異殘。感分有深淺，啼笑非悲歡。宛宛手中綫，泠泠指上彈。娟娟雲中月，悠悠江上瀾。

【編年】

民國十三年十二月十二日《日記》記作此詩。

羅生所贈白燕小鳥雌者以籠墜致隕賦一截慰其雄

驚籠忽似墜樓時，望斷闌干失故雌。百種頻啼非昨日，傍人不識主人知。

【編年】

羅生所贈白燕事，請見前《羅生以吾失白燕……》詩。下一首詩同時作。

越日雄亦死哀之

昨日頻啼似悼亡，詩難語汝亦堪傷。誰知共命迦陵鳥，不負鍾情大道王。

林風以余簡札紙劣不適裝册書來責後勿用戲作截句答之

少製雲箋亦自工，老書櫝背慣匆匆。詎知尚有人藏襲，謝女書來讓嗇翁。

後山嘗愛寇生賢，茶庫年年索好箋。正恐大蘇書筆重，女兒膚滑不勝姸。

【編年】

民國十三年八月九日《日記》記作此詩。

楚生回吳縣度歲其子女輩猶爲正初饋歲賦所受物報之

昔日郎君今白頭，隔江時説太倉州。師生風義傳兒輩，猶爲家公致脯脩。縷纏角黍楚風遥，九烈神君饗棗糕。文章利市無今日，耿介門風望爾曹。

二十四日大風有雪

衝風帶殘雪，萬馬聲騰囂。其來自朔漠，凜若天所驕。夜半聲頻作，撼枕海上潮。撞排簸逾烈，連屋皆動摇。元冥授權日，淫威孰歌祧。如何青帝令，餘氣猶飉飉。江南好風物，雜花布春韶。連天惡戲劇，滕六復與挑。陽林展丹曜，此焉晛見消。張皇假萬竅，忍彼寧終朝。叔孫禮樂地，云誰懾票姚。

【編年】民國十一年二月二十五日《日記》記作此詩。

除夕陰雨

未解江南戰，生愁趙北人。陰寒騎月雨，沈滯隔年春。麥浪乾棱凍，梅梢臘意新。辟兵如辟疫，明旦薦盤辛。

【編年】

民國十三年十二月二十九日《日記》記作此詩。

卷十 自民國十四年乙丑訖十五年丙寅

正月五日鹿笙姬人生子於節尚十二月也

舊年入新歲，老蚌出明珠。顧盼還三索，英雄弟二雛。成才爲母貴，解笑博翁愉。即此烽煙隔，江山福已殊。

【編年】

民國十四年正月十日《日記》記作此詩。

蠟梅

一破庭陰寂，春從臘際生。黄昏猶辨色，小雨更軒明。鳥啅殘新蕾，僮憎掃落英。躊躇不欲折，留伴水仙盟。

逼迫

逼迫歸藩恐，連横散卒收。穴中鏖獨鬬，壁上睨諸侯。劫略淆兵賊，瘡痍槩邑州。已知民命厄，誰爲秉鈞謀？

逼迫禍于牆，云胡更引狼。獵梟喧道路，羌馬突河湟。北地妖鬟乘，南朝狎客場。莫愁愁正始，雙燕鬱金堂。

學佛

學佛人非慧，生天路亦迷。降魔威不杵，認賊困於藜。鵑大圖南肆，鵑哀向北啼。雨花紛滿眼，迦葉首頻低。

朔漠

久倚東門嘯，雄鳴朔漠弦。金銀鄜鴟氣，符斗澌臺天。莫飲長江馬，須覘美蔭蟬。西河曾子弟，兵法有名篇。

立春懷烈卿南歸不至

移樹剛逢雨，懷人況入春。溪山深未足，南北釁猶頻。代舍羞歌鋏，空江負釣綸。安危君計久，詹尹不須詢。

【編年】

據與下録《喜烈卿歸》對看知是民國十四年立春日，即正月十三日。

菊仙　有序

劉氏中隱園，比年設壇問乩，臨者自云：園中客也，名菊，本蜀産。其父修道峨眉，生唐季，至今千餘年矣。其族類散處通者，悉隸于其父。其兄弟姊妹多人，舉學道。菊歷數劫，前已脱胎换骨。自叙其修養次第工候甚詳。諄諄勸人屏遠富貴權利。言人學道易於物，不翅倍，不學可惜也。不示人色身，不答人問休咎，自謝不工詞章及他藝事，言非素習不能猶之人也，戒主人勿爲浪傳。其於主人則頗有所匡助，主人甚敬之，間亦客吾博物院華嚴臺，蓋篤實守道真靈也。近聞其將暫去通，因賦此詩。

我不學飛仙，願尚青雲友。澹澹草廬人，蕩蕩漆園叟。出處異軫塗，真氣高北斗。仙乎峨眉姝，塗山世其胄。老仙若太乙，依劉歲時舊。姝隱不示人，談道不妄口。靈壇中隱園，飛書雜符籀。遜不願聲聞，閟不答休咎。自言有不能，盡撤護短杻。頗敦主客情，但惡託名醜。顓顓長生存，睥睨天地久。我意形氣神，消息爲之紐。散鑠各有時，固聚等逆取。泰華混沌初，芥子撮培塿。萬世齊一瞬，區區椿菌壽。造物奚不仁，物亦匪芻狗。仙自樂長生，人自重不朽。焉用較名實，誰能了無有。聞當遠別離，傾臆質所負。吾州儻不惡，即惡應相厚。須臾海東西，萬里一尊酒。

雪後聞百舌

捫舌寒林一向雌，午喧忽報主人知。如何風雪連天凍，喚醒春魂得幾時？

江南

天下車書説一家，江南城邑亂如麻。淅餘矛劍炊猶熱，棊畔風雲道易斜。雜種喧騰迴紇馬，芳時狼藉後庭花。老夫那得春中酒，愁聽昏昏白髮加。

義犬

猗嗟犬之性，突過人而天。報主三日哭，破姦四方傳。獹狊曷云異，鐶鋂何有焉？知渠終古恨，不得活張然。張然事見《搜神記》。

【編年】民國十四年四月十六日《日記》記作此詩。

附：（張謇所作）：義犬

如皋縣苴鎮吉家莊農馮愛玉，蓄一犬，黑而良，甚愛之。時其食息以馴，出入必隨。玉弟愛國私于其妻劉，縊殺玉；深夜埋棄范公堤側荒蕩中。犬不見玉，終日皇皇，四竄叫號。忽跡至蕩，徘徊土墳處。自是日必至，且嗅且號。旬餘，刨土成穴，露衣角。即奔區警局前，晝立而號，夜坐而哭。區員心動焉，令巡長及投役隨犬往，啓視知爲玉屍。時向夕，返道經馮家，偵聽男女嬉笑聲，款菲入，拘玉妻與弟至局。報縣驗鞫得實，治如法。此民國十三年八月二十九日事。

江幹卿至朋輩宴樂甚歡以其病後勸節攝幹卿唯唯否否乃去甓所不二日凶問至言寢前尚飲啖如常晨起逾常興之晷僕叩門入視體冰矣長句惜輓

前宵説鬼氣振振，奄忽名歸鬼録新。長逝聊當千日醉，出耕翻及九原春。移家抉擇先生志，撲筆驚歔後死人。已信何湯何梅孫、湯蟄先皆猝卒。同委蜕，可知莊惠任尻輪。

【編年】

民國十四年二月四日《日記》記作此詩。

【校記】

「尻輪」，原爲「尻輪」，形似致誤。

喜張孝栘至

登堂驚我老，問子亦中年。多難承家早，成名避黨全。所耽清聖酒，不負法官錢。别久頻揩眼，師門此最賢。

寄李生

聞子能衣絅，充之可緼袍。誰云名士習，稱得老夫褒。狎漢東方朔，憂齊北郭騷。慎旃堅骨氣，萬類付秋毫。

喜烈卿歸

入春五日厭春遲，對月三圓趁月歸。命酒四時吾待老，出門一步子知非。抛除花下殘棊局，料理江頭大布衣。合任豺狼等鷄狗，誰云肥羜勝霜薇。

【編年】

民國十四年閏四月九日《日記》：「烈卿自江寧回，聞大亂又將作矣。」因可繫焉。

宿虞樓

左辟黄泥嶺，前邀白鴿峰。江流分宿鶩，雲氣繚飛龍。緬古遥來錫，留人舊種松。今宵東澗月，應照墓梅穠。

爲瞻虞墓宿虞樓，江霧江風一片愁。看不分明聽不得，月波流過嶺東頭。

【編年】

民國十四年四月十三日《日記》記作此詩。

【校記】

其二中「虞墓」，錢仲聯主編《清詩紀事》作「余墓」，夾註「沈壽墓」。誤。虞樓爲詩人懷念一江之隔之虞山翁同龢所築，虞墓則應指翁墓。

春淹雨吝垞梅開不成片周視成詩

連天江霧不成雨，百蟄昏昏更不雷。春若待鞭吾亦懶，流連兩月看林梅。

【編年】

民國十四年四月四日《通新海報》刊此詩。

【校記】

首句「不成雨」作「未成雨」；而末句「看林梅」作「看林樓」，則此「樓」當形似而誤。從詩題可知爲詠梅，豈可無梅？「梅」與雷押韻；「樓」之草書極似「梅」字。

岸柳

岸柳遥青近尚黄，東風無意不尋常。祇應鴉鵲忘分别，棲徧朝陽又夕陽。

故藥王廟前有鷄棲樹數百年物也六十年前嘗嬉戲其下今廟徙建因樹齋詩以紀之

婆娑何代樹，幾閲海壖桑。見我童年戲，尊之大父行。心空秋莢瘦，頂禿午陰妨。未改平生敬，瞻依況此堂。

楚生邀客禊飲適然亭大風雪

青陽上斯巳，日月倏已除。梅晚杏方吐，草茁柳漸舒。主人宿愛客，禊飲南濠隅。匪追古之樂，共適嘉辰愉。隔夜風栗烈，吹空切人膚。晨陰冪無際，陽烏怯以逋。濠波雖淺落，尚足浮鵜鸕。主客興所會，動輪不踟躕。移席翕觴羽，飛霙攪林虚。酒半勢逾熾，天地胥模糊。忽焉堊竹柏，忽焉墁樓觚。上忽窘鳶隼，下忽饑鷗鳧。八方不可辨，迷失七聖途。

亦知懍集霰，室向逃無區。亦知見晛消，何以燠無襦。天高不得問，地厚容能瀦。坐待化溝水，流惡歸江湖。候至遠無遠，鄒律誰當噓。吾儕不凍餒，時還醉一壺。叨幸亦云過，柔弱安賤儒。睆彼梅與柳，沃青而夭朱。有知信云樂，無知諒非愚。

【編年】

民國十四年三月三日《日記》記作此詩。

晚坐

院草滋秋緑，鄰柯納晚陰。露涼蛩語急，風動鵲棲深。冷落唐虞想，邅迴禹稷心。眼中誰可出？梁父不成吟。

吴生得畫索題畫署居齋聲遠而無姓押濱字印疑吴江之吴濱也時雙十節後五日

露葉煙梢何處篁，今年筍比去年長。畫師作此非無意，勝母非名却睨旁。

道旁垂柳尚絲絲，慘緑摇風復幾時。樹在自應蟬附翼，露涼猶得盡情嘶。

【編年】

查民國十四年國慶期間陰陽曆對照，知此詩作於陰曆民國十四年八月二十八日。

新月

新月如人瘦，遲遲不肯來。北風吹雁陣，欲遣破雲開。

新暖

短春催去節，新暖與扶衰。不策南樓杖，愁聞北徼鼙。鷗凫無定色，桃李有新谿。日晏聊歸息，頻來不是辭。

贈蔣將軍

故人湯蟄老，能吏復能文。亦以千秋業，傳之百里君。卷懷名士習，快洽老夫聞。孫楚樓還在，愁參江上軍。

上巳中公園南樓看雪

素壁朱欄外，紅梅碧柳前。非時三月雪，無地萬花天。鷩鵲歸巢誤，憂蠶浴種延。農諺上巳雨損蠶。如何春不漲，旅客復膠船。

上塚還扶海垞

萬事消磨萬劫塵，一年歸作一回春。階緣鬬蟻紛尋友，樹落驚禽突撞人。風雨直驅花過眼，兵戈如勸酒霑唇。鹿門舊侶凋傷盡，頭白瞻天上塚晨。

當陽玉泉風景之勝節庵二十年前曾爲言之今丹徒吴居士示玉泉尋夢記謂嘗遊是山因昔夢悟爲山鐵塔稜金寺大根和尚之後身作記請賦其事

梁生昔道玉泉勝，吴叟今傳鐵塔僧。鳥自呼人具天覺，虎猶避路非力能。節庵訊言。客於其中認兩世，我欲往從支一籐。世紛道梗那可得，付與滄江雲水徵。

里俗

清明先霽雨，里俗事紛紛。荷臿兼携樹，燒錢各認墳。叢蒭寬犢料，涸澤散羊群。况有河湄叟，分船放鴨勤。

盆梅落盡池上娟娟獨秀徘徊樹下意爲憮然

晴多雨少忽春中，散落盆梅白間紅。池畔但寬三尺土，枝頭禁得幾番風？昔年人似梅花瘦，今日梅花瘦似人。人去看花翁尚健，祇應常作昔年春。

【編年】

民國十四年二月二十一日《日記》記作此詩。

約客看梅梅垞

溪陰黯黯看成雨，春色堂堂尚在花。晴晝底忙應悔晚，芳尊及對未嫌賒。畏人杜甫身多忌，笑客桃椎髮半華。豺虎有時空假息，燕鶯留意莫輕譁。

【編年】
作於民國十四年二月二十八日《日記》記作此詩。

三樂鄉車中所見

雨雪渥農郊，車停逸軌交。養羢羝覓草，孚子鵲防巢。叟護居常辮，童懷下學包。不須相顧語，我已聱而聲。

嗇庵詠梅四絶

過牆七尺玉梅高，前夜驚風若耐飄。曉起院苔渾一白，祇疑殘雪不曾消。
未便成泥尚是花，故根咫尺已天涯。誰憐縹緲離魂女，不嫁東風尚有家。
來似無蹤去有痕，不堪離合費精神。除非留眼看成子，奈是空花只媚春。
一年花好十年樹，翁得閒歸來賦詩。汝自得天吾好事，未教冷落負芳時。

答王知事

詩到消寒際，官摇受代先。委波鷗汎汎，禁晚鷺拳拳。住貰償春酒，歸求何處田？鑑湖猶不遠，應買小漁船。

香谷今年六十謝客爲賀而語殊簡雅特賦長律

習爲子弟猶前日，愧對親知道作翁。君善自藏爲此語，我聞如見古人風。少游下澤無求馬，列子高天但視鴻。端待花時携酒去，閒門芳草許能通。

送楚生至江寧軍幕

與子經年聚，時時暖酒缸。不官無故土，欲別對長江。鷁艦春千里，羔裘彥一邦。慎將良馬意，畀彼素絲幢。

中隱園千瓣牡丹數叢與常種近而變不逮去年甚其别植山石上一本花好如故余去年詩所亟推許者也亦可謂孤芳自賞矣飲散賦之

已迫春餘春事非，傷春人盼醉芳菲。猶先芍藥當階艷，不管楊花貼地飛。金縷曲中酣杜牧，沈香亭外惜梅妃。試看壇北雙鬟姣，國色亭亭乍著緋。

天生果園看桃花歸聞鹿笙病其子治許鄭學太顓之言爲長歌釋之兼示諸客

老年惜春春不留，少年忽春如瞥金錢流。金錢孟浪或作惡，縱博嬉遊白日促，眼前之春一逝不復續。東家少年苦讀書，日與羲鞭較遄驅，我愛重之瓊瑶璵。昨日江頭看花車，不呼共乘奪居諸。欲其茂育方春華，乃翁何爲心踟躕？功名事業非人覦，豫章磐磐由根株。生子與爲泛駕駒，不如長養食字魚。便欲經綸洞時務，也須典籍窮今古。玄德少幸事康成，伯業老猶驚魏武。不似吾曹雪蒙頭，飽嘗世味蘗在喉。開口惟宜阮生飲，散足輒偕林類遊。滄江種桃吾一邱，看花數實漫浪休。快意聊適主賓醉，生計不諱田園謀。花好正如少年好，不花胡實春空老，亦未望喫綏山飽。鄰翁有子足解憂，看花曾不三千秋。子好何必公與侯，客聽吾言然以不？

金沙祭墓飲客滄園

滄園欄楯尚清華，載榼重停隔水車。燕子不來春不住，龍孫方縱日方斜。荒疏江客調笙曲，辛苦張生課菊花。惆悵百年寒食節，冬青無恙幾人家？

【編年】民國十四年三月六日《日記》「至金沙墓祭」可繫時。

避客至村廬

豈敢言憎客，今來爲寫碑。人先書告老，心恨手乖離。氣攝真爲帥，觀澄即是醫。世南惟臂痛，直道廢臨池。

【編年】民國十四年閏四月二日《日記》「去村廬，寫章太翁碑」可繫時，下一首同時作。

村廬書事

未暖蠶遲桑葉貴，仍晴牛放麥耞喧。魚登海網連江網，鳩鬧新村帶舊村。濠上車來頻却軌，瀼西蔬種漸成園。不愁人事爭翻覆，物候農祥獨本根。

林溪精舍曉起

斜月猶依塔，遥瞰已射巖。氣蒸朝夜變，霞彩紫緋纔。疾起鳶群峻，低搶鵲語喃。隔牆鐘鼓罷，禮佛向空嵌。

羅敷媚 菊會

秋花艷向秋風冷，羞鬬春穠，愛爲霜容。根性天生衆不同。　同時都道芙蓉好，脂粉嫌濃，羅綺嫌重。青女前頭款款通。

清門體骨新妝面，不本陶家，問是誰娃？十色天衣照鬢鴉。　相扶姊妹東籬出，璫璧裾霞，鈿整釵斜。便脱金銀氣亦華。

春蘭特秀羅含宅，生不同時，地各便宜。耿耿佳人漢武思。　清香那得清尊伴，鐙畔窺之，鏡裏憐伊。淡對無言只自知。

層層透露層層掩，衹是尋常，却費裁量。願否詩翁插鬢旁？　看花人祝花難老，留得時光，脈脈酬香。闌住悲秋一段腸。

今年雨渴家家圃，季女安貧，十五芳春。不解工愁不學顰。無媒不嫁娉婷在，瘦小腰身，伶俐精神。到得人前總可人。

【編年】民國十四年九月二十六日《日記》：「生平不喜作詞，看《弇州山人稿》，忽興動，始爲小令，學焉。」且時令與秋菊正切，因可繫焉。

一叢花 鴛鴦菊

碧潭波冷惱文禽，偎暖瘦難禁。何時俏入羅家席，化身處、猶綰雙心。素袖輕籠，絳裙緊束，對影理瑤簪。相知最是范家深，同譜慣聯吟。嫌名尚厭雌雄翼，正須改、姊妹青琴。移上繡棚，停辛佇苦，那惜度金鍼。

減字木蘭花 初六月

盈盈闕闕，不約遠來庭院月。俱闕俱盈，只有江潮似尾生。年長夜短，人盡悲歡誰不管。儂自多心，潮算冬春月算陰。

十分九闕，前夜鏡匳眉似月。小扇輕盈，怯怯藏羞尚避生。　更初會短，邀到花間花勾住。莫帶秋心，初七明朝幾寸陰？

【校記】

第二首下闋「花勾住」，有誤。按詞律，《減字木蘭花》是「雙調，四十四字，上下片各四句，兩仄韻轉兩平韻」。此處「住」與「短」不押韻。今審張謇兩首詞之間，除此處「住」外，用韻全同。故「花勾住」若同第一首的同一句位處，換成「花不管」，則上下韻脚全同，詞意暢達。「不管」何以訛成「勾住」？殆編者認手書有誤：「不」之草書有似「勾」，「住」則是猜測而得。

菩薩蠻

高邱不信終無女，滋蘭樹蕙曾凝佇。養得一華難，兢兢霜莫寒。　字如肩玉瘦，詩與眉峰秀。忽愛學填詞，苦儂非本師。

十八日寅起霜色一白寒月西傾中庭樹影分明可數徘徊四顧如置身冰壺中遂成一律

霜皎月逾清，沈沈抵五更。四天宏寂靜，萬象納虛明。煙樹團鴉合，星河旅雁横。獨醒成獨笑，掩户待鷄鳴。

【編年】民國十四年十月十八日《日記》「卯時八窯口室人生壙破土，寅初即起」合此詩内容，因可繫焉。

壽尤翁

世變星移俗未更，尤翁長者里人傾。佐軍久識文無害，訓子都賢士有名。扶老杖前江郭展，逃禪酒外佛香清。耆年亦有山川氣，留轉朱顔看太平。

携兒采藥圖

鬱鬱南山盛藥苗，新求異産補山椒。正嫌薊子人間少，時被村樵論擔挑。明年我欲廣栽蘭，度地青岑與翠巒。君儻采時須子細，莫隨凡藥等閒看。

鰣魚

護鱗忘惜命，恨骨笑饞人。豪賈先探汛，窮儒候過春。江星漁列火，盤雪鱠銷銀。慎勿嫌今貴，酬資麥飯貧。

山庭紅薔薇之大者正開繁艷異常俗或以洋玫瑰洋牡丹呼之可厭昔張文襄易洋雁來紅爲海雁來紅常自喜而語客今余亦以新薔薇爲其名花而有知當不怪唐突

香奪玫瑰郁，花疑勺藥豐。欲張千萬朵，圍住七三翁。古別蕃麟紫，唐回紇買馬，太宗因色別爲十種，各賜以名，一名翔麟紫。吾思海雁紅。後來真足勝，萬類日新中。

武進吳生爲其師程子大六十徵詩子大修行能文章昔稔其名聞今築室僑鄂謝去人事將終老矣爲作長句付吳生寄之

當年見刻無量佛，爲之偈者寧鄉程。風輪火輪世界動，行相諦相天機精。鹿川閣畔湘雲駐，狼山江頭海月生。衆幻未除人並老，説與誰何參淨名。

吕生新婚詞

不愛羅紈愛買書，隨翁前月向句吴。歸來賓客趨翁賀，如此兒郎衆所無。
讀詩有記紹東萊，排帙關睢卷首開。儻與新人説經義，匡衡萬福此初哉。

郊外見落花

誰教扶不上枝頭，已委泥中又水流。昨夜縱無風雨惡，也應墮落不知愁。
風飄雨泊趁殘春，那許臨時擇溷茵。無可怨天須恨地，替花太息是塗人。

有計伐公園心空之老柳者詩以緩之

生意薄未盡，當門四十秋。閲人萬條厭，同列幾株留。縱舍鑽新火，誰尸殺老牛？猶聞㮙櫟壽，曷與燕鶯謀？

虞樓看桃花

有風無雨春亦闌，桃花怯冷兼怯乾。虞樓千樹抱其足，問訊花開使相續。報導裁開三五分，主人夙駕衆客欣。未容春老笑白髮，正爲花對邀紅裙。紅裙白髮趣相左，知與周旋無不可。嘉客何妨數往還，女兒未必長婀娜。君不見黄鸝紫燕愁東風，今日花白前日紅。

【編年】民國十四年三月十八日《日記》記作此詩。

客散

酒闌遥送客，興寂入寥天。風轉長林角，江荒落日邊。峭帆迴隔浦，陣鳥没飛煙。院裏小桃樹，對人紅自憐。

劇家馬連良之妹秀英索贈

馬家近擅歌場勝，小妹今看跂阿兄。舞對當前花的的，年如望後月盈盈。常隨母出猶安雅，略帶兒憨未鶩名。説與雪芳通兩驛，何時相對語春鶯。

窄室

窄室一燈坐，層樓萬象超。山風如送月，江霧但聞潮。得興憑詩寫，無愁遣酒消。千金何處值，歌管説良宵。

我馬樓外梨花

種梨十載但槎枒，此日桃開並見花。生事桑麻添别部，文章脂粉合成家。入林近拂香團雪，俯檻遥窺月映沙。一笑昌黎看李去，縞裙練帨浪咨嗟。

圫梅開盡矣竹畔一株尚盛玉色如雪喜成一絶句

累月看花次第新，全林一樹殿殘春。不關顔色爭桃李，留吐芳心慰老人。

示内 集女賓看桃花

春到吾家樹盡妍，緋衣百隊絳宫仙。新花合有新詩賞，好乞珠璣一兩篇。

老虎口桃花

夭桃如錦草如茵，泥客回頭醉靨春。誰知三百年前地，海峽風濤愁殺人。

聞王君苦吟幾病嘲之

王生拚命爲長句，白晝頭低夜失眠。何似劉郎工用短，時時花下得新篇。

爲施生壽其母九十

生兒爲里師，當可謂之時。舍鄭名終立，如由養不虧。圃劬冬蓄菜，庭愛夕榮葵。扶出嘗春酒，子童識母慈。

東風 三月二十八日虞樓

又來花過了，不定爲東風。榮落權移運，吹噓抵論功。餘英知秀晚，留蒂忍嫌空。終勝霜林葉，無人惜墮紅。

觀山下桃花落處

半踐泥塗半水溝，泥嫌汙濁水嫌流。東風若解如人意，除是還吹上樹頭。

林桃落盡獨紅白兩株正盛色尤妍冶戲成長句

已知後勝不爭先，白白紅紅相對鮮。是素是丹紛彼此，如荼如火別中前。胭脂易奪嬌嬈艷，冰雪難求綽約仙。天下幾人能好色，各從濃淡位嬋娟。

西林昔年求梨於萊陽求李於嘉興栽地相近梨久不花今年李開大盛登我馬樓觀之以爲梨也喜而詠之審視知誤誤不可諱也又賦此詩

大佞鹿可馬，大辯犬可羊。罔嬰乃成趙，知惠無如莊。人固有彼此，言亦有變常。胡爲一人目，昨今眯其眶。山下樹梨李，南北徵殊方。得艱望逾切，效闊疑不償。惟彼梨與李，洽比成翼行。瞥然萬枝條，雪玉盛晶煌。主人看花興，侈欲天綱張。平視不快意，超步登樓望。晚霞耀素練，澹月籠霓裳。遂訝群仙姝，驂雲會瓊閶。劇喜慰素願，亟譽不暇詳。

詎梨樝且假，猶桃李代僵。丹自不赤奪，碧亦未朱攘。盜聲士所耻，貴目寧足臧。虜使識崔琰，英雄自在旁。不歌爲物咎，易言罰自當。華僞塞天下，水鏡滋旁皇。

惜花

飄飄任狼藉，性命總芳菲。不與泥終化，誰傷草暫依？魚吹遮夕浪，鳥動碎晴暉。莫更愁山徑，看花跡已稀。

曼壽堂前海棠

春盡不聞鶯，庭陰眼忽明。艷陽丹的讀若灼。暈，香露絳絲瑩。妍媚嬌園杏，清疏遜島櫻。小闌迴轉處，眄睞獨關情。

櫻花岬

草木華夷迭主賓，當年移植自東鄰。兩家春色波潮接，一角中天雨露新。世界美人無畛域，文章異處有精神。葡萄苜蓿吾家事，太息旃裘内嚮辰。

中隱園坐上有論牡丹名義故實者比物類興遂成十四韻

名當美男子，詠始謫仙人。地逼鸚張翼，天教鳳集身。雲霞依子晉，珠翠逐安仁。浥露朱衣汗，噙風玉笛脣。韓嫣金彈富，謝遏紫囊珍。冉冉羊車璧，輝輝鶴氅巾。靈和承柳好，盛府似蓮親。玉筍誇時瑞，櫻桃委下陳。香分令君久，粉比省郎勻。轉女幾三世，當歌半六塵。有文雄雉泄，何故牝鷄晨？共鑄九州錯，誰翻一顧新。爭墩王謝陋，避席尹邢頻。祇合詩供謔，無嫌酒數巡。

幽居

緜野餘三面，岑樓出四空。雲低無累月，山淺獨愁風。墮觜驅鳶避，將雛喜燕通。幽居尤近物，有約不苟僮。

豐潤王溯沂紹曾罷海門縣事僑居於通時與呂劉諸君作詩酒之會是知進退之宜者感贈

束手都愁鷹眼子，抽身來偶鹿皮翁。夢中邑里春鴻月，耳畔邊關鐵騎風。買宅無錢棲客廡，尋山有榼助吟筒。不須更憶還鄉水，嗚咽滄江日夜東。

答贈興化李審言

淮東蕩蕩萬方里，興化窅窊落釜底。其民俗美甲他縣，嶽嶽名賢向天起。板橋先生衆所聞，融齋先生吾所尊。文詞德業間世發，繼者李君清且敦。李君能文不進士，李君畜德不一仕。遭時後賢最轗軻，律身先輩留風紀。鸞飄鳳泊今如何？十年傾蓋歲月蹉。授經幾人高弟録，發唱四面祆神訶。走也老自棄，素髮蒙煙蘿。空谷見人喜，況聞絶代歌。青春雖徂白日杲，上有燕雀下蛟鼉。聽若視若殊等科，龍魚鼠虎何必非天和。古人不作我曹在，讀書論世非無賴。雲中九閽尚可呼，弟一勿愁清晝魅。

見退翁所築退耕堂

弱弟山中結巢窟，老兄海上起樓臺。不愁蜃吐鯨呿近，一任鳩呼鵲笑來。十丈長人看縮小，八方怪物賸喧豗。隨時得住爲佳耳，瓊島（北京三海地）而今屬草萊。

崒起朱樓影，平鋪緑野芬。時然映空氣，可以切浮雲。草澤麕麇跡，風瀾雁鶩群。荒寒卅年事，説與里翁聞。

吕四勘墾歸塗所感

晴光消宿潤，風力裹飛塵。車似寒煙鳥，人如毀廟神。逢林清洗目，渴飲燥懸脣。始覺東西晻，安閒足此身。

【編年】民國十五年三月九日至十一日在墾牧公司勘界，因可繫焉。

壽平積餘並以計墾來通因得浹旬之會合人事粗暇風日清美集飲南樓歡然有賦便約陳吕莫劉諸友同作

青春大去寧無日，白首相逢且盡歡。天氣正寒衣袂薄，濠波漸照酒杯寬。呼龍出海耕求耦，抱犢誣山盗弄官。八表風煙消不得，商量何處寄儒冠。

【編年】本首詩與後《疊前韻》、《感事再疊前韻》二詩同韻，同時作。

伶工學社評藝感言

稽古工居肆，論今劇有家。四方疇子弟，九冶別金沙。和以絲匏會，鏤之琬琰華。如何魯弦絶，不駭楚坑奢。

【編年】

民國十四年十一月十七日《日記》記載「伶社評藝大會」，因可繫焉；下一首詩同時作。

示戴生觀所度曲

協趣莊姜與戴嬀，李郎南北燕差池。世間無限州吁輩，爭得男兒化女兒？已堪歌舞動珠塵，更愛聲名翰簡親。不作陽陽君子慨，也應似我眼中人。

走筆留碣髯

我胡爲乎頽放耽吟癖，弄罷東風送西日。笑子瀾翻萬卷活人書，不掛葫蘆已人疾。疾不勝己歧又歧，爲衆生病維摩癡。曷不時出毗耶離，來共掇拾蒼茫詩。江頭蘅杜芳菲菲，紫燕日日嘲黄鸝。

疊前韻

大都萬物皆芻狗，不識諸天各喜歡。十畝肯閒農話洽，衆賓不醉酒巡寬。頻嗟故老摩殘狄，那得癡兒了却官。聽罷宫人歌刺虎，坐中應有髮衝冠。

感事再疊前韻

去惡蕃羊聞卜式，絶羈翦馬説高歡。生才爲世今何寂，問政何師但用寬。撾鼓舉旛卷堂揭，職方都督滿街官。方愁處處連薪火，莫問區區倒履冠。

放翁詩多自美其睡意有取也因而申之

懵稽懶而垢，笑陸睡能豪。湯沐嚴僮具，金戈覺夢勞。敷牀先取博，安枕欲無高。百歲宵分半，愁人空爾曹。

題懷素自叙帖

南唐九印重文房，傳到蘇家補六行。賴是衡山留片石，涪翁臨後不消亡。
素師不是閉門僧，叔未高談苦行繩。我自愛師龍象力，墨池飛蹴更誰能。

【編年】民國十五年六月十七日（離逝世二十八天）《日記》：「臨懷素四十二章經草書，讀《左傳》。」或此時所作。

與友放舟觀校池荷花因至紀念亭與先至諸生話言

不雨屢作態，陂塘厭暘旱。澤農數花時，令芳中菡萏。南園水習深，宜藕葉滋演。東苑六花乙，盍龍不救淺。衰翁任天拘，艇子與人孏。門生清曉來，爲語校池變。淮陰有短艓，亟呼看花伴。濠縠漾輕颸，波前野鳧散。衆行熟無覩，乍到忽驚眼。花與花縱横，葉爲葉繾綣。葉面花凝妝，花腋葉張繖。葉微馥微薫，花少長少短。露應夕後繁，風至人前善。不嫌水位低，但覺香氣滿。我校二十年，學子日勉勉。安得茂對問，與之一吾覽。徘徊欲有言，彳亍向亭館。亭紀二十周，當時繞葭菼。植物視植人，俯仰惜慘憺。先校而有隄，先不可剪。窞而有坎。常德習教事，經訓繫崇感。內顧花盈盈，外觀水澹澹。水亦不可竭，花亦不可剪。

鄧樸君不見五十年矣頃以江蘇監獄感化會之聘蒞通講演述如車馬湖夏母百歲四世子婦孫曾俱全翁篤信佛教散家行善大智願人也爲廣徵詩文勸導是母皈依淨土亦可謂仁者之用心矣乃爲賦之

不見鄧翁久，飄忽五十年。佛眼未刹那，世劫紛萬千。不可説可説，欲墮誰得脱？鄧翁覺大悲，願爲佛運舌。我聞目蓮僧，救母效未弘。翁抱地獄願，然佛無盡燈。未覩穢惡相，先結勝善因。如皋車馬湖，夏王農家母。康强至百歲，聰明率諸婦。孫曾列二八，兒齒溢三九。翁聞之而嘻，登堂酌春酒。寧爲閭里誇，但識風氣厚。八表黯兵氛，輾轉修羅鬬。視此一家人，疑入俱盧宙。不嗔恚故安，不戕賊故壽。翁以是善徵，參究婆拘尊。欲闡西來意，利此南洲人。我昔壽陸翁，觴之千齡觀。欲使鄉里兒，敬老不畔涣。邂逅持語翁，微尚異與同。世法非世法，達觀聖所通。笑佛入地獄，大拯三途窮。何如老母經，敷説人天融。江上吉祥雲，靄靄夏家籠。

贈劉愻甫

亂餘兩世説情親，三十乾坤浩蕩塵。劇喜觥船逢酒客，最難榷税替詩人。君卿嗜學官如水，臣叔愁花病過春。我有溪山堪與共，但宜吟賞不宜呻。

陳將軍

故主前旌偃，將軍戰未終。義聲臨難卓，士氣被圍雄。地綴先朝武，城連要塞窮。一觴君且聽，東郡説臧洪。

味雪齋故師範休療室也室他徙而雪君女士假以養病六七閱月比易爲齋落成值雪因以名焉暇日與客宴坐有懷舊蹟

雪與人俱化，春隨花屢新。獨來吟雪地，不見對花人。檻有迴波淥，床更舊隙塵。繞廊看衆樹，蒼翠證前因。

楚生以唐昭陵六駿圖拓本並考見示時移世更觀感與昔人絶異矣爲賦長歌紀之

四十八路爭隋帝，萬馬中原鏖塵起。唐公突舉太原旗，天厭楊家改眷李。當時薛宋劉竇王，跨州連郡稱最强。秦王先後掃之盡，非徒師武馭亦良。六年東都涇洛滄，柏壁虎牢連北郎。縱横馳突輒千里，每戰易馬鋒孰當。李家本以西涼重，馬出大宛盡龍種。隨旗收陳汗未乾，帶箭矜嘶氣猶竦。生酬知遇致降王，死感初終傍遺壟。功人功狗何分别，一畫淩煙一鐫石。畫師或是閻立本，叛臣恥例侯君集。後人訪古辭不同，傳者太宗或高宗。考辨有據勝游趙，後惟張弨前林侗。世間不少隱韜輩，陵中已空禍陵外。父老能爭石馬回，帝王更爲銅駝賣。吁嗟莫生知古今，六本示我悲獨深。王良不作少陵死，便有神駿誰能吟？

【編年】《張季子九録·文録》卷八有《又跋〈唐昭陵六駿圖〉拓本》，署民國十五年，因可繫焉。

舊藏禮器碑失去作小文書于所見莫氏明搨本後忽兒子來告吳生伯喬嘗見於某家因蹤迹而復得之前文其無當已乎成一詩釋意

塞馬有禍福，楚弓有利害。萬物豈有心，人事與之會。乘除得失間，分別計内外。人唯假物用，遂若寓鬼怪。我本白屋人，金石夙傾愛。蒐羅望趙歐，勢力兩不逮。十載走京師，倜儻觸塵壒。亦蹋海王邨，寶山空手拜。節縮酒食貲，聊暖埸屋憊。貴不賤宋明，直裁抵曹鄶。韓勑我所重，劣搨不足買。吾友偶得雋，舉贈當羽錣。鄭重驍朝策，綢繆鄭僑帶。何時落人手，羽化瞢如晦。丹青故人意，寧爲甑墮廢。繾綣極討索，遺失無何奈。假設一切譬，如受二乘戒。反復求脱纏，終竟滯餘愛。云何吳生智，記憶存册載。叙彼珠去來，完我璧破碎。兒子抱之回，珍逾捧珠貝。我視頃之失，天地不爲隘。今我視復得，未覺天地大。崇有復於我，驚喜毋乃太。體無安有物，大塊僅一噫。勿毁須無成，入空定先壞。夷跖各崇尚，桓文等狡獪。去甚貪而嗔，庶平懊與快。開函認舊題，翠墨煥金薤。故人儵異物，片札若龍蜕。既來自可安，山空伴圖繪。我且了心地，汗馬掃物礙。

【編年】張謇於民國十四年六月二十八日《日記》中有「作《失碑書銅井文房明拓禮器碑後》」，七月四日撰有《再題莫楚生所藏禮器碑後》，述及復歸過程，詩作於此時。

師範生紀念亭

背濠丹碧一亭成，俯檻風荷十畝平。地合天光人影靜，香從旭始露餘清。長流到此俗塵滌，老子時來詩思生。若比菁莪在陵沚，花花葉葉豈勝情。

濠南觀東西池荷花後舉宋人詩話所傳萬朵紅蓮一白蓮語爲誦復成一截示濠南可以證漆園齊物之喻也

世界河沙各有天，莫驚隻句宋人傳。東邊不雨西雷雨，萬朵紅蓮一白蓮。

雷雨後視精舍

累月不曾到，偶來都欲疑。驚藤躋崱屴，厭筍突藩籬。烈日迴峰薄，晴雲傍塔遲。前宵雷雨劇，溪漲有痕知。

初八夜月

側側白玉梳，懸懸問誰用。星月有同心，應許天孫共。若從滄海出，應是璧圓時。不著安排力，青冥慣合離。

倚錦樓月下誦張子野樂府有感而作

雲破月來花弄影，不須問月但愁雲。倘移花種層雲上，夜夜清光傍得君。

晚涼觀漲

蜀雪江流下，吴天涑雨頻。月光浮地壯，人語隔濠親。覺道曾無晚，論詩或有神。聽歌白居士，絃管爲誰陳？

【校記】

「涑」，水名，在山西省西南部；「涑」小雨零落之義，合於詩，當是形似致誤。

吕陳莫劉諸人同遊坡垞

野老林塘夏更幽，緑陰如幄水如油。橋當蹋石轉前垞，荷著晚花迎早秋。詞客應須來往數，棲賢曾此姓名留。層層丹壁攢千尺，竚勒蒼苔紀勝遊。

山莊

未遂去人遠，閒庭將午開。題詩徧新竹，記客辨深苔。園婢呼鷄去，溪僮飼鶴回。看經蓄疑證，留待碙髯健庵晚號。來。

觀楚生所藏唐天后鳳閣之寶並所爲歌因和

女禍唐家破天烈，龍漦雉雊都無色。色爲惡始才惡終，狎柔貞觀獰光宅。試嘗禪獻預政要，鄙菲斜封宣墨敕。賣弄聰明創文字，張惶福威變官職。中書門下一覆翻，鳳閣鸞臺相向屹。朱文斗紐方寸强，閣寳千年僅遺隻。牝朝宰運廿一年，平章除授四五十。七寳云何一寳存，長壽疑年先聖曆。長壽元年作七寳，此殆其一，聖曆當是重作。當時號令載以行，斬殺冤魂纏幾百。翠裘面首白馬髡，紫泥猶臭何分別！岑歐勔劇曷不免，豈有微辭疏涉筆。琅琅盧媪獨何人，不令兒仕慙仁傑。衹今塊玉落人間，汜石洛圖同受涅。全身冕玉還上陽，回首袈裟汙感業。惟天縱聖亦縱狂，凶穢福艾俱無敵。《通鑑》：后年八十一。按之《唐書》本紀，武后十四歲入宮。太宗在位二十三年，壽五十三歲崩，納后時方三十，長於后十六歲。既崩，后入感業寺削髮爲比丘尼。高宗即位，復召入宮。永徽至宏道改元十四，凡在位三十四年，壽五十六，納后時方二十二，后長於高宗亦十六歲。高宗崩之次年改元光宅，后稱帝。即謂爲尼時短，亦七十一歲矣。又二十一年而崩，則九十二歲。赤瑕白玷璺且離，此寶如金鑄饕餮。家法頻仍李氏荒，史臣徒慨宗周滅。雌化爲雄眚應之，馬矢鷄卵有同出。君不見維多利亞君英倫，有清慈禧端佑太后正當璧。莫生莫生留此供嗢噫，後者後前今視昔。

【編年】

民國十五年三月二十七日《日記》記作此詩。

【校記】

［汜］，原作「氾」，誤。

劍山視工直大風宿我馬樓

風潮作自東南海，雲月吹過西北樓。擺播宮商滿空下，激昂草木與山讎。憩來正藉書媒睡，夢醒還疑客在舟。鳶怯不飛魚起舞，爲誰翻倒爲江愁。

題竹

檐下青藤絡石柔，砌邊新筍覷空抽。先生最愛扶孤直，放汝干雲出一頭。

贈瀋陽黄生式叙即題其集

嚴凝始東北，磅礴會山川。王氣千年歇，詩流九域傳。斯人安皂帽，懷響待朱絃。所媿無能益，沈吟寶劍篇。

贈吴生

布憲修閭制，吴生職是當。衆中識佳士，釜底愛漁鄉。酒坐饒温克，州曹足聞望。端資勤學問，誰肯拔王郎。

烈卿攜妓燕燕鴨鴨遊我林溪精舍及觀音院嘲之

剡溪築舍曾無客，安石遊山有妓從。自笑水雲深靚處，仙人閒却碧芙蓉。

山水清暉自可娱，著將絲竹色聲殊。祇愁有妓生煩惱，曾問巖堂大士無？

十四日晚晴見月

三日霖裁足，重霄月可圓。雲陰扶不定，水氣晃成妍。光動驚鴉外，涼生宿燕邊。有人新浴罷，添炷蕙爐煙。

納涼集伶生度曲

水邊風外愛歌聲，絃管無人上北亭。正是夜涼明月好，不妨按曲與人聽。

十五日月蝕次夕度曲適然亭

昨聽村鉦護月囂，管絃慶慰復今宵。人間那有天風寫，且按霓裳更六幺。
自從有月有盈虧，幾爲妖蟇出海遲。但願明時便相對，縱無絃管有新詩。

答青浦沈生

舉世儒爲賤，江南獨沈郎。讀書憂舜禹，鍵户詠羲皇。足洗五湖水，心棲一草堂。好收詩卷弆，天地百年長。

【校記】

此詩亦載沈其光（即沈生）《瓶粟齋詩話》初編卷五。

嘉范生勤事羅生之病況

知醫儒者事，愛友古人風。扶掖消摩外，茶湯藥餌中。情親十年蓄，痌瘝一身同。豈獨才明秀，勝平聲男慰汝翁。

吴巽沂山水屏歌

吴叟贈我錢翁松月圖，要題自作萬壑千巖之屏幛。紙長八尺幅尺八，墨氣涵濡筆森爽。一幅合沓中有湖，一幅飛瀑連松響。一幅溪橋隔野廬，一奥而曠如具區。叟今江上無寧居，得一便是壺公壺。曷不跳入逃於虚，山林强半豺虎都。畫中最是乾淨土，素壁高張客爲主。如聞經説鬱單越，北洲茫茫心所許。江南昔日湯將軍，曾遺一圖妙絶倫。題詩獨會雲林意，只畫溪山不畫人。

【編年】張謇此畫題跋《題錢心齋松月圖》，署民國十四年，即此詩作時。

長歌贈劉道民 有序

劉君保慶，烈卿之從兄也。嘗聞烈卿言君生平之耿介，而病其迂。謂君舊學於北洋陸軍第一班畢業，當事録其尤十九人上薦，君預焉。顧不解周旋，不干進，然官不過校，典兵不過五百人，且未久。同輩最顯者至元首，至秉政，次列上將軍，職都督、督軍、軍長，又次亦師長、旅長，相率暴富，而君獨窮，又久。至不肯與顯者一通寒暄。不輕受人饋遺，直可受者，亦勿言謝。妻喪，撫一稚女，旅京師窮巷老屋，風瀟雨晦，岸如也。能畫而不願責，窮乃彌甚。烈卿又言其叔昔嘗爲言於今執政，執政亦念之，君以叔命往一投刺，會他出，不直，叔命再往，執不可。比同鄉某嘗學於今執政者，客死京師，不能殮，君特言之，獲殮而歸其喪，顧不自計而有一言之請也。病君迂以此。烏乎，兹可謂狷士，而能有所不爲，可語于莊生所云天之君子矣。吾不知君懷尚果何如？第如烈卿言，其意中豈知並世若何云云人物哉。吾愛之重之而欲友之矣。君近者乃潛究道書，以君根器質重强毅如此，於道必將有得焉。故以晉王、謝之稱道民者稱之，而作歌以致吾之愛重。

吾聞臨淮淮南之遠孫，忍餓京師常閉門，能讀道書爲道民。衆人不識到阿弟，今世焉知逢古人。道民二十學軍旅，抛棄儒書事干櫓。男兒爲國志長城，笑百夫防百夫禦。同時流輩課甲乙，十九人中雜龍虎。十九人中有所謂龍虎狗者，今惟龍虎與君在。天地風雲四十年，或淪下地或上天。道民曾領一營部，攘臂矜能耻不前。偏裨幾時輒解去，參人軍事隨孫楚。等閒絳灌已泥沙，索莫夔龍何糞土。棱棱骨氣石上霜，胡不遯飛人海藏。開徑游行顧無命，伺人顔色私自傷。埋頭作畫尚不賣，竿櫝肯進中書堂？中書何人同學一，寧不相知弗遑恤。道邊絃直殊曲鈎，門外竽多奚獨瑟。道民今者躭道書，應空世上牛與驢。山中母老待安養，未爲母辱母可娱。無人聽汝歸來乎，慎勿輕歌無以家。

【編年】

民國十四年六月二十五日《日記》記作此詩。

庭前晚荷次第有花

幾日嬌紅透葉遲，曉來一瓣委輕飋。可憐帶露徐徐卸，向却人前不下池。

一花開半一花新，濃澹雙看粉臉匀。莫羨並頭生有種，隨肩何異比肩人。

觀瓨荷

葉葉護花紅，花零範葉中。本根無舛異，榮悴有初終。落地遺須拾，蓮房感已通。君看池沼上，靡定四圍風。

七夕試星河枋要諸君同作

尚嫌落日放船遲，簫鼓中流卓彩旗。激電浪收輪尾後，看星月上柳梢時。羅紈風露秋傳訊，燈火樓臺客賦詩。怊悵七襄章不報，不知上將更爲誰。

【編年】

民國十四年七月七日《日記》記作此詩。

次日同人乘枋至唐牐

前朝處暑曾無雨，昨夕天津若有波。樂歲吕袁劉鹿笙、南生、烈卿盡笑，又鞭飛電擁笙歌。乞兒乘車猴控牛，蘇遲淮速蘇來舫、淮陰艓兩悠悠。而今世事當前是，煙瘴雷轟我欲愁。

【編年】民國十四年七月九日《日記》記作此詩。下一首亦同時作。

連日枋遊

新月上船頭，鳴雷狎遡流。如逢三日酺，不薄半輪秋。努力歡談笑，分年紀釣遊。諸生知盡樂，更聽薛華謳。

歸常樂廟祀

故相曾題垞牓開，衰翁累月一歸來。籠陰樹密都含雨，積濕堂深半繡苔。僧近癡聾差可對，客談田里詎非才。人間一世扶海垞樹先子手植，後十餘年始築室曹騰過，又挈諸孫薦饗杯。

【編年】民國十四年七月十日《日記》「回常樂廟祭」，因可繫焉，下一首詩同時作。

里感

緣村西路接東郊，歸辨新鄰問故交。入家人多孫抱子，出林竹又筍抽梢。羊嘶午栅奚忙草，鳩喚晨柯婦覓巢。説與兒童成小史，蓋堂今瓦昔年茅。

七月十七日先室生年七十里俗冥壽之舉恒至百歲義非古也哀樂哀兩無所當緣之諷佛藉以齋僧設奠旁皇遂成長律塞悲以安其歌有思徇俗云爾無所謂禮也

百歲迴思五十剛，一尊相對説鴻光。入宮自悵人天隔，過墓時驚草木長。身後山林淒獨往，眼前童稚聚成行。儻緣禮佛臨筵几，應惜安仁鬢疊霜。

曾不爲儒患我貧，衹期抱子慰哀親。當年大婦憐中婦，此日新人念舊人。恤後當門承祚弱，思賢爲弟感兄真。先一日退翁設祭。齋堂合稱生平意，未買魚蔬涉俸緡。

【編年】

民國十四年七月十七日《日記》記作此詩。

十五夕濠樓待月

日落氣未盡，雲間月已升。側呈三面鏡，平劃一條冰。圓相終能見，浮光莫浪憑。徒勞懸望客，轉轉曲闌凭。

仇淶之徵濮友松宗柏輓詩 濮江寧人勤救生局事至久

臨流屢唱公無渡，舉世誰知國有人。渡已失舟人又寂，兼天江浪一霑巾。

【編年】民國十四年七月十七日《日記》記作此詩。

楚生六十一生日同人爲置酒感其先誼益念其遭遇之非時也

尊公橐一刺吾州，南北江雲五十秋。官舍數旬曾主客，門才季子可公侯。郡符轉徙人俱老，墓誓便宜世合休。憐汝髮鬚將似我，去年周甲已平頭。

【編年】民國十四年八月二日《日記》記作此詩。

學醫徐生

不施簪珥不薰香，練布求通海外方。羈旅弟兄嗟況瘁，清寒門户起承當。分科簡要憑師授，定日寧家有母將。尚恨活人書讀少，更無心計嫁衣裳。

【編年】民國十四年八月二日《日記》記作此詩。

馮徵士閉門種菜圖

虎鬪龍爭季漢風，抱經忍餓亦英雄。逢人莫道劉玄德，直認南州種菜翁。
金陵煙水化兵鋒，無地安閒賣菜傭。勸子棲心江上老，晚菘早韭爲人供。

【編年】民國十四年八月十三日《日記》記作此詩。

八月十三夜曼壽堂看月

已自東天出，都疑下界新。未圓憐更好，獨對故相親。樹鏤移陰葉，波籠久坐巾。啼螿爾何意，寧伴倚闌人。

【編年】民國十四年八月十三日《日記》記作此詩。

鳳眼蓮 有序

日本種，根横，浮生水面，莖長僅及尺，近根處鼓起作球形，中包纖維如稀綿，葉略似慈菇。花淺緋色，綴别莖之上，或四或六以至十二，對生而不平。花瓣六出，其上出主瓣，中心紫暈橢形，漸中而深，鈎勒成眶，黄睛星湛，鳳眼之名以此。左有四瓣，大相等；下獨窄，若蜨之帶然。不香而雅冶，顧不耐久，一二日即萎。是於中國特産品字、並頭之外，又一類也。

異種蛉洲至，幽芳鳳眼嫣。輸情波動處，感泫露收前。别幹腰垂鼓，漂根脚叩舷。生來清淺慣，不藉出泥賢。

曉觀鳳眼蓮截句

簾前過雨暖兼寒，水上新花整又殘。自惜分明幺鳳眼，不曾輕易泥人看。

中秋南園玩月要與遊諸君同作

昨夜玄雲冪望稠，誰揚巨篲拂神州？兩間直現清寧體，萬户無分醉醒眸。深樹漫疑猶有魄，緩歌却愛未當頭。河山了了虚非碎，要待真仙子細修。

九月六日置酒東奥山莊奉邀滕縣師曁諸友好小飲

未到重陽菊已鮮，白頭對酒碧山前。坐中衹有劉郎佼，五十無須説少年。兵火江南接濟南，驚秋無雁到江潭。關懷最是高夫子，欲醉連觴總不酣。

【編年】民國十四年八月二十九日《日記》：「藤縣高先生熙喆避張宗昌之禍來。」因可繫焉。

重九日吕劉諸君集飲南樓聽吕四舊樂工奏樂

海曲新來舊樂工，遺音佚事説乾隆。世傳數到雲礽輩，何處劉家雁背風？今年旱甚菊花瘦，差幸當杯得蟹肥。秋色强能供客醉，戰軍百萬幾人饑？

【編年】
民國十四年九月九日《日記》記作此詩。

歲星

聞道歲星在吴越，何當常武踵徐淮。人心天象疑參會，舊燕新鴻若比排。畫戟美人兵有法，鬱金少婦厲之階。東南憔悴中原竭，願淨欃槍汴濟涯。

孫馨遠徐州凱旋過江見訪臨別奉贈

秦時豪傑半山東，歷下今看暨暨風。舉矢射狼如素定，迴旌駐馬不銘功。壺漿尚聽喧鄰堠，車騎還勞過野翁。三輔赤眉滋未已，能無長鞬朔方弓？

【編年】
民國十四年十一月五日《日記》「做贈孫（傳芳）、徐（又錚）詩」，故下一首詩同時作。

飲徐又錚席後聽其按曲因贈

使憑龍虎節旄崇，歸及貔貅戰鬭中。月鏡日珠蟠海上，銅琵鐵板唱江東。孫吴並世儒爲將，芒碭生才地故雄。磨練深沈應不遠，吾衰慙甚穀城翁。

滿江紅 輓又錚又錚工詞故詞以吊之

問客彭城，道芒碭、風雲猶昨。數人物、蕭曹去後，徐郎才霸。家世不屠樊噲狗，聲名曾雋燕昭馬。戰城南、小怯亦何妨，能爲下。　將玉帛，觀棊暇。聽金鼓，横刀咤。趁續完騫傳，更編遵雅又錚集名。反命終申知遇感，履凶不論恩讎價。好男兒、爲鬼亦英雄，誰堪假？

【編年】

徐又錚遇刺於民國十四年十二月三十日，因可繫焉。下兩首詞同時作。

滿江紅 題又錚遺像

風慘雲愁，莾中夏、今是何世？遠歸客、九關輕犯，身危命致。符節誰司南北衛，囊丸任阨東西市。問幽都、紫陌亦甘人，誰之耻？　暗寂寂，蓋棺矣。法曹法，一杯水。笑諸侯壁上，畏身餘幾？毛髮依然驚畫手，頭顱擲了空知己。賸江干、野老酬東風，飄殘淚。

燕頷虎頭，負殊相、飛而食肉。快當日、蛟淵鼓枻，蜻洲游學。同輩功名都絳灌，兼資文武輕隨陸。歷諸艱、曾自簀中亡，蒙張祿。　嗟往事，爲誰辱？今誰使，歸轅北？痛伯仁致死，一時疑獄。偃月謀人原有府，淩煙無命空餘閣。最淒酸、側帽別尊前，江東曲。

秋來

秋來景物概清佳，到處園林足軫懷。雨少欲霜多作霰，蔬肥憐菊瘦將柴。烏犍土緊耕蹄勩，白雁天高倦眼揩。水蓼山楓看不厭，巾車畫舫若安排。

和鹿笙菊瘦蟹肥詩

果能菊瘦稻棉肥，大博農歡任圃欷。不礙陶家寒儉相，勸翁也插滿頭歸。

稻已無年蟹尚肥，朝魁穗富野歔欷。也憐處處篝燈斷，縱漏登盤那得歸？

三影行 有序

兒子頃以家庭三影相呈示：一爲光緒二十七八年，兒年四五歲，隨母徐夫人在滬所攝。二爲民國十三年甲子夏，男女孫五人，在東奥山莊嬉戲覷天奥齋前，及非、融二孫在倚錦樓下所攝。比余孫五，非、柔、粲、聰皆女，男孫唯融，時年五歲，與其父在滬齒同，其歲月前後之距，二十有二年，距夫人卒亦十有七年。文峰塔院東阡，墓木槮槮拱矣。歲時諸孫從家人墓祭，覩石臺陰翳林下奠且拜耳，烏識祖母當日容狀若何乎！合併列之，以示諸孫。更爲歌詩，使兒子誦與俱聽。

兒子方孩不好弄，繦褓依孃朝夜共。倭奴保姆教之嬉，舞罷燭龍搏蠟鳳。時令竹馬伍群兒，玉鞭麾隊青絲鞚。出見木馬猶愛騎，騎上馬馳孃爲恐。兒今生兒攢成曹，日日連袂踏歌地上跳。小女羈髻大女髦，中男亦解橫銀刀。偏我山莊恣游遨，登樓攀樹無數遭，歐鏡一一眉眼描。孫看爺小時像，兒看兒日漸長。兒大思孃孃曷往，翁心顧影獨淒惘。嗚和看教子鶴成，恩勤未受雛烏養。會當唤取容成侯，添翁爲照白髮三千丈。

故人江叔海屬李郎以所著書見寄爲長歌報贈

閩嶠詩人出以輩，右鄭太夷左陳石遺江叔海。京師一别幾星霜，等又百年朝市改。故老驚談皇極書，後生喜媚齊諧怪。此輕笑彼雜恩怨，後專勝前無利害。叔海當年官不卑，坐談深念憂時危。勢不能救亟去之，囊中唯有平生詩。詩亦何與人間事，苦貯書生無限淚。

尊經摋史顴國政，浩蕩於今絶嫌忌。揭來寄我荒江瀆，開卷如聞吟與呻。李郎骨氣吾所許，宜其好得君子親。江花江柳明年春，君儻能南道江津，鷗邊一壺待君温。亦欲李郎早歸耳，燕市黄塵汙得人。

因樹齋夜雨夢中有詩既醒足成六韻

如何風雨夕，滿聽海潮音。隱隱靈山唄，荒荒太古心。已回莊叟夢，誰鼓伯牙琴？浮幻人間世，凄懷枕上吟。窗昏寒稍入，瓦響醉逾沈。落葉人誰惜？階前明日深。

墾兩生行 有序

今年年六十者，友好中不乏人。江生、龔生，皆爲效於墾業者也，始事至今，歷二十七年，當時皆壯盛。龔生今少，不逮江生，猶五十許人。賦《墾兩生行》。

老夫五十稱啬翁，天地雖閉猶未癃。樊遲自請小人學，許行招致其徒從。從數十人舀數萬，指麾日月江與龔。拒防不假武肅弩，探候直到馮夷宫。以田以廬隄告功，與事與我成始終。二十七年幾潮汐，顛有風霜面海色。幾輩雄飛往復回，一番夢醒今非昔。荷篠津頭作丈人，輟耕隴上悲陳涉。兩生於世未蹉跎，坐待沮洳豐黍禾。農舍童孫又上學，十傳百傳鷺與贏。龔生腰膂惜少弛，江生善飲顏常酡。丈夫志業要成就，金印雲旓寧足多。昨日江亭酌家釀，我與兩生笑相向。龔生生日桐已華，江生後起乘秋爽。老夫衰退不自知，看生矯健神猶王。江生江生東去種黄花，待我秋來與祝鄉閭長。

【編年】

民國十五年正月二十二日《日記》記作此詩。

【校記】

［陳涉］，原爲「陳陟」，徑改。

題曹生母畫像

吾州隩江海，殖教爲國先。亦樂君子樂，菑畬二十年。南郭得三生，丁顧曹其賢。丁生早摧折，顧曹猶翩翩。三士力學績，母教皆可傳。昔年丁氏庭，崇牓書瑶鐫。顧求志母墓，雪涕灑以漣。有子不忘母，逝者何憾焉。曹母獨健在，儀型表閭廛。今年政七十，門祚輝山川。伯氏好文學，仲季差以肩。怡怡復洩洩，代杖諸孫駢。母也一顧笑，畫師貌其天。

記昔倡女學，母亦捐釵鈿。富貴非所論，清風蔚蘭荃。諸子遠遊學，異國襟袂連。子衣百行綫，母心萬里船。何以報春暉，粲粲令聞宣。紀詩式南郭，庶幾白華篇。

書所見

秋實春華各有成，四時雨露忒分明。從來落葉無人問，誰信穠花一本生。

聞浣華被寇盜寄詩問之

匹夫有璧罪奚辭？臧穀亡羊等不差。破甑如山誰得顧，迴帆越海又何時？

送王生畢業歸天水

王生天水之少年，十七南學贏糧兩月道路經六千。比于王伯輿，跋遠而志堅。五載不歸去，朱丹肄磨研。獨愛文學探陳編，攀窺漢魏唐宋諸儒賢。吐棄世俗里兒語，侏儺兜昧尤弗專。不知所造淺深與高下，英氣超絶塵垢纏。歲時休暇竊娛樂，從人更受絲桐傳。出視所蓄命操縵，欲其正直如朱絃。爲語文法及書法，略指途徑猶蹄筌。生家故有秦渭田，有父有母俱華顛。學成合藉授經養，思歸動引義以宣。河洛甲兵，秦隴烽煙。行不由陝，其必由川。川中四將兵滿前，憂非五盤嶺棧三峽船。聞生戒路心凜然，天下蜩螗羹沸煎。讀書奉親命苟全，奚世不諧無違天。生爲奏一曲，吾爲歌一篇。炯炯風義江雲騫，行矣無慕何蕃歐陽詹。

【編年】

此詩所叙王生（名新令，一九〇四—一九六五）曾有回憶録叙來通求學及告別張謇經過，知作於民國十五年初夏，張謇不久病逝。下一首詩同時作。

王生求書歸奉其父其父年政七十母五十有八兄弟四人生最少者也寫一詩予之

王翁七十姥五八，經義晚婚森四男。伯氏服農儒季子，天西弱歲客江南。學勤好古諸生冠，歸有餘師二曲參。游笈到家嬉白髮，壽觴充溢酒泉甘。

題楊令茀畫蓬門課子圖

旌節蓬茅亦等倫，誰家不望子成人？若於堅脆論消息，冰雪中饒萬古春。

論孝從來訓子書，群傖歐美變唐虞。應知惑世誣民説，不到班姬與宋姝唐宋若昭。

【編年】

民國十五年五月十二日，無錫年輕女畫家楊令茀來通求張謇題畫並作畫展，五月二十一日張謇委托兩女弟子設宴餞行，凡十天左右，期間張謇爲其題畫、應酬作詩十餘首，遺憾的是諸本收編時均未能集中整理與編輯，雜散於此詩之後。以下四首均可考證爲張謇此時爲楊氏題畫詩。

卞玉京小像

祇陀菴外錦原平，芳草猶知衛玉京。繡嶺紅樓詩似畫，也應不恨鹿樵生。

楊妃病齒圖

沈沈禁苑集靈臺，病齒登臨首懶擡。一騎休疑荔芰貢，羽書恐報犖兒來。

蓮花博士圖

歸來粱益倦征鞍，天與安排博士官。萬柄蓮花千琖醁，何如雞瘦濁醪酸？致仕後即事詩中語。

【校記】

「濁醪酸」，原作「濁膠酸」，誤。陸遊《致仕後即事》：「不嫌雞瘦濁醪酸，草草杯盤具亦難。」此張詩用典所出。

我聞室圖

楞嚴十卷晚逃禪，身後門庭絶可憐。妾不負公公負國，絳雲一宅此青蓮。

元日

吾幼方勝舞，窮鄉亦避兵。更師睽暑路，隨父癉宵征。再世朱符俗，同春白髮兄。開門迎杲旭，不見老楊生。梅汀頃逝

【編年】

民國十三年正月初一《日記》謂「有詩五律一，七律一」，正合此詩與下一首詩。

元日之二

夜寒星斗一庭光，曉起風雲接大荒。江水獨先賓客到，園梅兼帶昨今香。一毛道故歡臨鏡，百舌迎新澀弄簧。人道寅年占足虎，老夫無力著文章。

觀燒行 我馬樓同呂章二王高劉諸人

元宵觀燒狼山麓，田火之遺禮成俗。山僧年年訝客忙，客應或否厭僧惡。昔聞范大觀燒詩，僧不省留那得讀。今年今宵天放晴，招要客共春郊行。西山自來幽奥足，我馬樓頭江更明。劉郎遲到日欲盡，把酒裁醻來喧聲。急飯投箸攝衣走，鄰田歷落三五星。此時海月出東嶺，光到岑臺人面平。大江在南闕南面，燒匝三方都可見。高起應知束葦長，低旋猶若餘燼煽。近焯庭端燎，遠爚雲脚電。連綴若傳烽，淩亂不成綫。横迸突陣牛，上驚排字雁。合燔燭龍升，碎爝斛螢散。燈聖佛或然，燐鬬鬼不辨。炳路錯野行，輝檣接船間。嘻呼掣火風，濃淡卜潦旱。叫劇村兒歡，舞多壯夫倦。叫以何辭棉稻好，舞以何式甌窶便。詛人祝己那足論，驅蟲厭蟲蟲不聞。客憾見晚衹得半，未眩赫赫如陸渾。明年客健約不諼，丁婦於壬子衍蓄，老夫不辭爲開尊。劉郎弟一申後約，勿復珊珊待細君。

【編年】民國十五年正月二十三日《日記》記作此詩。「辨」，原作「辦」，形誤，徑改。「祝已」，原作「祝巳」，誤，徑改。今按，此俗謂之「照田財」，各自有詛咒語與祈祝語，或有詛咒他人不發財，只自己發財的調侃語。

同星南烈卿迴碧樓小坐説寒食

漢魏官家重禁煙，後人猶識昔人賢。生愁混混龍蛇世，無限青山不是緜。

【編年】民國十五年二月二十四日《日記》記作此詩。

梅垞待客不至

餞花春過半，罷酒月圓初。繡雪空除檻，行雲不到車。魚跳驚靜潤，鸛睡立陰陸。負手看飛鏡，青天一夜虛。

【編年】民國十五年二月十五日《日記》載詩人在「梅垞約客餞梅，即住」，因可繫焉。

車中假寐三十里

歷塊駛風霆，軒軒撼不寧。未能動處靜，頗慣睡時醒。竹樹倉皇退，豬牛混沌聽。何時吾道蕩，側帽倚簰簹。

【校記】檢民國十五年二月十八日至二十日《日記》所載，此詩、下一首以及後面《垞興》均此行作。

檢視常樂酒廠感王生

初藠斥鹵宜粱植，旁得淵潭合釀醽。海若銜撞一夕徙，王生揞拄廿年經。賣之大得酒徒譽，飲者能安隔宿醒。人去日長天不醉，要過十萬蠟封瓶。

二月京師解嚴劉生得其子書生孫以詩示客因和

東邊萬馬盤，京國數旬安。翁笑家書說，兒肥繡緥寬。賓田傳訓在，湯餅侑詩看。中隱園亭好，明年衆稺讙。

【編年】首句「東邊萬馬盤」，指張作霖在民國十五年陽曆一月份宣佈獨立而覬覦中原事。故此詩作於民國十五年一月。

【校記】「衆稺讙」，原作「衆樨讙」，義與詩律（此處應爲仄聲，稺仄樨平）均誤，徑改。

有人歸自京師述所見聞慨世亂之未已悲民生之益窮成詩一篇寄此孤憤

治亂有常理，禍不降自天。一從綱紐解，土崩帝制專。長星彗六葉，舊除新亦淹。昔惟一家孽，失政召覆顛。得鹿苟有人，斯須奠元元。今孽衆爭作，民命轉可憐。始假節鉞地，終遂神器涎。惟運五祀促，競求一日先。戰鬬必藉兵，擁兵須金錢。況今尚槍礮，一彈十百千。坐使鄉里空，征税并後前。文網致鱗介，川塗搜車船。兵壘之所在。倀附燎炎炎。兵鋒之所指，鬼驚逃踆踆。兵過之所擾，拉夫勢洶喧。兵去之所遺，破家哀咽咽。農有不得粟，兵腹果便便。商有不得鬻，兵腰累纏纏。敲剥及掊紳，無論閭肆廛。驢牛鷄豕𧮪，狗馬隨燔煎。柴薪門户折，斧斤斲屋椽。衣裳襦袴帕，衾縟袴絮氈。尊彝鼎鐘錶，金銀釵釧鈿。語大無犖犖，語小無戔戔。不能荷者毁，不能攫者殘。炊罷釜亦破，汲過甑不完。劫男不問歲，視其家輸緡。生可蔓三族，死可抵九泉。逼女不論姿，視其髮鬅鬅。少壯若化鬼，老者亦嬋娟。緇不憫於佛，黄不度於仙。人物付諸劫，鬼神盲無權。淪胥甚齊魯，呼暴徹趙燕。漳衛河洛地，瀰漫森戈鋋。横縱概秦隴，西南北東川。岷江下三峽，淫波潏湘沅。公侯將相地，一旦蛟龍淵。度嶺而桂界，而黔南而滇。疲甿食不足，分兵就鄰邊。蜀粤承其禍，粤禍彌蔓延。極流於赤水，肇源于金田。焚玉何惜石，化茅吾哀荃。同室引外寇，大聲張六拳。章貢有傳檄，閩嶠無安眠。吁嗟吴與越，動受四面牽。幸哉一隅地，假息得苟全。太平在何時？今年待明年。嗚呼！覆巢之下無完卵，野老灑淚江風前。

【編年】

此詩上一首詩亦同時作。

【校記】

［衣裳襦袴帕，衾縟袴絮氈］中有兩個「袴」，當有一誤，或「裺」（衣領）之形訛。

廿九日約客梅垞看梅

小雨川原滌，晴光雀鳥新。不嫌逢月尾，來作詠花人。春色論深淺，山雲對主賓。幾回休止得，看養鸛雛馴。

乍見小池上綠萼

東風別梅萼，紅了綠舒英。逸意淩波出，新妝傍霧明。對人如解笑，近地不嫌横。翠羽何時到？還容衆鳥鳴。

次日看梅以詩柬客

約客詩先就，撓春雨間之。但能容蠟屐，未肯負芳時。開徑教除濕，停尊許到遲。最憐爛漫處，零落有空枝。

章吕諸君約就果園置酒看桃花

不寒不暖客易出，一雨一晴花肯開。兩行柳色百囀鳥，左右隨車江上來。江水今年漸漸漲，江魚戢戢常登網。抛春大半是清明，羲和之鞭摇不停。主人戒酒客量窄，笑倒沙頭雙玉瓶。主人是客客是主，薄薄一杯笑相語。李白庶幾稱達人，逆旅送迎何爾汝。桃樹栽來已十年，護持桃實易人錢。等差浪記朱泥印，喫來俗物佳人等。自然不及綏山桃，亦無木羊騎之逃。西家農以花爲命，要祝東風莫浪豪。

【編年】

民國十五年二月二十五日《日記》記作此詩。

汽車冒雨回濠陽

儻乘泥橇愁濘阻，直駕風輪犯雨能。大章金木水火用，疑有陰陽神鬼憑。鯨奔跋海尾波撇，馬踠浮江蹄浪騰。差幸老夫頑鈍骨，坎顛滑簸不停勝。

【編年】

民國十五年三月十一日《日記》記作此詩。

柳花

洩春最早逐春回，到得花飄儘可哀。拭淨闌干還掃地，容他狼藉向人來。

似花裁小雪，離樹任何風？水面浮生始，樓頭薄命終。碎膽低惹芍，放乳上舒桐。那得衣天下，惟愁殢雨中。

二月二十七日與客坐虞樓看山下桃花值大風霾

勝賞無辭遠，狂霾適會風。山號樓竦動，江失樹排空。茂麥黏天緑，霏桃頳水紅。得閒成盡好，莫問主人翁。

垞興

翁歸端爲酒，釀酒廠在垞旁。春好在吾垞。比樹烏將子，幽篁雀聚家。魚喁深窞藻，蜂戀賸枝花。那得邱樊逸，斯須眷物華。

鄰叟時凋謝，家林又斬新。桑榆三世澤，松桂兩栽春。尊素堂前二桂極茂，前年忽衰，易植羅漢松。小苑花當面，滄江樹閱人。出門相識少，嘿嘿對書親。

雨歸濠陽經過所見

人事纏無已，修塗濘不堪。田家桃樹隔，雨氣麥天函。東道還遵北，西山漸轉南。薪勞何以慰？農望隴雲酣。

【編年】

民國十五年四月一日《日記》「墾牧公司股東會」遇「人事纏無已」事；「修塗」合從墾牧公司南通一百公里，因可繫時焉。

溯沂示立夏日招飲蘇來舫詩次韻奉和

濠不添波雨又闌，南頭荷芡乍呈盤。是船是屋團吟侶，新筍新櫻佐食單。對酒今朝聊説醉，向人古調莫輕彈。喜君迎得雙親至，烽堠無勞更北看。

碣翁屬人借山莊避疫久待不至以詩代簡問之兼致慰解

子女多髯十餘輩，扎瘥如鄭二三臣。空聞朝服端尼父，其奈方書擅越人。剡曲枉除宜隱宅，朝歌不動肯游輪。童烏金鹿懸慈愛，曷向楞嚴一問津。

下山

下山重徘徊，鄰磬時一響。人語出林中，山下如山上。

記所聞

浮浮江漢武昌城，戰雪鏖雲號令明。赤水叛羌窮出塞，黑山降賊遠連營。海南瘈狗噬猶突，河朔春鴻息尚驚。塗炭無涯天地閉，將軍何以奠神京？

【編年】

詩言民國十五年晚春中國局勢。首聯指吴佩孚率軍北擊馮玉祥的國民軍事，當時吴佩孚駐軍武漢。而「赤水叛羌窮出塞」，當指馮玉祥退守長城以北，最後兵敗出走蘇聯。張謇與吴佩孚交好，有詩詞來往，因説其「號令明」，而對馮玉祥民國十三年逐清王室出故宫事每耿耿於懷，故謂其「叛羌窮出塞，降賊遠連營」；并盼吴佩孚「奠神京」，此詩作時因可繫焉。

去歲

隔歲虞樓載酒停，扶花弄葉聽雛鶯。弓鞵新樣跟如捐，尚憶登山馬秀瑩。

村廬

春漸如人老，人猶與物趨。坐親新緑潤，行避落紅迂。移甎寬蜂路，通簾導燕雛。農家時望雨，隴麥正抽鬚。

上巳同人修禊汎舟濠上

丹艧星河舫，青旗上巳遊。襟裙通主客，草木换春秋。慕道黄衫吕，酬賓白墮劉。弄暉晴漱蝶，唤雨午林鳩。岸柳差差燕，風花片片鷗。隱鐘煙外寺，漾篙水邊樓。排榜衝橋噪，旋輪礙石愁。蒲牙篙擊脆，荇帶柁纏柔。豁豁幪賓布，騰騰焰石油。清談捐笛譜，餘愾付茶甌。每下人譏檜，無王士閔周。踰垣還木避，賣地弗亭羞。土苴扶餘國，泥沙博望侯。孫書尊穰法，楚甲仗吴鈎。一輩皮蒙虎，三年耳易牛。腐心猿鶴地，側目鳳麟洲。江海沉冥願，兵戈旦夕休。飄摇驚日馭，往復溯濠流。落落山陰序，茫茫洛水謳。聊當暢詠暇，焉用古今侔。

【編年】民國十五年三月三日《日記》記有遊艇修禊事，因可繫焉。

始夏

勺藥開殘到桔橙，曉園常繞樹邊行。輕陰嬾日似春住，黑蝶白花當眼明。聽客談詩心更恕，出門舍杖脚猶輕。黄鸝無預農家事，最愛村鳩逐婦聲。

同兩縣知事定通海江界

物始尚自然，水性流必曲。豈徒江河然，左右動突觸。苟任霖潦行，蜿蜒盡龍蠖。吾思夏禹智，大者順四瀆。其於溝洫間，盡力事界畫。大小有相受，縱横有相屬。周公意師之，一一地官告。遂匠職畎澮，深廣尺寸度。精審爲斯民，明述聖所作。宣尼歎無間，禹貢匪束閣。後世輿圖紛，往往犬牙錯。或以山川故，何説當平陸。姦甿乘利起，華離構蠻觸。吏事視已成，苟簡無擾獄。乃知正經界，井義必在朔。海爲通所分，壤同異語俗。地失問水濱，故簡猶在目。及今猶可爲，鄭重告民牧。南風日夜嘯，陽侯未足惡。

【編年】

民國十五年四月二十八日《日記》記作此詩。

越四日復同通如知事證江界至絲漁港

舊共揚州域，平分扶海沙。更明虞芮畔，非附魏韓家。馬路窺江盡，漁帆隔雨斜。百年真旦暮，碑字在蒹葭。

【編年】民國十五年五月三日《日記》記作此詩。

端午日飲客蘇來舫席罷使星河舫拽之周循西濠

江潮入閘流洋洋，酒琖正映雄黃黃。佳節令辰不放過，主人愛客皆老蒼。新舫舊舫水中央，百日常繫一日忙。白崖弟子不祝髮，宋饒節謂鐵僧。盡張錦旗如道場。吹竹輟響老伶瞌，喝電擘波驚鳧翔。迴旋終得住處住，譬歷九洲何短長。客作此語識進止，齊物何必呶蒙莊。路人踱午里人過午多出游，名踱午。睨其旁，供人喜笑我則狂，歸歟蒲艾沿門香。

【編年】民國十五年五月五日《日記》記作此詩，下一首詩同時作。

五月五日憶兒子京師二首

不仕糾無義，哲人避入危。貞有吉凶吝，趣舍貴適時。我生如汝齡，讀書粗有知。智術陋房杜，吁咈希臯夔。旴衡數卿相，婞婀觀京師。郊天奏敗鼓，腐儒鏗麟皮。濟川眩帆楫，怒濤當憑夷。耻通金閨籍，徒受文字知。睥睨覆廈側，自愛拳曲枝。力民而代食，良非肅心期。直尋既邈莫，枉尺寧跂訾。汝今挾何具，肝膽突險巇。良樂世或遇，騕褭行有規。自汝邁漢臯，駸駸向三月。音問豈不嗣，憂虞良惙惙。所懷匪一端，遠者在邦國。近者在鄉井，瞬息抵鼿杌。人心有戈矛，朝莫易胡越。綱紀日以隳，反覆到廝卒。民生日以蹙，敲椎洞皮骨。盜仍水旱殷，兵使原野竭。若疾中膏肓，欲救非口舌。主將雖人豪，峨峨挺風節。汝自尹何少，傷手慮佐割。海田廣而荒，汝翁皓霜髮。待汝早晚歸，解衣理耕垡。就有斯須閒，爲翁寫詩札。如何水嬉辰，尚垢京塵坲？

簡新竹

鬱勃新䕺筍，崢嶸苑角捎。爭先猶别長，蓄鋭未抽梢。虎豹斑於籜，琅玕貢不包。淩雲能否健，聽雨轉愁淆。留補遮檐暍，從删讓廡坳。生孫寧得限，妒母又誰教？裁制横鞭出，搜揚直節交。披披零壞衲，短短罥垂髾。兼爲防餘卉，無關助晚肴。十年扶小築，贏得鵲多巢。

自題四十二歲京師小像

三十羸軀四十肥，今云何是昨何非。餅傭常樂賣餅朱三郎長余六七歲。猶説眉如畫，駔儈相從面亦違。一日看花春夢杳，百齡秉燭夜遊希。誰歟已白憐玄者，澮澮觀河玩夕暉。

楊生令茀見過

聞子侍清宮，如何訪墅翁？牽連金祚竭，示戚阮途窮。文雅髦猶髧，齊華體與充。寧誇三絕異，企得衆人同。

【編年】 民國十五年五月十二日《日記》「無錫楊女士令茀來」可繫時焉。下一首以及兩首題畫茄詩均同時作，以下關於楊令茀的詩均此時作。

和令茀小令

頻年夢，桐花鳳，一夕飛來鄭重。　花抑抑，鳳依依，如何只要飛。

題令茀畫茄

生來祠女非農女，畫出彭亨紫更殊。紫彭亨見山谷詩。百畝山莊蔬果足，彩毫能住一年無？

讀放翁春雨絶句戲進一解

端憂春雨放翁詩，翻道安心不作龜。除是成仙拚久耐，不然多是壞花時。

畫茄

銀笳定勝紫茄，山谷强生分别。嗇翁又爲翻騰，彼此相笑饒舌。

五月二十一日羅范二生置酒蘇來舫招同令茀及諸同學會飲並有詩和以答之

風亭月舸兩能清，園草壇花不辨名。蝶畔停車妨路曲，鷗前移席趁潮平。嚬桃人去誰窺母？擲米姑來自有兄。記取衰翁今日快，勸杯新舊女門生。

約友校亭剥蓮北園小飲

一艓荷亭逭暑晨，前花已實後花新。平添濠雨三篙漲，佔領江鄉六月春。移席不談袁紹飲，解衣還有舞雩人。乾坤浩蕩誰堪寄，鷗鷺於今且自馴。

荷亭剥蓮

今年花熟去年繁，蓮價偏因米價掀。采任平頭伸手折，剥無纖爪與心存。紅妝翠蓋通消息，漁子園丁識本根。二十五年陂澤舊，養魚放鴨幾經論。

雨中觀荷

雷奔過柳堰，雨會壓荷汀。急點跳懸瀉，繁聲道滿聽。翻風無蓋直，貼水有珠零。瑟縮難爲好，群花不放馨。

喜春初種藤俱活二首

失望翻疑自失時，曆旬十五詎非遲。朝朝新葉安心數，直抵翁髯變黑絲。

本來作計爲看花，花未空愁葉亦嘉。一事已知天不薄，燕高千里未禾麻。

蘇來舫溯沂置酒和烈卿詩韻

命酒停輿不泛橈，萬流亭下又招招。浴凫帶子嬉晴浪，飛絮隨人過畫橋。感舊春魂花共醉，憂時客鬢雪難消。王喬儻便逃名去，應厭瑶京也不朝。

酬齊生

名嫌香以姞，易以藻之湘。詩學諸兄後，齋思季女行。珠璣嫻客對，羅綺薄時妝。歸語蕭江叟，間中十日忙。

城東昔日女諸生，三十能詩學漸成。養得摩尼珠一顆，金盤月滿照聰明。

題董玄宰山水畫幅

水原大府新留守，天使皇華舊驛亭。故事兩朝隆典策，戎旃廿里入丹青。對山藉草秋還熱，夾道交松晝亦冥。隔歲新收玄宰畫，都疑導示有真靈。軍行水原道中。

【編年】民國十五年張謇題此詩于董玄宰（其昌）山水畫上，並有跋曰：「右詩壬午（光緒八年）七月九日作，余年三十耳。每對此畫，輒憶前什，重付裝池，書於第一幀之上角。忽忽四十四年矣，勝地今誰屬耶？」

題劉太君書劍教子圖

冰雪河山瑩淚紅，艱難心事託丸熊。坐看十載銷兵氣，難得諸郎有父風。阿士文章高海内，順昌旗幟卓江東。春暉未許尋常報，珩珮何時畫漢宫？

【編年】光緒四年七月七日《日記》記作此詩。

【校記】

《日記》所録文字略有不同：冰雪光瑩血淚紅，艱難心事託丸熊。坐看十載銷兵氣，難得諸郎有父風。阿士文章驚海内，順昌旗幟照江東。春暉未許尋常報，珩珮明當晝漢宫。

題蜀石經拓本 爲劉健之

累代石經刻凡七，其二者全餘半佚。三體二體字雖奇，此有注箋推第一。公武以來校讎家，考異後先稱細密。倏然孤本到劉家，引重以經榜其室。尊經孟蜀誠非常，當時已無能頡頏。金塗造塔陋吴越，澄清刻帖嗤南唐。卷中四萬八千字，字字珠船足珍祕。老矣孿經眼尚明，在手奇觚良快意。頗聞漢魏之石經，片玉年來常出地。更思戴記合州城，傳説合州賓館有《禮記》數石，蓋蜀石經之僅存者。待訪時時縈夢寐。吁嗟蜀碧埋重重，干戈擾攘今古同。寧惟五代與十國，兵滿川西南北東。傳經石室思文翁，謂趙堯生。故人天末無由從。何來好事妄男子，刻經慫恿平林雄。經成一卷千室空。齊魯蕩蕩已灰燼，孔子盜跖嗟歎同，不如抱經菰蘆中。

薔薇

莎庭荔壁竹梧叢，煦煦晴曦曳曳風。負手緑陰濃羃處，貪看寶相背人紅。

新螢

短夜時涼燠，新螢趁有無。風偎池面半，星落草根孤。耿耿棲檠炧，摇摇覆帳珠。若猶矜照讀，誰顧隱牆隅。

東寺 時方繕治

東寺南郊在，新圖舊宇裁。僧難兩慧遠，佛祇一如來。香界因緣讓，宗門方便開。能參非法法，合施善財財。

江雲

江雲鱗鱗天上波，海雲連日駕風過。布機排屋夕朝響，稻田踏車長短歌。女織男耕自沿俗，僧狂佛聖將如何？由來名寺祇鐘磬，著眼小家都綺羅。

買鶴得鸛

鶴也市人誑，來知鸛是雛。留當常鳥畜，日費小魚餔。江雨交鳴促，牆陰習舞麤。如何猶兩鬭，老子一胡盧。

【校記】

［來知］，或「未知」之形訛。

林溪

過午林溪景在旁，巖花開落野風長。橋陰老鼉吹漚出，雲際雛鳶學母翔。迤迤松光昏見月，沙沙梧雨夕生涼。繞階細數新蘭蕙，正較東西兩畹芳。

林溪所感

溪亢流難聚，林榮地轉荒。蟬因山靜噪，魚對客觀忙。晨寺砰錢匾，宵塗鬧火香。無人傳佛法，傳不是家常。

二月十五日同人梅垞作餞梅之會

天下梅司一半春，垞林開早落逡巡。黏泥欲奪胭脂色，映水猶窺玉雪人。紀歲新陳連首尾，教翁去住覺根塵。山南山北同探徧，花白花紅要認真。

十姊妹曲二章

十姊妹，十姊妹，鳥中最小最相愛。各有爺孃各有窠，窠兒門户長相對。朝出啄花，呼姊姊成群，暮歸噙果，唤妹妹成隊。近不肯相離，遠亦不相背。蜂兒蝶兒他無干，鶯兒燕兒不妨礙。姊姊妹妹，同住同飛，歡喜一輩。

人言鳥中王，鳳凰毛羽九苞彩。又聞萬里鵬，逍遥游，絶雲浮。我姊我妹，食不過一撮粟，飲不過一匕水。不知高者天，大者海。不樂金者衣，玉者佩。朝花暮果，同住同飛，歡樂一輩。

題楊令茀木公金母圖

老人秋見天下平，弧南狼北星之精。變化游戲始宋代，太史奏異畫史驚。壽星自屬鄭分野，别有次舍殊畦町。木公金母喧道經，神仙之屬荒窈冥。千歲萬歲遐其齡，似人似物疑其形。虎顔蓬髮郭璞贊，珠幢絳幡漢帝庭。一顯老人趙王孫，後人牽傳淆渭涇。梁溪女士大分析，理解砉然端庖丁。東王西王理二氣，無爲自然何姓名？龍眠居士九歌像，白描不假丹與青。女士師之拂東絹，咫尺生面開真靈。玉樓瓊闕森瑶京，白環之樹丹剛林。不風自韻幹千尋，枝會葉奏琅琅音。木公拄杖峨九節，赤龍脱鬚鱗甲瑩。金母花冠綴螺髻，雲裳霞珮嫻娉婷。七十媍從禮所説，仙家未盡蕭偕嬴。女士之來日長嬴，三鳥直款飛觀扃。山川花竹儵滿眼，中有綵伴羅嫈娱。人亦有言母楊氏，弘農同出無嫌并。裁詩製畫各有意，寧鼓許簧調董笙。欲使餌朮餐芝英，長遨玄洲嬉赤城。但恨無丹繼葛飽，不得拂衣追佺鏗。

【編年】此圖爲楊令茀贈張謇祝壽圖，與相關楊令茀的題畫詩同時作。

哀從孫女靜武

一兄前折一兄存，汝死兄單痛在原。學有女工居有禮，群無謔浪獨無言。病機驟瘠趨成瘵，醫術求平屢抗温。爺不違慈娘失久，兄歸應慰蓋棺魂。

懲蛇行

吞象蚦雖巨，在咽骨猶鯁。弱肉供强食，應量小大等。由來饕餮凶，務得常不省。棼樊觀萬類，什九動悲憫。林溪兩竹林，其北背涪廎。呼春好歌鳥，連巢託群命。草間亦有蛇，族殊分固定。老傭方晨興，鳥噪忽滿聽。其音哀以嘶，其聲急而併。傭遽走視狀，一鳥塞蛇頸。鳥脱鳥不能，蛇舍蛇不肯。須臾大化中，强弱懸同盡。衆鳴不得救，疾暴示英憤。老傭義氣激，奮然撻蛇梃。蛇斃鳥不蘇，傭歎負鳥請。呼春汝安棲，主人愛汝穎。蛇汝類聽之，傭在莫圖逞。鳥有知如鸞，蛇無賴如蚓。主人無褊心，是非黑白炳。

六月十六劍山文殊院臺落成

一劍誰遺拄碧空，巊嵮突兀梵王宮。琅峰虛左軍尚右，海水欲西江正東。蓮座五臺分一葉，桑門殘衲起衰翁。辯才寂寂維摩病，强置繩床丈室中。

【編年】民國十五年六月十六日《日記》記此日落成典禮，因可繫時焉。下一首詩同時作。

劍山規建文殊院感懷范伯子一首

崱屴空諸倚，乾坤億劫過。風塵誰得避，江海昔經磨。池隱雲泉氣，灘埋石子窩。平生風土愛，剪拂認煙蘿。

少年憐范大无錯，騎馬一同登。不作重泉友，還悲百歲僧。徙江鼉跛扈，捎樹隼憑陵。頭白誰相慰，依山奉佛能。

大熱簡令茀

少陵作詩瘦，猶被毒熱苦。寄書崔評事，白頭汗如雨。昌黎磊砢肥，慢膚若蒸脯。快至鄭群簟，甘寢哈臺許。卓午風漪外，天地無大宇。令茀清妙才，腰腹丈夫巨。東南惡毒區，褦襶集於滬。衆濁況一清，冰雪獨戰暑。誹諧遣不得，作計捐畫肚。渠渠介山樓，花不待賢主。江上自南風，煙帆了可數。水竹貯清涼，任取曾無與。

欲雨

風威平地疾，雲陣過江雄。快意驅炎暫，無心不雨空。四邊龍戰野，萬户鳥驚弓。莫怨西沉日，臙脂尚驗紅。

十八日夜納涼待月

暑月惠如姊，有風慈似娘。留看居有節，歸寢愛難忘。網檻風疏路，珠帷月到牀。兼之全物我，猶在廣寒旁。

【編年】民國十五年六月十八日《日記》：「大熱」，時距逝世二十七天。

星二首

江昏不得月，暑盛獨繁星。掠電飄難掩，揺風閃未寧。有人愁太白，無始滿空青。歲已非吴越，占家莫狃輕。聚若真成漢，沈憂獨庶民。在天猶没浪，照地若爲春？帝坐虚共主，農祥願丈人。斗箕勿相笑，南北正煙塵。

題畫册

大熱江湖會，群趨鷗雁鳧。無多尊俎供，略當野漁需。君子惟知鳥，州人亦重魚。秋風傳急信，吾意在菰蒲。

【附録二】 集外詩輯補

編者按：集外詩，是指本書底本《張季子九録・詩録》以外的詩歌，主要來源有以下幾種：一、試帖詩。張謇原將應制文另置爲其《九録》之第九録——《外録》，包括制藝，賦，試帖詩，策問，殿試策，今將其中試帖詩抽取而置於此。張謇《外録自序》感歎道，科舉生涯達三十五年之久（從始應童生試到散館試）「所可檢而視者，十不過三四，今剟寫者又其一二」，今存十六首。二、江蘇古籍出版社《張謇全集》詩詞部分所集《張季子九録・詩録》之遺佚者，此多在日記原稿中檢出，原按作詩時間插入各卷。其中部分是張孝若編輯《張季子詩録》時所有意删除者，如涉沈壽而過露者，涉梅蘭芳而曖昧者；張謇代張孝若、金澤榮作壽梅蘭芳祖母詩各一首，是爲名分之別屬；關於家族矛盾者等等，有近四十首。三、本次整理時，在張謇其他著述、日記，以及研究文章中搜集所得若干首，友人在報章雜誌得若干首，總八十餘題。

今大致按以上次序據時間順序編排。

種千莖竹作漁竿 得竿字五言八韻

那得漁家地，都教種竹看。千莖添美箭，一例作長竿。儲藾抽綸細，封泥護筍寒。未妨籌利用，先與報平安。手植奚論畝，皮輕不製冠。翹材多處易，得養此時難。樹欲珊瑚拂，柯憑翡翠攢。殷懃期入手，修尾把青鸞。（光緒二年四月）

川嶽涵餘清 得涵字五言六韻

嶽勢凌空碧，川光淨蔚藍。餘隨平地遠，清與嫩雲涵。草木回芳潤，煙霞恣吐含。貢珍靈氣集，山水妙音參。泯泯瀓秋渚，陰陰帶夕嵐。何因資滌筆，著屐此幽探。（光緒二年五月）

應圖求駿馬 得求字五言八韻

駿馬因時出，天將濟九州。此才供世用，誰者應圖求？倜儻風雲志，驅馳將相儔。丹青知己在，赭白盛名留。十載閑中老，千金市上酬。皮毛羞弟子，骨像動王侯。擇主熒瞳鏡，成功血汗溝。何人承帝詔？絹素拂驊騮。（光緒三年九月）

細筋入骨如秋鷹 得如字五言六韻

乘秋鷹得勢，筋骨奮凌虛。八法持相擬，諸家總不如。唐時論鉅筆，魯國最工書。矯健盤雲鶴，癡肥擯墨猪。力追飛鳥外，神會相禽初。試看霜風裏，棱棱勁翮舒。（光緒三年九月）

南薰門觀稼 得宗字五言八韻

萬騎城南路，芳辰野意濃。來薰真澮泲，觀稼自從容。巡幸勞英主，艱難憫老農。六飛雲擁護，千畝界横縱。試曲調琴軫，迎鑾聚笠筇。酒攽田畯喜，錢發水衡封。翠罨林邊蓋，青浮仗外峰。熙陵昭盛事，種麥啓高宗。（光緒五年五月）

釣竿欲拂珊瑚樹 得竿字五言六韻

聞道滄溟曲，珊瑚樹屈蟠。釣徒誰撒網，詩老此垂竿。天地扁舟寄，雲霞一笠團。波光横翡翠，寶氣接琅玕。月嶠深深見，霜綸裊裊寒。應知巢父隱，終古抗嚴灘。（光緒五年五月）

興來走筆如旋風 得書字五言八韻

磅礴臨池興，都歸一筆書。旋風真不亞，垂露比何如。墨戲通禪悦，詩狂入醉餘。兔毫憑掃秃，羊角此凌虛。溟涬闢飛動，煙雲幻卷舒。法原隨我用，字莫丏公徐。排突渾圖陣，淋漓欲染裾。沙門今健者，種緑有精廬。（光緒五年五月）

萬里耕桑罷戍邊 得邊字五言八韻

大慰承平望，耕桑此有年。六軍辭遠戍，萬里定窮邊。玉弩光芒斂，金城控帶堅。版圖恢異域，阡陌徧晴川。鐃吹還家曲，豳詩入貢篇。三農爭賣劍，諸將與歸田。人樂耘鋤業，官裁踐過錢。銷兵欽聖世，衣食被垓埏。（光緒五年五月）

江南江北青山多 得游字五言八韻

南北青無際，中流此放舟。江山共勝覽，詩酒證前游。樹色交巖竇，濤聲上寺樓。畫屏環兩岸，天塹扼重洲。梵塔丹霞映，吟衫翠靄浮。萬峰來白下，一櫂夢黄州。人坐嵐霏暝，歌翻水調秋。髯翁憑眺處，玉帶鎮常留。（光緒五年八月）

盡放冰輪萬丈光 得光字五言八韻

放出清秋月，流雲盡卷藏。一輪冰澈影，萬丈日分光。濯魄壺中久，騰輝鏡裏剛。圓憑瑶斧斲，遠借玉繩量。星漢無聲轉，天街是處涼。山河呈世界，草木映文章。千里應知共，三霄未覺長。咫才逢盛世，復旦慶休祥。（光緒十一年八月）

馬飲春泉踏淺沙 得泉字五言八韻

罷鞚春郊馬，軒騰自飲泉。踏將沙淺淺，趁及漲涓涓。紅亦浮花去，青還露草妍。瞳瑩千尺淨，蹠印幾雙圓。澗動垂虹外，波分落雁邊。尋蹤泥上雪，眄影鏡中天。合有將軍畫，誰投過客錢？會當歸禁籞，雲路稱回旋。（光緒十五年三月八日）

柳拂旌旗露未乾 得春字五言八韻

楊柳籠青瑣，旌旗拂紫宸。未乾仙仗露，都入帝城春。旭采千門澈，煙紋一色勻。遠連金井暈，微起玉墀塵。直宿前麾地，禁寒待漏人。蛟龍含澤動，鶯燕受颸馴。畫戟扶香久，宫袍染汁新。聖恩容黼黻，雅韻蓼蕭陳。（光緒十八年三月八日）

雨洗亭皋千畝緑 得皋字五言八韻

千畝晨如洗，三春雨似膏。濃青連籞苑，新緑滿亭皋。繡隴開方罫，晴畦卧桔槔。竹林斜帶渭，黍谷遠通褒。塵外郵驄散，煙中澤雉高。餘芳涵野舍，晚秀媚雲旄。岸碧兼籠柳，源紅間露桃。宸遊欣布令，奏頌珥丹毫。（光緒二十年三月八日）

【校記】

此會試詩題，中六十名貢士。

拂水柳花千萬點 得花字五言八韻

密柳兼疏柳，千花復萬花。點空渾欲滿，拂水不妨斜。南岸波痕闊，東風雪意賒。游絲俱振蕩，畫槳與周遮。儘疊浮萍褥，都籠詠絮家。鄰誰鷗鷺買，地正燕鶯譁。趁影橋三曲，飛香路幾叉。上林嘉植好，襄澤豈須誇。（光緒二十年四月十六日）

【校記】

此會試後復試，中第十名，進入殿試。

衆仙同日詠霓裳 得仙字五言八韻

樂府霓裳曲，清時粉署仙。勝流同日會，高詠衆人傳。舊調婆羅演，新音協律宣。鳳鸞才子氣，珠玉早朝篇。入笛諧千谷，題襟憶幾年。輩行丹簡上，咳唾紫雲邊。格定西崑合，名齊北斗懸。贊毫吟聖德，應繼柏梁編。

【校記】

據六月二十四日《日記》，會試殿試已畢，狀元已中，此應翰林院「大課」試。

石鯨鱗甲動秋風 得風字五言八韻

石鑿鯨鱗甲，昆明積水中。由來涵澀浪，忽爾動秋風。菭繡斑斑緑，蓮飄颯颯紅。凌寒原有挾，鼓勢欲乘空。迨雨鳴都幻，初霜氣與通。批椎麾月斧，射合彀天弓。築觀溪溟北，吞舟任海東。横汾徵壯略，悵望漢時功。

【校記】

光緒二十年八月二日《日記》：「翰林院衙門送來翁師課題……『石鯨鱗甲動秋風』得『風』字……」［批椎］，原作「批誰」，與詩律、詩意均悖，形似而誤，徑改。「批椎」，猶「批捶」，批擊，爲聯合式合成詞，與聯合式合成詞「射合」相當。以上十六首據《張季子九録·外録》補。

贈邱履平

龍文寶馬千金骨，骯髒倚門七尺軀。遭時窮達各有命，追求知己寧非愚。茫茫六合攏煙霧，貴耳賤目如一區。杜陵不作退之死，即論詩學誰吾徒？況復翻雲覆雨手，以今視古尤枝梧。邱生磊落負奇氣，布衣平揖公侯輿。壯年殺賊走燕趙，折臂斷脛輕頭顱。斗大金印棄不顧，坐看乞兒乘小車。匣中秋水布國劍，與詩一卷窮愁俱。夜深脱鞘爲我舞，霍如詩筆雄萬夫。年來我亦觸塵網，顛倒隨人加毁譽。得君時時吐肝膈，意氣翕若磁鐵符。人生離合信非偶，拭目論者譏腐儒。明朝解纜各自去，江水海水甜鹹殊。未來之事且休計，相與共盡花間壺。但期努力淬鋒鍔，不應終古無風胡。

【校記】

此詩當與底本中的《海州邱生歌》同時，主題相似，語言相近，似一題兩作。載《全集》四〇頁。

聞西征捷報寄博孫

西風吹幕夜蕭颼，露布傳聞瀚海收。絶域葡萄應入貢，連江鼓角尚防秋。兵間自覺儒冠賤，國事寧容我輩憂？慚愧故人相問訊，勞勞終歲稻粱謀。

【校記】

請詳本書前《西征官軍收復新疆》一詩校記。

瞀卜圖

擁氈七載鬢眉蒼，老我名篇亦漸忘。讀畫因君發遐想，故山叢桂幾分行？

【校記】

據光緒三年十一月二十六日《日記》補。詳見本書前之《瞀卜圖》校記。

題紈扇桃華

之子渺何處？桃華倚春風。願持波作鏡，常照桃華紅。華紅有時日，相思斷復續。短楫臨春江，淚和紅豆落。

【校記】

據光緒四年二月十九日《日記》補。

送履平之淮安

霜天昨夜見征鴻，江上朝來送短篷。蹀躞可憐摧騄駃，支離誰使感雞蟲。輕裝倚劍辭南郡，落葉迎帆下北風。試到淮陰問年少，帶刀可有舊時雄？

【校記】

據《日記》補，光緒五年三月十九日《日記》記作此詩，録於本月月底二十九日《日記》之後。

戲答仲厚

六年困我走風塵，君去鄉關未十旬。底事羈鰥苦相怨，東山獨宿彼何人？

高柔終自愛賢妻，蘇蕙何心怨别離？若把望夫箋采耳，笑君誤讀國風詩。
天涯辛苦比肩郎，滿月蘅蕪黯斷腸。想見班騅催上道，晉侯無語愧齊姜。

【校記】

據光緒五年三月二十九日《日記》補。

蓬萊閣感事

金宮銀闕照東瀛，畫角朱旗漢將營。去日樓船通海市，歸來槲葉滿山城。中郎拜職勳資盛，上將籌邊畫諾輕。辛苦至尊愛社稷，年年徵調朔方兵。

【校記】

據光緒八年九月五日《日記》補。詳本書光緒八年九月五日詩《有感》校記。

江寧酬顧子鵬

幾年望斷北山雲，震海雲濤狎所聞。八月查回通漢路，五千人散度遼軍。委蛇龍節虚藩命，舄奕貂冠盛衆勳。歸臥滄洲成一笑，只應家食獨慚君。
别後清貧益自奇，蕭然儒服傲當時。雅徒誰似充耽學，嘉譽虚勞宿賦詩。捷户大談敦舊約，合尊行食有佳兒。相歡莫問人間世，坐看西風略鬢吹。

【校記】

據光緒十二年十月三十日《日記》補。

題吴彬竿笠圖

蒼茫有客海東頭，日爲鯨鰲費十牛。何似一竿都放下，江湖滿地正横流。

【校記】

據光緒十二年十月三十日《日記》録此詩。

題步先感逝圖 續叔兄作

解道昌黎妄塞悲，畫圖重與貌崔徽。叔 應知歲歲湘江上，猶有離人賦采薇。季

【校記】

據光緒十二年十月三十日《日記》補，自註中「叔」謂其三兄張詧，「季」乃張謇自指。

露筋祠

落日荒祠下，西風獨客前。重來經萬里，一夕憶三年。流水都歸壑，繁霜欲滿天。棲皇端不寐，吾

道一湝然。

【校記】

據光緒十二年十一月一日《日記》補。

野外　紀事也

野外桃花水上枝，朝朝刺影向人窺。枝之變形附生枝旁，其狀如針或如鷹嘴。人間何限春風好，莫怨回波却影時。

【校記】

據光緒十四年三月十八日《日記》補。

黄郎中輓詞二首

病起西風落木前，阿咸謂郎中從子少軒。書到一湝然。匆匆十載宣南事，取次殷勤貸俸錢。

未曾五十便爲郎，黑髮歸田更吉羊。今日愁人丹旐上，二千里外北來霜。

【校記】

據光緒十五年十月二十五日《日記》補。

題陳喆甫東海泛查圖

邊才今日紛無算，逸宕如君正復豪。眼底電光明漢節，掌中霜氣有倭刀。

十年人事成憂患，兩鬢相看各老蒼。聞道康居信成固，更煩谷永訟陳湯。

神山異藥千年在，絕域驚濤萬里歸。天上猶憐查犯斗，人間誰問石支機？

易君將隱龍陽易順鼎卷中詩最佳，聞其將隱廬山。孫君來安孫點。逝，卷裹知交盡可憐。尊酒匆匆有離合，西風一夜皖江船。

【校記】

據光緒十七年十月七日《日記》補。

朝中措

題司馬晴江《倦游歸卧圖》，試學爲詞

還山不仗買山貲，薄宦已成時。一舸將琴與共，十年賣畫誰知？　將閑抵貴，尋詩竹畔，命酒花期。即此消沈世慮，人間何處鮮卑？

【校記】

據光緒二十三年七月三十日《日記》補。

寄内子並示諸姬十首　其五

曼容亦有言，天解從人願。最憐道憒癡，疑信女君獻。

【校記】

據《日記》補。光緒二十三年九月二十四日《日記》「寄内子並示諸姬十首」，此第五首。底本此組詩題爲「寄内子並示諸姬九首」，剔除此首，今補上。編集時何以删曼容詩？當由於家庭矛盾，前《病齒》詩，本亦專詢「曼容」，入集亦改爲「家人」。通觀張謇《日記》，曼容似有難容於張謇處，至少有不容於張孝若母子處。

乍雨

未測天情性，朝來乍雨晴。稍當袚塵土，一笑看風霆。

【校記】

據光緒二十四年五月二十四日《日記》補。

題大生廠廠儆圖謡四首

鷺非鶴，菌非芝。以爲鶴而鷺笑，以爲芝而菌嗤。汝則不智，奚鷺菌之怨爲？　鶴芝變相

本心空，花葉背。杏乎杏，桂乎桂，貽汝悔。桂杏空心

水沸沸兮波興，草茸茸兮風生。蜮潛憑兮陰而深，噫噓嚱陰而深。水草藏毒

盤不傾，几不折，誰能涎汝盤之實？盤兮實兮小兒兮，□□□。幼小垂涎

【校記】

此詩載《全集》一一三頁，繫此詩作於光緒二十五年，存三首，頁脚有注：第四圖「幼小垂涎」今佚，謠亦然。第四首今據南京大學倪友春先生藏「幼小垂涎」殘稿補，其下有説明：此詩由張立祖（即張敬禮，張謇侄，後期大生企業負責人）提供，張立祖云：「張謇《廠儆圖》之四已失，今屬陸伯龍繪補，追憶原謡愧遺……。戊子（一九四八）十月，立祖恭志。」《廠儆圖》爲當時通州畫師單竹蓀所畫，詩有張謇自作與張謇的好友顧錫爵題詩作注兩説。此詩背景複雜，寓意隱晦。所影射人物可參考江蘇人民出版社一九九八年版《大生紡織公司年鑒》第一編的有關叙述以及該書的有關長注（見該書一二三頁第一條注、一二四頁第七條注、一二五頁第十五條注、一二七頁第三一條注。今查得《尋根》二〇〇四年第六期載有陳漱渝先生所撰《張謇身前身後事》較爲集中説及此事。

春晚

花事未全非，林陰緑漸肥。風簾忽飄絮，春是幾時歸？

【校記】

據光緒二十六年三月二十九日《日記》補。

答高橋品吉餉藥

三島神仙宅，多藏不死方。蛟龍窺玉札，山水護丹房。九轉参真訣，千金壓客囊，不須飲冰雪，内熱自清涼。

【校記】

據錢仲聯主編《清詩經事》張謇條目補。

通州師範學校校歌

狼之山，青迢迢，江淮之水朝宗遥。風雲開張師範校，興我國民此其兆。民智兮國牢，民智兮國牢，民智兮國牢。校有譽兮千齡始朝。

【校記】

據《全集》補。見該書一三五頁。

寄從子仁祖都門詩三首

古之賢達士，白首猶爲郎。今汝二十九，束帶觀國光。郎官不爲薄，汝學不爲長。員警與行政，猶維繫之綱。跬步有法律，律身先宜祥。黽勉厲祓濯，一心事賢王。

余家世習農，辛苦耐貧賤。及余始爲士，少壯歷憂患。從軍與汝父，居行迭更禪。汝父三十餘，乃一試令縣。余名掛朝籍，文場殆百戰。觀世已爛熟，豈複熱榮官。茫茫人海中，期汝一更練。

汝稍有膽氣，汝骨未蒼堅。云何堅汝骨，友仁而事賢。京師冠蓋地，智愚相摩肩。況乃新舊際，雜遝魚龍顛。涉足苟不慎，即墮沉渦漩。與其利曲鉤，無寧直如弦。與其向炎海，無寧冰雪天。近有庭誥在，遠有祖德篇。宣統元年五月十四日，嗇翁在嗇庵，寫時正溽暑雨後。嗇庵。

【校記】

據宣統元年五月十三日《日記》補。

墾牧鄉小學校歌

通海墾牧鄉，立憲皇帝二十七年初開荒。田里有井疆。小學家家上，識字耕田相保爲善良。新世界，墾牧鄉。新少年，小學生。生讀古音。

【校記】

據宣統三年八月十二日《日記》補。

壬子元日命怡兒作詩因示

四旬九日改正遥，舊朔還逢甲子朝。豳雅歌周民用夏，禪書咨舜帝尊堯。民心自望春台涉，兵氣應隨霽雪消。昨歲風雷今果旭，欲從詹卜問重霄。

【校記】

據《全集》補，見該書一六〇頁。「豳雅」，原作「幽雅」，誤。「豳雅」，指《詩·豳風·七月》篇。《周禮·春官·籥章》：「凡國祈年于田祖，歈《豳雅》，擊土鼓，以樂田畯。」

擬國歌

仰配天之高高兮，首昆侖祖峰。俯江河以經緯地輿兮，環四海而會同。前萬國而開化兮，帝庖犧與黄農。巍巍兮堯舜，天下兮爲公。貴胄兮君位，揖讓兮民從。嗚呼堯舜兮，天下爲公。

天下爲公兮，有而不與。堯唯舜求兮，舜唯禹顧。莫或迫之兮，亦莫有惡。孔述所祖兮，孟稱尤著。貴民兮輕君，世進兮民主。民今合兮族五，合五族兮固吾圉。吾有圉兮國誰侮，嗚呼！合五族兮固吾圉。

吾圉固，吾國昌，民氣大和兮敦農桑。民生厚兮勸工通商，堯勳舜華兮民變德章。牖民兮在昔，孔孟兮無忘。民庶幾兮有方，昆侖有榮兮江河有光。嗚呼，昆侖其有榮兮，江河其有光。

【校記】

據《全集》補，見該書一六六頁。今據北洋政府《教育部編纂處月刊·文牘録要》録此詩，題作《張謇擬國歌　函附》；第二段「貴民」作「重民」。第一段第一句「祖峰」下有以下雙行夾註：「《萬山綱目》李序：言山者必祖崑崙，而山則漠南祖岡底斯，漠北祖阿爾太，亦不專屬崑崙。」下一句「會同」下有以下雙行夾註：「《水道提綱》齊序：内自盛京鴨緑江口以西而南而西南至合浦外，自雲南而西而北，又自漠北阿爾太山肯忒山而東至海，至於蔥嶺以西水入西海，印度水入南海，丁零黠戛斯以北水入北海。」

詩後附有張謇一函：

昨承部函，並各國國歌原譯各一册，屬製國歌以備選譜。前於元年曾製一首，以應南京政府之屬；蓋以舊製，改下半段爲之。似南京亦未嘗用，今亦記憶不全矣。國歌須本國性及歷史，全國政教所系，亦中外視聽所關，故非遠大不可，非莊嚴不可。其在今日，内對四族，外對列强。自矜漢大，無以愜四族之心；虚張華大，無以免列强之笑。且騖於誇侈無實之談，即對人民，亦恐勵進不足，而張叫囂有餘也。法國新造之邦，其國歌意主尚武，然立國之道，寧有專以兵訓國人者？宜歐人知治者之少之矣。施與我國，尤爲不宜。管商言富强，孔孟言教養。其實，國未有能教能養而不富强者，即未有不養不教而即富强者。況我國今日，尤非振興實業教育不可以（此處似奪「强」字）國，而教育非明道德亦不可以當教育。若云國體已標幟共和，而黨爭愈烈，古之堯舜，寧如是乎？以是不可不闡揚堯舜禪讓之真美。古之尊堯舜者，無過孔孟，其書俱在也，今之少年寧能識之。於歌致意，亦以示蕩平正真之途，興普通崇拜之意耳。下走於此具有微意。歌詞三章不用四言者，以四言易趨莊嚴，難以發越，亦以從各國之同。不審瓦缶之鳴，果有當於黄鐘之律否也？兹事體大，知辭者尠，知音者尤尠。願集衆長，鄙製以答垂詢之盛意而已。

百舌行

江南喚起春光早，朝朝喚起春天曉。清歌妙囀不惜勞，百舌玲瓏解事鳥。自從前年去京師，春來正月二月遲。烏啞鵲唶不中聽，陌頭芳草空迷離。南歸匆匆已夏至，百舌正苦聲噤時。南人好汝爲汝好，無聲可好誰養之？深林緑葉濃如幄，容汝養羞一年足。毛豐羽澤我復歸，聽汝嬉春千種曲。高高下下斷又連，柔脆似管和似弦。耳璫欲敲睡趣足，眼纈乍展晨熹妍。只惜春來春易去，反舌聰明爲汝誤。鸜鵒剔後能人言，萬柳千花造謡妒。

【校記】

據《全集》補，見該書一七四頁。

寄雪君

一旬小别寧爲遠，但覺君西我已東。留得閒花朝夕伴，緑梅開了碧桃紅。

【校記】

據民國七年二月十二日《日記》補。

喜聞雪君病癒

尊素堂前甫下車，割憐昨日雪宦書。不知藥盞香爐畔，清損容顔幾許除。

【校記】

據民國七年十一月十三日《日記》補。

爲怡兒作壽梅母詩

遜代伶官繫，光家壽母仁。美成嘯亭録，年行永和春。孫子標殊藝，仰曹禮俊人。致歡須本色，更舞彩衣新。

【校記】

據《日記》補。民國八年二月三十日《日記》「爲怡兒作壽梅母詩，爲金滄江作（即下一首）」。

爲金滄江作壽梅母詩

平生慣見張夫子，言孝言慈勸有加。即昨暮春逢上巳，親題健句寄梅家。報劉得助孤孫喜，御李爭傳萬口誇。好事多應甘蔗味，稱觴爲誦妙蓮華。

【校記】
見上一首。

集雲峰字題仙人崖

靖覺何仙人，披衣入煙域。儀形未可攀，艳霞在懸石。

【校記】
據民國八年十二月三十日《日記》補。

題畫繡

海蟾唐季已成仙，流俗因名作畫傳。今日贈人無别物，中華民國四文錢。

【校記】
據民國八年十二月三十日《日記》補，原兩首，此其一，底本衹録其二。參此書前載同題詩。

次韻奉答李審言

南山東畔更新居，自爲殘年補讀書。入社談詩僧不易，辦資招隱客猶虚。課功記歲量松竹，安分親人適鳥魚。便退未能勞問訊，長篇短簡更誰如？

【校記】

據《張謇信稿》補。此詩作於民國九年六月七日，詩後附有張謇《致李審言函》：「詩至極慰。次韻奉答，乞正是。前用《彭衙行》（杜甫詩）以温字校（較）響，故以易暖，無别本也。似有一本作温者，今不能記憶矣。」

謙亭元日

病起歲又華，迎神剪燭花。禳災薄命妾，長生君子家。

【校記】

據《全集》補，見該書二七七頁。

題遺像詩 倚錦樓西室

芳草忽焉歇，王孫歲暮歎。隱招山曲岪，像設室閑安。對月床猶待，乘風路不難。東頭吾所憩，勿怯復松寒。

【校記】

據民國十年六月三日《日記》補。

題梅郎合影

題梅郎合影。此從五月廿四日味雪齋前五人合影而割取以置我梅垞者。獨有取于梅郎者何？梅爲郎姓，郎之骨清而意翛遠有似于梅，宜伍梅也。昔嘗題郎贈影於垞矣，今以此片兩之于郎所爲題之千五百本梅花館，抑又有人我歲時之感焉。復題二詩。

梅是孤生品，來從霜雪岑。而今説梅口，千萬語如林。

問誰與梅稱，簪梅郎有影。秋春雪月天，共用山溪泠。

【校記】

據民國十一年八月十四日《日記》補。

江霄緯爲無錫榮氏並蒂蓮徵詩賦寄二絶

梅花早説梅園最，今見庭蓮並蒂開。自爲榮家兄弟好，佛天分送妙華來。

淨根本是瑶臺種，移植何年到綺窗？難得江郎才不退，名花健筆也成雙。

【校記】
據《全集》補，見該書三三二頁。

題周舜卿遺像

名山五千鐵獨豐，貨殖鐵冶泰半雄。致富農不如商工，江南金錫縣舊封。周君乃躡郭邴蹤，釜鍑鼎鑊相磨礱。千金三致散厄窮，疏交近里逮學僮，好行其德義自躬。如何朝露悲秋風，雍容可法視此翁。

【校記】
據《全集》補，見該書三三三頁。

贈盛昱

老來談古更心虛，自悔青年少讀書。華屋良田皆敝屣，萬金可惜是三餘。

【校記】
據二〇〇二年七月六日《揚子晚報》B版五補，由倪友春提供。

南通幼稚園歌

日初出，小兒似，日出天明小兒起。人家小兒在家裏，今有幼稚園，大家同在園中戲。

戲何樂？樂唱歌，秋千索版輕如梭。和和氣氣，姊姊妹妹，弟弟哥哥。園中來，爺孃喜。園中歸，保姆記。保姆替我爺孃計。爺孃保姆勿勞心，有了幼稚園，大衆有了安全地。

【校記】據民國四年四月《南通師範校友會雜誌》第五期補，署民國二年七月。查張謇民國二年八月二日（陽曆九月二日）《日記》謂「幼稚園傳習所開學」，因知爲此而預作。

南通第一幼稚園紀念日歌

南通幼稚園，徐夫人所創。夫人去矣幼稚長，夫人之靈喜且望。幼稚朝朝記得夫人像。

【校記】據民國四年四月《南通師範校友會雜誌》第五期補。

師範學校第四屆運動會歌

春風和，上巳過，雜花妝林草蓋坡。校場蕩蕩，旗影漾晴波。學子連袂蹈且歌，振筋健軀學有科。游戲也云何？不延修禊，不張曳洛河。

校紀念期四月朔，校場草，當年緑。今年校會先期開，新草連芊舊根續。年年草緑年年春，當日諸生今日宿。後生騣騣輩起春同育，藝事相摩真可樂。詠今朝，三月六。

【校記】

據民國六年《南通師範校友會雜誌》第七期補，署民國六年三月六日。

贈于霖 金滄江

新詩初見更誰同，四海論文賴至公。難道書生無事業？毛錐三寸重我東。

【校記】

據倪友春先生提供之《朝鮮學論文集》補。于霖是金滄江字。按，南通大學文學院二〇一〇届古代文學研究生黄燕燕檢得《金滄江實紀》第六一四頁李建昌名下亦有此詩。

吴淞口望月

廿二宵分月，初生似落時。雲連滄海暗，潮帶夜星移。近晦光無好，含差缺未知。獨對落夜時，群睡正迷離。

【校記】

據光緒十八年五月二十二日《日記》補。

通海勸防歌

我鄉義勇好男兒，各來聽説中日事。不聽人人都睡著，聽來個個應髪指。本朝藩屬有朝鮮，三百年來是固然。日在海中國千里，藐小三島而已矣。自從吞得琉球國，漸將中國看不起。去年朝鮮有亂黨，本朝出兵爲掃盪。日人背約開兵端，攻我劣將占平壤。平壤以後擾奉天，岫巖蓋平各州縣。又奪旅順及山東，榮城寧海劫殺空。殺我男女十幾萬，淫虜搶燒事事慘。從來人生亂離世，富貴貧賤同一死。白死還作無用鬼，不如生做有用士。有人怕死降了日，面塗黑油髪翦㭍。被日偪去擋頭陣，進前退後都送命。復有縮手不敢當，被綑多人穿一槍。槍珠珍貴人命賤，不費藥彈屍相望。　嗚呼！本朝一民不白死，日寇若來命都已。本朝一物不妄取，日寇若來家盡毁。方今受害在北洋，北洋害過遷南洋。南洋江北一隅地，南靠崇明作屏蔽。崇明吃緊通海慌，須識脣亡寒到齒。通海挨户算人丁，計數百萬尚有零。若是百分抽二分，也有二萬精壯人。日人上海有模樣，不是天神與天將。只是膽大嚇膽小，我人自將志氣倒。日就來箇二三千，十人拚一無不了。莫謂通海苦地方，莫謂常住無事鄉。自古有備乃無患，團防事事要習慣。富者出錢貧出力，大家齊心事已畢。不要練丁調遠方，只要就地善伏藏。不要衝鋒毒打仗，只要截殺便有賞。第一是要膂力好，第二不要弄乖巧。百人合力敵千人，一人偷乖十人惱。沿江沿海有沙灘，灘多洪曲礙輪船。日便分兵犯我境，大礮小船不能運。若論内地盡是溝，天然地營不要謀。撤橋斷壩設穽陷，各就各圩容易辦。道路原是本地熟，層層深入他不敢。前人有言定不差，惡龍難鬬地頭蛇。人人想透膽便壯，切勿驚疑聽謡諑。

【校記】

據《張季子九録·自治録》中《海門團防營制》附録補，各詩集均失載。署光緒二十一年。

遊狼山和范肯堂詩四首

冬至後一日，肯堂招同何梅生嗣焜遊狼山，宿望海樓，肯堂詩先成，次日用李大理四首韻和之。

故山如故友，積歲感分攜。昨訪姚存刻楊吴天祚題名，今温李叟題。昏林開蠟照，懸牖接烏棲。盡訴人間世，衰僧聽亦迷。

萬事當真暮，孤懷亦向秋。桃源終托晉，芝嶺倘安劉。江海看諸子，乾坤豈一州。中宵頻起立，星宿滿檐頭。

草木都無賴，凋零況友生。山川單露氣，文字等閒名。霜重心難煥，潮來眼尚明。只應書石壁，同保歲寒盟。

詰朝人盡散，杖策獨西回。即事寧成古，供詩已有材。塔雲隨客散，澗路避山開。憑記當時意，禪房一樹梅。

【校記】

光緒二十五年十一月二十三日《日記》:「和肯堂遊山詩,用李臨川四首韻。」然諸本未見其詩。今據《張謇與近代中國社會》——第四屆張謇國際學術研討會論文集中翁飛先生文《張謇手札二通及有關考辨》補録。

日本西京旅舍聽日本古琴口占一絶

桓伊到處堪吹笛,飲酒公榮與不如。況爲八雲成一奏,何妨竟作换琴書。

【校記】

據光緒二十九年五月二十一日《日記》補,詩題爲整理者所擬。

題李鱓墨筆枯木竹石圖軸

海州張君爲得《李復堂壽退庵禪師枯木竹石圖》,以歸叔兄退翁。民國二年癸丑十月,嗇翁題。

是否當年退院僧,退庵題字得兄賡。復堂枯木非無意,閲盡冰霜老健能。

【校記】

據《全集》之藝文卷(上)「序跋」補。

題周鎬松閣觀瀑圖

作畫何曾煉藥妨，酣嬉水墨鬱青蒼。真擬方士移蓬嶠，助我山堂六月涼。

【校記】

據南通博物院藏周鎬《松閣觀瀑圖》補，張謇並有《題周鎬〈松閣觀瀑布〉墨筆山水圖軸》一文，載《全集》第五卷藝文(上)第三〇四頁。此詩後有以下跋語：「周字子京，相傳爲丹徒道士，而《州志》無此説。畫以善用墨法勝。癸亥六月，嗇翁逭暑山莊題此詩。」

延令孫希賢七十壽詩 并序

古之歌頌者必稱壽，而得壽者不必有歌頌也。有之，三數語焉耳。後人益趨于文，語乃漸繁。然人之躋於老壽，其所得於天者必厚，且久得於人者更事必多。由是言之，則壽固人之瑞，家之慶也，矧其行義，有可稱於鄉里者耶。清宣統己酉，余識泰興孫子觀瀾于江寧。越歲，延主南通農校。十載以來，孫子甚能極其所長，以效於職。其所應用於吾校者，出以學校之所得，而亦源本於其家學之相傳。蓋孫氏世業農，其祖父希賢先生尤勤于農而樂之者也。先生樂于農，亦好吟詠書畫。其畫菊，師前輩江仲山。又嘗與同邑葉惺齋繪五倫圖，以教里鄙子弟。于地方慈善事，又能以其辛苦所積之資，以補他人所不逮。居恒教子孫必世其業，故其子若孫多能致學于農桑。民國五年，先生年七十矣，配葉夫人已七十有四。子女暨内外孫曾四十餘人，學業無失。亦所謂人之瑞、家之慶者，非耶？昔姚姬傳之壽馬儀顓也，曰一鄉之家，七十者鮮矣，夫婦具而七十者尤鮮。吾于先生亦云。因益爲之詩歌以侑觴，俾孫子深味重親致歡之可樂，而益盡其所以教人者養老人之志以爲孝也。詩曰：

延令之野樂安老，行年七十髮不縞。輪粟不拜漢廷官，茹芝或慕商山皓。種田有秫自壓槽，並海如瓜亦得棗。養生無取導引術，出口但説仁義好。延令之野於老崇，後輩下道皆稱翁。有子保家傳亮足，有孫學稼樊遲同。孫從我遊歷十稔，庭誥無違致修謹。鵝雞有法魚有經，禾果有區蓏有畛。植棉治蔗無遠求，海東海西重譯請。老翁含笑聽殊風，遊紀孫編當衣錦。延令與通一水間，農事大略差不班。昔聞杖履一來往，尊酒未得相追攀。今聞老人政七十，夫夫婦婦雙聲鸞。孫曾繞床子衣斑，成行齒齒瑶瑜環。庭有酈菊大若盤，爲老人壽霜未闌。老人畫師汪仲山，縱筆畫之千花攢。留作家慶圖縑紈，十年一圖尚有三。百歲方始此發端，語聞老人應喜歡。一觴一花菊可餐，玄髮映日顔酡丹。

【校記】

民國五年十一年二十二日《日記》記作此詩。此據《全集》藝文卷（上）「序跋」補。［雙聲鸞］，當爲「雙鳳鸞」。「聲」草書有似「鳳」字。

滬報十年紀念題辭

人海思潮新復新，萬流詼詭集春申。要知直筆期南董，野史稗官亦有人。

倏忽秋風已十年，非非是是去如煙。云何饒舌翻多事，贏得與人誦一篇。

【校記】

據《全集》第四卷「社會交往」之「復郁慕俠」函補，署民國十二年九月二十六日。

通海新報改爲日刊書此勖之

荒唐言論界，騰沸海天潮。國脈資吞吐，人心爲動摇。雞鳴承宿晦，鶴警勵清宵。慎爾鄉評地，甘霖自□□。

【校記】

據《全集》藝文卷（下）的「詞賦銘贊」補。署民國十三年三月十二日。

題宋樹亭世叔舉杯邀月圖

人間豈有花常好，畫裏能教月永圓。哀樂不須兒輩覺，一生只合酒如泉。命儔會老還攜少，結社尋花更賭詩。陳跡匆匆都一世，樽前莫怪鬢將絲。

【校記】

此詩轉録於《張謇的交遊世界》琅村先生《張謇與西亭宋氏的四世緣》，載該書第三七三頁。原文稱此詩原刊於民國十三年四月十四日《通海新報》。

題我聞室圖

維摩丈室散天花，萬軸牙籤映臉霞。一笑黄門真自誤，蘼蕪香到别人家。

【校記】

此詩見楊令茀詩集《水遠山長集·鴻雪珍存》，此題下原有兩首，此其二，其一即本書卷十之《我聞室圖》。

輓錢禮南夫人金孅如女史詩

詩禮名門媛，今傳伴諷圖。南匯于香草曾爲夫人繪《索娥伴我諷唐詩圖》。抛書理家政，扶病侍兒夫。舞鏡鷩鸞折，臨池惜鶴孤。當年相唁意，棖觸一唏嘘。前年内人没，蒙惠輓聯云：相夫子，盛名甲天下；殁賢母，懿訓遍江南。

【校記】

據《寶山共和雜誌》第十期補。

贈梅蘭芳題扇詩

京國滄桑百事均，飄零法曲亦翻新。料量風月尊前語，收拾河山劫外身。菊部聲華孫繼祖，梅天影事夢疑真。江頭一閣堪容膝，竚汝相從寂寞濱。

【校記】
據一九四三年第二十一卷《三六九畫報·養拙軒雜録》補，此詩作於張謇在北洋政府任職期間。

雪芳爲其妹秋芳求詩

已隨趙瑟變秦筝，後入吴歈雜楚聲。唱罷飛凫教體迅，馬家小妹要知名。

【校記】
據戊辰年六月十六日《戲劇月刊·品菊雜談》補，本書卷九有同題詩，且末句同，當是改詩，姑存之。

題焦東山民傳後

焦東地已接狼西，聞道山民卜勝棲。儻趁江船能過訪，老夫新辟小浯溪。劭直東生請于傳後作跋，輒爲書一絶，勝于作跋也。

【校記】
據一九一七年五月十二日《通海日報》補。

贈余覺 二首

吴縣沈女士壽，偕其夫山陰余覺請從學詩。女士以繡名天下，有殊慧。每與談一詩，雋婉微至，得詩人意。余君則前清孝廉，曾致力於舉業之試帖。比年以來，皆爲任所營之事致效，可喜也。余君以二律爲贄，賦以酬之，即示之拙。

適渾傳鍾琰，依皋見孟光。遭時士不遇，得婦客非常。荏苒點風義，踟蹰避謗傷。靈均忠悱極，所託在芬芳。

高丘久無女，空谷復何人？過望聰明契，天開文字因。絲緣江夏變，香主後山真。重感宗親意，隨園未可倫。

【校記】

據一九一七年十月一日《通海新報》補。

初夏

初夏去北閘，歸時日正午。車漢衣襟濕，烈日勝熏爐。風吹旱魃過，滿目皆鹼土。野曠牛羊少，荒旻窮丐多。仆痛余亦渴，溝水皆咸鹵。何年獲收成，尚待天公許。

【校記】

據《射陽縣志》補。

見太夷有感郗超剡上造屋事詩和其韻寄之

淮田千里平如流，五山突兀成通州。吾愛吾山不自小，買得其四營菟裘。穿渠瀹瀆附麓周，植林八面果千頭。但遇佳處無遺留，崎嶇填平窳缺修。憑夷向明主以屋，自得之美一壑丘。初不計追輞川勝，亦不計作陸賈游。時招方外引朋好，取共山澤他無求。剡溪造宇待高隱，郗生趣尚吾不侔。鄭君老氣壓薑桂，傳說戴顒非匹儔。何時作詩寄余慨，乾坤黲黷聞煩憂。吾有坡坨可休休，君儻能就沙邊鷗。

【校記】

據一九二〇年四月十五日《大公報》補。

題沈榮珍鸕鷀捕魚圖

烏鬼銜魚没浪頻，生魚饑鷺散空津。漁人拙汝非無意，待搯嚨胡出錦鱗。

【校記】

據原圖補，款署「民國九年四月」。

題與梅蘭芳合影

壬戌夏曆五月二十四日，浣華以余生日至通，同攝於味雪齋，因題一絶寄之。

好色便當天下絶，親仁那得衆人同。正愁將意傳圖畫，三十兒郎七十翁。

【校記】

據實物照片補。

繡織局小院枇杷雪宧所種頃纍纍實矣食之殊美

可堪人去樹無心，空報枝頭個個金。留與閑庭風雨説，年年須護昔年陰。

【校記】

據一九二四年十一月十四日《大公報》補。

賦絶句書扇酬又錚

又錚唱單刀會，氣滿聲雄，蒼涼悲壯，老曲家未易有也。既闋，索書扇。曰：「得直翁破費與小梅一例否？」相與歡噱，爲賦一絶，書扇酬之。

將軍高唱大江東，氣與梅郎角兩雄。識得剛柔離合用，平章休問老村翁。

【校記】

據一九二五年十二月二十八日《通海新報》補。

【附録二】 張謇詩論選輯

焦尾閣遺稿序

《焦尾閣詩》一卷，工部王君太夫人之作也。景冑涿郡，苾芬儒宗；儷升晉陽，黽勉名士。睿問柔則，兹其尚已。若乃陳風緝疋，臨象鉤元。口述《尚書》，光乃父之絶學；手纂《論語》，體聖哲之閎旨。考禮析樂，周官振於衆晦；潛精研思，固史綴而可風。賾道游藝，稱圖軌言。雖彼戴嬀莊姜，流懿竹素；謝媛左妹，詒休筦彤。方古以今，遑又讓哉！厥笄家富，中丁世蹇。少君孝姑，省安危之通；憲英裁弟，必仁誼之適。從孝孫之辟江夏，家室飄摇；況曹家之逝成皋，山川峻嶮。復爾融達，不輟疋詠。約愁贈遠，則芳蓀可搴；絃思訴來，則爨琴有託。宜乎茗賦積而牣篋，椒頌騈乎巨軸矣。言止壼内，乃記有型。賢哉母乎，帥作嬪則。緜上與隱，焉用王光之文；欒昌燔集，衹代徐期之作。兢兢乎，何端操之有蹤；愴愴乎，而陰禮之允穆也。光啓令子，珉弟珣兄。軫機杼之慈訓，永梧棬之遐慕。

蒐輯散失，愙恭編次。弁端徵文，降逮庸猥。嗟乎賤子，蓋何足云。夙耻維罍，仍悲陟屺。進窮仲氏一日之養，退闕鄒邑五鼎之饗。仰涕棘薪，空攀凱風之仁；俛認莪蔚，鈞痛昊天之報。循誦遺什，躊躇徽音。潁封錫類，通潛感於孝子；滂母歡義，歎令名於黨人。重哀其鳴，賽答來悒。聲噍以殺，工部無亦憯怛因之乎！（清光緒七年）（録自《張季子九録·文録》，即第五卷總二一六三頁）

朝鮮金滄江刊申紫霞詩集序

往歲壬午，朝鮮亂。謇參吴武壯軍事，次於漢城。事平，訪求其國之賢士大夫，咨政教而問風俗。金參判允植頗稱道金滄江之工詩，他日見滄江於參判所，與之談，委蛇而文，似迂而彌真。其詩騷騷窺晚唐人之室，參判稱固不虛。間輒往還，讙然傾洽。滄江復爲言其老輩中紫霞詩才之高，推服之甚至。予亦偶從他處見申所流傳者，蓋出入於晚唐北宋之間。甲申既歸，遂與滄江睽隔，不通音問，閲二十年。忽得滄江書於海上，將來就我。已而果來，并妻孥三人；行李蕭然，不滿一室，猶有長物，則所抄紫霞詩稿本也。久復謀爲刊印，然滄江所得於書局讎校之俸，固不豐。又久之，乃爲節删而印行焉，猶近千篇。滄江於紫霞之詩，可謂有顓嗜者矣。比與余書，「子方劫劫然憂天下之不活，而僕憂一詩人之不傳，度量相越甚遠」。余語滄江，「活天下難，若子傳一詩人亦不易」，相與大笑。世變之棘也，舉天下之人，方將視易色而聽易聲，年少子弟曹焉，方將攘臂躡足，芻狗中原之文物，何有於詩？夫詩固養生之術也。人之生，宣鬱必噫，吐懷必鳴。詩以美其噫與鳴云爾！人情寧有不願聞噫與鳴之美而喜其惡者？歐人爲詩，乃必專家。人之欲宣其鬱而吐其懷者，悉屬之代爲詩以寄其噫與鳴。然則將胥天下之性情而活之，詩其一矣。紫霞之詩，詩之美者也。滄江學之而工，而辛苦以傳之不迂。獨念金參判年過七十，以孤忠窮竄海島，不復能有握手談詩之一日。見滄江所編紫霞之詩，得毋有人事離合相形之慨也乎！（清光緒三十三年）（録自《張季子九録·文録》，即第五卷總二二〇五頁）

朝鮮金滄江雲山韶護堂集序

班孟堅之言曰：詩蓋以別賢不肖而觀盛衰，其不信然矣乎。聖清以威德混一區寓，隸職方者，藩部六十有二。朝鮮冠帶之國，屏翰盛京，山川紆鬱，風尚雜襲近古。士節概舒緩好文，著述之儒，朋興而代作，粲乎四海之内；鞮譯象寄之所通，蓋未有比焉者。方國家康、雍、乾、嘉之間，薄海無事。朝廷鄉意儒學，上而鴻博翰林侍從卿貳之臣，下而青衿革帶劬學瑋辯之儁，莫不紘情組思，和其聲詩，以光潤天子之鴻業。歲時朝貢，朝鮮之奉使京師者，亦罔弗嫻禮儀而篤風雅。鴻臚既宴，從容文酒，相與述上德而勞行役，賦嘉樹而答角弓。好事者至乃圖其一時之事而歌詠之，何其盛也。海禁既開，邊事多虞。朝廷求通夷學使絶域之才，日若不給，士奔趨以亟求自見者，厭薄儒術，苟且功利，陳詩見志之風微矣。朝鮮東、南、北，介日本、俄羅斯，崎嶇其間。其人獨慎固風氣，謹事大之禮，而不驟遷於異説。私嘗竊論，魯秉禮而後亡，朝鮮庶幾其猶有齗齗之風。曾不幾年，役于其國，覩乎其政教與其士大夫，乃若舉先王之遺，壹切芟夷而陵替之，絃誦閴如也。周轍東而王道衰，聘問歌詠猶行於列國。其賢者於是乎徵存亡，辨得失，而不肖者猶不敢有野心以肆於惡。至一變爲游説傾憸之徒，日以捭闔縱横論構陷諸侯王，而天下弊矣。兹其可不爲長慮却顧太息者與？晉山金滄江能爲詩，隱山澤間，與之言，隤然君子也。觀其業，淵思而絜趣，踵古而冥追。世紛紜趨乎彼矣，滄江獨抗志於空虛無人之區，窮精而不懈，自非所謂「風雨如晦，雞鳴不已」者乎。道寄於文詞，而隆汙者時命，滄江其必終無悔也。故爲之攄所感以序其詩。（清宣統元年）（録自《張季子九録·文録》，即第五卷總二二〇八頁）

吴陋軒遺像跋

往讀陋軒詩，言煎丁之苦至詳，蓋先生亦竈民也。鹽法之弊，沈閟千二百年。唐季五代不論，歷宋元明，逮於本朝，豈無聖君賢相生於其間？亦豈無賢人君子發爲論説？而有行政之權者，相率靜聽不聞，熟視無覩。是則知有君而不知有民，而又積非成是，足以蔽衆人之知識。比年以來，謇倡盡變鹽法之議，欲使鹽與百物同等，去官價，革丁籍，海内士夫頗有韙之者。會建議於資政院，或有百一之效，亦未可知。要之，士大夫有口當述苦人之苦，有手當救窮人之窮，若陋軒述煎丁苦狀，乃無一字不有淚痕者，可云詩不徒作矣。因觀先生遺像，發攄己意，題書卷後。鹽法如變，更五百年，誰復知人間曾有此世者。嗚呼！（清宣統二年）（録自《張季子九録·文録》，即第五卷總二二一一頁）

縠園詩餘題辭

詞於文事，意繚於詩，而體俊於曲。始于唐季，盛于宋。而有清一代爲之者，研焉而益精，習焉而益工，著稱亦數十家。舊時朋輩中，爲者頗夥；居遊最近，時有贈答，則丹徒丁恒齋、訒齋兄弟也。余性不近，故未學；少一學焉而弗能至，故未工。壯年旅食，人事役役，兹事遂輟。然舟車之暇、獨居深念之餘，朋好過從、感喟人事之際，見清麗芊綿之詞，則懷爲之適；見芬芳悱惻之詞，則意爲之深；見悲愁慷慨嗚咽沈痛之詞，則氣爲之涌，而淚淫淫爲之下。亦可見詞之能移人，則豈不以其低徊掩抑，因句長短，足致其往復之思於不盡歟！惜往者未嘗爲，而今又不暇以爲也。屬者江都王君，以所爲《榖園詩餘》三集見示，余於詞未學，不欲以無當之譽，强爲解人。顧於君自叙所謂不涉纖靡者似之矣，訒齋則固有作以張之也。余何言者，遂書其端以歸之。（民國八年）（録自《張季子九録·文録》，即第五卷總二二五二頁）

梅歐閣詩録序

七情之和，胚胎五常。偏至乃僻，哀樂斯極。哀樂所表，節文生焉：斯禮樂之所由起也。樂之義主于樂。而樂至於樂，有器有物，有聲有容，有度有節，則亦有範圍曲成之義焉。天之風雷雲日也，地之江海壑谷也；草木之華葉，鳥獸之鳴蹈也，其猶有自然之聲、自然之容也，而況於人？人有靈蠢，斯有文野。文則必繁，野則必簡。繁而溺必縟，簡而任必俚。溺於繁則淫哇作，任於俚則鄙倍作：斯樂之憂矣。今所謂劇，樂之末也。求免於淫哇鄙倍而使人知繫于樂，則亦有其節文焉。是故更俗劇場，伶工學社之不可以已也。若梅若歐，蓋明乎此意，而其所已得能預乎此事者也。鼓舞而進之，而使人即末求本，知樂無深淺高下而有節文，而益知七情之不可濫，而五常之不可誣，則《梅歐閣詩録》之意也。（民國九年）（録自《張季子九録·文録》，即第五卷總二二五八頁）

藤華館遺詩序

先生於詩，致力甚深而不恒作，作亦不盡存，自以爲不足追配古人也。然先生生平貞不絶物，夷不隨俗，沖襟定宇，天與道合。其發爲詩，乃逸而不僻，邃而不鉥，雋巧而不藻飾，亦可謂有文有質，風雅之宗矣。以視裁識塗徑率爾便作，作則沾沾自喜，而千金其敝帚者，德量蓋不可尋丈計，其奈何而弗敬！（民國十年）（節録自《張季子九録·文録》，即第五卷總二二六六頁）

壽愷堂集序

君生平刻意好文，又好爲考據讎校之學，所爲書若《經史詩箋字義疏證》，若《三禮字義疏證》，若《〈穀梁傳〉通解》，若《〈三國志〉校勘記》，若《〈晉書〉校勘記》，若《海門廳圖志》，若《朝鮮國王世纍表》，若《朝鮮載記備編》，若《朝鮮樂府》，若《國朝藝文備志》，若《反切古義》，若《公法通義》，若《壽愷堂詩文集》，凡百有二卷，侈矣甚夥。然意所大得，在文與詩。其所傾向，不規規摹擬古人而擇于《爾雅》。文或屈鬱縱宕而盡其指，或妍麗博贍而振其華。至其爲詩，若春條揚藹，谷泉送響，風日會美，而林壑俱深，其殆有會於絲竹之音者多也。君晚歸里，意倦於遊。每見款款，輒作深語：趣若漸近，不復以余倔强爲非，而年則俱老矣。君殁而余益傫然，俛仰人世，求犖确異趣如君，豈可復得，何況少壯？追維墜緒，如夢如影，其曷勝掩卷之悲也耶！（民國十一年）（録自《張季子九録·文録》，即第五卷總二二六五頁）

程一夔君游隴集序

人有恒言曰：詩言志。謇則謂詩言事，無事則詩幾乎熄矣。謇昔以計畫吾蘇事業，往來滬寧間，與一夔最稔。繼聞其游隴，載書十數笥以從，壯之。踰數年而歸，歸而以所爲《游隴集》詩見示，則尤歎異之。蓋其于山川險阻，人物風俗，悉紀之于詩；詩之不足，則援據圖史，博考旁稽，原原本本，筆之于注，必有事在焉，無空作。與謇所抱詩言事之宗恉合。而其所經皆窮邊大漠，人跡罕至；一聞一見，莫不可驚可愕、可喜可泣。其爲事至瑰奇震炫，非猶夫人之所謂事也。顧他人紀事專集，多沈悶窒汩，一夔則倜儻權奇，蓋其胸襟有過人者。昔太白、退之工詩歌而不言考證；顧寧人精考證，出游必載書，隨時勘定，而不工詩。一夔兼有二家之長，難矣！而其歸時著述喪失，復毅然默寫，且冥索，且搜輯，成十數種，斯集亦其一，則尤難之難也。嗚乎，謇老矣，猶獲見斯集之成，寧不謂幸！（民國十二年）

（録自《張季子九録·文録》，即第五卷總二二八六頁）

金松岑詩序

昔人有言，文章風氣隨時代而異，固也。吾以爲隨時代而異者，風耳。若氣則隨山川而異，前例不勝舉。論吾蘇之詩格，則江南北不必同。在宋，若南之范（石湖）、龔（會之），北之秦（太虛）、陳（後山）；在明，若南之高（青邱）、陳（卧子），北之劉（永之）、汪（朝宗）、邱（克莊）；在清，若南之吴（梅村）、潘（南村）、邵（青門）、陳（迦陵）、洪（北江）、黄（仲則）、趙（甌北）、李（申耆），北之二汪（舟次、蛟門）、二吴（園次、野人）、魯（通甫）、潘（四農）、邱（季貞）、鄧（孝威），其尤著者也。或華或樸，或晰或奥，或夷或峻，所謂格不必同也。若其氣之稟乎山川，則無不同。蘇之爲地也，山則南有江寧之鍾、攝，句容之句曲、良常，吴之穹窿、靈岩、洞庭，無錫之九龍，常熟之虞；北有銅山之雲龍，碭之碭，東海之鬱林，南通之狼。大小不同，皆炳炳著名於史志。川則南有具區、三江，北有淮、睢，而長江貫乎其中，尤天下知聞之形勝也。而地處温帶，氣候又適中，故士習好文。而發爲詩歌，無華無樸，無晰無奥，無夷無峻，玩其氣，殆莫不清深而和雅。吴江金君松岑好爲詩，斐然有以自見。吴江山川，舊隸吴郡，近代詩人，若計、若潘、若吴，其與當時諸先輩，鴻聲茂譽，猶驂之靳焉。金君生計、潘、吴三先生後，翹才露穎，極於學以爲工，亦可謂卓犖不群群者矣。其詩格近石湖，又蜕其華而約其博，飲其清而納其和，不盡襲也。今學者阿世，方昌言以白話詩號召後進，一若非白話不足云詩。夫白亦文章之要，不獨詩然。然既曰詩，則詩可話，而話不得即爲詩。而附和之者，群盲缶而雷鳴。君猶守所學，顒顒焉以古人爲法乎？抑可謂空谷之足音矣。屬一渡江以詩見示，因書所見以還質之。（民國十四年）

（録自《張季子九録·文録》，即第五卷總二三〇〇頁）

文正書院丙庚課藝録序

自布政使奉新許公以湘鄉曾文正公再造江南，而在江寧尤久，建立書院，俾邦人士永無窮之謳思，於是江寧有文正書院。其課先以一制藝、一律賦及七言十二韻長律詩爲格。二十二年，謇承瑞安黄先生後，爲院都講。中值聖天子詔天下州縣立學堂，廢制藝、律賦，試用策論。不兩月而制藝復，大府議以策論代律賦，詩不限長律，稍變通焉。前後凡五年，一書院因革損益如此。夫文與學同塗而殊軌者也。文爲道華而學爲事幹。華甚美弗實，而幹雖小無虛。漢之射策、唐之詩賦、宋之策論、明之制藝，各適乎時，以爲取士之術，其爲文一也。三代取士，則有德有行有藝。孔子之門，高第弟子之科，有德行、言語、政事、文學，徒用文而已，則策論、詩賦、制藝文之類大要賅矣。必以學焉，則禮也，樂也，射也，御也，書也，數也，名法也，儒墨也，農工商兵也。學不一塗，文亦不一家。泛乎陳理道之言，十問可對九，十測亦不失四五。顓乎事而言，則非所習焉，十問而九窮，十測不能一二中也。人亦有言，制藝驗其所學而非所以爲學。夫誠使上之於士，自其鄉學之年，即各責以顓家之業而又有文焉。而試士者誠知文，則文者贊焉耳。贊可玉可帛可羔雁可雉，制藝與策論詩賦也奚擇？反是焉，習之非素而又不顓，而藉贊於文，下積歲月之揣摩，上憑一日之冥索，無論制藝也、策論、詩賦也，不必不得人而得故鮮矣。世之好絞訐不察本末者，往往是己而非人，喜同而惡異。或乃彼此儵忽，丹素易色，護一瞬之時局，以爲百王之大經，毋乃莊生所謂朝三暮四而衆狙怒，朝四暮三而衆狙説，名實未虧而喜怒爲用者歟？

國家功令：縣府鄉會殿廷諸試，兼制藝、策論、詩賦命題。而以制藝之文演程朱而尊孔孟，視之尤重而試之尤數。自非英絶瑰偉瓌異之才，得老師之傳，鋭精十年，其必不能一一闚其藩闤審矣。而天下歲歲試士，曰得士得士，夫如文正公則亦曷嘗不階焉與？凡爲士者並進。故曰，制藝策論詩賦不必不得人。江寧人士被公澤而薰其風教久矣，意其有興者乎？而前馬之導謇又弗勝，徒於風晨雨夕登饗公之堂，慨然思公生平閎量通識，高睇而深慮，曠乎不得復見其人也。今年有請録院課諸文，以質當世談制藝策論詩賦者，是固諸生甘苦所在，又適際功令因革，足備一方掌故，遂擇而録之。而斷以叨與諸生講論之年，名之曰丙庚課藝録云。（清光緒二十六年）（録自《張季子九録·教育録》，即第四卷總一五一三頁）

通州中學附國文專修科述義 節録

文字派别，中國尤繁。求其實際，概其義類，適用與美術二途而已。《書》之典謨、訓誥，今人以爲古，當時之官府文書也。《詩》之風、雅、頌，今人以爲經，當時朝野歌謡也。並軫分塗，各施其當。則《詩》爲美術，《書》爲適用。適用主質，美術主文。然若質不被文，是游裸壤之國；文不體質，猶戴面具之人。是則文質相資，理原一貫，無異陰陽之合德，虛實之關通。（清光緒三十三年）（録自《張季子九録·教育録》，即第四卷總一六〇〇頁）

復松月和尚函

訊至，知駐錫雁宕，得詩盈帙，遊興不淺，直以吟詠爲佛事矣。太夷謂公詩才可正寄禪，而詩卷之富，十倍過之。誠然誠然！詩古體最勝，勝在翔實。公自謂落落趨古淡者，恐猶未盡然也。卷中有贈程、劉二居士爲刊詩稿之作，頃所寄眎者，豈即程、劉所刻耶？二帙以一送圖書館存之，走留其一。它日遊山之導，或有取於此耳。暑熱，起居珍重。（民國十三年）（録自《張季子九録·文録》，即第五卷總二四四九頁）

外録自序

嗟乎！朔風起而秋扇屏，祭筵終而芻狗轢。科舉應制文字，尚有足存焉者乎？顧策問沿漢以來，詩賦沿唐宋以來，制藝沿明以來，試士之法至清而大備。而其不能得士也，弊即緣於備。惟其求備，故士之應其求者，往往自翦髻至於皓鬛，習聞之而躬承之，矻矻孳孳，口誦而手披，朝研而夕摩，以奔走於有司之試，試不得不悔。且思所以應備之求，而詭其遇於試者，則百其途而固有遇者。於是所謂備者僞，而求亦僞。迨夫世變劇烈，慣用大乖。士應無術，而屏而轢之之運至矣。雖然，此未可以咎士。

謇生十二歲，始學詩，旋學應制之文與賦。顧性喜詩而雜讀詩，十六歲試得附學生，先後師里中二宋先生，時則爲小題文、六韻詩、小篇律賦。既爲附學生，須應鄉試之求，則學爲大題文、八韻詩。十八鄉試被擯，自慚所爲文陋劣，乃師無錫趙先生。先生故制藝老師，則令盡棄前所學，令讀明人制藝，治王氏四書大全。初以爲寂寞冷淡，棘棘不能入。臨期爲文，則先生盡塗乙之而督之益亟，逾半年乙漸少。漸令讀明季清初人制藝；治朱子或問語類。年餘乃稍稍獲褒語。如是者三年。二十一鄉試仍擯。次年爲書記於江寧時，應鍾山、惜陰兩書院試，師臨川李先生、全椒薛先生。始知讀漢唐人文賦與詩，治易、詩、書，周禮注疏、段注説文，學爲駢散文。二十三歲客浦口軍中，乃師武昌張先生，始讀《史記》、兩《漢書》、《三國志》、《通鑒》、《文選》，治三傳注疏。鄉試仍擯。二十四試補廩膳生，鄉試連擯，二十七試得優貢，而鄉試乃五擯。三十以内憂未預試。是八年中試屢擯，應試之求屢進而漸悟。雖應制詩文，亦當自道其心之所明，自見面目，不戾於凡爲文之義理。三十三試順天，中式舉人，自信益堅。顧試禮部又四擯，年四十矣！私以爲試於有司供其喜怒而寒燠之者，已二十有六年，可已矣。又二年，父更命爲最終之試，既成進士而父見背，不及視含殮，茹爲大痛！國事亦大墮落，遂一意斬斷仕進，然猶應戊戌散館試，以完父志。悲夫！綜吾少壯之日月，婉轉而消磨於有司之試而應其求，蓋三十有五年！至吾絶仕進、伍齊民，發憤殫力，以求有用於世而冀一當，曾不及消磨於前此日月之半，而吾已老矣！曾謂是三十五年日月消磨之業，不足少愛惜乎？屏秋扇者時也，而紈綺涿漆此秋扇之人不必憎秋扇；櫟芻狗者事也，而文繡齋戒此芻狗之人無所疾於芻狗。

凡謇所爲制藝、詩賦、策、經解、史論、箴、銘、贊、頌他雜作，累數百首，删棄散失殘毁拉雜以來，所可檢而視者，十不過三四，今剟寫者又其一二。作爲外録，此物此志也。若夫漢唐宋明人以策、詩、賦列於集，明清人制藝著專集，是則先例云爾，非吾存外録之微意也。（録自《張季子九録·外録》，即第七卷總三八一五頁）

張謇詩柬 六則

致沈其光信一則

一、僕於詩，特性好之。讀古人詩，必反復諷誦，使窺識其意之所在、趣之所至而止。……步韻之難，在其意有後先、主客之不同。……詩可拙而不可俚，可樸而不可鄙，可翦裁而不可堆砌。（録自《民國詩話叢編》第五册《瓶粟齋詩話》第五三七頁）

致張孝若信五則

一、兒愛學詩甚好。父歸當爲兒選古人小詩，俾兒先讀。平仄可問江先生。先學反切（反即翻字）及四聲。父小時止學得兩個月便明白，此事不難，但須當作閑中功課可矣。平日上課自修之暇，可與潤及吳舅舅看有用小説及談故事；或習拳以疏動之。《三字經》言：勤有功，戲無益。如今須在「戲」上求有益，兒其志之。

二、昨夜交廠花司務帶去《詩韻》並訊，是否此人親自送校，吾兒親自收到？念念。前詩中「容月窗多隙」，「容」字改「引」字。

三、詩尚不惡，但組合處未能細入。昔人言詩文之要，曰一經、一緯，一宮、一商；經緯以絲織言，宮商以樂律言。經緯主色、主意，宮商主音。若更加之以一出一入、一彼一此，則文章之道與文章之妙盡矣。兒且留意于經緯二字，即以意組織。若能明白色相音節，則已進矣。所謂宮商者，質言之，同一字也，有時宜用陰平，有時宜用陽平；同一意也，有時宜用此字，有時宜用彼字耳！

四、兒詩句有瑕有瑜。腹儉之病，在以多讀書治之；心粗之病，在養氣使靜。推而至一言也須顧首尾，一事也須兼常變，度正負。

五、來詩三十二首，頗有長進。但音律仍未入細，氣格尚未堅卓。以兩三夕爲改完。總之，做人要苦，做詩也要苦，苦即樂也。未有不審慎而能成人，不勤博而能成詩者也。

（五條依次録自《張謇全集》第四卷六三二頁、六三二頁、六三四頁、六七六頁、六七六頁）

【附録三】 相關傳記資料輯録

民國人物傳·張謇

朱信泉 撰

張謇字季直，號嗇庵，江蘇南通人，一八五三年（清咸豐三年）生於一個富裕的農民家庭。張五歲入塾，十六歲中秀才。一八七四年外出謀生，初給江寧發審局委員孫雲錦當書記；一八七六年去浦口，在慶軍統領吴長慶幕中辦理公文，一八八〇年隨軍移駐山東登州，一八八一年袁世凱投慶軍，張謇與袁相識，並爲袁修改過文章。

一八八二年朝鮮發生「壬午兵變」，張謇隨慶軍開赴朝鮮，因辦事幹練，受朝鮮國王和吴長慶的讚譽。張謇曾代吴長慶草擬了關於時局問題的條陳，受到當時任軍機大臣工部尚書翁同龢的贊許，但被北洋大臣李鴻章斥爲「多事」。一八八四年五月吴長慶歸國，不久病故，張謇離開慶軍。

一八八五年張謇參加順天府鄉試，中舉人。在此後十年中，他除四次赴京參加會試，一度應孫雲錦邀請參加開封府幕外，主要掌教於江蘇贛榆選青書院和崇明瀛洲書院。中法戰爭後，張謇鑒於「國勢日蹙」，在資産階級改良主義思潮影響下，有了「中國須興實業，其責任須士大夫先之」的思想。[一]

一八九四年四月，張謇再次赴京參加會試，考取一甲一名進士（狀元）授翰林院修撰。同年七月，中日甲午戰爭爆發，清軍戰敗，邊疆緊急，張曾上疏痛劾李鴻章奉行妥協政策，「戰不備，敗和局」。[二]張謇目睹國事日非，京官疆吏不足爲謀，雖科舉成名，却不願以此求官，而另走興辦實業和教育的新路，「以爲士生今日，固宜如此」。[三]

一八九五年初，張謇受兩江總督張之洞的委派，在通州海門地區辦了幾個月的團練。同年四月簽訂的中日馬關條約，有允許日本人在内地設廠的條文。爲了在外資輸入前搶先一步，張之洞要求張謇招商集股在通州創辦紗廠。不久，張之洞調職，張謇又得到繼任兩江總督劉坤一的支持。

他把籌建中的紗廠，取名「大生」。自一八九六年九月在通州唐家閘規劃廠基，到一八九九年五月把紗廠建成，其中遇到不少困難。首先是籌集資金不易，有錢人對於把大宗款項交給一個書生去辦廠，心懷疑慮。加之上海棉紗市場蕭條，爲紗廠集股尤難。其次，通州和上海的董事之間，在是否領用官款買來的機器和承擔投資份額上意見相左，結果上海的董事退出。再次是工廠短缺周轉資金，剛投産就面臨關廠的威脅；想把工廠出租，又遭到商人的壓價。但這些困難，經過張謇等人的努力都一一克服了。

大生紗廠一八九九年五月建成時，有原始資本四十四萬五千一百兩，紗錠二萬零四百枚。投産後，在較短期内，就經受住了洋貨和洋商的競爭，年年盈餘。這是因爲通州地區具有産棉旺、銷紗多、運費省、工資廉等有利條件。張謇正是憑藉這些條件，用壓價收花、抬價銷紗的辦法剥削農民；用壓低工資的辦法剥削來自四鄉的工人，尤其是女工和童工。所以大生的利潤常比他廠爲高。爲了增加利潤，張謇等人對改進經營管理也很注意。

一九〇四年，張謇利用大生紗廠的盈餘和續招新股，增加資本六十三萬兩，增加紗錠二萬零四百枚。一九〇七年，在崇明久隆鎮（今啓東縣）辦了大生二廠，資本一百萬兩，紗錠兩萬六千枚。從一八九九年到一九一三年，大生共獲淨利五百四十萬兩；發展成爲擁有資本二百萬兩和紗錠六萬七千枚的大廠，是「歐戰以前華資紗廠中唯一成功的廠」。[四]

爲了使大生能自成系統，張謇還陸續辦了其他企業。爲增加棉花的來源，一九〇〇年辦了通海墾牧公司；爲解決棉籽出路，一九〇三年辦了廣生油廠；爲了解決原料和產品的運輸問題，一九〇四年辦了上海大達外江輪步公司和天生港輪步公司；爲了維修和製造機器設備，一九〇六年辦了資生鐵冶廠……

張謇爲實現以實業所得興辦教育和用教育來改進實業的主張，他用大生紗廠的小部分盈餘以及勸募所得，在本地舉辦一些文化教育事業。一九〇二年創辦了國内第一所師範——通州師範，後來又辦了女師、幼稚園、小學和中學。他還創辦了十多所職業學校，其中以紡織、農業和醫校較爲有名，後來三校擴充爲專科，一九二〇年又合併爲南通大學。在外地，由張謇倡議或資助而設立的學校有：吴淞商船學校，吴淞中國公學，復旦學院，龍門師範，揚州兩淮兩等小學、中學及師範，南京高等師範和南京河海工程學校等。此外又在通州創辦了圖書館、博物苑、氣象臺、盲啞學校、伶工學社、劇場、公園和醫院等。張謇由於舉辦實業和教育，在社會上曾博得一些「聲譽」，並受到清政府的重視，一九〇四年清政府賞他三品銜爲商部頭等顧問官，一九一一年學部奏任他爲中央教育會會長。

在政治上，張謇是從封建紳商轉化過來的那部分資産階級的代表。

十九世紀末，當康有爲搞維新變法時，張謇正埋頭建廠，一八九五年雖列名强學會，但對康梁的變法活動不盡以爲然，認爲「事固必不成，禍之所届，亦不可測」。[五]

對一九〇〇年的義和團運動，張謇完全持敵視態度，害怕動亂擴大到南方，説「揭竿之徒，在所可慮」，勸説兩江總督劉坤一參加「東南互保」。[六]

在二十世紀初年的立憲運動中，張謇居於重要的地位。立憲運動是資産階級改良派爲了抵制日益高漲的民主革命的浪潮，並藉以限制封建頑固勢力，製造一個比較適合他們所需要的政權的一次政治運動。一九〇一年，張謇回應清廷「更新」詔令，著《變法平議》。一九〇四年，替張之洞、魏光燾起草《擬請立憲奏稿》。同年七月刻印《日本憲法》，分送達官貴人以至北京内廷，向清統治者遊説，乞求變法立憲。一九〇六年九月，清政府宣佈欺騙性質的預備立憲以後，張謇興高采烈地和江蘇、浙江、福建的立憲派湯壽潛、鄭孝胥等人組織預備立憲公會並任副會長，進行所謂開通紳民政治知識的宣傳。

一九〇九年九月，江蘇咨議局成立，張謇當選爲議長。他率先發起各省諮議局代表去北京聯合請願，要求清政府在一九一一年召開國會，設立責任内閣，立憲活動達到高潮。一九一〇年一月和六月，各省諮議局和各界的代表曾兩次聯合到北京上書，但都遭到清政府的拒絶。同年十月的第三次請願，雖然清政府表面答應縮短預備立憲期爲五年和在國會召開前先成立責任内閣，但一九一一年四月清政府成立的責任内閣，却是以清皇室成員爲主體，這就完全暴露了統治者借立憲爲名來加强皇族專制的陰謀。張謇目睹這一情況，也不得不指責清政府「舉措乖張」，使「全國爲之解體」。[七]立憲運動的破産，促使張謇另做打算。爲了窺測政情，一九一一年六月張謇去京，中途特意去彰德和袁世凱見面，密商如何應付政局的變化。[八]

一九一一年十月十日武昌起義爆發。張謇聞訊，從漢口趕到南京，勸説江寧將軍鐵良和總督張人駿派兵「亟援鄂」，[九]並「奏請速頒決行憲法諭旨」，但張人駿「大詆立憲，不援鄂」。不到一月功夫，十四省相繼宣告獨立，清朝大勢已去，張謇趕忙發表若干通文章電函，一變而「擁護」共和。同年十一月，江蘇省諮議局改爲省臨時議會，張謇被推爲議長；十二月，應江蘇都督程德全的邀請，擔任江蘇兩淮鹽政總理。一九一二年一月，南京臨時政府成立，邀張擔任實業部總長，但他疏遠孫中山而傾心於北洋軍閥頭子袁世凱，認爲「非洹上不能統一全國」，不久藉口反對漢冶萍公司與日本人合辦而去職。[一〇]還在南京臨時政府成立前夕，會於上海的南北雙方代表已開始舉行和議，其後持續進行。和議期間，張謇爲袁世凱謀劃奔走，通風報訊，幫助袁世凱竊取革命果實。當他獲悉南方將同意以清帝退位爲條件、選袁爲總統的消息後，立即密電給袁説：「甲日滿退，乙日擁公，東南諸方，一切通過。」〔一一〕

一九一三年九月，張謇當上北洋政府以熊希齡爲首的所謂「第一流人才内閣」的農林、工商總長兼全國水利局總裁。他想通過這個政權來改良政治，發展資本主義。他就職時發表了《實業政見宣言》，任内制訂了二十多種農林、工商、礦業方面的法令。但面臨的是「財政竭蹶，無可措手」，所能做的只是「日在官署畫諾紙尾」罷了。到一九一五年八月，袁世凱公然要恢復帝制，張謇才辭職南歸。〔一二〕

張謇回到南通，繼續搞他的實業、教育和「地方自治」。第一次世界大戰期間，帝國主義忙於戰爭，無暇東顧，張謇經營的企業也獲得短暫的發展。他用大生紗廠的盈餘，又繼續招新股和向錢莊大量借款，加速擴充企業，到大生副廠於一九二四年建成時，大生已發展爲四個紡織廠，資本增加到九百萬兩；紗錠十五萬五千枚，約占當時全國華資紗廠總錠數百分之七强；布機一千五百八十餘臺。在鹽墾方面，先後在蘇北沿海一帶開辦了二十個鹽墾公司，計圈地四百十三萬五千畝（已墾地九十八萬畝），資本估計約爲二千萬元。根據一九二一年一個調查材料，張謇所經營的各企業的總資本約爲三千四百萬元。〔一三〕

可是有利於企業發展的好景不長。一九二〇—一九二二年各鹽墾公司連續遭災，使主要投資者大生紗廠負債愈重，加之軍閥連年混戰，第一次世界大戰後帝國主義對華經濟壓迫轉劇，因而民生凋敝，百業倒退，到一九二三年，連一向盈利的大生紗廠也轉爲虧損。爲了爭取企業的生存，張謇一再呼籲取消不平等條約，要求國際税法平等，停止内戰，實現國内和平。但這全是幻想。一九二三年年關，張謇不得不把大生一廠向銀行押款還債。一九二五年七月，大生一、二兩廠已負債一千餘萬元。同年，上海、金城等四家銀行組織銀行團到南通清查賬目，正式接管大生各廠及欠大生款項的各公司。

在企業日趨破産和階級鬥爭加劇的情勢下，張謇晚年的思想更加趨於保守與没落。五四運動時，他反對罷課、罷工、罷市鬥爭，抵制新文化運動，反對白話文，反對男女平等，提倡尊孔。以後他對共産主義學説的傳播尤其反對和恐懼。

一九二六年八月二十四日，張謇病死於南通。

注：

［一］張孝若：《南通張季直傳記附年譜年表》，第五四頁。［二］同上書，「年譜」第三七頁。［三］同上書，「傳記」第八二頁。［四］嚴中平：《中國紡織史稿》，科學出版社一九六三年版，第五七頁。［五］同注［一］，第四五頁。［六］同注［一］，第五〇頁。［七］同注［一］，第六六頁。［八］劉厚生：《張謇傳記》。［九］同注［一］，第七〇頁。［一〇］張謇：《張季子九録·政聞録》第四卷，第一五頁。［一一］同上書，第四卷，第一頁。［一二］同上書，第九卷，第一九頁。［一三］日本駒井德三：《張謇關係事業調查報告書》，中國人民政治協商會議江蘇省南通市委員會文史資料研究委員會，一九六三年油印本，第三八頁。

（録自《中華民國史料叢稿民国人物傳》第一卷，中華書局，一九七八年版）

同光風雲録・張謇

邵鏡人 撰

一

張謇，字季直，原名育才，晚號嗇庵，人尊稱之曰嗇公，江蘇南通人。生於咸豐三年，光緒甲午狀元。詩文、書法，卓然大家；淵懿簡素，有曠世之度。畢生盡瘁地方教育、實業，尤蜚聲於中外。而績溪胡適之則謂爲中國近代史上一個失敗的偉大英雄，其然，豈其然乎？

二

嗇公出身農村，家風樸素，幼無過人之資，而好學不厭。十歲時，塾師偶見騎者過門前，命聯曰：「人騎白馬門前過，」嗇公對曰：「我跨青龍海上來。」師甚異之。年十六應州縣試，名次則列一百以外，師嗤之曰：「假使有一千人應考，取九百九十九人，只有一人不取，就是你！」嗇公聞而隱慚不語，乃於塾中窗格上、帳頂上，遍貼「九百九十九」五字之紙條，觸目心驚，發憤攻讀，寒暑無間。由秀才成優貢，中北闈鄉試南元。從此文名噪甚，傾動公卿，遂以盛名入提督吴長慶之幕矣。

同時，袁世凱亦以通家子弟居吴幕，吴請嗇公教導世凱。據南通張季直先生年譜記載，世凱文理並不通順，嗇公輒大加删改，耳提面命，從少寬假，世凱甚敬憚之。故後日世凱叛國稱帝，嗇公與趙爾巽、李經羲、徐世昌，聯銜通電不願稱臣，儼然以「商山四皓」自況。或曰：四皓之稱，世凱貽之。

三

嗇公未通籍前，嘗與同邑范當世、泰興朱銘盤過江謁古文家張裕釗於江寧，裕釗輒舉以語人曰：吾遊金陵，得見江東三士，此行爲不虚矣。惟嗇公文章雖有法度，而三試春官不第，心灰意懶，迨甲午會試，父諭之曰：「兒試誠苦，但兒年未老，可再試一次，吾心亦安。」嗇公素以孝稱，乃仰體親心勉爲一行，果然如願以償，時年已四十有二矣。

常熟翁同龢，居樞臣之位，夙欲拔中嗇公而未果也。此次復任閲卷八大臣之一。據日記所載：「二十四日晴，寅正八人集運門外，朝房起下，回到南書房，卯正上御乾清宫西暖閣，臣等捧卷入，上諦視第一名，問誰所取？張公以臣對（余按指張之萬），麟公以次拆封，一一奉名訖。又奉題語。臣以張謇，江南名士，且孝子也，上甚喜。……」是知同龢爲國求才，嗇公青雲干霄，堪稱士林佳話也。

四

嗇公大魁後，以新硎初發，正宜及鋒而試。時值中日大戰將起，嗇公以久處長慶幕，素知相國李鴻章處置朝鮮事失當，乃詳舉故實，剖析大勢，奏劾李鴻章誤國之罪，同龢亦深以爲然。詎料疏上不報。而鴻章謬執己見，依然不稍悛改。嗇公自負經世奇才，且所舉各節，俱爲救時之良策，志既不申，遂憤憤然輒爲不平之鳴。

不寧惟是，又嘗見西太后由頤和園回宫時，適逢暴雨，平地水深尺餘，文武百官，有白髮老臣年在七八十以上者，亦俱長跪水中接駕，而西太后端坐鑾輿漫不一顧。嗇公目睹内憤，以爲稍有志氣者，不應爲官也。而屏棄仕進之念，遂基於此。或謂嗇公親見朝政窳敗，補救無術，而黨禍將起，勢將受其株連，遂毅然歸野，藉實業、商務以自隱耳。且是年九月，適接父歿噩耗，乃倉皇辭都，歸後有句云：「不堪重憶功名事，宮錦還家變雪衣。」從此一心一意，致力地方事業矣。

南通州牧，及地方父老，以嗇公大魁天下，歡極欲狂，便將城内「魁星樓」改爲「果然亭」。迨至嗇公重修亭時，深覺得中狀元，不過適逢其會，亭云「果然」，未免貪天之功，因改名爲「適然亭」，並書一聯云：「世間科第與風漢，檻外雲山是故人。」復附跋云：「余以清甲午成進士，州牧邦人擷唐聖肇詩意爲果然亭，世間萬事，得其適然耳。丁巳，余修亭，不敢承前意也，適然之事，以適然視之；適得涪翁書，遂以易牓。」然則，嗇公薄功名而寄情山水之志趣，從聯句中隱約可見。

五

南通自實施新政以後，先後創設墾牧公司、鹽業公司、漁業公司、大生紗廠、大達輪船公司、淮海實業銀行，各級中小學校，高等商業、農業、醫學、師範、女子師範、土木、測繪、蠶業、刺繡、朦啞、紡織各校，養老院、殘廢院、育嬰堂、博物院、圖書館，並於吴淞設商船學校，南京設河海工程學校，舉凡歐美各國應有之事業，無不具備。其規模之大，氣象之雄，已無前例，南通遂一躍而爲全國之模範縣。

此外則組織赴美考察團，赴意考察團，並親赴日本考察，著有「東遊日記」。同時，兼任江蘇省教育會會長，漢冶萍公司經理，導淮督辦；旋膺江蘇諮議局局長，百務集於一身，日理萬機而不稍倦，兼人之資，亘古少見焉。

六

庚子拳匪禍起，八國聯軍進迫北京，嗇公乃向兩江總督劉坤一建議東南各省自保之策，並與湯壽潛、沈曾植、陳三立等親赴南京，面商大計。坤一始猶豫不決，以爲兩宮西幸，東南或可保全。嗇公進曰：「無西北不足以存東南，爲其名不足以存也；無東南不足以存西北，爲其實不足以存也。」坤一蹶然曰：「吾意決矣。」遂與張之洞等宣佈東南各省保境辦法。故聯軍雖陷北京，而東南各省安然無恙，雖坤一、之洞主之；而奔走期間，擘劃周詳者，嗇公之力耳。

武昌首義，清廷彷徨不知所措，乃特擢嗇公爲農工商大臣兼江蘇宣撫使。嗇公則力主清帝遜位，懇辭電云：「今共和主義之號召，沛然莫遏。激烈急進之人民，至流血以爲要求。今爲滿計、爲漢計、爲蒙回藏計，無不以歸納共和爲福利。惟北方少數之官吏，戀一身之私利，忘國家之大危，尚保持君主立憲主義。然此等謬論，舉國非之，不能解紛，而徒以延禍。竊謂宜以此時順天人之歸，謝帝王之位，俯從群願，許認共和。昔堯禪舜，舜禪禹，個人相與揖讓，千古以爲美談。今推大位，公之國民，爲中國開億萬年進化之新基，爲祖宗留二百載不刊之遺愛，關係之鉅，榮譽之美，比之堯舜，抑又過之。……所有宣撫使之職，無效可希，不敢承命。至若政體未改，大信已漓；人民托庇無方，實業何從興起？

農工商大臣之命，並不敢拜。」

七

嗇公辭電發後，復爲清廷起草遜位之詔，其警句云：「……今全國人民心理，多傾向共和，南中各省既倡議於前，北方諸將亦主張於後，人心所嚮，天命可知。予何忍因一姓之尊榮，拂萬民之好惡？用是外觀大勢，内審輿情，特將皇帝統治權公諸全國，定爲共和立憲政體。近慰海内厭亂望治之心，遠協古聖天下爲公之義。……」此爲推翻專制建造共和劃時代中之重要文獻，抑亦世人之所樂道者也。

嗇公復以遜位之詔縱能即下，而江寧將軍鐵良或擁兵不肯受命，乃致書鐵良云：「謇，蘇人也，以將軍之忠耿，又嘗辱有一日之雅，不得不爲蘇計，爲將軍計，且爲滿計。……爲將軍計，當計其大與長：一身之計小，滿人全體之計大；一朝之計暫，滿族生養休息之計長。北面再拜，仰藥亦殉，一身之計也；奮鬥效死，使兩族生靈塗炭於兵鋒，一朝之忿也。將軍才器，實爲滿望，皆無取於此。爲將軍計，擲一身爲溝瀆小忠之事，毋寧納全族於共和主義之中。爲滿族多留一惡感而遺以同盡之大危，不如爲滿族多種一愛根，而使之異世而滋大……」於是，清帝遜位，民國統一。時孫中山先生爲臨時大總統，特任嗇公爲實業總長，尋辭去。斯時臨時政府，財政困難，黄克强向日本三井洋行借款三十萬兩，而日人謂必由嗇公擔保，方可照借。中山致書嗇公，解釋以漢冶萍作借款抵押，事遂諧。嗇公促成清帝遜位，而勸鐵良奉命，擔保大借款，其翊贊共和之功，不可湮没也。

八

嗇公既未得志於天下，退而經營地方事業，晚乃益復自放。居恒慕信陵君之爲人。嘗曰：「吾不敢望聖賢，但願作英雄，英雄無事不可告人。願成一分一毫有用之事，不願居八命九命可耻之官。」遂自綜經濟、學術、詩文辭賦爲一書，顔曰《張季子九録》。

相國翁同龢爲題荷鋤圖詩云：「平生張季子，忠孝本詩書。每飯常憂國，無言亦起予。才高還縝密，志遠轉迂疏。一水分南北，勞君獨荷鋤。」迨同龢病逝，輓以聯云：「公其如命何？可以爲朱大興，並弗能比李文正；世不足論矣！豈真有黨錮傳，或者期之野獲篇。」以後兩次赴常熟，一次哭吊，二次省墓。並於南通黄泥山上起一小樓，名曰「虞樓」，跋其匾云：「黄泥東嶺，南望虞山，勢若相對。虞山之西，白鴿峰下，則翁文恭之墓，與其被放還後之廬在焉。辛酉一月過江，謁公之墓，涉虞巔，望通五山，煙霧中青蒼可辨。歸築此樓，時一登眺。悲人海之波潮，感師門之風義，殆不知涕之何從也！名虞樓以永之，亦以示後之子孫。」並有一絶云：「爲瞻虞墓宿虞樓，江霧江風一片愁。看不分明聽不得，月波流過嶺東頭。」師弟相知之深，恩義之重，從樓與詩，概可見焉。

九

嗇公並世友人中，最推重新會梁任公。以其爲清季濬發中國人思想之原動力。而傾帝制、摧復辟兩役，尤有偉大之供獻。故任公窘困時，輒資助無吝色。任公致書有云：「兩奉教尺，重以遠庯、翼之面傳盛意，籌策之遠與責善之殷，啓超安敢承，抑又安敢不承耶！二十年來，以空言竊虛譽，曾未嘗一躬矢石，爲國民有所盡力。今以鼎新之會，席累卵之形，豈敢更懷規避，自遠初志？徒以此身久爲萬矢之的，不欲濫進。……先生司旗鼓，則啓超自有所恃以冒矢石，此則還援責善之義，以責先生者也。」任公此函，極盡學者謙虛之懷，誠足爲後輩矜式。

徐州徐樹錚，字又錚，一代之霸才也。于考察歐西回國後，曾與聯軍統帥孫傳芳，連袂赴南通，嗇公親赴江干迎迓。文酒之會，意氣絶倫，極一時之盛。嗣聞徐氏廊坊遇難，哭之甚慟，輓以聯云：「語讖無端，聽大江東去歌殘，忽然感流不盡英雄血；邊才正亟，歎薄海西顧事大，從何處更得此龍虎人。」又賦「滿江紅」一闋云：「風慘雲愁，莽中夏、今是何世？遠歸客、九闕輕犯，身危命致。符節誰司南北衛，囊丸任斫東西市。問幽都、紫陌亦甘人，誰之耻？暗寂寂，蓋棺矣。法曹法，一杯水。笑諸侯壁上，畏身餘幾？毛髮依然驚畫手，頭顱擲了空知己。賸江干、野老酹東風，飄殘淚。」悲憤欲絶，嗇公真徐氏之知己也。

嗇公晚年，寄情聲色，殊愛梅蘭芳、歐陽予倩兩藝人，曾爲建築華麗之「梅歐閣」，撰以聯云：「南派北派會通處，宛陵廬陵今古人。」又有贈梅郎長句云：「梅郎曠絶五年别，來晤嗇翁十日期。縣人傳説若異事，郎日一劇翁一詩。郎以慧爲命，翁以狂勝癡。」其繾綣之殷，傳爲一時佳話。

十

蘇州美女沈壽，字雪君，以繡意大利皇后像，名動中外。嗇公特創女工傳習所，聘壽主其事；又恐其藝之不傳，囑口授指畫，爲成「雪君繡譜」一書。復築謙亭以居之，呼爲謙亭主人。雪君感而拔已髮繡「謙亭」兩字，嗇公酬以詩云：「感遇深情不可緘，自梳青髮手摻摻。繡成一對謙亭字，留證雌雄寶劍看。」又贈一律，題曰：「雪君髮繡謙亭字，爲借亭養病之報，賦長句酬之。」詩云：「枉道林塘適病身，累君仍費繡精神。別裁織錦旋圖字，不數迴心斷髮人。美意直應珠論值，餘光猶厭黛爲塵（原文謙字，誤）。當中記得連環樣，壁月亭前衹兩巡。」及雪君病殁，留葬南通黄泥山麓，封以水泥鋼骨，表其墓曰：「世界美術家吴縣沈雪君女士之墓。」世人或以此爲嗇公病；然而，大德已立，女色之好，英雄才子所難免焉，有何傷於日月哉？

嗇公以民國十五年病殁，年七十有四。一時中外震悼，而蘇之人受其惠澤者，尤眷念不能忘也。

（録自周駿富輯《清代傳記叢刊》第〇六二種，臺灣明文書局一九八六年版）

近現代名人小傳·張謇

費行簡

字季直，晚號嗇公，南通人，初名元方（此説獨見本文）。爲諸生時，即騰聲鄉國。光緒壬午，入直隸提督吴長慶幕，戍防朝鮮。歸後成甲午科進士，殿試一甲第一名，授修撰。日朝事作，翁同龢問計於謇，二人固師弟，且以其習三韓事。謇徒知北洋海軍已完備，而不知其内容之腐敗，一意主戰。世傳七月初一日宣戰上諭出其手筆，説或不誣。已而師船覆没，遼地大半淪陷。李鴻章及其黨謂咎在廷臣主戰。於是，謇爲衆所指摘，乃乞假歸。然是時鴻章治兵北洋已二十五年，創置海軍已十年。凡望風潰逃之葉志超、衛汝貴等皆其薦，稱頗牧之將才也。乃竟以坐罪他人，詎非亘古奇談！

謇既歸，遂糾資創置大生紗廠於其鄉天生港。初無利，人多訕笑，堅持不動。自庚子後，效大著。至今垂二十年，所成則紗布廠二，其他若鹽墾畜牧輪船諸公司，通州實業竟冠大江南北。乃以餘資建學堂，闢公園。清室授爲商部頭等顧問官。宣統間至京師，監國召入，諮以農工路執諸政。時其壻沈雲霈（此説誤，張謇無女，與沈非翁婿關係）方貳農工商部也。

辛亥秋，程德全獨立於蘇州，舉爲民政長，未就；然頗促清室退位。後熊希齡組織第一流内閣，出爲農工商總長，未幾罷；充導淮督辦。謇夙主大借款導淮開荒，以私力教成測繪生多人，勘地淮上；旋授全國水利會總裁。世凱僭位，封爲嵩山四友，而自是不復出。近南北之爭，雖函電勸和，足跡初未越鄉里也。

工書，遠在鄭孝胥上；詩少粗疏，文贍切，唯鮮裁制。初亦研究訓詁。性簡爽，堅於自信，意所謂可者終必踐之。在江南毁譽參半，以其黨楊廷棟等專横營私，素爲人所指目也。漢冶萍鐵煤，謇亦股東之一，而不能不仰盛宣懷鼻息。生平持論，以富中國當自營棉鐵始。故于二者尤孜孜云。

（録自沃丘仲子《近現代名人小傳》下册，北京圖書館出版社，二〇〇三年版）

現代政治人物述評·張謇 節録

沈雲龍

張謇，字季直，江蘇南通人，咸豐三年生。中光緒二十年甲午狀元，大魁天下，授職翰林院修撰。爲翁同龢及門弟子。時中日啓釁，翁張師弟竭力主戰。張且專疏劾李鴻章「戰不備，敗和局」，時論許之。二十四年戊戌四月，翁罷歸，張亦請假南歸，未及於黨禍。二十六年庚子義和團之戰役，張爲兩江總督劉坤一定策東南互保，自是頗負一方重望。並在南通一方創辦實業、教育、墾牧諸務，爲中外所稱譽。三十二年丙午七月，清廷下詔預備立憲，定期籌設各省諮議局及資政院，以爲地方及中央民意機構。張遂與湯壽潛等組設預備立憲公會，實爲創立政黨之準備。宣統元年己酉八月，江蘇諮議局成立，張被推爲議長。嗣即策動聯合奉、吉、黑、直、魯、浙、閩、粤、桂、湘、鄂十四省諮議局，推派代表入京，請願召開國會，迨四度請願未成，代表且被斥逐；而改革内閣官制之結果，盡使親貴柄政，以排除漢人爲目的，於是立憲派大失所望。知清廷不足與有爲，乃相率與革命派謀取合作，辛亥各省獨立，類多有諮議局人士參加，其原因在此。

當辛亥四月四川鐵路國有風潮未起之前，張謇曾以組團赴美報聘及中美銀行航業事，受滬、漢、粤、津各商會公推，入京陳情，謁見攝政王載灃及慶王奕劻，力言政治改革，刻不容緩。載灃、奕劻雖以爲然，而並無實際措施。未幾，張南歸，革命軍即於八月（農曆，陽十月十日）舉義武昌，時機危迫，而清廷及地方官吏猶懵懂如故，其覆亡殆非無因。

（程）德全既至蘇，與蘇省士紳有議者頗相契合，遂以革新自命。迨武昌起義，人心思變。德全遂倩資政院議員華亭雷奮（繼興）、諮議局議員吴縣楊廷棟（翼之）邀約張謇至蘇，密商大計，思爲清廷作最後之忠告。……最初由張親自撰擬，既則口授，命雷、楊輪番筆録，稿成已三鼓。（原節録奏稿電文甚長，略）

此奏明揭政治革命、種族革命之説，並請罷黜親貴内閣，另簡賢能，及懲辦釀亂首禍之人，爲向來疆吏所不敢言者，在當時稱爲有膽有識。此奏到京，攝政王載灃、内閣總理大臣奕劻、協理大臣那桐、徐世昌，咸驚惶不知所措，遂留中不發。於是德全鑒於清廷之無知，人心之已去，大勢之終不可輓回……遂宣布蘇州之獨立。

當蘇州獨立之時，張謇已由滬回通。……及至蘇浙滬聯軍會師鎮江，程德全將出發督師時於九月二十一日致函張謇，請其來蘇坐鎮，原函如下：「季公如見：弟勉力支撐，現已告竭；公遲遲其行，如有破裂，不敢任咎，祈速命駕前來，即日交代；得公鎮撫，不唯各方面疑團解決，且須速商各都督推舉臨時大統領，方與時局由禪。弟忍死以待，遲恐無及，不忍多言。弟全頓首。」

蓋其時德全處境艱困，應付爲難，頗有求退之意。張謇遂於是月三十日去滬至蘇，召集臨時省議會，仍當選爲議長。德全於十月二日赴寧督師，張遂代程主持一切，張程之交誼，於此可知。

先是，清廷於九月十九日得資政院之同意，命袁世凱爲内閣總理大臣，袁於二十四日到京，組織内閣。旋已諭旨授張謇爲農工商部大臣兼江蘇宣慰使，以爲籠絡之計。張即以二十八日電袁，略謂：「罪己之詔方下，而蔭昌漢口部隊，於交綏之外，姦淫焚掠，屠戮居民數萬於前；張勛江寧駐兵，不在戰期，閉城淫掠，屠戮五六百人於後。尚有何情可慰？尚有何辭可宣？無已，再進最後之忠告：與其殄生靈以鋒鏑交爭之慘，毋寧納民族於共和之中。如翻然降諭，許認共和，使謇憑藉有詞，庶可竭誠宣慰。至於政體未改，大信已漓，人民託庇無方，實業何以興起？農工商大臣之命，並不敢拜。謹請代奏辭職。」是張氏不僅不爲清廷名位所誘，且忠告其承認共和，變更專制政體，其不肯再效一姓之愚忠，殊值贊佩。以後南北議和，清廷遜位詔書，世人皆知爲張氏所手草。故在清、民遞嬗之際，張氏關係之重要，可以想見。

【校記】

［戰不備，敗和局］，爲張謇專疏原文，廣爲引用，原文誤作「不備戰，敗和局」，因改之。

（節録自沈雲龍主編《近代中國史料叢刊續編》沈雲龍著《現代政治人物述評·辛亥蘇州獨立與張謇》，臺北文海出版社）

近世人物志·張謇

金梁　輯録

（按：此爲同時代人的日記摘抄，褒貶不稍隱諱，故多參考價值。其中翁記爲翁同龢日記；王記爲王壬秋日記；葉記葉昌熾日記。括弧中爲年號、年、月、日。）

翁記：（光，一一，五，二五）訪張季直優貢（謇），南通州人，名士也。劇談朝鮮事，以爲三年必亂，力詆撤兵之謬。其人久在吴筱軒幕也。　又，（光，一一，九，一一）北元劉若曾，南元張謇，皆余處之卷，皆名士也。又，張季直來，以後序托之。　又，（光，一二，九，四）張詧（謇叔兄，原文誤爲謇）號叔儼（原文誤爲椒儼），江西知縣，欲捐到省而無資，走京師乞書，求江北漕差，因張季直而得。　又，（光，一三，八，一二）王子祥（祖畬）散館改縣，此人理學，有「左傳質疑」，尤長於制義（藝），張季直推爲江南第一。

又，（光，廿，四，二二）殿試得一卷，文氣甚古，字亦雅，非常手也，定第一。捧入，上諦觀第一卷，問：「誰所取？　折（拆）封奏名。」臣對：「張謇，江南名士，且孝子也。」上甚喜。

葉記：（光，廿，五，八）張季直來，云在鄉治生，頗致蠶桑之利。士大夫所以喪名敗檢，皆由一進之後，欲退不能，故不能退則不進，此言殊有味哉。

翁記：（光，廿，七，一八）張季直、文雲閣先後來談時事，可怕也。　又，（光，廿，七，二四）復張季直書。此時清議，大約責我不能博采群言，一掃時局，然非我所能及也。

又，（光，廿，九，一四）張季直來，危言聳聽，聲淚俱下矣！

王記：（光，二二，八，七）有客談張謇狀元，勸君讀朱子全書。駱成驤狀元「主辱臣死」（按，此光緒二十一年駱成驤殿試時答光緒垂詢語），皆不遵格式，以取高名。

翁記：（光，二四，四，一）張季直殿元服闋來，散館。談江北紗布局，及鹽灘荒地，皆伊所創也。又，（光，二四，四，一八）看張季直説帖，大旨辦江北花布事。欲辦認捐及減税二端。又欲立農務會。又海門因積穀滋事，欲重懲阻撓者，此君的是霸才。 又，（光，二五，二，十）季直論書，極服膺蝯叟直起直落。不平不能拙，不拙不能澀； 石庵折筆在字裏，蝯叟折筆在字外。 又，（光，二八，一一，朔）張季直送米麵。其僕云：「少爺六歲，甚好，紗廠今年獲利二十餘萬。」

葉記：（宣，三，十，朔）見夫己氏上項城書，辭宣慰使、農工商大臣。指斥乘輿，逼遷九鼎，侃侃而談，絶無瞻顧，若其理甚直而氣甚壯者。此固名士，固詞臣，固諸侯之上客，固鄉望之錚錚者也。又，（壬子，六，七）閲報夫己氏罷祀孔子議，其師吾先友也，乃有此高第。初通籍時，都人士即呼之爲小怪，武進屠竟山大令（寄）大怪也。今大怪不怪，不意此怪變而至此，吾友地下有知，殛之而已矣。

（録自周駿富輯《清代傳記叢刊》第〇六二種，臺灣明文書局一九八六年版）

戊戌變法人物·張謇

湯志鈞

張謇，字季直，江蘇南通人，光緒二十年甲午進士，以狀元入翰林，爲閲卷大臣翁同龢賞拔。時中日戰起，謇始終主戰。且奏參李鴻章，斥其「戰不備，敗和局」。[一]二十一年，與康有爲等開强學會於上海；次年三月，與兩江總督劉坤一興通州紗廠。[二]旋在金陵主講文正書院，擬增設西學堂，「以補儲材館之所不及」。[三]二十四年戊戌閏三月入都補散館試，謁翁同龢，言間架税之弊甚於昭信股票（時副都統景祺奏行間架税）。又上理財標本急策呈同龢。四月二十二日，曾見同龢擬諭旨（按：指變法諭旨），且爲擬大學堂辦法。[四]時康有爲、梁啓超等贊德宗變法，謇曾「勸勿輕舉」。且謂：「事固必不成，禍之所届，亦不可測。」[五]孫家鼐嘗派爲大學堂教習，辭之，六月三日即離京。

（録自沈雲龍主編《近代中國史料叢刊續編》第三十二，湯志鈞著《戊戌變法人物傳稿》）

注：

［一］張謇：《呈劾大學士李鴻章疏》。　［二］張謇：《嗇翁自訂年譜》卷下第四一頁。　［三］光緒二十四年閏三月初七日《申報》。　［四］同［二］卷下第四四頁。　［五］同上卷下第四五頁。

【附録四】 諸家序跋輯録

張季子詩録序

金澤榮（韓）

澤榮，東韓之竄民也，何足以知張嗇菴先生。雖然，獲交先生三十年之中，爲邦運所迫而來依於南通者十年矣。論説之與久，耳目之與邇，其一二所知，寧敢獨後於天下之士大夫也？則題其詩録之卷首曰：

古之所謂大人天民者，其氣也龐，其心也正，其志也大而憂。其發於文章也平而實；而其施於事業也，爲濟世安民。自皐陶、伊傅以至韓琦、范仲淹諸人是已。其不及此者，其氣也峭，其心也偏，其志也小而蕩，其發於文章也奇而虚，而其施於事業也，且不能濟其三族。自莊周、太史公以至李白、杜甫諸人是已。譬諸物，前之人猶布帛菽粟也，後之人猶奇花異卉也。人無奇花異卉，未始不可生；而無布帛菽粟，則可以生乎？然則之二人者之度量淺深可知。而天下古今之論人，可以此一言而蓋之矣乎？

先生生有通才偉量，自其少爲秀才時已能隱蓄天下之奇志，及夫中歲釋褐以來，見中國積萎，侮於列强，數上書當事大僚，陳政治利害得失之大要，卒不見採。乃絶斷進取，儔伍農商，遂資實業；私建學校，以瀹民智、育人才爲其標的。又推其餘力以及于公益慈善事者，不可勝數。于以日夜憧憧，形神俱瘁者十餘年。既而中國之形變爲共和，則迫於天下之公議而出焉。方將開誠布公，剔神抉智，日施其畎畝之所素定者。雖其事業之所極，今不可預言，而其所以一心憂民，好行善事，直與范文正公符契相合於千載之間，豈不盛哉！

先生前後所著，有詩録、雜録、政事録、教育録、實業録、慈善録、政治録，比屬門人束曰琯、李禎二君類次之。二君請刊自詩録，先生笑而從之。噫！今之中國，即自剥進復之會也，陰陽消長之危機，間不容髮。上下大小方且皇皇汲汲求其自治，則其於先生之文字所願先睹以爲快者，必在於政事、慈善諸録，而詩非其急也。然先生之文章本自平實清剛，不涉虚蕩，而詩爲尤然；一讀可知其爲救世安民有德者之言，而不止爲風雅正宗而已。世之知慕先生者，請姑先讀是詩，而待諸録之朝暮出也哉。

中華民國三年，舊曆甲寅閏五月，同縣新民韓産金澤榮序（録自《張季子詩録》）

張南通詩文鈔序文

王文濡

先生在我國，以實業大家名。游南通者，率夸大其成績，尊爲我國首出之一人；即虬髯碧眼儿亦震而驚之矣。文學乃其餘事，不足道也。特先生之文學，亦自有過人處。蓋其得于天者厚，學力又足以副之，益以良友之切磋、人事之閲歴，皆有以開豁其知識，鍛煉其才思。故其發揮新意，鎔鑄古辭，卓然成一近代之大家。兹輯得詩若干篇、文若干篇，以爲後學模範。庶于論世知人之識不無裨補，而於實業之導源，亦可得其梗概矣。民國十五年十二月十日，端友書於慕尹室　上海文明書局印行

（録自《張南通詩文鈔》）

《近代詩鈔》張謇傳叙

錢仲聯

張謇，字季直，號嗇庵。江蘇通州（今南通）人。早年參吴長慶軍軍幕。光緒八年朝鮮事變，隨慶軍赴朝。後掌教江蘇贛榆、崇明書院。光緒二十年甲午殿試狀元及第，授翰林院修撰。中日戰爭爆發，曾疏劾李鴻章。次年，上海開强學會，曾列名。後受兩江總督張之洞委派，在通州創辦紗廠；又創通海墾牧公司、上海大達外江輪步公司等企業；辦通州師範、女子師範、南通學院等學校。光緒二十七年始，鼓吹君主立憲，與湯壽潛、鄭孝胥等創預備立憲公會，並任江蘇諮議局局長。宣統三年，任中央教育會會長。辛亥革命後，出任南京臨時政府實業總長，又在北京任農林工商總長兼水利局總裁。袁世凱稱帝，與徐世昌、趙爾巽、李經羲稱「嵩山四友」。後辭職南下，繼續經辦實業、文教事業，民國十五年卒。有《張季子詩録》十卷行世。生平事跡，見《嗇翁自訂年譜》、湯志鈞《戊戌變法人物傳稿》。

在清末民初，張謇首先是實業家，其次是政治家，再次纔是文學家。儘管他是「餘事作詩人」，而他

爲詩却並非漫不經心。應該説，其詩歌創作取得了較高的成就。林庚白在論及近代詩人時十分苛求，「同光詩人什九無真感」，但却充分肯定了張謇：「惟二張爲能自道其艱苦懷抱。」（均見《麗白樓詩話》上編）二張，指張之洞與張謇。汪國垣在《近代詩派與地域》中將張謇列入江左派，以爲「既不侈談漢魏，亦不濫入宋元。高者自詡初唐，次亦不失長慶。跡其造詣，乃在心撫手追錢、劉、温、李之間，故其詩風華典贍，韻味綿遠，無所用其深湛之思，自有唱嘆之韻」。如果僅以此來概括張謇詩，並不十分全面，也不十分準確。張謇是江左人，他爲詩受到了江左宗尚晚唐的詩風影響，但與其師翁同龢一樣，還有得力於蘇軾、黄庭堅之處。其《奉呈常熟尚書四首》篇首即言：「東坡初出門，獨問歐陽子。昌黎掖後進，拳拳在張李。」可見，他是以蘇軾自比的。在《贈陳伯嚴吏部三立》中云：「西江健者陳公子，流輩論才未或先。」對江西詩派也竭力推崇。在通州三怪中，范當世宗宋，朱銘盤宗唐，而張謇唐宋並蓄。因此，陳衍評其詩爲：「超超元箸，而時喜作詰屈語。」《近代詩鈔・石遺室詩話》狄葆賢評爲：「雄放峭峻，肖其爲人。」（《平等閣詩話》卷二）多少比汪氏之説貼切。（録自錢仲聯編《近代詩鈔》八七五頁，標題爲編者所加。）

《清詩紀事》張謇詩叙説

錢仲聯

張謇，字季直，號嗇庵。江蘇今南通人。光緒二十年甲午進士，授修撰。有《張季子詩録》十卷。

狄葆賢《平等閣詩話》：「張季直先生淵懿簡素，有曠世之度。通籍後無意華膴，專一振興工商農漁諸業，懇懇不懈，東人推爲中華實業家。以文章書法鳴于世。論者謂其書神似劉石庵。詩亦雄放峭峻，肖其爲人。」

陳衍《石遺室詩話》：「季直詩超超元箸，而時喜作詰屈語，故是才人能事。」

趙元禮《藏齋詩話》：「張廉卿先生贈朱曼君詩内有云：『龍虎忽騰上，雄出爲干將。希賓寧復有？欲持貢玉堂。』又，『英英范與張，騄駬驂騏騮』。范即肯堂，張即季直也，其推崇如此。張幼樵先生致李文正函則云：『狀元張謇乃吴提督長慶幕客，與朱銘槃（盤）、范當世稱通州三怪。朱中乙科，已故。范未售，近在合肥處課讀。三怪技倆不同，其爲怪一也』云云。武昌譽之，豐潤毀之，知人論世，談何容易耶。」

林學衡《麗白樓詩話》上編：「同光詩人什九無真感，惟二張爲能自道其艱苦與懷抱。二張者，之洞與謇也。」

章士釗《論近代詩家絶句》：「平生豪氣壓江東，一洗詩人放廢風。早共名公趨趙壹，晚隨群賈學汪中。（君贈吴提督詩：「難得名公趨趙壹，況容揖客重將軍。」時論最推重容甫，但容甫晚年善治生産，君所學別有所任。）白圭遠志逐萍浮，臺閣心高第一流。何止通州有男子，狼山深處亦菟裘。（初元時，同人在聶雲臺所集會，君講演勉人勿妄入官，堅以自誓。逾年入熊秉三立第一流内閣。君題余沈壽墓曰：通州男子張謇立。』」

汪國垣《光宣詩壇點將録》：「地惡星没面目焦挺　朱銘盤，一作張謇、梁焱、吴涑。嗇翁早掇巍科，晚膺佐命，湖海聲名，超超玄箸，亦以才勝也。」

錢仲聯《近百年詩壇點將録》：「天富星撲天雕李應——張謇。張謇，翁瓶廬所稱『江南名士』，日本人推爲中華實業家，以振興工商農漁諸業致富。陳衍稱其詩爲『超超元箸』；狄葆賢以爲『雄放峭峻，肖其爲人』；林庚白則以爲『能自道其堅苦懷抱』。」又，《近代詩評》：「張嗇庵謇如瓊琚玉珮，大放厥詞。」

李漁叔《魚千里齋隨筆》：「嗇庵家貧，生數歲，母夫人于寒夜擁絮教之識字。而嗇庵慧甚。年十三，在塾中讀，遇有騎白馬者經其門前，塾師以『人騎白馬門前過』七字令對；嗇庵應聲曰：『我踏金鰲海上來。』時其祖亦在，與塾師共奇之。嘗應州試，列名在一百外。師斥之云：『嚮令百人應試，僅録九十九名，則一人向隅者即汝也。』嗇庵以爲大耻，益奮志力學。州人范當世伯子，少有美名，每試前列。後數年，嗇庵學大進，駸駸過伯子矣。」（録自錢仲聯主編《清詩紀事》一三七一五頁，標題爲編者所加）

【附録五】 諸家評論輯録

錢仲聯評張謇詩

一、天富星撲天雕李應——張謇。張謇，翁瓶廬所稱江南名士，日本人推爲中華實業家，以振興工商農漁諸業致富。陳衍稱其詩爲「超超玄箸」。狄葆賢以爲「雄放峭峻，肖其爲人」；林庚白則以爲「同光詩人什九無真感，惟二張爲能自道其艱苦與懷抱。二張者，之洞與謇也」。（録自《三百年來詩壇人物評小傳彙録》中《近百年詩壇點將録》一五三頁）

二、南皮與常熟不相能，詩中屢見之，聞起因於殿試未得第一人之故。（爲仲淵奪去）南皮《誤盡》四首，皆刺常熟而作。第二首云：「淮嘩蜀亂毀藩籬，已是弓藏磬盡時。德壽才催臨禊帖，阜陵又賞選唐詩。」此首刺常熟以顔字、蘇詩教德宗也。第四首云：「兵食無籌治本疏，秀才酌古論孫吴。朱辛都愛龍川好，北固樓頭一酒徒。」此首刺常熟用張季直諸人也。（録自《民國詩話叢編》第六册第一八六頁《梦苕盦詩話》）

張嗇庵謇如瓊琚玉珮，大放厥詞。（録自《近代詩評》）

林庚白評張謇詩

同光詩人什九無真感，惟二張爲能自道其艱苦與懷抱。二張者，之洞與謇也。（録自《民國詩話叢編》第六册第一三四頁《麗白樓詩話》上編）

狄葆賢評張謇詩

張季直先生淵懿簡素，有曠世之度。通籍後無意華膴，專一振興工商農漁諸業，懇懇不懈，東人推爲中華實業家。以文章書法鳴于世。論者謂其書神似劉石庵；詩亦雄放峭峻，肖其爲人。（録自《平等閣詩話》）

陳衍評張謇詩

一、謇字季直，號嗇翁，江蘇通州人，光緒甲午狀元，官翰林院修撰。有《張季子詩録》六卷。（録自陳衍編《近代詩鈔》中人物小傳，下册一二八七頁）

二、季直詩超超元（玄）著，而時喜作詰屈語，故是才人能事。（見上引《清詩紀事》小傳）

三、丙戌、己丑間，余由蘇堪識季直，今隔二十餘年不相見矣。憶於蘇堪扇頭見其《題松鶴圖》絶句云：「養鶴先增二頃田，種松繞屋長風煙。縱教此事都難得，畫裏婆娑也自賢。」此種意調偶作甚可喜。（録自《民國詩話叢編》第一册第七一頁《石遺室詩話》卷四）

四、湖南人某君題詩壁間，有「鄭張之目」，「張」謂季直。（今按，鄭是鄭孝胥，此將張謇與鄭氏並提。）（録自《民國詩話叢編》第一册第一九三頁《石遺室詩話》卷一三）

五、南通詩人張季直、范肯堂父子以外……費範九師洪，近始見其《淡遠樓稿》一卷，乃知其爲季直詩弟子，詩却不學季直之生澀。（録自《民國詩話叢編》第一册第四五二頁《石遺室詩話》卷三一）

趙元禮評張謇詩

一、張廉卿先生贈朱曼君詩內有云：「龍虎忽騰上，雄出爲干將。希寶寧復有？欲持貢玉堂。」又，「英英范與張，騄駬駿騏騮」。范即肯堂，張即季直也。其推崇如此。（録自《民國詩話叢編》第二册第二七一頁《藏齋詩話》卷下）

二、張季直先生七十生日，撰《千齡觀自壽詞》云：「花萼樓高溯李唐，紅牙玉笛按霓裳。何如西塞漁兄弟，不覺人間有帝王。」「觀北風瀾夾小湖，觀南山靄落平蕪。行都不見無南北，坐倚危欄聽鷓鴣。」「次第諸孫盡解行，今年早晚又添丁。扶翁他日頻來戲，下看群流上列星。」「世間儘有百年身，不數彭殤過去人。欲種萬花當一局，四時無限爛柯辰。」余自喜其詞翰之美。（録自《民國詩話叢編》第二册

第二七三頁《藏齋詩話》卷下）

王揖唐評張謇詩

通州張季直謇、范肯堂當世（原名鑄）、朱曼君銘盤，均以樸學齊名。卬駈相依，藝林爭羨。有《哀雙鳳》五言排律，流傳一時，亦一段佳話也。……（《哀雙鳳》原詩略）哀感頑艷，盪氣迴腸，亦可想見三君少年時才藻之盛矣。（録自《民國詩話叢編》第三册第二六四頁《今傳是樓詩話》）

郭則澐評張謇詩

一、張季直未第時即負盛名，朝貴爭欲羅致之。（録自《民國詩話叢編》第四册第七七一頁《十朝詩乘》）

二、張季直：「送新寧督部入都詩云：……」則作於庚子事前，僅即其勗扶皇極者美之。（録自《民國詩話叢編》第四册第七七六頁《十朝詩乘》）

汪國垣評張謇詩

一、江左派詩家著稱于近代者，以德清俞樾、上元金和、會稽李慈銘、金壇馮煦爲領袖，而翁同龢、陳豪、顧雲、段朝端、朱銘盤、周家禄、方爾咸、屠寄、張謇、曹元忠、汪榮寶、吴用威羽翼之。……此派詩家，既不侈談漢魏，亦不濫入宋元。高者自詡初唐，次亦不失長慶。跡其造詣，乃在心撫手追錢、劉、温、李之間。故其詩風華典贍，韻味綿遠；無所用其深湛之思，自有唱歎之韻。才情備具者，往往喜之；至鬭險韻、鑄偉辭，巨刃摩天者，則仆病未能也。

……

張季直以廷對受知，大魁多士。通籍之始，頗有「知君堯舜上，再使風俗醇」之志。所志未行，乃去而善一鄉，興業阜民，備歷艱苦。改物登朝，終鮮樹立。世人或以此譏之，然其志固可諒也。詩非專至，要無俗韻。則與當代詩人，聯吟接席。習染既深，終謝浮響。（録自《近代詩派與地域》中「江左派」篇，《汪辟疆説近代詩》第三六一—三八頁）

二、地惡星没面目焦挺　朱銘盤，一作張謇、梁菼、吴涑。

出手能教鐵牛服。奇男子，真面目。　快意高歌《寶劍篇》，少年結客出幽燕。不知誰是丘心坦，收取聲名四十年。

嗇翁早掇巍科，晚膺佐命，湖海聲名，超超玄箸，亦以才勝也。（録自《汪國垣論近代詩》第二九〇頁）

三、木庵深刻伯潛精，季子南皮各有成。　失笑蒹葭樓畔客，唇焦差到宋人聲。（録自《論詩絶句十首》之七，載《汪國垣論近代詩》第二九〇頁）

章士釗評張謇詩

一、平生豪氣壓江東，一洗詩人放廢風。早共名公趨趙壹，晚隨群賈學汪中。君贈吴提督詩：「難得名公趨趙壹，況容揖客重將軍。」時論最推重容甫，但容甫晚年善治生産，君所學别有所任。

二、白圭遠志逐萍浮，臺閣心高第一流。何止通州有男子，狼山深處亦菟裘。初元時，同人在聶雲臺所會集，君講演勉人勿妄入官，堅以自誓。逾年（入）熊秉三立第一流内閣。君題余沈壽墓曰：「通州男子張謇立。」（録自《民國詩話叢編》第五册第三六〇—三六一頁《光宣詩壇點將録》）

沈其光評張謇詩

一、張季直先生謇，文章事業，名動中外。顧其題拂後進，亦非恒流所及。壬戌，余和其《七十自壽詩》，先生即投書垂詢所業，至以籍湜爲況，深可愧也。先生評余文近廬陵，詩近三謝，近體似皮陸。嘗贈余詩云：「舉世儒爲賤，江南獨沈郎。讀書憂舜禹，鍵户詠羲皇。足洗五湖水，心棲一草堂。好收詩卷弆，天地百年長。」結句指齊盧之難，余詩稿失而復得也。先生年衰，病手震，自言此稿三易書而成，可見其意之篤矣。

先生與余論學書不厭十反，嘗云：「僕於詩，特性好之。讀古人詩，必反復諷誦，使窺識其意之所在、趣之所至而止。」此示人以讀詩法也。又云：「步韻之難，在其意有後先、主客之不同。」又云：「詩可拙而不可俚，可樸而不可鄙，可翦裁而不可堆砌。」此示人以作詩法也。

嗇老詩有似「宛陵體」者。如《葉翁蓄一獅貓，豐茸肥碩，異絶尋常，而性特馴，擾鼷鼠，往往不食，喜近客。余至慕疇堂，愛焉，從翁索歸。寄者送濠南，懼爲小兒侮弄，移于濠陽，付一娃司之。卒驚竄而逸，不知何往，大索三日，不得。乃悼以詩》云：「莊生齊大小，秋毫太山一。靈蠢與賢否，人物寧有別。葉公所豢貓，豐碩無凡匹。面虎有餘善，膊獅蓄武德。修毫被脛尾，毰毸見白黑。蜷伏好近人，跳走不害物。魚舍宋嫂羹，鼠謔張湯磔。三日慕疇堂，常置嗇翁膝。一旦索之歸，筐檻憎網密。解網若脱韝，逃虚已深匿。何處惡狸奴，喑嗚反主客。避禍倏遠逃，闖户掠幽壁。去得其所無，否且餓連夕。或乃僵凍死，暫欣得永戚。嗇翁悔多事，非縈得與失。」……詩成，僮告得貓，重有感云：「死生指屈伸，亦聞喻來去。去不必是屈，來與伸何預。去因來始見，不來去何據。去尚復有來，惟其未死故。畢竟死生大，屈伸不足喻。但以達生觀，來去等朝暮。貓爾一去來，生死乃頓悟。窗下一甌飯，山下一邱墓。」禪語、理語，往往使讀者不怡。禪語以不窮葛藤爲勝，香山、東坡詩是也；理語以不入理窟爲勝，如嗇老此詩是也。

【校記】

所引「獅貓」一篇，詩題、正文之錯訛、衍奪、改動者殆十有三四，今據原詩校改，不詳例舉。

（録自《民國詩話叢編》第五册第五三六—五三七頁《瓶粟齋詩話》）

二、清末金氏流寓南通，境頗困而操節甚堅，張嗇庵師極愛重之。嗇師《文録》中載有《朝鮮金滄江刊申紫霞詩集序》，今詩集無之，因節録於下云：「滄江於紫霞之詩，可謂有顯嗜者矣。比與余書：子方劫劫然憂天下之不活，而僕憂一詩人之不傳，度量相越甚遠。余語滄江：活天下難，若子傳一詩人，亦不易。相與大笑。世變之棘也，舉天下之人，方將視易色而聽易聲，年少子弟瞢焉，方將攘臂躧足，芻狗中原之文物，何有於詩？夫詩固養生之術也。人之生，宣鬱必噫，吐懷必鳴，詩以美其噫與鳴云爾。人情寧有不願聞噫與鳴之美而喜其惡者？歐人爲詩，乃必專家。人之欲宣其鬱而吐其懷者，悉屬之代爲詩，以寄其噫與鳴。然則將胥天下之性情而活之，詩其一矣。光緒三十三年丁未，金氏遇南通，與申氏遇大興亦先後輝映。」（録自《民國詩話叢編》第五册第七四六頁《瓶粟齋詩話》）

三、同光以還，通州詩人張季直（謇）、范肯堂（當世）、泰興朱曼君（銘盤）名最著。（録自《民國詩話叢編》第五册第六九八頁《瓶粟齋詩話》）

胡先驌評張謇詩

胡先驌《讀陳石遺先生所輯近代詩鈔率成論詩絶句四十首》，論四十人，今依次列舉十六人，張謇列第十五，衹録論張謇詩。

一、曾國藩；二、鄭子尹；三、莫子偲；四、張之洞；五、陳弢庵；六、高百足；七、王壬秋；八、沈乙庵；九、袁爽秋；十、康有爲；十一、陳伯嚴；十二、范伯子；十三、梁節庵；十四、鄭孝胥；十五、張謇；十六、陳石遺。

論張詩：

湖海何人識鄭張？肯投簪紱事農桑。千金三散老煙水，畢竟陶朱善退藏。（録自《學衡》第三三期）

陳三立評張謇詩

通州彈丸耳，名以張范輩。（録自《哭范肯堂》第二）

章太炎評張謇詩

（張謇）得濂亭（張裕釗）薪火之傳，以文章擿科第者也，詩文别成一家，旨在經世致用。（轉録自沈雲龍《通州三生——朱銘盤、張謇、范當世》）

【附録六】　張謇年譜簡編

徐乃爲　編撰

（本年譜年歲用虚齡，年月日用農曆）

清咸豐三年癸丑（一八五三）一歲

五月二十五日，張謇出生於江蘇省海門縣（今南通市海門市）常（長）樂鎮。

祖父張朝彦，原通州西亭人，入贅通州金沙場小瓷商吴聖揆（原東臺栟茶，今屬如東），因命兼祧吴氏。兼治農商，家境漸裕，置田海門常樂鎮二十餘畝。

父親張彭年精於農商，被鄰里視爲富户，時在常樂已置瓦房五間、草房三間。先後娶葛氏、金氏兩夫人。葛氏生長子謩、五子警，金氏生二子謩（後溺水殤）、三子詧、四子謇。張彭年立誓使兒子讀書出息，令諸子先入鄰塾從邱大璋讀；繼自家設塾，請金沙秀才宋蓬山執教諸子；蓬山死，送天性最佳者張謇去金沙宋蓬山侄宋琳、子宋琛處專習科舉。

張謇小名長泰，學名吴起元；十五歲時因科考冒籍如皋張氏族孫，改名張育才，字樹人。二十四歲時定名張謇，字季直；因行四，亦自稱張季子；晚號嗇庵，人稱嗇公。

十一月，祖父張朝彦卒，年六十有六。

咸豐四年甲寅（一八五四）　二歲

葛氏母生五弟警。

咸豐五年乙卯（一八五五）　三歲

七月，外曾祖母殷氏卒，年八十有一。

咸豐六年丙辰（一八五六）　四歲

七月十七日，張謇原配夫人徐端生。

冬，張父始教識《千字文》。

咸豐七年丁巳（一八五七）　五歲

正月，三叔父命背《千字文》，竟無訛。三叔父、父母甚喜。遂命張謇隨伯仲叔三兄入鄰塾，塾師爲海門邱畏之大璋。

咸豐八年戊午（一八五八）　六歲

從邱先生讀。夏大水，張謇隨三兄上塾，過橋落水；邱先生訝少一人，亟出視，見水湧動，伏橋援起。

咸豐九年己未（一八五九）　七歲

從邱先生讀。

七月，仲兄張謩與鄰兒嬉，溺水殤，年十歲。

咸豐十年庚申（一八六〇）　八歲

從邱先生讀。

三月，祖母吴氏卒，年六十有四。張父治喪于西亭，命謇與叔兄張詧據案習字記小賬。本年，生母金氏挈詧、謇兄弟往東台（今如東），追薦先外祖母。

咸豐十一年辛酉（一八六一）　九歲

從邱先生讀。

清同治元年壬戌（一八六二）　十歲

從邱先生讀。

同治二年癸亥（一八六三）　十一歲

張謇兄弟從邱先生讀已七年，《三字經》、《百家姓》、《神童詩》、《酒詩》、《鑒略》、《千家詩》、《孝經》、《大學》、《中庸》、《論語》、《孟子》已授畢；始授《詩經·國風》二册。學屬對三、四、五字聯，不求四聲平仄；先生授屬對，僅以上下、左右、晝夜、黑白相對爲法。師屬對「月沈水底」，謇以「日懸天上」應，父知而喜，謂可讀書。乃擬明年延師于家。

是年江南猶陷于太平天國戰火，避難之人時至。謇聞人誦《滕王閣序》募錢于市，久之耳熟，謂父曰：「若豈不以『關山難越』四語訴苦乎？」父深許之。

同治三年甲子（一八六四）　十二歲

正月，延通州西亭宋蓬山先生效祁授謩、謇、謍三兄弟。先生檢視前所讀書，音訓句讀多誤，乃令《大學》、《中庸》、《論語》、《孟子》盡易新本，更授重讀；始授四聲；間就《三字經》、《四字鑒略》、《千家詩》爲説故事。一日，張父在塾，有武弁騎馬過，先生舉「人騎白馬門前去」命對，謇應以「我踏金鼇海上來」，先生、父母均甚喜。

六月，三兄弟隨傭工棉田除草，大苦，遂專意讀書。至州（今南通市），三叔父家側有藥王廟，謇用泥水匠垩帚書「指上生春」四字于扁鵲神龕後背，廟中硯工朱姓大稱善，稱張氏第四子善書。

八月，張父于住屋外别治一室，室外有五柳，因名「仿陶書屋」。

十一月，宋先生應江南鄉試，子璞齋先生琛獲中舉人。

同治四年乙丑（一八六五）　十三歲

從宋先生讀《論語》、《孟子》、《詩經》、《尚書》、《易經》、《孝經》、《爾雅》竟。學爲五、七言詩，試帖自二韻至六韻，制藝作講首。先生每歸，必挈謇與俱，亦令至西亭詩社，分題作詩，或限字爲詩鐘。詩集中猶存若干首。

同治五年丙寅(一八六六)　十四歲

從宋先生讀《禮記》、《春秋左傳》,作八韻詩,制藝成篇。

六月,宋蓬山先生以兵警歸,未幾病卒。張父携謇兄弟星夜赴喪,任喪葬費。

本年張父命張謇至西亭,從蓬山先生侄紫卿先生琳讀,宿膳其家。間亦問學蓬山先生子宋璞齋琛。

同治六年丁卯(一八六七)　十五歲

從學西亭宋宅。讀《周禮》、《儀禮》,張謇深感《儀禮》難讀。

本年,業師兩宋先生與張父根據張謇學業,籌劃科考。由此而引出一場對張謇影響頗大之冒籍風波。通州習俗,凡三代中無隸名于縣學生員(俗稱秀才)以上功名者,爲「冷籍」。其與試,須學官或五名以上廩膳生作保,則須銀子通路。通州「三姓街」張兆彪,武舉人,爲張謇遠族,張父擬認爲同族,省却「冷籍」之麻煩及縻費。然張兆彪爲兩宋先生所不慊,張父則唯兩宋先生之言是從。宋琛(璞齋)素諗如皋人張駧,因使張謇認駧爲族祖,先試如皋,不得而再試通。

同治七年戊辰(一八六八)　十六歲

正月,璞齋先生介紹張駧與張父晤識;擬張謇冒作駧兄駒已逝子銓之子。報名注籍。因許如皋張氏:院試售,酬金二百千(四百二十五兩銀子);不售,但爲任駧子與孫之試費。因使謇承駧孫育英而另名育才，張謇父子心有不安。

應州試時，謇列百名外，同時通州范鑄（即范當世肯堂）少謇一歲，取第二；璞齋先生大訶責，謂：「譬若千人試而額取九百九十九，有一不取者，必若也。」既回西亭，凡塾之窗及帳之頂，謇皆書「九百九十九」爲志；駢二短竹于枕，寢一轉側即醒，醒即起讀，夜必盡油二盞。

十月，應院試，謇取中二十六名附學生員，遂履約酬如皋張氏二百四十千；資不足則署借據。而居不世之功以索報者，不僅如皋張氏。自此張謇家爲「索報」所苦，凡五六年。

同治八年己巳（一八六九）　十七歲

仍從學西亭。苦冒籍索酬事。本年亦從學岳家遠族宿儒徐石漁雲錦先生。識如皋顧延卿錫爵、仁卿錫祥、陳子璹國璋、黄少軒毓齡，通州范銅士鑄（即當世），顧、陳、黄並同案爲縣生員，一生爲友。

同治九年庚午（一八七〇）　十八歲

仍從學西亭，科試獲一等十六名。

七月，從紫卿先生第一次江南鄉試；試卷房考備薦，未取。

先是，蓬山先生曾示意張父，欲以孫女訂婚，未及舉而卒。璞齋妻孫夫人亦愛謇殊甚，早有此意。孫擬趁謇落卷而促訂，然舉兩説以爲約：一須居于通州城，二須與合買宅同居。屬紫卿先生致此説于張父，並語張謇，謇曰：「人子娶婦以養親也，娶而異居，不能養親，不孝；多分兄弟之財以自適，不弟。不孝不弟，不足當蓬山先生與孫夫人之愛，幸謝。」紫卿先生曰：「吾書非汝所可應答，須歸白爾父。」父母韙謇言，念蓬山先生與孫夫人之義，婚雖謝而任其買宅所值之半。

冬，張父爲謇訂婚海門徐氏女端。先，謇既中秀才，議婚者盈庭，張母詢謇，謇謂：「一秀才值不得如許勢利。」母請周媪往視徐，值九月收棉，徐端正持衡册課佃入，媪與其母他談，端處事不問；媪返語張母，遂訂婚。

同治十年辛未（一八七一）　十九歲

張家未允宋氏婚，遂不便再就學宋氏，乃擬更從海門訓導無錫趙菊泉先生。趙先生令先呈所業，深許之；以桐城方氏所選《四書文》，及趙自選「明正、嘉、隆、萬、天、崇文」授讀，復命讀《朱子四書大全》等宋儒書，學識益進。

本年，張駉子鎔關通如皋教諭姜堉南、訓導楊泰瑛，假堂兄張銓之名控告張謇「忤逆不孝」之「棄養」罪，姜楊簽傳。四月末，謇單舸前往，執事不聽申訴，押于學宫，索重賂。張父請璞齋先生轉圜，璞齋先生謝不能，張家已不支，金氏母憂郁致疾。閲三月，張父多方貸集百數十金，托人往説，僅獲放歸。

十月，省學官江夏彭久餘臨通，張謇乃自首「冒籍」之錯與被罔之誤，請除功名而回歸原籍，彭氏憫焉。使知州桐城孫先生雲錦察究本末。彭仍許張謇應歲試，試取一等十一名，彭語孫曰：文可取第一，慮且移籍，避衆忌，姑後置，須勉自勵。未兩月，孫雲錦先生調任江寧發審局，屬後任妥善處理此事。

本年，張謇始識海門周彦升家禄，與爲友。

同治十一年壬申（一八七二） 二十歲

彭與孫所主張謇從如皋籍歸通州籍事未能輕易如願。按之章程，當先銷張鎔控告案，繼銷張謇出繼案，回至冷籍「原試時」之廩生具保狀；再由如皋學官報如皋知縣，如皋知縣轉呈通州府，通州呈省提督院，提督院報禮部，禮部認可方可。惟因如皋學官楊泰煐已爲如皋張氏所買，學官賄知縣，知縣祖學官，廩生仰學官鼻息，謇雖委曲而得廩生保結，仍爲楊泰煐阻攔。後又關通如皋知縣周際霖，仍未許。當是時，謇外避仇敵之陰賊，内慮父母之憂傷，進亟學業之求，退念生計之迫；時在海門，時至如皋，時至通州，歲無寧日。後經海門、通州多方斡旋，始出現轉機。禮部方有復文，但仍令補具世繫圖。

是年始識江都束錦、束綸、無錫陶廷瑞，與爲友。

同治十二年癸酉（一八七三） 二十一歲

張謇仍爲歸籍、補世繫圖奔忙；央鄰里、親族、廩生保結，呈學官、轉州府、報提督院文均具，乃自賫至蘇州，投于院胥，速院咨部；夏，部報可。至此，冒籍案首尾三年，家益不支。伯兄張謍求張父析居，産物悉均分；而因籍事所負千金之債，則謇與詧任之。

科試，取一等第十五；第二次鄉試不中。孫先生知張謇貧，約明年去江寧爲書記。

是年讀《三國志》、方望溪、姚惜抱集終。

同治十三年甲戌(一八七四)　二十二歲

二月應孫先生發審局(清後期,各省州、縣官所不能處理之重要訴訟案件,由督、撫委派候補官審訊,爲非正式審訊機關)掌書記之約赴江寧。此是張謇第一次遠出,道中有《江都道中》、《揚州》等詩。孫雲錦先生館謇于别院,兼與其二子東甫孟平、亞甫仲平共學,給謇月俸十金,先生發審局差,俸月五十金。

三月初一,張謇投考鍾山書院。校官課者丹徒韓叔起弼元,擯棄不録。謇負氣投書,求示疵垢。十五日借他名再試,鍾山書院院長臨川李小湖先生聯琇取第一。復借他名試經古課于惜陰書院,院長全椒薛慰農先生時雨亦取第一,二先生皆傳見。

張謇投韓書事泄,孫先生索觀書稿曰:「少年使氣,更事少耳,須善養。」孫先生并爲謇謝韓。

四月初一,復投課鍾山書院,取亦第一,始親詣韓,謝之。

六朝古都,景異而形勝,因寫感遇懷古詩數十首。

五月,隨孫先生勘淮安漁濱河積訟案,有《紀行十六首》。

七月,孫先生介見鳳池書院院長武昌張裕釗先生叩古文法;張裕釗後有「吾一日得通州三生,身後有託付焉」之説(另爲范當世與朱銘盤)。

本月,隨孫先生赴江陰鵝鼻嘴炮臺工程局,始識淮軍慶字營首領吴長慶。

十月歲試，取一等四名，經古五名，補增廣生。歸以旅寧所得俸百金，奉張父還債。計所還債才五之一，度歲仍窘。因結婚所需，故又循俗醵會（民俗借貸方式）二百千（百金值則一百六十千）。

十二月，徐夫人端來歸。徐夫人是張謇一生之賢内助。是歲始有日記。

清光緒元年乙亥（一八七五）二十三歲

正月清穆宗咸豐帝崩，載湉入繼大統，即光緒。

張謇氣盛耿直，招忌孫雲錦幕中皖籍舊人。乃先借住惜陰書院肄業避之，繼擬他適。

八月，第三次應恩科鄉試，以文呈李、薛二先生，贊許焉。吴公邀至軍中候榜。榜放，仍不中。

十一月，孫先生調河運差，欲招謇偕行。謇與孫詳談招忌事，并以備明年鄉試而辭。

本年又識涇縣朱芸階禮元、嘉興錢新甫貽元、海寧王欣甫豫熙，與爲友。

光緒二年丙子（一八七六）二十四歲

孫先生赴河運差將行，延懷遠楊黼臣先生課東甫兄弟，楊先生長制藝，謇亦從之問業。

吴長慶令劉筱泉長蔚來邀，治機要文書，允其致力制藝之極大方便，月俸二十金。張謇遂至吴軍中，面陳須科試後踐約。

四月，應科試。經古制藝正復四場皆第一，補廩膳生，不應優行試。

閏五月，應吴長慶之邀，至浦口軍中。

識海州邱履平心坦、含山嚴禮卿家讓、江寧顧石雲、鄧熙之嘉緝，與爲友。第四次鄉試仍黜。

光緒三年丁丑(一八七七)　二十五歲

二月，往浦口軍中。軍中識泰興朱曼君銘盤、無錫楊子承昌祜，因子承識武進何眉孫嗣焜，與爲友。

七月，代友作安徽學院觀風試《太白酒樓賦》二篇，取第一、第三。

八月，有友告謇，吴長慶欲爲合肥某、廬江某及謇與曼君(朱銘盤)納資捐部郎事，曼君意稍動，謇曰：「彼二人爲吴公鄉里後輩，容有是請，而公有是許；我二人特宴會之陪客耳，不可于進身之始便藉人之力，且安知我二人之必不以科名進，徒留此無謂之跡？」終謝之。

九月，歲試經古制藝正復四場，皆第一。

十一月，具呈學官，改今名「謇」。周家禄彦升後有《更名篇》見規，謂「謇」有「直言」、「蹇吃」二義也。

孫先生權知江寧府。

光緒四年戊寅(一八七八)　二十六歲

仍任職浦口吴長慶軍中，增月俸爲二十四金。趙菊泉先生自海門乞休歸無錫，作叙送之。

五月，吴公五十初度，同人屬張謇撰壽序。

七月二十六日，張謇長女淑生，十月二十六日殤。

九月，至無錫，起居于趙先生處。

十二月，吏部侍郎杭州夏同善任江蘇學政。

仍客浦口軍幕。

光緒五年己卯（一八七九） 二十七歲

三月，叔兄張詧報捐縣丞。

五月，應科試，經古制藝，正復四場，皆第一； 優行試亦第一。省學政夏同善命見，謂張謇曰：「初至江陰，屬幕賓磨勘前任校試卷，見于前試諸作，傳觀交譽，余適至，詢何名？ 則子前名育才也，因告諸賓。」又謂：「前使（林天齡）病危時，手開優生名單，密封付家屬，于交印時送來，子名首列。 比至通臨試，視册不見子名，疑事故不到，不意已更名也，可謂摸索得之，而前官愛士之誠，正不可没。」

七月，應總督、巡撫、學政三院會考優行生試。 八月，榜放，謇獲第一，即所謂「貢元」。

八月八日至八月十六日，張謇應第五次鄉試。 試方畢，趙菊泉、孫雲錦、薛時雨、吴長慶等師長或迎候，或索稿，同輩王欣甫等已擺酒預祝。

録場作寄呈學官夏同善（聞夏正内調，似不在江寧），九月十一日夏復信，猶「以所許余文爲中售之證」（九月十八日日記）。甚至兩江總督沈葆楨亦以爲必取。 榜放時，沈公已寢疾，入謁不獲見。 令人傳語：「文不可但學班《書》，當更致力《史記》。」然而，九月十三榜放仍黜。

十一月十八日，生母金氏卒，年六十有一。

十二月，吳長慶遣人告張謇，沈葆楨卒于官。易簀之前，沈公命幕友陳幼蓮、部郎宗濂傳語，欲張謇在其死後爲作一文紀念。

光緒六年庚辰（一八八〇）二十八歲

正月十八日，治金太夫人喪。

吳長慶升授浙江提督，專使贈葬費百金。

四月，吳長慶有陛見之行，謇與楊子青安震、彭芾亭汝沄偕往，張裕釗先生以事去山東，范肯堂以事至揚州，遂于江寧同時出發。

五月，吳公入覲。與友遊承光殿、紫光閣，觀功臣畫像，旋移寓南横街南下窪觀音院，遊陶然亭、龍泉寺、法源寺、馴象所。在京觀音院，識桐廬袁爽秋昶、合肥張藹卿華奎。

省學官夏同善先生病痢卒于官，瑞安兵部侍郎黄體芳繼任。

冬，吳長慶奉命幫辦山東防務，吳長慶留軍六營于浦口、下關、吳淞；移軍六營駐登州、黄縣。謇隨行。識閩縣鄭孝胥，與爲友。

光緒七年辛巳（一八八一）二十九歲

仍客軍幕，駐登州。與周彦升偕吴公至濟南，與巡撫商海防事。

四月，袁世凱亦至登州，吴長慶命在營讀書，屬張謇爲其正制藝。袁世凱嗣父袁篤臣在太平軍戰事時與吴長慶訂兄弟之好。袁世凱以事積忤族里，衆欲苦之，故挈其家舊部數十人投吴。袁因幫辦營務。

八月，葛太夫人卒，年六十有六。

光緒八年壬午（一八八二）三十歲

正月，刑部大臣至寧審勘孫雲錦任江寧知府時江寧貓兒山命案，孫被解淮安府聽勘；張謇前往省視。三月，讞定，孫先生僅薄譴而已。孫氏薦范肯堂于冀州知州吴汝綸。

六月二十四日，丁汝昌提督至登州，持北洋大臣張樹聲書，告日本干涉朝鮮内亂事，（史稱壬午之亂）。次日，吴公往天津，謇隨行。

吴公奉督師援護朝鮮之命，屬張謇理畫前敵軍事。謇手書口説，晝作夜繼，殊爲繁忙，乃請留袁世凱執行前敵營務處事。

七月三日，啓程往朝，自聞命才七日。草《諭朝鮮檄》。朝鮮參判金雲養允植同行。七日辰刻，抵朝鮮南陽府。

七月至八月，平朝鮮壬午之亂。「時詫爲奇勳。（《清史稿・盛昱傳》）」張樹聲、吴長慶謀專折特保平定「壬午之亂」的三方功臣，即李鴻章主幕薛福成、張樹聲主幕何眉孫與吴長慶主幕張謇，謇堅謝。事後成《壬午東征事略》、《乘時規復流虬策》、《朝鮮善後六策》等，在京城流布，聲譽日隆。

光緒九年癸未（一八八三）　三十一歲

仍至漢城軍幕。

吴長慶屬蘇松太道劉芝田瑞芬寄千金于張謇家。蓋援朝之初，吴長慶曾懸賞，謂凡建策速定其亂者酬賞三千金，不料分外順利，此作爲「兑現」。張謇以爲，却之，則慮有違吴公之意；受之，又被人病其少者，乃聲明作爲無息之借貸。

八月，叔兄張詧亦至漢城軍中。

十一月，與後來協辦大生紗廠的得力助手沈敬夫辦理通海花布減捐事。

光緒十年甲申（一八八四）　三十二歲

正月，張父命與劉馥疇諸君議散賑平粜事。籌辦通海濱海漁團練。

四月，中法議和。吴長慶調防奉天（今遼寧）金州；行至金州，則吴長慶已病甚。吴長慶自朝鮮分其軍三營使袁世凱留防，自統三營至金州。不兩月，袁世凱自結李鴻章，一切更革，露才揚己，令吴長慶頗難堪；謇因移書切讓袁氏。

薦五弟張警入廣東陸路提督蔡金章幕。

閏五月二十一日，吴長慶卒于金州。吴既卒，賓客星散。謇苦撑，處理吴長慶後事。

七月歸家，粤督張之洞屬蔡金章提督招納，辭之。李鴻章屬袁子九（袁世凱叔父）招納，亦辭。

十月，至淮安奉起居孫先生，留十日歸；先生告知明年將移官江寧，子弟回避，不能應試；乃命其次子亞甫與謇同北應順天鄉試。

光緒十一年乙酉（一八八五）　三十三歲

三月，至江寧，爲孫先生襄校府試卷。

四月，赴京應順天鄉試。識黄仲弢紹箕、王可莊仁堪、王旭莊仁東、梁節庵鼎芬、沈子培曾植、宗室伯熙盛昱、濮止潛子潼、王芾卿頌蔚、張伯紀雲官、丁恒齋立鈞，與爲友。

六月，國子監報到考，取第一名；注録考，取第四名。

本年應第六次鄉試，中南元（北元循例爲順天籍人）。主考潘祖蔭、翁同龢二師對張謇期許殊甚。潘師命作《鄉試録前序》，翁師命作《後序》。

爲國子監祭酒盛昱撰《條陳朝鮮事宜疏》。

本年，張謇在京城候明年禮部試，未歸。

光緒十二年丙戌（一八八六）　三十四歲

三月會試不中。

五月，南旋歸家。讀《管子》、《晏子》。

八月，璞齋先生以知縣候補山東卒，爲理料其歸葬諸事。至江寧，孫先生紹介拜謁總督曾沅甫國荃。

光緒十三年丁亥（一八八七）　三十五歲

叔兄張詧欲求河運差，不遂。孫雲錦由江寧調任開封知府。

三月，兩江總督曾國荃以江寧書局分校《漢書》相屬。

五月，偕孫先生往開封任。

六月抵達，寓江蘇會館。孫先生命擬開封到任《觀風示》並《觀風題》十道。

八月黄河決口，謇協助孫雲錦賑災。

九月，河南巡撫倪文蔚屬張謇訂河工計劃，擬《疏塞大綱》。山東京官仍意由江蘇境入海，不知舊黄河下游已淤塞無路。上書潘、翁二師，力陳其不可。時李鴻藻奉命勘河，乃力白李氏，乘全河奪流而大治河，復禹故道。李氏驚憚焉。因朝廷、地方官、河督意見不合，知河患終無衰止之日，去意遂決。

十一月南歸。

光緒十四年戊子（一八八八）　三十六歲

贛榆知縣陳玉泉延請張謇長選青書院，兼修縣志。

太倉知州莫祥芝亦請長婁江書院，乃謝之，薦周家禄彦升爲代；　然仍應約過江一談。　莫祥芝借五百金與叔兄張詧，益以孫先生所借，乃得于四月繳納並呈報吏部，張詧得以江西候補知縣引見。

三月至贛榆選青書院，並修志。

五月歸。

七月，張詧往江西任職。

光緒十五年己丑（一八八九）　三十七歲

本年第二次應禮部會試，不中。

倪文蔚治河初成，擬保張謇六品銜教諭（縣主管教育官員）即選，征詢之；　謇答以無功無所欲。

叔兄張詧以到贛省試用期滿，得南昌縣幫審。

由叔兄詧家入嗣之女病痢殤。

識山陰湯蟄先壽潛，與爲友。

光緒十六年庚寅（一八九〇）　三十八歲

二月，第三次應禮部會試，雖薦而不中。　房考雲南高蔚光語謇，誤以陶世鳳卷爲謇卷，陶中會元。

翁同龢命留試學正官，辭謝，歸家。

七月，張謇得江西良口釐差（徵税官）。

八月，却安徽巡撫沈秉成延爲其子課讀之聘。張父癰疽復發。

光緒十七年辛卯（一八九一） 三十九歲

至東臺校縣試卷，修縣志。時王欣甫任東臺知縣。

治《周易音訓句讀》成。

九月，省叔兄張謇于江西。

光緒十八年壬辰（一八九二） 四十歲

正月，徐石漁先生卒；桐城孫雲錦先生卒。訃至，張謇均立位祭祀。

第四次應禮部會試，仍不中。張謇好友户部員外郎袁爽秋言曰：「闈中總裁房考競覓謇卷不得，以武進劉可毅三場策説朝鮮事獨多，認爲謇，中會元。」張謇南歸前，寫三首長詩，分别致翁同龢、黄體芳、盛昱，以期下次。翁同龢意欲留管國子監南學；盛昱祭酒願爲捐納學正；儀征阮引傳、國子監官李智儔，均來爲説，皆辭。

八月，叔兄張謇署知貴溪縣，往省。

十二月，于老家長樂鎮營柳西草堂。

光緒十九年癸巳（一八九三）　四十一歲

崇明知縣延請張謇長瀛洲書院。得學生安徽婺源江謙。

十月，聞老友王可莊卒蘇州知府任所，十二月往吊。張謇評當時清流曰：同、光兩朝京師所謂清流者，奉李高陽（鴻藻）爲魁，而張之洞、張佩綸、陳寶琛、黄體芳皆其傑。友好中盛昱、王仁堪（即可莊），仁東，張華奎、梁鼎芬、黄紹箕、文廷式皆預焉。

光緒二十年甲午（一八九四）　四十二歲

聞濂亭師張裕釗卒于保定蓮池書院，設位而祭。

是年慈禧太后六十壽誕，舉行恩科會試，張謇與焉。

四月十六日報中六十名貢士；　四月十六日復試，取第十名。四月二十一日殿試四策，問河渠、經籍、選舉、鹽鐵，具本朱子學説對。閲卷大臣八人：張相國之萬、協揆麟書、李尚書鴻藻、翁尚書同龢、薛尚書允升、唐侍郎景崇、汪侍郎鳴鑾、侍郎志鋭。二十四日，乾清宫聽宣，以一甲第一名引見。

七月，甲午海戰爆發，中國戰敗。

九月，翰林院五十七人合疏請恭親王秉政；　又三十五人合疏劾李鴻章；　謇獨疏劾李鴻章：「戰不備，敗和局」。

九月十八日亥刻，聞父十七日丑刻癱疽發病逝。二十七日，由上海抵家治喪。慟哭曰：一第之名，何補百年之恨；慰親之望，何如侍親之終。請假丁憂。

光緒清光緒二十一年乙未（一八九五）　四十三歲

守制在家。

張之洞奏請朝旨任張謇總辦通海團練。謇鑒于鄉先輩辦團練籌款之弊，不任募捐。遂以書二十四櫝付典肆，抵質銀千元，分助通海團練。

十月，與梁節盦、康有爲、黄仲弢列名籌開强學會，張之洞爲會長。中國士大夫之昌言集會自此始。

十一月，辭書局總校。

十二月，張之洞聘謇長江寧文正書院。爲通海花布商議辦認捐事。

光緒二十二年丙申（一八九六）　四十四歲

正月，張督托張之洞擬調湖北任宜昌川鹽加厘局坐辦。

二月，張謇至江寧，任文正書院院長，同时應兼安徽巡撫沈秉成安慶經古書院院長之聘。

三月，與兩江總督劉坤一議興通州紗廠。張謇爲發起人，應者爲沈敬夫、劉一山、潘鶴琴、郭茂之、陳維鏞、樊時薫六人。

八月，辭安慶經古書院，讓于黄體芳。

九月，規度廠基于州城北唐家閘陶朱壩。

十月，改議通紗廠官商合資，官以久擱滬上之機估值五十萬兩爲本，由商集資五十萬兩合之。

納梁曼容、吴道愔（張孝若生母）爲妾。

光緒二十三年丁酉（一八九七） 四十五歲

長文正書院。

正月，至三姓街家廟，祭始遷祖，祭金沙、西亭、通城祖考墓，宋蓬山先生墓。謁孔廟。祭東臺外祖父母墓。辦掘港、豐利二場災賑。

翰林院掌院、京中友好連續電促張謇赴京到院，辭。

本年，張謇來往于滬、寧、武昌之間，爲商籌紗廠事，求助張之洞、劉坤一等官員，亦求助盛宣懷等巨商。通廠之責，專在張謇。時張謇僅集六萬餘兩。

十一月，定造廠包工價九萬兩。定《廠約》。

張謇并試蘆穄煉糖。寫成《歸籍記》，詳述冒籍、歸籍始末。

光緒二十四年戊戌（一八九八） 四十六歲

長文正書院。

正月十八日，子張孝若生。

三月，紗廠興工。爲劉坤一擬《開墾海門荒灘奏略》。

閏三月，入都銷父丁憂假，補散館試。

四月，上書翁同龢，謂理財標本急策曰「商、工、農」。

二十二日，見翁同龢所擬變法諭旨。二十五日，爲翁同龢擬《大學堂辦法》。二十七日，入朝見翁開缺回籍之旨。並見文武一品官及滿、漢侍郎補授者，均具折謝太后之旨。二十八日，徐致靖保舉之康有爲、張元濟召見。二十九日，乾清宫引見，德宗神采凋索。張謇詣翁同龢，已治裝謝客，勸速行。

五月，張謇旅費竭，賣字二百金即止。十三日，送翁同龢于馬家鋪。

五月，康梁變法。

六月二日，赴翰林院聽宣。辭吏部尚書孫家鼐奏薦大學堂教習職。三日，詣翰林院清閟堂請假南歸。

七月，唐侍郎景崇以經濟特科薦謇。劉坤一奏各省設商務局、商會，屬謇總理江蘇商務局、商會，辭不獲允。

八月六日，變法失敗，慈禧太后復臨朝，逮捕維新人士。

爲劉坤一擬《太后訓政保護聖躬疏》，大意請曲赦康、梁，示帝后之間本無疑貳。

九月，通廠集款仍無增益，求助于張之洞，無效；告急于劉坤一，亦婉謝。謇向劉辭廠（原擬官商合辦），辭商務局。劉稍委蛇，慰留。並飭通州知州、海門同知協募。而知州則出示諭董，張羅門面而已，無少效。

光緒二十五年己亥（一八九九） 四十七歲

仍長文正書院。朝廷任爲學部咨議。

三月二十九日，廠紗機裝成，試引擎。辭商務局總理。

四月十四日，開車紡紗，召客觀之。

五月，廠終以本絀不支，週轉不靈。不得已而有出租新廠三年之議。慈溪嚴信厚、涇縣朱疇；上海盛宣懷、祝少英均欲租，惟條件奇苛，未諧。

六月下旬起紗價日長，微有起色。

七月仍到處招股，僅有微效。

八月，張詧調任貴溪。

九月，紗價日起，展轉買棉供紡，得不停輟。至江寧，劉坤一拱手稱慶。兩人有以下對話。謇：「棉好，地也；機轉，天也；人無與焉。」劉：「是皆君之功。」謇：「事賴衆舉，一人何功？」劉：「苦則君所受。」謇：「苦乃自取，孰怨？」劉：「但成，折本亦無妨。」謇：「成便無折本可言。」劉：「願聞所持之主意。」謇：「無他，時時存必成之心，時時作可敗之計。」劉：「可敗何計？」謇：「先後五年生計，賴書院月俸百金，未支廠一錢；全廠上下内外數十人，除洋工師外，一切俸給食用開支，未滿萬金耳。」

光緒二十六年庚子（一九〇〇）四十八歲

正月，張謇補任江西宜春知縣。

二月，劉坤一入朝覲見。日人岩崎西村、僧長谷川至院論學，因藉小住。

三月，得周家禄、何嗣焜訊，聞政府羅織黨人，囑張謇遠避。張謇以爲，與康、梁是群非黨，康、梁計劃舉動，無一毫相干者，内省不疚，何憂何懼？謝之。

聞國子監祭酒盛昱卒，立位祭而哭之。

五月，北京義和團事起。上書劉坤一招撫徐懷禮（地方武裝），免礙東南全局。沈葆楨子沈瑜慶至寧，與議保衛東南。與陳三立議迎皇上太后南下。至滬與何嗣焜、沈瑜慶議，運動武昌張之洞推李鴻章統兵入衛。與何嗣焜、沈瑜慶、湯壽潛、陳三立、施理卿議，合劉坤一、張之洞二督保衛東南。張謇詣劉坤一處陳説，劉猶豫，問張謇曰：「兩宫將幸西北，西北與東南孰重？」謇曰：「雖西北不足以存東南，爲其名不足以存也；雖東南不足以存西北，爲其實不足以存也。」劉蹶然曰：「吾决矣。」告某客曰：「頭是姓劉物。」致電湖北張之洞，張應。

七月二十二日，八國聯軍陷北京，二十一日，兩宫西狩西安。

始識何嗣焜女婿武進劉厚生，劉後任職大生企業； 張謇任熊希齡内閣農工商總長，薦劉爲次長； 劉曾撰《張謇傳記》。

八月，陳請劉坤一退敵迎鑾。 並請劉坤一聯合張之洞劾罷端王載漪、剛毅、李秉衡。

廠紗暢銷，然棉花亦貴，乃擬營墾牧公司。

九月，從劉坤一處借南京陸師學堂畢業生江知源、章靜軒、洪雋卿，至吕四測量通州、海門沿海荒灘。

十二月，作《通海荒灘墾牧初議》並《章程》。 劉坤一電約張謇、何嗣焜、沈曾植、湯壽潛同至江寧會商要政。

光緒二十七年辛丑（一九〇一） 四十九歲

時清廷仍西狩西安。 謇與滬上友人關注與列强談判進展，多次爲朝臣擬電，商籌與俄談判事宜，爲國家爭權利。 與沈曾植談論外交。

二月，作《變法平議》，與劉坤一論曰：「變法須財與人： 財不勝用也，行預算、審税目而已； 人不勝用也，設學堂，行課吏而已。 毋襲人言，法當改，但無財無人。」

三月，省翁同龢于翁第。 辭文正書院，舉丁恒齋代。 委託徐乃昌、陳樹涵勘吕四墾牧公司地。 定《墾牧公司集股章程》。

五月，請劉坤一以洋務要差咨調叔兄回籍，助營紗廠。

七月，墾牧公司得股十四萬。爲劉坤一訂初高等兩級小學、中學課程。

光緒二十八年壬寅（一九〇二）　五十歲

正月，墾牧公司定以平粜招工。規劃棉油廠于唐閘港北。

二月，劉坤一邀議興學次第，爲先定師範、中小學，劉氏韙之。乃謀于羅振玉及湯壽潛，遂決立師範學校。勸劉坤一立高等師範。

四月一日，墾牧總公司建築開工。試種台州海濱柴子，柴耐鹹，子可爲油。

五月，與羅振玉議女師範學校。與沙元炳議私立初等師範學校開辦章程。訂《墾牧公司招佃章程》。議定于千佛寺址建師範學校。

七月二十九日至八月二日，大風潮，墾牧新堤大損。

九月，劉坤一卒于官。作《中國師範學校平議》。勸州人先試合營勸業銀行，以助實業。

十二月二十七日，在常樂老家營建西宅。

光緒二十九年癸卯（一九〇三）　五十一歲

正月，師範學校先設講習科。

二月，師範教員王國維與所延日本人木造高俊、吉澤嘉壽之丞至。兩江總督魏光燾邀謇議學校。

三月，定《墾牧公司辦事規程》。

四月一日，行師範開校典禮。

張謇東遊日本考察農工商教學。有詳細考察日記，并《東行紀行二十六首》。

六月，張詧爲曾祖父母、外曾祖父母，謇爲外祖父母請朝廷封典。

七月，爲蘇松道擬定《中國商民公司旗式》。營呂四鹽業公司。四修《族譜》。營呂四漁業公司。

八月十八日，謇移居西宅，以東宅歸叔兄張詧。營造墾牧公司所在地海復鎮（在今啓東市）。與沈曾植書論世界憲法。與兩江總督江鑒論中國漁業公司關係領海主權，主張合南、北洋大舉圖之；不能，則江浙、直東；又不能，則以江浙爲初步。

光緒三十年甲辰（一九〇四）　五十二歲

正月，爲人草《同度量衡、銅圓、鹽、漁制造奏》。草《變通鹽法奏》。商部屬張謇主理全國商會公司，辭。

二月，爲呂四鹽業事呈鹽院。

三月，仿日本鹽田製鹽；營冶業。規裏運河入海之道，河爲淮之支流。朝廷賞謇三品銜，爲商部頭等顧問官。與合肥蒯光典論立憲。見滇督丁振鐸、黔撫林紹年，請變法之電上奏。

四月，爲張之洞、魏光燾兩總督擬《請立憲奏稿》，經七易始定稿。定《南洋漁業公司辦法》。

五月，與許鼎霖、丁寶銓議建宿遷玻璃公司，訂集股章程。

爲請立憲，張之洞屬張謇先商于北洋大臣袁世凱。張謇自金州歸後，與袁世凱不通問者二十年，至此始一與書。袁答：「尚須緩以俟時。」

五月十七日，省翁同龢病于常熟南涇塘第，歸後聞翁二十日卒。

六月，謇刻《日本憲法》成，以十二册由趙鳳昌寄趙慶寬徑達内庭，震動慈禧太后，曰：「日本有憲法，于國家甚好。」

營上海大達外江輪步公司。營新育嬰堂于唐閘。

七月，規劃崇明（廠址在今啓東）大生第二廠。創辦江浙漁業公司。

八月，立海門常樂鎮初等學校。印《日本憲法義解》、《議會史》送侍郎鐵良，與談憲法。

營天生港輪步公司。聽從許鼎霖之説，營鎮江螺絲山鉛筆公司。

設翰墨林印刷局。規學校公共植物園。

光緒三十一年乙巳（一九〇五）　五十三歲

正月，與張之洞、江鑒書，請爭立江淮省事。

二月，應徐家匯法國教會震旦學院之請爲院董。

朝鮮金澤榮自其國移家來通，任以翰墨林書局督校。

與許鼎霖至宿遷，規籌玻璃公司廠于六塘河上井龍頭地，並視察白土山、青山泉、賈家汪煤礦，利國驛鐵礦。過淮安晤丁寶銓，與鼎霖會議淮海揚通合營自治事。言于江淮巡撫，設淮屬師範學校。登雲臺山。

八月，被推舉爲江蘇教學會會長。

由公共植物園營博物苑。議創辦中國公學。

光緒三十二年丙午（一九〇六）　五十四歲

徐夫人于其母家近處營初等小學校。始教張孝若學詩。

規劃參加意大利萬國博覽會，擬以中國東南海漁界圖與會。張謇曰：「漁界所至，海權所在也。圖據《海國圖志》、《瀛寰志略》爲之。中國之預各國賽會也，自維也納、費爾特爾、巴黎、倫敦、大阪、安南、散路易斯七會之後，至是乃第八次。略有可考者，巴黎之會，户部費十五萬，大阪之會，各省費十萬；散路易斯之會，户部費七十五萬；此次合沿海七省，僅費二萬五千金耳。以海産品物、中國漁具漁史、媵（送）我東南海漁界圖而去，彰我古昔領海之權，本爲我有之目的。」（自訂年譜）

籌建商船學校于吳淞，推薩鎮冰任校長。議請官設工藝學校、農事試驗場，以垂範百姓。

爲揚州籌兩淮自立兩等小學、中學及尋常師範。籌設師範農藝之試驗場。集通、泰、如、海官紳籌建南通五屬中學。

議蘇省自築鐵路。議勸南通興儲蓄銀行，未行； 乃擬于大生一廠設工資儲蓄處。與端方、戴鴻慈二使説憲法，成立憲法會。

與鄭孝胥議設預備立憲公會。鄭孝胥爲會長，張謇與湯壽潛爲副會長。

營呂四鹽業，聚煎海鹽。震旦學院發生學生風潮，乃擬別辦復旦學院。營常樂頤生酒廠。

十二月，蘇省鐵路北綫開工。任寧屬學務議長。徐夫人與張詧夫人計興女學，以自任捐資爲倡。

光緒三十三年丁未（一九〇七） 五十五歲

崇明紗廠（即大生二廠，啓東）落成開車。

四月一日，任寧屬教育會會長。

英人强借資本于江浙鐵路公司，與湯壽潛合爭于外部，拒之。

與湯壽潛、蒯光典籌立憲國會。

光緒三十四年戊申（一九〇八） 五十六歲

正月，準備測量地方輿圖。徐夫人病。

二月，請開通州、如皋、海門爲食鹽口岸，事成。

三月二十五日，徐夫人卒。

五月，與許鼎霖營宿遷耀徐玻璃公司。營通屬中學成。朝旨爲立憲之備，令各省設咨議局，任籌備事。

十月二十一日，德宗（光緒帝）崩，立醇親王子溥儀爲嗣，醇親王爲監國攝政王，年號宣統。二十二日，慈禧太后崩。

清宣統元年己酉（一九〇九） 五十七歲

正月，謍吕四十七、十八總船閘。江鑒、端方至通視察測繪、警察、學會、農會、女師、新嬰、改良私塾與監獄、國文專修學校、江岸保坍等。

二月，至江寧，度江蘇諮議局地址。至清江浦視江蘇鐵路北綫工程。至鎮江、揚州勸集路股。

三月，改地方監獄。

四月二十六日，在江寧開諮議研究會，張謇當選會長。議三事：一、田賦征銀解銀；二、銅圓流弊；三、籌集地方自治經費。

七月，議通自治事項。

八月三日，諮議局開會，選爲議長。教育總會常會在滬召集，推謇及唐文治爲會長。建議江蘇巡撫瑞澂合各省請速組織責任内閣，又合奉、黑、吉、直、東、浙、閩、粤、桂、皖、贛、湘、鄂十四省諮議局，請速開國會。

九月一日，中國圖書公司成，張謇推爲總理。

十月，與瑞澂計營江西瓷業公司。

十一月，七省咨議局代表會與上海立憲公會，上書請願國會。

十二月，議設江淮水利公司。合十六省代表，議合籌改變鹽法。合立法政學校，爲公共教育。州廳會定墾牧鄉通海界。獎公司良農四十餘人。

宣統二年庚戌（一九一〇）　五十八歲

二月，至江寧咨議局。草地方自治經費預算，釐正地方税界限，請由國會議。張謇以所得議長公費建通海公寓。

五月，江北提督雷震春建議開墾葦蕩營地。張謇曰：「不論官、民、軍，正須先治堤渠，規劃水道，勿負此地。」計定江岸保坍。

江寧開辦「南洋勸業會」，謇觀直隸館，乃頗感袁世凱才調在諸督上。

十月，趙鳳昌、熊希齡與約達賴、華爾特在滬談中美商會共營銀行、航業、商品陳列所、設商品調查員四事。通州地方議會選舉張謇爲議長，辭。

十一月，爲湖廣總督瑞澂招商立憲事，二十五日抵漢口，與各省諸督會議。十二月，著《説鹽》。

宣統三年辛亥（一九一一）　五十九歲

正月，袁世凱遣楊士琦赴滬問「外債可借否」于張（謇）、湯（壽潛）、鄭（孝胥）。鄭曰：「必可借，不借不能興中國。」湯曰：「必不可借，借則亡國。」謇曰：「借自可，但當問用于何事？用以何法？用者何人？當則借，不當不借。」

五月十一日，北上經河南，訪袁世凱于洹上村，議論國事，叙談舊誼。

十二日，至京。十四日，訪内閣總理奕劻。十五日，端方薦謇任宣統帝師，謇力陳「不可以公推而來，得官而去」作辭。十六日，訪内閣協理大臣徐世昌。十七日，宣統父攝政王載沣接見張謇于勤政殿，有以下對：「丁憂出京，已十四年。先帝改革政治，始于戊戌，中更庚子，至于西狩回鑾，皆先帝艱貞蒙難之日，今世界知中國立憲，重視人民，皆先帝之賜。」「自見乙未馬關訂約，不勝憤恥，即注意實業、教育二事，後因國家新政須人奉行，故又注意地方自治之事。雖不做官，未嘗不做事，此所以報先帝拔擢之知。……」「謇所欲陳者，外交有三大危險期，内政有三大重要事。三期者：一、今年中俄伊犁條約；二、宣統五年英日同盟約期滿；三、美巴拿馬運河告成，恐有變故。三事者：一、外省災患疊見，民生困苦，朝廷須知民隱，咨議局爲溝通上下輔導行政之機關；二、商業困難，朝廷須設法振作，金融機關須活；三、中美人民聯合。」

學部唐文治奏張謇任中央教育會會長；主持中央教育會開會。

八月十三日（陽曆十月四日，距武昌起義六日）至武昌規劃大維紗廠。十四日，訪湖廣總督瑞澂。十九日（武昌起義日）八時登舟，見武昌草湖門工程營火作，離開武漢。二十三日，至江寧，即詣將軍鐵良，説亟援鄂，一面奏請速頒決行憲法之諭。二十四日，詣張人駿。張大詆立憲，不援鄂。二十五日，至蘇，巡撫程德全甚韙謇之議，屬爲草奏，請速佈憲法，開國會。二十六日至滬，二十七日旋寧。三十日，由咨議局徑電内閣，請宣布立憲開國會。

二十七日，袁世凱任清廷内閣。二十八日，清廷寄任張謇爲農工商大臣、東南宣慰使，即電堅辭。

三十日至滬，即去蘇應臨時議會。

十月一日，省議會開會，仍被選爲議長。二十四日，去辮髮寄家。二十五日，程德全與湯壽潛、陳其美同至江寧，調和諸軍，組臨時政府。共推張謇任江蘇兩淮鹽政。

十一月，張謇與程德全、章炳麟、趙鳳昌議創統一黨。孫中山自海外回，與謇晤。各省代表公推孫中山任臨時總統。十三日，南京組織臨時政府，謇勸勿擾商；衆推任實業部部長。二十一日，至上海訪唐紹儀、汪精衛。

十二月十三日，爲新軍籌款五十萬。十七日，見袁内閣有議遜位後優待條件之權。二十日孫中山、黄興計以漢冶萍與日人合資。謇上書抗爭，告以抵借猶可，合資不可。答約已簽，謇乃再三辭實業部長。

民國元年壬子（一九一二）　六十歲

北京臨時議會推袁世凱爲臨時總統。

二月二十六日，南京臨時政府解散。

三月，統一黨與民社、國民協進會、國民公黨、國民公會、共進會，合並爲共和黨，二十三日開成立會。

四月，英人葛雷夫、李治來通參觀。

五月，促成蘇省公布沙地充公保坍案，籌爲南通借款保坍。二十五日生日，倡建第一養老院。爲新育嬰堂建樓十七幢，以廣育嬰之額。

七月，蘇省各軍月餉不繼，陳其美索尤亟，張謇十日籌畢。二十八日入京。

八月，面見袁世凱，陳改革鹽法。十八日，與陸徵祥説國際學會之不可已。

九月二日，見黎元洪。三日南歸。政府授張謇及汪精衛勳，辭。規就東嶽廟改建圖書館。規建醫院。二十日，三辭鹽政職。

十一月，許鼎霖來申導淮前議，爲程德全、柏文蔚草《請導淮開墾呈》。政府任張謇督辦導淮。

民國二年癸丑（一九一三） 六十一歲

正月，與湯壽潛、沈曾植、鄭孝胥談議時局，湯、沈大忤。辭黎元洪、夏壽康請所委憲法起草員之職；袁世凱勸就兩院議員，亦辭；并辭省議員。

二月，墾牧公司所在地海復鎮成。墾區劃出一堤東區地，令退伍兵耕作。規築軍山氣象臺；規建唐閘紡織學校及公園；規新育嬰堂與第一幼稚園。

三月，成大生紗廠儲蓄處。宋教仁在滬寧車站被刺。北洋政府有電向國民黨解釋；張謇與趙鳳昌、汪精衛、黄克强調解，迄無效。

七月，張勳舉辮子軍擬復闢。袁世凱疊電，央謇組閣，力辭；張謇薦熊希齡。熊希齡政府任張謇農林工商總長。

九月七日，約湯壽潛、劉垣、孟森、雷奮來商任職之進止。政府令「飛鷹」軍艦來迓。十八日至京。熊希齡、梁啓超諸人同至公府，訂大政方針。二十一日，定寓順治門内街西際公府。二十二日，先到工商部，後到農林部。

十月七日，公府令解散國民黨。八日，國務院會議各部職權。十日，與梁任公至公府，論維持國會之法。十一日，提議「工商保息法」；訂「農林工商官制」并「礦法」。二十八日，與美公使説導淮借款事。被推漢冶萍公司總經理。

十一月，被任爲全國水利局總裁。院訂「局官制」；院議「文官甄别法」。

十二月，遷至水利局。院議定「公司條例」。

三十日，春節例假，偕馬良、張相文、管國柱、許振至香山静宜園，住韻琴軒。有詩。

民國三年甲寅（一九一四）　六十二歲

正月，詣美使館，簽導淮借款字。詣荷使館，談河海工程事。十八日，財政總長、内閣總理辭職。孫寶琦代熊希齡職。楊士琦來謇處問閣員與總理同進退之説。謇曰：「始來以府院並有連電之約，就職之日，即當衆宣言，余本無仕宦之志，此來不爲總理，不爲總統，爲自己志願。志願爲何？即欲本平昔所讀之書，與向來究討之事，試效于政事。志願能達則達，不能達即止，不因人也。」

三月六日，呈請南行復勘淮河，部事請司法總長章宗祥代。十一日回通。十四日，視大生新廠工。二十四日，大有晉鹽墾公司成立。

四月至五月，與荷蘭工程師貝龍猛同勘淮河。囑江謙往任南京高等師範校長。二十八日回京。

閏五月，張謇門人束曰琯、李禎編《詩録》八卷。

八月赴孔廟大祀。十一日，請假回南，勘視淮災。二十一日，行至江寧，暫借省議會設河海工科專門學校。

九月九日，伯兄張謩卒。十八日，上辭職書，公府未允辭職。

民國四年乙卯（一九一五） 六十三歲

二月，辭農商總長，未獲允。

六月，知悉袁世凱延東西外人爲政事顧問。諸宗元告張謇，嚴復、孫毓筠、劉師培、楊度、胡瑛、李燮和組成籌安會，爲袁氏恢復帝制鼓動。美國設萬國水利會議，請中國派員與會，張謇自請行，總統府以年老不允。

十一月，爲張孝若治婚事。

辭去農林工商總長職、水利局總裁職。

張謇聞袁世凱改元洪憲，責其爲「叛迹益露」。

十二月，重葺狼山觀音院，增殘廢院之規模。

民國五年丙辰（一九一六） 六十四歲

二月，規天生果園工程。殘廢院開業，收四十九人。

三月，北洋政府内閣總理徐世昌勸北上，辭。

五月，被舉爲股東聯合會會長。袁世凱病卒。

十一月，盲啞學校開學；氣象台開始運作。

民國六年丁巳（一九一七） 六十五歲

二月，遣張孝若游學美洲。

四月，圖書館落成開幕。

五月二十八日，以博物苑謙亭借沈壽養病。

六月，湯壽潛卒，有悼詩。

七月，公園落成，作歌。

十月，視大豫、大有晉、墾牧閘涵工。

十一月，規視東奥山莊、西山村廬之建築。

十二月，規建濠陽小築。

民國七年戊午(一九一八)　六十六歲

二月，張謇被華成公司股東推舉爲總理。

五月，張孝若游美歸。

十月，致電陸徵祥，囑其于歐洲會議提出改定税法及撤消領事裁判權。

十一月，在滬主持召開國際税法平等會成立會，被推爲會長，並代表往歐；辭未往。撰《繡譜》成。

民國八年己未(一九一九)　六十七歲

正月，北京國際聯盟同志會成立，公推梁啓超爲理事長，張謇與熊希齡等爲理事。

二月，以導淮計劃書集徐、海、淮、揚人會議。

三月，議于海門南青龍港閘處築新紗廠，即後來之三廠。

聞政府有將公布削實業教育費加議員歲費，又聞巴黎會議有中國青島將簽約兩説，張謇去電北洋政府諫止。

五月，規劃蠶桑講習所于狼山閘橋北。

六月，被任運河督辦。規築小漾港閘，規建更俗劇場。勘定海門第三紡織廠廠址。

閏七月，設工商補習學校、交通警察養成所。

十月，大有晉、大豫遥望港九孔大閘落成。

十一月，淮海實業銀行建成，張孝若爲總經理。劇場梅歐閣建成。

梅蘭芳、歐陽予倩率團來通演出，有酬唱詩多首，觀劇詩以《傳奇樂府》爲題十首。

民國九年庚申（一九二〇）　六十八歲

正月，成立阜寧新南墾植公司，張謇任總理。

二月，規建圖書館西樓成。

四月，主持美國著名哲學家杜威來通演講會。

六月，修訂《縣志》。

八月，因直、魯、豫、晉之災去滬，與紡織廠、銀行、錢莊、鐵業，合籌一百萬元爲助賑協會，先擇北省二三縣實行工賑。

九月，南通縣自治會舉行第一屆開會式。

十月，國務院聞通州縣自治會成立，來電調取會章，作編訂自治法規之依據。

十二月，創辦通燧火柴公司。張謇被任爲吴淞商埠局督辦。作《串場大河施工計劃書》。

民國十年辛酉(一九二一)　六十九歲

正月,俱樂部築成。四日,至吴淞視商埠局。八日,至常熟謁翁同龢墓。十日,至無錫謁趙菊泉先生墓。

二月十六日,公葬荷蘭工程師特來克、昆山張庸于劍山南麓。

檢舊存文字訂爲《九録》:曰政聞、曰實業、曰教育、曰自治、曰慈善、曰文、曰詩、曰雜、曰外,屬門徒東曰瑄與陳邦懷整理。

三月,海門淮海分行開業。至墾牧公司規建高等小學校。

五月三日沈壽卒,張謇以其願葬于通。成《惜憶四十八截句》、《題像》等涉沈詩計近百首。

七月一日,通電勸南北息爭。被推舉爲中日菲遠東運動會名譽會長。

八月,政府聘爲太平洋會議高等顧問,因不能赴美,電辭。

與韓國鈞、胡翔林同勘河、堤,治淮河水患。

十月,張一麐、張紹曾、沈恩孚、黄炎培、史家修以國是會議,受約去滬。

十一月,往東臺視浚治王家港工。

民國十一年壬戌(一九二二)　七十歲

二月,張謇贖金沙高曾祖墓側先祖鬻于瞿氏之地,擬即其地建墓祠與張氏私立小學校。

三月，主持江陰、常熟、太倉、寶應、崇明、海門、通州、如皋、靖江九縣治江會于上海。奉直戰起，張謇通電勸其息爭，不效。

四月一日，召集各鹽墾股東開會。建成第三養老院。

五月，被推爲交通銀行總理。二十日，因久旱，應縣知事請，祈雨。二十五日生日，中外賓雜沓而至，梅蘭芳來賀壽；總統府遣少將羅澤瑋前來賀壽。

六月，張詧修北土山福田寺落成。張孝若奉政府特命任調查考察美、英、法、德、荷、比、意、瑞、日九國實業，作「使行之訓」。

八月，三姓街張氏修族譜，其輩行字，前曰「昭兹來許，繩其祖武」，後曰「慎乃儉德，惟懷永圖」。

九月，北洋政府授張謇勳，辭。電政府維持招商局。囑陳邦懷續校《九録》。

十一月，命張孝若入京。日賓來訪，告以中日須公誠親善。十二日，規張家港生圹地。營濠南别業西樓。

十二月，日海軍「對馬」艦長池田來訪。

民國十二年癸亥（一九二三）　七十一歲

正月，作《商榷世界實業書》及《鹽墾水利規劃告股東書》。

二月，閲張佩綸《澗于集》，評曰：「自是峭直深刻一流，然敢決有爲，當時信雋才也。」作《紡織公司股東會宣言書》。自訂七十歲前《年譜》。三月，六位美國客人自滬來通參觀。

四月，師範開廿周紀念會。自編《年譜》竣。以大生一、二、三廠股東會事去滬。「自頃十年大水災，十一年紡織大厄，螟蠹生于内，豺虎撼于外，將如始創時；余委蛇披揭，俾衆不疑，坦坦示人，人少少解，蓋又一險難也。」[1]大生紗廠面臨危機。

五月，通明、淮海、大達、鹽墾各公司開董事股東會。作《臨城票》、《建福火》、《新華車》三詩，表示對時局關注。東京帝國大學教授吉野作造、九洲帝國大學教授田中貞次來參觀，云將以南通自治介紹其國人。

六月，與兄張詧、子張孝若、當時紗廠發起人之一劉一山等謀，應付當前危機；並規劃地方水利。被任命爲揚子江水道委員會副會長。

七月，張孝若將出使歐美考察，連日訓示張孝若如何考察。並囑至英日時，訪候湯姆斯、内藤虎次郎、西村時彦諸君。

八月，至滬，與黎元洪晤談國事。晤英總領事巴爾登。

十一月，與老友消寒娛樂，有消寒詩數十首。

十二月，以港務會議事至滬。史量才約觀梅蘭芳劇。

民國十三年甲子(一九二四)　七十二歲

三月，改張孝若詩四十五首，寄東京大使館轉。

十七日，張孝若考察回國。

四月，連日各公司開會。北洋政府任張孝若駐智利國全權公使。

五月，與張詧、瞿知事遊鍾秀山，有詩。生日，總統府派水利總裁常耀奎來賀壽。

六月，以舊藏畫十二辰展覽于中公園。囑門人沈秉璜將測成之三千五百餘種導淮圖表目録刊佈。

八月，主持商會設救濟江南災民會。

民國十四年乙丑(一九二五)　七十三歲

正月初一，爲年輕時業師徐雲錦及其兒子徐元尹遺著作叙。

二月十九日，孫中山卒于京，作輓聯。三月二日南通各界追悼孫中山，謇致悼詞。

四月，張作霖參謀陶鉅遒來訪。

五月，腕屈郁拇筋痛，不能作書。

六月，各校暑期講習會開會，往作演説。以電氣治右腕。

七月，張謇禮部試時座師、翰林院編修山東滕縣高熙喆避兵禍來依。

九月，謇生平不喜作詞，看王世貞《弇州山人四部稿》，始爲小令。

十一月，北洋著名將領孫傳芳、徐又錚過訪。

十二月，吴佩孚約張孝若任參贊及外交副處長，令辭。

民國十五年丙寅（一九二六）　七十四歲

正月，臨《書譜》。約客于狼山側我馬樓觀燒，有詩。

二月，清明令人分祭荷蘭水利工程師特來克、張景雲、沈壽三人墓。駐長江日艦隊司令水野修身來訪，邀宴其艦上。

有《有人歸自京師述所見聞慨世亂之未已悲民生之益窮成詩一篇寄此孤憤》長詩。

三月，出席女師範廿周年紀念會。

四月，英駐長江艦隊司令嘉美麟及少將高梅倫等來訪。爲火柴聯合會事言于省府，以紓其厄。主持通州、海門官紳會勘縣界。

五月，端午餉客泛舟，有詩。保坍會十七楗沉排，往觀。十日，北洋政府任張孝若爲揚子江水道委員會會長。

無錫女畫家楊令茀來訪，有題畫詩、唱和詩多首。

六月十七日猶臨《懷素帖》，讀《左傳》。

六月二十三日，猶記「日課一詩」，并于六時至姚港東視十八楗工。

六月二十四日記最後一篇日記。
七月十七日，逝世。

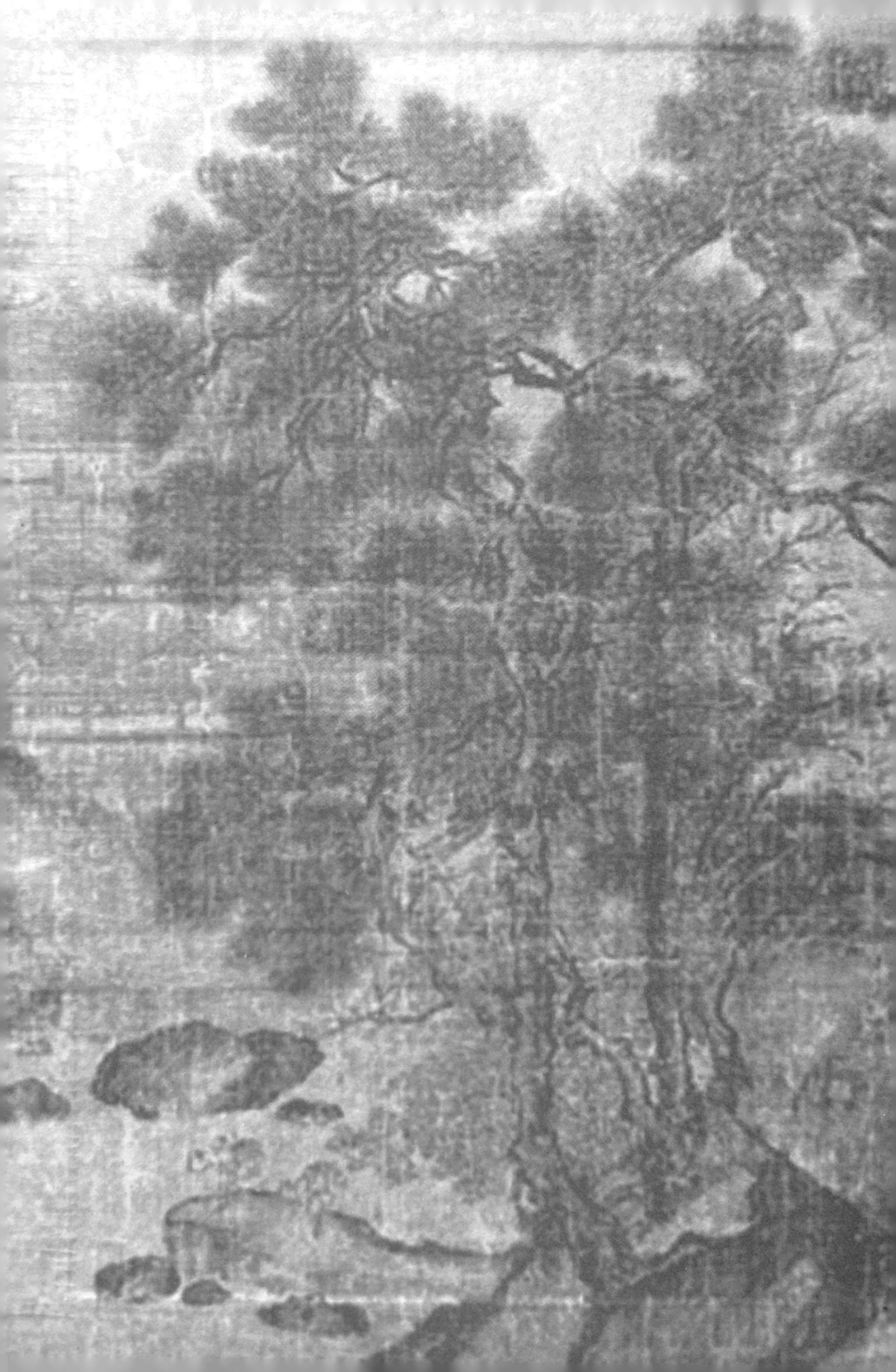